D1425766

Possession

DU MÊME AUTEUR CHEZ MIRA

Coupable innocence
Une femme dans la tourmente
Tabous
Crimes à Denver
Enquêtes à Denver
Le cercle brisé
Et vos péchés seront pardonnés
L'ultime refuge
Maléfice

NORA ROBERTS

Possession

Roman

MIRA

Titre original :
DIVINE EVIL

Traduction de l'américain par FRANÇOIS DELPEUCH

Mira® est une marque déposée par le Groupe Harlequin

© 1992, Nora Roberts.
Ce livre a été publié avec l'accord de WRITERS HOUSE.
© 2004, 2005, 2006, Harlequin S.A.,
83/85 boulevard Vincent Auriol 75646 PARIS CEDEX 13.
ISBN 2-280-85588-7 — ISSN 1765-7792

A mes fils

PREMIÈRE PARTIE

« Les hommes se voudraient anges, et les anges des dieux. »
Alexander Pope, *Essai sur l'homme*

« ... de cette intrigue le passé est le prologue. »
Shakespeare, *La Tempête, II, 1, 253*

1.

Le rituel commença une heure après le coucher du soleil. Le cercle avait été préparé longtemps à l'avance, circonférence parfaite de neuf pas, gagnée sur les arbres et les jeunes plants. Le sol avait été saupoudré de terre consacrée.

De sombres et énigmatiques nuées virevoltaient devant la lune blafarde.

Treize personnages encapuchonnés, tout de noir vêtus, se tenaient à l'abri de l'enceinte magique. Dans les bois alentour, un hibou se mit à crier sa détresse — ou ses encouragements. Puis le gong résonna, réduisant hommes et bêtes au silence. Durant un instant, on n'entendit plus que la plainte arrachée par le vent aux jeunes feuilles printanières.

Dans une fosse creusée sur la gauche du cercle, le feu commençait déjà à prendre. Bientôt ses flammes s'élèveraient dans le ciel à l'appel de la brise murmurante. Ou sous la poussée d'autres forces.

C'était la veille de la lune rousse, le sabbat de l'invention de la sainte Croix. En cette nuit de grande montée des sèves, célébration et sacrifice seraient consommés pour la fécondité des moissons et la vigueur des hommes.

Deux femmes en chasuble rouge, le capuchon relevé, pénétrèrent dans le cercle. Sur leur visage découvert, d'une pâleur extrême, leurs lèvres faisaient comme une plaie écarlate. On eût dit deux vampires venant d'assouvir leur soif.

L'une d'entre elles, obéissant aux instructions détaillées qu'elle avait reçues, se dévêtit de sa chasuble et offrit un instant son corps à la lumière de douze cierges noirs, avant de s'allonger sur une dosse surélevée de bois poli.

Elle serait leur autel de chair vive, la vierge sur laquelle ils rendraient leur culte. Qu'en tant que prostituée elle fût loin d'être pure chagrinait bien certains.

Mais la plupart se réjouissaient simplement de ses formes généreuses et de la rondeur avenante de ses cuisses.

La face invisible sous le masque du bouc de Mendès, le grand prêtre entonna des psalmodies en latin corrompu. Quand il eut achevé son récitatif, il leva les bras en direction du pentacle inversé, dressé au-dessus de l'autel. On sonna la cloche pour purifier l'air.

A l'abri des buissons, une fillette observait toute la scène, les yeux écarquillés par la curiosité. Une odeur de brûlé émanait de la fosse d'où les flammes envoyaient des étincelles haut dans le ciel. Des formes insolites avaient été sculptées dans les troncs environnants.

La fillette commença à se demander ce qu'était devenu son père. Elle s'était cachée dans sa voiture, gloussant à l'idée de la farce qu'elle était en train de lui jouer. Et lorsqu'elle l'avait suivi dans les bois, elle n'avait pas eu peur du noir. A aucun instant. Puis elle s'était dissimulée dans les buissons, attendant le moment opportun pour bondir hors de sa cachette et se précipiter dans ses bras.

Cependant il avait revêtu un long manteau noir, comme les autres, et maintenant elle ne savait plus lequel d'entre eux était son papa. Quoique la femme nue l'eût à la fois embarrassée et fascinée, il lui semblait désormais que ce à quoi se livraient les adultes ne ressemblait plus du tout à un jeu.

Elle sentit son cœur battre la chamade lorsqu'elle entendit l'homme masqué reprendre ses incantations.

— Nous invoquons Amon, dieu de la Vie et de la Reproduction. Nous invoquons Pan, dieu de la Luxure…

Nom et titre de chaque divinité étaient repris en chœur par l'assistance — et la liste était longue.

Les officiants se balançaient à présent en cadence, un fredonnement bas et continu s'élevant peu à peu de leur groupe tandis que le grand prêtre buvait à un calice d'argent. Une fois qu'il eut vidé la coupe, il l'abandonna entre les seins nus de l'autel.

Puis il se saisit d'une épée qu'il pointa en direction du sud, de l'est, du nord et de l'ouest en psalmodiant les noms des quatre princes de l'enfer.

— Satan, seigneur du feu, Lucifer, messager de la lumière, Bélial, qui n'a pas de maître, Léviathan, serpent des profondeurs.

Sous le couvert des buissons, la fillette fut transie d'effroi.

— *Ave*, Satan.

— Je t'invoque, Maître, prince des Ténèbres, roi de la nuit : ouvre les Portes de l'Enfer pour écouter notre requête.

Le grand prêtre avait vociféré cette prière sur un ton comminatoire, et, tandis que sa voix se perdait en échos dans la nuit, il brandit un parchemin, que les flammes voraces irriguèrent d'une clarté sanglante.

— Que nos moissons soient fertiles et nos troupeaux abondants. Défais nos ennemis, apporte maladie et souffrance à ceux qui voudraient nous nuire. Nous, tes fidèles, te demandons félicité et jouissance.

Il imposa une main sur la poitrine de l'autel.

— Ce que nous désirons, nous le prenons en ton nom, seigneur des mouches. En ton nom, nous disons : mort aux faibles, longue vie aux puissants. Nos verges croissent avec vigueur, notre sève bout. Puissent nos femmes brûler de désir pour nous et nous rendre d'ardents honneurs.

Glissant sa main entre les seins de l'autel, il la fit descendre entre les cuisses de la prostituée qui, bien disciplinée, se mit à remuer en gémissant sous sa caresse.

Poursuivant sa litanie, le grand-prêtre piqua le parchemin de la pointe de l'épée et le tint au-dessus de la flamme d'un des cierges noirs jusqu'à ce qu'il n'en reste plus qu'une bouffée de suie nauséabonde. Le chant de l'assemblée enfla alors dans son dos.

A un signal convenu, deux des membres de l'assistance tirèrent un jeune bouc à l'intérieur du cercle. La bête roulait des yeux effrayés. Le cercle des douze officiants la consacra par des incantations à la limite du hurlement.

Le couteau rituel fut dégainé ; le fil fraîchement affûté brilla sous l'éclat de la lune ascendante.

Quand la petite fille vit la lame entailler la gorge blanche du bouc, elle voulut crier, mais aucun son ne franchit ses lèvres. Elle voulut s'enfuir, mais ses pieds semblaient avoir pris racine dans le sol. Elle se couvrit alors la face de ses mains et fondit en larmes, suppliant silencieusement son père de venir la secourir.

Quand elle releva enfin les yeux, le sol était inondé de sang. Des gouttelettes en débordaient encore d'une coupelle d'argent. Les voix des hommes envahirent ses oreilles d'un murmure grondant lorsqu'elle les vit jeter la carcasse décapitée du bouc dans la fosse embrasée.

Un relent écœurant de chair rôtie se mit aussitôt à planer au-dessus de l'assemblée.

Avec un cri de prédateur nocturne, l'homme au masque de bouc déchira alors sa chasuble, mettant à nu sa chair blanche, toute luisante de sueur dans la fraîcheur de la nuit. Sur sa poitrine étincelait une amulette d'argent gravée d'antiques symboles occultes.

Il enjamba l'autel et s'enfonça d'une rude poussée entre ses cuisses. Puis, poussant un ululement de bête, un autre homme se jeta sur la seconde femme et roula avec elle sur le sol, tandis que les autres officiants déchiraient à leur tour leur chasuble pour se mettre à danser nus autour du feu.

La petite fille vit alors son père, son propre père, plonger lui-même les mains dans le sang sacrificiel et se mettre à gesticuler avec les autres dans la ronde, le liquide écarlate lui dégouttant des doigts…

Clare s'éveilla en hurlant.

Le souffle court, les membres en sueur, elle se recroquevilla en frissonnant sous la couverture. D'une main tremblante, elle chercha à tâtons l'interrupteur de la lampe de chevet. Son éclat lui paraissant encore trop faible, elle se leva pour allumer les autres ampoules de la petite chambre, qui bientôt fut inondée de clarté. Puis, avec des gestes encore mal assurés, elle prit une cigarette et craqua une allumette.

Elle se mit à fumer en silence, assise sur le bord du lit. Pourquoi le rêve était-il revenu maintenant ? se demanda-t-elle. Son psy dirait sans doute que c'était un processus réflexe consécutif au récent mariage de sa mère, mariage que, sous la pression de son inconscient, elle ressentait comme une trahison à l'égard de son père.

« Du vent, oui… »

Clare recracha avec dépit une bouffée de tabac. Sa mère était restée veuve pendant une dizaine d'années. Toute fille sensée et aimante ne pouvait que souhaiter le bonheur de sa mère. Et elle était une fille aimante. Sensée, c'était moins sûr.

Elle se rappelait encore la première fois où lui était venu ce rêve. Elle avait alors six ans et s'était réveillée en hurlant dans son lit. Exactement comme tout à l'heure. Mais cette fois-là, ses parents étaient accourus pour la prendre dans leurs bras et la rassurer. Même son frère, Blair, était arrivé dans sa chambre en pleurant, les yeux écarquillés de terreur. Sa mère l'en avait fait sortir, la laissant seule avec son père qui ne cessait de lui répéter d'une voix douce et tranquille que ce n'était qu'un rêve, rien qu'un mauvais rêve, et qu'elle aurait tôt fait de l'oublier.

Et elle l'oubliait. Durant de longues périodes de temps. Puis, avec la joie mauvaise de l'assassin, le cauchemar s'insinuait de nouveau en elle. Il suffisait pour cela qu'elle soit à bout de nerfs, ou harassée, ou bien encore moralement éprouvée.

Elle écrasa sa cigarette et se frotta les yeux. A bout de nerfs, de fait, elle l'était bien en ce moment. Son exposition devait avoir lieu dans moins d'une semaine, et bien qu'elle ait personnellement choisi chacune des sculptures qu'elle y présenterait, elle était encore torturée par le doute.

La raison en était peut-être les éloges dithyrambiques dont les critiques avaient gratifié ses premières œuvres deux années auparavant : maintenant qu'elle goûtait au succès, elle avait bien plus à perdre que jadis. Et puisqu'elle était sûre de n'avoir jamais fait un si bon travail, se dit-elle, si jamais les pièces présentées étaient jugées médiocres, cela voudrait dire qu'elle-même était une artiste médiocre — épithète infamante au possible. Clare ne s'en sentit pas moins rassérénée d'avoir trouvé un motif tangible à son inquiétude.

Elle se redressa du lit pour aller ouvrir les rideaux. Le soleil était en train de se lever, enveloppant les rues et les trottoirs du bas Manhattan d'une pâleur rosâtre. Elle ouvrit la fenêtre, frissonnant sous la fraîcheur de cette nouvelle matinée de printemps.

Tout paraissait tranquille. D'une rue voisine lui parvenait le grincement d'une benne à ordures finissant sa tournée. Non loin du croisement de Canal et de Greene, Clare distingua une clocharde traînant derrière elle un chariot où la pauvre femme avait rassemblé tout son bien. Le couinement des roues se répercutait jusqu'à son troisième étage.

Il y avait de la lumière dans la boulangerie juste en face. Clare perçut des mesures assourdies de *Rigoletto*, mêlées à la ronde senteur de la pâte mise à cuire. Un taxi passa en vrombissant dans une pétarade de pistons.

15

Puis ce fut de nouveau le silence. La jeune femme aurait pu se croire la seule habitante de la cité.

Mais n'était-ce pas ce qu'elle voulait ? songea-t-elle. Etre seule, s'enterrer dans quelque coin isolé ? Il y avait des moments où elle se trouvait terriblement détachée de tout ; en même temps, elle ne se sentait toujours pas capable de vivre sa propre vie.

Là était d'ailleurs, très probablement, la raison pour laquelle son mariage avait échoué : elle avait aimé Rob sans jamais se sentir vraiment attachée à lui. Et si la fin de leur union lui avait laissé bien des regrets, elle n'en avait cependant éprouvé aucun remords.

A moins que le Dr Janowski n'ait eu raison, et qu'elle ne soit précisément en train d'enfouir ces remords, jusqu'au dernier, au plus profond d'elle-même, leur faisant ainsi rejoindre tous les chagrins qu'elle avait éprouvés depuis la mort de son père — pour les sublimer finalement au travers de son art...

Et quel mal y avait-il à cela ?

Elle allait fourrer ses mains dans les poches de sa robe de chambre, lorsqu'elle s'aperçut qu'elle ne l'avait pas sur elle. Il fallait être folle pour se tenir ainsi devant sa fenêtre ouverte, en plein SoHo, avec pour tout vêtement un T-shirt élimé à l'effigie de Bill the Cat. Et alors ? se dit-elle en se penchant un peu plus : peut-être bien qu'elle était folle, après tout.

Les traits pâles et tirés, sa flamboyante chevelure rousse encore emmêlée par une nuit de sommeil agité, elle resta un instant immobile à contempler l'aurore et à écouter la rumeur de la ville qui s'éveillait.

Puis elle fit volte-face, prête à travailler.

Ce ne fut qu'au deuxième coup que Clare entendit la sonnerie. Son bruit ressemblait à un bourdon monotone s'élevant au-dessus du sifflement du chalumeau et de la musique de Mozart martelée par la chaîne stéréo. Elle eut un moment envie de l'ignorer. D'un autre côté, la sculpture sur laquelle elle travaillait se présentait plutôt mal, cette interruption lui offrait une bonne excuse pour faire une pause. Elle finit donc par éteindre le chalumeau et se dirigea vers la porte tout en retirant ses gants de protection. Ses lunettes teintées sur les yeux, sa calotte sur la tête et le tablier autour de la taille, elle actionna l'Interphone de l'atelier.

— Oui ?

— Clare ? C'est Angie.

— Monte.

Clare composa le code de sécurité qui donnait accès à l'ascenseur. Ayant retiré ses lunettes et sa calotte, elle revint rôder autour de la sculpture à demi ébauchée.

L'œuvre trônait dans la pièce du fond, sur la table à souder, au milieu d'outils divers : pinces, marteaux, burins, brasure de réserve. Les bonbonnes d'acétylène et d'oxygène étaient calées dans leur chariot en acier renforcé. Le tout reposait sur une plaque de tôle de six mètres carrés, destinée à protéger le plancher des étincelles et des coulures de métal en fusion.

La plus grande partie de l'atelier était dévolue au travail du sculpteur. Ce n'étaient que blocs de granit, dosses de merisier et de hêtre, morceaux de fer, tubes d'acier ; et puis des outils pour tailler, hisser, poncer, souder — Clare avait toujours aimé vivre au plus près de son œuvre.

Les yeux plissés et les lèvres serrées, elle s'approcha de la création en cours. Celle-là lui faisait des cachotteries, se dit-elle. Plongée dans ses pensées, elle ne daigna même pas regarder derrière elle lorsque les portes de l'ascenseur s'ouvrirent.

— J'aurais dû m'en douter.

Angie LeBeau ramena en arrière sa crinière de cheveux noirs finement bouclés et se mit à battre la mesure sur le plancher de la pointe de son escarpin italien.

— Ça fait des heures que je t'appelle.

— J'ai coupé la sonnerie du téléphone. Le répondeur prend les messages. Que dis-tu de ça, Angie ?

Laissant échapper un long soupir, Angie contempla la sculpture sur la table à souder.

— Un pur chaos.

— Ouais, approuva Clare en s'accroupissant sur le sol. Ouais, tu as raison. Je me suis lancée là-dedans sans réfléchir.

— Mais ne va pas, je te prie, te remettre maintenant au chalumeau !

Lasse de crier, Angie se rua sur la chaîne stéréo pour l'éteindre.

— Bon sang, Clare, nous avions rendez-vous dans le salon de thé russe à midi et demi !

L'interpellée se redressa enfin pour regarder son amie. Comme toujours, Angie était l'image même de l'élégance. Son teint mat et ses traits métis étaient remarquablement mis en valeur par un costume de marin de chez Adolfo, ainsi que par un collier de très grosses perles, et son sac à main comme ses chaussures avaient été confectionnés dans le même cuir de couleur écarlate.

Angie chérissait l'ordre et l'harmonie. Dans sa penderie, ses chaussures étaient soigneusement serrées dans des boîtes de plastique transparent, ses chemisiers rangés par nuances et types de tissus. Quant à ses sacs à main — dont elle possédait une fameuse collection —, chacun avait droit à son casier particulier dans une étagère faite sur mesure.

Clare, pour sa part, s'estimait heureuse si elle pouvait mettre la main sur les deux chaussures d'une même paire dans les tréfonds obscurs de sa penderie ; quant à sa propre « collection » de sacs à main, elle se résumait en tout et pour tout à un bon vieux sac noir de soirée et à un immense fourre-tout en toile. Plus d'une fois, d'ailleurs, la jeune femme s'était demandé comment Angie et elle avaient pu devenir amies, et le rester.

Pour le moment, en tout cas, cette amitié semblait bien menacée. Clare remarqua la colère qui bouillait dans les yeux sombres d'Angie tandis que ses longs ongles rouges battaient la mesure sur son sac, au même rythme que son pied.

— Ne bouge pas.

Clare bondit vers le fatras d'affaires qui encombrait le canapé pour y chercher son carnet de croquis. Elle envoya promener un sweat-shirt, un chemisier de soie, du courrier non ouvert, une boîte vide de Frito, un paquet de livres de poche et un pistolet à eau en plastique.

— Bon sang, Clare…

— Plus un geste !

Carnet en main, elle extirpa un fusain de dessous un coussin.

— Tu es belle quand tu es en colère, dit-elle avec un grand sourire.

— Espèce de rosse, s'exclama Angie, qui avait cependant du mal à retenir un sourire.

— Voilà, parfait.

Le fusain de Clare se mit à courir sur le papier.

— Jésus, quelles pommettes ! Qui aurait cru qu'en mélangeant du sang cherokee, africain et français on pouvait obtenir une telle structure osseuse ? Grogne un peu, pour voir ?

— Arrête cette stupide comédie, veux-tu ? Si tu crois que tu vas pouvoir t'en tirer avec des compliments, tu te trompes. Je suis restée assise dans ce salon de thé une heure durant à boire du Perrier. J'avais les crocs qui descendaient jusqu'à la nappe.

— Désolée. J'avais oublié.

— Quoi de neuf à part ça ?

Clare reposa le carnet, n'ignorant pas qu'Angie se précipiterait sur le croquis dès qu'elle aurait tourné le dos.

— Tu veux manger ?

— J'ai avalé un hot dog dans le taxi.

— Bon, alors je prends juste un morceau, et puis tu me diras de quoi nous étions censées parler.

— Mais de l'exposition, tête de linotte !

Les yeux baissés sur le croquis, Angie esquissa un sourire : Clare l'avait dessinée avec des flammes sortant des oreilles. Peu encline à se laisser amadouer, elle chercha autour d'elle un endroit propre où s'asseoir et, en désespoir de cause, opta pour le bras du canapé : Dieu seul savait ce qui se dissimulait encore sous les coussins…

— Quand te décideras-tu à faire appel à quelqu'un pour déblayer ce chantier ?

— Je l'aime comme ça.

Clare se dirigea vers la petite cuisine qui occupait un renfoncement de l'atelier.

— Ça m'aide à créer, dit-elle.

— A d'autres, Clare. Ces histoires de tempérament d'artiste ne marchent pas avec moi. Tu n'es rien qu'une feignante paresseuse.

— Je suis très bien comme je suis.

Elle sortit de la cuisine avec un pot de crème glacée au chocolat belge.

— T'en veux ?

— Non.

C'était un constant sujet d'irritation pour Angie de voir son amie s'empiffrer ainsi de cochonneries dès que l'envie lui en prenait — et l'envie lui en prenait souvent — sans pour autant gagner une seule once de graisse.

Si, malgré son mètre quatre-vingts, Clare n'avait plus rien de la jeune haridelle qu'elle était jadis, elle demeurait encore assez svelte pour ne pas avoir à consulter la balance chaque matin comme le faisait Angie. Sous le regard de celle-ci, elle engouffrait des calories, revêtue de son tablier de cuir qu'elle avait enfilé par-dessus une salopette — et selon toute probabilité, songea Angie, elle ne portait rien d'autre en dessous de la toile de jean.

Clare n'était pas non plus maquillée. La peau de son visage triangulaire était parsemée de taches de rousseur d'un blond pâle. Son nez, qu'elle avait petit, disparaissait presque entre ses yeux immenses, d'une nuance d'ambre foncé, et sa bouche aussi tendre que pulpeuse. En dépit de sa taille exceptionnelle et de la gerbe indisciplinée de ses cheveux flamboyants, d'une longueur suffisante pour former une queue-de-cheval touffue lorsqu'ils étaient maintenus sur sa nuque par un élastique, Clare avait un air de fragilité qui poussait Angie à éprouver pour elle un sentiment maternel — bien que, à trente ans, elle ne fût que de deux ans son aînée.

— Jeune fille, quand apprendrez-vous à vous asseoir tranquillement pour prendre vos repas ?

D'un air malicieux, Clare reprit une cuillerée de crème glacée.

— Puisque tu en es à t'inquiéter de mon sort, j'imagine que je suis pardonnée.

Elle se jucha sur un tabouret en calant l'un de ses pieds bottés sous la barre d'appui.

— Je suis vraiment désolée pour le déjeuner.

— Comme toujours. Et si tu te faisais des pense-bêtes ?

— Cela m'arrive, mais j'oublie où je les ai posés, répondit Clare en désignant le chaos alentour de sa cuillère poisseuse.

Le canapé où se tenait Angie était l'un des rares meubles de l'atelier. Non loin de là se dressait une table croulant sous les journaux, les magazines et les bouteilles vides de soda. Un second établi, surmonté d'un buste de marbre noir, avait été relégué dans un coin de la pièce. Les tableaux envahissaient les murs ;

et des sculptures, pour certaines inachevées, étaient couchées, dressées ou posées de guingois, selon l'emplacement même où elles avaient été abandonnées.

A l'étage, auquel menaient les marches grinçantes d'un escalier de fer forgé, se trouvait un débarras que Clare avait reconverti en chambre à coucher. Tout le reste de l'atelier, dans lequel elle vivait depuis cinq ans, était dévolu à son art.

Jusqu'à l'âge de dix-huit ans, Clare s'était efforcée de se plier aux impératifs de propreté et d'ordre qui avaient caractérisé la vie de sa mère : il ne lui avait fallu que trois semaines d'indépendance pour admettre enfin que le fouillis était son milieu naturel.

Elle gratifia Angie d'un sourire affable.

— Comment veux-tu que je retrouve quoi que ce soit dans ce chantier ?

— Parfois je me demande comment tu fais pour te rappeler de te lever le matin.

— Bah ! Tout ce qui te préoccupe, c'est l'exposition.

Clare reposa le gobelet de crème glacée à moitié entamé à côté d'elle — où il achèverait de fondre, pensa Angie. Puis elle prit une cigarette et chercha des yeux une allumette.

— Mais tu n'as pas de souci à te faire, tu sais. Soit ils aimeront mes sculptures, soit ils les détesteront. Voilà tout.

— Oui, eh bien, dans ce cas pourquoi as-tu la mine de quelqu'un qui n'aurait pris que quatre heures de sommeil ?

— Cinq, corrigea Clare — qui répugnait néanmoins à évoquer son cauchemar. Je suis nerveuse, certes, mais pas inquiète. Entre toi et ton apollon de mari, j'ai déjà assez de problèmes comme ça en perspective.

— En effet, Jean-Paul est sur les dents, reconnut Angie.

Mariée au propriétaire de la galerie depuis deux ans, elle avait été séduite par son intelligence et sa passion pour l'art, autant que par son physique exceptionnel.

— C'est la première exposition d'envergure qui se déroule dans la nouvelle galerie. Il n'y a pas qu'à toi que ça risque de coûter cher.

— Je sais.

Les yeux de Clare se perdirent un instant dans le vague. Elle repensait à tout l'argent, au temps et aux efforts que les LeBeau avaient investi dans le projet de cette nouvelle galerie, qui était bien plus spacieuse que la première.

— Je n'ai pas l'intention de vous laisser tomber.

Angie s'aperçut que, malgré toutes ses rodomontades, Clare était aussi anxieuse qu'elle-même.

— On le sait bien, reprit-elle dans l'intention d'alléger l'atmosphère. En fait, nous comptons devenir *la* galerie du West Side après ton exposition. Pour le moment, si je suis ici, c'est pour te rappeler que tu as une interview à 10 heures, demain, avec le magazine *New York*, ainsi qu'un déjeuner avec un journaliste du *Times*.

— Oh, Angie.

— Pas moyen d'y échapper cette fois-ci, répliqua Angie en décroisant ses longues jambes fuselées. Tu recevras le journaliste de *New York* dans notre appartement. L'idée d'y organiser une interview me fait frémir d'avance.

— Ouais, dis plutôt que tu veux me tenir à l'œil.

— Il y a de ça. Le déjeuner est prévu au restaurant Le Cirque à 1 heure tapante.

— Il faut que j'aille à la galerie vérifier la disposition des sculptures.

— Ça aussi c'est prévu. Je serai là à 9 heures pour m'assurer que tu es debout et habillée de pied en cap.

— Je déteste les interviews, marmonna Clare.

— Du cran, dit Angie en la prenant par les épaules avant de l'embrasser sur les deux joues. Pour le moment, repose-toi un peu. Tu as vraiment l'air épuisée.

De son coude, Clare s'appuya nonchalamment sur son genou.

— Tu ne vas tout de même pas choisir mes vêtements ? demanda-t-elle à Angie tandis que celle-ci se dirigeait vers l'ascenseur.

— Aux grands maux, les grands remèdes… A plus.

De nouveau seule, Clare resta quelques minutes assise à ruminer de sombres pensées. Les interviews, avec leurs questions aussi pédantes qu'indiscrètes, et leur manie d'analyser, de jauger, de disséquer, lui répugnaient profondément — et comme pour la plupart des obligations qu'elle détestait tout autant mais auxquelles elle ne pouvait se soustraire, elle chassa cette perspective de sa pensée.

Elle était lasse, bien trop lasse pour rallumer son chalumeau et se concentrer de nouveau sur son travail. De toute manière, tout ce qu'elle entreprenait depuis quelques semaines se présentait mal. Mais elle était également trop anxieuse pour s'accorder une sieste ou faire le lézard sur le plancher en s'abreuvant des programmes de l'après-midi à la télévision.

Prise d'une idée subite, elle se leva alors pour aller fouiller dans un grand coffre qui lui servait à la fois de chaise, de table et de malle. Elle en sortit successivement une vieille toilette de bal, sa toque de diplômée, son voile de mariée — qui lui procura autant de surprise et d'amusement que de regret —, une paire de tennis qu'elle aurait juré avoir définitivement perdue et, enfin, un album photo.

Oui, elle était seule, reconnut-elle en allant s'asseoir avec l'album près de la fenêtre qui surplombait Canal Street. Seule et loin de ses proches. Cependant, malgré la distance qui les séparait, elle pouvait au moins se retrouver avec eux sur ces vieilles photographies.

Le premier cliché la fit sourire. C'était une photo en noir et blanc prise au Polaroid, d'une teinte terreuse, qui la représentait, elle et son frère jumeau, Blair, alors qu'ils n'étaient encore que des enfants. Blair et Clare, songea-t-elle en soupirant. Combien de fois ne s'étaient-ils pas plaints tous les deux de ces noms aux consonances niaises que leurs parents avaient choisis pour eux ? Le cliché était flou, faute d'une correcte mise au point. Son père n'avait jamais été capable de prendre une photo nette de toute sa vie.

« La mécanique et moi, ça fait deux, répétait-il constamment. Tout ce qui a un bouton et des engrenages me claque dans les mains. Mais donnez-moi une poignée de graines et un peu de terre, et alors je vous ferai pousser les plus belles fleurs de tout le comté. »

Ce qui était vrai, pensa Clare. Sa mère, en revanche, avait le génie du bricolage. Et, tandis qu'elle réparait le grille-pain ou débouchait l'évier, Jack Kimball prenait binette, bêche et tondeuse pour aller faire de leur jardin à l'angle des chemins d'Oak Leaf et de Moutain View, à Emmitsboro, dans le Maryland, un chef-d'œuvre d'horticulture.

La photographie que Clare avait maintenant sous les yeux en témoignait. Prise par sa mère, elle était aussi nette que parfaitement cadrée : on y voyait les jumeaux Kimball allongés sur une pelouse de gazon fraîchement tondu, bordée par un massif luxuriant de floraisons printanières — flexibles ancolies, cœurs-de-Jeannette, muguet, balsamine — toutes disposées avec une négligence savante, toutes richement épanouies.

Et puis il y avait une photo de sa mère. Clare eut un sursaut en comprenant soudain qu'elle était en train de contempler une femme plus jeune qu'elle-même. Les cheveux de Rosemary Kimball étaient d'une couleur chaude de miel. Elle les portait crêpés et laqués, à la mode du début des années 60. Elle souriait, un bébé sur chaque genou, et on aurait dit qu'elle était sur le point d'éclater de rire.

Comme elle était jolie, se dit Clare. Malgré le casque que lui faisait sa coiffure et le maquillage superfétatoire qui était le genre de l'époque, Rosemary Kimball avait été — et demeurait encore — une femme ravissante : une blonde aux yeux bleus, à la silhouette avenante et menue, aux traits délicats.

Puis les yeux de Clare se posèrent sur une photographie de son père. Il était en short, ses genoux rugueux maculés par la boue du jardin. Appuyé sur sa binette, il arborait un sourire de circonstance devant l'objectif. Ses cheveux roux étaient taillés en brosse et sa peau pâle marbrée de coups de soleil. Quoiqu'il eût acquis une certaine prestance au sortir de l'adolescence, Jack Kimball en avait gardé des jambes et des bras démesurés — bref, ce n'était qu'un grand escogriffe timide qui adorait les fleurs.

Refoulant ses larmes, Clare tourna la page de l'album. Sur la suivante se trouvaient des photographies de Noël la représentant avec son frère devant un sapin illuminé. Des bambins sur des tricycles rouges flambant neufs. Quoique jumeaux, Blair et elle ne présentaient guère de ressemblance. Lui tenait de sa mère, elle de son père, comme si chacun avait choisi son ascendance avant même de voir le jour. Blair avait tout de l'angelot, depuis la pointe de ses cheveux soyeux jusqu'au bout de ses Keds rouges. A côté de lui, Clare avait ses cheveux qui s'échappaient de leur ruban et ses bas blancs qui godaillaient sous les basques empesées de sa robe d'organdi : on eût dit un vilain petit canard qui n'aurait jamais réussi à se transformer en cygne.

Il y avait encore d'autres photographies, des scènes de la vie de famille. Des anniversaires et des pique-niques, des vacances et des moments de détente, avec, de temps à autre, les clichés d'amis et de parents. Blair dans son pimpant uniforme de l'harmonie municipale, en train de défiler dans Main Street avec la parade du Memorial Day. Clare enlaçant Pudge, le gros beagle qui avait partagé leur vie pendant plus d'une décennie. Les jumeaux cachés dans la niche que leur mère avait construite pour le chien dans l'arrière-cour. Les parents en habits du dimanche, sur le perron de l'église, le jour de Pâques, après le retour fracassant de Jack Kimball dans le giron de la foi catholique.

Il y avait aussi des coupures de presse agrafées aux pages de l'album. Son père recevant une décoration des mains du maire d'Emmitsboro en récompense de services rendus à la communauté. Un article sur son père qui exaltait la Foncière Kimball comme le parangon du rêve américain : entreprise fondée par un seul homme, qui avait grandi et s'était diversifiée jusqu'à devenir une organisation à la dimension de l'Etat, forte de quatre secteurs d'activité.

L'opération la plus fameuse menée par le père de Clare avait été la vente de cent cinquante arpents de terre à un consortium immobilier spécialisé dans l'aménagement de centres commerciaux. Certains habitants du bourg avaient rouspété contre la venue dans la petite ville calme et retirée d'Emmitsboro d'un motel de quatre-vingts bungalows, d'une succursale de fast-food et d'un grand magasin. La plupart, cependant, reconnaissaient que ce développement était nécessaire à leur cité : cela signifiait plus d'emplois et une meilleure qualité de vie.

Son père avait été porté au pinacle lors de la cérémonie d'inauguration du site.

Et puis il s'était mis à boire.

A petites doses discrètes, d'abord. En fait, bien qu'il eût dès lors commencé à sentir le whisky, il n'avait guère interrompu son travail ni ses activités de jardinage. Mais plus les travaux du centre commercial approchaient de leur terme, plus il buvait.

Deux jours après l'inauguration, au cours d'une chaude nuit du mois d'août, après avoir vidé toute une bouteille, il avait trébuché — ou sauté — depuis la fenêtre du deuxième étage.

Personne ne se trouvait à la maison. C'était le jour de sortie mensuelle de la mère de Clare avec ses copines — elles dînaient ensemble, allaient au cinéma et cancanaient toute la soirée. Blair, lui, campait avec des amis dans les bois qui s'étendaient à l'est de la ville. Quant à Clare, le rouge aux joues et les sens retournés, elle était tout à son premier flirt.

Les paupières fermées, les mains serrées sur l'album de photos, la jeune femme retrouvait la saveur de ses quinze ans. Elle était alors déjà grande pour son âge, et n'avait que la peau sur les os. A l'idée de la soirée qu'elle devait passer à la fête locale, son âme chavirait, et ses yeux, qu'elle avait déjà d'une grandeur singulière, brillaient d'excitation.

Elle avait été embrassée sur la grande roue par un garçon qui lui tenait la main. Elle avait serré dans ses bras le petit éléphant en peluche que Bobby Meese avait pu gagner pour sept dollars et quinze cents en abattant trois quilles de bois.

Tout était resté gravé dans son esprit avec netteté. Clare cessa bientôt de percevoir le grondement du trafic sur Canal Street pour ne plus entendre que les rumeurs paisibles d'une soirée à la campagne.

Elle était sûre que son père attendrait son retour. Elle avait vu ses yeux s'embuer de larmes lorsqu'elle était partie avec Bobby. Elle avait hâte de le retrouver pour s'asseoir avec lui sur la balancelle de la véranda, comme ils en avaient depuis longtemps l'habitude. Là, au milieu des noctuelles venant battre des ailes contre les lampes et des grillons chantant dans l'herbe, elle lui raconterait tous les détails de son aventure.

Elle se revit en train de grimper les marches de la maison, ses espadrilles effleurant silencieusement les lattes luisantes. Toute l'ivresse du moment lui revenait... Comme la porte de la chambre à coucher était ouverte, elle y jeta un coup d'œil.

— Papa ?

Sous les rayons obliques de la lune, elle aperçut le lit de ses parents qui n'avait pas été défait. Revenant alors sur ses pas, elle monta jusqu'au second étage. Son père travaillait souvent fort tard dans son bureau. Ou bien il y buvait jusqu'à une heure tout aussi avancée — pensée qu'elle repoussa aussitôt. S'il avait bu, elle le persuaderait de redescendre avec elle, lui préparerait du café et lui parlerait jusqu'à ce que disparaisse cet égarement qui, depuis quelque temps, hantait son regard. Alors il se remettrait à rire, son bras passé autour des épaules de sa fille.

De la lumière filtrait sous la porte de son bureau. Clare, ainsi qu'on le lui avait enseigné, frappa avant d'entrer. Si unie que soit leur famille, son frère et elle avaient appris à respecter l'intimité de chacun.

— Papa ? Je suis là.

L'absence de réponse la décontenança. Alors qu'elle se tenait debout devant la porte, hésitant sur la conduite à adopter, une sombre intuition lui dicta de rebrousser chemin ventre à terre. Un goût de cuivre envahit sa bouche, une saveur d'effroi qu'elle ne sut reconnaître. Elle dut faire un pas en arrière pour se débarrasser de ce pressentiment. Enfin, elle posa la main sur la poignée.

— Papa ?

Elle suppliait le ciel de le trouver affalé sur son bureau, ronflant du sommeil de l'ivrogne. A cette pensée, elle resserra les doigts sur le bec-de-cane, soudain furieuse à l'idée que son père puisse gâcher la plus merveilleuse soirée de sa vie avec du whisky. Comment pouvait-il la laisser tomber, lui qui était censé être toujours à ses côtés ? Elle ouvrit la porte à la volée.

Surprise et intriguée, elle constata que la pièce était vide. La lumière, cependant, était allumée, et le vieux ventilateur brassait l'air brûlant de cet ancien grenier reconverti en bureau. Elle fronça le nez : la pièce empestait l'odeur doucereuse du whisky. Au moment où elle y pénétra, elle sentit des bouts de verre crisser sous ses espadrilles. Elle contourna les morceaux d'une bouteille brisée de Irish Mist.

Etait-il parti ? Avait-il jeté la bouteille vide avant de sortir en chancelant de la maison ?

Clare, en jeune adolescente qu'elle était, ne ressentit d'abord qu'une terrible gêne. Quelqu'un pourrait le surprendre dans cet état, pensa-t-elle, certains de ses amis, de ses parents. Dans une petite ville comme Emmitsboro, tout le monde se connaissait. Elle mourrait de honte si son père provoquait un scandale dans ses déambulations éthyliques.

Serrant contre elle son éléphant chéri, son tout premier gage d'amour, elle demeurait immobile au milieu de la pièce mansardée, se torturant l'esprit pour savoir ce qu'elle devait faire.

Si seulement sa mère avait été à la maison, se dit-elle, en proie à une brusque colère. Oui, si sa mère avait été à la maison, il ne serait pas sorti au hasard comme cela. Elle aurait apaisé ses tourments ; elle l'aurait pris sous son aile et l'aurait mis au lit bien sagement. Et Blair qui avait filé pour aller camper avec ses petits voyous de copains ! Il était très certainement en train de se gaver de Budweiser auprès du feu de camp, un *Playboy* à la main.

Mais elle aussi était partie, songea-t-elle. Le flottement de son esprit lui fit venir les larmes aux yeux. Devait-elle rester à attendre le retour de son père ou bien partir à sa recherche ?

Non : elle le chercherait. Sa décision prise, elle contourna le bureau pour aller éteindre la lampe. La couche de verre brisé était à cet endroit plus épaisse. Bizarre, se dit-elle. Si la bouteille avait été brisée près de la porte, pourquoi y avait-il tant de morceaux de verre derrière le bureau ? Et sous la croisée ?

Lentement, elle leva les yeux des éclats répandus à ses pieds et contempla la haute et étroite fenêtre qui se trouvait derrière le bureau de son père. Elle n'était pas ouverte mais brisée. Des lames de verre affilées pendaient encore aux montants. Les jambes en coton, Clare fit un pas. Puis un autre. Enfin, elle regarda en bas.

Son père gisait sur les pierres du patio, la face tournée vers le ciel, la poitrine transpercée par les piquets de clôture qu'il avait rangés là en faisceau, l'après-midi même.

Elle se souvenait encore d'avoir couru, un cri d'effroi bloqué au fond de sa poitrine. Elle avait trébuché dans l'escalier, dont elle avait franchi les dernières marches à quatre pattes, puis s'était ruée dans le long couloir jusqu'à la porte battante de la cuisine, avait ouvert la moustiquaire et s'était retrouvée dehors.

Son père saignait, les membres brisés. Sa bouche était ouverte comme s'il était sur le point de parler. Ou de crier. Les piquets taillés en pointe jaillissaient de sa poitrine, gluants de sang et de viscères.

Ses yeux écarquillés la regardaient. Des yeux aveugles. Elle le secoua, hurla à son oreille. Elle voulut même le redresser. Elle l'implorait, le suppliait, l'exhortait : ses yeux demeuraient fixés sur elle, vides. Elle pouvait sentir le sang, le sang de son propre père mêlé au parfum puissant des roses estivales — ces fleurs qu'il aimait tant.

Alors elle se mit à hurler, hurler, hurler, jusqu'à ce que les voisins la découvrent.

2.

Si Cameron Rafferty détestait les cimetières, ce n'était pas par superstition. Il n'était pas du genre à éviter les chats noirs ni à toucher du bois. C'était plutôt la confrontation avec sa propre finitude qui lui répugnait. Il se savait mortel et, en tant que flic, n'ignorait pas qu'il était plus exposé que la plupart de ses concitoyens à des risques fatals. Tel était son boulot, cependant — et la vie elle-même en était un, dont on ne pouvait se retirer qu'en décédant.

Pour autant, du diable s'il éprouvait le moindre désir qu'une stèle de granit et un bouquet de fleurs fanées lui rappellent sa condition.

Il avait souhaité se pencher sur une tombe, néanmoins, et la plupart des tombes avaient la manie de se regrouper pour former des cimetières. Celui-là était rattaché à la paroisse catholique de Notre-Dame de Bon-Secours. Il avait été aménagé sur un terrain vague en pente, à l'ombre du beffroi d'une antique chapelle de pierre. L'édifice râblé avait survécu cent trente-trois années durant aux rigueurs du climat et au poids du péché. L'enclos réservé aux catholiques partis s'asseoir à la droite du Seigneur était défendu par une barrière en fer forgé qui avait perdu la plupart de ses piquets, ceux qui demeuraient en place étant dévorés par la rouille. Mais personne n'avait l'air de s'en soucier.

La plupart des habitants du bourg se partageaient aujourd'hui entre l'œcuménique Eglise du Seigneur sur Main Street et l'Eglise luthérienne au coin de Poplar, le reste se répartissant entre l'Eglise des Frères pèlerins, au sud de la ville, et la chapelle catholique — la préférence allant aux Frères.

Depuis le déclin de sa fréquentation dans les années 70, Notre-Dame de Bon-Secours s'était cantonnée aux seuls offices dominicaux. L'un des curés de Sainte-Anne d'Hagerstown y était parachuté au hasard des disponibilités pour les cours de catéchisme et la messe de 9 heures.

Autrement, Notre-Dame n'était guère sollicitée, sinon à Pâques et à Noël. Et, naturellement, à l'occasion des mariages et des funérailles. Quelle que fût la force de leurs convictions, les fidèles revenaient toujours y trouver leur dernière demeure.

Il va sans dire que Cam, qui avait lui-même été baptisé à l'ombre imposante et sereine de la statue de la Vierge, ne ressentait guère de réconfort à cette pensée.

En cette nuit magnifique, quoique un peu fraîche et venteuse, le ciel d'une pureté de cristal lui faisait regretter à cette heure de ne pas être assis derrière son bureau, une bouteille glacée de Rolling Rock à la main, l'œil rivé à son télescope braqué vers les étoiles. En vérité, il aurait même préféré se trouver dans une sombre ruelle à pourchasser un camé homicide. Etre impliqué dans une traque impitoyable, le pistolet à la main, en proie à de frénétiques poussées d'adrénaline, était aussi une forme de drogue qui préservait de la triviale réalité. En revanche, se frayer un chemin au milieu des cadavres en putréfaction, c'était comme recevoir de plein fouet un avant-goût de sa dernière heure.

Le ululement d'un hibou fit sursauter le suppléant Bud Hewitt qui marchait à son côté. Ce dernier le regarda avec un sourire contrit avant de s'éclaircir la gorge.

— Pour un peu, on croirait aux revenants, hein, shérif ?

Cam le gratifia d'un grognement indistinct. A trente ans, il n'était que de trois ans l'aîné de Bud. Ils avaient passé leur enfance à deux pas l'un de l'autre sur Dog Run Road. Durant un trimestre entier, au cours de sa dernière année au lycée d'Emmitsboro, Cam avait eu une liaison aussi fougueuse qu'orageuse avec Sarah, la sœur de Bud, et se souvenait encore de la soirée où celui-ci avait vomi son premier pack de bière. Il savait cependant fort bien que, en l'appelant par son titre officiel, Bud cherchait à se mettre lui-même en valeur.

Le suppléant du shérif avait un visage rose aux traits juvéniles et peu marqués, tout en rondeurs, et sa chevelure couleur de chaume offrait l'aspect d'un conglomérat de touffes dressées selon des angles incongrus, qu'aucun peigne, si mouillé fût-il, n'arrivait à discipliner.

— Le jour, ça ne me fait pas grand-chose, reprit Bud, mais la nuit, on dirait un de ces endroits qu'on voit dans les films de vampires.

— Il n'y a pas de morts vivants ici. Seulement des morts tout court.

— Certes, convint Bud, tout en regrettant de ne pas avoir des balles d'argent dans son pistolet au lieu des cartouches de 38 mm réglementaires.

— Par ici, shérif.

Les deux adolescents qui avaient choisi le cimetière pour se bécoter indiquaient à Cam le chemin. C'était en hurlant de frayeur qu'ils avaient dévalé la rue pour venir cogner à sa porte. Mais maintenant ils étaient animés par une excitation presque hystérique : l'aventure les réjouissait.

— Juste ici.

Le garçon de dix-sept ans, revêtu d'une veste en jean et chaussé de massives Air Jordans, lui montrait l'endroit. Il portait un petit anneau doré à l'oreille gauche — signe de stupidité ou d'arrogance, dans une petite ville comme Emmitsboro. La jeune fille qui se tenait à son côté, une tendre mijaurée aux yeux de biche marron, laissa échapper un petit gloussement. Tous deux savaient qu'ils allaient devenir les vedettes du lycée d'Emmistboro le lundi suivant.

Cam alluma sa lampe torche pour éclairer la borne renversée. La tombe était celle de John Robert Hardy, 1881-1882, un enfant qui n'avait vécu qu'une courte année avant de disparaître, il y avait plus d'un siècle de cela. En dessous de la borne couchée à terre s'ouvrait une fosse béante et noire.

— Vous voyez ? Qu'est-ce que je vous disais ? s'exclama le garçon avant de déglutir bruyamment, le blanc de ses yeux luisant sous l'éclat de la lampe. Quelqu'un l'a déterré.

— J'ai des yeux pour voir, Josh.

Cam s'accroupit pour diriger le faisceau de sa lampe à l'intérieur du trou. Il n'y avait dans la fosse qu'un reste de poussière mêlée à une fragrance de vieux cadavre.

— Pensez-vous que ce soient des pilleurs de tombes, shérif ?

La voix de Josh vibrait d'excitation. C'était au milieu de leurs étreintes dans l'herbe folle du cimetière que Sally et lui avaient chuté dans la fosse béante, et à présent, il regrettait que ce simple incident l'ait fait détaler comme un lapin. Honteux, il préférait se souvenir du moment où il avait remonté la main sous la chemise de la jeune fille. Désirant recouvrer auprès d'elle son prestige, il pérorait d'un ton sentencieux.

— J'ai lu quelque part qu'ils fouillaient les tombes pour prendre les bijoux et des morceaux de cadavre. Après, ils les vendent à des sortes de laboratoires.

— Je ne pense pas qu'ils aient trouvé grand-chose ici, rétorqua Cam en se redressant.

Bien qu'il se considère lui-même comme une personne pondérée, Cam n'en avait pas moins la trouille à se pencher ainsi au-dessus d'une tombe vide.

— Laisse-nous, maintenant, rentre à la maison avec Sally. Nous prenons l'affaire en main.

Sally le contemplait avec des yeux écarquillés. Elle avait un secret béguin pour le shérif Rafferty. Elle avait entendu sa mère raconter à une amie comment, dans son adolescence fougueuse, il parcourait Emmitsboro en blouson de cuir sur sa moto et mettait la Clyde's Tavern à feu et à sang pour une histoire de fille.

Sa moto, il l'avait toujours, et Sally était persuadée qu'il pouvait redevenir un fougueux jeune homme à volonté. Il mesurait un mètre quatre-vingt-dix et avait les muscles aussi déliés que vigoureux. Il ne portait pas bêtement un uniforme kaki, comme Bud Hewitt, mais un jean moulant et une chemise de coton aux manches retroussées. Ses cheveux d'un noir de jais retombaient en boucles le long de ses oreilles et sur le col de sa chemise. Il avait un long visage aux traits fins. Enfin, la lumière de la lune accentuait à ravir la découpe de ses pommettes et faisait défaillir le cœur de la jeune fille. Pour elle, il avait les yeux bleus les plus séduisants du monde : intenses, profonds et légèrement mélancoliques.

— Allez-vous faire appel au F.B.I. ? lui demanda-t-elle.

— Ce n'est pas exclu.

« Seigneur, rendez-moi mes dix-sept ans, songea Cam — avant de se reprendre aussitôt. Euh, non, merci. »

— Merci pour votre collaboration. La prochaine fois que vous voudrez faire des galipettes, choisissez-vous un autre endroit.

Sally rougit d'une manière adorable. La brise nocturne ébouriffait ses cheveux autour de son visage candide.

— Nous ne faisions que discuter, shérif.

« A d'autres, mignonne… »

— Bon, peu importe. Rentrez chez vous maintenant.

Il les regarda s'éloigner entre les bornes et les stèles qui se dressaient au-dessus de la terre tassée et pulvérulente des tertres, au milieu des touffes d'herbe folle. Enlacés, ils étaient déjà en train d'échanger des chuchotements excités. Sally laissa échapper un cri et se mit à glousser, avant de jeter un dernier coup d'œil à Cam par-dessus son épaule. « Quels enfants, songea-t-il en remuant la tête tandis que le vent faisait claquer un bardeau décloué sur le toit de l'antique chapelle. Ces jeunes n'ont vraiment aucun sens de l'atmosphère. »

— Bon. Je vais avoir besoin des photographies de l'endroit, Bud. Tu t'en occupes tout de suite. Et puis nous ferions mieux d'entourer la fosse avec des cordes et de la signaler avec des repères. Reviens ici demain matin : d'ici là, tout le monde en ville aura eu vent de l'affaire.

— M'étonnerait qu'il y ait des pilleurs de tombes à Emmitsboro.

Bud plissait les yeux en essayant de se donner l'air qui seyait à sa fonction. Le cimetière était un endroit joliment sinistre, pensait-il, mais d'un autre côté, c'était bien là l'affaire la plus excitante qu'ils aient eue depuis que Billy Reardon avait trafiqué la camionnette de son père pour aller faire une virée avec cette fille mamelue de Gladhill et un pack de Miller.

— C'est probablement l'œuvre d'une bande de petits vandales qui pratiquent l'humour noir.

— Sans doute, murmura Cam.

Cependant, tandis que Bud partait récupérer l'appareil photo dans la voiture de patrouille, il s'accroupit de nouveau près de la tombe, songeant que cela ne ressemblait en rien à un acte de vandalisme. Il n'y avait là nul graffiti, nulle trace de violence aveugle.

Au contraire, la tombe avait été creusée avec soin, avec application même, et les stèles alentour n'avaient pas été dérangées. On n'avait touché qu'à cette seule petite sépulture.

Et où diable était passée la terre ? Il n'y en avait aucun tas à proximité de la fosse. Ce qui voulait dire qu'elle avait été charriée hors du cimetière. Mais, Seigneur, qui donc voudrait de quelques brouettées de terre enlevées à une vieille tombe ? Et pourquoi ?

Le hibou se remit à ululer, puis, déployant ses ailes, prit son envol au-dessus des sépultures. Cam frissonna quand l'ombre de l'oiseau de nuit lui passa sur le dos.

*
* *

Le lendemain étant un samedi, Cam se rendit en ville et gara sa voiture devant le café Martha's, lieu de rendez-vous traditionnel à Emmitsboro. Depuis qu'il était revenu s'installer comme shérif dans sa ville natale, il avait pris l'habitude de venir y faire une pause chaque samedi matin pour y déguster des crêpes et boire un peu de café.

Son travail l'empêchait rarement de sacrifier à ce rituel. Tous les samedis ou presque, il avait ainsi la possibilité de se détendre pendant deux heures, de 8 à 10, au-dessus d'une tasse de café, tout en discutant avec les serveuses et les habitués du lieu. Et, tandis que, dans un coin de la salle, un juke-box crachotait des airs de Loretta Lynn et de Randy Travis, Cam passait en revue les titres du *Herald Mail* avant de se plonger dans les articles de la rubrique sportive, environné par l'odeur réconfortante des saucisses et du bacon en train de griller, par les bruits de vaisselle et le papotage des anciens accoudés au comptoir, qui discutaient base-ball d'une voix monocorde et se penchaient gravement sur la conjoncture économique.

La vie se déroulait à un rythme lent et serein dans cette petite ville du Maryland, et c'était justement la raison pour laquelle Cam était revenu s'y installer.

Emmitsboro s'était quelque peu développée depuis sa jeunesse. Forte d'environ deux mille habitants — en comptant les fermes et les chalets des environs —, la cité avait procédé à l'agrandissement de son école primaire et s'était dotée du tout-à-l'égout depuis cinq ans. De tels changements étaient de véritables événements dans cette ville où chaque jour, au-dessus du parc longeant la place au croisement de Main et de Poplar, le drapeau national flottait du lever au coucher du soleil.

Petite ville tranquille fondée en 1782 par Samuel Q. Emmit, Emmitsboro se nichait au fond d'une vallée entourée de paisibles collines aux versants fertiles. Flanquée sur trois côtés par des prairies et des champs de luzerne et de maïs, la cité était bordée sur le quatrième par le bois des Dopper, ainsi dénommé en référence à la ferme des Dopper qui s'étendait à proximité. C'était un bois profond qui s'étendait sur quatre-vingts hectares. Certain jour glacé de novembre 1958, Junior, l'aîné des Dopper, avait séché les cours pour aller s'aventurer dans ce bois avec son 30-30 sur l'épaule dans l'espoir de ramener un daim de six andouillers.

On l'avait retrouvé le lendemain matin sur la berge humide du torrent. Il avait perdu la majeure partie de sa tête. On aurait dit qu'il avait glissé sur la rive gelée et que son fusil, dont il avait négligé de mettre la sécurité, était parti tout seul, l'envoyant, lui, *ad patres*, au lieu du daim qu'il pourchassait.

Depuis lors, les gamins s'amusaient à se faire peur autour des feux de camp en évoquant le fantôme décapité de Junior errant dans le bois des Dopper pour des chasses éternelles.

Le torrent Antietam coupait les pâturages au sud de la ferme des Dopper, puis se précipitait dans le bois où Junior avait connu sa glissade fatale, et débouchait enfin dans la ville, qu'il traversait de son cours sinueux. Les jours de grosse pluie, il s'engouffrait en bouillonnant rageusement sous le pont en pierre de Gopher Hole Lane.

A un kilomètre à peine de la ville, il s'élargissait en passant par une futaie sauvage et rocailleuse. A cet endroit, l'eau prenait un cours lent et paisible sur lequel, en été, jouaient les reflets du soleil filtrés par la voûte des feuillages. Le pêcheur pouvait y trouver des rochers confortables pour y taquiner la truite, et, s'il n'était point trop ivre ni trop stupide, y gagner son repas du soir.

Au-delà de ce trou d'eau poissonneux, les rives grimpaient le long d'escarpements tortueux. Deux crêtes plus haut, s'ouvrait une carrière de gypse où Cam avait sué sang et eau durant deux étés consécutifs. Des gamins, le plus souvent ivres de bière ou de hasch, s'y réunissaient durant les nuits de forte chaleur pour précipiter des moellons dans les sombres profondeurs du cours d'eau en contrebas. En 78, après la chute de trois fêtards dans le torrent, la carrière avait été clôturée et mise sous bonne garde. Ce qui n'empêchait pas les gamins d'y continuer leurs escapades : un saut par-dessus la clôture, et le tour était joué.

Situé à l'écart des voies principales, à deux heures de route de Washington D.C., Emmitsboro avait échappé au destin des autres cités-dortoirs environnant la capitale. Les changements qu'elle avait subis étaient peu nombreux et fort modérés — ce qui convenait parfaitement aux autochtones.

La ville s'enorgueillissait d'une quincaillerie, d'un foyer de la Légion américaine et d'une poignée de vieilles boutiques, ainsi que d'un marché tenu par la même famille depuis quatre générations et d'une station-service qui avait changé de main un nombre incalculable de fois. Sur la place, une succursale de la bibliothèque du comté ouvrait deux après-midi par semaine et le samedi matin. Enfin, Emmitsboro avait son propre shérif, deux suppléants, un maire et un conseil municipal.

Sous l'ombre dense des arbres, en été, régnait une fragrance de gazon fraîchement tondu qui faisait oublier les remugles des gaz d'échappement. Les habitants tiraient une grande fierté de leurs maisons et, jusque dans les plus petites parcelles, s'occupaient avec un soin ostentatoire de leurs fleurs et de leur potager.

L'automne venu, les collines environnantes prenaient des teintes flamboyantes, tandis qu'une odeur de feu de bois et d'humus imprégnait les rues de la ville.

En hiver, enfin, avec ses murs de pierre enneigés d'où filtraient les lumières de Noël, Emmitsboro ressemblait à un paysage de carte postale, à une scène de *It's a Wonderful Life*.

Question délinquance, c'était une villégiature pour un flic. Hormis quelques actes de vandalisme occasionnels — des vitres barbouillées ou cassées par des gamins —, quelques infractions au code de la route, les délits d'ivresse et de tapage nocturne ainsi que les querelles de ménage, qui survenaient durant le week-end, Cam n'avait eu affaire depuis sa nomination qu'à une seule agression à main armée, deux ou trois vols sans gravité, une demi-douzaine de mauvaises farces, des bagarres d'ivrognes et une poignée de conducteurs éméchés.

Même pas de quoi remplir une bonne nuit de travail à Washington D.C., où il avait été en poste pendant plus de sept ans.

Quand il avait pris la décision de démissionner pour revenir à Emmitsboro, ses collègues lui avaient dit que l'ennui le pousserait à réintégrer dare-dare la capitale avant six mois. Il avait une réputation de vrai baroudeur des rues, d'un homme d'action au sang-froid infaillible, pour qui la confrontation avec camés et dealers était une habitude, sinon une routine.

Et il est vrai qu'il appréciait cela, qu'il goûtait cette impression d'être constamment sur la corde raide alors qu'il patrouillait dans les rues pour en déloger la lie de l'humanité. En se faisant inspecteur de la police urbaine, il avait réalisé une ambition secrète qui l'animait depuis le premier jour où il était entré dans la police. Et s'il était resté dans la rue, c'était parce qu'il s'y sentait comme chez lui, parce qu'il s'y trouvait à son aise.

Un jour, cependant, un après-midi d'été pluvieux, son coéquipier et lui avaient pourchassé dans un immeuble délabré du South East un petit dealer de vingt ans en se guidant sur les cris de la personne qu'il avait prise en otage. Et tout alors avait changé.

Une main s'abattit sur son épaule, interrompant sa rêverie.

— Cameron ?

Il releva les yeux.

— Monsieur Atherton, dit-il en reconnaissant le maire d'Emmitsboro.

— Puis-je m'asseoir à votre table ?

Avec un bref sourire, James Atherton installa son long et maigre corps sur la banquette de Skaï en face de Cam. C'était un homme tout en angles, au visage ossu, à l'air vaguement mélancolique, à la peau blanche, constellée de taches de rousseur. Il avait les cheveux d'un blond cendré et le cou aussi long que les membres.

De la pochette de son blazer dépassaient un stylo à bille et une paire de lunettes cerclées d'acier. Il portait constamment des blazers et des chaussures de cuir noir à lacets impeccablement cirées. Cam ne se rappelait pas avoir jamais vu Atherton en tennis ni en jean, encore moins en short. A cinquante-deux ans, il ressemblait trait pour trait à ce qu'il était : un professeur de sciences au lycée de la ville, doublé d'un élu municipal. Il était maire d'Emmitsboro depuis que Cam était tout jeune homme. Et la ville était aussi satisfaite de son travail qu'il l'était lui-même d'une fonction municipale qui ne le requérait guère à temps complet.

— Café ? lui demanda Cam en faisant aussitôt signe à la serveuse.

Celle-ci n'avait pas attendu son geste pour s'approcher d'eux, le pot à la main.

— Merci, Alice, lui dit Atherton quand elle lui eut servi le café.

— Mangerez-vous un morceau, monsieur le maire ?

— Non, j'ai déjà pris mon petit déjeuner.

Puis, avisant le plateau de gâteaux posé sur le comptoir :

— Ces beignets sont-ils frais ? demanda-t-il.

— De ce matin même, répondit-elle.

Laissant échapper un faible soupir, il versa de la crème et deux cuillerées de sucre dans son café.

— Je suppose que vous n'en avez pas des fourrés à la pomme avec de la cannelle dessus ?

— Si, il y en a même un qui vous est réservé.

Alice lui lança un clin d'œil avant d'aller lui chercher le plateau de beignets.

— La chair est faible, hélas, murmura Atherton en goûtant son café. Soit dit entre nous, ma femme rage de me voir m'empiffrer autant sans gagner un seul gramme.

— Comment se porte Mme Atherton ?

— Min ? Très bien. Elle passe toute la matinée à une vente de gâteaux au collège. Pour rassembler l'argent des uniformes de l'harmonie.

Quand Alice lui eut déposé son beignet sur la table, Atherton prit couteau et fourchette et déploya avec un soin méticuleux sa serviette sur ses genoux.

Cam ne put retenir un sourire. Monsieur le maire n'était pas du genre à se goinfrer sans retenue de quartiers de pomme gluants : la propreté méticuleuse d'Atherton était proverbiale.

— Paraît que vous étiez sur une affaire curieuse la nuit dernière ?

— Une sale affaire, oui.

Cam eut de nouveau devant les yeux l'image de la fosse noire et béante. Il porta à ses lèvres son café qui refroidissait.

— Nous avons pris des photos du site avant de l'entourer avec des cordes. J'y suis retourné tôt ce matin. Le sol était lourd et humide. Aucune empreinte de pas. L'endroit était propre comme un sou neuf.

— C'étaient peut-être des gamins qui s'entraînaient pour Halloween.

— C'est ce que je me suis dit d'abord, concéda Cam. Mais ça ne colle pas. Des gamins n'auraient pas procédé avec une telle application.

— Voilà qui est regrettable et fâcheux.

Atherton dégustait son beignet par petits morceaux, qu'il prenait soin de mâcher et d'avaler avant d'ouvrir la bouche.

— Dans une ville comme la nôtre, on n'est pas habitué à ce genre de frasque absurde. Encore heureux que ce soit une vieille tombe et qu'il ne reste plus aucun parent du défunt pour s'en offusquer.

Atherton reposa sa fourchette, prenant soin d'essuyer ses doigts sur sa serviette avant de se saisir de sa tasse de café.

— Dans quelques jours la rumeur s'épuisera et les gens auront oublié cette histoire. J'aimerais seulement qu'un pareil incident ne se reproduise pas.

Il se mit alors à arborer le sourire qu'il avait lorsqu'un de ses élèves en difficulté décrochait un A.

— Je suis sûr que vous mènerez tout cela avec discrétion, Cameron. Si je puis vous aider, faites-le-moi savoir.

— Je n'y manquerai pas.

Atherton prit son portefeuille et en sortit deux billets de un dollar neufs et craquants, dont il glissa les coins sous l'assiette vide.

— Il faut que j'y aille maintenant. Je dois aller accomplir mon devoir de présence à la vente de gâteaux.

Cam le regarda sortir d'un pas nonchalant et descendre Main Street en saluant des passants.

Le reste de la journée fut consacré à la mise à jour des papiers et aux patrouilles de routine. Vers le crépuscule cependant, Cam revint au cimetière, où il resta près de trente minutes à méditer sur la petite tombe vide.

Du haut de ses quinze ans, Carly Jameson trouvait le monde écœurant. Surtout ses parents. Ils ne comprenaient vraiment pas la jeunesse. C'était rien qu'une belle paire de beaufs vivant une existence stupide dans leur stupide ville d'Harrisburg en Pennsylvanie. Ces bons vieux Marge et Fred, songea-t-elle avec un reniflement de dégoût. Elle changea son sac à dos d'épaule tout en continuant à reculer sur le bas-côté de la route 15, en direction du sud, le pouce haut levé.

« Pourquoi ne portes-tu pas de jolis vêtements comme ta sœur ? »

« Pourquoi ne travailles-tu pas à l'école pour obtenir de bonnes notes comme ta sœur ? »

« Pourquoi n'arrives-tu pas à avoir une chambre aussi propre que celle de ta sœur ? »

Merde, merde et merde !

Elle détestait sa sœur, aussi — Jennifer, cette fille modèle, avec tous ses airs de sainte-nitouche et ses costumes de collégienne ; Jennifer la bonne élève, qui allait se retrouver dans cette superuniversité d'Harvard grâce à une superbourse pour y faire de superétudes de médecine.

Tout en foulant le gravier de ses grosses baskets rouges, Carly imagina une poupée dont les cheveux blond pâle retombaient en boucles parfaites autour de son visage modelé à la perfection. Ses yeux bleus de bébé étaient vides de toute expression et sa mignonne petite bouche charnue affichait un sourire de supériorité.

« Salut, je m'appelle Jennifer, disait la poupée quand on tirait sur la ficelle. Je suis une fille modèle. Je fais tout ce qu'on me dit de faire et je le fais à la perfection. »

Carly se voyait alors en train de lâcher la poupée du haut d'une tour, histoire de regarder le modelé parfait de son visage s'écraser sur le béton.

Ah ça non, bordel, elle ne voulait vraiment pas ressembler à Jennifer ! Plongeant la main dans la poche de son jean moulant, elle en extirpa un paquet de cigarettes froissé. Plus qu'une seule Marlboro, songea-t-elle avec dépit. Mais elle avait cinquante dollars sur elle, et il devait bien y avoir un magasin quelque part sur cette route.

Elle alluma sa cigarette avec un Bic de couleur rouge — *sa* couleur —, remit le briquet dans sa poche et jeta négligemment le paquet vide. Elle maudissait sans grande conviction les voitures qui la dépassaient en vrombissant. Elle avait plutôt eu de la veine jusqu'à présent : comme le ciel était sans nuages et la température agréable, marcher ne la dérangeait pas outre mesure.

Elle ferait du stop jusqu'en Floride, jusqu'à Fort Lauderdale, là même où ses parents avaient refusé de la laisser partir s'amuser pour les vacances de printemps. Elle était trop jeune, disaient-ils — mais à les entendre, elle était toujours trop jeune, ou trop vieille, pour toutes les satanées choses dont elle avait envie.

Jésus, ils n'y connaissaient rien, se dit-elle en faisant valser autour de son visage le casque broussailleux de sa rousse chevelure.

Les trois boucles qu'elle portait à l'oreille gauche entamèrent une gigue folle. Sous sa veste de jean, presque entièrement recouverte d'écussons et de pins, se devinait un T-shirt rouge à l'effigie de Bon Jovi ; son jean moulant était délibérément coupé aux genoux et une douzaine de fins bracelets cliquetaient sur l'un de ses bras — l'autre étant orné de deux montres Swatch.

Mesurant un mètre soixante pour cinquante kilos, Carly était fière de son corps, qui n'avait vraiment commencé à s'épanouir que depuis l'année précédente. Elle aimait le mettre en valeur dans des vêtements moulants qui scandalisaient ses parents et les faisaient bouillir de rage. Mais elle y trouvait son plaisir. Sachant surtout que Jennifer était aussi épaisse qu'une planche à pain. Ce qui la remplissait d'un contentement ineffable — même si cette unique victoire remportée sur sa sœur n'était qu'une question de tour de poitrine.

Les gens la pensaient sexuellement active, avec Justin Marks surtout, et la regardaient passer avec des yeux de goules. Tout le monde s'attendait qu'elle débarque un jour en criant : « Hé, je suis enceinte ! » « Sexuellement active », se répéta-t-elle en reniflant. Voilà donc les termes qu'ils aimaient employer pour avoir l'air dans le vent...

Eh bien, en fait, elle n'avait pas encore dit oui à Justin, qui en avait pourtant bien envie. Elle ne se sentait pas encore prête pour le grand saut. Mais peut-être qu'une fois en Floride elle changerait d'avis.

Se retournant pour reposer ses talons, elle chaussa ses lunettes de vue teintées sans s'arrêter de marcher. Elle détestait sa myopie, et ce n'était que tout récemment qu'elle avait accepté de porter des verres correcteurs. A condition qu'ils fussent teintés, justement. Comme elle avait déjà perdu ses deux précédentes paires de lentilles de contact, ses parents avaient opposé leur veto à l'achat d'une troisième.

Bon, elle s'en achèterait une elle-même, décida-t-elle. Elle se trouverait bien un travail en Floride. En tout cas, elle ne remettrait plus jamais les pieds dans cette Pennsylvanie de merde. Oui, elle en prendrait dans le genre des Durasoft, qui transformeraient ses pauvres yeux noisette en deux perles de ciel pur.

Elle se demanda si ses parents étaient déjà partis à sa recherche. Probablement non. Qu'est-ce que ça pouvait leur faire de toute façon ? Il leur restait la Merveilleuse Jennifer. Ses yeux s'embuèrent. Elle ravala ses larmes avec colère. Cela ne lui faisait ni chaud ni froid, se dit-elle. Qu'ils aillent tous au diable.

Merde, merde et merde.

Ils penseraient sans doute qu'elle était à l'école en train de s'emmerder à apprendre l'histoire des Etats-Unis. Mais, franchement, qui se fichait de savoir quels vieux cons avaient signé la Déclaration d'indépendance ? Aujourd'hui, c'était sa déclaration d'indépendance *à elle* qu'elle signait. Désormais, elle n'aurait plus jamais à aller s'asseoir dans une salle de classe ni à suivre des conférences sur l'art et la manière de ranger sa chambre, d'écouter sa musique sans déranger les autres ou de se maquiller avec sobriété.

« Qu'as-tu donc, Carly ? lui demanderait encore une fois sa mère. Pourquoi agis-tu ainsi ? Je ne te comprends pas. »

Tu parles ! *Personne* ne la comprenait.

Elle se retourna une nouvelle fois pour lever le pouce. Elle n'était pas vraiment aux anges. Depuis quatre heures qu'elle était sur la route, son audace avait tourné en apitoiement sur elle-même, et, tandis qu'un semi-remorque la dépassait en trombe, lui aspergeant le visage de poussière, elle eut un instant l'idée de franchir le ruban de bitume et de virer cap au nord pour reprendre le chemin de la maison.

Plutôt crever, se dit-elle en redressant les épaules. Elle n'allait pas retourner là-bas. Qu'ils viennent plutôt la chercher… Oh oui, elle avait tellement envie qu'ils viennent la chercher…

Lâchant un faible soupir, elle quitta le bas-côté et s'assit un instant à l'ombre du remblai herbu. Non loin de là, des vaches étaient nonchalamment étendues derrière des barbelés rouillés. Dans son sac à dos, outre son Bikini, son portefeuille Levis, son minishort rose et un T-shirt de rechange, Carly avait pris soin d'emporter deux goûters Hostess. Elle mangea les deux, puis lécha ses doigts poisseux de chocolat et de crème tout en regardant brouter les vaches.

Elle regrettait de ne pas avoir emporté quelques canettes de Coke. Elle en achèterait dans le premier bled venu, en sus des Marlboro. Jetant un coup d'œil à ses montres, elle s'aperçut qu'il était un peu plus de midi. Une foule bruyante devait avoir envahi la cafétéria de l'école à cette heure. Elle imagina la tête que feraient ses camarades lorsqu'ils apprendraient qu'elle était descendue en stop jusqu'en Floride. Sûr qu'ils seraient verts de jalousie. C'était certainement la chose la plus chouette qu'elle ait jamais faite de sa vie. On la regarderait d'un autre œil après ça. Tout le monde, sans exception.

Elle s'assoupit un instant. Quand elle se réveilla, elle se sentait groggy et toute courbaturée. Ayant jeté son sac sur l'épaule, elle remonta sur le bas-côté de la route et dressa son pouce en direction du sud.

Jésus, elle mourait de soif ! On aurait dit que les miettes des gâteaux restaient fichées dans sa gorge comme du gravier. Et puis elle avait encore envie d'une cigarette. Elle se sentit un peu ragaillardie lorsqu'elle aperçut un panneau indiquant :

Emmitsboro 8 miles

Ça avait vraiment l'air d'être un coin paumé. Mais enfin, du moment qu'ils avaient du Coke classic et des Marlboro, cela lui convenait parfaitement.

Son ravissement ne connut plus de limites lorsque, moins de dix minutes après, une camionnette ralentit pour se ranger à quelques mètres devant elle. Ses boucles d'oreilles et ses bracelets cliquetant de concert, elle galopa jusqu'à la portière côté passager. Le type avait l'allure d'un fermier. Il avait de grosses mains aux pouces épais et portait une casquette genre base-ball avec une publicité pour un magasin de graines et de semences imprimée au-dessus de la visière. Le véhicule dégageait une odeur agréable de foin et d'étable.

— Merci, monsieur, dit-elle en se hissant dans l'habitacle.

— Vous allez où ?

— Dans le Sud. En Floride.

— Long voyage.

Le bonhomme posa un œil sur le sac à dos avant de réengager la camionnette sur la route.

— Ouais, plutôt, répondit Carly avec un haussement d'épaules.

— Vous allez voir des parents ?

— Non. Je me promène, c'est tout.

Elle lui lança un regard de défi, auquel il répondit par un sourire.

— Ouais. Je vois. Je peux vous avancer d'une centaine de kilomètres, mais je devrai m'arrêter quelque part.

— O.K., impec.

Satisfaite d'elle-même, Carly se renfonça dans le siège.

Au plus profond des bois, au plus profond de la nuit, résonna le tintement cristallin d'une cloche. Tandis que la lune grimpait haut dans le ciel noir, les treize officiants réunis en cercle se mirent à chanter. Et c'était une chanson de mort.

L'autel de chair vive se débattait avec force. Elle voyait trouble : on lui avait ôté ses lunettes et on lui avait fait une sorte de piqûre au moment où on lui liait les membres. Elle avait l'impression d'être sur une mer houleuse. Au tréfonds d'elle-même, cependant, une peur glacée l'étreignait.

Elle savait qu'elle était nue, et que ses bras et ses jambes étaient maintenus écartés par des cordes. Elle ignorait néanmoins où elle se trouvait ; la confusion qui régnait en son esprit l'empêchait de reconstituer le fil des événements.

Le chauffeur de la camionnette, se dit-elle soudain en tirant sur les cordes. C'était lui qui l'avait amenée ici. Ce n'était qu'un fermier pourtant. Non ? Ils s'étaient arrêtés à sa ferme. De cela, au moins, elle était quasi certaine. Et puis il s'était jeté sur elle. Elle avait essayé de lui résister, mais il était fort, terriblement fort. Et puis il l'avait assommée avec quelque chose.

Tout le reste n'était que songe. Et voilà qu'elle se retrouvait ligotée, au beau milieu des ténèbres. Depuis combien de temps était-elle ici ? Une heure, un jour ? Elle avait senti des hommes s'approcher d'elle en parlant à voix basse, puis la piqûre de l'aiguille dans la chair de son bras.

Enfin, elle était de nouveau à l'air libre. Elle pouvait voir la lune, les étoiles. Elle sentait de la fumée. L'odeur lui fit tourner la tête, comme naguère le tintement argentin de la cloche. Et les incantations. Elle n'arrivait pas à en saisir le sens. Sans doute des mots étrangers. Des mots absurdes.

Elle pleura un peu en appelant sa mère.

Puis elle tourna la tête et aperçut les silhouettes tout de noir vêtues. Elles étaient surmontées de têtes d'animaux, comme dans les films d'horreur. Ou dans les cauchemars. Oui, c'était un cauchemar, se dit-elle en pleurant à chaudes larmes. Bientôt elle se réveillerait. Sa mère viendrait la tirer du lit en lui ordonnant de filer tout de suite à l'école, et tout cela s'évanouirait en fumée.

C'était forcément un rêve. Il ne pouvait exister des créatures pareilles, mi-hommes mi-bêtes. Les monstres, il n'y en avait qu'au cinéma, dans le genre de vidéo qu'elle regardait la nuit avec ses copines.

La chose à tête de bouc posa une coupe d'argent entre ses seins. Dans l'état second où elle se trouvait, Carly se demanda comment il se faisait qu'elle puisse sentir le contact du métal froid contre sa peau. Dans les rêves, normalement, on ne sentait rien.

La créature leva alors les bras au ciel, et les éclats de ses paroles se répercutèrent dans le cerveau de la jeune fille. Puis le monstre plaça un cierge noir entre ses cuisses.

Carly commença alors à crier pour de bon, comprenant avec terreur qu'elle n'était pas en train de rêver. Cependant, tout, autour d'elle, semblait apparaître pour disparaître aussitôt dans une brume épaisse, tandis que les bruits qu'elle entendait lui parvenaient comme d'une très lointaine distance. Les horribles têtes de bêtes poussaient des cris, des hurlements, des gémissements. Et c'étaient des appels humains — trop humains.

L'homme à tête de bouc retourna enfin la coupe, dont le contenu se répandit sur son corps. Cela sentait le sang. Carly gémit. Elle sentit le doigt de l'homme tracer des signes sur sa chair avec le liquide écarlate. Elle vit ses yeux luire derrière son masque lorsque avec ses mains, ses mains d'homme, il se mit à lui faire des choses contre lesquelles sa mère l'avait mise en garde — de ces choses qu'elle connaîtrait, disait celle-ci, si elle faisait du stop et aguichait les garçons.

Malgré sa peur, elle eut honte de sentir son ventre humecté par une sensation brûlante.

Les créatures étaient nues maintenant. Sous les chasubles et les masques de boucs, de loups et de lézards, apparaissaient des hommes.

Avant même que le premier d'entre eux ne se vautre sur elle, son membre dressé, Carly comprit qu'elle allait être violée. A la première poussée elle se mit à hurler ; l'antre des forêts lui répondit par un écho moqueur.

Ils léchèrent ses seins maculés de sang, lapant et buvant à même sa chair avec d'affreux grommellements. Lorsqu'ils l'embrassèrent avec fureur, elle fut saisie d'un haut-le-cœur et ne se débattit plus que faiblement. Alors, grognant et gémissant, ils la pincèrent, la mordillèrent, la sucèrent.

Tous se livraient à une débauche de gesticulations, de sauts et de hurlements tandis que, l'un après l'autre, ils prenaient possession de l'autel. Et ils le firent sans aucune pitié, indifférents aux cris de la jeune fille, qui devinrent bientôt des sanglots, puis des bredouillements incohérents.

Carly s'était réfugiée au plus profond d'elle-même, là où aucune souffrance ni aucune peur ne pouvait plus l'atteindre.

Ce qui lui épargna la vue du couteau.

3.

La galerie était bondée. Une heure après l'ouverture des portes, un flot de personnes avait envahi les trois niveaux de l'exposition. Et non seulement des personnes, songea Clare en sirotant son champagne, mais aussi des personnalités. De ces personnages avec un grand P qui gonfleraient le cœur d'Angie aux dimensions de l'Etat du Kansas : des stars du monde des affaires, des arts, du théâtre, de la littérature — du beau linge, en somme. De Madonna à monsieur le maire, tous étaient venus voir, commenter et, visiblement, acheter.

Les journalistes tenaient des conciliabules devant le buffet, en se gavant de canapés et de champ' français. « Entertainment Tonight », ce pilier des magazines T.V., avait dépêché une équipe, qui faisait toujours le pied de grue devant *Retour de manivelle*, une statue en acier et bronze d'un mètre de haut. « Hardi », s'exclamaient les reporters au vue de la criante sensualité et du féminisme patent exprimés par cette représentation de trois femmes nues armées d'une lance, d'un arc et d'une pique et encerclant un homme à genoux.

Pour Clare, cependant, il s'agissait simplement de figurer la frustration qu'elle avait éprouvée à la suite de son divorce, lorsqu'elle cherchait désespérément une arme pour se défendre.

Des envoyés de *Museums and Arts* étaient en train de discuter sur une statuette de cuivre, émaillant leurs propos d'épithètes à l'emporte-pièce telles que « ésotérique » et « structuré ».

Bref : on ne pouvait rêver succès plus grand.

Alors pourquoi se sentait-elle si déprimée ?

Oh, elle avait rempli ses devoirs, souriant et bavardant jusqu'à ce que la peau de son visage menace de se fendre comme du marbre fêlé. Elle avait même revêtu la robe qu'Angie avait choisie pour elle. Une toilette d'un noir fastueux et moiré qui s'ouvrait dans le dos en un décolleté vertigineux et dont la jupe était si étroite qu'elle obligeait la jeune femme à se déplacer comme une Chinoise aux petits pieds. A cela s'ajoutait une coiffure d'un goût austère, et quelques lourds bijoux de cuivre que Clare s'était un jour fabriqués sur un coup de tête.

Elle n'ignorait pas qu'elle donnait ainsi de sa personne une image aussi inspirée que sensuelle — quoique à cet instant elle ne se sente ni inspirée ni sensuelle.

Elle avait plutôt l'impression, songeait-elle, d'être un péquenot au féminin, un peu ahurie. L'héroïne du *Magicien d'Oz* avait dû éprouver les mêmes sentiments, elle en était certaine, lorsque sa ferme avait été parachutée au beau milieu du pays des contes de fées. Comme elle, aussi, Clare était tourmentée par une profonde et intense nostalgie de ses racines. Un regret inextinguible.

La jeune femme s'efforça de chasser ces pensées de son esprit. Elle se remit à siroter son champagne, essayant de se convaincre qu'elle réalisait enfin le rêve de toute une vie. Elle avait travaillé dur pour en arriver là, de même qu'Angie et Jean-Paul, qui s'étaient ingéniés à créer un cadre propice à la mise en valeur des œuvres d'art, et qui s'étaient lourdement endettés pour cela.

La galerie en elle-même était un lieu splendide, le décor rêvé pour présenter des créations et accueillir la foule de personnalités élégantes qui s'y pressaient. Ses trois niveaux d'un blanc immaculé étaient reliés par un escalier suspendu. Tout y était spacieux, ondoyant et fluide. Du plafond élevé retombaient les grappes de cristal de deux lustres contemporains.

Chacune des sculptures était éclairée avec soin. Tout autour évoluaient des invitées parées de diamants dans des modèles de haute couture.

Les espaces d'exposition étaient saturés de fragrances coûteuses, qui se mêlaient jusqu'à créer un seul et rare parfum. Celui de la richesse.

— Très chère Clare...

Tina Yongers, une critique d'art qu'elle exécrait, se frayait un chemin jusqu'à elle. C'était une sorte de petit lutin à la houppe blonde et aux yeux d'un vert acéré qui, à cinquante ans passés, maintenait son apparence physique dans les eaux trompeuses de la quarantaine grâce à moult opérations de chirurgie esthétique.

Revêtue d'un caftan printanier et vaporeux qui lui descendait jusqu'aux chevilles, elle laissait derrière elle un sillage de Poison aux senteurs suffocantes.

Un parfum qui lui convenait à merveille, songea Clare, ses comptes rendus étant généralement des exécutions. Elle pouvait, d'un seul haussement de ses sourcils blond platine, écraser comme de la vermine les prétentions d'un artiste. Nul n'ignorait qu'elle avait adopté cette conduite pour l'intense sentiment de supériorité que cela lui procurait.

Elle posa les lèvres sur la joue de Clare avant de s'agripper à son bras comme une possédée.

— Tu t'es surpassée, hein ?

Clare eut un sourire hypocrite qu'elle se reprocha aussitôt.

— Vraiment ? dit-elle.

— Ne sois donc pas modeste, il n'y a rien de plus assommant. Voyons, tu es en passe de devenir *le* créateur des années 90. Que dis-je ? La créatrice. Cela crève les yeux.

Elle repoussa ses cheveux en arrière en laissant échapper un rire sonore à destination de la horde des photographes.

— Et je suis heureuse de pouvoir me vanter d'avoir été la première à le reconnaître. Dès ta première exposition.

Et pour son compte rendu élogieux elle avait attendu en retour des libéralités sans nombre, des invitations et des tours de manèges gratis. Ainsi allait la vie des arts… Clare avait presque l'impression d'entendre les paroles d'Angie résonner encore à son oreille : « Tout le monde doit jouer le jeu. »

— J'apprécie ton soutien, Tina.

— Il n'y a pas de quoi. Je ne soutiens que les meilleurs. Si le travail est de médiocre qualité, je suis la première à le souligner.

Elle retroussa les lèvres dans un sourire qui découvrit de petites dents pointues de jeune chaton.

— Tiens, prends la minable exposition de Craig, par exemple, le mois dernier. C'était de la crotte, insignifiant au possible, sans une once d'originalité. Tandis que ça…

Elle pointa un doigt bagué en direction d'une sculpture de marbre blanc — une gueule de loup renversant la tête dans un hurlement étouffé qui laissait voir ses crocs pointus et luisants. Ses épaules, ou du moins leur amorce, étaient indubitablement humaines.

— Ça, oui, continuait Tina, ça, c'est puissant.

Clare contempla la statue. Elle l'avait faite durant une nuit d'insomnie, en s'inspirant d'un de ses cauchemars. Un frisson soudain lui fit détourner la tête. « Joue le jeu », s'exhorta-t-elle avant de vider son verre.

Malgré tous ses efforts, elle était incapable de comprendre pourquoi l'alcool comme les éloges la rendaient si nerveuse.

— Merci, Tina. Angie se sentira mille fois moins oppressée lorsque je lui aurai rapporté ton opinion.

— Oh, je lui en ferai part moi-même, n'aie crainte, répliqua-t-elle en tapotant du doigt le poignet de Clare. J'aimerais parler plus tranquillement avec toi à l'occasion. J'ai un projet de conférence devant mon équipe. Ça te dirait d'y participer ?

— Naturellement, répondit Clare, qui détestait pourtant les allocutions publiques plus encore que les interviews. Passe-moi un coup de fil.

« D'ici là, se dit-elle, j'arriverai bien à changer de numéro de téléphone ! »

— Alors on fait comme ça. Félicitations, Clare.

Clare se retirait en catimini, désireuse de jouir d'un moment de solitude dans le bureau privé d'Angie, lorsqu'elle heurta rudement la personne qui se trouvait derrière elle.

— Oh, je suis désolée, commença-t-elle en faisant volte-face. On est tellement les uns sur les autres ici que… Blair !

Animée par sa première émotion sincère de la soirée, elle se jeta au cou du jeune homme.

— Tu es venu ! J'avais peur que tu ne puisses pas…

— … Assister à la soirée mondaine donnée en l'honneur de ma sœur ?

— C'est un vernissage.

— Ah ouais ? reprit-il en parcourant la salle du regard. Qui l'eût cru ?

— Mon Dieu, que je suis contente de te voir, s'exclama-t-elle en le prenant par le bras. Suis-moi. Et surtout ne te retourne pas.

— Hé ! s'écria-t-il en voyant que sa sœur l'entraînait dehors. C'est ici que se trouve le champagne !

— Je t'en offrirai une caisse entière.

Ignorant la limousine qui avait été mise à sa disposition, Clare poussa son frère devant elle sur le trottoir. Quatre pâtés de maisons plus loin, guidée par l'odeur du corned-beef, des pickles et de l'ail, elle pénétrait dans un snack.

— Merci, mon Dieu, murmura-t-elle en se ruant vers le comptoir pour y contempler l'assortiment de salades de tomates, d'œufs en gelée, d'esturgeon fumé et de crêpes fourrées.

Dix minutes après, ils étaient assis à une table, les coudes calés sur une toile cirée éraflée, en train de dévorer de fines tartines de pain de seigle garnies de pastrami et de gruyère.

— Crois-tu que je me sois fendu d'un costume neuf pour me retrouver dans un snack à manger des conserves casher avec de la viande froide ?

— On peut y retourner, si tu veux, lui répliqua Clare, la bouche pleine. J'avais besoin de souffler pendant une minute.

— Mais c'est ton exposition !

— Ouais, mais qu'est-ce qu'on est venu voir, moi ou mes sculptures ?

— O.K., petite, ça va.

Blair se renfonça dans sa chaise et croqua une chips.

— Bon, reprit-il, qu'est-ce qui cloche ?

Clare demeura silencieuse un instant pour essayer de mettre ses idées au clair. Il n'y avait rien à dire, sinon qu'elle ne s'était pas rendu compte à quel point elle avait besoin de prendre du large jusqu'à ce qu'elle voit son frère planté au beau milieu de l'exposition, aussi réel et solide qu'un roc, accusant par sa seule présence tout le clinquant et le toc de la réception alentour.

Il était à peine plus grand qu'elle. Ses cheveux s'étaient assombris depuis l'enfance, prenant une teinte d'un roux intense. Tandis qu'elle le contemplait, Blair repoussa en arrière une mèche qui lui couvrait le visage. A beaucoup de femmes il évoquait une sorte de Robert Redford en plus jeune, ce qui ne manquait pas de l'embarrasser. Il n'avait jamais été particulièrement fier de son physique, et partageait la frustration de beaucoup de belles femmes cataloguées comme de jolies poupées sans cervelle.

Malgré son air ingénu, et une fraîcheur de traits qui lui donnait cinq ans de moins que son âge véritable, Blair avait réussi à grimper à la force du poignet les échelons de la carrière journalistique. Il était aujourd'hui chroniqueur politique au *Washington Post*.

Clare le savait sensé, logique et pragmatique. Tout le contraire d'elle-même, en somme. Pour autant, il n'y avait personne à qui elle se sente plus disposée à livrer ses pensées les plus intimes.

— Et comment va maman ?

Blair, qui était en train de siroter son milk-shake, savait pertinemment que sa sœur tournerait ainsi autour du pot tant qu'elle ne se sentirait pas prête aux confidences.

— Elle va bien, répondit-il. J'ai reçu une carte postale d'elle, envoyée de Madrid. Pas toi ?

— Ouais, dit-elle en mâchouillant son sandwich. Elle et Jerry ont l'air ravis au possible.

— Une lune de miel n'est pas censée être un calvaire, lui rétorqua-t-il en se penchant pour lui prendre la main. Elle a besoin de Jerry, Clare. Elle l'aime. Elle mérite ce bonheur.

— Je sais, je sais.

Irritée contre elle-même, Clare repoussa son assiette pour prendre une cigarette. Décidément, se dit-elle, son appétit semblait aussi versatile que son humeur, ces derniers temps.

— Non, vraiment, reprit-elle, je suis d'accord avec toi. Maman a travaillé si dur à la suite de papa — à la suite de sa mort, je veux dire — pour que la famille reste unie, pour que l'affaire ne s'écroule pas. Et aussi pour ne pas perdre la tête elle-même, j'imagine. Je sais tout ça.

Puis, se frottant les tempes :

— Je le sais bien, répéta-t-elle.

— Mais… ?

Elle remua la tête un moment.

— Jerry est un brave gars. Je l'aime bien, crois-moi. Il est gai, vif, et puis, manifestement, il est dingue de maman. Ce n'est pas comme si nous étions encore des enfants, à nous demander si oui ou non il essaie de prendre la place de papa.

— Mais… ?

— J'ai encore et toujours l'impression qu'il veut prendre la place de papa, lâcha-t-elle.

Elle se mit à rire, puis tira avidement sur sa cigarette.

— Enfin, ce n'est pas ça. Pas vraiment… Jésus, Blair, il y a simplement que nous sommes tellement séparés les uns des autres maintenant, si seuls avec nous-même. Maman a filé en Europe pour des semaines, toi tu es à D.C. et moi ici. Je repense encore à ce que c'était avant que papa nous quitte.

— C'était il y a longtemps.

— Je sais, mon Dieu. Je sais.

Elle se mit à froisser sa serviette de sa main libre, ne sachant trop comment expliquer son désarroi. Il était plus facile d'exprimer ses émotions avec de l'acier et de la brasure, songea-t-elle.

— Il y a simplement que… eh bien, que même après… enfin, quand on s'est retrouvés tous les trois…

Elle ferma les yeux un instant.

— Ça a été dur. Pas seulement l'accident, mais aussi toutes ces histoires de pots-de-vin, de combines et de dessous-de-table à propos du centre commercial. Nous étions une famille heureuse et puis brusquement, papa meurt, et nous voilà au beau milieu d'un scandale. Nous étions si unis — un peu trop peut-être — et puis, boum, nous voilà seuls avec nous-même.

— Tu peux toujours m'appeler, Clare. Et puis, une heure d'avion, ce n'est pas grand-chose.

— Ouais. Ecoute, je ne sais pas ce qu'il y a, Blair. Tout se passe vraiment au poil. Mon travail marche super. J'aime ce que je fais, et j'aime cette vie, mais… le cauchemar est revenu.

— Oh, murmura-t-il en lui serrant la main. Je suis désolé. Tu veux en parler ?

— De quoi ? Du rêve ?

Avec un mouvement impulsif, elle écrasa sa cigarette dans le cendrier de métal argenté. Elle n'avait jamais raconté le rêve à qui que ce fût, même pas à son frère. Sa peur : voilà tout ce qu'elle avait su en dire jusqu'alors.

— Eh bien, c'est toujours le même. Plutôt horrible sur le coup, mais après ça devient moins fort. Seulement, cette fois-ci, j'ai du mal à m'en remettre. J'ai bien essayé de travailler, mais le cœur n'y était pas — et ça se voit. Je repense encore à papa, à la maison et même, doux Jésus, au petit caniche noir de Mme Negley. Et puis aux tartines qu'on prenait le dimanche après la messe, au café Martha's.

Elle fit une pause pour prendre une profonde inspiration.

— Blair, dit-elle enfin, je veux revenir à la maison.

— A la maison ? A Emmitsboro ?

— Oui. Tu te rappelles quand je t'ai dit que j'étais en pourparlers avec des acheteurs pour la maison ? Je peux encore me rétracter. Maman ne m'en voudrait pas.

— Non, bien sûr, approuva-t-il en notant les tremblements convulsifs de la main de sa sœur dans la sienne. Mais, Clare, il y a loin d'ici à Emmitsboro. Et je ne te parle pas de quelques kilomètres.

— J'ai déjà fait le voyage, une fois.

— Oui, mais c'était dans l'autre sens, pour venir ici, à New York. Retourner là-bas, c'est une tout autre histoire. Tu n'y as pas mis les pieds depuis...

— Neuf ans. Bientôt dix. Je suppose qu'il était plus commode d'y rester pour nos premières années à l'université. Et puis, à partir du moment où maman a déménagé en Virginie, nous n'avions apparemment plus aucune raison d'y retourner.

Elle s'interrompit pour entamer le coin de son sandwich — plus pour calmer ses nerfs que sa faim.

— Mais au bout du compte, reprit-elle, elle a gardé la maison.

— C'est un bon investissement. Pas d'hypothèque, des impôts locaux minimes. Un revenu locatif qui s'élève à...

— Crois-tu vraiment que ce soient les seules raisons qui l'aient empêchée de la vendre ?

Blair baissa les yeux sur leurs mains enlacées. Il regrettait de ne pouvoir lui dire oui, et l'amener ainsi à rechercher sa tranquillité d'esprit ailleurs que dans le passé. Toute douleur n'était pas éteinte en lui non plus, et si ses propres plaies étaient cicatrisées, il les sentait parfois se remettre à l'élancer sans crier gare, ressuscitant alors le souvenir des malversations de son père et toute la cruelle désillusion dont il avait lui-même souffert.

— Non, répondit-il enfin. C'est un lieu plein de souvenirs. Et de bons souvenirs, pour la plupart. Je suis sûr que chacun de nous y reste attaché.

— Même toi ? lui demanda-t-elle d'une voix sourde.

Leurs regards se croisèrent, lourds de sous-entendus et de douleur contenue.

— Je ne l'ai pas oublié, si c'est ce que tu veux me faire dire.

— Et lui as-tu pardonné ?

— J'ai appris à faire avec, répliqua-t-il d'un ton laconique. Comme nous tous.

— Je veux y retourner, Blair. Même si je ne sais pas vraiment pourquoi, il faut que j'y retourne.

Il hésita un instant, prêt à argumenter avec elle. Puis il haussa les épaules.

— Ecoute, la maison est vide en ce moment. Tu pourrais t'y rendre dès demain si tu le voulais, mais je ne crois pas que remuer des souvenirs soit une bonne chose dans ton état.

— Comme tu le disais toi-même, ce sont des bons souvenirs pour la plupart. Quant aux autres, le temps est peut-être venu de les affronter.

— Tu vois toujours ton laveur de cervelle, hein ?

Clare esquissa un faible sourire.

— Oui, de temps à autre. Mais ma seule cure, c'est mon travail. Et pour l'instant, je suis bloquée. Je veux revenir à la maison, Blair. Ça, au moins, j'en suis sûre.

— Depuis quand n'as-tu pas conduit de voiture ? s'enquit Angie.

Clare rangea sa dernière valise dans le coffre de sa toute nouvelle Z, referma le hayon et prit du champ pour admirer l'engin. Un vrai petit bijou, se dit-elle. Puis elle remarqua la chaussure en peau de lézard bleu pétrole d'Angie qui battait la mesure.

— Quoi ? s'exclama-t-elle.

— Je disais : depuis quand n'as-tu pas conduit de voiture ?

— Oh, quelques années. Elle est chou, non ?

Clare caressa amoureusement l'aile rouge vif de la voiture.

— Oh, un vrai petit ange. Dis-moi, elle a bien cinq vitesses, non ? Et puis ce compteur monte bien jusqu'à deux cent cinquante ? Ecoute, tu n'as pas pris le volant depuis deux ans, et tout ce que tu trouves à faire, c'est t'acheter un bolide.

— Je suppose que tu aurais été plus heureuse si je m'étais offert un bon vieux break des familles.

— Ce qui me rendrait vraiment heureuse, ce serait que tu sortes tes bagages de ce monstre et que tu remontes chez toi.

— Angie, on n'a pas arrêté d'en discuter durant toute la semaine.

— Oui, eh bien cela me paraît toujours aussi insensé.

Exaspérée, Angie se remit à faire les cent pas sur le bitume du trottoir, prenant soin d'éviter les fissures qui menaçaient à tout instant d'érafler ses talons aiguilles à deux cents dollars.

— Mais, ma pauvre, toi qui as déjà du mal à te rappeler de lacer tes chaussures, comment espères-tu donc pouvoir guider ce missile jusqu'au Maryland ?

— Je ne t'ai pas dit qu'elle avait le pilotage automatique ?

Voyant que son amie n'était guère d'humeur à plaisanter, Clare la prit aux épaules.

— Arrête de t'inquiéter, veux-tu, lui dit-elle en la secouant amicalement. Je suis une grande fille, maintenant. Je veux juste passer six mois et quelques dans une petite ville tranquille où il n'y a que deux feux rouges, et où la plus grande affaire criminelle est le vol d'un nain de jardin par le fils des voisins.

— Et que diable es-tu censée faire dans un pareil endroit ?

— Travailler.

— Mais c'est ici, ton travail ! Dieu tout-puissant, Clare, les critiques te mangent dans la main depuis l'exposition. Le monde est à tes pieds. Si tu as vraiment besoin de vacances, va donc en croisière, ou bien pars te reposer à Cancún ou à Monte-Carlo pendant quelques semaines. Pourquoi diable aller à Emmitsburg ?

— *Boro*. Emmitsboro : sa paix, son calme, sa tranquillité…

Elles se regardèrent un instant en chiens de faïence, ne remarquant même pas la colère d'un chauffeur de taxi à bout de nerfs, qui était en train de hurler des insultes à l'adresse d'un autre conducteur.

— J'ai besoin de changer d'air, Angie. Tout ce que j'ai fait depuis un mois ne vaut pas un pet de lapin.

— A d'autres.

— Ecoute, tu as beau être mon amie, et une bonne amie, tu es aussi une commerçante.

Sur le point de répliquer, Angie remarqua l'air résolu de Clare, et se contenta de lâcher un léger soupir d'énervement.

— Bien, voilà qui est mieux, marmonna Clare.

— Si ta forme a baissé ces derniers temps, c'est uniquement parce que tu t'es surmenée. Tout ce que tu as montré à l'exposition était fantastique. Tu as seulement besoin d'un peu de recul.

— Peut-être. En tout cas, j'aurai beaucoup de mal à me surmener à Emmitsboro.

Sur ces mots, elle tendit la main à Angie pour couper court à ses récriminations.

— D'ailleurs, reprit-elle aussitôt, ce n'est qu'à cinq heures de route d'ici. Toi et Jean-Paul pourrez venir quand vous le voudrez vous enquérir de mon état.

Angie se tint coite, sachant qu'il n'y avait aucun moyen d'amadouer son amie quand celle-ci s'était mis une idée dans la tête.

— N'oublie pas de nous appeler.

— Mais oui. Je vous écrirai aussi. Et puis je vous enverrai des signaux de fumée. Allez, dis-moi au revoir maintenant.

Angie se torturait les méninges pour trouver un argument décisif. Devant elle, Clare arborait un sourire désarmant. Vêtue d'un jean qui godaillait sur ses hauts talons vert pomme et d'un sweat-shirt écarlate orné d'un immense point d'interrogation jaune, elle lui tendait les bras. Angie l'étreignit, les yeux brûlants de larmes.

— Bon sang, tu vas me manquer, dit-elle.

— Je sais. Toi aussi, tu vas me manquer.

Clare serrait Angie de toutes ses forces, humant une dernière fois ces fragrances familières de Chanel, que son amie portait depuis leurs jeunes années sur les bancs de l'université.

— Ecoute, ce n'est tout de même pas comme si j'allais rejoindre la Légion étrangère, reprit-elle tandis qu'elle faisait le tour de la voiture.

Puis elle s'arrêta soudain en poussant un juron.

— J'ai laissé mon sac en haut. Je reviens dans un instant.

Elle trotta jusqu'à la porte d'entrée sans laisser à son amie le temps de se reprendre.

— Ma jolie, murmura Angie pour elle-même, j'ai bien peur que tu ne prennes cette fois-ci un mauvais chemin, et que tu ne risques de t'y perdre pour de bon.

De fait, cinq heures plus tard, Clare était perdue. Elle savait bien qu'elle était en Pennsylvanie — à en croire du moins les panneaux. Pour autant, comme elle n'avait toujours pas coupé par Delaware, ainsi qu'elle aurait dû le faire, elle était bien en peine de savoir comment elle avait pu arriver jusque-là. Faisant contre mauvaise fortune bon cœur, elle s'arrêta à un McDonald's pour se repaître d'un big cheese, de frites, d'un Coke, et consulter la carte routière.

Elle se doutait bien de l'endroit où elle se trouvait. Quant à savoir le trajet qu'elle avait pris, mystère... Mais enfin, elle y était. Tout en mâchouillant une frite gluante de sel et de ketchup, elle fit le point sur la carte. A partir de maintenant, il ne lui restait plus qu'à suivre ce petit tortillon bleuâtre jusqu'à ce point rouge, à prendre à gauche et à aller tout droit. Elle avait déjà perdu plusieurs heures, il est vrai, mais elle n'était pas pressée. Son matériel ne lui serait livré que le jour suivant, et d'ici là, au pire, elle pourrait toujours passer la nuit dans le premier motel venu et repartir du bon pied le lendemain matin.

Une heure et demie plus tard, cependant, par un coup de chance insensé, elle se retrouvait cap au sud sur la route 81. Elle avait déjà emprunté cette route avec son père jadis, lorsqu'ils étaient allés inspecter un terrain à la frontière de l'Etat. Et puis elle l'avait prise une autre fois avec toute la famille au retour d'un week-end passé chez des parents à Allentown. Tôt ou tard, elle traverserait Hagerstown et, à partir de là, malgré toutes les défaillances de son sens de l'orientation, elle saurait bien se diriger jusqu'à la maison.

Elle était heureuse de se retrouver derrière un volant. Et quand bien même la voiture paraisse sous ses doigts douée d'une vie propre, elle n'en appréciait pas moins ses qualités de routière et sa tenue dans les virages — tant et si bien qu'elle se demandait comment elle avait pu si longtemps se priver du pur plaisir d'être ainsi seule maîtresse à bord de son existence.

Voilà une parfaite métaphore du mariage, pensa-t-elle. Et du divorce. Mais baste ! se dit-elle en remuant la tête. Elle n'allait tout de même pas repenser à cela maintenant.

Elle poussa un profond soupir et augmenta le niveau sonore de la stéréo. C'était vraiment un équipement de première. S'il avait fait moins frais, et si le coffre n'avait pas été entièrement occupé par ses bagages, elle aurait même pu enlever la capote. En compensation, elle avait roulé fenêtres ouvertes durant tout le trajet. Et, tandis que les notes entraînantes d'un vieux tube des Pointer

Sisters s'envolaient dans l'air du crépuscule, Clare accompagnait le rythme de son pied libre sur le plancher de la voiture.

Elle se sentait déjà mieux, plus en paix avec elle-même, plus alerte. Dehors, le soleil déclinait sur un paysage qu'envahissaient peu à peu les ombres de la nuit. Mais elle ne s'en souciait guère. C'était le printemps, après tout. L'air sentait bon la jonquille et la fleur de cornouiller. Et elle allait bientôt retrouver sa maison.

Alors qu'elle était encore sur la 81, à mi-chemin de Carlisle et de Shippensburg, le luxueux petit coupé se mit à vibrer, à crachoter, et pila net.

— Que diable… ?

Déconcertée, Clare demeura un moment sans bouger sur le siège de la voiture, au milieu des hurlements de la chaîne stéréo. Elle plissa les yeux en direction du tableau de bord : l'indicateur du niveau d'essence clignotait.

— Et merde !

Il était environ minuit lorsqu'elle s'approcha enfin d'Emmitsboro. Loin de l'importuner, les adolescents qui s'étaient arrêtés auprès d'elle en la voyant pousser sa Z sur la route avaient été tellement impressionnés par sa voiture qu'ils s'étaient disputé l'honneur d'aller lui chercher un bidon d'essence.

Ensuite, évidemment, elle s'était sentie obligée de les laisser s'asseoir un instant dans le véhicule, dont ils avaient amplement commenté et caressé les formes. Elle en souriait encore, se demandant s'ils auraient été aussi serviables avec un petit laideron conduisant une vieille Ford usagée. Elle en doutait fort.

En tout cas, ses cinq heures de trajet étaient devenues dix, et maintenant elle était éreintée.

— Encore un petit effort, mon chou, murmura-t-elle à la voiture. Après ça, je disparais dans mon sac de couchage et on ne me revoit pas avant huit heures.

Le faisceau de ses phares était la seule lumière visible dans la pénombre du chemin vicinal. Comme il n'y avait aucun autre véhicule en vue, Clare alluma ses feux de route. Des champs s'étendaient de part et d'autre du chemin, ponctués ici et là par l'ombre portée d'un silo et le reflet de la lune sur le toit d'aluminium d'une grange. Par les fenêtres ouvertes parvenait la symphonie crissante des rainettes et des grillons chantant à la pleine lune. Pour qui avait comme elle l'impression d'avoir passé sa vie entière à New York, le silence bourdonnant de la campagne avait quelque chose de surnaturel.

Elle eut un bref frémissement dont elle rit aussitôt. Sereine, voilà comment elle se sentait : sereine. Cependant, elle augmenta encore un peu le volume de sa radio.

Enfin elle aperçut le panneau. C'était toujours la même petite pancarte, plantée depuis des temps immémoriaux sur cette route de campagne qui reliait un bourg à l'autre.

BIENVENUE À EMMITSBORO
Ville fondée en 1782

Avec un frisson d'excitation, Clare tourna à gauche pour franchir d'un bond le pont de pierre au-delà duquel la route serpentait nonchalamment jusqu'au centre-ville.

Pas de lampadaires, pas de néons — mais pas de bandes stationnant aux coins des rues non plus. A minuit et des poussières, la plupart des habitants d'Emmitsboro étaient déjà couchés. Sous la clarté de la lune, Clare distinguait de sombres bâtisses dont les façades s'illuminaient l'une après l'autre sous la clarté de ses phares : les grandes baies vitrées du marché, le rideau baissé de la quincaillerie Miller avec son enseigne fraîchement repeinte… De l'autre côté de la rue, se dressait une grande maison en brique qui avait été réaménagée, alors qu'elle était encore enfant, pour accueillir trois appartements. Une lampe brillait à la fenêtre du dernier étage, lueur jaune et vacillante tamisée par un abat-jour.

D'antiques demeures se succédaient le long de la route, entourées de murets de pierre, en retrait des hauts trottoirs. Puis, au-delà d'un groupe de petites fabriques, surgissaient d'autres maisons nouvellement restaurées, dont les porches de béton ou de bois étaient surmontés de marquises en aluminium.

Après, enfin, s'étendait le parc. Clare crut un instant voir le fantôme de l'enfant qu'elle était jadis courir vers les balançoires mollement bercées par la brise.

Et puis c'étaient encore une ou deux habitations, sombres et silencieuses, où parfois brûlait une lampe. Le reflet soudain de la lumière d'une télévision sur une vitre. Des voitures garées le long du trottoir. Leurs portières ne devaient

59

pas être verrouillées, songea Clare, pas plus que les entrées de la plupart des maisons.

Venaient ensuite le café Martha's, la banque, le bureau du shérif. Elle se rappelait encore comment le shérif Parker aimait à s'asseoir sous sa véranda pour fumer des Camel et veiller de ses petits yeux perçants au respect de la loi et de l'ordre. Le faisait-il toujours ? se demanda-t-elle. Et Maude Poffenburger, est-ce qu'elle était toujours derrière son guichet de la poste à prodiguer timbres et bons conseils ? Est-ce qu'on trouvait toujours des vieillards jouant aux dames dans le parc, et des enfants traversant les rues pour se ruer sur les Popsicle et les Milky Way de l'épicerie Abbott ?

Ou bien tout cela avait-il changé ?

Est-ce qu'elle se réveillerait le lendemain matin pour découvrir que les lieux chéris de son enfance étaient désormais habités par des étrangers ? Clare repoussa cette idée déplaisante et se mit à rouler au pas pour mieux jouir de ce passé qui coulait en elle tel un frais vin clairet.

Elle suivait maintenant une enfilade de jardins proprets couverts de jonquilles frémissantes et d'azalées en bouton. A Oak Leaf, elle prit à gauche. Les boutiques avaient disparu pour laisser place à des demeures tranquilles dont la quiétude était seulement troublée par les aboiements incessants d'un chien. Parvenue à l'angle de Montain View, elle s'engagea dans l'allée en pente que son père regoudronnait tous les trois ans.

Elle avait traversé pratiquement toute la ville sans croiser un seul véhicule.

Quand elle descendit de voiture, elle se retrouva aussitôt plongée dans la rumeur frémissante de la nuit. Elle s'y déplaça à pas lents, désirant en goûter tout le charme. La porte du garage se relevait à la main. Personne ne s'était jamais soucié de la pourvoir d'un système automatique. Elle s'ouvrit avec un profond grincement métallique.

Cela ne risquait pas de réveiller les voisins, se dit Clare. La plus proche maison, qui se trouvait de l'autre côté de la large rue, était en outre protégée par une haie de lauriers impeccablement taillée. Clare remonta dans sa voiture pour la faire rentrer dans le garage.

De là, elle aurait pu accéder directement à la maison en passant par la buanderie qui donnait dans la cuisine. Seulement, elle voulait donner à son retour une allure plus solennelle.

Aussi, après avoir refermé la porte du garage, redescendit-elle l'allée jusqu'au trottoir en pente pour avoir une vue d'ensemble de la maison.

Elle avait oublié son sac de couchage dans la voiture, ainsi que ses bagages, et ne se souvint d'y avoir laissé son sac à main que parce qu'il contenait les clés ouvrant la porte principale ainsi que l'entrée de service de la maison. Ses souvenirs la submergèrent lorsqu'elle franchit la bordure de béton séparant le trottoir du jardin. Les jacinthes en fleur embaumaient l'air de leur parfum fragile et enivrant.

Debout sur les dalles de l'allée, elle contempla la maison de son enfance. C'était une bâtisse de deux étages de bois et pierre. Les boiseries avaient toujours été peintes en blanc et les encadrements de fenêtre en bleu. L'ample marquise aux retombées treillissées — la « véranda », ainsi que l'appelait sa mère — était soutenue par de hautes colonnes élancées. On y distinguait encore la balancelle où Clare avait passé tant de soirées d'été. Son père plantait toujours des pois de senteur alentour pour que leur parfum épicé accompagne leurs balancements rêveurs.

Un flot d'émotions aussi tendres que douloureuses l'envahit au moment où elle inséra la clé dans l'antique serrure de cuivre. La porte s'ouvrit avec un craquement et tourna en gémissant sur ses gonds.

Clare ne craignait pas les fantômes. S'il y en avait en ce lieu, ils étaient forcément amicaux. Comme pour les saluer, elle se tint, l'espace d'une minute, immobile dans le noir.

Enfin, elle alluma les lampes de l'entrée et la lumière jaillit, réfléchie par les murs fraîchement repeints et le parquet de chêne ciré. Blair s'était déjà occupé de remettre la maison en état pour le nouvel occupant — il était alors loin de supposer que ce dernier serait sa propre sœur.

Il était si étrange de contempler la maison vide, se dit Clare. Pour quelque obscure raison, elle s'était attendue à la retrouver telle qu'elle l'avait quittée — comme si, après toutes ces longues années d'errance dans le monde des adultes, elle rentrait juste à ce moment de l'école.

Pendant quelques secondes, elle crut même revoir l'endroit tel qu'il était jadis, avec sa table à battants appuyée contre le mur, sur laquelle trônait un vase vert rempli de violettes. Et puis le précieux miroir accroché au-dessus, avec son cadre de cuivre rutilant. Le portemanteau hérissé de patères dans le coin.

Le long et fin tapis d'Orient recouvrant le plancher aux larges lattes. La petite vitrine où sa mère serrait sa collection de dés à coudre en porcelaine.

En un clin d'œil, hélas, le charme fut rompu, et Clare retrouva le couloir vide de tout meuble et de toute présence, hormis celle d'une araignée solitaire qui tissait en silence sa toile dans un coin.

Serrant contre elle son sac à main, elle visita chaque pièce l'une après l'autre. Le grand salon sur la façade avant, le fumoir, la cuisine.

On avait changé l'équipement, remarqua-t-elle. Le chrome et l'ivoire le disputaient désormais à l'outremer des céramiques et au bleu ciel du carrelage. Clare se retint d'aller sur la terrasse — elle ne s'y sentait pas encore prête — et préféra gagner l'escalier qui se trouvait au bout du couloir.

Sa mère en avait toujours astiqué avec soin le pilastre et la rampe. Les années passant, leur vieil acajou avait pris une patine soyeuse sous le lustrage d'innombrables paumes et le frottement des jeunes fonds de culotte.

Elle pénétra dans sa chambre, la première à droite au débouché de l'escalier, là où s'étaient écoulés tous les rêves de son enfance et de son adolescence. C'était là qu'elle s'habillait pour aller à l'école, là qu'elle et ses amis se confiaient leurs secrets, là qu'elle avait rêvé de châteaux en Espagne et là, aussi, qu'elle s'était consolée de ses premières désillusions.

Comment aurait-elle pu savoir qu'il serait si douloureux de la retrouver vide, de voir que ses murs n'avaient gardé aucune trace de tout ce qu'elle y avait vécu ? Elle éteignit la lumière avant de quitter la pièce, dont elle laissa cependant la porte entrouverte.

En face, de l'autre côté du couloir, il y avait la chambre de Blair, que ce dernier avait jadis tapissée de posters à l'effigie de ses héros — de Superman à John Lennon en passant par Brooks Robinson. Venait ensuite la chambre d'amis que sa mère avait garnie de dentelle au petit point et d'oreillers en satin. Granny, sa grand-mère paternelle, y avait séjourné pendant une semaine, avant de mourir d'une apoplexie l'année suivante.

Au-delà encore s'ouvrait la salle de bains avec son lavabo sur socle et son carrelage en damier blanc et noir. Durant toute leur enfance, Blair et elle s'étaient disputé la possession de cette pièce avec la rage de deux chiens convoitant le même rogaton.

Revenue dans le couloir, elle pénétra dans la chambre principale, celle où, nuit après nuit, ses parents avaient connu le réconfort du sommeil, les plaisirs de l'amour et la douceur des entretiens sur l'oreiller. Clare se rappela les moments qu'elle y avait passés, assise sur l'adorable tapis rose et mauve, à regarder sa mère se servir du fascinant étalage de flacons et de bouteilles disposés sur la coiffeuse ; ou bien encore à contempler son père en train de nouer laborieusement sa cravate devant la psyché. La pièce sentait encore la glycine et le Old Spice.

A moitié aveuglée par le chagrin, la jeune femme se dirigea en chancelant vers la salle de bains attenante pour se rafraîchir le visage au robinet. Peut-être n'aurait-elle dû visiter qu'une seule pièce à la fois, se dit-elle. Une seule par jour. Appuyée des deux mains sur le rebord du lavabo, elle releva la tête et rencontra son reflet dans le miroir.

Elle était trop pâle, songea-t-elle. Elle avait des cernes sous les yeux, et puis sa coiffure était dans un désordre sans nom. Mais pouvait-il en être autrement, dès lors que son indolence naturelle l'éloignait des coiffeurs et qu'elle avait pris l'habitude de se couper elle-même les cheveux ? En plus, remarqua-t-elle, elle avait perdu une boucle d'oreille. A moins que, plus simplement, elle n'ait oublié de la mettre.

Elle commençait à s'essuyer le visage avec sa manche, lorsqu'elle se rappela que le blouson qu'elle portait était en daim. Aussi se résigna-t-elle à fouiller dans son sac à main pour y prendre un mouchoir — avant de s'apercevoir qu'elle ne l'avait plus sur elle. Sans doute l'avait-elle laissé quelque part durant sa visite.

— C'était trop beau pour durer, murmura-t-elle à l'adresse de son reflet.

L'écho de sa propre voix la fit presque sursauter.

— C'est ici que je veux vivre, reprit-elle sur un ton plus résolu. C'est ici que je *dois* vivre. Même si ça s'annonce moins facile que je ne le croyais…

Ayant chassé l'eau de son visage, elle se détourna du miroir dans l'intention de redescendre prendre son sac de couchage et d'y disparaître pour le reste de la nuit. Elle était fatiguée et éprouvée. Elle attendrait le lendemain pour visiter de nouveau la maison, et voir ce dont elle avait besoin pour rendre son séjour plus agréable.

Au moment même où elle revenait dans la chambre de ses parents, elle entendit la porte d'entrée craquer et gémir sur ses gonds.

Sa première réaction fut un mouvement instinctif de panique. Son imagination, toujours sur le qui-vive, lui suggéra l'image d'une horde de détenus en cavale, venus du pénitencier situé à quelque trente kilomètres de là. Elle était seule dans une maison vide et, malgré tous ses efforts, n'arrivait à se rappeler aucune des prises qu'on lui avait enseignées à un cours d'autodéfense qu'elle avait suivi avec Angie deux années auparavant.

Les mains serrées sur son cœur, elle se souvint qu'elle était à Emmitsboro, et que les évadés n'avaient pas pour habitude de marauder dans les rues des petites bourgades de campagne. Elle fit un pas en avant, l'oreille tendue. L'escalier grinça.

« Eh bien si, les voilà quand même », se dit-elle. Quiconque avait regardé la moindre série B à la télé n'ignorait pas qu'évadés et maniaques recherchaient toujours les communes isolées et les hameaux retirés pour perpétrer leurs forfaits.

Elle inspecta la pièce vide avec des regards affolés dans l'espoir d'y découvrir une arme. Elle n'y trouva même pas une seule houppe de poussière. Le cœur battant la chamade, elle fouilla les poches de son blouson dont elle retira trois *pennies*, un paquet de bonbons à moitié entamé, un peigne cassé et son trousseau de clés.

Un coup de poing, songea-t-elle en se rappelant comment on lui avait appris à improviser une arme avec ses clés coincées entre ses doigts serrés. Et comme la meilleure défense était encore l'attaque, elle bondit sans plus réfléchir en direction de la porte en poussant le plus effroyable hurlement dont elle se sentait capable.

— Seigneur !

Cameron Rafferty trébucha en arrière en portant une main à son pistolet, sa lampe torche brandie comme une matraque. Il n'eut que le temps d'apercevoir une femme aux cheveux de flammes, revêtue d'un blouson de daim vert pomme, qui lui sautait dessus. Esquivant son crochet, il la saisit par la taille et se servit de son poids pour l'entraîner avec lui au sol. Ils retombèrent tous deux avec un bruit sourd sur le plancher de bois dur.

— Blair ! appela Clare sous le coup de la frayeur. Il y a quelqu'un dans la maison ! Le fusil… Vite !

Tout en criant, elle tenta d'assener un coup de genou à l'entrejambe de son assaillant — qu'elle manqua de peu.

Le souffle coupé, Cam s'efforça de lui maintenir les bras au-dessus de la tête.

— Stop !

Clare essaya alors de le mordre.

— J'ai dit stop ! répéta-t-il en poussant un juron. Je suis de la police. Je vous dis que je suis de la foutue police de cette ville !

Il réussit finalement à la neutraliser. Clare recouvra alors assez de sang-froid pour prendre le temps de le dévisager. A la lueur qui filtrait de la chambre, elle aperçut des cheveux noirs mi-longs et bouclés, une barbe naissante recouvrant une peau bronzée fermement tendue sur des pommettes au dessin parfait. « Que voilà une jolie bouche », se dit-elle avec ce sens des proportions qui ne la quittait jamais. Et puis ces yeux étaient ravissants, quoique d'une couleur encore indéfinissable dans la pénombre. En outre, il émanait de lui un léger parfum de sueur, mais d'une sueur fraîche et propre qui n'agressait en rien les narines. Quant à son corps, qu'il collait contre le sien pour la maintenir immobile, elle le sentait aussi délié que musculeux.

Bref, il n'avait rien d'un maniaque ni d'un dégénéré. Quoique…

Tout en poursuivant son examen, elle essayait de reprendre son souffle.

— La police ?

— Tout juste.

Bien qu'immobilisée sur le dos, elle tirait une certaine satisfaction de le voir aussi essoufflé qu'elle-même.

— Où est votre insigne ?

Cam se méfiait toujours des réactions de la jeune femme. Il avait beau lui avoir fait lâcher ses clés, elle disposait encore de ses ongles et de ses dents !

— Je l'ai sur moi, répondit-il enfin. Mais à ce compte-là, il doit être à présent imprimé sur votre poitrine.

En d'autres circonstances, Clare aurait sans doute été amusée par le ton irrité de sa voix.

— Je veux le voir.

— Bien. Je vais vous le montrer. Alors, du calme.

Procédant avec la lenteur idoine, les yeux constamment rivés sur elle, il retira une de ses mains pour la porter à l'insigne agrafé sur sa poitrine.

Clare jeta un bref regard à l'étoile de métal.

— Je peux m'acheter la même dans n'importe quel bazar.

— Ma carte est dans mon portefeuille. D'accord ?

Elle hocha la tête tout en surveillant ses mouvements avec autant d'attention qu'il épiait les siens. Il glissa deux doigts dans sa poche revolver et en extirpa son portefeuille qu'il lui ouvrit sous le nez. Clare dégagea une main avec prudence, s'en saisit et le présenta à la lumière frisante. Fronçant les sourcils, elle examina la photographie et déchiffra le nom porté sur la carte plastifiée.

— Cameron Rafferty ?

Elle releva les yeux vers lui, ses paupières battant dans la pénombre.

— Vous êtes Cameron Rafferty ?

— Tout juste. C'est moi le shérif, ici.

— Oh, mon Dieu, s'écria-t-elle en laissant échapper un gloussement qui le décontenança. Alors c'est que les poules doivent avoir des dents !

Elle se mit à rire aux larmes. N'en croyant pas ses oreilles, Cam lui braqua le faisceau de sa lampe torche sur le visage.

— C'est ça, regarde-moi bien, lui dit-elle. Allez, Rafferty, tu ne me reconnais pas ?

Cam fit jouer la lumière sur les traits de la jeune femme. Ce furent ses yeux dorés, tout pétillant d'une joie folle, qui lui remirent son nom à la mémoire.

— Clare ? Clare Kimball ?

Il s'esclaffa à son tour.

— Dis, tu dois me prendre pour un sacré salaud.

— Ouais, je ne te le fais pas dire.

Il eut un grand sourire.

— Bienvenue à la maison, la Gazelle.

4.

— Bon, alors, comment va depuis le temps, Clare ?

Assis sous la véranda, ils étaient en train de déguster deux des Beck tié-dasses que la jeune femme avait dégotées au cours de ses errances à travers la Pennsylvanie. Clare haussa nonchalamment les épaules en portant la bouteille à ses lèvres. La bière et la douceur de la nuit lui facilitaient les retrouvailles avec ses vieilles habitudes.

— Je vais très bien… shérif, répondit-elle en levant un regard amusé sur l'étoile de Cam.

Ce dernier étendit ses pieds bottés sur les marches de la véranda.

— Si je comprends bien, reprit-il en croisant les jambes, Blair ne t'a pas prévenue que j'avais pris la place de ce vieux Parker ?

Clare prit une nouvelle gorgée de bière.

— Tu sais, répondit-elle en agitant la bouteille devant elle, un frère ne raconte jamais à sa sœur les cancans les plus intéressants. C'est contraire à la loi.

— J'inscrirai ça dans mes tablettes.

— Mais, dis-moi, où est Parker maintenant ? En train de se retourner dans la tombe où tu l'as envoyé pour prendre sa place ?

— En Floride, répondit Cam en lui offrant une cigarette. Il a rendu son insigne, il a fait ses bagages et il a mis le cap au sud.

Clare se pencha vers le briquet de Cam. Tous deux s'étudièrent un instant à la lueur de la flamme.

— Ça l'a pris du jour au lendemain ? lui demanda-t-elle enfin en rejetant la fumée.

— Ouais. J'ai entendu dire que la place était libre, alors je suis venu tenter ma chance ici.

— Tu vivais à D.C. avant, hein ?

— Tout juste.

Clare s'appuya contre la rampe de l'escalier en le toisant d'un regard amusé.

— Un flic… Qui aurait cru que l'indomptable Cameron Rafferty se retrouverait un jour du côté de la loi et de l'ordre ?

— J'ai toujours aimé surprendre, lui répliqua-t-il en gardant ses yeux rivés sur les siens tandis qu'elle portait de nouveau la bouteille à ses lèvres. Tu as l'air en forme, la Gazelle. En bien belle forme.

Clare fronça le nez en s'entendant appeler par cet ancien sobriquet. Quoiqu'il la blesse moins que les autres surnoms dont on l'avait affublée durant sa jeunesse — tels que Manche-à-balai, Ficelle ou Planche-à-pain —, il ne lui rappelait encore que trop l'époque où elle bourrait de chiffons son soutien-gorge désespérément plat et se gavait par bidons entiers de Weight-on.

— Ouais, bon. Ne te sens pas obligé d'avoir l'air si surpris.

— T'avais quel âge la dernière fois qu'on s'est vus ? Quinze, seize ans ?

« L'automne après la mort de mon père », se dit-elle.

— A peu près, oui.

— Tu as joliment poussé.

Il avait eu l'occasion de remarquer ses rondeurs durant leur petite partie de catch à l'intérieur, alors qu'elle était encore collée à lui. Les années avaient décidément apporté beaucoup de changements. Cependant Clare n'en restait pas moins la sœur de Blair Kimball, et Cam ne pouvait résister au plaisir de la taquiner.

— Tu fais de la peinture, hein ?

— De la sculpture, répliqua-t-elle en écrasant sa cigarette.

S'il y avait bien une chose qui avait le don de l'énerver, c'était que tant de gens croient que tous les artistes étaient peintres !

— Ah ouais, reprit-il avec un air faussement candide, je savais bien que c'était un truc dans ce genre-là que tu faisais là-bas, à New York. Blair m'en a parlé. Alors, comme ça, tu vends des machins style baignoires pour canaris ?

— Je t'ai dit que j'étais une artiste, répliqua-t-elle sur un ton irrité.

— Ah, ouais.

Arborant toujours le même sourire innocent, il se remit à siroter sa bière tandis qu'autour d'eux les grillons poursuivaient leur concert nocturne.

— J'ai connu un type qui était vraiment fortiche pour les baignoires à canaris, reprit-il. Il en avait même fait une avec un poisson dessus — une carpe, je crois. Il s'était débrouillé pour faire sortir l'eau de sa bouche.

— Je vois. Du grand art.

— Ça, tu peux le dire. Il en a vendu un paquet.

— Tant mieux pour lui, mais moi je ne travaille pas dans le figuratif.

Elle ne pouvait s'empêcher d'être blessante : cela l'agaçait prodigieusement qu'il n'ait jamais entendu parler de son œuvre, ni vu son nom dans un journal.

— Je suppose que vous ne recevez pas *People* ni *Newsweek* par ici.

— Oh, on a *Le Mercenaire*, répliqua-t-il sur un ton pince-sans-rire. Ça a beaucoup de succès.

Il la regarda prendre une nouvelle lampée de bière. Sa bouche était comme dans son souvenir : grande et charnue. Ouais, pensa-t-il, c'était devenu un sacré joli brin de fille. Qui aurait cru que cette timide maigrelette de Clare Kimball se transformerait un jour en une belle plante assise là, devant lui ?

— J'ai entendu dire que tu étais mariée.

— Pendant un temps, oui, répondit-elle en repoussant ce souvenir d'un haussement d'épaules. Mais ça n'a pas tenu. Et toi ?

— Non, pas pour l'instant, répondit-il d'une voix mélancolique. Mais j'ai bien failli, une fois. Enfin, je suppose que certains d'entre nous ne sont pas faits pour la vie de couple.

Ayant vidé sa bière, il posa la bouteille sur la marche en contrebas.

— T'en veux une autre ?

— Non, merci. Je n'aimerais pas qu'un de mes suppléants m'attrape en flagrant délit de conduite en état d'ivresse. Et ta mère, comment va-t-elle ?

— Elle s'est remariée, répondit Clare d'une voix atone.

— Sans blague ? Quand ?

— Il y a quelques mois.

Elle s'agita nerveusement avant de laisser son regard s'égarer dans les ténèbres de la rue déserte.

— Et tes parents, ils ont gardé leur ferme ?

— La plus grande partie.

Même après toutes ces années, Cam ne pouvait considérer son beau-père autrement que comme le mari de sa mère. Biff Stokey n'avait jamais su et ne saurait jamais remplacer le père qu'il avait perdu alors qu'il n'avait que dix ans.

— Ils ont eu une mauvaise passe. Ils ont dû revendre quelques arpents. Ça aurait pu être pire, remarque. Le vieux Hawbaker a dû tout revendre, lui. On a divisé ses champs de maïs et de luzerne en parcelles de lotissements.

Clare contemplait d'un air songeur le fond de sa bouteille.

— C'est drôle, mais tout à l'heure, en traversant la ville, je continuais de croire que rien n'avait changé, dit-elle, jetant un coup d'œil derrière elle. Sans doute parce que je ne regardais pas assez bien.

— Il reste encore Martha's, le marché, le bois des Dopper, et puis Crazy Annie.

— Crazy Annie ? Est-ce qu'elle fait toujours de la récup' sur le bord de la route avec son gros sac de toile ?

— Tous les jours. Elle doit avoir la soixantaine, maintenant. Aussi résistante qu'un bœuf, même si elle a deux ou trois cases de vides.

— Les gamins avaient la manie de la taquiner.

— Ça n'a pas changé.

— Tu l'emmenais faire des balades sur ta moto.

— Je l'adorais.

Il s'étira paresseusement, puis déplia son grand corps pour se remettre debout. Se retournant au pied de l'escalier, il contempla un instant la silhouette de Clare, que surplombait la masse noire de la maison. Elle avait l'air seule, se dit-il. Un peu triste aussi.

— Il faut que j'y retourne. Ça va aller ?

— Bien sûr. Pourquoi ça n'irait pas ?

Elle savait qu'il pensait à la chambre mansardée où son père avait pris son dernier verre avant le grand saut.

— J'ai un sac de couchage, de quoi manger et tout le reste du pack de bière. Cela me suffira amplement jusqu'à ce que je me trouve deux ou trois tables, une lampe et un lit.

Cam plissa les yeux de surprise.

— Tu comptes rester ici ?

Ce n'était pas exactement ce qu'on pouvait appeler une formule de bienvenue, songea Clare. Elle se redressa à son tour. Debout sur la dernière marche de l'escalier, elle le dépassait d'une tête.

— Oui, je reste. Au moins pendant quelques mois. Cela vous pose un problème, shérif ?

— Non. Tu fais ce que tu veux.

Il se balançait d'un air dubitatif sur ses talons, se demandant pourquoi Clare affichait un air si farouchement indépendant avec cette véranda de conte de fées derrière elle.

— C'est que, reprit-il, je pensais que tu venais juste faire un saut, histoire d'aérer la maison pour le nouveau locataire.

— Eh bien, tu pensais mal. Je l'aère pour moi.

— Mais pourquoi ?

Elle descendit l'escalier pour ramasser les bouteilles vides.

— J'aurais pu te poser la même question, tu sais. Or je ne l'ai pas fait.

— Non, en effet.

Il regarda une dernière fois la grande maison vide qui se dressait derrière elle, toute bruissante de souvenirs.

— Bon, tu dois avoir tes raisons, j'imagine, dit-il en lui souriant. Allez, à bientôt, la Gazelle.

Elle le regarda s'éloigner dans sa voiture tout en ruminant ses dernières paroles. Des raisons, ça, elle en avait, se dit-elle. Restait à savoir exactement lesquelles.

Les bouteilles à la main, elle se retourna et rentra chez elle.

Le lendemain, vers 2 heures de l'après-midi, tout le monde savait que Clare Kimball était de retour. On en parla au guichet de la poste comme aux caisses enregistreuses du marché. On en causa encore en avalant les sandwichs au jambon et la purée de pois cassés de Martha's. Le retour de la fille Kimball en ville, dans la maison au coin d'Oak Leaf Lane, ressuscita rumeurs et réflexions sur la vie de Kimball père et sur sa fin tragique.

— C'est lui qui m'a vendu ma maison, disait Oscar Roody en ingurgitant sa purée. Une bonne affaire, ma foi. Alice, y aurait-y pas encore un peu de café par chez toi, dis ?

— Y t'avait une femme avec une paire de guiboles canon, repartit Less Gladhill avec un sourire canaille, se reculant aussitôt du comptoir pour reluquer celles d'Alice. Une sacrée paire de guiboles, ouais. Jamais pu piger pourquoi un type se mettait à boire avec une femme aussi bien balancée.

— C'sont des Irlandais, poursuivit Oscar en se tapant la poitrine pour dégager un rot sonore. La bouteille, c'est leur truc. Ils ont ça dans le sang. Sa fille, là, paraît que c'est un genre d'artiste. Elle doit boire comme un soudard, oui, et pis fumer des drogues avec ça.

Il remua la tête d'un air désolé avant de se remettre à laper sa purée. Ah ça, oui, pensait-il, c'étaient les drogues qui bousillaient ce pays. Raide comme balle. A se demander à quoi que ça avait servi d'aller défendre sa patrie en Corée.

Les drogues, ouais… Et puis les homos.

— C'était une gentille fille avant, ajouta-t-il, comme s'il la condamnait d'avance pour la carrière qu'elle avait embrassée. Elle était aussi épaisse qu'un clou, et pis elle avait des airs drôles, je dis pas, mais enfin, c'était une gentille fille. Fallu que ce soit elle qui le trouve mort, le Jack.

— A dû être un sacré spectacle.

— Comme tu dis, Less, approuva Oscar d'un air qui laissait entendre qu'il était sur les lieux au moment de la chute. Ça lui a cassé le crâne comme une noix, avec du sang partout, quand il s'est planté sur ce tas de piquets. Ça lui a giclé net à travers, tu vois. Embroché comme une truite, le Jack.

Des filets de purée dégringolèrent sur son menton couvert de crin.

— M'étonnerait qu'ils aient réussi à enlever tout le sang des dalles, reprit-il en s'essuyant la barbe.

Choquée, Alice fit déborder le café de leur tasse.

— Eh, vous avez rien de mieux à causer, vous deux ?

— Mais dis, t'as été à l'école avec elle, non ?

Less se trémoussa sur son tabouret pour prendre son paquet de Drum et, de ses doigts burinés, entreprit de se rouler une cigarette à petits gestes rapides et précis. Quelques grains de tabac retombèrent sur la toile kaki de son pantalon de travail, tandis que son regard fondait comme l'oiseau de proie dans le décolleté d'Alice.

— Ouais, j'ai été à l'école avec Clare, répondit cette dernière. Et puis avec son frère.

Ignorant les yeux concupiscents de Less, elle se saisit d'un torchon pour essuyer le comptoir.

— Ils en avaient trop dans le ciboulot pour rester dans cette ville. Clare est célèbre maintenant. Et riche aussi, j'imagine.

— Les Kimball ont toujours eu de l'argent.

Oscar rejeta en arrière sa casquette élimée et cabossée qui, juste au-dessus de la visière, s'ornait du sigle de la Plomberie Roody. Quelques mèches des rares cheveux gris qui lui restaient rebiquaient sous le bord.

— S'est fait un paquet avec cette saloperie de centre commercial. C'est pour ça qu'il s'est tué, le Jack.

— La police a dit que c'était un accident, lui rappela Alice. Et puis tout ça, c'est de l'histoire ancienne. Dix ans, tu penses. On ferait mieux de faire une croix dessus.

— Quand on s'est fait entuber, on peut pas l'oublier, lui rétorqua Less avec un clin d'œil. Surtout quand on s'est fait entuber bien profond.

Il tapota sa cigarette au-dessus du minuscule cendrier de verre, rêvant de basculer séance tenante Alice et ses bonnes grosses fesses sur le comptoir, comme ça, au beau milieu du déjeuner.

— Avec cette histoire de terrain, le vieux Jack Kimball a fait une petite en-tourloupe ni vu ni connu, voilà ce que je dis. Et pis là-dessus, il s'est suicidé.

Sa bouche avait laissé une bague humide autour de son mégot. Il recracha deux trois grains de tabac qui lui collaient à la langue.

— Me demande ce qu'elle en pense, la fille, de se retrouver dans la maison où son père a fait le grand saut. Hé, Bud !

Avec sa cigarette, il fit signe à Bud Hewitt de venir les rejoindre dans le café. Alice lui mit aussitôt une tasse sous le nez.

— Non, merci, Alice. J'ai pas le temps.

Essayant de se composer une allure digne de sa fonction, Bud salua de la tête les deux hommes au comptoir.

— On a reçu cette photo ce matin, reprit-il en ouvrant une enveloppe de papier bulle. Carly Jameson, une fugueuse de quinze ans résidant à Harrisburg. Elle a disparu depuis une semaine. Elle a été repérée en train de faire du stop sur la quinzième. L'un d'entre vous l'aurait-il vue sur la route ou dans les environs de la ville ?

Oscar et Less se penchèrent en chœur sur la photographie de la jeune fille : un visage renfrogné, encadré d'épais cheveux bouclés.

— Me souviens pas de l'avoir vue, non, conclut Oscar avant de laisser échapper un nouveau rot. L'aurais aperçue si elle avait traîné par ici. Les visages inconnus, ça se remarque vite dans cette ville.

Bud présenta le cliché à Alice.

— Elle n'est pas venue ici durant mon service, répondit cette dernière. Mais je demanderai à Molly et à Reva.

— Merci.

L'odeur du café et le parfum d'Alice étaient bien tentants, mais Bud se rappela à temps son devoir.

— Je vais aller montrer cette photo un peu partout. Si vous la repérez d'ici là, faites-le-moi savoir.

— Compte sur nous, lui lança Less en écrasant sa cigarette. A ce propos, comment va ta canon de sœur, Bud ?

Il fit une pause pour recracher un nouveau grain de tabac.

— Tu lui as parlé de moi ? reprit-il en se léchant les babines.

— Elle entend déjà assez d'horreurs comme cela, répliqua Bud en sortant du café.

La repartie fit s'étrangler Oscar, qui renversa son café et se tapa sur les cuisses. Less prit la blague de bon cœur.

— Et si tu me servais plutôt un morceau de cette tarte au citron ? demanda-t-il à Alice en lui lançant un clin d'œil.

Puis, comme ses rêveries le ramenaient à quelque partie de jambes en l'air avec elle au milieu du ketchup et de la moutarde :

— Moi, ajouta-t-il, je les aime craquantes et bien fourrées.

Pendant ce temps, de l'autre côté de la ville, Clare était en train de lécher un reste de Ring-Ding tout en aménageant le spacieux garage en atelier. La bouche encore pleine de chocolat, elle disposa les briques réfractaires qui devaient lui servir de table à souder. La ventilation serait suffisante, se dit-elle. Et quand bien même elle désirerait refermer la porte du garage, il lui resterait encore la fenêtre arrière dont elle avait d'ores et déjà bloqué le vantail avec l'un de ses marteaux de mécanicien.

Elle avait entassé de la ferraille dans un coin, puis avait tiré, poussé et, au bout du compte, remorqué un établi à proximité. Comme elle se doutait qu'il lui faudrait des semaines pour déballer et ranger tous ses outils, elle s'était résignée à travailler au milieu du chaos qui lui était coutumier.

A sa manière, cependant, elle était organisée. L'argile et la pierre occupaient l'un des côtés du garage, les blocs de bois l'autre. Quant au métal, son matériau de prédilection, il prenait la plus grande place. La seule chose qui lui manquait, songea-t-elle, c'était une bonne grosse chaîne stéréo. Elle s'en occuperait bientôt.

Satisfaite, elle arpenta le sol de béton jusqu'à la porte de la buanderie attenante. Il y avait un centre commercial à une demi-heure de route de la ville. Elle y trouverait sans doute un rayon hi-fi, se dit-elle, et puis un téléphone pour demander qu'on vienne lui rebrancher sa ligne. Elle y appellerait aussi Angie.

Soudain, elle aperçut une troupe de femmes qui descendaient l'allée deux par deux — comme des soldats marchant au pas, pensa-t-elle avec un léger sentiment de panique. Chacune portait un plat couvert. Bien qu'elle jugeât ses craintes absurdes, elle sentit sa gorge s'assécher à la pensée que ce puisse être une sorte de comité d'accueil local.

— Eh bien, Clare Kimball ?

Montée en tête de la troupe, telle une bannière claquant au vent, se dressait une imposante blonde en robe à fleurs, la taille prise dans une ceinture de plastique mauve. Des bourrelets de graisse s'échappaient de ses manches et de sa ceinture. Elle portait un plat recouvert d'une feuille de papier d'aluminium.

— Tu n'as pratiquement pas changé, s'exclama-t-elle.

Ses petits yeux bleus se mirent à cligner dans les replis de sa face bouffie.

— Hein qu'elle n'a pas changé, Marylou ?

— Pratiquement pas, chuchota l'interpellée, une petite femme fluette aux lunettes cerclées d'acier et aux cheveux du même gris que la ferraille entassée dans l'atelier.

Avec quelque soulagement, Clare reconnut en cette dernière la bibliothécaire de la ville.

— Bonjour, madame Negley. Je suis contente de vous revoir.

— Tu ne m'as toujours pas rendu l'exemplaire de *Rebecca* que tu m'avais emprunté, dit-elle en lui adressant un clin d'œil derrière ses épaisses lunettes en cul de bouteille. Mais, bon, passons. Tu te souviens sans doute de Min Atherton, l'épouse de notre maire ?

Clare retint un hoquet de surprise. En dix ans, Min Atherton avait pris une bonne cinquantaine de kilos. Sa silhouette était à peine reconnaissable sous les couches successives de peau flasque.

— Bien sûr. Salut.

Gênée, Clare essuya ses mains graisseuses sur la toile de son jean — lequel était plus graisseux encore —, espérant vivement que personne ne désirerait les lui serrer.

— Nous avons voulu te laisser la matinée pour t'installer, reprit Min avec toute l'autorité impartie à la femme du maire et à la présidente du Club des dames de la ville. Tu te souviens sans doute de Gladys Finch, Lenore Barlow, Jessie Mesner et Carolanne Gerheart.

— Euh…

— Voyons, cette jeune fille ne peut se rappeler tout le monde à la fois, intervint Gladys Finch en s'avançant vers Clare pour lui fourrer un Tupperware dans les mains. J'étais ton institutrice en primaire. Et moi je me souviens plutôt bien de toi : une écriture très régulière.

Clare sentit un tendre sentiment de nostalgie la submerger.

— Vous mettiez des étoiles de couleurs sur nos copies.

— Uniquement quand vous le méritiez. Nous avons là assez de gâteaux et de cookies pour te gâter toutes les dents. Où veux-tu qu'on te les pose ?

— C'est vraiment gentil de votre part, répondit Clare en lançant un regard désemparé en direction de la buanderie qui ouvrait sur la cuisine. Il y a de la place dans la maison. Mais je n'ai pas encore vraiment…

Sans lui laisser le temps d'achever sa phrase, Min fonça vers la cuisine, curieuse de voir l'intérieur de la demeure.

— Quelles couleurs charmantes, s'exclama-t-elle en fouillant chaque recoin de ses petits yeux acérés.

Quoique, pour sa part, cette tablette de cuisine bleu foncé, elle trouvait ça bien salissant : son Formica blanc moucheté de jaune était franchement plus commode.

— Les derniers occupants n'étaient pas très aimables. Voyaient personne, ces gens-là. Je peux pas dire que je regrette leur départ. Des gens de la plaine.

Min lança ce dernier mot avec un reniflement sarcastique qui acheva de remettre les anciens occupants à leur place.

— Mais maintenant, on est bien contents de revoir une Kimball dans la maison, n'est-ce pas, les filles ?

Chacune acquiesça avec force chuchotements.

— Croyez bien que j'apprécie.

— Je t'ai fait ma gelée spéciale Jell-O, poursuivit Min en prenant à peine le temps de récupérer son souffle. Et si je la mettais au réfrigérateur, hein ?

« De la bière », se dit-elle avec un haussement de sourcils entendu après avoir ouvert la porte à la volée. De la bière, des sodas et des crackers de luxe. Pas étonnant de la part d'une fille habituée à mener la grande vie à New York City.

« Des voisines », songeait Clare de son côté, perdue au milieu du caquetage des visiteuses. Voilà des années qu'elle n'avait eu à parler à une voisine. Ni même à s'en soucier. Elle s'éclaircit la gorge.

— Je suis désolée, déclara-t-elle en essayant de sourire, mais je n'ai pas encore eu la possibilité de faire des courses. Je n'ai pas de café…

« Ni d'assiettes, ni de tasses, ni de cuillères », ajouta-t-elle mentalement.

— Nous ne sommes pas venues pour le café, lui répondit Mme Negley en lui tapotant l'épaule, son pâle sourire aux lèvres. Nous sommes venues te souhaiter la bienvenue, voilà tout.

— C'est très gentil de votre part, repartit Clare qui leva les mains pour les laisser retomber aussitôt. Très gentil, vraiment. Mais je n'ai même pas une chaise à vous offrir…

— Et si nous t'aidions à déballer tes affaires ? reprit Min, visiblement déçue de n'avoir déniché aucun carton de déménagement. Vu la taille du camion qui était garé devant chez toi ce matin, tu dois avoir une foule de choses à ranger, non ?

— Euh, en fait, c'était seulement mon matériel. Je n'ai rapporté aucun meuble avec moi.

Intimidée par les paires d'yeux inquisiteurs fixés sur elle, Clare fourra les mains dans ses poches. Voilà qui était bien pire qu'une interview, songea-t-elle.

— Je crois que je prendrai ce qu'il me faut au fur et à mesure.

— Ah, ces jeunes ! s'exclama Min en laissant échapper un petit rire moqueur. Aussi insouciants que des pinsons. Mais que dirait ta maman si elle te savait ici sans une seule petite cuillère ni même un coussin brodé à ton nom ?

— Je suppose qu'elle me dirait d'aller en acheter, répondit Clare.

Dieu, pensait-elle, comme elle avait envie de fumer !

— Eh bien, justement, tu vas pouvoir y aller, déclara Mme Finch en rassemblant tout son petit monde avec l'assurance d'une institutrice chevronnée. Tu nous rendras les plats quand tu les auras terminés, Clare. Ils portent tous une étiquette.

— Merci pour le dérangement. Merci pour tout.

Ces dames sortirent à la queue leu leu, laissant dans leur sillage un parfum de cookies au chocolat et des senteurs florales.

— Pas la moindre assiette dans les placards, chuchota Min en partant. Pas la moindre, je vous le dis. Par contre, de la bière dans le réfrigérateur — à tire-larigot. Tel père, telle fille, je vous le dis.

— Oh, Min, tais-toi donc, répliqua Gladys Finch, choquée dans son bon naturel.

Crazy Annie adorait chanter. Enfant, elle avait été soprano à la chorale de l'Eglise luthérienne. Sa voix haute et mélodieuse ne s'était guère altérée en un demi-siècle. Pas plus que ses goûts de gamine coquette.

Elle adorait les couleurs vives et les objets brillants. Souvent elle portait trois chemisiers l'un sur l'autre — ce qui ne l'empêchait pas d'oublier de mettre une culotte —, et si ses bras étaient surchargés de bracelets tintinnabulants, il n'était pas rare qu'elle oublie de se laver. Depuis la mort de sa mère, douze années auparavant, elle n'avait plus personne pour s'occuper d'elle ni pour préparer aussi patiemment qu'amoureusement ses repas — et veiller ensuite à ce qu'elle les avale.

Aussi la ville l'avait-elle prise sous son aile. Tous les jours, une déléguée du Club des dames ou un représentant du conseil municipal était dépêché dans sa caravane rouillée et toute grouillante de rats pour lui apporter à manger et jeter un œil à sa dernière récolte de rebuts.

Comme pour pallier les défaillances de son esprit, la nature l'avait dotée d'une robuste santé. Bien que ses cheveux aient pris une couleur gris métallique avec l'âge, son visage avait gardé une étonnante finesse de traits, et ses mains comme ses pieds étaient encore roses et potelés. Chaque jour, par tous les temps, elle parcourait des kilomètres à pied en traînant derrière elle son sac de grosse toile. On la voyait entrer au café Martha's pour prendre un beignet avec un diabolo grenadine, se rendre de là à la poste afin de récupérer des prospectus bariolés et son courrier en instance, puis aller faire du lèche-vitrine au Palais du Cadeau.

Elle déambulait ainsi le long des routes tout en chantant ou en se racontant des histoires, les yeux rivés au sol à la recherche de trésors égarés. La patience était son fort, et quoique toujours par monts et par vaux, elle pouvait rester des heures à guetter l'écureuil au sortir de sa cachette pour le voir grignoter sa noisette.

Heureuse et souriante, elle était protégée par sa propre innocence des multiples secrets dont elle avait fini par avoir connaissance.

Cet endroit au fond des bois, par exemple, cette clairière reculée entourée d'arbres gravés… Il y avait un trou à côté qui, des fois, sentait le bois brûlé et le sang. Marcher jusque-là-bas lui donnait toujours la chair de poule. Elle y était allée, une nuit, après que sa mère était partie. Ce soir-là, elle l'avait cherchée partout sur les collines et dans les bois, et s'était finalement retrouvée dans cette clairière. Elle y avait vu des choses… Des choses qui lui avaient fait dresser les cheveux sur la tête, et qui lui avaient donné des cauchemars pendant des semaines.

Et puis elle avait oublié. Tout ce qui lui restait de cette nuit-là, c'était la vision de créatures mi-hommes mi-bêtes, qui dansaient et qui chantaient. Quelqu'un avait crié aussi. Mais c'était un souvenir désagréable ; alors elle fredonnait des airs pour ne plus y penser.

Elle n'y était plus jamais retournée après le coucher du soleil. Ah, ça ! Non merci, sans façon, jamais après le coucher du soleil… Mais il y avait des jours où elle s'y sentait comme attirée malgré elle. Comme aujourd'hui, par exemple. D'ailleurs, le soleil était encore haut dans le ciel. Elle ne craignait rien.

— Ah vous dirai-je maman…

Sa voix fluette traversait la voûte des feuillages tandis qu'elle traînait son sac derrière elle autour de la clairière.

— … Ce qui cause mon tourment…

Avec un petit gloussement de fillette, elle posa un orteil téméraire à l'intérieur du cercle. Un bruissement de feuilles fit bondir son cœur dans sa poitrine. Puis elle laissa échapper un nouveau gloussement : ce n'était qu'un petit lapin qui détalait dans les fourrés.

— N'aie pas peur, lui dit-elle. Ce n'est qu'Annie. Regarde, il n'y a personne d'autre ici, personne d'autre ici…

Et elle se remit à chanter, exécutant courbettes et révérences au rythme de la comptine.

— L'autre jour dans un bosquet, de fleurs il fit un bouquet…

« C'est M. Kimball qui a les plus belles fleurs, se dit-elle. Des roses, oui, de belles roses. » Elle irait en cueillir un de ces jours. Seulement, il lui faudrait faire attention à ne pas se piquer les doigts. « Ah, mais non ! se souvint-elle. Il est mort maintenant… Mort et enterré. Comme maman. »

Sur le coup, elle ressentit une peine aussi vive que cruelle. Puis elle vit un pinson virer de l'aile au-dessus de sa tête et sa douleur s'évanouit aussitôt. Elle s'assit alors en dehors du cercle, courbant sa taille épaisse avec une grâce étonnante, et sortit de son sac le sandwich enveloppé de papier sulfurisé qu'Alice lui avait donné le matin même. Elle le mangea par petites bouchées proprettes tout en continuant à chanter et à se raconter des histoires. A la fin, elle laissa les dernières miettes aux petites bêtes du bon Dieu, plia soigneusement le papier, le plia de nouveau, et le rangea dans son sac.

— Pas de papier gras sur la voie publique, marmonna-t-elle. Cinquante dollars d'amende. Faut pas tuer le veau gras. Oui, oui, que le Seigneur soit avec moiii.

Au moment de se relever, elle aperçut quelque chose qui brillait dans les fourrés.

— Oh !

Se glissant à quatre pattes entre les retombées de plantes grimpantes, elle écarta de la main les feuilles pourrissantes.

— Joli ! murmura-t-elle en présentant le fin bracelet argenté à la lumière du soleil.

Son cœur de petite fille fondit à la vision du bijou chatoyant.

— Joli, répéta-t-elle.

Il y avait une inscription portée dessus. Des lettres, reconnut-elle, de ces lettres qu'elle ne savait pas lire : « Carly ».

— Annie, articula-t-elle en hochant la tête avec un air satisfait. A-N-N-I-E. Annie. Le malheur des uns fait le bonheur des autres. Mon cœur dit à chaque instant : « Peut-on vivre sans amant ? »

Ravie de sa trouvaille, elle l'enfila à son solide poignet.

— Personne ne l'a vue, shérif, annonça Bud Hewitt en posant la photographie de Carly Jameson sur le bureau de Cam. Je l'ai montrée à toute la ville. Si elle est quand même passée par ici, alors ce doit être la femme invisible.

— C'est bon, Bud.

— Y a eu du grabuge dans le parc.

— Oh ?

Sachant que son écoute était requise, Cam releva la tête de ses paperasses.

— Chip Lewis et Ken Barlow étaient en train de se battre à cause d'une fille. Les ai renvoyés tous deux à la maison avec mon pied au derrière.

— Bon travail.

— Et puis je me suis fait alpaguer par la femme du maire.

Cam eut un haussement de sourcils intrigué.

— M'a rebattu les oreilles avec cette histoire de mômes qui font du skate sur Main Street. S'est plainte aussi que le fils Knight faisait pétarader sa moto. Et que...

— Ça va, Bud, je vois le topo.

— Et puis elle m'a dit que Clare Kimball était de retour. Qu'elle avait son garage bourré de saloperies. Et pas une seule assiette dans ses placards.

— Eh bien, Min n'a pas perdu son temps à ce que je vois.

— Y avait tout sur elle dans *People*. Sur Clare, je veux dire. Elle est célèbre, vous savez.

— Ah bon ? s'exclama Cam d'un air amusé en fouillant dans ses papiers.

— Pour sûr. C'est une artiste. Enfin, quelque chose comme ça. Elle fait des statues. J'en ai vu une dans le magazine : devait bien mesurer plus de trois mètres de haut.

Son visage poupin se tordit dans une grimace de perplexité.

— Pas pu savoir ce que ça représentait, dit-il enfin. Je suis sorti avec elle une fois, vous savez.

— Non, je ne le savais pas.

— Comme je vous le dis. L'ai emmenée au cinéma, et tout, et tout. C'était l'année après la mort de son père. Ça lui faisait sacrément honte, toute cette histoire.

Il se servit de sa manche pour effacer une trace de doigts sur la vitrine du râtelier.

— Ma maman était amie avec la sienne, reprit-il. En fait, elles étaient de sortie ensemble la nuit où il a fait ça. Enfin, je pensais que je pourrais aller faire un tour par chez les Kimball de temps en temps, histoire de voir comment Clare se débrouille.

Avant que Cam n'ait eu le loisir de dire son mot, le téléphone se mit à sonner.

— Bureau du shérif, j'écoute.

Une voix haut perchée parlait avec précipitation dans l'écouteur.

— Personne n'est blessé ?... Bon, j'y vais tout de suite.

Il raccrocha et recula son siège.

— Cecil Fogarty a envoyé sa voiture dans le chêne de Mme Negley.

— Voulez que je m'en charge ?

— Non, je m'en occupe.

D'autant que Clare habitait à deux pas de chez Mme Negley, se dit Cam en sortant, et qu'il serait peu correct de ne pas passer la voir.

Clare venait justement de rentrer lorsqu'il arriva devant chez elle. Tout en se dirigeant vers la jeune femme d'un pas nonchalant, il la regarda tâtonner sous le tableau de bord à la recherche de la manette commandant l'ouverture du coffre. Les mains dans les poches, il se glissa derrière elle alors qu'elle était en train d'extirper sacs et cartons de sa voiture.

— Tu veux un coup de main ?

Clare sursauta, se cognant la tête au capot.

— Jésus, s'exclama-t-elle, tandis qu'elle se frottait le crâne. Est-ce que ça fait vraiment partie de ton boulot de traîner comme ça dans le coin ?

— Eh oui, lui répondit-il en se saisissant d'un volumineux carton. Qu'est-ce que c'est que tous ces trucs ?

— Des affaires. Je me suis rendu compte qu'il me faudrait plus qu'un sac de couchage et qu'un pain de savon pour survivre.

Elle empila deux sacs sur le carton qu'il tenait déjà dans les bras, et se chargea elle-même du reste.

— Tu as laissé tes clés sous le volant.

— Je les prendrai plus tard.

— Non. Maintenant.

Avec un soupir d'irritation, Clare fit le tour de la voiture et, envoyant balader les sacs, se pencha dans l'habitacle pour retirer la clé de contact. Puis elle franchit la porte du garage avec Cam sur les talons.

Celui-ci jeta un bref coup d'œil aux outils. Entre les bonbonnes d'acier, la pierre, le métal et les dosses, estima-t-il, il y en avait bien pour plusieurs centaines de dollars.

— Si tu as l'intention de garder tout ce matériel ici, tu ferais mieux de commencer par fermer la porte du garage.

— Bien, shérif. On est en service, hein ? répliqua-t-elle en franchissant la buanderie pour se rendre dans la cuisine.

— Tout à fait.

Puis, apercevant les plats couverts qui encombraient la tablette de la cuisine :

— Tu comptes ranger ça quelque part ? demanda-t-il.

— Désolée, dit-elle en repoussant les plats et les bocaux dans un coin. Ces dames sont passées cet après-midi.

Elle ôta le couvercle d'un Tupperware et en renifla le contenu.

— Tu veux un *brownie* ?

— Ouais. T'aurais pas un peu de café avec ?

— Non, mais il y a de la bière et du Pepsi dans le frigo. Attends, j'ai aussi une cafetière là-dedans.

Elle entreprit de fouiller le carton, déballant une série d'articles enveloppés dans du papier journal.

— Je suis tombée sur une brocante en allant au centre commercial. Il y avait de superbes occasions.

Elle brandit une cafetière italienne cabossée.

— Si ça se trouve, elle marche encore.

— Euh, je me contenterai du Pepsi, repartit Cam en allant se servir lui-même.

— Comme de bien entendu, j'ai oublié d'acheter du café. Mais je me suis trouvé des assiettes. De ces bonnes vieilles Fiestaware. Plus kitsch que ça, tu meurs. Et puis j'ai pris de ces bols à gelée avec Bugs Bunny et Daffy Duck dessus. Géant, non ?

Elle ramena ses cheveux en arrière et retroussa ses manches.

— Alors, lui lança-t-elle en souriant, la journée a été bonne ?

— Cecil Fogarty a envoyé sa Plymouth dans le chêne de Mme Negley.

— Passionnant.

— C'est aussi son avis, lui répliqua-t-il avant de lui passer le Pepsi. Alors, comme ça, tu vas ouvrir boutique dans ton garage ?

— Hmm, hmm…

Ayant pris une longue gorgée fraîche, elle lui rendit la bouteille.

— Ça veut dire que tu t'installes pour de bon, la Gazelle ?

— Ça veut dire que je vais profiter de mon séjour ici pour travailler.

Après s'être choisi un *brownie*, elle se jucha sur la paillasse de l'évier. La lumière du soleil couchant étincelait dans ses cheveux.

— Il y a une chose que je n'ai pas osé te demander hier…, commença-t-elle avec prudence.

— Vas-y.

— Pourquoi es-tu revenu ?

— Je voulais changer d'air, répondit-il simplement, peu désireux de lui dire toute la vérité.

— Autant que je me souvienne, tu n'avais pas l'intention de faire de vieux os ici.

Il avait filé sans un regard en arrière, comme s'il avait voulu rompre complètement avec le passé, avec en tout et pour tout deux cent vingt-sept dollars en poche et la tête bouillonnant de projets.

— J'avais dix-huit ans, tu sais. Et toi, pourquoi es-tu revenue ?

Elle fronça les sourcils sans cesser de grignoter son *brownie*.

— Peut-être que j'avais eu assez de changements comme ça dans ma vie. J'ai beaucoup repensé à la maison ces derniers temps. Et puis à la ville. Aux gens d'ici. Alors me voilà.

Elle se remit à sourire.

— Tu sais, j'avais un béguin pas possible pour toi quand j'avais quatorze ans.

— Je sais, dit-il en lui rendant son sourire.

— Tu parles.

Elle lui arracha la bouteille des mains. Puis, comme il continuait de lui sourire, elle se mit à le dévisager avec des yeux furibonds.

— Ah, je vois : c'est cette sale fouine de Blair qui te l'a dit, hein ?

— J'ai pas eu besoin de lui pour le savoir.

Avec une hardiesse qui les surprit tous deux, il s'avança pour lui poser les mains sur les hanches. Assise sur la paillasse, Clare avait la bouche au niveau de ses yeux.

— Tu me regardais sans cesse, reprit-il. Je le voyais bien, malgré tous tes efforts pour me faire croire le contraire. Chaque fois que je te parlais, tu te mettais à rougir. Je trouvais ça vraiment mignon, tu sais.

Sur la défensive, Clare le vit porter la bouteille à ses lèvres. Bien qu'elle n'eût plus quatorze ans, elle ressentait toujours une terrible envie d'échapper à son regard.

— A cet âge-là, dit-elle, les filles ne pensent qu'à aller courir les bois. Et puis elles grandissent…

— J'ai toujours une moto.

Elle ne put s'empêcher de sourire.

— Je l'aurais parié.

— Et si je t'emmenais faire une balade dimanche prochain ?

Elle hésita un instant en picorant les dernières miettes de son *brownie*.

— Pourquoi pas ? répondit-elle.

5.

Les treize célébrants se réunirent au lever de la lune. Le tonnerre grondait dans le lointain. Rassemblés par petits groupes de deux ou trois pour bavarder et échanger des cancans, ils fumaient du tabac ou de la marijuana en attendant qu'on allumât les cierges. Puis la cire noire fondit et se mit à couler, le feu prit bientôt dans la fosse, et des étincelles crépitantes commencèrent à jaillir du bois sec léché par les flammes voraces.

Au premier coup de cloche, les murmures s'éteignirent, on écrasa les cigarettes pour former le cercle.

Au centre se dressait le grand prêtre revêtu de sa chasuble, la tête recouverte par son masque de bouc. Bien que chacun connût son identité, il ne montrait jamais son visage durant le rituel. Personne, d'ailleurs, n'aurait osé le lui demander.

Il leur avait amené trois putains, sachant que le relâchement des sens était une condition de leur foi, comme de leur silence. Mais ces réjouissances ne viendraient qu'en leur heure.

Pour le moment, des disciples attendaient la consécration du baptême. Ce soir-là, deux nouveaux membres avaient prouvé qu'ils étaient dignes d'être attachés au service de Satan, de rejoindre son fidèle troupeau.

Le grand prêtre leva les bras au ciel pour entamer le rituel. Le vent attisait son invocation, gonflant l'homme d'un brûlant sentiment de puissance. La cloche, le feu, l'incantation, tout concourait à son exaltation — jusqu'à l'autel aux membres nus, fruit mûr et lourd de sève.

— Notre seigneur et Maître est l'Unique. Il est le Tout. Nous lui présentons nos frères pour qu'il leur impose sa marque. Nous avons recueilli son nom en notre sein, et depuis vivons comme les bêtes, communiant par la chair.

Viennent les dieux des abysses : Abaddon, le destructeur ; Fenriz, fils de Loki ; Euronymous, prince de la mort.

Les flammes jaillirent de la fosse avec un surcroît de rage. Le gong répondit en écho.

Les yeux du grand prêtre s'illuminèrent derrière son masque, réfléchissant la clarté rouge de la flambée.

— Je suis le dépositaire de la Loi. Que ceux qui veulent apprendre la Loi s'approchent.

Deux silhouettes sortirent du cercle au milieu du fracas des éclairs qui sillonnaient le ciel.

— Jamais nous ne montrons les crocs à nos frères. Telle est la Loi.

Les célébrants répétèrent en chœur. La cloche tinta.

— Jamais nous ne mettons à mal ce qui est nôtre. Telle est la Loi.

Des incantations furent entonnées en réponse.

— Nous ne tuons que par ruse et de sang-froid, jamais par colère. Telle est la Loi.

— Nous honorons l'Unique.

— Satan est l'Unique.

— A lui le palais de l'Enfer.

— *Ave*, Satan.

— Ce qui est à lui est à nous.

— Loué soit-il.

— Il est ce que nous sommes.

— *Ave*, Satan.

— Nous connaîtrons toutes joies, et toutes joies seront nôtres. Reculer, c'est mourir.

— Ainsi soit-il.

On invoqua les princes de l'enfer. La fumée s'enfla tandis que l'air se troublait de lourdes vapeurs d'encens et que de l'eau bénite teintée jaillissait d'un aspergès de forme phallique pour purifier le pourtour du cercle. Le bourdonnement des voix s'éleva en un chant d'extase.

Le ministre du culte leva de nouveau les bras, jouissant en secret de l'impression vive causée par ces symboles sur l'esprit candide des adeptes.

— Dévêtez-vous de vos chasubles et agenouillez-vous devant moi, car je suis votre berger et je suis la voie. Par moi, vous irez jusqu'à lui.

Les disciples se dévêtirent de leur chasuble et s'agenouillèrent, le sexe érigé, les yeux ivres de songes. Douze mois durant, ils avaient attendu cette nuit — nuit d'initiation, de possession, de jouissance. L'autel se caressa les seins et humecta ses lèvres purpurines.

S'étant saisi du cierge dressé entre les cuisses de la femme, le grand prêtre fit le tour des deux disciples pour en brandir la flamme devant leurs yeux, leur virilité et la plante de leurs pieds.

— Ceci est la flamme de Satan. Vous êtes entrés en Enfer. Ses portes se sont ouvertes devant vous et ses bêtes sont en liesse. Le feu de l'Enfer apposera sur vous son sceau libérateur. Que la cloche sonne en son nom.

Il y eut un nouveau tintement dont l'écho se perdit au tréfonds des futaies. Toutes les créatures de la nuit se terraient alentour, silencieuses.

— Désormais votre chemin est tracé. Il vous faut suivre la flamme ou mourir. Le sang de ceux qui ont échoué vous servira de flambeau pour guider vos pas jusqu'au pouvoir.

Le grand prêtre se retourna pour prendre dans une coupe d'argent une poignée de terre volée au tombeau séculaire d'un jeune enfant. Il en frotta la plante des pieds de ses disciples, en répandit sur leur tête et en déposa délicatement une pincée sur leur langue.

— Réjouissez-vous et ne vous écartez jamais du droit chemin. Vous jurez ce soir fidélité à tous ceux qui vous ont précédés dans sa lumière. Veillez et obéissez à la Loi dans l'allégresse.

Il se saisit alors d'une fiole transparente emplie d'eau bénite et d'urine.

— Buvez ceci et étanchez votre soif ; buvez la vie de toute votre âme, pour que sa gloire resplendisse en vous.

Les hommes agenouillés se passèrent la fiole et avalèrent le liquide.

— Levez-vous maintenant, mes frères, pour recevoir sa marque.

Les disciples se redressèrent. Des officiants vinrent leur immobiliser bras et jambes. Le couteau rituel brilla sous la clarté fantomatique de la pleine lune.

— Au nom de Satan, je te baptise.

L'homme se mit à crier lorsque la lame entailla légèrement son testicule gauche. Des gouttes de sang tombèrent sur le sol avec ses larmes.

— Désormais, tu lui appartiens pour l'éternité.

— *Ave*, Satan, s'écria le chœur des officiants.

Puis ce fut au tour du second disciple. On leur donna à tous deux du vin saturé de narcotique.

Le grand prêtre leva au ciel le couteau maculé de leur sang et rendit grâce au seigneur des Ténèbres. Sa voix se fit hurlement dans le fracas menaçant du tonnerre.

— Levez votre main droite, sous l'égide de son signe, pour prêter serment.

La face luisante de larmes, les disciples obéirent en frissonnant.

— Vous recevrez de lui les plaisirs comme les souffrances. Vous avez été rappelés d'entre les morts par la grâce de son sceau. Vous avez professé votre obéissance à Lucifer, le messager de la lumière. Et cela, vous l'avez fait de bon cœur et de votre plein gré.

— De bon cœur, répétèrent les initiés d'une voix lourde et confuse. Et de notre plein gré.

Se saisissant alors de l'épée, le grand prêtre traça un pentacle inversé sur la poitrine de chacun des nouveaux officiants.

— Salut à toi, Satan.

La victime sacrificielle fut avancée : un chevreau noir, non encore sevré. Le maître de cérémonie contempla l'autel, ses jambes largement écartées, ses seins blancs éclatants. Elle tenait un cierge noir dans une main, l'autre étant niché entre ses cuisses.

Grassement payée et droguée d'abondance, la putain lui souriait.

L'esprit obnubilé par son image, le grand prêtre fouailla de son couteau la gorge du jeune animal.

Le sang de la bête fut mélangé au vin avant d'être bu par l'assistance. Puis le grand prêtre ôta sa chasuble, l'amulette d'argent scintillant sur sa poitrine moite, et grimpa sur l'autel dont il se mit à pétrir les seins avec ses mains poisseuses.

Il regrettait que ses doigts ne fussent pas des griffes, et lorsque sa semence se répandit en elle, il rêva de tuer de nouveau.

Clare se réveilla en frissonnant de sueur, le cœur soulevé de dégoût, le visage trempé de larmes. Tendant la main vers sa lampe de chevet, elle ne rencontra que le vide. Une panique glacée la saisit. Puis elle se rappela où elle se trouvait. Recouvrant son courage, elle s'extirpa de son sac de couchage et se mit à avancer à pas comptés dans le couloir jusqu'à l'interrupteur du plafonnier. Les membres tremblants, elle se tint un instant immobile dans la lumière.

Elle aurait dû se douter que le rêve reviendrait la visiter. Après tout, la première fois qu'elle en avait été la victime, ç'avait été dans cette même chambre. Mais cette fois-ci, c'était bien pire, car au cauchemar s'était mêlé le souvenir des événements survenus durant la nuit où elle avait trouvé son père étendu sur les pierres du patio.

Elle s'appuya au mur et se frotta les yeux jusqu'à ce que les deux scènes s'évanouissent dans son esprit. Dans le lointain, un coq chanta pour saluer la nouvelle journée qui commençait. Terreurs et cauchemars fondirent bientôt sous la clarté du soleil levant. Rassurée, Clare se dépouilla du maillot de basket dans lequel elle avait dormi et alla prendre une douche.

Dans les heures qui suivirent, elle œuvra avec une passion et une énergie qu'elle n'avait plus connues depuis des semaines. Maniant l'acier, le cuivre et le feu, elle entreprit de donner forme aux scènes cauchemardesques qui la hantaient. C'était une création. Et c'était un exorcisme.

Elle brassait le métal, le fusionnait bloc à bloc sous les coulures régulières de brasure. Contrôlant le déroulement des opérations par des mouvements précis de ses épaules, elle se laissait aller au rythme de ses muscles. D'instant en instant, la sculpture prenait vie sous ses doigts attentifs, naissance dont elle goûtait le charme autant que la puissance. Malgré son émotion, cependant, elle avait la main sûre. Point n'était besoin dans son travail de la rappeler à la patience ni à la prudence. Retirer le chalumeau pour laisser reposer le métal bouillant pendant quelques instants était chez elle une seconde nature. Elle gardait constamment un œil sur la couleur ainsi que sur la consistance du matériau, même lorsque son imagination, la plus libre de toutes ses facultés, prenait un essor enfiévré.

Derrière les verres saillants de ses grosses lunettes teintées, ses yeux avaient cette fixité qu'a le regard des hypnotisés. Elle coupait, fondait et assemblait les morceaux de métal sous une pluie d'étincelles.

Vers midi, après six heures de labeur continu, elle se sentit éreintée corps et âme. Elle referma le robinet d'alimentation des bonbonnes et rangea son chalumeau. Au mépris de la sueur qui lui dégringolait le long du dos, elle contempla sa nouvelle création tout en ôtant ses gants, ses lunettes et sa calotte.

Elle en fit le tour pour mieux l'examiner, l'étudier sous toutes les faces, sous tous les angles. La sculpture faisait un mètre de haut et présentait une teinte d'un noir glacé sans soudure apparente. Elle était née de ses terreurs les plus profondes, les plus obscures. La forme en était reconnaissable au premier coup d'œil : une forme humaine ; un homme plus précisément. Mais cet homme avait une tête qui, elle, était inhumaine. Des cornes perçaient son front et un rictus de bête lui tenait lieu de bouche. Et tandis que la partie humaine de la créature semblait se courber dans un mouvement de supplication, sa tête, elle, se redressait avec un air de triomphe.

Comme elle examinait son œuvre, Clare sentit un frisson la traverser. Un frisson de peur et d'orgueil à la fois.

C'était du bon travail, se dit-elle en pressant une main contre ses lèvres. Vraiment bon.

Alors, saisie par une émotion qu'elle ne comprenait pas, elle s'agenouilla sur le sol de béton et se mit à pleurer.

Alice Crampton avait toujours vécu à Emmitsboro. Elle n'était sortie de l'Etat que deux fois. La première pour aller passer un week-end de folie à Virginia Beach en compagnie de Marshall Wickers, juste après que celui-ci avait rejoint la marine. Et la seconde pour se rendre dans le New Jersey, en visite chez sa sœur, Sheila, qui s'était mariée avec un optométriste. Autrement, elle avait passé pratiquement chaque jour de son existence dans sa ville natale.

Elle en ressentait parfois quelque amertume. Mais en général, elle n'y pensait pas trop. Son rêve était d'avoir suffisamment d'argent pour gagner une de ces grandes villes anonymes où les clients étaient des étrangers qui donnaient de gros pourboires. En attendant, elle servait du café et des sandwichs au jambon de pays à des gens qu'elle connaissait depuis toujours et qui lui faisaient rarement la grâce d'une obole.

Alice était une femme aux hanches larges et à la poitrine plantureuse, dont les rondeurs emplissaient sa tenue rose et blanc d'une manière qui ravissait la clientèle masculine. Pour autant, si certains, tel Less Gladhill, se laissaient aller à la reluquer avec des yeux d'ahuri, nul n'aurait osé lui pincer les fesses : elle se rendait à l'église chaque dimanche et protégeait farouchement sa vertu — ou du moins, supposait-elle, ce qui lui en restait après les assauts de Marshall Wickers.

Cela dit, personne n'avait besoin de lui recommander de veiller à la propreté du comptoir ni de rire aux blagues des clients. Serveuse compétente et consciencieuse, elle avait les pieds infatigables et la mémoire infaillible : si un jour vous lui commandiez votre steak saignant, vous n'aviez pas besoin de le lui rappeler la fois suivante.

Alice Crampton ne considérait pas son emploi de serveuse comme un tremplin pour une carrière plus recherchée. Elle aimait ce qu'elle faisait, même si elle n'aimait pas toujours l'endroit où elle le faisait.

Pour l'heure, tandis qu'elle s'examinait dans les flancs de la grosse cafetière, elle arrangeait sa coiffure blonde et frisée en se demandant si elle ne pourrait pas se débrouiller pour faire un saut dans le salon de beauté Chez Betty la semaine suivante.

La commande pour la table de quatre étant arrivée des cuisines, elle souleva son plateau et le porta à travers la salle au rythme d'un air de Tammy Wynette.

Quand Clare pénétra dans le café, l'endroit était en effervescence — comme chaque samedi. Elle l'avait d'ailleurs toujours connu ainsi. Clare y retrouvait l'odeur des oignons frits et du graillon, mêlée à des fragrances de parfum floral et au fumet du bon café chaud.

Le juke-box occupait toujours la même place depuis dix ans. Et quand elle entendit Wynette exhorter les femmes à prendre soin de leur mari, Clare se dit que sa sélection de disques n'avait pas été changée non plus depuis. La salle résonnait des bruits de vaisselle et de la cacophonie des conversations que chacun menait sans se soucier un seul instant de baisser la voix. Heureuse comme un poisson dans l'eau, Clare alla s'asseoir au comptoir pour consulter la carte en plastique du menu.

— Oui, m'dame, vous désirez ?

Clare baissa le menu puis, ayant dévisagé la serveuse au sourire accorte, le laissa carrément retomber sur le comptoir.

— Alice ? Alice, c'est moi, Clare.

Les lèvres d'Alice s'arrondirent en un grand O de stupéfaction.

— Clare Kimball ! On m'avait appris que tu étais revenue en ville. Mais tu as l'air en pleine forme, dis-moi ! Ah, ça, en pleine forme, vraiment !

— Quel plaisir de te revoir ! s'exclama Clare en serrant les fortes et rudes mains d'Alice entre les siennes. Seigneur, nous en avons des choses à nous dire ! Allez, raconte-moi tout : comment tu vas, ce que tu as fait, tout.

— Eh bien, ça va, et quand ça va pas, je fais aller, répondit Alice en riant, avant de presser une dernière fois les mains de Clare. Bon, qu'est-ce que je te sers ? Tu veux du café ? Ici, on n'a pas d'*espresso* comme ils en boivent à New York, tu sais.

— Je veux un steak avec plein de sauce, des frites bien grasses, les plus grasses que tu pourras me dégoter, et puis un chocolat frappé.

— Toujours le même estomac, hein ? Bouge pas.

Elle transmit la commande de Clare en cuisine et revint avec de nouveaux plats sur les bras.

— Quand Frank aura fini de carboniser ta viande, je prendrai une pause, dit-elle avant de retourner ventre à terre dans la salle.

Clare la regarda servir les plats, verser du café, griffonner des commandes sur son calepin et encaisser les additions. Quinze minutes plus tard, elle était elle-même servie.

— Jésus ! s'écria-t-elle sur un ton admiratif. Tu t'en sors vraiment bien.

Elle arrosa ses frites de ketchup tandis qu'Alice s'asseyait sur le tabouret à côté du sien.

— Bah, lui répondit Alice avec un sourire, il faut bien que tout le monde s'en sorte d'une manière ou d'une autre.

Elle n'aurait pas le temps de se remettre du rouge à lèvres ni de se brosser les cheveux, songea-t-elle cependant avec quelque regret.

— Je t'ai vue à « Entertainment Tonight », reprit-elle. Ils faisaient un reportage sur ton exposition à New York, avec toutes tes statues. Tu avais vraiment l'air splendide.

Clare eut un reniflement de dégoût.

— Eh ouais, ça m'arrive, acquiesça-t-elle en suçant ses doigts enduits de ketchup.

— Ils ont dit que tu étais l'artiste des années 90. Et que ton travail était hardi et... et prometteur.

— Ils disent ça chaque fois qu'ils n'y comprennent rien, répliqua-t-elle en mordant dans son steak.

Ses yeux se révulsèrent soudain de bonheur.

— Ah ça ! Oh, oui, *ça*, c'est plus que prometteur ! Seigneur, que voilà une bonne ration d'hormones. Ah ! Les steaks de Martha's...

Elle en prit derechef une bonne grosse bouchée.

— J'en ai rêvé des steaks de Martha's, tu sais. Ils n'ont pas changé d'un poil.

— Rien ne change vraiment par ici.

— Je suis venue à pied de la maison, histoire de tout revoir, poursuivit Clare en ramenant en arrière sa frange coupée à la diable. Tu vas peut-être trouver ça insensé, mais ce n'est que lorsque j'ai revu les coins de mon enfance que je me suis vraiment rendu compte combien tout cela m'avait manqué. J'ai aperçu le camion de M. Roody garé en face de la Clyde's Tavern, et puis les azalées devant la bibliothèque. Mais, Seigneur, Alice, vous avez un magasin de vidéo maintenant — et la pizzéria qui livre à domicile ! Ah, et puis j'ai revu Bud Hewitt, en train de patrouiller dans la voiture du shérif, en plus. Non mais, je te jure !

— Oui, il y a quand même eu un peu de changement, répondit Alice en riant. Bud est suppléant, maintenant. Et puis Mitzi Hines — tu te rappelles, elle était dans la classe supérieure à l'école ? Eh bien, elle a épousé un des fils Hawbaker. C'est eux qui tiennent le magasin de vidéo. Ça marche bien pour eux. Ils ont une maison en briques sur Sider's Alley, une nouvelle voiture et deux bébés.

— Et ta famille ? Comment va-t-elle ?

— Bien. Me rendent folle la plupart du temps. Lynette s'est mariée. Elle est partie à Williamsport. Papa pense à prendre sa retraite, mais, bon, c'est que des paroles.

— Prendre sa retraite ? Que deviendrait donc Emmitsboro sans le Dr Crampton ?

— Tous les hivers, maman le tarabuste pour qu'ils aillent dans le Sud. Il tient bon.

Elle prit une des frites de Clare et la trempa dans le ketchup. D'être ainsi assises côte à côte, comme jadis, leur rappelait les innombrables fois où, adolescentes encore, elles se retrouvaient ensemble pour partager leurs secrets, leurs peines, leurs joies — et, bien sûr, pour faire ce que font les jeunes filles avec le plus de facilité : parler des garçons.

— Cam Rafferty est shérif maintenant. Je suppose que tu le sais.

Clare hocha la tête.

— J'ai encore du mal à le croire, dit-elle.

— Maman aurait préféré quelqu'un de plus convenable — comme tous ceux qui se souvenaient encore de ses frasques à moto. Mais il avait un paquet de recommandations, et puis le départ brusque du shérif Parker nous avait mis dans la panade. Bien sûr, maintenant qu'on a vu comment il se débrouille, tout le monde lui fait de la lèche.

Elle ponctua ces derniers mots avec un sourire entendu.

— Cela dit, il a encore plus belle allure que jadis.

— D'accord avec toi.

Clare fronça légèrement les sourcils en tirant sur sa paille.

— Et son beau-père ? reprit-elle.

— Me fout les jetons, celui-là, répondit Alice en frémissant, avant de prendre une nouvelle poignée de frites dans l'assiette de Clare. Vient pas souvent en ville, et quand cela arrive, personne n'ose lui chatouiller les moustaches. On dit qu'il boit tout le revenu de la ferme — quand il ne va pas faire la bringue avec les putes de Frederick.

— Et la mère de Cam reste avec lui ?

— Soit elle l'adore, soit elle est tétanisée de peur, répondit Alice en haussant les épaules. Va savoir… Toujours est-il que Cam est discret sur le sujet. Il s'est fait construire sa propre maison sur Quarry Road, au fond des bois. Avec des verrières et une baignoire-piscine, à ce qu'il paraît.

— Eh bien, eh bien, il a braqué une banque ou quoi ?

Alice se pencha vers Clare.

— Un héritage, chuchota-t-elle. Sa grand-mère paternelle lui a légué tout ce qu'elle avait. Ça l'a drôlement emmerdé, le beau-père.

— J'imagine.

Quoique Clare n'ignore pas que les cancans étaient au menu de Martha's au même titre que les steaks, elle aurait préféré en profiter dans un endroit plus intime.

— Ecoute, Alice, quand est-ce que tu termines ?

— Je fais le service de 8 à 4 et demie, aujourd'hui.

— Pas de rendez-vous galant en vue ?

— Non. Pas depuis 1989.

Clare fouilla dans sa poche en gloussant et en sortit une poignée de billets qu'elle posa sur le comptoir.

— Et si tu passais à la maison tantôt, histoire de manger une pizza et de recauser de tout ça ?

Alice constata sans l'ombre d'une gêne que Clare lui avait laissé un généreux pourboire. Elle eut un grand sourire.

— Voilà bien la meilleure proposition qu'on m'ait faite depuis six mois.

Assis sur une banquette dans un coin de la salle, deux hommes passaient leur temps à boire des cafés, à fumer et à regarder la clientèle. L'un d'eux, apercevant Clare, se mit à hocher la tête.

— On parle beaucoup de Jack Kimball depuis que sa fille est revenue en ville.

— On parle toujours beaucoup des morts, repartit l'autre.

Il n'en regarda pas moins Clare à son tour, changeant même de position pour continuer de l'épier discrètement.

— T'inquiète pas, va, lâcha-t-il enfin. C'était qu'une gamine à l'époque. Elle ne se souvient de rien.

— Alors pourquoi est-elle ici ? lui demanda son compagnon en agitant devant lui le bout mâchouillé de sa Marlboro.

Puis il se pencha en avant et baissa la voix afin que le brouhaha couvre ses paroles.

— Pourquoi une artiste à la mode pleine aux as comme elle reviendrait mettre les pieds dans un endroit pareil ? Elle a déjà causé à Rafferty, à ce qu'il paraît. Et pas qu'une fois.

L'autre n'avait pas envie de se farcir la tête avec des problèmes. Il ne voulait même pas y croire. Peut-être quelques-uns des officiants étaient-ils en train de contrevenir à la pureté du rituel, de pécher par négligence au lieu d'attiser leur soif de sang, mais tout cela ne durerait pas. Un nouveau grand prêtre : voilà ce qu'il leur fallait. Et il avait beau ne pas être un brave entre les braves, il n'en avait pas moins assisté déjà à deux réunions secrètes pour discuter de cette question.

Ce qu'il ne leur fallait pas, en tout cas, c'était que le retour de la fille de Jack Kimball jette un vent de panique dans leurs rangs.

— Elle ne peut pas aller dire au shérif ce qu'elle ne sait pas, répéta-t-il avec insistance.

Pour autant, il aurait bougrement préféré n'avoir jamais révélé aux autres que Jack, une nuit qu'il avait perdu les pédales, lui avait avoué en bredouillant que Clare les avait surpris durant un rituel. Au fond de lui, il craignait que cela n'ait autant décidé de son trépas que l'affaire du centre commercial.

— Bien, dit-il enfin, essayons toujours de découvrir ce qu'elle sait réellement.

Il écrasa sa cigarette tout en continuant d'étudier Clare du coin de l'œil. Beau cul, estima-t-il — quoiqu'un peu maigre.

— Oui, reprit-il avec un grand sourire. Nous allons garder un œil sur la petite Clare. Et le bon.

Ernie Butts passait le plus clair de son temps à penser à la mort. Ses lectures comme ses rêves, ses rêves comme ses rêveries, tout s'y rapportait. Et il en avait conclu que lorsque quelqu'un en avait fini avec la vie, il en avait fini pour de bon. Ni enfer ni paradis : ainsi raisonnait Ernie Butts. Ce qui, selon lui, faisait de la mort une suprême entourloupe — et d'une vie de soixante-dix berges et des poussières en moyenne le seul bon temps dont un homme disposait.

Ernie ne croyait pas non plus à la morale ni aux bonnes actions. Il en était venu à admirer des hommes tels que Charles Manson et David Berkowitz. Des hommes qui prenaient ce qu'ils voulaient, vivaient l'existence qu'ils s'étaient choisie et se fichaient de la société comme de l'an quarante. Oh, bien sûr, ladite société les avait mis à l'ombre, mais avant que les portes de la prison ne se referment sur eux, ces hommes avaient détenu un pouvoir incroyable et, de l'avis d'Ernie, le détenaient toujours.

Bref, il était aussi fasciné par le pouvoir que par la mort.

Il avait parcouru tout Anton LaVey, tout Lovecraft et tout Crowley. Il s'était plongé dans la lecture des livres ayant trait aux coutumes folkloriques, à la sorcellerie, au culte satanique, et en avait retenu tout ce qu'il en avait pu comprendre ou apprécier pour l'incorporer au furieux cloaque de sa propre pensée.

Cela lui paraissait en tout cas autrement plus sensé que de passer sa vie à croupir dans la piété, le dévouement et l'humilité ; ou bien encore à suer sang et eau chaque jour, huit satanées heures durant, comme ses parents, pour arriver à payer les traites.

Si tout ce qui vous revenait à la fin c'était un trou dans la terre, la simple logique exigeait que vous profitiez par n'importe quel moyen de tout ce qui vous passait sous la main tant qu'il vous restait encore un souffle de vie.

Il écoutait les chansons de Motley Crue, Slayer et Metallica en se trémoussant avec hargne sur les paroles. Pour spacieuse qu'elle eût été jadis, sa chambre mansardée croulait désormais sous les posters de ses héros, figés dans des hurlements d'agonisants et des grimaces diaboliques.

Ernie n'ignorait pas qu'il rendait fous ses parents, mais du haut de ses dix-sept ans, il ne faisait pas grand cas de ses géniteurs. Propriétaires exploitants de la pizzéria Chez Rocco, cet homme et cette femme, qui sentiraient à tout jamais l'ail et la viande, avaient déjà outrepassé les bornes de son mépris. Qu'il ait refusé de travailler avec eux avait d'ailleurs soulevé bien des controverses dans la famille. Il avait cependant préféré prendre un boulot à la station-service Amoco, et sa mère, qui considérait cela comme une tentative pour conquérir son indépendance, s'était chargée de calmer son père, aussi dérouté que déçu.

Aussi le laissait-on finalement vivre sa vie.

Parfois il se plaisait à rêver qu'il les saignait à blanc, rien que pour sentir la force vitale s'arracher à leur corps pour pénétrer dans le sien — violentes songeries qui l'effrayaient et le fascinaient tout à la fois.

Sa chevelure de crins noirs et ses airs de rebelle émoustillaient bon nombre de jeunes filles du lycée. Cependant, malgré quelques batifolages dans la cabine de sa camionnette Toyota d'occasion, Ernie jugeait la plupart des femelles de son âge trop idiotes, trop empotées ou trop ennuyeuses. Après cinq ans passés à Emmitsboro, il ne s'était fait aucun véritable ami. Il n'y en avait pas un — ni une — avec qui il pût discuter de la psychologie de l'asocial, de la signification du *Necronomicon* ou du symbolisme des rituels antiques.

Ernie se considérait comme un marginal — ce qui n'était pas une mauvaise chose à ses yeux. Et s'il avait été bon élève jusqu'alors, ç'avait été moins par goût que par facilité. Certes, il n'en retirait pas peu de fierté, mais jusqu'à présent, il avait dédaigné toutes les activités extracolaires, comme le sport ou la danse, qui auraient pu l'amener à nouer des liens avec les autres garçons du bourg.

Il se suffisait à lui-même, trouvant son plaisir à s'amuser avec des cierges noirs, des pentacles et du sang de bouc, qu'il tenait serrés dans le tiroir de son bureau.

Et, tandis que ses parents sommeillaient dans leur lit douillet, lui célébrait le culte de divinités dont ils n'auraient jamais été à même de comprendre les desseins.

Il lui arrivait aussi, du haut de son nid d'aigle, de regarder la ville à travers la lunette de son puissant télescope ; ce qui lui avait donné l'occasion de se rincer l'œil copieusement.

Sa maison était située en face de la demeure Kimball. Il avait surpris l'arrivée de Clare et la surveillait depuis lors régulièrement. Il connaissait les histoires qui couraient sur sa famille. Le retour de la jeune femme les avait toutes exhumées de l'oubli. Comme les vieilles sépultures réouvertes, elles exhalaient un parfum de chagrin et de mort. Il avait ainsi guetté le moment où Clare monterait à l'étage, où la lumière s'allumerait dans le grenier des Kimball. Mais jusqu'à présent, elle n'avait pas encore visité cette pièce.

Ernie n'en était pas trop déçu. Il trouvait une certaine compensation à braquer sa lunette sur les fenêtres de la chambre de Clare. Il l'avait déjà regardée en train de s'habiller, l'avait vue enfiler un chemisier sur son torse svelte et remonter son jean le long de ses cuisses fuselées. Elle avait un corps très élancé et très blanc, cependant que le triangle entre ses jambes était du même roux satiné que ses cheveux. Ernie s'imaginait parfois en train de ramper jusqu'à la porte arrière de sa maison, puis de gravir en silence l'escalier jusqu'à sa chambre. Il plaquerait une main sur la bouche de la jeune femme pour l'empêcher de crier puis il la ligoterait. Et, tandis qu'elle se tordrait et gigoterait désespérément, il lui ferait des choses… Des choses qui la feraient mouiller, se tendre, gémir.

Et quand il en aurait fini, elle le supplierait de revenir.

Ça serait chouette, se disait-il, vraiment chouette de violer une femme dans une maison où quelqu'un avait connu une mort violente.

Ernie entendit soudain un camion dévaler la rue en bringuebalant. Il reconnut celui de Bob Meese, peint à l'enseigne des Trésors du Passé. Le véhicule remonta poussivement l'allée des Kimball en éructant du monoxyde de carbone. Ernie aperçut Clare bondir hors de chez elle, et quoiqu'il ne puisse l'entendre de sa chambre, il la vit rire et parler avec excitation au gros Meese qui s'extirpait de la cabine du camion.

— C'est chic de ta part, Bob, vraiment.

— Y a pas de lézard.

Bob trouvait que c'était bien la moindre des choses qu'il puisse faire en souvenir du bon vieux temps — même si Clare et lui n'étaient sortis qu'une seule fois ensemble. Le soir même où son père était mort, en fait. Enfin, de toute façon, quand un client alignait mille cinq cents dollars sans barguigner, Bob était on ne peut plus disposé à lui livrer la marchandise qu'il désirait.

— Je vais te donner un coup de main pour décharger, dit-il en remontant sa ceinture lâche avant d'aller tirer une table à battants du fond du camion. C'est une belle pièce. En la retapant un peu, tu auras un vrai bijou.

— Je l'aime telle qu'elle est.

Avec toutes ses taches et ses éraflures, Clare trouvait au meuble beaucoup de caractère. Elle se chargea elle-même d'extraire du camion une chaise à barreaux dont l'assise était toute dépaillée. Celle qui complétait la paire était encore à l'intérieur du véhicule, où elle tenait compagnie à un canapé, un tapis au motif floral décoloré et une lampe sur pied en fer forgé nantie d'un abat-jour frangé.

Ils transportèrent les pièces les moins encombrantes à l'intérieur de la maison. Puis ils s'échinèrent sur le tapis tout en causant des vieux amis et des nouvelles du jour. Bob était déjà essoufflé lorsqu'ils revinrent au camion se pencher sur l'imposant canapé de brocart rouge.

— Il est génial ! Je suis dingue de ces cygnes sculptés sur les bras.

— Pèse des tonnes, oui, répliqua Bob.

Il allait se hisser à l'intérieur du camion, lorsqu'il aperçut Ernie en train de flâner sur le trottoir d'en face.

— Hé, Ernie Butts ! Qu'est-ce que tu fiches là ?

L'interpellé enfouit ses mains dans ses poches avec une grimace maussade.

— Rien.

— Ouais, eh bien, amène tes fesses pour nous donner un coup de main.

Puis, se retournant vers Clare :

— Ce môme est une vermine, marmonna-t-il, mais il a le dos jeune.

— Salut, s'écria Clare en gratifiant d'un sourire cordial le garçon qui arrivait en traînant la patte. Je m'appelle Clare.

— Ouais.

De là où il était, Ernie pouvait déjà sentir l'odeur qui émanait des cheveux de la jeune femme : une odeur fraîche et propre, aux nuances sensuelles.

— Monte là-dedans m'aider à trimballer ce machin, lui lança Bob en désignant le canapé du menton.

— Je vais te donner un coup de main, dit Clare qui sauta prestement dans le camion à la suite d'Ernie.

— Pas besoin.

Avant même qu'elle ait pu assurer sa prise, Ernie soulevait déjà l'un des côtés du canapé. Clare contempla les muscles qui saillaient du faisceau de ses bras déliés. Elle se les imagina aussitôt sculptés dans du chêne foncé. Puis elle dut dégager le chemin devant Bob qui, grognant et jurant, aidait Ernie à décharger le canapé du camion. Ce dernier remonta ainsi toute l'allée à reculons jusqu'à la porte de la maison, les yeux fixés sur la pointe de ses souliers.

— Déposez-le quelque part par là, au milieu de la pièce, leur dit Clare.

Le canapé retomba sur le sol avec un bruit mat dont elle se réjouit. Voilà qui sonnait bien, se dit-elle : elle était enfin dans ses meubles.

— Super, merci. Un petit coup, les gars ?

— Ouais, mais juste un pour la route, répondit Bob. Il faut que j'y retourne.

Il fit un clin d'œil complice à Clare.

— Je voudrais pas que Bonny Sue soit jalouse, ajouta-t-il.

Clare lui rendit son clin d'œil. Bobby Meese et Bonny Sue… Elle avait encore de la peine à croire qu'ils aient déjà derrière eux sept ans de mariage et trois enfants.

— Ernie ?

— Ouais, si vous voulez, répondit-il en haussant ses minces épaules.

Clare fit un saut dans la cuisine pour en revenir avec trois bouteilles de Pepsi glacé.

— Je te tiendrai au courant pour la commode, Bob.

— J'y compte bien, dit-il en lampant une rasade de Pepsi avant de se diriger vers la porte. Nous sommes ouverts de midi à 5, demain.

Clare l'accompagna jusqu'au seuil puis se retourna vers Ernie.

— Désolée que tu aies été mis à contribution.

— Pas grave, répliqua Ernie.

Il prit une gorgée de Pepsi tandis que ses yeux faisaient le tour de la pièce.

— C'est tout ce que vous avez ?

— Pour l'instant. J'aime bien prendre un petit truc par-ci par-là. Et si on l'essayait ?

Elle s'assit à un bout du canapé.

— Les coussins sont défoncés, reprit-elle en soupirant. Juste comme je les aime. Bon, alors, Ernie, ça fait longtemps que tu vis ici ?

Au lieu de s'asseoir à côté d'elle, le garçon se mit à arpenter la pièce — comme un chat qui inspecterait son territoire, pensa la jeune femme.

— Depuis que je suis tout petit, répondit-il.

— Tu vas au lycée d'Emmitsboro ?

— Je suis en terminale.

Clare mourait d'envie de prendre son carnet de croquis. Chaque pouce de la peau du garçon respirait une ardeur juvénile, vindicative, fiévreuse.

— Tu iras à l'université, après ?

Ernie répondit par un haussement d'épaules. Voilà qui était précisément une autre pomme de discorde entre ses parents et lui. « Sans instruction, on n'a aucune chance dans la vie. » Des conneries, oui : sa meilleure chance dans la vie, c'était encore lui-même.

— J'irai en Californie, à Los Angeles, dès que j'aurai mis assez d'argent de côté.

— Pour y faire quoi ?

— Un maximum de pognon.

Clare laissa échapper un rire qui n'avait rien d'offensant. Ernie le trouvait même plutôt amical. Il esquissa un sourire.

— En voilà une ambition respectable, poursuivit Clare. Ça t'intéresserait de poser ?

Le regard d'Ernie se voila de méfiance. Il avait les yeux vraiment très sombres, remarqua Clare, comme ses cheveux — des yeux, oui, d'une singulière maturité.

— Pour quoi faire ? demanda-t-il.

— Pour rien. Pour moi. J'aimerais bien dessiner tes bras. Ils sont fins et racés. Tu pourrais passer un jour après l'école. Je te paierai au tarif du marché.

Tout en prenant une nouvelle gorgée de Pepsi, Ernie se demanda ce que la jeune femme portait sous son jean moulant…

— Faut voir, lâcha-t-il enfin.

Quand il sortit de chez Clare, il effleura le pentacle inversé qu'il avait sous son T-shirt à l'effigie de Black Sabbath. Ce soir, se dit-il, il accomplirait un rituel intime, un rituel placé sous le signe du sexe.

Cam débarqua chez Clyde après le dîner. Il y venait souvent le samedi soir pour y trouver un peu de compagnie, jouer au billard et déguster la seule bière qu'il s'autorisait de toute la semaine. En même temps, il pouvait y surveiller les buveurs qui avaient un peu trop tendance à lever le coude avant de reprendre leur voiture.

Lorsqu'il quitta les lumières du crépuscule pour pénétrer dans la pénombre enfumée du bar, son entrée fut saluée par force cris et gestes de bienvenue. Clyde, qui était devenu de plus en plus acariâtre et bourru avec les années, lui servit sa pinte de Beck sur le comptoir d'acajou. Cam la serra amoureusement entre ses mains, son pied confortablement calé sur la barre de cuivre.

De l'arrière-salle s'échappaient des airs de musique entrecoupés par le claquement des boules de billard et, de temps à autre, quelque serment d'ivrogne auquel répondait un rugissement hilare. La clientèle, en majorité masculine, était assise à des tables carrées de bois nu croulant sous les bocks vides, les cendriers archipleins et les tas de cosses de cacahuètes. Sarah Hewitt, la sœur de Bud, assumait bravement tous les aléas de sa fonction de serveuse dans un T-shirt moulant et un jean qui l'était plus encore, récoltant pourboires et propositions scabreuses avec un égal entrain.

Pour Cam, venir en ce lieu pour siroter sa bière brune et fumer plus que de raison était une sorte de rituel auquel il se pliait de bon gré. Comme il y écoutait toujours les mêmes chansons, y entendait toujours les mêmes voix et y sentait toujours les mêmes odeurs, il avait l'impression que Clyde se tiendrait derrière son bar jusqu'à la fin des temps, abreuvant sa clientèle de ses sempiternels grognements. Il n'était pas jusqu'à l'horloge murale peinte aux couleurs de la bière Budweiser, et toujours en retard de dix minutes, ni même aux chips éternellement rances qui ne procurent à Cam un réconfortant sentiment de pérennité.

Sarah roula les hanches jusqu'au bar, les yeux charbonneux de Rimmel et la peau moite de senteurs enjôleuses. Elle déposa son plateau sur le comptoir en effleurant de sa cuisse la jambe du shérif. Celui-ci remarqua avec un intérêt mitigé qu'elle avait changé quelque chose à sa coiffure. Depuis sa dernière virée dans le salon de beauté Chez Betty, elle portait des cheveux blonds à la Jean Harlow qui lui retombaient sur l'œil en accroche-cœurs.

— Je me demandais si tu allais venir, ce soir.

Il lui jeta un coup d'œil par-dessus son épaule. Il avait été un temps, se souvint-il, où il aurait mâché du verre pilé pour avoir le droit de poser les mains sur elle.

— Comment va, Sarah ?

— Ça pourrait être pire, répondit-elle en se tournant vers lui de façon que sa poitrine lui frotte le bras. D'après Bud tu étais occupé.

— Assez, oui.

Cam se saisit de sa bière pour ne plus sentir contre son coude les invites de la jeune femme.

— Peut-être que tu aimerais te reposer un peu tout à l'heure, insista cette dernière. Comme au bon vieux temps.

— Ce n'était pas précisément de tout repos en ce temps-là.

Sarah laissa échapper un petit rire de gorge.

— Heureuse de voir que tu t'en souviens encore, dit-elle.

L'air irrité, elle détourna ses regards en direction de la salle. Un client l'appelait à une table. Depuis que Cam était revenu en ville, Sarah n'avait cessé de vouloir lui mettre la main dans le pantalon — c'est-à-dire dans le portefeuille.

— Et si j'allais chez toi ce soir ? reprit-elle. Je finis à 2 heures.

— J'apprécie ton offre, Sarah, mais je préfère encore mes souvenirs.

— A ta guise.

Elle reprit son plateau en haussant les épaules. Le ton de sa voix s'était durci sous le coup de la rebuffade.

— J'ai changé, tu sais, ajouta-t-elle.

« On dit toujours ça », songea Cam avant d'allumer une cigarette.

Ouais, se souvint-il, elle était canon jadis. Moulée à la louche, sexy, dix-sept ans à peine. Ils baisaient tous deux comme des lapins. Et puis elle en était venue peu à peu à le tromper en douce avec tous les mâles de passage. « Sarah Hewitt, la reine de la bite » était devenu le cri de ralliement de tout le lycée d'Emmitsboro.

Le malheur, dans cette histoire, c'était qu'il l'avait aimée, de tout son corps d'abord, et puis à la fin un peu à contrecœur. Maintenant il ne ressentait plus pour elle que de la pitié. Ce qui, il ne l'ignorait pas, était pire que la haine.

Les voix se firent un peu plus fortes dans l'arrière-salle, et les injures mieux senties. Cam regarda Clyde avec un haussement de sourcils interrogateur.

— Fous-leur la paix, va, lui répondit Clyde avec un croassement si rauque qu'on eût dit que ses cordes vocales étaient enveloppées de papier d'aluminium.

Tout en décapsulant deux bouteilles de Bud, le barman prit un air renfrogné qui fit trembloter son quintuple menton comme de la Jell-O.

— C'est pas une école maternelle, ici.

— Tu es chez toi, tu fais comme tu veux, répliqua Cam d'un air détaché.

Il n'en avait pas moins remarqué que Clyde avait lancé une bonne demi-douzaine de coups d'œil en direction de l'arrière-salle depuis qu'il lui avait commandé sa bière.

— Tout juste, reprit Clyde. Et puis, en plus, la vue de l'insigne rend la clientèle nerveuse. Bon, alors, tu le finis ton bock, ou tu fais joujou avec ?

Cam vida son verre, se saisit de sa cigarette et en tira une bouffée avant de l'écraser aussitôt dans le cendrier.

— Qui se trouve là-bas, Clyde ?

Le visage mafflu du barman se figea.

— Les péquenots habituels.

Comme Cam continuait à le dévisager, Clyde se saisit d'un torchon sentant la vinasse et se mit en devoir d'astiquer la surface dépolie du comptoir.

— C'est Biff, si tu veux savoir. Mais je veux pas d'histoires ici.

En entendant prononcer le nom de son beau-père, Cam devint de glace. Toute trace d'amusement avait disparu de ses yeux. Biff Stokey venait rarement perpétrer ses beuveries en ville et, quand cela lui arrivait, il ne le faisait guère dans un esprit de camaraderie.

— Ça fait combien de temps qu'il est là-dedans ?

Clyde eut un haussement d'épaules qui déclencha une avalanche ondoyante de bourrelets sous son tablier graisseux.

— Je travaille pas avec un chronomètre en main.

Une femme poussa un petit cri d'effroi, bientôt suivi par un fracas de bois brisé.

— Apparemment trop longtemps…

Cam se dirigea vers le fond du bar en écartant les curieux de son chemin.

— Dégagez le passage, s'écria-t-il en jouant des coudes pour rejoindre l'endroit d'où provenaient les cris. Je vous ai dit de dégager, bon sang !

Dans l'arrière-salle, où les consommateurs se réunissaient pour jouer au billard et gaver de piécettes le vieux flipper, Cam aperçut d'abord une femme recroquevillée dans un coin, puis, à côté de la table de billard, Less Gladhill debout, ses deux poings crispés sur une queue de billard, le corps chancelant et le visage en sang. Biff se dressait quelques pas en arrière, les restes d'une chaise entre les mains. C'était un hercule aux bras épais comme des rondins, recouverts d'une pléthore de tatouages, souvenirs de son passage chez les marines. Son visage au teint coloré par le soleil et l'alcool était figé dans une grimace de bouledogue. Quant à ses yeux, ils étaient ainsi que Cam les avait toujours connus : sombres et remplis de haine.

Oscar Roody essayait de jouer les médiateurs tout en sautillant d'un pied sur l'autre pour échapper aux coups.

— Allez, Biff, c'était qu'une partie entre amis.

— Je t'emmerde, grommela Biff.

Posant une main sur l'épaule d'Oscar, Cam lui fit signe de se mettre à l'écart.

— Va prendre l'air, Less. Sors donc cuver ton vin.

Cam parlait d'une voix mesurée sans quitter son beau-père des yeux.

— Cet enfant de salaud m'a frappé avec une putain de chaise, s'exclama Less en essuyant le sang qui lui coulait sur les yeux. Il me doit vingt balles.

— Va prendre l'air, lui répéta Cam, les doigts serrés sur la queue de billard, que Less lâcha aussitôt.

— Il est complètement dingue, reprit ce dernier. C'était une agression. J'ai des témoins.

Un murmure général d'approbation s'éleva de la foule. Nul ne bougeait cependant.

— Très bien. Va au poste et appelle le Dr Crampton pour qu'il examine ta blessure.

Il jeta un bref coup d'œil circulaire à la salle.

— Dispersez-vous.

Les curieux reculèrent en maugréant, cependant que la plupart s'amassaient dans l'entrée pour ne pas manquer la confrontation entre Cam et son beau-père.

— Alors, on joue au dur maintenant ? lui lança Biff d'une voix rocailleuse, empâtée par l'alcool.

Puis il se mit à sourire, de ce sourire qui lui venait toujours aux lèvres, jadis, lorsqu'il s'apprêtait à rouer Cam de coups de poing.

— T'as beau avoir un insigne et du fric à t'en torcher le derrière, t'es toujours qu'un petit merdeux.

Cam sentit ses doigts se crisper sur son arme de fortune : il était prêt. Plus que prêt.

— Ça suffit. Rentre à la maison.

— J'ai pas fini de boire. Clyde, sacré fils de pute, où t'as mis mon whisky ?

— Tu as assez bu comme ça, répliqua Cam d'un ton ferme. Maintenant, tu peux sortir d'ici par la grande porte, ou alors je peux te traîner jusqu'à l'entrée de service.

Le sourire de Biff s'élargit. Il envoya valser les morceaux de la chaise et leva ses poings épais comme des jambonneaux. Il était sur le point de botter le cul à Less, mais pour le coup, il lui venait mieux à l'esprit : cela faisait des années qu'il n'avait eu l'occasion de faire entrer un peu de respect pour les grandes personnes dans la caboche du gamin — et puis Cam méritait une bonne raclée depuis longtemps.

— Alors viens, dit-il. Essaye donc de m'attraper.

Quand Biff fondit sur lui, Cam eut un bref instant d'hésitation. Il se vit en train d'assener un rude coup de son arme sur la tempe de son beau-père, se réjouissant à l'avance de l'impact du bois sur son crâne. Cependant, au dernier moment, il envoya valser la queue de billard, et prit le premier coup dans les tripes.

L'air siffla entre ses dents. Il put néanmoins esquiver le deuxième coup avant qu'il lui atteignît la mâchoire. Le poing de Biff, dévié, le frappa à la tempe, provoquant une explosion d'étincelles devant ses yeux. Il entendit le rugissement de la foule derrière lui : les gens hurlaient comme jadis les païens aux spectacles de gladiateurs.

Quand son poing nu entra enfin en contact avec le corps de Biff, le choc résonna le long de son bras pour s'épanouir en un vibrant point d'orgue. Les coups pleuvaient sur lui avec la même hargne que dans son souvenir.

Il était petit en ce temps-là. Petit, fluet et impuissant. Et il n'avait pas le choix : soit il courait se cacher, soit il encaissait. Et cela des douzaines de fois. Mais tout était différent désormais. Cette soirée tant attendue sonnait pour lui avec les accents d'un triomphe sauvage. Animé par cette rage que goûte le soldat lorsqu'il se lance enfin à corps perdu dans la bataille, il vit son poing s'écraser sur le rictus méprisant de Biff et sentit ses phalanges lui déchirer les lèvres.

L'odeur de son propre sang mêlé à celui de son beau-père lui monta à la tête. Un verre se brisa en mille morceaux sur le sol. Cam perdit alors tout contrôle de lui-même : déchaîné soudain, il se précipita pour marteler de coups de poing le visage qu'il avait appris à craindre et à exécrer depuis sa plus tendre enfance.

Il voulait le détruire. Le réduire à néant. Saisissant Biff au col de ses mains tuméfiées et sanglantes, il le plaqua contre le mur de la salle pour continuer à frapper ce visage détesté.

Encore. Et encore.

— Seigneur, Cam. Laissez-le donc ! Doux Jésus...

Ses poumons brassaient l'air comme des soufflets de forge. Il se débattit lorsque des mains le saisirent aux épaules. Faisant volte-face, il faillit catapulter son poing dans le visage de Bud.

Cependant, la brume qui lui obscurcissait le regard se levant peu à peu, il reconnut bientôt le visage blafard et tendu de son suppléant. Puis il aperçut la foule rassemblée autour d'eux, qui les regardait avec des yeux écarquillés par la curiosité. Enfin, ayant essuyé ses lèvres ensanglantées du dos de la main, il vit, écroulé sur le sol, la face rouée de coups, les membres brisés, Biff qui gisait dans ses propres vomissures.

— Clyde m'a appelé, reprit Bud d'une voix tremblante. Il m'a dit que la situation dégénérait.

S'humectant les lèvres, il contempla un instant les ravages causés dans la salle de billard.

— Que faut-il que je fasse ? demanda-t-il enfin à Cam.

Celui-ci haletait comme un vieillard.

— Boucle-le, répondit-il en se soutenant à une table.

Il commençait à ressentir la souffrance occasionnée par chaque coup de son beau-père, ainsi qu'une bouillonnante et douloureuse nausée.

— Insubordination, voies de fait à l'encontre d'un officier de police, tapage nocturne et état d'ivresse manifeste dans un lieu public.

Bud s'éclaircit la gorge.

— Je peux le ramener chez lui, si vous voulez. Vous savez...

— Boucle-le, répéta Cam en relevant les yeux.

Il aperçut alors Sarah qui le considérait de ses yeux de biche et hochait la tête d'un air moqueur.

— Prends la déposition de Less Gladhill et de tous les autres témoins.

— Laissez-moi au moins demander à quelqu'un de vous raccompagner chez vous, shérif.

— Non.

Il donna un coup de pied dans un morceau de verre avant de toiser l'assistance massée devant l'entrée. Ses yeux avaient un éclat si glacé et si dur que même les hommes qui l'avaient encouragé durant la bagarre ne purent le regarder en face.

— Le spectacle est terminé.

Il attendit que l'assistance se soit complètement dispersée pour se rendre à la ferme, et annoncer à sa mère que ce soir-là son mari ne rentrerait pas à la maison.

6.

Quand Cam engagea sa Harley dans l'allée de la propriété Kimball, il était un peu plus de midi. Chacun de ses os, chaque muscle l'élançait. Il avait eu beau s'immerger dans son bain à remous, se poser des pains de glace sur le corps et ingurgiter trois Nuprin, il n'arrivait toujours pas à se remettre de la bagarre ni de la nuit blanche qui s'était ensuivie.

Plus pénible encore avait été la réaction de sa mère : tout en le contemplant de ses grands yeux tristes et fatigués, elle avait eu l'air — comme toujours — de le rendre en quelque manière responsable de l'ivrognerie de son beau-père, ainsi que des voies de fait auxquelles son vice poussait ce dernier.

Cam ne trouvait qu'une faible consolation à l'idée que jusqu'au lendemain au moins — c'est-à-dire jusqu'à la reprise des audiences —, Biff irait panser ses plaies en prison.

Il coupa le moteur de la moto puis, s'étant appuyé sur le guidon, regarda Clare au travail.

Celle-ci avait laissé la porte du garage ouverte. Sur le plateau en brique de la large table à souder se dressait une imposante structure métallique. La jeune femme était penchée dessus, le chalumeau à la main. Cam la vit bientôt disparaître sous une pluie d'étincelles.

Il éprouva aussitôt un sentiment qui le décontenança : du désir, un désir aussi intense et pénétrant que la flamme qu'elle brandissait.

Absurde, se dit-il en enjambant avec difficulté le moteur de son engin. Que pouvait-il y avoir d'attirant chez une femme en brodequins et salopette ? En outre, une paire de lunettes sombres dissimulait la moitié de son visage, et ses cheveux étaient serrés sous une calotte de cuir. Et puis Cam avait beau aimer les femmes en cuir, l'épais tablier de Clare ne ressemblait guère à un chemisier moulant.

Ayant posé son casque sur la selle de la moto, il pénétra dans le garage.

Clare n'avait toujours pas relevé la tête de son travail. La *Neuvième Symphonie* de Beethoven hurlée par une chaîne portable concurrençait dans l'air le sifflement du chalumeau. Cam alla baisser le volume de la stéréo, songeant que c'était encore le meilleur moyen d'attirer son attention.

Clare releva à peine la tête.

— Juste une minute.

Cinq s'écoulèrent avant qu'elle ne se redresse pour éteindre le chalumeau. Enfin, avec des gestes sûrs, elle se saisit d'une clé pour refermer le robinet d'alimentation des bonbonnes.

— J'ai encore quelques petites retouches à faire dessus…

Elle releva ses lunettes avec un soupir. L'énergie qu'elle venait d'investir dans sa création faisait trembler le bout de ses doigts.

— Qu'en penses-tu ?

Cam prit son temps pour contourner la statue. Elle avait quelque chose de monstrueux. De fascinant aussi. Un air humain, et en même temps… autre. Il se demanda quelle vision, quel besoin avaient poussé la jeune femme à produire une œuvre aussi troublante.

— Eh bien, je n'en voudrais pas dans mon salon, conclut-il. Je ne pourrais jamais me détendre avec ça en face de moi. C'est comme un cauchemar rendu palpable.

Voilà exactement ce qu'il fallait dire, songea Clare. Elle hocha la tête tout en ôtant sa calotte.

— C'est la meilleure chose que j'ai réalisée depuis six mois. Angie va en pleurer de joie.

— Angie ?

— C'est elle qui s'occupe de mon travail, avec son mari, répondit-elle en faisant bouffer ses cheveux aplatis par la calotte. Bon, alors, que me vaut l'honneur de… ? Oh, mon Dieu !

Elle venait à l'instant de lever les yeux sur lui : il avait l'œil gauche tuméfié et la joue salement entaillée.

— Que diable t'est-il arrivé ?

— La fièvre du samedi soir.

Elle se dépêcha d'ôter ses gants pour effleurer du doigt la coupure.

— Je croyais que tu avais passé l'âge pour ce genre de bêtises. Tu t'es fait examiner au moins ? Je vais aller te chercher de la glace, pour ton œil.

— Ça va, dit-il.

Faisant fi de ses protestations, Clare s'était déjà précipitée dans la cuisine.

— Tu es le shérif maintenant, nom de Dieu, lui lança-t-elle en saisissant un bout de chiffon pour envelopper la glace. Tu es censé ne plus provoquer d'esclandre. Assieds-toi. Avec un peu de chance, on va pouvoir faire désenfler tout ça. Vous n'êtes vraiment toujours qu'un gamin inconscient, Rafferty.

— Merci.

Il casa son grand corps douloureux sur la chaise à barreaux que Clare avait installée dans sa cuisine.

— Tiens, presse bien sur la paupière, lui dit-elle en s'asseyant sur la table à battants.

Lui prenant le menton dans la main, elle tourna son visage à la lumière pour examiner la coupure.

— Tu auras de la chance si cela ne laisse pas une cicatrice sur ta petite bouille.

Cam se contenta de pousser un grognement : le contact de la glace lui faisait l'effet d'un baume magique.

Clare lui sourit en écartant d'un air inquiet les mèches de cheveux qui lui retombaient sur le front. Elle se rappelait encore les trop nombreuses bagarres auxquelles Blair s'était trouvé mêlé durant ses dernières années de lycée. En ces circonstances, croyait-elle se souvenir, un homme avait besoin d'être pouponné. Et sermonné.

— Bon, alors, puis-je savoir dans quel état se trouve l'autre type maintenant ?

La bouche de Cam se tordit en un sourire singulier.

— Je lui ai cassé la gueule.

— Seigneur, que j'adore ces airs de macho !

Elle entreprit de tamponner la blessure du coin de son chiffon.

— Et c'était qui ?

— Biff.

Clare s'arrêta net dans son geste pour le regarder avec des yeux remplis de commisération.

— Oh… Je suis désolée. Si je comprends bien, ça ne va pas mieux entre vous.

— Je faisais mon boulot. Il était en état d'ivresse manifeste dans un lieu public, chez Clyde…

Il s'interrompit.

— Et merde, lâcha-t-il en s'effondrant sur la chaise.

Les douces mains de Clare s'étaient reposées sur son visage.

— Hé, tu veux un *brownie*? murmura-t-elle.

Il lui adressa un faible sourire.

— Ma grand-mère me donnait toujours du lait et des *brownies* chaque fois que Biff m'avait fait cracher tripes et boyaux.

Clare eut un pincement au cœur. Elle lui prit les mains avec une moue compatissante.

— Vu l'aspect de tes menottes, j'imagine qu'il doit être en pire état que toi.

Prise d'une soudaine inspiration, elle embrassa la peau déchirée et meurtrie de ses jointures. Cam trouva ce geste prodigieusement affectueux.

— Cela te travaille, toi aussi, dit-il en tapotant ses lèvres du bout du doigt.

— Ne va pas tenter le diable.

Puis, reprenant aussitôt une mine affairée, elle retira la glace de son œil.

— Hmm ! Très seyant, s'exclama-t-elle en louchant sur le coquard. Tu arrives à voir ?

— On ne peut mieux. Je te trouve même encore plus jolie que d'habitude.

Clare redressa la tête.

— Etant donné que d'habitude j'ai plutôt l'air d'un épouvantail avec des dents de lapin, ça ne veut pas dire grand-chose.

— Remets-moi donc un peu la glace, j'y verrai mieux après.

— Et si j'allais plutôt à la pharmacie te chercher une pommade de premiers soins ?

— Je me contenterai du *brownie*.

Il referma les yeux un instant pour écouter Clare aller et venir dans la cuisine, ouvrir le réfrigérateur, verser de l'eau dans un verre — cependant que la musique de la chaîne lui parvenait en sourdine du garage. Le classique n'avait jamais été son truc, mais cette fois, il trouvait cela plutôt chouette. Il ne rouvrit les paupières que lorsque la jeune femme s'assit en face de lui après avoir posé assiettes et verres sur la table. Toute son attitude respirait l'indulgence et la compassion, promettait la douceur d'un soutien amical. Mais les blessures étaient si promptes à se rouvrir…

— Seigneur, la Gazelle, j'ai bien envie de le tuer, dit-il sur un ton monocorde.

Ses yeux trahissaient un sombre ressentiment qui contrastait avec le calme apparent de sa voix.

— Cet ivrogne vicelard me regardait avec les mêmes yeux qu'avant. Je n'avais que dix ans à l'époque, et je ne pouvais pas lui répliquer, il le savait. J'aurais voulu le tuer. Je n'ai jamais autant désiré quelque chose de toute ma vie. Quel genre de flic je suis devenu avec ça en moi ?

— Un flic humain, lui répondit-elle.

Puis elle hésita un instant, les lèvres serrées dans une moue songeuse.

— Cam, mes parents en parlaient souvent à la maison. Je veux dire : de ce qui t'arrivait chez toi. Pourquoi personne n'est-il jamais intervenu ?

— Les gens n'aiment pas se mouiller, surtout dans les affaires de famille. D'ailleurs ma mère l'a toujours soutenu. Même maintenant. Elle ira lui payer sa caution dès que le montant en aura été fixé, et puis elle le ramènera à la maison. Il aura beau faire, jamais elle n'admettra qu'il n'est qu'un vaurien d'ivrogne.

Il étouffa un juron en songeant au père de Clare, voyant bien à son expression qu'elle était elle-même en train de repenser à lui.

— Je suis désolé, dit-il.

— Non, ce n'est pas grave. Je me disais simplement que nous avions tous deux une expérience concrète des ravages de l'alcoolisme. Mais papa, lui… Enfin, il n'a jamais fait de mal à personne, quand il était soûl. Si ce n'est à lui-même.

Puis, voulant alléger l'atmosphère :

— Tu ne me parais pas bien vif, aujourd'hui, dit-elle. On peut remettre la balade à plus tard.

— En tout cas, je suis à vif, lui fit-il remarquer en détendant ses doigts raidis. Et vif comme l'éclair, aussi. T'es prête ?

Elle se leva en souriant.

— Juste le temps de prendre une veste.

Quand elle revint dans la pièce, Cam lui rappela d'éteindre la radio. Et de fermer la porte du garage.

Les pouces calés dans les poches de sa veste, Clare contempla un instant la moto garée à côté de sa voiture. C'était un gros engin robuste d'un noir austère rehaussé d'argent, sans aucune fioriture. Une pure mécanique, se dit-elle en faisant le tour de la machine avec un hochement de tête approbateur ; pas un jouet.

— Ça, c'est pas du chiqué, s'exclama-t-elle en caressant le moteur d'une main respectueuse.

Tandis que Cam détachait le casque de réserve, elle souleva d'un air amusé celui qu'il avait posé sur la selle.

— Décidément, vous voilà devenu un bon garçon, Rafferty.

Puis, tout en riant, elle coiffa le casque de rechange et en boucla les courroies sous son menton. Cela fait, elle se glissa derrière Cam sur la moto et s'assura une confortable prise autour de sa taille tandis qu'il mettait en route le moteur.

Lorsqu'ils sortirent enfin de l'allée pour s'engager sur la route, ni l'un ni l'autre n'avaient remarqué le reflet de soleil accroché par la lentille du télescope, au dernier étage de la maison d'en face.

Clare continuait de rire tandis que ses souvenirs lui revenaient à la mémoire. Ses flirts de l'époque n'avaient rien à voir avec ce plaisant intermède. Ses jeunes amants d'alors avaient le corps frêle, non ce torse svelte et musculeux qu'elle serrait en ce moment contre elle.

Comme Cam se penchait pour négocier un virage, elle sentit son cœur se mettre à battre au rythme de la course. Une poussée vive la soulevait, semblable à la trémulation régulière de la moto entre ses jambes. Elle était environnée par le remugle des gaz d'échappement, le parfum du gazon fraîchement tondu, l'odeur du blouson de cuir de Cam et les fragrances plus ténues, et plus discrètes, de sa peau.

Elle aimait sentir le dos de Cam contre sa poitrine et goûtait sans vergogne le contact sensuel de leurs cuisses écartées, comme fondues l'une à l'autre par la vibration harmonieuse du moteur. Tantôt elle laissait ses mains mollement reposer sur les hanches de Cam, tantôt elle les coulait autour de sa taille pour chercher la protection de son corps viril dans les virages délicats.

La moto s'élança soudain hors de la grande route pour se faufiler en un chemin étroit qui allait peu à peu s'élargissant, et ils se retrouvèrent bientôt en train de déambuler avec une grâce aérienne sous la voûte des feuillages. L'ombre et la lumière moiraient l'asphalte de vertigineux ramages. L'air était chargé de souffles printaniers, frais, odoriférants.

Ils s'arrêtèrent à une gargote pour s'acheter des boissons glacées et d'énormes sandwichs à la viande froide. Ayant serré leurs provisions au fond des sacoches de la moto, ils s'engouffrèrent dans les bois et parvinrent enfin au coude d'une rivière.

— Super, s'exclama Clare en retirant son casque pour se passer une main dans les cheveux.

Puis elle se mit à rire et se tourna vers Cam.

— Je ne sais même pas où on est.

— A une quinzaine de kilomètres à peine au nord de la ville.

— Mais nous avons roulé pendant des heures !

— J'ai tourné en rond, dit-il en lui passant un sac de provisions. Tu étais trop occupée à chanter pour t'en rendre compte.

— Le seul problème avec la moto, c'est qu'il n'y a pas de radio dessus pour mettre la musique à fond.

Elle marcha jusqu'à la rive moussue du torrent. L'eau y cascadait en gargouillant par-dessus les rochers. A quelques mètres de là s'épanouissaient de jeunes feuilles encore tendres. Kalmies et cornouillers sauvages flamboyaient de blancheur.

— Avant, j'amenais toujours les filles ici, avoua Cam derrière son dos. Pour prendre du bon temps.

— Ah oui ?

Elle fit volte-face, un sourire aux lèvres, et l'interrogea du regard. Cam avait l'air d'un boxeur pendant le round d'observation. Bien qu'elle n'apprécie que modérément les sports sanglants, ce fut cette image-là qui lui vint immédiatement à l'esprit — comme ça, au beau milieu des bois.

— C'est ta façon habituelle de procéder avec les jeunes filles ?

Attirée, curieuse aussi, elle s'avançait vers lui quand, soudain, ses yeux s'écarquillèrent.

— Oh, mon Dieu. Oh, mon Dieu, regarde-moi ça !

Sur ces mots, elle lui lança le sac entre les bras pour piquer un cent mètres.

Lorsque Cam l'eut enfin rattrapée, elle se tenait immobile devant un arbre immense, les mains jointes contre ses lèvres, le regard empli de dévotion.

— Incroyable, non ? murmura-t-elle.

— Oui, j'ai bien cru avoir dix ans de moins tout à l'heure, répliqua Cam avant de regarder d'un air renfrogné le vieil arbre au tronc monstrueusement déformé. Mais quelle mouche t'a donc piquée ?

— C'est magnifique. Vraiment magnifique. J'ai enfin réussi à mettre la main dessus.

— Sur quoi ?

— Le bourrelet.

Elle se hissa sur la pointe des pieds. Malgré tous ses efforts, il lui manquait encore quelques centimètres pour atteindre l'anneau renflé de bois et d'écorce qui déparait le fût du chêne.

— J'en ai pourtant cherché pendant des heures. Je n'en ai jamais vu d'aussi beau.

Elle se laissa retomber sur ses pieds.

— Ça me sert pour la sculpture. Un bourrelet, vois-tu, c'est un renflement cicatriciel. Quand un arbre est blessé, il se guérit ainsi, exactement comme de la chair.

— Je sais ce qu'est un bourrelet, la Gazelle.

— Mais celui-là est fantastique. Je vendrais mon âme au diable pour l'avoir.

Elle prit un air calculateur, comme chaque fois qu'elle était sur le point de marchander un matériau.

— Il faut que je me débrouille pour savoir qui est le propriétaire de ce terrain.

— C'est le maire.

— Atherton possède tout ce coin ?

— Il a récupéré plusieurs parcelles il y a dix ou quinze ans, quand c'était bon marché. Il possède une quinzaine d'hectares par ici. Si tu veux cet arbre, tu n'auras sans doute qu'à lui promettre de voter pour lui. Je veux dire : si tu comptes vraiment rester dans le coin.

— Je lui promettrai tout ce qu'il voudra, reprit Clare en faisant le tour de l'arbre avec une mine de propriétaire. Ce doit être le destin qui t'a poussé à m'amener ici.

— Et moi qui croyais que c'était pour prendre un peu de bon temps.

Clare s'esclaffa. Puis ses yeux se posèrent sur le sac qu'il tenait encore à la main.

— Mangeons, dit-elle.

Choisissant un endroit d'où Clare aurait une belle vue de l'arbre, ils s'installèrent auprès de la rivière pour déballer leurs sandwichs et leurs chips. Le silence du lieu n'était troublé que de temps à autre, par le passage d'une voiture sur la route.

— Voilà ce qui m'a manqué, dit Clare en s'adossant à un rocher. Le calme.

— C'est ce qui t'a fait revenir ici ?

— En partie.

Elle le regarda tendre le bras pour saisir son sac de provisions. Il avait de belles mains, songea-t-elle, même avec les meurtrissures de ses jointures à vif. Des mains dignes d'être coulées dans le bronze, serrées sur la poignée d'une épée ou sur la crosse d'un revolver.

— Et toi ? demanda-t-elle. Je crois bien me souvenir que tu n'étais pas le dernier à vouloir te sortir de ce trou. J'ai encore du mal à croire que tu sois revenu ici, surtout pour y devenir un défenseur de l'ordre public.

— Un fonctionnaire de police, la corrigea-t-il en mordant dans son sandwich. C'est que j'ai sans doute fini par comprendre que le problème, ce n'était pas Emmitsboro, mais moi-même.

Ce qui n'était pas loin d'être la vérité, pensa-t-il. Quant au reste, cela avait à voir avec des cris entendus naguère dans un vieil immeuble, le fracas des armes à feu, le sang et la mort.

— Tu étais un bon gars, Rafferty, reprit-elle avec un sourire. Tu poussais seulement un peu plus loin que les autres le besoin de rébellion de la jeunesse. Chaque ville a besoin de son mauvais garçon.

— Et toi, tu étais toujours la petite fille modèle.

Il s'esclaffa en voyant la mine dépitée de la jeune femme.

— Cette petite futée de Kimball, ajouta-t-il, la perle de l'école, la meneuse du comité des étudiants. Sûr que c'est toi qui détiens toujours le record de vente de *cookies* chez les éclaireuses.

— Ça va, Rafferty. Je ne suis pas venue m'asseoir ici pour me faire insulter.

— Non, vraiment, je t'admirais, poursuivit Cam avec un regard malicieux. Enfin… tant que tu ne me rendais pas malade de dégoût. Une petite frite ?

— Alors voilà, dit-elle en plongeant sa main dans le sac, juste parce que je suivais le mouvement…

— Oh, que oui ! s'exclama-t-il laconiquement. Tu le précédais, même.

Il se pencha vers elle pour jouer avec l'anneau de cuivre de sa bretelle de salopette.

— Au point que je me demandais parfois si tu t'en sortirais jamais.

— Ne me dis pas que tu t'inquiétais pour moi.

— Hé si, répliqua-t-il en relevant les yeux vers elle.

Son regard avait toujours un éclat moqueur. En même temps, Clare y distinguait autre chose, une lueur insatiable qui la mit aussitôt en alerte.

« Oh, oh », se dit-elle tandis que cette soudaine intuition traversait son esprit.

— Ma pensée revenait si souvent vers toi que cela m'étonnait moi-même, poursuivit Cam. Tu n'étais pourtant qu'une gamine à l'époque, et maigrichonne en plus. Une fille de bonne famille. Et puis tout le monde savait qu'aucun type du coin n'aurait jamais pu aller au-delà des préliminaires avec toi.

Clare lui tapa sur la main pour lui faire lâcher la boucle de sa salopette.

— Enfin, reprit-il en souriant, si je m'intéressais à toi, je suppose que c'est parce que Blair et moi avions commencé à traîner ensemble.

— Au moment de sa période voyou, tu veux dire.

— Tout juste.

Cam se demandait comment elle arrivait à donner une telle distinction à sa voix rocailleuse. En tout cas, il adorait ça.

— Alors, la Gazelle, t'as réussi à t'en sortir ?

— J'ai vécu ma vie, oui, répondit-elle en mordant d'un air irrité dans son sandwich. Tu sais, les gens n'ont pas l'habitude de me considérer comme une petite snob maigrichonne sortie tout droit de son bled.

Cam sourit de plus belle en la voyant ainsi monter sur ses grands chevaux. « Epatant ! » se dit-il.

— Et comment les gens te considèrent-ils d'habitude, la Gazelle ?

— Comme une artiste talentueuse et visionnaire. A ma dernière exposition, les critiques…

Elle s'interrompit pour le fusiller du regard.

— Va au diable, Rafferty. Voilà que tu me fais parler à la manière d'une snob.

— Ce n'est pas grave. On est entre amis.

Ce disant, il épousseta quelques miettes accrochées à son menton.

— C'est comme ça que tu te considères d'abord toi-même : comme une artiste ?

— Et toi : comme un flic ?

— Ouais, répondit-il après avoir hésité un moment. Je crois que oui.

— Bon, alors, y a-t-il eu beaucoup d'action à Emmitsboro ces derniers temps ?

— Quelques incidents par-ci par-là.

Cam songeait encore à celui du cimetière. Il se mit à lui en parler.

— Sordide, s'exclama-t-elle en croisant les bras autour de sa taille pour retenir un frisson. Et puis, voilà qui ne ressemble guère aux mœurs du coin. Des gamins, à ton avis ?

— Si on raisonne par élimination, oui. Mais enfin, ça ne colle pas. On a profané cette tombe de façon trop méticuleuse, intentionnellement sans doute.

Clare promena un instant son regard sur la futaie silencieuse, l'oreille tendue à la rumeur de l'eau.

— Sinistre, oui, murmura-t-elle enfin.

Désolé d'avoir mis ce sujet sur le tapis, Cam essaya de donner à leur conversation un tour plus nostalgique.

Il avait oublié ses bleus comme ses meurtrissures. Son corps ne se laissait que trop aisément distraire de ses souffrances : regarder Clare était un vrai bonheur. Le casque broussailleux de sa chevelure piégeait les reflets du soleil. Elle avait une peau soyeuse, d'une douceur translucide. Cam trouvait insensé de ne pas l'avoir remarqué auparavant. Mais c'étaient ses yeux, oui, dont il gardait le plus vif souvenir, ses yeux d'ambre à l'éclat ensorceleur.

Il était tout au plaisir d'écouter sa voix, d'en suivre les inflexions. Le rire de la jeune femme ondoyait comme une brume légère.

Ils bavardèrent ainsi l'après-midi durant, confrontant leurs goûts et leurs opinions, et consolidant par là même une amitié demeurée à l'état d'ébauche depuis l'enfance. D'ailleurs, malgré la rumeur câline du torrent et le chatoiement féerique du soleil au-dessus de leurs têtes, Cam sentait que l'heure ne pouvait se prêter qu'aux seules douceurs de la camaraderie.

Et, de fait, quand vint le moment de réenfourcher la moto, ils se sentaient plus à l'aise l'un avec l'autre.

La seule erreur que Cam commit ce jour-là, cependant, fut de revenir en coupant par la ville : comme il aurait dû s'y attendre, Bud ne manqua pas de les arrêter lorsqu'ils passèrent devant le bureau du shérif.

— Hé, shérif !

Quoique habillé en civil, Bud crut bon de saluer Clare d'un hochement de tête compassé.

— Heureux de vous revoir, lui dit-il.

— Bud ? s'exclama la jeune femme en riant.

Elle descendit de moto pour lui appliquer un gros baiser sur les joues.

— J'étais avec Alice, l'autre soir. On a mangé des pizzas et on s'est soûlées à mort. Alors, comme ça, d'après elle, te voilà devenu le suppléant du shérif ?

— L'un d'eux seulement, répondit Bud en rougissant, ravi qu'on ait pu ainsi mentionner son nom. Vous me paraissez en pleine forme.

Ce que confirmait effectivement l'air extatique avec lequel il contemplait les joues de Clare rougies par le vent de la course, ainsi que ses yeux d'un mordoré intense.

— Vous avez fait une virée tous les deux, hein ?

— Tout juste, répliqua Cam, irrité malgré lui par l'admiration de Bud à l'égard de sa passagère. Tu voulais me dire quoi, à part ça ?

— Eh bien, je pensais que vous voudriez être tenu au courant… Enfin, comme vous n'étiez pas à la maison quand j'ai appelé, et que je vous voyais passer par là, je vous ai fait signe de vous arrêter…

Cam donna un tour à la manette des gaz, faisant vrombir sa moto d'impatience.

— Au fait, Bud.

— C'est au sujet de cette fugueuse. La fille d'Harrisburg.

— On l'a localisée ?

— Non, mais la police d'Etat nous a appelés ce matin. Quelqu'un a repéré une gamine correspondant à son signalement, à quelques kilomètres de la ville, sur la quinzième, l'après-midi du jour où elle s'est enfuie. Elle se dirigeait par ici. Me suis dit que ça vous intéresserait.

— On t'a donné un nom ?

— J'ai des noms et des numéros de téléphone sur mon carnet, à l'intérieur.

— Je raccompagne d'abord Clare.

— Pourrais-je rester ? s'écria cette dernière en accrochant son casque à la selle. Je ne suis pas rentrée chez le shérif depuis l'époque où Parker passait son temps à roter derrière son bureau.

— Ce n'est plus aussi pittoresque qu'avant, l'avertit Cam en s'effaçant devant elle.

Derrière le bureau, Clare reconnut Mick Morgan, qui était déjà suppléant au temps de Parker. L'âge avait cruellement altéré ses traits candides. Il avait aujourd'hui la chair flasque et distendue, la taille bouffie de mauvaise graisse et une calvitie béait tout aussi pitoyablement au milieu de sa chevelure désordonnée. Il s'arrêta de chiquer pour saluer les visiteurs.

— Cam. M'attendais pas à ta visite.

Reconnaissant Clare, il esquissa à son intention un semblant de sourire qui découvrit ses dents maculées de jus de tabac.

— Entendu dire que tu étais de retour.

— Bonjour, monsieur Morgan.

Clare essaya d'oublier qu'il avait été le premier à se trouver sur les lieux après la mort de son père — et de ne pas lui en vouloir pour l'avoir alors arrachée à son corps.

— Te voilà riche et célèbre maintenant, à ce qu'il paraît.

Un fracas suivi d'une bordée de jurons leur parvint du fond du poste. Morgan haussa les sourcils avant d'expédier avec une adresse consommée un jus de chique dans le crachoir en cuivre qui se trouvait dans un coin de la pièce.

— Le vieux Biff nous a cassé les oreilles durant toute la journée. L'avait vraiment une sacrée gueule de bois.

— Je m'en occupe, dit Cam.

Un nouveau flot d'obscénités jaillit du fond du poste.

— Bud, reprit Cam après avoir tourné la tête en direction des cellules, raccompagne Clare chez elle, tu veux ?

La jeune femme allait tirer sa révérence, lorsqu'elle remarqua la tension que trahissaient les traits de Cam et les muscles de son cou, de ses bras.

— T'inquiète pas pour moi, dit-elle avec un haussement d'épaules conciliant.

Puis elle se mit à étudier les papiers accrochés au tableau d'affichage.

— Je vais traîner un peu par ici. Prends ton temps.

— Puisque tu es rentré, Cam, intervint Morgan en se frottant la bedaine, je vais aller dîner.

Cam lui répondit par un bref hochement de tête avant de rejoindre à grandes enjambées l'épaisse porte qui ouvrait sur la section cellulaire. Les jurons reprirent de plus belle lorsqu'il l'eut refermée derrière lui.

— Dur pour lui, commenta Morgan en crachant de nouveau. Allez, viens, Bud, je te paye le café au Martha's.

— Euh… A la prochaine, Clare.

— C'est ça, Bud.

Quand ils furent sortis, Clare, désœuvrée, alla jeter un coup d'œil à la fenêtre. Comme chaque dimanche, la ville était d'un calme digne d'une carte postale. Quelques gamins descendaient à vélo la pente de Main Street. Un couple d'adolescents se contaient fleurette sous la capote d'une vieille Buick. Et pendant ce temps, se dit-elle, à l'intérieur des maisons, les gens s'asseyaient autour des tables pour le traditionnel dîner dominical : pot-au-feu et jambon cuit.

Du fond du poste lui parvenaient les hurlements de dépravé et les menaces dont Biff accablait son beau-fils. Cam, lui, ne disait mot. Si bien que Clare se demanda s'il ne se contentait pas de l'écouter.

Il parlait en fait — mais d'une voix basse et mesurée, autrement plus ardente que toutes les vitupérations de Biff. A travers les barreaux de la cellule, il étudiait cet homme qui, d'aussi loin qu'il se souvînt, avait fait de sa vie un enfer. Le Dr Crampton l'avait pansé. L'un de ses yeux disparaissait sous les horions, tandis que son nez n'était plus qu'une plaie innommable entre les compresses blanches.

Et puis il était vieux, Cam s'en apercevait pour la première fois. Vieux, fourbu et pathétique.

— Tu resteras en prison jusqu'à ce qu'on ait fixé ta caution, c'est-à-dire jusqu'à demain matin.

— Si tu ne me laisses pas sortir d'ici maintenant, je te louperai pas après. Tu m'entends, mon garçon ?

Cam contemplait sa face meurtrie, se rendant compte qu'il avait fait cela de ses propres mains. Ses souvenirs, cependant, demeuraient confus, comme si chacun de ses coups avait porté sous l'effet d'une haine aveuglante.

— Je t'entends. Tiens-toi à l'écart de ma ville, l'ancêtre.

— Ta ville ? s'exclama Biff en venant secouer les barreaux de ses gros poings. Tu n'es rien qu'un pauvre petit merdeux dans cette ville, et tu le resteras toujours. T'as beau porter ton satané insigne sur ta chemise et te prendre pour le chef, t'es qu'un bon à rien comme ton père.

Cam détendit son bras avec une promptitude si foudroyante que Biff n'eut pas le temps de lui échapper. Un bruit d'étoffe déchirée résonna dans la section lorsque Cam l'agrippa au collet.

— On pourrait te retrouver mort dans cette cellule que tout le monde s'en foutrait, dit-il en écrasant la face de Biff contre les barreaux. N'oublie jamais ça, espèce de salaud, et tiens-toi à carreau avec moi. Et si jamais j'apprends que tu as passé tes petites colères de frustré sur ma mère, je te tuerai. Tu m'entends ?

— T'as pas assez de couilles pour ça. T'en as jamais eu.

Biff se dégagea brutalement et passa une main sur son nez qui s'était remis à saigner.

— Tu crois peut-être savoir tout ce qui se passe dans cette ville, hein ? Eh bien, c'est de la couille en barre. C'est pas toi qui la diriges, cette ville. Et tu le paieras cher de m'avoir mis ici. Je connais des gens qui te le feront regretter.

Dégoûté, Cam se dirigea vers la porte.

— Si tu ouvres encore ta sale gueule, ce sera pour bouffer. Alors silence. Je vais laisser des ordres à Mick pour qu'il ne te serve ton repas que lorsque tu te seras calmé.

— On se reverra en enfer, mon garçon, hurla Biff à travers les barreaux.

Il se mit à marteler l'acier de ses poings jusqu'à ce que Cam ait refermé la porte derrière lui.

— Ça oui, je te jure qu'on se reverra en enfer.

Enfin, ayant retrouvé la solitude de sa cellule, il s'essuya le visage.

Et se mit à entonner les incantations.

Clare attendit que la porte de la section cellulaire soit close pour se retourner. Au premier regard qu'elle posa sur Cam, elle sentit son cœur battre de compassion pour lui.

— Et moi qui croyais que tu avais un travail monotone, dit-elle en lui adressant un sourire contrit.

Gêné, Cam se dirigea vers son bureau. Il aurait bien voulu toucher son amie, la serrer dans ses bras — mais quelque part au fond de lui-même, il se sentait comme souillé et flétri.

— Tu devrais rentrer chez toi.

Clare s'assit sur le coin du bureau.

— J'attendrai que tu me raccompagnes.

Cam baissa les yeux sur les papiers couverts par l'écriture consciencieuse et appliquée de Bud.

— Il faut que je passe un coup de fil.

— Je ne suis pas pressée.

Cam se pinça un instant l'arête du nez, puis décrocha le combiné. Au moins Biff avait-il arrêté de brailler, se dit-il. C'était toujours ça.

— Shérif Rafferty d'Emmitsboro à l'appareil. Je voudrais parler à M. ou Mme Smithfield... Oui, bonsoir, madame. La police d'Etat m'a averti de votre appel au sujet de Carly Jameson.

Il écouta un moment son interlocutrice, puis se mit à prendre des notes.

— Vous rappelez-vous comment elle était habillée ?... Ah oui, je vois le genre. Et c'était à quelle heure ?... Non, madame, je ne vous reproche nullement de ne pas prendre les auto-stoppeurs… Oui, je sais, ça peut être dangereux… Et comment… Non, vous et votre mari avez fait ce qu'il faut. Nous apprécions votre coopération… Oui, c'est ça, merci. Et si j'ai besoin de vous, je vous rappellerai, n'ayez crainte.

Quand il eut raccroché, Clare le dévisagea en souriant.

— Ça faisait vraiment bien : officiel, diplomate, et tout.

— Merci beaucoup, dit-il en lui prenant le bras. Allez, on décampe.

— Quel âge elle avait, au fait, ta fugueuse ? lui demanda-t-elle au moment où ils grimpaient de nouveau sur la moto.

— Dans les quinze ans, demeurant à Harrisburg, portant un havresac de couleur rouge, et maudissant le monde entier parce que ses parents ne voulaient pas la laisser partir en Floride pour les vacances de printemps.

— Depuis combien de temps a-t-elle disparu ?

— Trop longtemps.

Il mit en route le moteur et démarra.

Le soleil était en train de se coucher lorsque Clare réussit enfin à convaincre Cam de se détendre quelques minutes sous la véranda en buvant un peu de vin avec elle. Ils dégustèrent le chardonnay français à vingt dollars la bouteille dans les bols à gelée.

— Par des soirées comme ça, jadis, mon père et moi avions l'habitude de nous asseoir dehors pour guetter le chant des grillons.

Elle étendit ses longues jambes en soupirant.

— Tu sais, Cam, retrouver la maison, c'est aussi retrouver un paquet de problèmes. Ce qui ne veut pas dire que ce soit une mauvaise décision.

Tout en sirotant son vin, Cam trouvait que les bols lui donnaient un goût singulièrement pétillant. A moins que ce ne fût la compagnie de Clare…

— Tu veux parler de toi ou de moi ?

Elle lui jeta un regard en coin.

— Toute la ville dit que tu es un sacré bon shérif.

— Etant donné que la plupart des gens n'ont que Parker comme point de comparaison, cela ne signifie pas grand-chose.

Il effleura une boucle de cheveux qui retombait sur le cou de la jeune femme.

— Je te remercie, la Gazelle. Si j'étais rentré directement chez moi, tu sais, je crois bien que je me serais tapé la tête contre les murs.

— Je suis heureuse d'avoir pu t'aider. A ce propos, j'ai entendu dire que tu avais une chouette maison.

Elle s'arrêta un instant pour le regarder siroter son vin.

— Oh, bien sûr, reprit-elle, on ne m'a pas encore priée de venir la visiter.

— On dirait que je te dois une invitation.

— On dirait, oui.

Le verre à la main, ils savourèrent un instant le silence. Ils virent passer une voiture, prêtèrent l'oreille aux aboiements d'un chien, humèrent le parfum des jacinthes que le père de Clare avait plantées là, bien des années auparavant.

Le soleil sombrait derrière la ligne d'horizon, projetant sur la pelouse de longues ombres agitées par la brise.

Ce fut avec le plus grand naturel, presque familièrement, que Cam effleura le visage de la jeune femme pour le tourner vers le sien.

Ses lèvres goûtèrent les siennes, tendrement. Ils étaient étendus côte à côte, les yeux grands ouverts, bercés par les douces oscillations de la balancelle. Et quand son baiser se fit plus profond, plus exigeant, Cam sentit un bref soupir s'échapper des lèvres de Clare.

« Ce n'est tout de même pas un seul verre de vin qui peut me faire tourner la tête, se dit cette dernière en posant une main sur la poitrine de Cam. Ni un seul baiser, surtout de la part d'un homme que je connais depuis l'enfance. »

Ebranlée cependant, elle s'écarta légèrement.

— Cam, je pense que…

— Arrête de penser, murmura-t-il en la reprenant dans ses bras.

Exotique — oui, il était étrange que la jeune fille timide et maigrichonne de son enfance eût pour lui un goût si exotique. Et une saveur si érotique. Sa bouche, malgré lui, dévorait la sienne. Il n'aurait pas cru que de la caresser, de la goûter ainsi, même une seule fois, eût su le conduire à des besoins autrement plus impérieux.

Quand Clare put enfin reprendre son souffle, elle recula son buste d'un centimètre, puis de deux, jusqu'à ce que le visage de Cam lui apparaisse enfin avec quelque netteté. Le désir insatiable qu'elle lut alors dans son regard lui fit battre le cœur à tout rompre.

— Oh, articula-t-elle.

Cam lui sourit.

— Alors, c'était bon ?

— C'était… Oh…

Elle porta son verre à sa bouche d'une main tremblante. Le vin contribua à calmer l'ardeur que Cam venait d'insuffler entre ses lèvres.

— Et dire que je suis revenue ici pour trouver un peu de paix et de détente.

— Tout est vraiment paisible ce soir.

— Mouais…

Et s'il l'embrassait encore une fois, songea-t-elle en frissonnant, elle était fichtrement sûre de décoller comme une fusée !

— Cam, j'ai toujours cru que dans des endroits comme celui-ci, les choses allaient lentement. Très lentement.

— Bon. D'accord.

Il l'attira vers lui et posa la tête contre son épaule. Il avait déjà attendu plus de dix ans pour connaître ça, pensa-t-il en imprimant une nouvelle poussée à la balancelle : voilà qui, en fait de lenteur, suffisait amplement à ses yeux.

Puis les grillons se mirent à chanter tandis qu'ils continuaient ainsi à se balancer, heureux et tranquilles, sous l'objectif du télescope.

7.

Bien qu'Ernie Butts estime que l'école était au mieux une perte de temps, il n'en appréciait pas moins le cours de chimie supérieure. Il y avait quelque chose de fascinant dans les becs Bunsen, les tubes à essai et les boîtes de Pietri. Certes, apprendre le tableau périodique des éléments était une corvée, mais il n'avait jamais eu de problème de mémoire. Identifier les composantes inconnues d'un mélange ne lui posait guère plus d'embarras : l'inconnu ne manquait jamais de l'intéresser.

Le travail de laboratoire avait sa préférence. Mélanger les éléments chimiques et enregistrer les réactions lui procurait une sorte de sentiment de puissance. C'étaient des tâches où il se sentait sûr de lui. Il aimait mesurer, combiner, créer — et jouer avec l'idée de se fabriquer une bombe. Pas une stupide bombe puante comme celle qu'il avait préparée avec Denny Moyers pour la lancer durant la troisième heure de cours dans le vestiaire des filles. Non. Ça, c'étaient des gamineries. Ce qu'Ernie voulait, c'était quelque chose qui éclatât en faisant beaucoup de bruit, quelque chose qui soufflât les vitres et déclenchât quelque bonne hystérie collective.

C'était à sa portée. Les cours de l'école, ainsi que les livres que lui avaient achetés ses parents, lui avaient donné les connaissances requises. Il était certain d'en être capable. Et s'il décidait un jour de mettre son idée à exécution, ce ne serait pas pour se faire prendre comme ce petit branleur de Moyers. Car la vraie puissance ne consistait pas à aller crier sur les toits ce qu'on avait fait, mais à forcer les gens au respect.

Tout en gribouillant sur son cahier de cours, Ernie jeta un œil à James Atherton qui était en train de répéter ses instructions. A son avis, Atherton était plus con que la plupart des autres adultes. Il parlait toujours de la même

131

voix placide et professorale, agrémentant son sempiternel baratin de torsions de son long cou décharné et de séances d'essuyage de ses lunettes.

Une vraie girafe à quatre yeux, pensait le garçon en riant sous cape.

Tout le monde savait qu'Atherton s'était fait un bon petit bas de laine dans la revente de terrains. Rien ne le poussait plus à enseigner. Et pourtant il venait encore, semestre après semestre, dans ses costards-cravates débiles, enseigner les réactions chimiques à des mômes qui, pour la plupart, n'en avaient rien à fiche.

On le disait dévoué mais, pour Ernie, ce n'était rien qu'une tête de nœud.

Qu'il soit également le maire d'Emmitsboro ne faisait qu'accroître l'humeur caustique du garçon. De toute façon, quelles responsabilités pouvaient revenir au maire de ce bled paumé ? Celle de décider de la couleur des bancs dans le parc ?

— Ce cours de travaux pratiques sur les liaisons chimiques comptera pour un quart dans la moyenne de cette dernière session, poursuivait Atherton en passant la classe en revue avec un air dubitatif.

Après trente ans, ce vieux routier de l'enseignement n'avait aucun mal à déchiffrer sur les visages de ses élèves le résultat de ces derniers travaux dirigés de l'année scolaire. Ce serait l'échec pour au moins dix pour cent d'entre eux ; et il y en aurait encore beaucoup trop, selon lui, à passer de justesse.

— Mademoiselle Simmons, peut-être pourriez-vous reposer votre poudrier pendant quelques instants ?

Sous les gloussements de la classe, l'interpellée rangea précipitamment la petite boîte ronde dans son sac à main.

— Vous travaillerez en équipes, reprit Atherton en égalisant méticuleusement le tas de papiers qu'il s'apprêtait à distribuer. La composition des équipes est inscrite sur ces feuilles d'expérimentations. Je vous suggère de vous familiariser avec les différentes étapes du protocole. Vous aurez à rendre un travail écrit dans deux semaines.

Les feuilles firent le tour de la classe au milieu de force gémissements, grognements et murmures expectatifs. Ernie remarqua, non sans intérêt, que sa coéquipière était Sally Simmons.

— Il serait opportun que les membres de chaque équipe se répartissent le travail, lança Atherton par-dessus le brouhaha.

Avec la dissimulation qui lui était coutumière, il se mit à étudier ses élèves. Il connaissait chacun d'entre eux bien mieux qu'ils ne l'eussent supposé eux-mêmes.

— N'oubliez pas ceci : vous travaillez ensemble, et la note, bonne ou mauvaise, relève de votre responsabilité commune. Peut-être pourriez-vous maintenant rejoindre vos groupes respectifs pour commencer à vous organiser.

Puis, levant un index squelettique :

— Et en silence ! ajouta-t-il.

Ayant jeté un coup d'œil à la pendule, Atherton fut aussi soulagé que ses élèves de constater qu'il ne restait plus que dix minutes avant la fin du cours.

— Alors, comme ça, nous voilà coéquipiers, dit Sally en affichant un sourire radieux.

Bien qu'elle connaisse Ernie depuis des années, sans pour autant l'avoir véritablement fréquenté, elle ne savait toujours pas sur quel pied danser avec lui. Tour à tour abrupt et conciliant, le garçon avait tout du vrai rebelle, mais cela, précisément, n'était pas pour lui déplaire.

— Ouais, répondit Ernie en la gratifiant d'un regard appuyé qui la déconcerta.

— Eh bien, reprit-elle après s'être humecté les lèvres, je me disais que nous pourrions travailler ensemble sur le devoir, un de ces jours, en sortant de l'école. Chez moi, si tu veux.

— Je travaille après l'école.

— Eh bien… encore après, alors. Je pourrais aussi faire un saut chez toi, si tu préfères.

Embarrassée par la fixité de son regard, Sally se mit à se tripoter nerveusement les cheveux. Comme les yeux d'Ernie s'attardaient sur les boutons de son chemisier, elle sentit son cœur s'emballer délicieusement sous le soutien-gorge en dentelle qu'elle avait chipé à sa sœur aînée.

— Je termine vers 9 heures d'habitude, lui dit-il. On peut s'installer chez moi. Il n'y aura personne dans le coin pour venir nous déranger.

Ses lèvres s'entrouvrirent lentement sur un sourire canaille.

— A moins que ça n'embête Josh.

Se retrouvant sur un terrain familier, Sally se sentit assez d'aplomb pour lui rendre son sourire.

— On a pour ainsi dire rompu, répliqua-t-elle. Josh est mignon et tout, mais il peut vraiment être emmerdant aussi.

— Ah ouais ? Pourtant, vous étiez plutôt à la colle ces derniers temps.

Sally ramena en arrière son épaisse crinière de cheveux noirs.

— On a juste traîné un peu dans le coin. Les gens ont commencé à dire qu'on était ensemble après qu'on est tombés sur cette tombe vide. Si tu veux, je viens chez toi ce soir. On pourra s'y mettre tous les deux.

— Ouais, c'est ça, répondit Ernie avec un petit sourire. On va s'y mettre.

Il se demandait si elle était encore vierge.

Après l'école, Ernie se rendit chez Clare. La perspective de coucher avec Sally était loin de l'obnubiler, car ses rêveries les plus ardentes, les plus lascives, tournaient désormais autour de sa nouvelle voisine. Il se demandait ce que ça ferait de les avoir toutes les deux ensemble, comme sur les vidéos porno que lui avait refilées Less Gladhill à la station-service.

Il avait les mains moites rien que d'y penser. Contrôle de soi-même, maîtrise, pouvoir : telles étaient ses idées maîtresses, et les avoir toutes les deux dans son lit prouverait ses capacités en la matière. Ouais, songeait-il, ça ferait de lui quelqu'un.

Il engagea sa camionnette dans l'allée de Clare et coupa le moteur. D'où il se trouvait, il pouvait contempler la jeune femme en train de manier marteaux et burins. Comme le temps s'était réchauffé depuis la veille, elle portait un short moulant aux bords frangés avec un grand T-shirt qui lui découvrait l'épaule.

Et s'il entrait dans le garage pour lui arracher ce T-shirt, comme ça, tout de suite, en plein jour ? Les yeux de la jeune femme s'écarquilleraient, sans doute, les pupilles dilatées par la peur et la stupéfaction. Il la renverserait alors sur le sol de béton. Elle se mettrait à couiner. Mais après… Après, elle serait aussi chaude, humide et consentante que possible.

Ernie n'envisageait pas sans déplaisir la survenue inopinée du shérif Rafferty, mais cela ne le troublait pas outre mesure. Il pourrait toujours s'occuper de lui si le besoin s'en faisait sentir.

Il descendit de la camionnette et se dirigea vers Clare.

Concentrée sur la pièce de métal coincée dans les mâchoires de l'étau, celle-ci ne remarqua sa présence que lorsqu'il fut proche à la toucher. Elle se redressa en souriant, le dos arqué, les mains crispées sur les reins.

— Salut.

Comme elle pliait l'échine, ses seins menus pointèrent sous le coton de son T-shirt. Ernie s'imagina derechef en train de les pétrir.

— Vous m'aviez dit que je devrais venir un jour après l'école.

— Exact, dit-elle en reposant le marteau. Heureuse de voir que tu t'es décidé à me donner un coup de main.

Elle fit une pause, le temps de s'abstraire de la création en cours.

— Ecoute, il y a une chaise dans la cuisine. Apporte-la par ici et profites-en pour te prendre un Pepsi.

— D'accord.

Lorsqu'il revint dans le garage, Clare avait dégagé la surface de l'établi.

— Assieds-toi par là-bas. Tu pourrais avoir besoin de te reposer les bras sur ce banc de temps en temps. Et si tu te sens fatigué, n'aie pas peur de me le dire.

Elle se jucha sur l'établi et lui fit signe de s'installer, après avoir baissé le volume de sa chaîne stéréo qui diffusait un vieux tube des Moody Blues.

— Je vais juste faire quelques croquis. Je crois que si tu posais le coude sur ce banc et que tu serrais le poing… Oui, voilà.

Elle se mit à lui sourire.

— Alors, comment ça va à l'école ?

— Ça va.

— Plus que quelques semaines à tirer, hein ?

Elle lui parlait tout en crayonnant sur son carnet, pour le mettre à son aise.

— Ouais, répondit-il.

Voilà un garçon peu loquace, pensa-t-elle avant de renouveler sa tentative.

— C'est… le sport qui t'intéresse, peut-être ?

— Pas le sport, non.

— T'as une amie ?

Le regard d'Ernie glissa sur les jambes de la jeune femme.

— Aucune en particulier.

— Ah, je vois. Tu es un homme sage. Et que font tes vieux ?

Il eut une grimace réflexe.

— Dirigent une pizzéria.

— Sans blague ? s'exclama Clare en laissant retomber son crayon. Je leur ai pris une pizza l'autre soir. Elle était géniale. Je dois t'avouer que renoncer aux pizzas de New York m'a fait réfléchir à deux fois avant de revenir par ici. Mais la pizzéria Chez Rocco a tout arrangé.

Ernie haussa les épaules, mécontent de se sentir flatté par les propos de Clare.

— C'est pas si génial que ça.

— Facile à dire quand on a grandi dedans. Ouvre un peu le poing et tends les doigts… Ou-oui, voilà.

Les sourcils froncés par la concentration, Clare se remit à l'ouvrage.

— Et tu habitais où, avant ?

— Dans le New Jersey.

— Ah oui ? Pourquoi êtes-vous venus ici ?

Le regard du garçon redevint sombre.

— M'en parlez pas. Ça vaut mieux.

— Ce n'est pas si désagréable par ici, reprit-elle en lui adressant un sourire compatissant.

— C'est la mort. Je déteste ce trou. Les gens y passent leur temps assis à regarder l'herbe pousser.

Trois phrases à la file, se dit-elle. Il devait en avoir gros sur le cœur.

— T'auras du mal à me croire, mais il arrive un moment où on apprécie vraiment de regarder l'herbe pousser.

— Facile à dire pour vous, marmonna-t-il. Vous pouvez retourner à New York quand vous le voulez.

— C'est vrai.

Et tout puissant que soit leur désir d'indépendance, ajouta-t-elle silencieusement, les enfants étaient condamnés à suivre leurs parents.

— Dans peu de temps tu pourras toi-même choisir ta vie. T'iras à L. A., hein ?

— Ouais. C'est l'enfer, ici.

Ses yeux remontèrent de nouveau le long de ses jambes, jusqu'au bord frangé du short qui lui découvrait pratiquement tout le haut des cuisses.

— Vous y êtes déjà allée ?

— Ouais, une ou deux fois. C'est pas vraiment mon genre. Tu me diras ce que t'en penses quand tu auras toi-même visité. Resserre le poing.

Elle tourna la page de son carnet de croquis.

— Tu vois, reprit-elle en remuant la tête, je crois bien que c'est à partir des épaules que j'ai envie de travailler ; ce serait comme un arbre jaillissant de ses racines. Tu peux enlever ton maillot ? Il ne fait pas froid.

Des désirs inavoués étincelèrent dans le regard du jeune homme lorsqu'il fit lentement passer son T-shirt au-dessus de sa tête. Elle le voulait, se dit-il. C'était sûr.

Clare, pour sa part, avait sous les yeux le corps nerveux et efflanqué d'un garçon en passe de devenir un homme. Mieux encore : un vrai sujet, des bras déliés aux muscles étonnamment noueux, toute une puissance encore latente.

— Ça va être parfait, dit-elle en dégringolant de l'établi. Attends, je vais te mettre en position. Je ne vais pas te demander de tenir la pose trop longtemps. Cela deviendrait vite inconfortable.

Elle lui prit le bras, la main en coupe sous son coude, et le replia au-dessus de l'épaule. Puis elle lui referma le poing.

— Maintenant, si tu pouvais rester comme ça en te tournant un peu… Bien. Mets-y un peu d'énergie maintenant… Génial. T'as ça dans le sang, ma parole.

Tandis qu'elle se reculait, son regard tomba sur le médaillon qu'Ernie portait autour du cou. C'était un bijou en argent, d'une forme géométrique singulière. Une sorte de pentacle, se dit-elle en relevant les yeux vers lui.

— C'est quoi ? Un porte-bonheur ?

Il referma sa main libre sur le médaillon avec un geste protecteur.

— Presque.

Craignant de s'être montrée indiscrète, Clare se remit aussitôt à dessiner.

Elle travailla une heure durant, laissant Ernie prendre de fréquentes pauses pour détendre son bras. Une fois ou deux, elle le surprit en train de détailler son anatomie avec un air de concupiscence qui n'était guère de son âge. Elle ne s'en offusqua point, légèrement amusée en fait, sinon flattée, de ce qu'il ait pu ainsi contracter un petit béguin pour elle.

— C'était génial, Ernie, vraiment. J'aimerais me mettre à la glaise dès que tu auras un autre moment à me consacrer.

— D'accord.

— Je vais te chercher un peu d'argent.

Laissé seul avec lui-même, Ernie déplia le bras et se mit à déambuler dans le garage. Lorsqu'il aperçut la sculpture qui se dressait dans le coin, il s'arrêta net. Refermant une nouvelle fois ses doigts sur le pentacle inversé, il se pencha sur la créature mi-homme mi-bête que Clare avait tirée du métal.

C'était un signe, se dit-il, le souffle court. Ses doigts légèrement tremblants se tendirent pour caresser avec dévotion la sculpture. Clare avait été amenée ici pour lui. Rituels et offrandes lui avaient gagné les faveurs du seigneur des Ténèbres, qui lui avait fait ce présent. Désormais, il ne lui restait plus qu'à attendre le moment opportun pour jouir de ce qui lui revenait.

— Qu'en penses-tu ?

Ernie enfila précautionneusement son maillot avant de pivoter sur ses talons. Clare se tenait derrière lui. Elle était en train de contempler la sculpture à son tour. Il émanait d'elle un parfum de sueur et de savon qui grisait le jeune homme.

— C'est puissant.

Clare fut étonnée d'entendre cette opinion dans la bouche d'un adolescent de dix-sept ans. Elle tourna la tête vers lui, intriguée.

— T'as jamais pensé à devenir critique d'art ?

— Qu'est-ce qui vous a poussée à faire ça ?

— Quelque chose de plus fort que moi.

La réponse était parfaite.

— Vous irez encore plus loin, déclara-t-il.

Les yeux de Clare revinrent se poser sur le tas de métal qui occupait sa table à souder.

— Ouais, on dirait bien.

Se ressaisissant, elle tendit quelques billets au garçon.

— J'ai vraiment apprécié que tu poses pour moi.

— J'ai adoré ça. Je vous aime beaucoup.

— C'est réciproque.

Le téléphone sonna.

— Faut que j'aille répondre, dit-elle avant de se diriger vers la porte de la cuisine. A plus tard, Ernie.

— Ouais, répondit-il en essuyant ses mains moites sur le haut de son jean. A bientôt.

Clare se saisit du téléphone d'une main, et de l'autre ouvrit le réfrigérateur.

— Allô ?

Tandis qu'elle extirpait du meuble un hot dog, de la moutarde, des pickles et une boisson fraîche, une respiration lourde et rauque se fit entendre dans l'écouteur. Le sourire aux lèvres, Clare enfourna le hot dog dans le micro-ondes et commença à haleter de concert tout en émaillant ses soupirs d'extase de « oui » et de « oh oui » rauques. Puis, ayant réglé la minuterie du four, elle décapsula la bouteille.

— Oh, mon Dieu, encore…

Et elle finit sur un long et vibrant gémissement.

— Alors, c'était bon ? lui demanda l'homme d'une voix grave.

— Merveilleux. Incroyable. Le top du top.

Elle fit une pause pour prendre une longue gorgée de Pepsi.

— T'as le coup de fil ravageur, Jean-Paul.

Elle sortit le hot dog du micro-ondes et le fourra dans un morceau de pain Wonder qu'elle entreprit de tartiner de moutarde.

— Si jamais Angie découvrait…

— J'ai branché le haut-parleur, espèce de cruche.

Etouffant un rire, Clare compléta son en-cas avec des tranches de fenouil en conserve.

— Oh, eh bien, nous voilà frais. Alors, comment vas-tu ?

— Plutôt raide, après ça.

— Voyons, Jean-Paul ! s'exclama gaiement Angie. Non, nous voulions juste savoir comment tu te portais.

— Bien.

Clare mordit dans son sandwich avec un air de profonde satisfaction.

— Parfaitement bien, répéta-t-elle, la bouche pleine. En fait, je viens juste de croquer un nouveau modèle. Ce môme a des bras divins.

— Ah, vraiment ?

— Non, j'ai dit un *môme*, Angie, répliqua Claire, amusée. Un garçon, dans les seize dix-sept ans. J'ai aussi croqué une de mes amies — l'as des serveuses, tout un poème. Et puis je suis tombée sur une fabuleuse paire de mains.

L'esprit tourné vers Cam, elle se mit à mâcher avec un regain d'appétit.

— Peut-être que je lui ferai le visage, aussi. Et puis tout le reste.

Et si elle lui suggérait de poser nu, se demanda-t-elle, comment réagirait-il ?

— Tu as l'air vraiment occupée, *chérie*, s'écria Jean-Paul.

— Tout à fait. Je pense que tu seras contente d'apprendre que je travaille tous les jours, Angie. Du vrai bon travail.

Elle se jucha sur le comptoir et prit une nouvelle bouchée de son sandwich.

— J'ai déjà une pièce de terminée.

— Mais encore ?

— Je préférerais que tu la voies. Je me sens encore trop proche de cette œuvre.

— Et à part ça, reprit Jean-Paul, comment va la vie sur les verges de l'Antietam ?

— Les *berges*, corrigea Clare, les berges de l'Antietam. Et ça se passe on ne peut mieux. Pourquoi ne viendrais-tu pas t'en rendre compte par toi-même ?

— Qu'en penses-tu, Angie ? Ça te dirait, un petit séjour à la campagne ? Imagine : sentir l'odeur des vaches, rouler dans le foin…

— C'est à voir.

— Une semaine à Emmitsboro, ce n'est pas comme une année au fin fond du désert, reprit Clare en finissant son hot dog, de plus en plus séduite par le projet. Nous n'avons pas de cochons sauvages ni de violeurs en rut.

— Pauvre de toi, répliqua Jean-Paul sur un ton pince-sans-rire. Mais que te reste-t-il alors, *ma chérie* ?

— Le calme, la tranquillité — l'ennui version vacances, en somme.

Quoique l'ennui ne soit guère agréable pour tout le monde, songea-t-elle en repensant à la frustration bouillonnante du jeune Ernie.

— Et puis, une fois que je vous aurai fait visiter les endroits chauds comme le café Martha's et la Clyde's Tavern, nous pourrons nous asseoir sous la véranda pour boire une bière et regarder l'herbe pousser.

— Voilà une perspective attrayante, marmonna Angie.

— On trouvera bien un trou dans notre emploi du temps, décida soudain Jean-Paul. La Clyde's Tavern, moi, ça me tente.

— Super, s'exclama Clare en levant un toast avec sa bouteille. Vous ne serez pas déçus. Vraiment. C'est la petite bourgade rurale typique. Plus tranquille qu'Emmitsboro, y a pas.

Une abondante giboulée imprégnait la terre consacrée. Il n'y avait pas de feu dans la fosse, seulement des cendres froides, restes de branches et d'os mélangés. Des lanternes avaient été allumées à la place des cierges. Des nuages étouffaient la clarté lunaire et opacifiaient la lumière des étoiles.

La décision avait été prise ; son exécution ne souffrirait aucun délai. Ce soir-là il n'y avait que cinq silhouettes en chasuble. La vieille garde. L'élite.

— Jésus, quel temps de merde !

Biff Stokey réunit ses deux épaisses mains en coupe autour de sa cigarette pour la protéger de la pluie. Ce soir-là, il n'y avait ni drogues, ni cierges, ni incantations, ni prostituée. Après vingt ans passés dans les rangs des officiants, Biff en était venu à avoir besoin du rituel et de tous ses avantages annexes. Il en était même devenu dépendant.

Ce soir-là, cependant, la dosse au-dessous du pentacle inversé était vide, et ses compagnons lui semblaient fébriles et distants. La pluie tambourinait sur le sol. Nul ne disait mot.

— Pourquoi diable cette réunion ? lança Biff à la cantonade. Nous ne devions pourtant pas nous retrouver ce soir.

— Il y a une affaire à régler.

Le chef sortit des rangs pour s'avancer au milieu du cercle et se tourna vers eux. Ses yeux faisaient deux trous sombres dans son masque, tels les puits jumeaux de l'enfer. Il leva les bras, ses longs doigts écartés.

— Nous sommes l'élite. Nous sommes les premiers. C'est en nos mains que le pouvoir resplendit avec le plus d'éclat. C'est à nous que notre maître a confié la charge suprême de lui amener d'autres disciples pour les présenter à sa gloire.

Il se dressait telle une statue, vivante et surnaturelle incarnation de la sculpture jaillie des cauchemars de Clare — le corps arqué, les mains levées, les bras tendus. Sous son masque, ses yeux luisaient de plaisir anticipé, et de la volupté que lui procurait une puissance qu'aucun autre officiant ne serait jamais à même de comprendre.

Ils étaient accourus à son appel comme des chiens bien dressés. Ils obéiraient de même à ses ordres, aussi serviles que des moutons. Et si un ou deux parmi eux gardaient encore trace de ce qu'on appelle une conscience, la soif de pouvoir engloutirait bientôt ces débris de moralité sans faillir.

— Notre Maître est mécontent. Ses crocs bavent de vindicte. Il a été trahi par l'un de ses enfants, par l'un de ses élus. La Loi est bafouée. Nous la vengerons. Ce soir est un soir de mort.

Lorsqu'il baissa les mains, l'une des silhouettes en chasuble sortit une batte de base-ball des plis de son habit. Au moment même où Biff ouvrait la bouche de surprise, la batte lui fracassait le crâne.

Lorsqu'il revint à lui, il était ligoté sur l'autel. La pluie ruisselait sur son corps nu et frissonnant. Mais cela n'était rien, absolument rien au regard de la terreur glacée qui lui gelait le cœur.

Les officiants l'entouraient, l'un à ses pieds, un autre à sa tête et les deux derniers de chaque côté de l'autel. Quatre hommes qu'il connaissait depuis toujours, mais dont les yeux étaient désormais ceux d'étrangers. Car ce qu'ils contemplaient ainsi, Biff le savait, c'était sa propre mort.

Le feu avait été allumé. La pluie s'écrasait sur les brandons en sifflant comme de la viande sur le gril.

— Non !

Il arqua violemment le dos. Ses membres tressautèrent sur la dosse de bois poli.

— Seigneur Dieu, non ! répéta-t-il en invoquant le nom divin qu'il avait profané vingt années durant.

Sa bouche était emplie par le goût de la peur et par le sang de sa langue, qu'il s'était mordue sous le choc.

— Vous ne pouvez pas faire ça. Vous ne pouvez pas. J'ai prêté serment.

Le chef jeta un regard à la cicatrice que Biff portait sur son testicule gauche. Le sceau devrait être… effacé.

— Tu ne fais plus partie de l'élite. Tu as violé ton serment. Tu as violé la Loi.

— Non ! Jamais ! Je n'ai jamais violé la Loi !

Dans ses gesticulations, il eut le poignet entaillé par la corde. Les premières gouttes de son sang coulèrent sur le bois.

— Jamais nous ne montrons nos crocs sous le coup de la colère. Telle est la Loi.

— Telle est la Loi, reprirent les autres.

— Mais j'étais soûl !

Un sanglot lui souleva la poitrine, de lourdes et amères larmes de terreur. Cachés par l'ombre des feuillages, dissimulés sous les masques, il y avait là des visages qu'il connaissait. Ses yeux se portèrent de l'un à l'autre, emplis de panique, suppliants.

— Putain de bon Dieu, j'étais soûl !

— Tu as bafoué la Loi, répéta le chef.

Sa voix ne trahissait ni pitié ni passion, bien que la passion le soulève peu à peu, telle une houle sombre et bouillonnante.

— Tu as montré que tu ne pouvais la suivre jusqu'au bout. Tu es faible, et le faible doit être abattu par le fort.

La cloche tinta. Le chef haussa la voix pour couvrir les sanglots et les jurons de Biff.

— O seigneur de la flamme ténébreuse, donne-nous la puissance.

— La puissance pour servir ta gloire.

— O seigneur des temps, donne-nous la fermeté.

— La fermeté pour accomplir ta Loi.

— In nomine dei nostri Satanas Luciferi excelsi !

— *Ave*, Satan.

Puis il leva la coupe d'argent.

— Ceci est le vin de l'amertume. Je le bois par désespoir pour notre frère égaré.

Il prit une longue et profonde gorgée du vin qu'il versa par l'ouverture béante du masque. Quand il reposa la coupe, il avait encore soif. Soif de sang.

— Car il a été entendu, jugé et condamné.

— Je vous tuerai, s'écria Biff en s'écorchant sur les liens. Je vous tuerai tous. De grâce, Seigneur, arrêtez-les…

— La peine capitale a été prononcée. Il n'y a nulle pitié dans le cœur du prince de l'Enfer. En son nom je demande aux forces des Ténèbres de m'investir de leur pouvoir. Au nom de tous les dieux des abysses je réclame vengeance.

— Ecoutez les noms.

— Baphomet, Loki, Hécate, Belzébuth.

— Nous sommes vos enfants !

Biff se mit à hurler de terreur, maudissant chacun des officiants, les suppliant, les menaçant. Le grand prêtre laissa la peur de Biff le remplir, l'inspirer, tout en poursuivant sa psalmodie.

— Les voix de ma colère ébranlent la paix des cieux. Ma vengeance est absolue. Je suis anéantissement. Je suis vindicte. Je suis justice infernale. J'appelle les enfants du seigneur des Ténèbres à frapper avec une joie féroce leur frère déchu. Il a trahi, et ses hurlements d'agonie, comme son corps roué de coups, serviront d'avertissement à ceux qui voudraient encore s'écarter de la Loi.

Il fit une pause, souriant sous son masque.

— O frères de la nuit, vous qui aspirez à chevaucher le souffle brûlant de l'Enfer, accomplissez votre office.

Quand le premier coup lui pulvérisa la rotule, Biff poussa un cri déchirant qui traversa le ciel pluvieux. Ses anciens amis le battirent méthodiquement. Nul remords, s'ils en avaient, n'atténua leur vindicte : rien ne pouvait alléger la rigueur de la Loi.

Le grand prêtre se tenait en arrière, les bras levés, les yeux rivés sur le massacre. Deux fois déjà, il avait ordonné la mort d'un des membres de la confrérie. Et chaque fois, la prompte et impitoyable exécution avait étouffé les premières flambées d'insurrection. Certes, il n'ignorait pas que certains désapprouvaient la manière dont le rituel était dévoyé de ses plus pures origines, tandis que d'autres, au contraire, aspiraient à plus de sang, de sexe, de dépravation.

De telles choses étaient déjà arrivées par le passé, cependant, et n'étaient pas pour le surprendre.

Il lui incombait de veiller à ce que ses enfants suivent la ligne qu'il leur avait tracée. Et il lui revenait aussi de s'assurer que ceux qui s'en écartaient en paient le prix.

Biff se remit à hurler. Le grand prêtre sentit aussitôt son plaisir monter en flèche.

Les officiants ne le tueraient pas à la va-vite. La Loi exigeait une lenteur savante. Chaque craquement sinistre du bois sur les chairs accélérait le sang du grand prêtre, l'embrasait de volupté. Les hurlements s'enflèrent bientôt en un gémissement suraigu et quasi inhumain.

Un pauvre idiot, se dit le maître de cérémonie, tandis que son bas-ventre l'élançait. Et la mort d'un idiot était souvent un gâchis — abstraction faite de l'agrément du meurtre. Cette mort-là n'en servirait pas moins d'avertissement aux autres. Désormais, ils craindraient le plein exercice de la colère. De *sa* colère. Car voilà longtemps qu'il avait fini par comprendre que ce n'était pas Satan qui commandait en ces lieux, mais lui seul.

Lui seul était le pouvoir.

A lui seul revenait la gloire de la mort.

A lui seul le plaisir du meurtre.

Comme les cris s'atténuaient pour n'être plus qu'un gargouillis rauque et couinant, il se saisit de la quatrième batte et s'approcha de Biff. Sous le voile glauque dont la souffrance avait recouvert les yeux angoissés de sa victime, il reconnut des traces de peur. Mieux encore : d'espoir.

— Pitié, gémit Biff d'une voix étouffée.

Le sang coulait à flots de sa bouche. Il essaya de lever la main ; ses doigts pendirent aussi misérablement que des brindilles mortes. Il était au-delà de la souffrance désormais, empalé vif sur le seuil acéré du trépas.

— Pitié, ne me tuez pas. J'ai prêté serment. J'ai prêté serment.

Le grand prêtre le regardait à peine, sachant que ce moment de triomphe était sur le point de connaître son dénouement.

— Il est le juge. Il est le souverain Maître. Ce que nous avons fait, nous l'avons accompli en son nom.

Ses yeux étincelèrent quand il posa enfin le regard sur le visage encore intact de sa victime.

— Celui qui meurt ce soir sera voué au supplice. Au malheur. Au néant.

La vision de Biff se troublait et s'éclaircissait tour à tour. Il avait le souffle court. Du sang dégouttait de sa bouche à chaque expiration. Il n'avait même plus la force de crier. Il était mort, il le savait. Les prières qui affluaient à son esprit obscurci se mêlaient aux souvenirs des anciennes incantations. Son âme chantait Jésus et chantait Lucifer.

Il eut une toux violente qui manqua le faire trépasser.

— On se reverra en enfer, réussit-il à articuler.

Le grand prêtre se pencha tout contre son oreille.

— Tu y es déjà, dit-il.

Et, frissonnant de volupté, il lui assena le coup de grâce. Sa semence se répandit alors en gouttes brûlantes sur le sol.

Puis les officiants embrasèrent les battes dans la fosse sacrée, tandis que, à l'intérieur du cercle, le sang de la victime imbibait la terre détrempée.

8.

Cam se tenait près de la barrière qui délimitait l'extrémité est d'un champ de maïs, celui de Matthew Dopper. Sa casquette rabattue sur le nez pour se protéger du soleil, la joue gonflée par une chique, Dopper était resté sur son tracteur dont il laissait le moteur fonctionner au ralenti. L'engin tournait bien grâce aux bons soins de son fils aîné — lequel préférait faire son beurre dans la mécanique plutôt que de labourer honnêtement les terres de sa famille.

Bien qu'il soit à peine 10 heures, de longues traînées de sueur maculaient déjà la chemise écossaise du cultivateur. Deux doigts manquaient à sa main gauche, rasés net à la première phalange, suite à des démêlés avec une moissonneuse-batteuse. Ce handicap ne le gênait guère dans l'exploitation de sa ferme, pas plus que dans ses performances au tournoi de bowling le dimanche soir : cela lui avait seulement inculqué un respect prudent à l'égard des machines.

Le blanc de ses yeux était constamment injecté de sang, séquelle de cinquante-cinq années passées à braver le vent et la poussière du fenil. Son vieux visage ridé de chien battu avait un air buté et renfrogné.

Il était né à la ferme et avait repris l'exploitation à son compte quand son *pater* avait enfin passé l'arme à gauche. Comme son frère, le malchanceux Junior, avait pris un aller direct en enfer dans les bois avoisinants, c'était lui, Matthew Dopper, qui avait hérité de la moindre caillasse des trente-quatre hectares de la satanée ferme. C'était là qu'il vivait et travaillait, là aussi qu'il mourrait un jour lui-même. Il n'avait donc pas besoin que Cameron Rafferty vienne, l'insigne à la main, lui apprendre à diriger ses affaires.

— Matt, c'est la troisième plainte en un mois.

Dopper cracha par-dessus son tracteur.

— C'te saloperie d'habitants des plaines s'amènent, installent leurs satanées baraques sur les terres d'Hawbaker, et pis v'là qu'ils essayent de m'foutre dehors ! s'exclama-t-il. Bougerai pas d'un pouce. C'est chez moi, ici.

Posant une botte sur la première traverse de la barrière, Cam s'exhorta à la patience. L'odeur puissante qui émanait de l'épandeur lui faisait frémir les narines.

— Personne ne veut te mettre dehors, Matt. Il faut juste que tu enchaînes ces chiens.

— Y a des chiens sur cette terre depuis un siècle, répliqua-t-il en crachant de nouveau. N'ont jamais été enchaînés.

— Les temps changent.

Cam porta son regard au-delà du pré, en direction des bicoques en kit dont on apercevait les formes cubiques à l'horizon. Jadis, il n'y avait là que des champs, des prés et des pâtures ; et quand on y passait en voiture, à l'aube ou au crépuscule, on avait de fortes chances d'y surprendre un cerf en train de brouter. Désormais, les seuls cerfs visibles étaient les animaux en céramique que les gens plantaient dans leurs jardins, en face de leurs maisons hérissées d'antennes paraboliques.

Mais Matt avait beau avoir droit à toute sa sympathie, se dit Cam, il avait, lui, un boulot à effectuer.

— Le seul problème, Matt, c'est que tes chiens ne restent pas chez toi.

Matt se mit à sourire.

— Ils ont toujours aimé aller chier sur les terres de Hawbaker.

Cam ne put s'empêcher de lui rendre son sourire. Voilà trois générations que les Dopper et les Hawbaker étaient en bisbille, trouvant dans leur querelle une source de contentement ineffable. Cam alluma une cigarette avant de s'accouder avec une moue conciliante sur la barrière.

— Ça me manque de ne plus voir le vieil Hawbaker chevaucher sa botteleuse.

Dopper se rembrunit. Le fait était qu'Hawbaker lui manquait aussi, et profondément.

— Bah, il savait ce qu'il faisait, et puis ça lui a rapporté un joli bénéfice, repartit Matt en ôtant son vieux bandana décoloré pour s'y moucher avec fracas. Quant à moi, j'y suis, j'y reste. Je gérerai la ferme tant qu'il me restera un souffle de vie.

— Je venais parfois traîner dans le coin pour te voler du maïs.

— Je sais.

L'expression de Dopper s'adoucit à ce souvenir.

— Je fais pousser le meilleur silver queen de tout le comté. Aujourd'hui comme hier. Et demain comme aujourd'hui.

— Ce n'est pas moi qui dirai le contraire. On allait camper dans les bois, par là-bas, pour s'en faire griller sur le feu.

Cam esquissa un sourire en repensant à la saveur tendre et sucrée des épis.

— A l'époque, on s'imaginait que tu n'y voyais que du bleu.

— Je sais bien ce qui se passe sur mes terres, va, répliqua Matt en rajustant sa casquette.

Pendant un instant, son regard méfiant se perdit dans la profondeur des sous-bois.

— Fallait pas te déranger pour quelques coups de pied au cul, tu sais, reprit-il en redressant la tête. Par ici, on protège nous-mêmes notre bien.

— C'est bien ce qui m'inquiète, répliqua Cam avec un soupir. Surtout avec les vacances qui approchent. Ecoute, Matt, il y a des mômes dans le lotissement. Beaucoup de mômes. Et tes trois bergers allemands sont de sacrés bestiaux.

Dopper se renfrogna de nouveau.

— N'ont jamais mordu personne.

— Pas encore, rétorqua Cam sur un ton las.

Brandir la menace de la loi ne servait à rien, il le savait très bien ; il gaspillait sa salive. Personne ne faisait grand cas des sanctions possibles de la loi. Néanmoins, et quelle que soit la sympathie qu'il éprouvait pour Dopper, il ne pouvait courir le risque de voir l'un de ses chiens se jeter tous crocs dehors sur un gamin.

— Matt, je sais bien que tu ne penses pas à mal, reprit-il en levant la main pour prévenir ses protestations. Tes chiens sont des gentils toutous tout ce qu'il y a de plus réglo, c'est d'accord. Du moins quand ils sont avec toi. Personne ne peut savoir comment ils réagiraient avec des étrangers. S'il arrive quoi que ce soit, tes bêtes seront abattues et on te traînera en justice. Mieux vaut prévenir que guérir. Attache tes chiens, et construis-leur une aire de promenade dans un coin de ton jardin avec une barrière autour.

Dopper toisa Cam d'un regard cauteleux et se remit à cracher. S'il possédait trois chiens de garde, se dit-il, ce n'était pas pour rien. Il avait de bonnes raisons pour cela. D'excellentes raisons. Il fallait bien se protéger, ainsi que sa famille, de... L'espace d'un instant, son regard erra de nouveau en direction des bois... Eh bien, reprit-il en lui-même, de tout ce contre quoi il fallait les protéger.

Les compromis n'étaient pas son fort. Pour autant, il savait que s'il ne mettait pas un peu d'eau dans son vin, il y aurait un de ces péteux de la S.P.A. pour venir fourrer son nez dans ses affaires. Ou encore un de ces merdeux de la plaine qui voudrait lui faire un procès. Et il n'avait pas les moyens de se payer les offices du moindre avocaillon à la petite semaine.

— Je verrai ce que je peux faire.

Après six semaines de tractations laborieuses, Cam considérait cela comme une petite victoire. Il avait presque convaincu le bonhomme. Il savoura sa cigarette en silence tout en jaugeant le vieux paysan juché sur son tracteur. Les chiens seraient attachés, il n'en doutait pas : Matt tenait à eux autant qu'à son exploitation.

— Comment va la famille ? lui demanda-t-il, soucieux de conclure l'entretien sur une note amicale.

— Ça va, lui répondit Dopper en se détendant à son tour. Y a Sue Ellen qui se sort finalement à bon compte de son divorce avec ce vaurien de vendeur de voitures.

Il fit une pause pour sourire à Cam.

— Dis-moi, t'as déjà manqué le coche la première fois. Peut-être bien qu'elle te regarderait d'un autre œil à présent que te v'là riche avec un emploi rentable.

Loin de se sentir offensé, Cam lui rendit son sourire.

— Ça lui fait combien de gamins maintenant, à ta fille ?

— Quatre. Y a toujours un gars pour la culbuter dès qu'elle a le dos tourné, celle-là. Ça l'a pas empêchée de se trouver un boulot. Fait la caisse pour J. C. Penney dans c'te putain de centre commercial. Pendant ce temps, y a Nancy qui lui garde son dernier.

Il jeta un coup d'œil en direction de la ferme où sa femme s'occupait du dernier-né de leurs petits-enfants.

Ils parlèrent encore quelques minutes de l'aîné, qui aurait déjà dû, depuis des heures, avoir fini de nourrir les bêtes, et puis du benjamin, qui poursuivait ses études à l'université.

— Ce môme s'est mis en tête d'aller à l'école pour apprendre à diriger une ferme, t'imagines un peu ? s'exclama Dopper en crachant de nouveau, les yeux perdus dans le vague. Ouais, les temps changent, qu'on le veuille ou non… Bon, ben, faut que j'y retourne, maintenant.

— Ils ont des chaînes à la quincaillerie, lui lança Cam avant de jeter sa cigarette. Allez, à plus tard, Matt.

Dopper le regarda regagner sa voiture, puis il remit les gaz, le capot de son tracteur pointé en direction du tas de maisons qui se dressait au loin. « Saloperies d'habitants des plaines », se dit-il en appuyant sur l'accélérateur.

Cam, lui, opéra un demi-tour, faisant jaillir des gerbes de poussière et de gravier sous les pneus de sa voiture, puis il s'engagea dans le chemin qui longeait le bois des Dopper. Tandis qu'il roulait sous les feuillages lourds de sève, une partie de son esprit revint aux jours de son enfance et de son adolescence.

Il se revoyait encore sortant du champ de Dopper avec un tas d'épis dans les bras, et, au fond de son sac à dos, son paquet de Marlboro, ses allumettes de bois et quelques canettes de bière qui s'entrechoquaient au rythme de sa course. Il venait encore une fois de s'échapper de chez lui pour aller panser les plaies que son beau-père lui avait infligées avec une allégresse débordante, pour se trouver un coin où gémir, seul comme un chien — à moins que ce ne fût en compagnie de Blair Kimball, de Bud Hewitt, de Jesse Hawbaker ou d'un de ceux avec lesquels il traînait en ces temps lointains de sa jeunesse.

Ils s'asseyaient près du feu qui dégageait une odeur de maïs et de hot dogs grillés pour écluser leurs bières, se raconter d'improbables prouesses viriles, et les dernières frasques de feu Junior Dopper — histoire de se faire dresser les cheveux sur la tête.

Curieux comme ils allaient souvent dans les bois, se dit-il. L'endroit leur donnait pourtant la chair de poule. Mais c'était sans doute pour cela qu'ils s'y retrouvaient : là était leur repaire, leur antre maléfique et enchanté.

Parfois ils avaient eu la certitude que quelque chose marchait à leurs côtés dans la profondeur silencieuse des sous-bois.

Cam eut un frémissement involontaire qui lui fit venir le sourire aux lèvres. Il y avait tout de même des choses qui ne changeaient pas, se dit-il. L'image du fantôme décapité de Junior Dopper lui donnait toujours des frissons dans le dos.

Il s'écarta de la lisière des bois pour pénétrer dans le lotissement. Le dernier résident en colère à avoir porté plainte serait sans doute soulagé d'apprendre que les chiens de Matt Dopper allaient être désormais enchaînés. La voiture grimpa la pente. Les ronflements de son moteur dans les lacets du chemin rappelèrent à Cam sa balade à moto avec Clare.

Cela avait été un moment aussi agréable que plaisant, empreint du goût inattendu de l'enfance. S'asseoir à son côté au bord du torrent pour bavarder avec insouciance avait suscité en lui un doux sentiment de nostalgie.

Leur baiser, en revanche, n'avait eu rien de nostalgique. Ni de réconfortant, d'amical ou de tendre. Ce que Cam avait alors ressenti tenait plutôt du coup de foudre. Comment diable avait-il pu passer à côté de Clare, jadis ? Cette fois-ci, en tout cas, il n'avait pas l'intention de la laisser lui échapper.

Quand il en aurait terminé avec cette démarche, se dit-il, il irait faire un saut chez elle. Il espérait qu'elle serait alors en train de souder. Il lui proposerait un dîner en tête à tête, suivi d'un film au cinéma d'Hagerstown. Ensuite, avec un peu de chance, et à condition qu'il ne se soit pas mépris sur les sentiments de la jeune femme à son égard, il saurait bien trouver une occasion de lui faire visiter sa maison. Après... Eh bien, après, les choses suivraient leur cours.

Ah mais, songea-t-il, c'était qu'elle ne voulait pas être pressée... Il était vraiment dommage que la patience n'ait jamais été l'une des qualités maîtresses qu'il se reconnaissait.

Au détour du dernier virage, Cam aperçut deux gamins à bicyclette. Deux évadés du collège, pensa-t-il. Grand bien leur fasse : par une si splendide matinée de printemps, l'école buissonnière était encore la meilleure chose à faire. Aussi fut-ce avec regret qu'il se rangea sur le bas-côté et sortit de sa voiture pour aller tancer les mômes, ainsi que son devoir l'exigeait.

Il les identifia tous deux : Cy Abbot, le frère cadet de Josh — le dragueur des cimetières — et Brian Knight, le neveu de Min Atherton. Comme tous les voyous en culotte courte, ceux-ci étaient la lie, ou la bénédiction, de leur petite cité : cela dépendait des points de vue. Malgré son désir de leur souhaiter bon vent avec force clins d'œil et sourires, Cam s'approcha d'eux à grandes enjambées et le visage austère. Les deux gamins avaient le teint verdâtre, remarqua-t-il, comme s'ils étaient bouleversés d'avoir été pris en flagrant délit, à moins qu'ils ne se soient exercés à chiquer.

— Eh bien, eh bien, s'exclama Cam en posant une main sur le guidon du vélo crasseux du fils Abbot. Serions-nous en retard pour aller à l'école ce matin ?

Cy ouvrit la bouche, incapable d'articuler une parole. Puis son visage devint livide et, se penchant par-dessus son vélo, il eut un horrible haut-le-cœur.

— Oh, merde, marmonna Cam en retenant la bicyclette des deux mains. Que diable avez-vous encore fait, vous autres ?

Comme Cy était toujours occupé à rendre l'âme, Cam reporta ses regards sur Brian.

— On se baladait dans le coin. Et puis…

Il se frotta rudement la bouche, les yeux gonflés de larmes.

— Bon, du calme, poursuivit Cam d'une voix plus douce tout en passant un bras autour des épaules frissonnantes de Cy. Qu'est-ce qui s'est passé ?

— On l'a trouvé…

Brian déglutit péniblement, un goût répugnant dans la bouche.

— C'est quand on allait descendre nos bécanes pour traverser la rivière, c'est à ce moment-là qu'on l'a vu.

— Vu quoi ?

— Le cadavre.

Malgré toute l'humiliation qu'il pouvait ressentir à manifester une telle faiblesse, Cy se mit à sangloter tout son soûl.

— C'était horrible, shérif. Horrible. Tout ce sang…

— Bon, d'accord. Et si vous alliez vous asseoir à l'arrière de la voiture ? Je vais jeter un coup d'œil. Allez, posez-moi vos bécanes contre cet arbre.

Il conduisit jusqu'à la voiture les deux garçons qui tremblaient de tous leurs membres. Sans doute un cerf, ou même un chien, pensait-il. Ses mains, cependant, étaient glacées, symptôme qui ne le trompait que rarement.

— Ça va, maintenant.

Il ouvrit aux gamins la portière.

— Et n'allez pas me salir la banquette, hein ? ajouta-t-il pour détendre l'atmosphère.

Brian hocha la tête pour lui-même et Cy, lequel continuait à pleurer, et il donna un coup de coude à son copain pour le réconforter.

En deçà de l'accotement de gravier, le sol suivait une déclivité tapissée de feuilles mortes. Ayant jeté un dernier coup d'œil aux deux visages livides à l'arrière de la voiture, Cam dévala la pente, les talons de ses bottes glissant dans la terre encore mouillée par la pluie tombée au cours de la nuit.

L'odeur de l'humus et des feuilles détrempées lui montait aux narines. Deux séries d'entailles profondes s'ouvraient dans le sol à l'endroit où les gamins avaient dégringolé la pente, et deux autres là où ils l'avaient remontée à toutes jambes. Il vit, comme ils avaient dû la voir eux-mêmes, une traînée de sang poisseux. Puis il en perçut l'odeur. Une odeur de mort.

Un animal, se dit-il en recouvrant son sang-froid. Renversé par une voiture, sans doute, et qui s'était traîné en bas pour mourir. Mais, Seigneur Dieu, que de sang ! Il dut s'arrêter un moment pour chasser de son esprit l'image qui venait d'y surgir.

Les murs d'une H.L.M. éclaboussés de rouge, les remugles du sang. Et puis des cris. Des cris qui ne cesseraient jamais.

Il prit une goulée d'air, la bouche grande ouverte, et se maudit lui-même. Tout cela était fini, sacrebleu ! Terminé.

Lorsqu'il aperçut le cadavre, il n'eut pas un haut-le-cœur comme les gamins. Des cadavres, il en avait déjà vu. Beaucoup trop, même. Non : sa première réaction, mais elle fut violente, fut la colère d'en trouver un ici, dans sa ville. Dans son sanctuaire.

Puis le dégoût et la pitié le submergèrent. Quelle que soit la personne dont il ne restait plus désormais que ce tas pantelant de chair et d'os, elle avait connu une mort horrible. Enfin, il regretta que deux jeunes enfants n'aient fait l'école buissonnière par une chaude matinée de printemps que pour tomber ainsi sur quelque chose qu'ils ne pouvaient comprendre, et qu'ils n'oublieraient plus jamais.

Lui-même ne comprenait pas. Même après toutes ces années passées dans la police, après toutes les cruautés absurdes et mesquines dont il avait été témoin, il ne comprenait toujours pas.

Prenant soin de ne pas brouiller d'éventuelles empreintes, il s'accroupit lentement au-dessus du corps. Des feuilles humides s'étaient collées sur les chairs nues. Le cadavre gisait en croix, ses membres brisés écartés selon des angles impossibles, la face enfouie dans la terre et l'humus.

Tandis qu'il examinait ces restes, les yeux de Cam se firent plus inquisiteurs. Au milieu des blessures et des feuilles, il avait distingué un tatouage. La salive lui manqua. Avant même qu'il n'eût précautionneusement soulevé la tête rouée de coups et contemplé le visage couvert d'hématomes, sa certitude était faite. Il se redressa en poussant un juron. Ces restes étaient ceux de Biff Stokey.

— Jésus, Cam.

Bud sentit un flot de bile brûlant lui monter à la gorge.

— Doux Jésus, répéta-t-il après avoir ravalé sa nausée.

Les yeux rivés sur le cadavre à ses pieds, il s'essuya la bouche avec la manche de sa chemise. Il sentit une sueur froide perler à son visage et lui dégringoler sous les aisselles.

— Jésus, Jésus, dit-il encore d'une voix désemparée.

Puis il se retourna et partit à grandes enjambées se soulager dans les buissons.

Cam se sentait plus calme à présent. Il attendit sans bouger que Bud eût recouvré ses esprits. Quelque part de l'autre côté du ruisseau, une grive se mit à chanter ; des écureuils détalèrent dans les ramilles.

— Désolé, articula Bud en passant une main humide sur son visage moite. Je n'ai pas pu… Je n'avais jamais vu…

— T'en fais pas. Ça va mieux maintenant ?

— Ouais, répondit Bud tout en évitant du regard ce qui était étendu sur le sol spongieux. Vous pensez qu'il a été renversé par une voiture ? Enfin, je me disais qu'il avait pu être renversé par une voiture, et puis qu'il avait roulé jusqu'ici. Les gens vont toujours trop vite dans ces virages.

Il s'arrêta un instant pour s'essuyer de nouveau la bouche.

— Sacrément trop vite, répéta-t-il.

— Non, je ne pense pas qu'il ait été fauché par un véhicule. Je vois mal une automobile lui rompre presque tous les os du corps.

Plissant les paupières, il se mit à réfléchir tout haut.

— D'ailleurs, où sont les traces de freinage ? Et comment diable a-t-il été éjecté jusqu'ici ? Et sa voiture, où est-elle ? Et puis ses vêtements, où diable sont ses vêtements ?

— Eh bien, je suppose que... Je suppose que peut-être, oui peut-être qu'il était encore soûl comme un cochon. Sans doute qu'on retrouvera sa bagnole avec ses vêtements un peu plus loin sur la route. Et puis il a continué à pied, ivre mort, jusqu'au moment où un véhicule est arrivé sur les chapeaux de roues...

Bud n'avait pas plus tôt proposé cette explication qu'il la trouva idiote. Idiote et piteuse.

Cam se retourna pour planter ses yeux dans le regard terrorisé de son suppléant.

— Je pense qu'on l'a battu à mort.

— Mais c'est un assassinat ! Seigneur tout-puissant, personne ne se fait assassiner par ici !

Sous le coup de la panique, la voix de Bud avait grimpé d'une octave avant de se briser net sous l'effet de l'émotion.

— Nous n'avons pas eu d'homicide dans cette partie du comté depuis que T. R. Lewis est devenu fou et s'est mis à tirer sur son beau-frère avec son 30-30. Mais, bon sang, je n'avais pas plus de cinq ou six ans à l'époque. Les gens ne se font pas assassiner comme ça. Pas ici.

Au tremblement qui déformait la voix de Bud, Cam comprit qu'il risquait de ne plus lui être d'aucun secours s'il ne donnait pas un tour plus méthodique à la procédure.

— Le coroner va arriver d'un instant à l'autre. En attendant, nous allons poser le cordon autour des lieux et commencer nos recherches.

Cela aurait au moins la vertu de l'occuper, songea Cam. Sinon de lui redonner un peu de courage. Pour sa part, il était d'ores et déjà pratiquement certain que Biff n'était pas mort à cet endroit.

— Nous aurons aussi besoin de photos, Bud. Remonte donc chercher l'appareil.

Apercevant une fugitive lueur de panique dans le regard de son suppléant, Cam posa une main sur son épaule.

— Bon, c'est moi qui prendrai les photos, lui dit-il d'une voix douce. Contente-toi d'aller me chercher l'appareil.

— Très bien, répondit Bud en escaladant la pente.

A mi-chemin, il se retourna vers Cam.

— C'est une sacrée tuile, hein, shérif ?

— Tu l'as dit. Une sacrée putain de tuile.

Une fois qu'il eut l'appareil photo en main, Cam renvoya Bud sur la route guetter l'arrivée du coroner. Puis il fit le vide dans son esprit et se mit en devoir d'exécuter sa sinistre tâche. Il remarqua que les poignets de la victime étaient à vif, comme cisaillés, tandis que son dos et ses fesses étaient exempts de toute trace de coups.

Ayant achevé de prendre ses clichés, il éprouva le violent désir de fumer une cigarette. Il lui restait cependant encore du travail. Il mit donc l'appareil photo de côté pour se saisir de la bombe de peinture qu'il était allé récupérer dans la réserve du poste. Accroupi, la tête en bas, il appuya sur le bouton-poussoir qui ne laissa d'abord échapper que quelques crachotements. Lâchant un juron, il secoua rudement la bombe. Les billes d'acier tintèrent contre les parois du contenant.

Voilà un bruit qu'il avait toujours aimé, se dit-il soudain. Pour la compétence qui y était attachée, l'efficacité qu'il suggérait — quoique, désormais, il n'était pas près de vouloir le réentendre de sitôt. Il dirigea de nouveau la bombe vers le sol et pressa le bouton.

Il s'aperçut alors, avec une jubilation mauvaise, qu'il avait récupéré une bombe de peinture jaune poussin. Eh bien, se dit-il, cet enfant de salaud aurait sa silhouette découpée dans une jolie couleur de fête.

Il commença par les pieds, s'efforçant de ne pas frémir devant la terrible fragilité de l'être que lui évoquait la vision de ces orteils meurtris et rompus.

« Tu as eu ce pied dans les fesses plus de fois que tu ne peux en compter », se sermonna-t-il. Sa main n'en trembla pas moins légèrement tandis qu'il poursuivait le détourage de la jambe gauche.

— On t'a cassé tes putains de genoux, hein ? murmura-t-il. J'ai toujours souhaité que tu aies une sale mort. On dirait bien que j'ai été exaucé…

Serrant les dents, il se remit à l'œuvre. Ce ne fut que lorsqu'il se redressa qu'il prit conscience de la douleur dans ses mâchoires. Avec des gestes d'une lenteur délibérée, il remit le capuchon sur la bombe, posa cette dernière sur le sol et sortit une cigarette de son paquet.

Il se souvint encore de la dernière fois où il était resté ainsi à contempler un mort. C'était alors quelqu'un qui lui était cher, avec qui il avait ri, dont il s'était senti responsable. Quelqu'un qu'il avait pleuré.

Cam ferma les yeux l'espace d'un instant : derrière ses paupières closes, le passé lui revenait toujours avec des couleurs trop nettes — le corps de Jake étendu sur le palier crasseux, le sang jaillissant de ses blessures avec une force telle que tous deux savaient qu'il n'y avait plus rien à faire, non, plus rien à tenter en ce satané monde.

« C'était ma faute, se dit-il tandis que la sueur lui baignait le bas du dos. Ma faute. »

— Shérif… Shérif.

Bud le secouait aux épaules depuis quelques secondes quand Cam tourna brusquement vers lui ses regards.

— Le coroner est arrivé.

Cam hocha la tête, puis ramassa la bombe de peinture et l'appareil photo pour les tendre à son suppléant. Derrière celui-ci se dressait le coroner du comté, également médecin légiste, sa sacoche noire à la main. C'était un petit homme svelte à la peau très pâle. Ses yeux, d'un curieux type oriental, étaient sombres, légèrement obliques et frangés de cils fournis. Sa chevelure poivre et sel, peignée avec soin, présentait une raie impeccable. Sous son complet beige de coupe stricte, il arborait un nœud papillon quelque peu prétentieux. Il avait la cinquantaine, le verbe rare, les manières réservées, et se sentait plus à l'aise avec les cadavres qu'avec les vivants.

— Docteur Loomis. Vous en avez mis du temps.

— Shérif, lui dit Loomis en lui tendant une main fine et blanche. Apparemment, vous avez des problèmes.

— Apparemment, oui, répondit Cam, tenaillé par le besoin ridicule de se gausser de cette litote. Des gamins l'ont trouvé il y a une heure environ. J'ai déjà pris des photos et détouré le corps, vous pouvez donc travailler sans crainte.

— Excellent, déclara Loomis en baissant les yeux sur le cadavre.

158

Sa seule réaction devant le corps fut une moue dubitative. Puis, avec des gestes professionnels, il ouvrit sa sacoche pour en sortir une paire de fins gants chirurgicaux.

— Vous n'allez tout de même pas…, s'écria Bud qui reculait déjà, faire l'autopsie, là… comme ça, tout de suite ?

— Ne vous inquiétez pas, lui répondit Loomis en laissant échapper un gloussement aux inflexions étonnamment chantantes. Il faut savoir garder une poire pour la soif !

Cam reprit l'appareil photo des mains de son suppléant. Ils pourraient en avoir besoin, se dit-il.

— Retourne sur la route, Bud. Assure-toi que personne ne s'arrête pour venir jouer les badauds.

— Oui… Oui, monsieur.

Soulagé, Bud regrimpa la pente.

— Votre suppléant est plutôt du genre nerveux.

— Il est jeune. C'est son premier homicide.

— Bien sûr, bien sûr, lança Loomis avant de refaire la moue. Mais dites-moi, cette peinture est encore un peu trop… brillante, non ?

— Désolé. Je n'avais rien d'autre sous la main.

— Peu importe. Je n'y toucherai pas.

Loomis sortit un Dictaphone qu'il cala avec un soin maniaque sur un rocher. Il parlait d'une voix forte, lente et mesurée, tout en examinant le corps.

— Il faut qu'on le retourne, reprit-il bientôt sur le ton du simple constat.

Cam reposa l'appareil photo sans mot dire pour l'aider à soulever le cadavre et à le renverser sur le dos. Sous son étreinte, le corps roué de coups avait la consistance d'un sac rempli d'ordures. Cam étouffa un juron en entendant un frottement d'os brisés.

Si le spectacle du cadavre de Biff était déjà suffisamment moche comme ça, c'était encore pire maintenant que ses yeux éteints étaient fixés sur lui. Contrairement au dos, le devant du corps était un chaos cauchemardesque d'hématomes et de fractures. La large poitrine de Biff avait été défoncée, et sa virilité, dont il était jadis si fier, n'était plus qu'un moignon d'aspect gélatineux.

Il avait vu juste au sujet des genoux, songea-t-il avant de se retourner pour reprendre son souffle et récupérer l'appareil photo. Il fit quelques clichés supplémentaires, tandis que le coroner récitait son absurde litanie de termes techniques.

Ils relevèrent tous deux la tête en entendant la sirène de l'ambulance.

— La sirène n'était pas indispensable, dit Loomis qui faillit en claquer la langue d'irritation. Nous allons emporter le corps à la morgue pour un examen approfondi, shérif. Je crois qu'il n'est pas téméraire d'avancer que cet homme a pâti d'une bastonnade sévère et prolongée. La mort a probablement été causée par un vigoureux coup à la tête. Etant donné le degré de rigidité du cadavre, nous pouvons soutenir qu'il est mort il y a dix ou quinze heures de cela. Je serai certainement à même de vous fournir de plus amples détails après l'autopsie.

— Et pourriez-vous évaluer le temps qu'il vous faudra avant de me rappeler ?

— Quarante-huit heures, peut-être un peu plus. Aurons-nous besoin des empreintes dentaires ?

— Pardon ?

— Des empreintes dentaires, répéta Loomis en retirant ses gants avec un claquement sec pour les jeter dans son sac. Le corps est nu et sans papiers. Par conséquent : aurez-vous besoin des empreintes dentaires ?

— Non, je sais qui c'est.

— Bien.

Le coroner reporta son regard sur ses assistants ; ceux-ci venaient d'apparaître en haut de la pente avec un sac de plastique épais et une civière. Avant qu'il n'ait pu ajouter un mot, on entendit crisser les pneus d'une voiture qui s'arrêtait sur la route. Cam n'y prit pas garde, comptant sur Bud pour éloigner les éventuels badauds. Puis il reconnut la voix ; une voix qui s'enfla soudain sous le coup de la panique.

— Comment ça, Cam est en bas ? demandait-elle.

Clare sentit ses jambes se dérober sous elle. Puis elle aperçut l'ambulance, et son visage devint littéralement livide.

— Oh, Seigneur, oh, mon Dieu, que s'est-il passé ?

Elle s'élança en avant. Bud l'agrippa aussitôt par le bras pour lui barrer le chemin.

— Vous ne pouvez pas descendre, Clare. Vous ne le *voulez* pas, croyez-moi.

— Non !

Clare sentit son esprit déchiré par d'horribles et impitoyables visions. Elle revit son père, étendu sur les pierres du patio… Et puis Cam, maintenant.

— Non, pas lui, pas encore ! Je veux le voir. Allez au diable ! Je veux le voir tout de suite.

Elle se dégagea brutalement de l'étreinte de Bud et se lança dans une glissade aveugle le long de la pente, pour se retrouver bientôt dans les bras de Cam.

— Mais qu'est-ce qui te prend, bon sang ?

— C'est toi ?

Elle tendit une main tremblante à son visage et se mit à le tâter avec des gestes éperdus. Il y avait là des meurtrissures, d'anciennes meurtrissures, mais enfin il était debout devant elle. Bien vivant.

— Je croyais… Ça va ? Tu vas bien ?

— Impec'. Remonte sur la route en vitesse.

Il la prit par les épaules pour la détourner du spectacle du cadavre gisant en contrebas.

— Je croyais t'avoir dit d'éloigner les curieux, lança-t-il à Bud sur un ton cassant.

— Ce n'est pas sa faute, répliqua Clare.

Elle se passa la main sur la bouche pour essayer de recouvrer son calme.

— Je lui ai échappé.

— Bon, eh bien, maintenant tu vas me faire le plaisir de déguerpir. Reprends ta voiture et retourne chez toi.

— Mais je…

Il la fusilla d'un regard dur et étincelant.

— Cela ne te regarde pas. Et je n'ai pas le temps de te conter fleurette.

— Très bien, dit-elle en s'éloignant à grandes enjambées.

Cependant, la poussée d'adrénaline qui l'avait galvanisée s'évanouit d'un coup. Elle dut s'adosser contre le capot de sa voiture pour ne pas défaillir.

— Bon sang, Clare, je t'ai dit que je n'avais pas de temps pour ça.

Cam ne songeait qu'à la faire partir d'ici, et le plus loin possible, avant que le corps ne soit remonté. Il traversa la route pour la prendre dans ses bras et la pousser jusqu'à la portière de sa voiture.

— Va au diable, s'écria-t-elle en le repoussant rudement, furieuse de se sentir au bord des larmes.

— Hé !

Il lui saisit la tête et remarqua, intrigué, ses yeux luisants de larmes.

— Qu'est-ce que ça veut dire, tout ça ?

— Je croyais que c'était toi.

Lui écartant les mains, elle se mit à farfouiller dans la serrure de sa voiture.

— Je ne sais pas pourquoi, mais t'imaginer étendu en bas, blessé, sinon mort, m'a bouleversée. Absurde, non ?

Les mâchoires contractées, Cam laissa échapper un frémissant soupir.

— Je suis désolé.

Il se saisit de la portière que Clare venait d'ouvrir et la referma à la volée.

— Bon sang, Clare, je suis sincèrement désolé.

Il la prit alors vraiment dans ses bras, ignorant les efforts qu'elle déployait pour lui échapper.

— Laisse-moi le temps de me remettre, la Gazelle. J'ai eu une rude journée.

Comme Clare se calmait un peu, il appliqua un baiser sur ses cheveux, se grisant de leur odeur si fraîche, de leur parfum qui lui semblait si propre après les remugles fétides de la mort.

— Je suis désolé, répéta-t-il.

Elle haussa les épaules dans un mouvement impulsif de mauvaise humeur.

— Laisse tomber.

— Tu étais inquiète pour moi.

— Ce n'était qu'un bref moment d'égarement. C'est passé.

Elle l'entoura de ses bras pour le serrer un instant contre son cœur. Elle repenserait à sa réaction plus tard, se promit-elle. Pour l'instant, elle était rassurée.

— Qu'est-ce qui est arrivé ?

— Pas maintenant, lui répondit-il, tandis que les assistants du coroner remontaient déjà la pente en ahanant avec leur encombrant fardeau. Rentre chez toi, Clare.

162

— Je n'avais pas l'intention de m'ingérer dans ton travail, dit-elle, la main sur la poignée de la portière.

S'étant retournée vers Bud pour lui lancer quelques mots d'excuse, elle remarqua le gros sac de plastique noir.

— Qui est-ce ? murmura-t-elle.

— Biff.

Elle se retourna lentement vers Cam.

— Qu'est-ce qui s'est passé ?

Toute colère avait disparu du regard de Cam, qui la contemplait à présent avec des yeux ternes et distants.

— Nous ne l'avons pas encore déterminé avec précision.

— Je ne sais vraiment pas quoi te dire, murmura-t-elle en lui prenant la main. Que vas-tu faire maintenant ?

— Maintenant ?

Il se passa une main sur le visage.

— Eh bien, maintenant, je vais aller à la ferme pour dire à ma mère qu'il est mort.

— Je vais avec toi.

— Non, je ne veux pas…

— Que tu le veuilles ou non, ta mère pourrait avoir besoin de la présence d'une autre femme.

Clare se rappelait comment sa propre mère était jadis revenue d'une soirée débridée entre amis, pour trouver une ambulance garée devant chez elle, une foule rassemblée sur sa pelouse et son mari dans un sac de la morgue.

— Je sais ce que c'est, Cam.

Et, sans attendre son accord, elle se glissa dans sa voiture.

— Je te suis, dit-elle.

9.

La ferme où Cam avait grandi n'avait guère changé en trente ans. D'une certaine manière, elle gardait encore un peu de ce charme qui la caractérisait du vivant de son père. Il y avait toujours des vaches tachetées qui broutaient sur le terrain en pente derrière l'étable, au-delà de la laiterie, et des Rhode Island reds en train de picorer le grain et de caqueter derrière le grillage du poulailler, tandis qu'au loin un pré d'herbes hautes et flexibles ondoyait sous la légère brise de printemps.

La maison était un bâtiment disparate de deux étages avec une large véranda et des fenêtres étroites. Sa peinture s'écaillait en lambeaux crasseux, plusieurs de ses carreaux étaient fêlés et des bardeaux manquaient par endroits sur le toit. De son vivant, Biff répugnait à faire des dépenses qui ne lui rapportaient aucun bénéfice, sauf quand il s'agissait de se payer une bière ou les services d'une putain.

Quelques jonquilles fanées émaillaient les bas-côtés du chemin boueux et défoncé. Cam se souvenait pourtant d'avoir donné à sa mère de quoi s'acheter quelques pelletées de gravier deux mois auparavant. Il supposait que, après avoir encaissé le chèque, elle avait remis l'argent entre les mains de Biff.

Il savait que le potager à l'arrière de la maison serait planté et méticuleusement ensemencé. Cependant, nulle fleur n'était visible dans les parterres qui, jadis, requéraient toute l'attention de sa mère. L'endroit était au contraire submergé sous le chiendent et les vrilles de plantes grimpantes.

Il se rappelait certain jour de son enfance, fort semblable à celui-ci, où il s'était assis à côté d'elle pour la regarder tourner la terre et y planter une corbeille de pensées. Il n'avait que cinq ou six ans alors, et sa mère chantait.

Depuis combien de temps ne l'avait-il plus entendue chanter ?

Il gara sa voiture au bout du chemin, entre le break Buick délabré de sa mère et la camionnette rouillée. On ne voyait nulle part la Caddie flambant neuve de Biff. Il attendit en silence que Clare le rejoigne. Celle-ci posa une main sur son bras pour le réconforter d'une brève étreinte avant qu'ils ne gravissent ensemble les marches branlantes de la véranda.

Cam frappa à la porte, ce qui étonna la jeune femme. Elle ne pouvait s'imaginer en train de frapper à la porte de la maison où elle aurait grandi, et où sa mère vivrait encore. Elle se demanda un instant si elle se sentirait elle-même obligée de se faire annoncer dans la demeure où sa mère et Jerry s'installeraient après leur voyage en Europe. Mais comme cette idée lui était plutôt pénible, elle la chassa aussitôt de son esprit.

Jane Stokey vint leur ouvrir. Tout en essuyant sa main moite sur son tablier, elle les regardait en clignant des yeux devant la rude lumière du soleil. En dix ans, sa taille s'était épaissie. Cam supposait qu'on pouvait lui trouver une silhouette de matrone. Ses cheveux, jadis d'un blond insolent, qu'elle faisait permanenter deux fois l'an chez Betty en prenant l'argent sur le revenu de la ponte, avaient pris une teinte terne. Elle les portait désormais retenus en arrière par deux énormes pinces.

Elle avait été jolie à une époque. Cam se rappelait encore la tendresse ombrageuse, presque amoureuse, qu'il lui vouait dans son enfance. Tout le monde disait alors qu'elle était la plus jolie fille du comté. Elle avait même été élue reine de beauté l'année précédant son mariage avec Mike Rafferty. Il y avait encore une photo d'elle, dans un coin, où on la voyait en toilette blanche à ruchés, la poitrine barrée par l'écharpe de la gagnante, son jeune visage rayonnant de triomphe, de plaisir et d'espérance.

Elle ne portait aujourd'hui aucun maquillage. Biff l'avait avertie qu'il ne tolérerait pas que sa femme ait le visage peinturluré comme une putain. Il y avait des cernes sous ses yeux, jadis d'un bleu étincelant et rieur ; et autour de sa bouche, que tous les garçons d'Emmitsboro avaient rêvé d'embrasser trente-cinq ans auparavant, de profondes rides s'étaient creusées.

— Maman.

— Cameron.

Saisie par une crainte instinctive, elle eut le visage agité par un tic qui ne s'atténua que lorsqu'elle se souvint que Biff n'était pas à la maison. Puis, apercevant Clare, elle leva une main à sa coiffure — expression universelle de la gêne féminine.

— Je ne m'attendais pas à ta visite, ni que tu m'amènes de la compagnie.

— Je te présente Clare Kimball.

— Oui, je connais mademoiselle, reprit-elle, essayant de recouvrer ses bonnes manières et son sourire. Je me souviens de vous. Vous êtes la fille de Jack et Rosemary. J'ai vu votre photo dans les magazines. Entrez donc, je vous prie.

— Merci.

Ils pénétrèrent dans le salon. Au milieu des meubles dévernis surmontés de napperons amidonnés, trônait une dispendieuse télé grand écran : Biff aimait se prélasser, canette en main, devant les séries policières et les retransmissions sportives.

— Asseyez-vous, dit Jane en se remettant à essuyer convulsivement ses mains sur son tablier. Je peux vous faire un peu de thé glacé, si vous voulez.

— Non merci, maman.

Cam se saisit des mains désœuvrées de sa mère pour l'entraîner jusqu'au canapé. La pièce gardait encore l'odeur de Biff, songea-t-il. Cette pensée lui fit serrer les dents.

— Comme vous voudrez, répondit Jane.

Elle lança un sourire contraint à Clare tandis que celle-ci prenait possession d'une chaise à l'autre bout de la pièce.

— Il fait chaud aujourd'hui, reprit-elle. Humide aussi. Après toute cette pluie…

— Maman.

Cam lui tenait toujours les mains ; il les pressa gentiment.

— Il faut que je te parle.

— Qu'est-ce qui ne va pas ? s'enquit-elle en se mordant la lèvre. Ah, je vois. Tu t'es encore battu avec Biff. Tu as tort, Cam. Oui, tu as tort de te battre avec lui. Tu devrais plutôt lui montrer du respect.

— Je ne me suis pas battu avec Biff, maman.

Il n'y avait pas de manière douce pour lui apprendre la nouvelle, se dit-il. Pas de manière facile non plus.

— Il est mort. On l'a retrouvé ce matin.

— Mort ?

Jane répéta le mot comme s'il lui était inconnu.

— Mort ?

— C'est arrivé la nuit dernière, reprit Cam tout en cherchant désespérément des paroles de sympathie qui ne lui arracheraient pas la bouche. Je suis désolé d'avoir à te l'apprendre.

Lentement, comme une marionnette actionnée par des fils, elle lui retira ses doigts pour les porter à sa bouche.

— Tu... tu l'as tué. Oh, Seigneur Dieu. Tu as toujours dit que tu le ferais.

— Maman...

Comme Cam tendait la main vers elle, Jane s'écarta brusquement. Puis elle se mit à balancer le buste d'avant en arrière.

— Je ne l'ai pas tué, dit Cam d'une voix atone.

— Tu le détestais, rétorqua Jane en se balançant de plus en plus vite, ses yeux décolorés rivés sur ceux de son fils. Tu l'as toujours détesté. Il était dur avec toi, oui, mais c'était pour ton bien. Pour ton bien, tu entends ?

Elle parlait, tout en se tordant les mains, dans un débit précipité, ses mots se chevauchant l'un l'autre.

— Ton papa et moi, on t'a gâté pourri. Biff le voyait bien. Il a pris soin de nous. Tu le sais qu'il a pris soin de nous.

— Madame Stokey, intervint Clare en venant s'asseoir sur le canapé pour prendre la mère de Cam dans ses bras, Cam est ici pour vous aider. Nous sommes tous deux ici pour ça.

Elle caressa les cheveux de Jane en lui chuchotant des paroles de consolation. Cam s'était levé pour aller jusqu'à la fenêtre.

— Je vais appeler le Dr Crampton, dit-il.

— Bonne idée. Et si tu nous faisais aussi un peu de thé ?

— Il détestait Biff, répéta Jane en sanglotant contre l'épaule de Clare. Il le détestait, alors qu'il avait pris soin de nous. Qu'est-ce que je pouvais faire après la mort de Mike ? Je ne pouvais pas m'occuper de la ferme toute seule. Ni élever mon enfant. J'avais besoin de quelqu'un.

— Je sais, je sais.

Clare continuait de bercer Jane sans quitter Cam des yeux. Lorsqu'il sortit, elle sentit que son cœur le suivait.

— C'était pas un mauvais gars, poursuivait Jane. Je sais bien ce que disaient les gens. Je sais bien ce qu'ils pensaient, mais c'était pas un mauvais gars. Peut-être qu'il aimait un peu trop la boisson, mais les hommes en ont bien le droit.

Non, songea Clare, nul n'avait le droit d'être un ivrogne. Mais elle n'en continua pas moins de bercer Jane, de la consoler.

— Il est mort. Comment est-ce possible ? Il n'était pas malade.

— C'était un accident, dit Clare, qui espérait vivement ne pas se tromper. Cam vous l'expliquera lui-même. Madame Stokey, voulez-vous que j'appelle quelqu'un pour vous ?

— Non, répondit-elle en fixant le mur de ses yeux luisants et gonflés de larmes. Je n'ai personne à appeler. Je n'ai plus personne.

— Le médecin va arriver, déclara Cam en posant tasses et soucoupes sur la table basse du salon.

Son visage comme ses yeux étaient parfaitement dénués d'expression.

— J'ai besoin de te poser quelques questions.

— Cam, je ne crois pas que...

— Je n'ai pas le choix, l'interrompit-il.

A défaut d'être un fils pour sa mère, pensa-t-il, autant assumer son rôle de flic.

— Sais-tu où Biff est allé la nuit dernière ?

— Il est sorti, répondit Jane en farfouillant dans la poche de son tablier à la recherche d'un mouchoir. Il est descendu à Frederick, je crois. Il avait travaillé dur toute la journée ; il avait besoin de se détendre.

— Où ça dans Frederick ?

— Chez les anciens du Viêt-nam, je crois.

Une pensée soudaine lui traversa l'esprit. Elle se mordit de nouveau la lèvre.

— Est-ce qu'il a eu un accident de voiture ?

— Non.

Clare fusilla Cam du regard, exaspérée par cet interrogatoire dans les règles.

— Buvez un peu de thé, madame Stokey. Ça vous fera du bien.

Elle approcha la tasse des lèvres de Jane.

— A quelle heure est-il sorti hier soir ?

— Vers 9 heures, je crois.

— Est-ce qu'il était avec quelqu'un ? Avait-il rendez-vous ?

— Non, il était seul. Je ne sais pas s'il allait voir quelqu'un.

— Il a pris la Caddie ?

— Oui, il l'a prise. Il adorait sa voiture.

Elle se couvrit le visage de son tablier et se remit à se balancer en sanglotant.

— Je t'en prie, Cam, intervint Clare en passant un bras autour des épaules de Jane.

Elle savait ce que c'était d'être ainsi questionnée, d'être obligée de faire fonctionner son esprit après la mort violente d'un être cher.

— La suite ne pourrait pas attendre ?

Cam doutait que sa mère pût lui communiquer le moindre renseignement utile. Aussi, haussant les épaules, revint-il se poster à la croisée. Les poules picoraient toujours de-ci de-là ; le soleil éclatait sur les prés.

— Je vais rester avec elle jusqu'à l'arrivée du médecin…

Clare fit une pause, attendant que Cam se retourne vers elle.

— Si tu n'y vois pas d'inconvénient. Je crois savoir que tu as des choses à… régler.

Il hocha la tête puis s'approcha de sa mère. Mais il comprit soudain qu'il n'avait plus rien à lui dire, et qu'elle-même ne pourrait plus rien écouter. Alors il fit volte-face, et quitta la maison.

Quand elle repassa devant le bureau du shérif, trois heures après, Clare était morte de soif. Dès son arrivée, le Dr Crampton avait réussi à consoler la veuve en larmes avec son habileté coutumière. Une fois qu'il lui avait eu administré un sédatif, il était convenu avec Clare que Jane ne pouvait rester seule. Aussi la jeune femme s'était-elle assise dans le salon après son départ et, tant bien que mal, l'après-midi avait fini par s'écouler.

Clare avait fait une croix sur la télévision et la radio, craignant de déranger le repos de Jane Stokey. N'apercevant aucun livre, elle s'était mise à faire les cent pas dans la pièce, jusqu'à ce qu'une vague inquiétude, mêlée à un sentiment de désœuvrement, la pousse vers la chambre de Jane à l'étage.

Celle-ci dormait profondément. Son visage ravagé de larmes était comme amolli sous l'effet du tranquillisant. Clare la laissa donc seule pour reprendre ses déambulations dans la maison.

Tout y était impeccablement propre. Clare imaginait Jane en train de passer le plumeau et la brosse jour après jour, allant de pièce en pièce pour en déloger la poussière. Déprimant… Arrivée devant la tanière de Biff, elle hésita un instant avant d'y pénétrer.

Allons, se dit-elle, la mort n'était-elle pas désormais son affaire ? Elle franchit le seuil de la chambre.

Visiblement, Jane n'était pas autorisée à brandir chiffon et balai dans cette pièce. Des toiles d'araignées s'étiraient entre les andouillers d'une tête de cerf accrochée au mur. Un écureuil aux yeux de verre grimpait à un rondin. Un faisan aux ailes iridescentes et poussiéreuses était figé en plein vol au-dessus de son socle. Sur un râtelier s'alignaient carabines et fusils de chasse. Pas un grain de poussière sur les armes, constata Clare avec une grimace de dégoût.

Une causeuse en cuir était installée dans un coin, à côté d'une table où gisaient trois canettes de Bud et un cendrier débordant de mégots. Dans une vitrine était serrée une collection de couteaux rutilants — un couteau à daim, un Bowie, un autre encore avec une lame courbe et ébréchée. Et puis, curieusement, une magnifique dague ancienne à la poignée couverte d'émaux.

Il y avait aussi une pile de magazines pornographiques sur le plancher. Le genre anatomique. Pas de *Playboy* pour le vieux Biff, se dit Clare.

Elle avisa soudain, non sans étonnement, un rayonnage de livres de poche. Le bonhomme n'avait pourtant rien d'un lecteur. Puis elle comprit, en examinant le dos et la couverture des ouvrages, qu'il ne s'agissait en fait que d'un complément aux magazines susmentionnés. Du porno pur et dur, des histoires de meurtres sordides, avec çà et là quelques romans d'aventures aux sujets plus récréatifs. Clare se dit qu'elle pourrait bien tuer une heure avec les *Mercenaires de l'enfer*. Ayant fait glisser le livre de l'étagère, elle remarqua un ouvrage dissimulé derrière.

La *Bible satanique*. C'était le bouquet, songea-t-elle. Dans le genre « bon gars », Biff Stokey s'était vraiment distingué.

Elle remit les deux opuscules sur l'étagère avant de s'essuyer les doigts sur son jean. Ce fut avec un profond soulagement qu'elle entendit quelqu'un frapper à la porte d'entrée. Mme Finch et Mme Negley venaient prendre la relève.

Assise dans sa voiture devant le bureau de Cam, Clare se demandait maintenant ce qu'elle allait pouvoir lui dire.

Comme il n'apparaissait pas, elle descendit de sa voiture, espérant que le moment présent était bien de ceux où la spontanéité était encore la meilleure tactique.

Elle trouva Cam derrière son bureau en train de marteler avec deux doigts les touches de sa machine à écrire. A côté de lui gisaient un cendrier où fumait une cigarette, ainsi qu'un pot de faïence fêlé qui paraissait contenir du café.

A la tension qui lui raidissait les épaules, Clare comprit à quel point il était nerveux. S'ils ne s'étaient pas embrassés peu avant sous la véranda, elle serait volontiers allée lui masser les épaules. Mais un baiser, surtout de ce genre-là, changeait bien des choses — même si Clare n'arrivait toujours pas à savoir si elle devait s'en réjouir ou non.

Elle alla poser une fesse sur le bureau pour se saisir de la cigarette à demi consumée.

— Salut.

Les doigts de Cam se figèrent un instant au-dessus des touches puis se remirent à frapper.

— Salut, dit-il enfin en s'arrêtant pour de bon.

Il fit tourner sa chaise pivotante pour lui faire face. Clare arborait un teint frais et avenant. Rien n'aurait su lui faire plus de bien en cet instant. Une compassion inquiète altérait néanmoins le regard de la jeune femme.

— Je suis désolé de t'avoir mis ça sur les bras.

— Tu n'y es pour rien, répliqua-t-elle en prenant une gorgée de café.

Le breuvage était d'une froideur sépulcrale.

— Je m'y suis fourrée toute seule.

— Comment va-t-elle ?

— Le médecin lui a donné un calmant. Elle se repose. Mme Finch et Mme Negley sont venues lui tenir compagnie.

— Parfait, déclara-t-il en se passant une main sur la nuque.

Clare écrasa sa cigarette pour aller lui masser les épaules.

Avec un soupir de satisfaction, Cam reposa sa tête contre le torse de la jeune femme.

— Tu es la providence du genre masculin, la Gazelle.

— Bah, vous dites tous ça.

Clare jeta un œil sur le papier coincé dans la machine à écrire. C'était un rapport de police au style sec et froid. Le descriptif du corps lui fit froid dans le dos. Sentant ses doigts se raidir sur sa nuque, Cam la dévisagea par-dessus son épaule, puis, sans un mot, extirpa le rapport de la machine pour le retourner sur son bureau.

— Tu as fait plus que ton devoir, la Gazelle. Pourquoi ne rentres-tu pas chez toi ? Ton chalumeau t'attend.

Elle laissa ses mains retomber le long de son corps.

— Il a été assassiné, murmura-t-elle.

— Nous ne sommes pas encore en mesure de faire une déclaration officielle.

Il se leva, la forçant à reculer d'un pas.

— Et nous ne tenons pas à ce que l'affaire s'ébruite.

— Je n'avais pas l'intention de me précipiter au Martha's pour cancaner au-dessus d'un steak. Seigneur, Cam, si quelqu'un sait combien il est pénible de voir la mort et le scandale livrés en pâture aux commères des quincailleries et des salons de beauté, c'est bien moi.

— Bon, d'accord, admit-il en lui saisissant la main avant qu'elle ne s'emporte complètement. Je suis à côté de mes pompes. Et je ne suis peut-être pas à prendre avec des pincettes. Mais crois-moi, Clare, après ce que tu as fait aujourd'hui, tu es bien la dernière personne sur laquelle j'aurais le droit de me défouler.

— En effet.

Elle lui retira brutalement ses mains. Puis, s'étant un peu calmée :

— Cam, murmura-t-elle, ta mère ne pensait pas vraiment ce qu'elle t'a dit.

— Oh, que si.

Avide de réconfort, il se mit à lui caresser la joue du dos de la main.

— Elle était bouleversée, poursuivit Clare. La douleur l'égarait. Parfois, on dit des choses...

— Ça fait vingt ans qu'elle m'abrutit de reproches, l'interrompit-il. Elle savait que je le détestais, et peut-être bien que je la détestais aussi, parce qu'elle s'était mariée avec lui. J'ai été incapable de l'assurer que sa mort me faisait de la peine parce que je n'en pensais pas un traître mot. Je ne sais même pas si je suis désolé de la manière dont il est mort.

— Tu n'as pas à l'être, dit-elle en serrant la main de Cam contre sa joue. Tu n'as aucun remords à avoir. Tu dois faire ton boulot, c'est tout. Tu vas découvrir qui l'a tué, et ce sera nettement suffisant.

— Je l'espère.

— Ecoute, tu as visiblement besoin d'un peu de repos. Pourquoi ne m'accompagnerais-tu pas à la maison ? Je te préparerais un morceau.

Cam consulta un instant la pendule, avant de reporter les yeux sur le dossier posé sur son bureau.

— Donne-moi dix minutes, dit-il. Je te rejoindrai là-bas.

— Prends-en vingt, lui répondit-elle avec un sourire. Je crois qu'il ne me reste plus que des *cookies* un peu rances.

Trois hommes étaient assis sur un banc dans le parc. Ils regardèrent Clare pénétrer dans le bureau du shérif, puis en ressortir.

— Je n'aime pas cette façon qu'elle a de fouiner dans le coin, lança Less Gladhill avant de porter lentement à sa bouche sa cigarette sans filtre. Dieu sait ce qu'elle est en train de raconter au shérif. Et ce que Jane Stokey lui a dit durant toutes ces heures où elles sont restées seules ensemble.

— Il n'y a pas lieu de s'inquiéter au sujet de Clare, lui répondit son compagnon d'une voix mesurée — la voix de la raison.

Derrière eux, de jeunes enfants se balançaient en poussant des cris perçants.

— Ni au sujet du shérif, reprit-il. Nous avons des soucis autrement plus importants. Et plus urgents.

Il prit une profonde inspiration, le temps d'étudier les deux hommes à ses côtés.

— Ce qui s'est passé l'autre soir aurait pu être évité.

— Peut-être bien que oui, peut-être bien que non.

Le troisième homme n'aimait pas gâcher sa salive. Il gardait un œil vigilant sur le trafic, épiant voitures et piétons. Leur rencontre sur ce banc n'était que trop susceptible d'être rapportée dans toute la ville.

— Ce qui est fait est fait. Tuer un des nôtres ne m'affecte pas outre mesure.

— Il a violé la Loi…, répliqua Less.

— Une rixe dans un bar est un acte stupide mais qui ne mérite pas la mort, l'interrompit l'homme à la voix raisonnable en levant la main. Voilà plus de deux décennies que nous nous réunissons pour accomplir le rituel, fortifier notre entente et servir le Maître. Ce n'est pas pour gaspiller notre sang.

Pour Less, c'était surtout une histoire de sexe. Il se contenta cependant de hausser les épaules.

— Question gaspillage de forces, riposta-t-il, vous n'y avez pourtant pas été de main morte, l'autre nuit.

— La sentence avait été rendue. Je n'ai fait qu'accomplir mon devoir.

Mais il n'y en avait pas moins une part de lui-même qui s'était vautrée dans cette nauséeuse jubilation du meurtre. Regrettable faiblesse, songea-t-il ; il en avait encore honte.

— Le temps approche d'une redistribution des rôles, conclut-il.

Le troisième larron, celui qui ne parlait guère, remua la tête tout en s'écartant suffisamment de lui pour bien marquer sa réticence.

— Je ne me mesurerai pas avec qui tu sais, déclara-t-il enfin. Je te le dis franchement : je ne me mesurerai pas avec lui. Je n'ai pas envie de finir comme Biff.

Une voiture passa en klaxonnant. Il leva la main pour saluer le conducteur.

— Tu fais ce que tu veux avec l'autre, là, poursuivit-il en hochant la tête en direction de Less. Et avec la fille Kimball. Moi, je m'en lave les mains. A mon avis, les choses sont très bien comme elles sont.

Il fit une pause pour déglutir la légère angoisse qui lui obstruait la gorge.

— Bon. Le boulot m'appelle.

Less tapa sur l'épaule de son voisin avec une grimace de connivence.

— Vas-y, mon pote, fais-toi ta place au soleil. Je te soutiens.

L'homme à la voix raisonnable lui rendit son sourire alors qu'ils se séparaient. Vu comment Less était remonté, se dit-il, s'ils joignaient tous deux leurs forces dans la bataille, les portes du pouvoir lui seraient bientôt ouvertes. Et alors, en qualité de nouveau grand prêtre, il aurait droit à toutes les putains.

Clare remontait l'allée de sa maison, après un rapide saut au marché du coin, lorsqu'elle aperçut Ernie assis sur le muret de pierre près du garage. Elle le salua d'une main tout en cherchant de l'autre la manette qui commandait l'ouverture du coffre. Elle actionna par mégarde le levier d'inclinaison du siège, et, après un bref cafouillage, finit par presser le bon bouton.

— Salut, Ernie.

Elle fit le tour de la voiture pour extirper du coffre ses deux sacs de provisions. Ernie sauta au bas du mur pour l'aider.

— Merci.

— Vous avez laissé vos clés à l'intérieur.

— Exact, dit-elle en chassant de ses yeux une mèche de cheveux.

Elle se pencha par la vitre de la portière pour les reprendre et se redressa, le sourire aux lèvres.

— Je les oublie toujours.

Ernie la fit passer devant lui afin de reluquer le balancement de ses hanches.

— Vous m'avez dit que vous vouliez travailler avec de la glaise, déclara-t-il au moment où elle déballait ses provisions.

— Hein ? Hmm, oui. Exact.

Elle lui tendit un paquet d'Oreo qu'elle venait de sortir d'un des sacs. Il déclina son offre avec un geste de la tête.

— Ça fait longtemps que tu m'attends ?

— J'en ai profité pour traîner dans le coin.

— C'est gentil d'être passé, mais je n'ai pas l'esprit à travailler ce soir. Je suis crevée. Tu veux une limonade ?

Dissimulant sa contrariété sous un haussement d'épaules nonchalant, Ernie se saisit de la bouteille ouverte qu'elle lui tendait et la regarda farfouiller dans les sacs à la recherche d'une casserole.

— Je suis pourtant sûre d'en avoir acheté une, bon sang… Ah, la voilà !

Elle exhiba un engin au rebord ébréché — la dernière de ses trouvailles à la brocante — et le posa sur la cuisinière.

— Tu ne travailles pas aujourd'hui ?

— Pas avant 6 heures.

Tout en lui prêtant une oreille distraite, Clare ouvrit une boîte de sauce indienne. Pour elle, c'était la seule façon sensée d'accommoder les spaghettis.

— Entre ton boulot et l'école, ça doit plutôt être dur comme emploi du temps, non ?

— Je me débrouille.

Il se rapprocha d'elle pour plonger le regard dans l'échancrure de son débardeur.

— Les cours s'arrêtent dans quelques semaines.

— Hmm, je vois, dit-elle en baissant le feu sous la casserole. Il y aura bien une fête de fin d'année, non ?

— Très peu pour moi.

— Ah bon ?

Ses cheveux lui tombèrent sur les yeux lorsqu'elle se pencha pour extirper des sacs une seconde casserole pour les pâtes.

— Moi, je me souviens encore de ma fête de fin d'études au lycée. J'y étais allée avec Robert Knight — tu sais, la famille qui s'occupe du marché. Je viens juste de le revoir. Il porte maintenant une calvitie aussi large qu'un plat à tarte.

Elle gloussa tout en remplissant d'eau la casserole.

— Tout ça ne me rajeunit pas, faut dire.

— Mais vous êtes jeune…

Il approcha une main des cheveux de la jeune femme, mais la retira vivement lorsque celle-ci se retourna pour lui sourire.

— Merci, dit-elle.

Clare perçut alors dans son regard une lueur qui l'étonna grandement. Ernie n'avait plus rien du garçon qu'elle avait aperçu en train de se morfondre sur le muret quelques instants auparavant.

— Euh…, commença-t-elle.

Elle cherchait comment se sortir de cette situation sans froisser la susceptibilité du jeune homme, lorsqu'elle s'entendit héler.

— Hé, la Gazelle ?

Cam venait de pénétrer dans la cuisine, tombant pile sur le dernier acte de la saynète. Durant un moment, il ne sut s'il devait s'en amuser ou s'en trouver marri.

— Cam !

Laissant échapper un léger soupir de soulagement, Clare se saisit du paquet de nouilles.

— Juste à temps, dit-elle.

— J'aime être ponctuel lorsqu'on m'offre un repas à l'œil. Salut, Ernie. Ça va ?

— Mouais.

Cam fut aussi surpris par la méchanceté haineuse qui étincela à ce moment dans le regard du garçon que Clare l'avait été l'instant d'avant par la lueur de désir viril qu'elle y avait vue briller. Puis l'impression disparut, et Ernie ne fut plus de nouveau qu'un adolescent taciturne accoutré d'un T-shirt à l'effigie de Slayer et d'un jean déchiré.

— Faut que j'y aille, murmura-t-il en se ruant vers la porte.

— Ernie.

Clare se précipita derrière lui, certaine d'avoir mal interprété ce moment d'égarement.

— Ecoute, dit-elle en lui posant une main amicale sur l'épaule, merci du coup de main. Reviens donc demain, je serai dans un meilleur état pour me mettre à la glaise.

— On verra.

Son regard s'égara en direction de Cam, qui venait de plonger une cuillère dans la sauce bouillante.

— C'est pour lui que vous faites la cuisine ?

— Cuisine, cuisine, c'est un bien grand mot. D'ailleurs, je ferais mieux d'y retourner avant que tout ne soit brûlé. A plus.

Les poings serrés dans ses poches, Ernie s'éloigna au hasard des ruelles. Oui, il s'occuperait de Cameron Rafferty un de ces jours. D'une manière ou d'une autre.

— Désolé pour cette... interruption, lança Cam au moment où Clare revenait dans la cuisine.

— Oh, très drôle, rétorqua-t-elle en déballant une miche de pain italien.

— Drôle ? Ça n'en avait pas l'air. On m'a déjà fusillé du regard auparavant, mais jamais avec une telle… précision.

— Ne sois pas stupide. Ce n'est qu'un gamin.

Elle se mit à fouiller dans un tiroir à la recherche d'un couteau.

— Ce gamin, comme tu dis, n'allait faire de toi qu'une bouchée quand je suis entré ici.

— Mais non.

Elle ne put cependant réprimer un léger frisson. Car c'était bien ce qu'elle avait elle-même ressenti sous le regard affamé, vorace même, du jeune homme. Allons, se dit-elle, elle se faisait des idées.

— Il souffre de solitude, voilà tout. Il n'a aucun ami, personne à qui parler.

— C'est qu'il le veut bien. Il s'est fait une réputation de loup solitaire donnant librant cours à ses instincts de petit carnassier. Il a écopé de deux citations pour excès de vitesse ce mois-ci, et Bud l'a surpris plus d'une fois en train de s'envoyer en l'air avec des filles dans la cabine de sa camionnette.

— Vraiment ? s'exclama-t-elle en se retournant vers Cam avec le plus grand calme. Je ne sais pas pourquoi, mais cette description me rappelle quelqu'un. Une vieille connaissance, même.

Cam ne put s'empêcher de sourire.

— Je ne me souviens pas d'avoir jamais été disposé à bécoter des femmes plus âgées que moi.

— Oh, voilà une repartie de bon goût, Rafferty.

Un sourire narquois sur les lèvres, elle entreprit de couper de fines tranches de pain.

— Décidément, ajouta-t-elle, tu sais toujours y faire avec les femmes.

— Méfie-toi de lui, c'est tout.

— Il me sert de modèle, pas de gigolo.

— Tant mieux.

Il s'approcha d'elle et la prit aux épaules pour l'obliger à se retourner.

— Car j'aime autant, figure-toi, rester le seul à te bécoter.

— Seigneur, quel romantisme !

— Ah, tu veux de la romance ? Pose-moi ce couteau.

Comme elle se contentait de rire, il lui ôta lui-même l'instrument des mains, puis, doucement, ses yeux rivés sur les siens, il se mit à glisser la main dans ses cheveux. Clare cessa aussitôt de rire.

— Je te veux, chuchota-t-il d'une voix sourde. Je me disais que tu ferais mieux de le savoir tout de suite.

— Je crois que j'ai réussi à m'en rendre compte toute seule.

Malgré ses immenses efforts pour garder un ton détaché, elle ne parvenait à produire qu'un murmure étouffé.

— Ecoute, Cam, j'ai de lourds antécédents et je…

Sa voix mourut lorsque Cam baissa la tête pour faire courir ses lèvres le long de sa gorge. Des frissons brûlants et glacés à la fois lui parcoururent l'échine.

— Je ne veux pas faire une autre erreur…

Cam lui mordilla le lobe de l'oreille. Elle ferma les yeux en gémissant.

— Je suis vraiment nulle pour analyser mes propres sentiments. Mon psy dit… Oh, Jésus.

Le pouce de Cam lui agaçait tendrement les mamelons.

— Voilà qui nous emmène loin, murmura-t-il.

Et il traça avec sa langue un sentier sinueux le long de sa gorge.

— Non, poursuivit Clare, il dit que bavardage et… oh, ironie me servent de bouclier et que je ne me livre que dans le travail. C'est à cause de cela que j'ai foutu en l'air mon mariage et toutes les relations que… Seigneur, sais-tu au moins tout ce que tu soulèves en moi ?

Il savait en tout cas ce qui se soulevait en lui tandis qu'il lui bécotait le visage et enveloppait ses petits seins fermes entre ses mains.

— Dis, tu vas parler pendant encore longtemps ?

— Je crois bien que tout est dit.

Les paumes posées sur sa taille, elle était en train de lui pétrir les hanches.

— A la grâce de Dieu… Embrasse-moi.

— Je croyais que tu ne me le demanderais jamais.

Il referma ses lèvres baladeuses sur les siennes, union brûlante à laquelle il s'était préparé et qu'il désirait avec ardeur. Il laissa son corps absorber le choc avant de se serrer de nouveau contre la jeune femme.

Clare écarta un instant sa bouche avide, avant d'enrouler de nouveau sa langue autour de la sienne. Cam eut un profond grognement de contentement qui vibra jusqu'au tréfonds d'elle-même, lui procurant un plaisir ténébreux et menaçant, des visions d'une lascivité bestiale et sauvage qui lui firent tourner la tête.

Cela faisait longtemps, trop longtemps, se dit-elle, qu'elle n'avait senti les mains d'un homme sur elle, qu'elle n'avait eu à en juguler la débordante impétuosité. Mais ceci était encore pire, bien pire, quelque chose d'une puissance proprement effrayante. Leurs désirs conjugués laissaient présager une foudroyante union. Oui, elle savait que si elle leur donnait libre cours, elle redeviendrait la proie de l'amour.

— Cam…

— Pas maintenant.

Il lui prit le visage entre ses mains, ébranlé lui-même par l'effet que la jeune femme produisait en son corps, en son esprit, en son âme. Il la contemplait, cherchant sur ses traits une raison, une réponse. Puis un juron lui échappa, et il écrasa de nouveau ses lèvres contre les siennes. Quand enfin il comprit à son tour qu'il était en train de basculer, il relâcha son étreinte et reposa un moment son front sur celui de Clare.

— Je crois que nous pouvons nous estimer heureux que ceci ne soit pas arrivé dix ans plus tôt.

— Je le crois aussi, dit-elle en soupirant longuement. Cam, j'ai besoin de réfléchir à tout cela.

Hochant la tête, il fit un pas en arrière.

— Ne compte pas sur moi pour t'encourager à prendre ton temps.

Clare se passa une main dans les cheveux.

— Quand je parlais d'erreur, tout à l'heure, ce n'était pas de la blague. Des erreurs, j'en ai déjà fait beaucoup trop.

— Autant que moi, je suppose, répliqua-t-il en lui repoussant une mèche de cheveux derrière l'oreille. Et celle-ci n'en était pas une. C'est *maintenant* que tu fais une erreur.

— Tu m'as fait perdre le contrôle de moi-même.

— Oui, et c'est d'ailleurs en train de déborder.

Clare se retourna juste à temps pour voir l'eau jaillir de la casserole et se répandre en sifflant sur le brûleur.

— Oh, merde !

Bud fit grimper la voiture de patrouille jusqu'à la carrière et poursuivit sa ronde tout en ingurgitant le contenu d'un paquet de Frito. Il avait beau s'efforcer de ne pas repenser à ce qu'il avait vu dans l'après-midi, sa mémoire, tel le projecteur d'une salle obscure, lui ramenait constamment devant les yeux l'image du corps écharpé de Biff. Il était grandement honteux d'avoir eu un haut-le-cœur devant ce spectacle alors que Cam, lui, en avait fait si peu de cas.

Bud croyait fermement que tout flic digne de ce nom — quand bien même il ne fût que suppléant dans une petite ville — se devait de posséder une volonté d'acier, une intégrité d'acier et un estomac à la hauteur. Or, sur ce troisième point, il venait de faire un bide.

La nouvelle de la mort de Biff avait fait le tour de toute la ville. Alice, toujours aussi séduisante dans sa tenue rose qui fleurait bon le lilas, l'avait arrêté dans la rue pour lui tirer les vers du nez. Il avait réussi à garder devant elle un visage austère, tout en lui rapportant la version officielle des faits, et cela avait puissamment contribué à lui redonner une meilleure image de lui-même.

« Le corps de Biff Stokey a été retrouvé sur la berge de la rivière Gossard, en contrebas de la Gossard Creek Road. La cause de la mort reste encore à déterminer. »

La déclaration avait eu l'air de lui faire grande impression, se disait Bud, ce qui lui avait presque donné la hardiesse d'inviter la jeune femme au cinéma. Mais le temps qu'il s'y décidât, elle était déjà repartie ventre à terre en criant qu'elle risquait d'arriver en retard pour son service.

Ce serait pour la prochaine fois, se promit-il avant d'engouffrer un nouveau Frito. En fait, il s'arrêterait peut-être pour prendre un peu de café et une part de tarte au Martha's en revenant de sa patrouille. Il pourrait alors proposer à Alice de la raccompagner chez elle et, tout en glissant un bras autour de ses épaules, lui signaler, comme si de rien n'était, qu'on jouait le nouveau Stallone au centre commercial.

Plus il y songeait, plus il trouvait cette idée épatante, aussi décida-t-il d'accélérer le rythme de quelques kilomètres à l'heure supplémentaires. Il se mit à dévaler la route de la Carrière en tapant du pied sur le plancher. Ouais, se dit-il, ce serait vraiment chouette de regarder Stallone égorger la racaille en serrant Alice contre lui dans la pénombre du cinéma.

Alors qu'il négociait un virage, un reflet métallique attira son attention. Il ralentit, clignant des yeux sous les rayons obliques du soleil couchant. Ce devait être le pare-chocs d'une automobile, pensa-t-il avec quelque dégoût. Ces satanés gamins n'attendaient même plus la tombée de la nuit.

Il se rangea sur le bas-côté et sortit de la voiture. Rien ne l'embarrassait plus que de devoir se présenter à la vitre d'une portière pour interrompre des ébats amoureux.

La semaine précédente encore, il était tombé sur Merci Gladhill, torse nu. Il avait eu beau détourner les yeux aussi vite qu'il l'avait pu, il s'était tout de même retrouvé dans la situation délicate d'avoir à reluquer la poitrine opulente de la fille aînée de Less Gladhill. Et sa situation serait plus délicate encore, songeait-il, si jamais ce dernier venait à l'apprendre.

Avec un air résigné, il franchit l'accotement pour pénétrer dans les fourrés. Après tout, ce ne serait pas la première fois qu'il surprendrait des gamins réfugiés dans une voiture derrière les buissons pour y jouer la romance de la banquette arrière. Cependant, aucun jusqu'à présent ne s'était servi pour cela d'une Cadillac. Secouant la tête, Bud fit un autre pas. Un frisson le saisit.

Ce n'était pas n'importe quelle Caddie, mais la voiture de Biff Stokey. Personne en ville n'aurait manqué de reconnaître cette carrosserie d'un noir rutilant et ces housses rouge sang. Bud s'approcha plus encore, faisant craquer ramilles et broussailles sous ses pieds.

Tout l'avant de la voiture se trouvait engagé dans un buisson de mûres sauvages dont les épines avaient laissé de méchantes éraflures sur la peinture noire lustrée.

Biff en crèverait de rage, songea-t-il un instant. Puis il haussa les épaules en se souvenant de ce qui était arrivé au bonhomme.

S'efforçant de refouler cette pensée au fin fond de son esprit, il passa quelque temps à extirper en jurant les épines qui s'étaient fichées dans les jambes de son pantalon. Il allait enfin ouvrir la portière, lorsqu'il se rappela, juste à temps, qu'il lui fallait se munir d'un mouchoir avant de procéder à l'opération.

La chaîne stéréo au grand complet, C.D. inclus, qui faisait l'orgueil de Biff, avait disparu. Démontée avec soin et précision, nota Bud. La boîte à gants béait,

vidée de son contenu. Presque tout le monde savait que Biff y serrait un 45 mm.
Les clés de la Caddie étaient rangées sous le siège. Il se retint d'y toucher.

Il referma la portière, sacrément fier de lui. Il ne lui avait fallu que quelques heures après la découverte du cadavre pour tomber sur le premier indice. D'une démarche allègre, il revint à sa voiture pour transmettre la bonne nouvelle par radio.

10.

Clare ne savait pas ce qui l'avait réveillée. Ce n'étaient pas les dernières images d'un rêve ni le contrecoup d'un cauchemar effrayant. Pourtant, elle s'était brusquement redressée de sa couche, tous ses sens aux aguets et les muscles crispés.

Du silence qui l'entourait ne lui parvenait que la pulsation précipitée du sang dans ses artères.

Elle rabattit lentement le haut de sa couverture. En dépit de la chaleur accueillante du sac de couchage, elle avait les jambes glacées. Elle se saisit en tremblant du pantalon de jogging qu'elle avait enlevé avant de se glisser de nouveau à l'intérieur du sac.

Elle s'aperçut alors qu'elle avait les mâchoires horriblement contractées et la tête penchée de côté, comme si elle était en train d'écouter quelque chose. Mais quoi ? se demanda-t-elle. N'avait-elle pas grandi dans cette maison ? Les gémissements et frémissements nocturnes qui s'élevaient entre ces murs ne lui étaient-ils pas devenus assez familiers pour ne pas la perturber au cours de son sommeil ? Cependant, les faits étaient là : elle avait la chair de poule, les muscles tétanisés et l'oreille dressée.

Avec des gestes hésitants, elle rampa jusqu'à la porte pour inspecter les ténèbres du corridor. Il n'y avait personne. Elle aurait dû s'en douter. Elle alluma la lampe et se mit à se frictionner les bras.

Dans la pièce inondée de lumière, elle n'eut que plus cruellement conscience qu'elle s'était réveillée au beau milieu de la nuit, seule.

— Ce qu'il me faut, c'est un bon lit, déclara-t-elle à haute voix pour se rassurer elle-même.

Puis elle pénétra dans le couloir, la main posée sur son cœur, comme pour en calmer les battements affolés.

— Ou plutôt une tasse de thé, ajouta-t-elle aussitôt.

Oui, c'était cela, elle descendrait se préparer un peu de thé, et puis elle irait se pelotonner sur le canapé. Peut-être aurait-elle plus de chances de trouver le sommeil si elle faisait mine de se contenter d'une simple petite sieste.

Elle remettrait un peu de chauffage, aussi. Elle avait oublié de le faire avant de monter se coucher. Or les nuits de printemps étaient fraîches. Pas étonnant qu'elle tremble ainsi de froid. Il lui fallait de la chaleur, la radio et un peu plus de lumière encore : alors seulement elle pourrait s'abîmer dans le sommeil.

Parvenue en haut de l'escalier, elle s'arrêta soudain pour tourner la tête en direction des marches étroites qui menaient jusqu'à la chambre mansardée. Quatorze lattes usées la séparaient de la porte de bois close. Ce n'étaient que quelques pas en somme — mais qui restaient encore à effectuer. Elle avait eu beau essayer, depuis le jour de son arrivée, de se convaincre qu'elle n'y était pas obligée, cette nécessité ne s'en était pas moins inscrite dans son esprit dès son retour dans la maison.

Faux, admit-elle, elle subissait déjà l'attraction de cette porte close bien avant de revenir à Emmitsboro, dans la maison où elle avait passé son enfance.

Avec des gestes raides, tremblants et précautionneux, elle regagna sa chambre pour y prendre les clés. Le trousseau cliqueta dans sa main hésitante lorsqu'elle se retrouva au pied de l'escalier, les yeux rivés sur la porte.

Pendant ce temps, dissimulé dans la pénombre du rez-de-chaussée, Ernie l'observait. Son cœur battait la chamade contre les côtes de sa maigre poitrine. Elle était là pour lui, se dit-il. Pour lui seul. Et quand, après qu'elle eut rebroussé chemin, il la vit revenir pour diriger enfin ses pas vers le grenier, il ne put réprimer un sourire.

Elle le désirait. Oui, elle désirait qu'il la suive jusqu'à cette chambre. La chambre de la mort. La chambre aux ombres chuchotantes. Sa paume laissa une traînée de sueur sur la rampe lorsqu'il se mit à gravir l'escalier.

Clare sentit une douleur aiguë la transpercer, comme si un glaçon s'était fiché au creux de son estomac. Et cette impression s'intensifiait à chaque pas. Elle atteignit finalement la porte, les bronches sifflantes. Tandis qu'elle farfouillait dans le loquet, elle fut contrainte de s'appuyer au mur pour recouvrer son équilibre. La clé grinça en pénétrant dans la serrure.

« Vous devez affronter la réalité, Clare, lui dirait le Dr Janowski. Vous devez l'accepter pour ce qu'elle est et faire face à vos propres sentiments. La vie fait mal, et la mort fait partie de la vie. »

— Va te faire foutre, murmura-t-elle.

Que connaissait-il donc à la souffrance, celui-là ?

Les gonds de métal gémirent lorsque la porte s'ouvrit à la volée. Une bouffée de poussière glacée et d'air vicié s'échappa de l'ouverture. Clare sentit ses yeux lui picoter. Elle aurait voulu, contre tout bon sens, retrouver là un peu de l'odeur de son père. Un soupçon de cet English Leather dont il s'aspergeait chaque matin, quelque trace ténue de ces bonbons à la cerise dont il raffolait. Mais tout avait été effacé par le temps. Il ne restait plus rien que de la poussière. Et c'était bien l'aspect le plus douloureux de cette réalité.

Elle alluma la lumière.

Le centre de la pièce était vide, son plancher recouvert d'un épais voile d'antique grisaille. Clare n'ignorait pas que sa mère s'était débarrassée du mobilier des années auparavant. Et elle avait bien fait. Pour autant, la jeune femme regrettait amèrement de ne pouvoir passer une main sur le plateau éraflé du bureau de son père, ni s'asseoir un instant dans le vieux fauteuil aux ressorts gémissants.

Des cartons étaient alignés le long d'un mur, soigneusement scellés avec du ruban adhésif. Clare se dirigea vers eux, le legs poussiéreux des années passées s'accrochant en moutons cotonneux à ses pieds nus. Elle entama le ruban d'un carton avec sa clé et en souleva le rabat.

Tout son père était là.

Avec un cri de joie douloureux, elle plongea les mains dans l'ouverture et en sortit une chemise de jardinage. Quoique lavée et soigneusement repassée, elle portait encore des traces d'herbe et de terre. Elle revit aussitôt son père devant elle, avec son bleu délavé qui godaillait sur son torse maigre, en train de bichonner ses fleurs en sifflant.

« Regarde-moi un peu ces dauphinelles, Clare. »

Le sourire aux lèvres, il faisait courir ses doigts osseux et couverts de terre sur les fleurs d'un bleu profond, les flattait avec toute la douceur d'un homme dorlotant son nouveau-né.

« Elles vont être encore plus grosses que l'année dernière. Rien de tel que des petits pieds-d'alouette pour donner du chic à un jardin. »

Elle enfouit son visage dans la chemise pour en recueillir les moindres senteurs. Voilà, c'était bien son odeur, elle pouvait la respirer de nouveau comme si elle se trouvait assise juste à côté de lui.

— Pourquoi m'as-tu quittée comme ça ?

Elle se balançait en tenant serrés contre sa peau les parfums de sa présence évanouie, comme s'il lui était possible de s'incorporer ces anciennes traces. Puis la colère la submergea, une colère dont les vagues bouillonnantes vinrent écumer au bord de son chagrin apaisé.

— Tu n'avais pas le droit de me quitter comme ça. J'avais tant besoin de toi. Non, sacré bon sang, c'est *maintenant* que j'ai besoin de toi. Maintenant, papa. Auprès de moi. Oh, papa, pourquoi ?… Pourquoi ?…

Elle se recroquevilla sur le sol pour donner libre cours à ses pleurs.

Ernie l'observait toujours. Le frisson de l'attente et du pouvoir avait naguère ébranlé tout son corps. A présent, une noire volupté le submergeait — et avec elle, inopinée, involontaire, une brûlante marée de honte. Il sentait son visage et son cou s'embraser à l'écoute des âpres et bouleversants sanglots qui emplissaient la petite chambre. Il se retira alors en silence et, traqué par les échos du chagrin, se mit à courir à toutes jambes.

Le Dr Loomis était assis sur la chaise en face du bureau de Cam. A le voir ainsi, les mains sagement posées sur sa mallette, les pieds calés dans ses chaussures vernies et les talons joints, Cam se demandait si, une fois sa mission accomplie, le coroner ne claquerait pas du pied avant de s'en retourner chez lui au pas de gymnastique.

— Lorsque j'ai appris que le défunt était votre père…

— Mon beau-père, le corrigea Cam.

— Oui, reprit Loomis avant de s'éclaircir la gorge. Lorsque j'ai appris qu'il s'agissait de votre beau-père, j'ai jugé préférable de vous apporter mes conclusions en personne.

— Je vous en remercie, lui répondit Cam en continuant d'éplucher le sordide rapport d'autopsie. D'après ce qui est écrit ici, vous confirmez donc l'hypothèse de l'homicide ?

— Le meurtre ne fait aucun doute, approuva Loomis. L'autopsie a corroboré mes premières suppositions. Le défunt a été battu à mort. Après examen des esquilles et des échardes de bois logées dans les chairs, je dirais qu'au moins deux gourdins ont été utilisés. L'un en pin naturel, l'autre enduit d'un vernis industriel de teinte ébène.

— Ce qui veut dire que nous avons affaire à deux meurtriers au moins.

— Probablement. Vous permettez ?

Loomis se saisit des clichés que Cam avait pris sur les lieux. Après avoir soigneusement égalisé les bords du paquet, il se mit à le feuilleter à la manière d'un album de famille.

— Ce coup, vous voyez, à la base du crâne ? C'est la seule blessure visible sur la face postérieure du corps. Vu l'état de l'hématome et la décoloration des chairs, il a été assené juste avant le décès. Un coup suffisant pour provoquer une perte de conscience. Veuillez ensuite remarquer l'état des poignets et des chevilles.

— Quelqu'un l'a frappé par-derrière et l'a étendu avant de le ligoter, commenta Cam en se saisissant de son paquet de cigarettes. Après, il est resté allongé sur le dos jusqu'à la fin.

— Exact.

Loomis en souriait presque de ravissement.

— Étant donné la profondeur de ces entailles, maintenant, et la quantité de fibres qu'elles renferment, l'on peut conclure qu'il s'est débattu violemment.

— Votre opinion serait donc qu'il n'a pas été tué là où nous l'avons retrouvé ?

— Indubitablement.

Cam expira une épaisse bouffée de fumée.

— Nous avons localisé sa voiture, dit-il. La stéréo avait été enlevée, ainsi que son 45 mm et une caisse de bière qui se trouvait dans le coffre. Nous y avons d'ailleurs retrouvé la facture : il s'était acheté cette bière l'après-midi même du meurtre.

Cam fit tomber la cendre de sa cigarette dans le cendrier tout en étudiant les réactions du médecin légiste.

— On a déjà tué pour moins que ça, déclara-t-il enfin.

— C'est un fait.

— A combien d'homicides de cette nature avez-vous affaire dans une année courante ?

Loomis réfléchit un instant.

— Jamais, durant mes huit années de service dans le comté, je n'ai examiné un corps aussi ignominieusement battu.

Cam hocha la tête. Il ne s'était pas attendu à moins.

— Je ne crois pas que Biff ait été tué pour une stéréo et une caisse de Bud.

Loomis tendit ses mains aux doigts crochus.

— Je suis un coroner, shérif, dit-il. Certes, cela fait de moi une sorte d'inspecteur. Je peux vous donner la cause d'un décès, ainsi que l'heure approximative à laquelle il est survenu. Je peux également vous apprendre ce dont la victime s'est régalée à son dernier repas, ou si elle a eu un rapport sexuel avec une femme. Mais le mobile, cela sort de ma compétence.

Hochant la tête, Cam écrasa sa cigarette.

— Je vous remercie de m'avoir transmis vos conclusions en personne. Et de l'avoir fait si vite.

— Je vous en prie, répondit Loomis en se levant. Le corps a été confié au plus proche parent.

Remarquant l'expression du shérif, Loomis ressentit pour lui un soudain élan de sympathie. Il ne lui avait pas fallu longtemps pour être mis au courant des rumeurs.

— Votre mère a requis les services des pompes funèbres Griffith pour l'organisation des funérailles.

— Je vois.

A aucun moment elle ne lui avait demandé son aide, songea Cam, et toutes les propositions qu'il lui avait faites s'étaient heurtées à un refus obstiné de sa part. Ravalant sa contrariété, il tendit la main au coroner.

— Merci, docteur Loomis.

Quand ce dernier fut parti, Cam enferma les rapports et les clichés dans le tiroir de son bureau. Puis il sortit du poste et, après quelques moments de réflexion, décida de ne pas prendre sa voiture. Les pompes funèbres n'étaient qu'à quelques pâtés de maisons de là ; et puis il avait besoin de marcher.

Les gens le saluaient de hochements de tête et de bonjours sonores. Cependant, Cam n'avait pas besoin de tendre l'oreille pour savoir ce qu'ils chuchotaient l'instant d'après derrière son dos : « Biff Stokey a été battu à mort. » Dans une ville de cette taille, il n'était pas possible de garder une telle abomination secrète. Nul n'ignorait non plus que Cameron Rafferty, beau-fils de Stokey et shérif de la ville, avait été le pire ennemi du défunt.

Laissant échapper un rire amer, Cam tourna à l'angle de Main Street et de Sunset. Il était extraordinaire que le policier chargé de l'enquête et le suspect numéro un ne fussent qu'une seule et même personne — d'autant plus que l'alibi dudit suspect reposait sur le témoignage dudit policier. Sachant que la nuit du meurtre il était en train de siroter une bière avec un roman de Koontz à la main, Cam pouvait du moins, sur la foi de son propre témoignage, s'éliminer lui-même de la liste des suspects. Cela étant, il était inévitable que les spéculations aillent bon train par toute la ville.

Il s'était battu aux poings avec Biff, et l'avait ensuite jeté en prison quelques jours à peine avant le meurtre. Tous les clients du bar avaient pu constater la haine qui les dressait l'un contre l'autre. L'histoire avait embrasé le patelin comme une traînée de poudre, se propageant depuis le bois des Dopper jusqu'à Gopher Hole Lane. Elle avait dû être reprise et répétée autour du dîner familial dans chaque foyer. Les amis et parents habitant hors de la ville n'avaient eux-mêmes pas manqué d'en entendre parler au téléphone le dimanche, aux heures de tarif réduit.

A supposer que quelqu'un ait eu la patience d'attendre ce créneau horaire avantageux.

Biff n'avait pas été tué pour une stéréo et quelques bouteilles de bière. Il n'en demeurait pas moins qu'il avait été tué, et avec une hargne délibérée. Pourquoi ? Quelle qu'eût été la haine qu'il vouait au bonhomme, Cam découvrirait un jour le motif de ce meurtre. Et il trouverait le meurtrier.

Une foule s'était massée devant l'antique bâtiment de brique blanche des établissements Griffith. Certains causaient entre eux, d'autres traînaient dans le coin, l'œil aux aguets. Il y avait un tel encombrement de camionnettes et de voitures dans la rue, d'ordinaire paisible, qu'on aurait pu croire à l'arrivée imminente d'un défilé. A un demi-pâté de là, Cam aperçut Mick Morgan en train de se démener pour faire entendre raison à la foule.

— Bon, écoutez, y a rien à voir ici. Tout ce que vous risquez de faire, c'est de déranger m'dame Stokey.

— C'est-y vrai qu'ils l'ont amené par l'arrière, Mick ? demanda un badaud avide de renseignements. J'ai entendu dire qu'il avait été zigouillé par une bande à motos descendue de D.C.

— Des Hell's Angels, renchérit un autre.

— Mais non, s'écria un troisième, c'étaient des camés de l'autre côté du fleuve !

Une controverse aussi brève qu'acharnée s'ensuivit.

— Il s'est soûlé et puis il s'est remis à chercher la bagarre, lança Oscar Roody par-dessus le brouhaha. L'a eu la gueule éclatée aussi sec, voilà tout.

Sorti du salon de beauté Chez Betty, situé tout à côté, un groupe de femmes s'était approché pour donner son avis.

— Le bonhomme a fait de l'existence de cette pauvre Jane un calvaire, s'écria Betty en hochant la tête d'un air entendu, les bras croisés sur son ample poitrine. Tenez, il lui fallait économiser six mois durant avant de venir pour une permanente. Et c'est tout juste s'il l'autorisait encore à se faire faire autre chose qu'un shampooing.

— Ce qu'il faut à Jane, maintenant, c'est le soutien d'une femme, s'exclama à son tour Min, l'épouse du maire.

La tête enserrée dans un casque de bigoudis en plastique rose, elle reluquait la vitrine des pompes funèbres avec des yeux brillants. Si elle pouvait s'y faufiler la première, il lui serait peut-être possible de jeter un coup d'œil au cadavre. Et *ça*, ce serait quelque chose à raconter à la prochaine réunion du Club des dames ! Elle joua des coudes pour se frayer un chemin jusqu'à la porte.

— Non, m'dame Atherton, même vous, vous ne pouvez pas entrer.

— Ecarte-toi de là, Mick, dit-elle en le congédiant du revers de sa main potelée. Eh quoi ! J'étais amie avec Jane Stokey que tu n'étais même pas né.

— Et si vous retourniez terminer votre mise en plis, madame Atherton ? répliqua Cam en venant lui barrer le passage.

A sa vue, les disputes baissèrent d'un ton. Debout, face au soleil, les yeux plissés, Cam passa la foule en revue. Il n'y avait là que des amis : des hommes avec qui il lui arrivait de partager une bière, des femmes qui l'arrêtaient parfois dans la rue pour tailler une bavette. Et voilà que maintenant la plupart détournaient le regard. Sur le trottoir d'en face, nonchalamment adossée contre un tronc d'arbre, Sarah Hewitt le dévisageait en souriant, la cigarette aux lèvres.

Min arrangea les boucles de sa coiffure. Dans la fièvre du moment, elle n'avait pas pris garde à ses cheveux. Mais tant pis, se dit-elle, le mal était fait.

— Ecoutez, Cameron, je me fiche pas mal de mon apparence physique dans de telles circonstances. Je désire seulement offrir mon soutien à votre mère dans cette pénible épreuve.

« Mouais, pensa Cam. Dis plutôt que tu veux lui arracher des confidences pour aller ensuite rapporter son calvaire à la manucure et de là, le communiquer à chaque coin de rue… »

— Comptez sur moi pour lui transmettre vos amitiés, lui répondit-il.

Puis, lentement, il regarda chacun droit dans les yeux. Certains se reculèrent, d'autres fixèrent les traces de coups qu'il avait encore sur les mâchoires et autour des yeux. Des coups que Biff lui avait donnés quelques jours à peine auparavant.

— Je suis certain que ma mère trouvera votre soutien opportun… au moment des funérailles.

Seigneur, se dit-il, il avait vraiment besoin d'une cigarette. Et d'un bon verre aussi.

— Mais pour l'instant, je vous prierai de laisser ce soin aux membres de sa famille.

Les badauds se dispersèrent donc, certains pour rejoindre leur camionnette, d'autres pour aller flâner jusqu'au bureau de poste ou au marché, où il leur serait loisible de commenter l'affaire à l'envi.

— Je suis désolé de cet incident, Cam.

Avec un soupir, Mick Morgan sortit un paquet de chiques Red Indian de sa poche.

— Il n'y a pas de quoi.

— Ils l'ont amené en faisant le tour par l'arrière. Oscar était à l'intérieur, en train de réparer un W.-C. Ça a suffi. Cette vieille peau de bique n'a pas pu se retenir de parler.

Il se fourra un bout de chique entre les lèvres.

— Ils étaient juste curieux de savoir ce qui se passait. Je les aurais renvoyés chez eux au bout de cinq minutes.

— Je sais. Est-ce que ma mère est à l'intérieur ?

— A ce qu'il paraît.

— Fais-moi plaisir, va donc garder un œil sur le poste un instant.

— Ça roule, lança-t-il en calant la chique dans sa bajoue. Euh, j'suis vachement désolé de tout ce tintouin, Cam. Si tu veux prendre un jour ou deux pour rester avec ta mère, Bud et moi on se relaiera.

— Merci, j'apprécie ton offre, répondit Cam. Mais je ne pense pas qu'elle aura besoin de moi.

La mine renfrognée, il se dirigea vers la porte aux délicats heurtoirs de cuivre.

Au premier pas qu'il fit à l'intérieur, il fut immédiatement assailli par les fragrances des glaïeuls et l'odeur du papier d'Arménie. Un silence religieux régnait dans l'entrée drapée de tentures cramoisies. Pourquoi diable les pompes funèbres étaient-elles toutes de cette couleur ? se demanda-t-il. Etait-ce donc la couleur de la consolation ?

Tout, autour de lui, n'était que panne rouge, boiserie sombre, tapis épais et cierges ornementés. Un bouquet de lis et de vigoureux glaïeuls avait été dressé dans un vase à haut col sur un somptueux guéridon. A côté se trouvait un tas de cartes de visite.

AUPRÈS DE VOUS DANS L'ÉPREUVE
Charles W. Griffith & fils
Emmitsboro, Maryland
Maison fondée en 1839

Pas d'affaires sans réclame, se dit-il.

Un escalier recouvert d'un tapis menait à l'étage, jusqu'aux « chapelles ardentes » — expression pompeuse pour une tradition morbide. Pour quelle sinistre raison les gens voulaient-ils se repaître de la vue des cadavres ? Il ne pouvait le comprendre. Mais peut-être lui-même en avait-il eu plus que sa ration.

Il se souvint d'avoir déjà grimpé ces mêmes marches lorsqu'il était enfant, pour aller contempler le visage éteint de son père. Sa mère en pleurs le précédait, pendue au bras massif de Biff Stokey. Le bonhomme avait rappliqué dare-dare, maintenant qu'il y repensait. Mike Rafferty n'avait pas encore rejoint sa dernière demeure que Stokey avait déjà mis le grappin sur sa veuve. Et maintenant la boucle était bouclée.

Les mains enfoncées dans les poches, Cam se mit à déambuler le long du couloir. Les doubles portes du grand salon étaient closes. Il hésita un moment, puis leva la main pour frapper. Quelques instants après, les portes s'ouvraient en silence.

L'air grave, revêtu d'un des cinq costumes noirs qu'il possédait, Charles Griffith se dressa dans l'embrasure. Cela faisait plus de cent cinquante ans que les Griffith étaient croque-morts à Emmitsboro. Et bien qu'à quarante ans Charles soit encore dans la force de l'âge, son fils se préparait déjà à prendre sa succession.

Depuis qu'il était jeune, Charles était aussi à son aise dans la salle d'embaumement que dans son rôle de lanceur vedette sur le terrain de base-ball. Pour les Griffith, la mort était un métier, et un métier rentable : Charles avait les moyens d'emmener chaque année sa famille pour deux semaines de vacances, et d'offrir à sa femme une nouvelle voiture tous les trois ans.

Ils possédaient une coquette maison à la lisière de la ville, avec piscine chauffée — une piscine gagnée à la sueur des morts, disait-on souvent par moquerie.

Dans sa fonction d'entraîneur de la petite équipe d'Emmitsboro, Charles avait le verbe haut, ardent et combatif. Mais en tant que directeur de la seule entreprise de pompes funèbres de la ville, il était grave, laconique et compatissant. Il tendit immédiatement à Cam l'une de ses larges et fortes mains.

— Votre présence nous touche, shérif.

— Est-ce que ma mère est à l'intérieur ?

— Oui, répondit Charles avant de lancer un bref coup d'œil par-dessus son épaule. J'ai eu quelque peine à lui faire admettre que, étant donné les circonstances, un service à couvercle fermé serait préférable.

Cam eut immédiatement devant les yeux le visage ignoblement contusionné de Biff.

— Je lui en parlerai.

— Mais je vous en prie, entrez.

Il invita Cam à pénétrer dans la lumière tamisée de la pièce surchargée de fleurs. De la musique était diffusée en sourdine par des haut-parleurs invisibles. Un air doux et apaisant.

— Nous avons un peu de thé. Je vais vous en chercher une tasse. Je vous laisse un instant.

Cam hocha la tête et se dirigea vers sa mère. Elle était assise sur le bord d'un sofa à haut dossier, une boîte de mouchoirs en papier à portée de la main. Elle avait revêtu une robe noire que Cam ne lui connaissait pas. Sans doute l'avait-elle empruntée, se dit-il, à moins que l'une de ses amies ne la lui ait achetée pour la circonstance. Elle serrait sa tasse de thé si fortement entre ses doigts que leurs jointures en blanchissaient, et ses genoux étaient si étroitement collés que Cam ne doutait pas que la pression des rotules l'une contre l'autre la fasse souffrir. A ses pieds était posée une valise rigide à la poignée cassée.

— Maman.

Il s'assit à côté d'elle et attendit un instant avant de poser une main timide sur son épaule. Elle ne le regarda même pas.

— Tu es venu pour le voir ?

— Non, pour être auprès de toi.

— Ce n'était pas nécessaire, répliqua-t-elle d'une voix atone et glacée. Ce n'est jamais que le deuxième mari que j'enterre.

Ayant retiré sa main, Cam dut un instant résister à la tentation de briser net la somptueuse table basse qui faisait face au canapé.

— J'aimerais t'aider pour les démarches, déclara-t-il d'une voix maîtrisée. Il est dur de régler ces questions dans un pareil moment. Et puis cela revient cher. Si tu veux, je prendrai toutes les factures à mon compte.

— Pourquoi ça ?

D'une main aussi ferme que le roc, elle porta sa tasse à ses lèvres avant de la reposer sur la table.

— Tu le détestais.

— C'est toi que je veux aider.

— Biff ne voudrait pas de ton aide.

— Est-ce qu'il continue encore maintenant de diriger ta vie ?

Elle tourna la tête vers lui d'un geste brusque pour le fusiller de ses yeux rougis par des heures de sanglots.

— Ne dis pas du mal de lui. Il est mort, battu à mort. Battu à mort.

Elle avait scandé ces mots dans un murmure rageur.

— Tu es la loi, ici, poursuivit-elle. Si tu veux m'aider, alors trouve donc qui a fait cela à mon mari. Trouve donc qui l'a tué.

Chuck s'éclaircit la gorge au moment de rentrer dans la pièce.

— Madame Stokey, peut-être voudriez-vous...

— Je n'ai pas besoin d'un autre thé, l'interrompit-elle en se levant, la valise à la main. Je n'ai besoin de rien. J'ai apporté les vêtements dans lesquels je désire le voir reposer. Maintenant, emmenez-moi voir mon mari.

— Madame Stokey, il n'a pas été apprêté.

— J'ai vécu avec lui pendant vingt ans. Je le verrai tel qu'il est.

— Maman...

Elle fit volte-face et fixa son fils.

— Je ne veux pas de toi ici. Crois-tu que je pourrais le regarder avec toi à côté, sachant ce que tu ressens ? Depuis que tu as dix ans, tu m'as obligée à m'interposer entre vous, à choisir entre vous. Maintenant il est mort, et c'est lui que je choisis.

Comme toujours, pensa Cam.

Il la laissa finalement s'en aller. Resté seul avec lui-même, il se rassit sur le sofa. Cela n'arrangerait rien de l'attendre, il le savait, mais il avait besoin de faire une pause avant de repartir affronter les regards et les murmures du dehors.

Il y avait une bible sur la table. Sa reliure de cuir avait été patinée sous la caresse d'innombrables mains. Cam se demanda si sa mère y avait trouvé quelques versets propres à alléger sa peine.

— Cameron.

Relevant les yeux, il aperçut le maire sur le seuil du salon.

— Monsieur Atherton.

— Je ne veux pas vous importuner en cette pénible épreuve. Ma femme m'a appelé. Elle avait l'air de penser que votre mère pourrait avoir besoin d'un soutien.

— Elle est avec Chuck.

— Bien.

196

Il allait rebrousser chemin, lorsqu'il se ravisa soudain.

— Y a-t-il quelque chose que je puisse faire pour vous ? Je sais bien qu'on dit toujours cela dans de pareilles circonstances, mais…

Il haussa ses maigres épaules d'un air embarrassé.

— En fait, ma mère pourrait bien avoir besoin de quelqu'un pour la raccompagner chez elle tout à l'heure. Elle ne veut plus de moi.

— Je serai heureux de m'en charger, Cameron. Mais, vous savez, tout le monde ne réagit pas de la même façon au chagrin.

— Oui, je m'en rends compte, dit-il en se levant. A ce propos, j'ai reçu le rapport d'autopsie. Je vous en transmettrai une copie demain, ainsi que le reste de la paperasse.

— Ah, oui, répondit Atherton avec un pâle sourire. Je dois avouer que je m'y perds un peu dans tout ça.

— Vous n'avez guère qu'à les ranger dans un coin. Mais dites-moi, monsieur le maire, y a-t-il des bandes à l'école ? Des éléments rebelles qui auraient décidé de se regrouper ?

Le visage professoral d'Atherton se fronça de perplexité.

— Non. Nous avons les habituels fauteurs de troubles, bien sûr, ainsi que quelques cas sociaux. Mais hormis deux ou trois échauffourées dans les couloirs, des bagarres pour des histoires de filles ou de matchs de base-ball…

Il s'interrompit, comprenant soudain.

— Non, franchement, reprit-il en écarquillant les yeux, vous ne croyez tout de même pas que Biff a été assassiné par des enfants ?

— Il faut bien que je commence mon enquête quelque part.

— Shérif Cameron…, nous n'avons même pas de problèmes de drogue au lycée d'Emmitsboro, vous le savez bien. Il y a certes quelques nez écrasés de temps à autre, et puis deux trois crêpages de chignons, mais enfin, rien qui puisse conduire au meurtre !

Il retira de sa pochette un mouchoir soigneusement plié pour s'en tamponner la lèvre supérieure. Penser au meurtre le mettait en nage.

— Je suis certain que vous allez bientôt découvrir que le responsable est quelqu'un du dehors… Un étranger.

— Il serait curieux qu'un étranger connaisse suffisamment la ville pour déposer le corps à l'endroit même où, depuis des années, des gamins du coin traversent la rivière en cachette. Ou encore qu'un étranger ait eu l'idée d'abandonner la voiture de Biff sur le bord d'une route où Bud Hewitt patrouille justement chaque nuit.

— Oui, mais enfin, ceux qui… Je veux dire, est-ce que cela ne confirme pas mon hypothèse ? Il n'était tout de même pas dans l'intention des meurtriers qu'on découvre le corps aussi vite.

— Je me le demande, murmura Cam. Je vous remercie de raccompagner ma mère, monsieur le maire.

— Hein ? Ah, oui. Heureux de vous rendre ce service.

Son mouchoir toujours serré contre ses lèvres, Atherton regarda Cam s'éloigner avec un regard empli d'une sourde appréhension.

Debout devant la voiture de Cam, Crazy Annie en caressait le capot comme s'il s'agissait d'un animal domestique. Elle lui disait des mots doux, émerveillée par le bleu chatoyant de la peinture. Quand elle s'en rapprochait, elle pouvait même contempler son visage, réfléchi par la surface brillante. Ce qui la faisait glousser d'aise.

Mick Morgan l'aperçut depuis la fenêtre du poste. Avec un hochement de tête irrité, il alla ouvrir la porte.

— Hé, Annie, ça va mettre Cam en rogne si tu laisses des traces de doigts un peu partout sur sa voiture.

— Ça fait joli, répliqua-t-elle.

Elle frotta cependant le capot avec sa manche crasseuse pour en effacer les taches.

— Je ne vais pas l'esquinter.

— Et si tu descendais au Martha's pour aller manger un morceau ?

— J'ai un sandwich. Alice m'a donné un sandwich. Un jambon-crudités au froment, avec de la mayonnaise.

— Ça va, elle ne me dérange pas, intervint Cam en descendant du trottoir.

Revenir à pied des pompes funèbres n'avait en rien allégé son humeur. Mais voir Annie faire ainsi les yeux doux à sa voiture lui avait redonné le sourire.

— Comment vas-tu, Annie ?

Elle porta son regard sur lui et se mit aussitôt à tripoter nerveusement les boutons de son chemisier, tout en faisant furieusement cliqueter ses bracelets.

— Est-ce que je peux faire un tour sur ta moto ?

— Je ne l'ai pas aujourd'hui.

Il remarqua que la lèvre inférieure d'Annie se plissait de frustration — réflexe de petite fille qu'il trouvait pathétique sur le visage d'une vieille femme.

— Et si on faisait un tour en voiture, plutôt ? Tu veux que je te ramène à la maison ?

— Je pourrai m'asseoir devant ?

— Bien sûr, répondit-il en se baissant pour lui ramasser son sac.

Elle s'en saisit prestement et le serra contre sa poitrine.

— Je peux le porter. C'est à moi. Je peux le porter.

— D'accord. Grimpe. Tu sais comment attacher ta ceinture ?

— Tu m'as montré la dernière fois. Tu m'as montré.

Ayant hissé son sac, ainsi que sa pesante personne, à l'intérieur du véhicule, elle s'acharna sur la ceinture en tirant la langue. Au déclic de fermeture, elle poussa un petit cri de ravissement.

— Tu vois ? Je l'ai fait moi-même. Toute seule.

— Très bien, dit Cam en montant à son tour.

Il laissa les fenêtres ouvertes. Comme Annie avait dû sauter plusieurs bains, il ressentait quelque soulagement à ce que la soirée fût chaude et venteuse.

— La radio…

Cam déboîta.

— C'est ce bouton-là.

Il le lui désigna du doigt, sachant qu'elle désirerait le tourner elle-même. Les haut-parleurs se mirent à marteler du Billy Jœl. Annie frappa dans ses mains, ses bracelets allant et venant le long de ses bras.

— Je la connais, celle-là.

Le vent ébouriffait ses cheveux gris tandis qu'elle accompagnait la chanson à tue-tête.

Cam s'engagea dans Oak Leaf Lane. Lorsqu'ils passèrent devant la propriété des Kimball, il ralentit involontairement. Clare n'était pas dans le garage.

Annie, qui s'était arrêtée de chanter, tordait le cou en direction de la maison.

— J'ai vu de la lumière au grenier.

— Le grenier n'était pas allumé, Annie.

— Avant, si. Je ne pouvais pas dormir. Pas envie d'aller dans les bois, la nuit. C'est mauvais dans les bois, la nuit. Me promenais dans la ville. Il y avait de la lumière là-haut, dans le grenier.

Elle fit une grimace tandis que ses souvenirs se chevauchaient dans sa mémoire. Quelqu'un avait-il crié ? Non, pas cette fois-ci. Cette fois-ci elle n'était pas cachée dans les buissons, et elle n'avait pas vu des hommes sortir précipitamment de la maison pour s'enfuir dans leur voiture. Sortir et s'enfuir. Elle aimait le rythme de ces mots. Elle commença à les fredonner tout bas.

— Quand as-tu vu de la lumière, Annie ?

— Me rappelle pas, répondit-elle en se mettant à jouer avec le lève-glaces électrique. Tu crois que M. Kimball faisait une nuit blanche ? Il travaille tard parfois. Ah, mais non, puisqu'il est mort...

Pour une fois, elle ne s'était pas laissé embrouiller. Elle en semblait ravie.

— Mort et enterré, reprit-elle. Alors c'est qu'il n'était pas en train de travailler. La jeune fille est revenue. La jeune fille avec les jolis cheveux rouges.

— Clare ?

— Clare, cheveux du père, fredonna Annie en entortillant des mèches grises autour de son doigt. Elle est partie pour New York, mais elle est revenue. Alice me l'a dit. Peut-être qu'elle est montée au grenier parce qu'elle cherchait son papa. Ah, mais non, puisqu'il n'est pas là...

— Eh non, il n'est plus là.

— Moi aussi j'ai cherché ma maman, fit-elle en soupirant.

Puis elle se mit à jouer avec ses breloques, suivant du doigt les lettres gravées sur son bracelet d'argent.

— J'aime me promener. Des fois je me promène durant toute la journée. Je trouve des choses. De jolies choses.

Elle tendit le bras vers Cam.

— Tu vois ?

— Oui, oui, répondit-il distraitement.

Toutes ses pensées tournées vers Clare, il ne remarqua pas le bracelet gravé au nom de Carly.

*
* *

Clare ressentait une timidité irraisonnée tandis qu'elle faisait le tour de la coquette maison en briques des Crampton pour rejoindre l'entrée latérale. L'entrée des malades, se dit-elle tristement avant de pousser un soupir. Pourtant, elle ne venait pas chez le médecin pour une simple visite de routine ni pour un rhume. Si elle avait besoin de le voir, c'était seulement pour accrocher un nouvel anneau à la chaîne qui la reliait à son père.

Des images du passé s'insinuèrent en elle, cependant, des images de son enfance. Elle se revoyait assise dans la salle d'attente qui sentait le citron, en train de contempler les peintures de canards et de fleurs accrochées aux murs, de feuilleter des livres d'images qui rendaient l'âme et, plus tard, d'anciens numéros de magazines pour adolescents. Puis elle pénétrait dans la salle de consultation pour aller s'asseoir sur la banquette capitonnée et dire : « A. » Et le médecin la récompensait enfin d'un ballon, même si elle avait abondamment pleuré sous la piqûre de l'aiguille.

Clare trouvait un certain réconfort à revenir en ces lieux. Cela tenait à l'odeur du gazon fraîchement tondu, à l'éclat printanier des encadrements de fenêtres repeints ainsi qu'à la voix de fausset du propriétaire, qu'elle entendait chanter paisiblement dans son jardin.

Elle le vit, penché sur ses muguets, en train d'arracher patiemment les mauvaises herbes. Le Dr Crampton avait la passion du jardinage, comme son père ; une passion qui avait scellé leur amitié, bien que le médecin fût notablement plus âgé que Jack Kimball.

— Hé, docteur.

Il se redressa vivement, laissant échapper une grimace en entendant ses vertèbres craquer. Son visage rondouillard était resplendissant. Sous son vieux chapeau cabossé, ses cheveux blancs retombaient en amples boucles qui le faisaient ressembler à Mark Twain.

— Clare, je me demandais quand tu viendrais me rendre une petite visite. Nous n'avons guère eu le temps de renouer les liens chez Jane, l'autre jour.

— Alice m'a appris que vous preniez une demi-journée de congé aujourd'hui, ainsi que votre week-end. J'espérais seulement ne pas vous surprendre en plein travail.

— Penses-tu ! Je bichonnais seulement mes petites demoiselles.

— Vos fleurs sont ravissantes, comme toujours.

Tandis qu'elle les contemplait, Clare eut un pincement au cœur, songeant à toutes les fois où le médecin et son père avaient discuté taille et engrais.

Malgré le sourire de la jeune femme, Crampton ne s'y trompa pas. Le médecin généraliste d'une petite ville apprenait à être attentif aux soucis de ses clients autant qu'à leur rythme cardiaque. Il tapota le muret de pierre pour inviter Clare à s'asseoir à son côté.

— Viens donc tenir compagnie à un vieil homme. Alors, comment ça va ? Dis-moi tout.

Clare lui parla de choses et d'autres, ce que les deux acceptèrent tacitement comme un préliminaire avant qu'elle n'entre dans le vif du sujet.

— Eh bien, maman et Jerry devraient revenir en Virginie dans une quinzaine de jours. Elle aime bien le coin, là-bas.

— Puisque tu as fait un tel voyage pour venir jusqu'ici, tu pourrais peut-être aller les voir avant de repartir chez toi.

— Peut-être, oui.

Baissant les yeux, elle se mit à gratter une tache sur son pantalon.

— Je suis contente qu'elle soit heureuse, reprit-elle. Sincèrement contente.

— Bien sûr.

— Je ne savais pas que ce serait si dur…

Sa voix, tremblante, se brisa. Elle dut prendre deux profondes inspirations pour en recouvrer le contrôle.

— Je suis montée en haut, l'autre nuit. Dans le grenier.

— Clare…

Il lui prit la main pour la serrer paternellement entre les siennes.

— Tu n'étais pas obligée de le faire toute seule.

— Je ne suis plus une petite fille, je n'ai plus peur des fantômes.

— Tu seras toujours la fille de ton père. Il te manquera toujours. Je te comprends, tu sais, il me manque à moi aussi.

Clare eut un frémissant soupir.

— Je sais quel ami fidèle vous étiez pour lui, reprit-elle. Combien vous l'avez aidé lorsqu'il s'est mis à boire. Et combien vous nous avez soutenus quand le scandale est arrivé.

— Un ami digne de ce nom ne vous laisse pas tomber dans les moments difficiles.

— Certains, si, dit-elle avant de trouver la force de lui sourire. Mais vous, non. Jamais. Et comme j'espérais que vous étiez toujours l'ami de mon père, j'ai pensé que vous pourriez m'aider.

Alerté par la tension que trahissait sa voix, le médecin garda la main de la jeune femme dans la sienne.

— Clare, tu es venue gambader ici dès tes premiers pas. Bien sûr que je t'aiderai. Pour Jack, et pour toi.

— J'ai fichu ma vie en l'air.

Sur le coup, le médecin fronça les sourcils.

— Comment peux-tu dire cela ? Tu es une jeune femme pleine de succès.

— Une artiste, le corrigea-t-elle. Et qui a joliment réussi dans sa partie, c'est vrai. Mais comme femme… On vous a certainement appris que j'ai été mariée et que j'ai divorcé.

Une légère lueur d'amusement se mit à briller dans ses yeux.

— Allez, docteur, je sais très bien que vous désapprouvez le divorce.

— En général, oui.

Malgré son irritation, il ne voulait point paraître trop doctoral.

— Un vœu est sacré, c'est du moins mon opinion. Mais je ne suis pas borné au point de ne pas comprendre qu'il y a parfois certains… empêchements.

— L'empêchement, c'était *moi*, répliqua Clare en se courbant pour cueillir un brin d'herbe au pied du mur. Je n'ai pas su l'aimer suffisamment, je n'ai pas su répondre à son attente. Et comme je n'ai pas été capable non plus de répondre à la mienne, eh bien, j'ai tout fichu en l'air.

Le médecin esquissa un sourire.

— Je dirais que la réussite ou l'échec d'un mariage ne dépend pas que d'une seule personne.

Clare faillit s'esclaffer.

— Rob ne serait pas d'accord avec vous, croyez-moi. Et puis, quand je repense à cela, et à toutes les autres relations que j'ai eues, ou que j'ai tenté d'avoir, je me rends compte qu'encore maintenant je ne me donne jamais complètement.

— Si tu penses cela, tu dois bien avoir quelque idée de ce qui te pousse à agir ainsi.

— Oui. J'ai…

Elle hésita un moment.

— J'ai besoin de savoir comment il a pu faire ça, reprit-elle sur un ton brusque. Oh, je connais bien toutes ces théories qui considèrent la dépendance éthylique comme une vraie maladie. Mais ce ne sont que des généralités, et lui c'était mon père. *Mon* père. Il faut que je comprenne, d'une manière ou d'une autre ; il n'y a que de cette façon que je…

— Pardonne-lui, l'interrompit Crampton d'une voix douce.

Clare ferma les yeux.

— Oui.

C'était la seule et unique vérité qu'elle avait toujours refusé d'admettre jusqu'à présent, malgré toutes les exhortations de Janowski. Ici, cependant, avec la main du meilleur ami de son père qui serrait affectueusement la sienne, la culpabilité lui était moins douloureuse à assumer.

— L'autre nuit, quand je suis remontée là-haut, j'ai compris que je ne lui avais pas pardonné ; et j'ai si peur de ne jamais y arriver, jamais…

Crampton garda le silence pendant quelques instants, prenant plaisir à humer les senteurs de son jardin, à écouter la chanson des oiseaux et le léger frémissement des feuilles sous la brise printanière.

— Jack et moi n'avons pas discuté que de paillis et de scarabées durant les longues soirées que nous passions ensemble. Il me disait souvent combien il était fier de toi, et puis de Blair. Mais il avait un penchant particulier pour toi, tu sais, tout comme ta mère en avait un pour Blair, j'imagine.

— Oui, murmura-t-elle en souriant faiblement. Je sais.

— Il voulait le meilleur pour toi. Il t'aurait donné le monde entier.

Crampton soupira à ce souvenir, le cœur lourd de regrets.

— Mais peut-être voulait-il trop te donner, poursuivit-il. C'est ce qui lui a fait commettre des erreurs. En tout cas, je suis sûr d'une chose, Clare, c'est que toutes ses actions, les bonnes comme les mauvaises, il les accomplissait par amour pour toi. Ne l'accable pas de reproches pour sa faiblesse. Car même dans cette faiblesse, vois-tu, tu passais la première.

— Je ne veux pas l'accabler de reproches. Mais j'ai tant de souvenirs. Cela m'étouffe.

Crampton la dévisagea de son regard exercé de praticien.

— Il est parfois impossible de revenir en arrière, même si on le veut. Essayer de revenir en arrière peut apporter un surcroît de douleur au lieu de la guérison qu'on espère.

— Je suis en train de m'en apercevoir, dit-elle en détournant le regard vers le carré de pelouse aux bords méticuleusement taillés. Mais pour le moment, docteur, je ne suis pas capable d'aller de l'avant. Pas tant que je ne saurai pas tout.

11.

Aucun argument ne put faire entendre raison à Jane Stokey : elle tenait à ce que le cercueil fût ouvert. Quand un homme était mort, pensait-elle, il était du devoir de ceux qui l'avaient connu de venir le regarder une dernière fois, pour se souvenir de lui — et en causer.

— C'était un bel enfant de putain, oui, murmura Oscar Roody en tirant sur son nœud de cravate. Après quelques bières, ce vieux Biff aimait mieux te casser la gueule que te regarder dans le blanc des yeux.

— Ça, y a pas à dire, approuva Less d'un air entendu en examinant le visage du défunt.

« Que le diable t'emporte, vieux salaud... »

— Chuck sait y faire, hein ? reprit-il. D'après ce qu'on m'a raconté, Biff a été écrabouillé dans les règles, mais maintenant, on dirait juste qu'il pique un petit roupillon.

— L'a dû utiliser une tonne de maquillage, oui, repartit Oscar avant de se moucher bruyamment. Ça doit être affreux de tartiner un cadavre.

— Je le ferais bien, moi aussi, si ça pouvait me rapporter une piscine. A ce qu'il paraît, il n'avait plus un seul os de solide dans le corps.

Il se déplaça légèrement à la recherche d'un indice. Et de sensations fortes.

— Franchement, c'est pas évident, lâcha-t-il enfin.

Puis ils s'éclipsèrent dehors pour griller une cigarette.

Jane était déjà assise dans le salon, au premier rang des chaises installées par Griffith. Puisque Biff n'était d'aucune confession, le service des funérailles, réduit au minimum, serait rendu au sein des locaux des pompes funèbres, avec Chuck dans le rôle de l'officiant. Jane recevait condoléances et témoignages embarrassés de sympathie dans une robe noire empesée, les cheveux soigneusement retenus par un chignon.

Les gens défilaient devant Biff pour lui rendre leurs derniers hommages.

— Il a essayé plus d'une fois de fourrer sa grosse main dans mon chemisier, murmura Sarah Hewitt en contemplant avec un mauvais sourire le visage du défunt.

Confus, Bud regarda autour de lui, espérant que personne n'avait rien entendu.

— Allons, Sarah, ce ne sont pas des choses à dire.

— C'est trop idiot, aussi. On peut raconter ce qu'on veut sur les vivants, mais une fois qu'ils sont morts, alors il faut que ce soient tous des chic types, même si c'étaient des salauds.

Elle eut un bref instant d'hésitation. Puis, haussant le sourcil :

— C'est vrai qu'ils l'ont castré ? chuchota-t-elle.

— Jésus, Sarah !

Bud la prit par le bras pour l'entraîner vers le fond de la salle.

— Eh bien, regarde qui voilà, s'écria-t-elle avec un sourire narquois en voyant Clare pénétrer dans la pièce. La fille prodigue…

Elle toisa la nouvelle venue du haut en bas, reluquant avec envie son ensemble sombre, d'un goût aussi simple que raffiné.

— S'est toujours pas engraissée par où qu'il faut, celle-là.

Clare sentit son cœur lui remonter à la gorge. Elle ne s'attendait pas que la démarche fût aussi pénible. La dernière fois qu'elle s'était trouvée dans cette pièce avec les autres habitants de la ville pour y contempler un cercueil surchargé de fleurs, c'était à la mort de son père. On n'avait pas changé la musique depuis. C'était toujours le même air morne joué à l'orgue, elle aurait pu en jurer.

Les relents de glaïeuls et de roses lui faisaient tourner la tête. Ses yeux remontèrent avec terreur le long de l'allée ménagée entre les rangées de chaises pliantes. Il lui fallut lutter de toutes ses forces pour ne pas s'enfuir ventre à terre.

« Mon Dieu, se dit-elle, tu es une adulte maintenant. La mort fait partie de la vie. Il faut apprendre à l'affronter. »

Elle n'en désirait pas moins s'envoler à toutes jambes pour retrouver la lumière du soleil. Cette envie la tenaillait si fort que ses genoux se mirent à trembler.

— Clare ?

— Alice !

Ayant agrippé la main de son amie, elle essaya de se ressaisir.

— On dirait que toute la ville est venue.

— Pour Mme Stokey, oui, repartit Alice en faisant rapidement du regard le tour de la salle. Et pour le spectacle.

Elle se sentait déplacée dans sa tenue de serveuse. Hélas, elle n'avait pu voler que vingt pauvres minutes à son temps de service. Cela dit, le vêtement le plus approprié qu'elle possédait pour des funérailles était un sweat-shirt noir, alors…

— Ça va bientôt commencer.

— Je vais rester assise ici, à l'arrière.

Clare n'avait guère l'intention de se rendre jusqu'au cercueil pour y glisser un œil.

« Hé, Biff, ça fait une paye, hein ? Dommage que tu sois mort. »

A cette pensée, elle fut prise d'un fou rire nerveux, qui le céda bientôt à un flot de larmes brûlantes. Que faisait-elle là ? Mais que diable faisait-elle là ? se demanda-t-elle. Puis elle se rappela qu'elle était venue pour Cam. Et aussi pour prouver qu'elle était capable de rester assise dans cette petite pièce surchauffée jusqu'au bout de la cérémonie, comme n'importe quel autre adulte responsable.

— Ça va ? murmura Alice.

— Oui, répondit Clare.

Elle prit une longue inspiration pour se calmer.

— Nous ferions mieux de nous asseoir.

Tandis qu'elle prenait place à côté d'Alice, Clare chercha Cam des yeux. Elle aperçut Min Atherton dans un ensemble bleu marine en polyester, les traits figés en un masque austère, les yeux brillant de jubilation. Derrière elle se tenait le maire, la tête penchée, comme s'il était en train de prier.

Agriculteurs, commerçants et mécaniciens, revêtus de leur costume du dimanche, discutaient debout de leurs affaires ainsi que de la pluie et du beau temps. Mme Stokey était flanquée par les femmes de la ville. Cam se tenait en retrait, veillant sur sa mère avec un air de composition irréprochable.

Chuck Griffith s'avança, dépassa l'assistance, se retourna, et attendit. Avec force murmures et frottements de semelles, les gens regagnèrent les chaises pliantes.

Puis ce fut le silence.

— Mes amis…, commença l'officiant.

Mais Clare, perdue dans ses souvenirs, ne l'entendait déjà plus.

La pièce avait été bondée chaque soir, pendant la veillée. Il n'y avait pas d'homme, de femme ni d'enfant d'Emmitsboro qui n'ait connu Jack Kimball. Tous étaient venus. Les paroles qu'ils lui avaient dites s'étaient embrouillées dans son esprit, n'y laissant que leur signification ultime : peine et regret. Personne, cependant, non, personne n'avait su la profondeur de son propre chagrin.

L'église aussi avait été comble pour l'office, et la file de voitures formant le convoi funèbre jusqu'au cimetière de Quiet Knolls s'étendait alors sur plusieurs pâtés de maisons.

Quelques-unes de ces mêmes personnes étaient là aujourd'hui. Vieillies, la silhouette plus épaisse et le crâne moins garni. Elles s'installèrent à leur place, gardant le silence et leurs pensées pour elles-mêmes.

Rosemary Kimball avait été jadis entourée par les femmes de la ville, tout comme Jane Stokey aujourd'hui. Elles étaient rangées à ses côtés, front uni de soutien, emplies de sympathie pour la douleur de leur voisine, mais soulagées aussi que leur propre veuvage soit encore perdu dans les ténèbres d'un futur indéterminé.

Quelques jours après — quelques jours à peine —, le scandale avait éclaté. Jack Kimball, membre bien-aimé de sa communauté, était devenu un opportuniste accusé d'avoir donné des pots-de-vin, des bakchichs, et d'avoir commis des faux en écriture. Sans ménagement pour sa peine, qui était encore vive, on avait demandé à Clare d'admettre que son père était un menteur et un escroc.

Ce qu'elle n'avait précisément jamais admis. Pas plus qu'elle ne reconnaissait son suicide.

Cam aperçut la jeune femme. Il fut surpris de sa présence en ces lieux, et peu ravi de constater combien son visage était livide et ses yeux écarquillés par la douleur. Elle s'agrippait d'une main à Alice, le regard fixé droit devant elle. Cam se demanda ce qu'elle était ainsi en train de voir, ou d'entendre. Il était peu probable que ce soient les paroles de Chuck Griffith, qui glosait d'une voix monotone sur la vie éternelle et les vertus du pardon. Lui-même ne les écoutait plus.

D'autres, néanmoins, y prêtaient l'oreille. Immobiles et le visage dénué de toute expression, ils entendaient et prenaient peur. L'avertissement était clair. Que l'un d'entre eux viole encore la Loi, et il serait exclu du troupeau des vivants sans aucune pitié. La colère de l'élite ne le cédait en rien à celle du seigneur des Ténèbres. Aussi écoutaient-ils et retenaient-ils la leçon. Oui, derrière leurs regards recueillis et leurs têtes courbées régnait la terreur.

— Il faut que j'y retourne, dit Alice en serrant la main de Clare.

Celle-ci semblait ne pas l'avoir entendue.

— Il faut que j'y retourne, répéta-t-elle. Clare ?

— Quoi ?

Clare cligna des yeux. Les gens évacuaient la salle en traînant les pieds, les uns derrière les autres.

— Oh…

— Je pouvais juste prendre une pause pour l'office. Tu vas au cimetière ?

— Oui, répondit Clare en songeant qu'elle avait elle-même une tombe à visiter. Je vais y aller.

Une demi-douzaine de personnes seulement vinrent ranger leur voiture en file indienne derrière celle de Griffith. Les autres étaient reparties s'occuper de leur ferme et rouvrir leur boutique. En fait, peu de gens étaient désireux de perdre leur temps à voir Biff Stokey disparaître dans son trou. Clare rejoignit la queue du convoi qui s'ébranlait avec une lenteur solennelle. Après un court trajet d'une quinzaine de kilomètres, le sinistre cortège passa enfin entre les vantaux de fer forgé du cimetière.

Clare coupa le moteur, les mains moites, et attendit un instant dans sa voiture que les porteurs se chargent de leur fardeau. Non loin de là se tenaient le maire, le Dr Crampton, Oscar Roody, Less Gladhill, Bob Meese et Bud Hewitt. Cam marchait au côté de sa mère, sans la toucher.

Quittant enfin l'abri de son véhicule, Clare s'éloigna de quelques pas avant de gravir la colline. Les oiseaux chantaient, comme ils le font toujours durant les chaudes matinées du mois de mai. L'herbe dégageait une odeur puissante et douce. Çà et là, entre les pierres et les plaques, se distinguaient des fleurs et des couronnes en plastique qui ne se faneraient jamais. Clare se demanda si les gens qui les avaient apportées en ces lieux se rendaient compte combien leurs chatoyantes couleurs artificielles étaient tristes, comparées aux œillets alanguis et aux marguerites agonisantes...

La jeune femme retrouvait là sa famille. Le père et la mère de sa mère, ses tantes et ses oncles, une petite cousine morte de la polio bien avant sa naissance. Elle marchait au milieu d'eux, dans la clarté du soleil qui lui piquait les yeux et lui chauffait le visage.

Elle ne s'agenouilla pas devant la tombe de son père. Elle n'avait pas non plus apporté de fleurs, et ses yeux étaient secs. Debout devant la sépulture, elle lisait et relisait sans cesse les inscriptions gravées sur la stèle, essayant d'y retrouver quelque trace significative de son père — mais en vain : elle n'avait devant elle que granite et herbes folles.

Debout auprès de sa mère, Cam observait la jeune femme. Le soleil donnait à sa chevelure des reflets mordorés, lumineux et éblouissants. Vivants. Il serra le poing lorsqu'il comprit combien il avait besoin du contact de cette vie-là. Chaque fois qu'il posait les doigts sur le bras de sa mère, sur son épaule ou sur son dos, il se heurtait à un mur glacé. Elle n'éprouvait plus rien pour lui, même pas le besoin de sa présence.

Et pourtant, si fort que fût son désir de la quitter, il ne pouvait s'éloigner d'elle, et rejoindre Clare, enfin, pour glisser une main dans ses cheveux lumineux, éblouissants, et s'abreuver de cette vie, de cet allant.

Il se revit soudain penché sur la tombe vide d'un petit enfant. Oui, se dit-il, il détestait les cimetières.

Puis Clare redescendit la colline, reprit sa voiture et s'éloigna. Et Cam sut alors ce qu'était la plus complète des solitudes.

Clare travailla avec fureur durant tout le reste de la journée. Elle était comme possédée. Sa deuxième sculpture de métal était presque achevée. Lorsque arriverait le moment de laisser le métal reposer, elle éteindrait son chalumeau, retirerait sa calotte et se consacrerait au modèle en glaise du bras d'Ernie.

Tout repos lui était insupportable.

Armée de ses couteaux et de ses spatules de bois, elle s'attaqua bientôt à la terre humide, la creusant et la lissant, lui donnant forme et vie. Elle avait l'impression de ressentir le défi qui émanait du poing qu'elle était en train de modeler, ainsi que toute la fièvre qui animait l'avant-bras dont elle détaillait les muscles tendus. Patiemment, elle enlevait de fins copeaux de glaise avec un mince fil de fer, puis elle lissait le matériau avant de le strier avec une brosse humide.

Un flot de musique assourdissante s'échappait de la radio — le rock le plus trépidant, le plus hargneux qu'elle ait pu trouver sur la bande F.M. Encore brûlante d'énergie, elle frotta ses mains couvertes de terre et se remit au travail. Elle ne pouvait plus s'arrêter. Sur un autre établi se dressait une dosse de cerisier dont la partie centrale était déjà profondément burinée. Attrapant ses outils — maillets, ciseaux et compas —, elle déversa la rage qui la galvanisait dans cette nouvelle création.

Elle ne s'arrêta que lorsque le soleil fut assez bas à l'horizon pour l'obliger à allumer les lumières. Elle passa alors du rock à un air de musique classique tout aussi endiablé et entraînant. Les voitures défilaient sur la route sans qu'elle les entende ; et quand le téléphone se mit à sonner, elle l'ignora.

Tout ce qui ne se rapportait pas à son œuvre avait complètement disparu de son esprit. Elle faisait partie intégrante du bois désormais, de ses potentialités. Et le bois, en retour, absorbait ses émotions, les purifiait. Elle travaillait sans croquis ni modèle, à l'écoute de sa mémoire et de ses seuls besoins.

Pour les détails minutieux, elle se laissait guider par ses doigts habiles et sûrs. Lorsque ses yeux la brûlèrent, elle se contenta de les frotter du dos de la main sans les lever un seul instant de son ouvrage. Le feu qui couvait en elle, loin d'être canalisé, gagnait en force et en puissance.

Les premières étoiles apparurent bientôt, et la lune entama sa course dans le ciel.

Ce fut ainsi que Cam aperçut la jeune femme : penchée sur son travail, une lime étincelante à la main. L'éclat prodigué par les ampoules nues du plafonnier attirait des noctuelles aux grandes ailes livides pour une dernière ronde fatale. La musique s'enfla, tout de cordes stridentes et de basses tonnantes.

Il y avait une lueur de triomphe sur le visage de Clare, dans son regard. D'instant en instant, elle promenait ses doigts sur les courbes du bois pour célébrer une forme de communion que Cam reconnaissait sans pouvoir la comprendre.

Il y avait aussi quelque chose de brut et de puissant à la fois, dans les formes de la sculpture. Celle-ci s'évasait vers le bas en un arc de cercle ouvert ; et comme il pénétrait dans le garage, Cam s'aperçut qu'il s'agissait d'un visage, d'une virilité singulière. Une tête renversée en arrière, comme tendue vers le soleil.

Il regarda alors Clare travailler sans mot dire, perdant peu à peu conscience de l'heure. Il se dégageait d'elle une passion frémissante qui l'atteignait de plein fouet et se confrontait presque douloureusement avec celle qu'il éprouvait pour la jeune femme.

Clare, enfin, reposa ses outils. Puis, lentement, elle descendit du tabouret pour prendre un peu de champ. Elle avait le souffle court, si court qu'elle porta instinctivement une main à son cœur. La douleur se mêlait en elle au plaisir tandis qu'elle étudiait le fruit de son inspiration forcenée.

C'était son père. Son père tel qu'elle s'en souvenait. Tel qu'elle l'aimait. Altier, fringant, charmant et, par-dessus tout, vivant. Ce soir, enfin, elle avait su comment célébrer cette vie-là — *sa* vie à lui.

Elle se retourna et aperçut Cam.

Pas une seconde elle ne se demanda pourquoi elle était si peu surprise de le voir là. Pas une seconde, non plus, elle ne se dit que cette nouvelle poussée de désir pouvait être dangereuse, ni qu'elle-même n'était peut-être pas encore prête à faire face à la passion qu'elle lisait dans les yeux de son ami.

Celui-ci leva le bras pour refermer la porte du garage. Le métal heurta le béton. Clare n'esquissa aucun geste, ne prononça aucune parole : tous les nerfs de son corps vibraient à l'unisson de son attente.

Cam se rapprocha d'elle. La musique, piégée avec eux, rebondissait sur les murs, le sol et le plafond.

Puis il posa les mains sur son visage, enveloppant ses joues dans ses paumes rugueuses, lui frottant de ses pouces les lèvres et les pommettes avant de plonger ses doigts dans sa chevelure. Clare sentit le souffle lui manquer lorsqu'il lui renversa la tête en arrière et plaqua son corps contre le sien. Elle frissonnait — mais ce n'était pas de peur —, et lorsque leurs lèvres se rencontrèrent, le cri qu'elle laissa échapper avait des accents de triomphe.

Cam la tenait étroitement serrée contre lui. Jamais il n'avait désiré quelqu'un autant que Clare à cet instant-là. Tout le chagrin, toute la douleur, toute l'amertume qu'il avait gardés en lui durant la journée s'évanouirent au premier contact brûlant de sa peau. Elle était énergie pure entre ses bras, étincelante, palpitante de vie. Affamé, il approfondit son baiser, le cœur soudé à celui de la jeune femme.

Ses mains glissèrent le long du corps de Clare jusqu'à ses hanches, ses cuisses. S'il l'avait pu, il l'aurait engloutie au fond de lui tant était grand son désir de possession. Etouffant un juron, il l'entraîna d'un pas chancelant vers la cuisine.

Son seul désir était de s'étendre sur le lit, de s'y perdre avec elle. En elle.

Avec des gestes fébriles, il lui arracha sa chemise, qu'il fit voler au-dessus de sa tête. Quand ils s'abattirent contre le mur, ses mains enveloppaient les seins de la jeune femme.

Eclatant de rire, Clare allait l'étreindre, quand il se baissa pour la téter. Elle se mit à gémir, les mains enfouies dans ses cheveux, transie de volupté.

Il lui semblait que Cam se repaissait de sa chair. Il y mettait une fougue, une hargne, une violence qui lui donnait le vertige. Elle s'arc-bouta, offrant son corps à plus de caresses encore, y tendant tout son être. La morsure des dents de Cam contre sa peau mise à vif lui embrasa les sens. Elle pouvait la sentir, l'entendre presque, cette scansion lourde et primitive des tambours du plaisir qui faisaient vibrer sa chair. Elle avait oublié qu'elle pouvait ressentir une telle passion pour un homme — une faim telle que seule une âpre et frénétique union des corps pouvait la rassasier. Elle voulait qu'il la prît sur-le-champ, debout, abruptement. Rageusement.

Cam était en train de lui abaisser son jean, sa bouche dévalant le long de son corps.

Il fit courir sa langue sur la peau frémissante de sa poitrine. Clare chancela, les ongles enfoncés dans les épaules de son partenaire. Elle était nue sous sa tenue de travail. Cam lâcha un rugissement de plaisir, ses lèvres collées à la chair de la jeune femme. Il l'entendit murmurer quelque chose d'une voix précipitée, essoufflée, mais ne comprit point ce qu'elle lui demandait. Et manifestement n'en avait cure. Il la saisit aux hanches lorsqu'elle sentit ses jambes fléchir. Ses mains étaient rudes. Sa bouche vorace se referma sur elle avec hargne.

Elle était en train de mourir, pensait-elle. Il ne pouvait en être autrement. Un plaisir d'une telle intensité ne pouvait la laisser indemne. Son corps était assailli par le flot de sensations inextinguibles que lui procuraient les mains de Cam, ses longs doigts fébriles, sa bouche. Oh, Seigneur, sa bouche… Elle crut voir des éclairs danser devant ses yeux. Elle respirait convulsivement, et à chaque inspiration, un air lourd et brûlant pénétrait dans ses poumons, qui furent vite saturés. Elle se mit à crier. Saisissant les épaules de Cam, elle voulut le relever, incapable de supporter ce qu'elle ressentait, et qui n'était pour l'essentiel que pure folie.

Cam soufflait aussi péniblement qu'elle quand il actionna le commutateur de la lampe, à côté de sa tête. Puis il lui enserra le visage entre ses mains, la maintenant plaquée contre le mur.

— Regarde-moi.

Il aurait pu jurer que le sol ondoyait sous ses pieds.

— Sacré bon sang, je veux que tu me regardes !

Elle ouvrit les yeux, pour se retrouver aussitôt dans les siens. Piégée, se dit-elle avec une brusque terreur. Emprisonnée en lui. Ses lèvres s'ouvrirent en tremblant, mais elle ne put trouver aucun mot, aucune parole pour décrire ce qu'elle ressentait.

— Je veux te regarder, dit-il tandis que sa bouche redescendait avec voracité le long de son corps. Je veux te voir.

Elle était en train de tomber. Indéfiniment. Désespérément. Et il chutait sur elle, la recouvrant de la chaleur scandaleuse de son corps, tandis que le carrelage glacé mordait son dos brûlant.

Guidée par son propre désir, elle tira sur la chemise de Cam, dont elle arracha au passage les boutons : elle avait besoin de le sentir nu contre elle. Non, elle ne se maîtrisait plus, se dit-elle. Et elle en était fière. Avec des gestes aussi fiévreux que ceux de son amant, elle fit courir ses doigts sur la peau moite de Cam, bataillant avec les derniers obstacles qui leur barraient le chemin du plaisir.

Cam, lui, se démenait avec ses bottes, sacrant et jurant jusqu'à ce que Clare s'esclaffe. Puis elle se cabra et le tint serré dans ses bras, sans arrêter de mordiller doucement la peau de sa gorge et de son torse nu.

Vite, vite, vite — c'était tout ce à quoi elle était capable de penser tandis que, de nouveau, ils s'entraînaient l'un l'autre.

Ils roulèrent bientôt sur le sol de la cuisine, toujours environnés par la musique tonitruante. Cam écarta les vêtements d'un coup de pied et envoya valser une chaise. La bouche de Clare demeura soudée à la sienne tandis qu'ils changeaient encore de position. Quand elle se dressa sur lui, il la saisit aux hanches, la portant à bout de reins.

Maintenant, pensa-t-elle. Dieu merci. Maintenant.

Arquant le dos, elle le fit pénétrer en elle. Son corps frémit, frémit à n'en plus pouvoir, tandis qu'il l'emplissait et qu'elle-même s'ouvrait à lui, le faisait entrer en elle plus avant encore.

La tête renversée en arrière, arc-boutant son long corps élancé, elle se mit à aller et venir. Lentement d'abord, puis de plus en plus vite, toujours plus vite, en un rythme qui ne cessait de s'accélérer.

Cam se saisit de ses mains, sidéré par cette cavalcade sauvage. Intrépide — c'était le seul mot qui se présentait à son esprit affolé pour la décrire. Elle avait l'air intrépide, ainsi juchée sur lui, collée à lui, emplie de lui.

Il sentit l'étreinte de Clare se resserrer sur sa chair au moment où elle atteignait le paroxysme du plaisir. Sa propre délivrance le laissa lui-même suffoqué.

Enfin elle retomba sur sa poitrine. Tendre, molle et moite. Il lui caressa le dos d'une main nonchalante tandis qu'ils reprenaient tous deux leur souffle. Voilà ce qu'il avait attendu, comprit-il soudain alors qu'il tournait la tête pour lui embrasser les cheveux. Oui, c'était cela qu'il attendait depuis si longtemps.

— Je passais te voir pour te demander si tu voulais une bière, chuchota-t-il.

Elle soupira, gémit et s'immobilisa de nouveau.

— Non, merci, répondit-elle enfin.

— Tu as l'air sacrément sexy quand tu travailles.

— Ah oui ? dit-elle avec un faible sourire.

— Seigneur, oui. Je t'aurais mangée toute crue.

— Eh bien c'est fait, semble-t-il.

Elle rassembla suffisamment de forces pour poser à tâtons une main sur le sol.

— Et j'ai aimé ça, ajouta-t-elle en baissant les yeux vers lui.

— Tant mieux, parce que j'avais envie de te déshabiller depuis que tu t'étais jetée sur moi dans le couloir du premier étage.

Il posa une main sur un sein gonflé. Sous son pouce taquin, le mamelon était encore érigé et moite.

— Ah ça, oui, tu as joliment poussé, la Gazelle.

Il se redressa pour s'asseoir sur le sol, Clare à califourchon sur ses cuisses.

— Tu as gardé une chaussette, lui dit-il.

Elle baissa les yeux tout en pliant le genou : l'un de ses pieds était nu, l'autre couvert d'une épaisse chaussette écarlate. Y avait-il eu un moment dans sa vie où elle s'était sentie mieux ? Elle ne pouvait se le rappeler.

— Et la prochaine fois, répliqua-t-elle, on ferait peut-être mieux de t'enlever tes bottes avant de s'y mettre.

Elle reposa la tête contre son épaule, songeant avec un vague regret qu'il leur faudrait bientôt bouger.

— Je crois que le sol commence à devenir dur.

— Ouais, mais c'est qu'on n'y a pas été mollo non plus.

Lui non plus, cependant, n'avait pas encore envie de se relever. Clare, quant à elle, se sentait parfaitement à l'aise dans ses bras — ce qu'elle avait précisément espéré. Sans pour autant s'y attendre.

— Je t'ai aperçue aux funérailles, dit-il. Tu semblais fatiguée.

— J'ai besoin d'un lit.

— Je te propose le mien.

Clare s'esclaffa, tout en se demandant, toutefois, s'ils n'allaient pas un peu trop vite.

— Combien en veux-tu ?

Il lui prit le menton pour tourner sa tête vers la sienne.

— Ce que je veux, Clare, c'est que tu viennes avec moi à la maison.

— Cam…

Il secoua la tête en l'étreignant plus fermement.

— Il vaut mieux clarifier tout de suite la situation. Je ne suis pas du genre partageur, tu sais.

Clare ressentit le même élan de panique qui l'avait saisie lorsqu'elle s'était vue prisonnière de son regard.

— Ce n'est pas comme si j'avais quelqu'un d'autre…, répliqua-t-elle.

— Tant mieux.

— Oui, mais je ne veux pas encore tenter le grand saut. A monter trop haut, je risque de me retrouver étendue pour le compte. Ce qui vient d'arriver était…

— Quoi ?

Clare le regarda et s'aperçut qu'il était de nouveau en train de sourire. Elle n'en fut que plus disposée à lui sourire à son tour.

— Géant, déclara-t-elle enfin. Absolument géant.

Cam, pour sa part, se disait qu'il était bien capable de la guérir de sa frousse. Lentement, il fit remonter les mains le long de ses hanches jusqu'à son buste, observant le regard de la jeune femme qui s'assombrissait. Puis il approcha sa tête de la sienne et se mit à faire l'amour avec sa bouche, tant et si bien que Clare manqua ronronner de plaisir.

— Je veux que tu viennes à la maison avec moi. Cette nuit.

Sans la quitter des yeux, il se saisit de sa lèvre inférieure pour la mordiller d'un petit coup sec.

— D'accord ?

— D'accord.

Ernie les vit sortir de la maison par la porte principale. Comme sa fenêtre était ouverte, il entendit le rire de Clare ondoyer jusqu'à lui. Main dans la main, ils rejoignirent tous deux la voiture du shérif. Puis ils s'arrêtèrent pour échanger un baiser. Un long, profond et langoureux baiser. Elle se laissait toucher par lui, se dit-il. Un feu brûlant lui embrasa le ventre.

Il les vit ensuite s'installer dans la voiture et repartir au loin.

Profitant de ce sursaut de colère, Ernie se leva tranquillement pour fermer la porte de sa chambre et allumer les cierges noirs.

Les officiants s'étaient retrouvés dans les bois. Ils ne s'étaient pas encore réunis pour former le cercle magique. Le rituel attendrait. Beaucoup parmi eux connaissaient la peur. Devant eux se dressait l'autel où l'un des leurs avait été exécuté. C'était un rappel. Et un avertissement.

Ils avaient été conviés ce soir, quelques heures après l'enterrement, pour confirmer leur indéfectible allégeance. En préliminaire au rituel, chacun devrait boire d'un vin mouillé de sang.

— Mes frères, l'un d'entre nous repose ce soir en terre.

Le grand prêtre s'était exprimé d'une voix douce à laquelle tous prêtèrent immédiatement l'oreille.

— La Loi a été violée, et le faible châtié. Apprenez que quiconque défie la Loi et s'écarte du droit chemin sera frappé en retour : la mort est la seule sanction.

Il fit une pause pour dévisager lentement les membres de l'assistance.

— Y a-t-il des questions ?

Personne n'aurait osé en poser. Le grand prêtre s'en trouva ravi.

— Maintenant, nous avons besoin d'un nouvel impétrant pour compléter notre assemblée. Des noms vont être mis à l'étude pour être proposés au Maître.

Les officiants se remirent à discuter entre eux, se disputant sur certains choix comme des politicards qui chercheraient à placer leur poulain. Le grand prêtre les laissait se chamailler. Il avait d'ores et déjà un candidat. Avec un sens inné du moment opportun, il pénétra dans le cercle et leva les mains.

Un profond silence s'ensuivit.

— Nous en appelons à la jeunesse, à la force et à la loyauté. Nous en appelons à un esprit encore ouvert à tous les possibles, à un corps suffisamment robuste pour endurer le fardeau du devoir. Notre Maître chérit les jeunes loups solitaires. Et j'en connais un qui est déjà disposé à le suivre, qui déjà recherche sa lumière. Il n'a besoin que d'être guidé et aguerri. Il sera la nouvelle génération du seigneur des Ténèbres.

Et le nom, écrit sur parchemin, fut aussitôt proposé aux quatre princes de l'enfer.

12.

Le samedi, à la station Amoco, Ernie faisait le service de 8 heures à 4 heures et demie. Ce qui lui convenait parfaitement : levé tôt, il pourrait ainsi s'échapper de la maison avant que ses parents ne se soient extirpés du lit ; et quand il y reviendrait, ceux-ci seraient occupés à la pizzéria Chez Rocco. Il pourrait donc faire ce que bon lui semblerait depuis la fin de son service jusqu'au couvre-feu de 1 heure du matin.

Ce soir-là, il avait prévu d'attirer Sally Simmons dans sa chambre et, porte close, de se défoncer la tête avec elle sur quelque bon vieux disque d'AC/DC.

Il avait jeté son dévolu sur Sally avec aussi peu d'enthousiasme qu'il se choisissait une chemise le matin. Elle était au pire un substitut, et au mieux un symbole de son vrai désir. L'image de Clare se roulant entre les draps avec Cameron Rafferty l'avait hanté la nuit durant. Elle l'avait trahi, lui et leur destin commun.

Il trouverait bien un moyen de la punir. Mais, entre-temps, il pourrait se purger de sa frustration sur Sally.

Un camion laitier s'arrêta pour faire le plein. Tandis que dollars et litres défilaient en cliquetant derrière son dos, Ernie jeta un regard désœuvré sur la ville autour de lui. Il aperçut le vieux Finch, ses gros genoux blancs saillant sous les jambes de son bermuda ; il était en train de promener ses deux pimbêches de yorkshires.

Outre son short, Finch portait une casquette de chasseur à l'effigie des Orioles, des verres-miroirs et un T-shirt affirmant que « le Maryland est pour les Crabes ». Il bichonnait ses bêtes en leur susurrant des mots doux, comme s'il s'agissait de bambins. Ensuite, Ernie le savait bien, il descendrait Main

Street et se rendrait à la cafétéria de la station pour se farcir un beignet et un jus de chaussette, ainsi qu'il le faisait chaque samedi depuis des lustres.

— Comment va, mon gars ? lui demanda Finch, comme à son habitude.

— Très bien.

— J'ai emmené mes fifilles faire un peu d'exercice.

Less Gladhill déboula au même moment. Il était en retard. A son air nauséeux et renfrogné, il était visible que sa gueule de bois était des plus carabinées. Se contentant de saluer Ernie d'un bref grognement, il se rendit dans le garage pour changer les bougies d'une Mustang 75.

Matt Dopper arriva en pétaradant dans sa vieille camionnette Ford, ses trois chiens debout sur la plate-forme. Après avoir rouspété sur le prix de l'essence, il entra s'acheter un paquet de Bull Durham et repartit aussitôt nourrir ses bêtes.

Le Dr Crampton, les yeux lourds de fatigue, vint à son tour alimenter sa Buick, prit un carnet de billets de tombola et prêta une oreille compatissante au vieux Finch qui se plaignait de sa bursite.

Il n'était pas encore 10 heures, et l'on eût dit que la moitié de la ville était déjà passée par la station-service. Ernie courait de pompe en pompe pour faire le plein de voiturées entières d'adolescentes excitées par la perspective d'une visite au centre commercial ; puis c'étaient de jeunes mères aux rejetons tapageurs, et des vieillards qui restaient des heures devant les pompes à se parler à tue-tête d'une voiture à l'autre.

Lorsqu'il rentra enfin dans la cafétéria pour prendre sa première pause et avaler un Coke glacé, Ernie aperçut le gérant de la station, Skunk Haggerty, assis derrière le comptoir, en train de dévorer un beignet tout en draguant Reva Williamson, la plantureuse serveuse au long nez du Martha's.

— Eh bien, déclarait cette dernière, c'est que j'avais prévu de me laver les cheveux et de me faire un masque de beauté, ce soir.

Elle décocha à Skunk un grand sourire tout en enroulant son chewing-gum à la fraise autour de sa langue.

— Ton visage me plaît tout à fait comme ça, répliqua celui-ci.

Skunk avait tout de l'individu repoussant : savons, déodorants et eaux de toilette se révélaient impuissants à dissimuler la subtile fragrance de vieille chaussette qui lui suintait par tous les pores de la peau. Mais il était célibataire. Et Reva elle-même, deux fois divorcée déjà, se trouvait en chasse.

Ernie entendit la jeune femme lâcher un gloussement qui lui fit rouler des yeux. Leurs minauderies et leurs petits gestes le suivirent jusqu'aux toilettes où il entra pour se soulager la vessie. Le distributeur de papier hygiénique était vide ; or il était chargé aussi de veiller à ce que les cabinets en soient toujours convenablement pourvus. Ronchonnant un brin, il gagna donc la réserve après s'être essuyé les mains sur son jean. A cet instant, Reva émit un rire de dinde.

— Oh, Skunk, t'es un sacré numéro, vraiment.

— Merde, grommela Ernie en faisant dégringoler un rouleau de papier toilettes.

Il aperçut alors la couverture d'un livre coincé entre les piles de rouleaux. S'humectant les lèvres, il tendit la main pour l'attraper.

Journal occulte d'Aleister Crowley. Comme il se mettait à le feuilleter, un morceau de papier s'échappa d'entre les pages. Il le ramassa après avoir jeté un bref coup d'œil par-dessus son épaule.

« Lis, crois et soumets-toi. »

Ses mains tremblèrent lorsqu'il fourra le message dans sa poche. Il n'y avait pour lui aucun doute que celui-ci lui était destiné. Enfin l'invitation lui était parvenue. Il avait déjà vu des choses derrière l'objectif de son télescope. Et il en avait deviné bien d'autres. L'œil aux aguets et l'esprit en éveil, il avait gardé le silence et laissé les événements suivre leur cours. Maintenant, il était reconnu. Mieux : on lui tendait la main.

Son jeune cœur solitaire bondit dans sa poitrine tandis qu'il glissait le livre sous sa chemise. Puis, sur un coup de tête, il sortit le pentacle pour le laisser pendre à l'air libre, à la vue de tous. Ce serait son signal, se dit-il. On saurait alors qu'il avait compris le message. Et qu'il attendait les instructions.

Clare reçut avec bonheur le jet de la douche sur la tête. Son corps était courbaturé d'une fatigue merveilleuse. Les yeux clos, elle se mit à fredonner en faisant mousser le savon sur sa peau. Il avait la même odeur que Cam, songea-t-elle — avant de se rendre compte qu'elle souriait comme une hallucinée.

222

Seigneur, se dit-elle, quelle soirée !

Avec des gestes lents et ondoyants, elle fit courir ses mains le long de son corps, l'esprit perdu dans ses souvenirs. Certes, elle avait eu son lot d'aventures romantiques, mais rien n'était comparable à ce qui s'était passé avec Cam la nuit précédente.

Elle avait eu, entre les bras de cet amant, l'impression d'être la femme la plus séduisante du monde, la plus affamée, la plus ardente. Une seule nuit leur avait suffi pour se donner l'un à l'autre, ce que Rob et elle n'avaient jamais réussi à faire dans toute une vie conjugale…

Holà ! songea-t-elle en secouant la tête. Pas de comparaisons, surtout avec les ex.

Elle lissa ses cheveux en arrière, consciente qu'elle avait encore un long chemin à parcourir. Ne s'était-elle pas précisément réfugiée sous la douche parce que sa première pensée, lorsqu'elle s'était réveillée auprès de Cam, avait été de se recroqueviller contre lui pour le serrer dans ses bras ? Même après leurs orageuses étreintes — ou peut-être à cause d'elles —, ce besoin d'être protégée et caressée la mettait mal à l'aise.

Bah, c'était purement sexuel, se dit-elle. Et sexuellement génial, bien sûr. Mais enfin, *seulement* sexuel. Lâcher la bride à ses sentiments ne ferait qu'embrouiller les choses, comme toujours.

Aussi préférait-elle se prélasser sous la mousse brûlante. Ensuite, elle se frotterait la peau jusqu'au sang. Et puis elle irait faire du trampoline sur la bedaine de Cam. Elle souriait déjà à cette idée quand, ouvrant les yeux, elle poussa un brusque cri d'horreur. Cam avait plaqué son visage contre la cabine de douche.

Eclatant de rire, il tira la porte, et, faisant fi des remontrances de Clare, la rejoignit sous le jet.

— T'as eu peur ?

— Jésus, tu es un idiot. Mon cœur a manqué un battement.

— Laisse-moi voir ça.

Il posa une main entre ses seins et se mit à sourire.

— Pas du tout. Il fait toujours tic-toc. Pourquoi t'es pas au lit ?

— Parce que je suis ici, répliqua-t-elle en ramenant ses cheveux en arrière.

Le regard de Cam la détailla de haut en bas. Aller et retour. Clare sentit son cœur s'emballer avant même qu'il ne tende les doigts pour les promener sur sa peau.

— Tu m'as l'air mouillée à point, la Gazelle, dit-il en approchant la bouche de son épaule luisante. T'as bon goût aussi.

Il remonta de sa gorge à ses lèvres.

— Tu dégouttes de savon.

— Mmm… La plupart des accidents domestiques arrivent dans les salles de bains, tu sais.

— Ce sont des pièges mortels.

— Je crois que je ferais mieux de prendre les choses en main.

S'étant coulée le long de son corps, elle referma les doigts sur le savon. Et ses lèvres sur lui. La respiration haletante de Cam se confondit bientôt avec le crépitement de la douche.

Il croyait avoir complètement apaisé, durant la nuit, ses sens en ébullition, et pensait aussi que le désir qui l'avait assailli, déchiré et tourmenté avait enfin trouvé satisfaction. Mais voilà qu'il ne se révélait désormais que plus désespéré, plus violent. D'un geste, il hissa Clare pour la plaquer contre le carrelage humide. Elle avait les yeux comme de l'or en fusion. Il les contempla. Et se perdit en eux.

— T'as faim ? lui demanda-t-il.

Debout près de la fenêtre de la salle de bains, Clare se passait les doigts dans les cheveux pour les faire sécher.

— Je meurs de faim, répondit-elle sans se retourner.

Aussi loin que son regard portait, elle ne voyait que bois sombres, profonds et verdoyants. Cam s'était entouré de ces futaies, s'y était même réfugié. A l'ouest, dans des lointains rougeâtres, se dressaient les collines. Clare rêvait au spectacle du crépuscule sur ces hauteurs, quand le soleil éclaboussait le ciel de couleurs.

— Comment as-tu trouvé cet endroit ?

— Par ma grand-mère, répondit-il en finissant de boutonner sa chemise.

Il vint se placer derrière elle.

— Cette terre appartient aux Rafferty depuis un siècle. Mon aïeule s'y est accrochée sa vie durant avant de me la transmettre.

— C'est beau. Je n'y ai pas vraiment fait attention l'autre soir.

Elle s'arrêta un moment pour sourire.

— En fait, reprit-elle, je crois que je n'ai pas fait attention à grand-chose, l'autre soir. J'ai à peine eu le temps de voir une maison sur une colline.

Cam la fit basculer par-dessus son épaule et la hissa ainsi jusque dans sa chambre à l'étage. Clare se mit à rire aux éclats.

— Quand je suis revenu, poursuivit-il, j'ai décidé que je voulais un endroit où je pourrais oublier la ville. Je crois que le problème de Parker venait en partie du fait qu'il vivait dans cet appartement au-dessus du marchand de vins, et qu'il ne l'a jamais oublié.

— Un insigne est lourd à porter, déclara Clare d'une voix taciturne.

Puis, prenant un air soudain intéressé :

— Tu ne parlais pas de manger, tout à l'heure ? demanda-t-elle.

— Le samedi matin, d'habitude, je vais au Martha's, répondit-il en consultant sa montre. Mais il est un peu tard. Nous pourrons sans doute grignoter quelque chose ici.

Cela plaisait bien mieux à Clare : les moulins à paroles se mettraient en action bien assez tôt — puisque de toute façon il était impossible de les arrêter. Mais du moins, l'espace d'un matin, tourneraient-ils à vide…

— Tu me fais visiter ?

Tout ce qu'elle avait vu de la maison, jusqu'alors, ç'avait été la chambre avec son immense lit carré, le plancher aux lattes dépareillées et le plafond. Et puis la salle de bains, ajouta-t-elle mentalement. La grande fosse carrelée du bain à remous, la large baie vitrée et la douche recouverte de céramique. Elle avait apprécié le goût de Cam jusqu'ici, ainsi que sa hardiesse à marier les couleurs vives. Cela étant, elle avait envie de voir le reste.

En dépit des événements survenus depuis la veille, elle n'était pas sans savoir qu'on ne passait pas sa vie dans une chambre à coucher.

Il lui prit la main pour la faire sortir de la pièce.

— Il y a encore deux chambres à cet étage.

— Trois chambres ? s'exclama-t-elle en haussant le sourcil. On a des idées derrière la tête ?

— Pour ainsi dire.

Il la laissa jeter un coup d'œil à travers les pièces du premier étage, se réjouissant de ses hochements de tête et de ses commentaires. Elle approuva les verrières et les parquets de bois massif, les grandes fenêtres et les portes du couloir qui ouvraient sur le toit panoramique.

— Tu es terriblement ordonné, remarqua-t-elle au moment où ils redescendaient.

— On ne fait pas beaucoup de désordre quand on est tout seul.

Clare ne put qu'en rire. Elle le gratifia d'un baiser.

Parvenue au rez-de-chaussée, elle s'arrêta sur le seuil de la salle de séjour pour embrasser du regard le haut plafond et le sol recouvert de kilims entre lesquels jouaient les rayons du soleil. L'un des murs, dressé en pierres de rivière, se creusait pour accueillir une ample cheminée. Non loin de là se trouvait un canapé bas et confortable qui semblait avoir été spécialement conçu pour la sieste.

Elle se retourna.

— Eh bien, voilà qui est…

C'est alors qu'elle aperçut la sculpture. Cam l'avait installée au centre de la cage d'escalier, de sorte qu'elle soit éclairée par le soleil coulant à flots de l'oculus zénithal — de manière aussi que quiconque pénétrant dans la maison, ou se tenant dans le séjour, soit obligé de la voir.

Forme souple et sinueuse de laiton et de cuivre rouge d'environ un mètre vingt de haut, c'était une œuvre à l'aspect indéniablement sensuel, une silhouette de femme élancée, svelte et nue. Elle avait les bras haut levés, et ses cheveux de cuivre flottaient en étendard derrière sa tête. Clare, qui l'avait intitulée *Féminité*, avait cherché à exprimer en elle toute la puissance, le charme et la magie contenus dans ce mot.

Troublée de découvrir une de ses statues dans la demeure de Cam, elle enfonça ses mains dans ses poches.

— Je, heu… Tu disais que tu me croyais artiste peintre.

— Je t'ai menti, lui répliqua-t-il avec un grand sourire. Il était vraiment trop drôle de te voir monter sur tes grands chevaux.

226

A cette pique, Clare se contenta de froncer les sourcils.

— Je suppose que tu l'as déjà depuis un certain temps.

— Quelques années, oui, répondit-il en repoussant une des mèches de cheveux de Clare derrière son oreille. Je suis allé un jour à cette galerie de D.C. Ils avaient quelques-unes de tes œuvres. Et je suis finalement ressorti avec celle-là.

— Pourquoi ?

Il remarqua son malaise. Son embarras même. Il tendit de nouveau les mains vers le visage de la jeune femme, et lui prit le menton.

— Je n'avais pas l'intention de l'acheter, et puis c'était nettement au-dessus de mes moyens. Mais quand je l'ai vue, j'ai su aussitôt qu'elle était faite pour moi. J'ai ressenti la même chose, hier soir, quand je t'ai vue dans le garage.

Elle s'écarta instinctivement de lui.

— Je ne suis pas une œuvre d'art à vendre.

— Non, bien sûr que non.

Il posa sur elle un regard acéré.

— Tu es bouleversée par le fait que j'aie su te reconnaître dans cette sculpture, reprit-il. Que j'aie su te percer à jour. C'est ça qui te dérange.

— J'ai déjà un psychanalyste, merci.

— Tu peux toujours m'envoyer balader, Clare. Ça ne changera rien.

— Je ne t'envoie pas balader, lui répliqua-t-elle en serrant les dents.

— Oh, que si. Cela dit, nous pouvons rester là à nous chamailler, ou alors je peux te traîner en haut jusqu'au lit par la peau des fesses, ou bien encore nous pouvons aller prendre un café dans la cuisine. A toi de choisir.

Clare demeura un instant bouche bée, incapable d'articuler une parole.

— Oh, espèce de sale petit salaud prétentieux !

— Va pour la dispute, alors.

— Ce n'est pas ce que je veux, hurla-t-elle. Une chose, seulement : tu ne me traînes par les fesses nulle part, compris, Rafferty ? Si je vais au lit avec toi, c'est parce que je l'ai décidé. Peut-être que ce n'est pas la règle dans ta coquette petite garçonnière, mais nous sommes dans les années 90 maintenant, et je n'ai pas besoin d'être séduite, ni embobinée ni violentée. Entre adultes libres et responsables, la sexualité est une question de consentement mutuel.

— Très bien.

Il la prit par les pans de sa chemise pour la plaquer contre lui, les yeux brillant de fureur.

— Ce qui s'est passé entre nous va au-delà de la sexualité, dit-il. Et tu seras bien obligée de l'admettre un jour.

— Je ne suis obligée à rien du tout.

Elle se débattit quand elle le vit pencher la tête vers elle. Elle s'attendait à un baiser agressif et rageur, à une étreinte violente, vindicative et emplie de frustration. Au lieu de cela, elle sentit les lèvres de Cam se poser sur les siennes avec une douceur languissante. Ce geste de tendresse aussi soudain qu'inattendu lui fit chavirer le cœur.

— Ça ne te fait rien, la Gazelle ?

Ses paupières étaient trop lourdes pour qu'elle puisse les rouvrir.

— Si, répondit-elle.

Il effleura de nouveau ses lèvres avec les siennes.

— Tu as peur ?

Elle hocha la tête. Cam appuya son front contre le sien. Elle poussa un long soupir.

— Eh bien, comme ça, dit-il, nous sommes deux à trembler... Finie la dispute ?

— Je crois bien.

Il lui passa un bras autour des épaules.

— Allons le prendre, ce café.

Au moment où il la déposait chez elle, le téléphone de Clare était en train de sonner. Elle décida de l'ignorer et de profiter de son état d'effervescence émotionnelle pour se replonger dans le travail. Cependant, comme la sonnerie se faisait insistante, elle se résigna à aller décrocher le combiné dans la cuisine.

— Allô ?

— Seigneur, Clare ! s'exclama Angie d'une voix courroucée qui lui assaillit les tympans. Où étais-tu passée ? J'essaye de te joindre depuis hier.

— J'étais occupée, répondit-elle en plongeant la main dans un sac de *cookies*. J'avais du travail. Et puis d'autres choses...

— Est-ce que tu te rends compte que si je n'avais pas réussi à t'avoir d'ici à midi, j'étais prête à faire une descente chez toi ?

— Angie, je t'ai déjà dit que tout allait bien. Il ne se passe jamais rien ici.

Puis, songeant soudain à Biff Stokey :

— Enfin, presque jamais, se reprit-elle. Je réponds rarement au téléphone quand je suis en train de travailler, tu sais.

— Et tu travaillais encore à 3 heures du matin ?

Clare s'en mordit la lèvre.

— Probablement que j'étais occupée, oui, répondit-elle. Et tu m'appelles pour quoi ?

— J'ai des nouvelles pour toi, ma jolie. De grandes nouvelles.

Clare renonça au *cookie* pour se rabattre sur une cigarette.

— Grandes comment ?

— Capitales. Le Betadyne Institute de Chicago va s'agrandir ; il y aura une nouvelle section consacrée à l'art féminin. Ils veulent acquérir trois de tes sculptures pour l'exposition permanente.

Clare laissa échapper un petit sifflement d'excitation.

— Mais il y a mieux encore, poursuivit Angie.

— Mieux ?

— Oui. Ils veulent te commander une sculpture, qu'ils installeront devant l'entrée pour symboliser la contribution des femmes à l'art mondial.

— Attends, je crois bien que je vais m'asseoir.

— Ils prévoient de constituer le nouveau fonds d'ici à douze ou dix-huit mois. Ils souhaiteraient te voir leur soumettre des esquisses avant septembre et, bien sûr, ta présence est requise à l'inauguration, pour les interviews et les séances de photos. Je te ferai part de tous les détails avec Jean-Paul quand on sera chez toi.

— Vous arrivez quand ?

— Très bientôt, dit Angie avec un bref soupir. J'espérais que tu reviendrais travailler ici, mais Jean-Paul estime que nous devrions d'abord voir où tu en es.

— Angie, s'exclama Clare en portant une main à son front, laisse-moi au moins le temps de me remettre !

— Mets plutôt du champagne au frais. Nous serons là lundi après-midi. Désires-tu que je te rapporte quelque chose, en dehors des contrats et des épures ?

— Des lits, murmura-t-elle faiblement.

— Comment ?

— Rien.

— Parfait. Jean-Paul te rappellera demain pour les détails du trajet. Félicitations, ma grande.

— Merci.

Ayant raccroché, Clare se frotta vigoureusement le visage. Voilà donc l'étape suivante, se dit-elle, cette étape pour laquelle elle avait travaillé si dur, l'étape vers laquelle Angie n'avait cessé de la pousser. Elle espérait seulement y être suffisamment préparée.

Elle travailla durant toute la matinée, et jusque tard dans l'après-midi. Finalement, ses crampes aux mains l'obligèrent à s'arrêter. Bon, tant mieux, pensa-t-elle ; elle devait encore aller faire des courses, se payer des lits, une paire de draps et des serviettes — toutes commodités auxquelles s'attendraient ses invités. Elle pourrait aussi passer par la ville, histoire de voir si Cam ne serait pas disponible pour l'accompagner.

Cela ne prouvait-il pas, d'ailleurs, qu'elle ne redoutait plus la voie dans laquelle ils s'étaient tous deux engagés ?

Très certainement, oui. Et s'enterrer la journée durant dans le travail prouvait également qu'elle ne craignait pas de se voir proposer la plus grosse commande de toute sa carrière.

Elle monta se changer, et se retrouva bientôt en train de gravir l'escalier qui menait au grenier. La porte était encore ouverte, ainsi qu'elle l'avait laissée. Elle ne s'était pas sentie capable de la refermer, de mettre une nouvelle fois ses souvenirs sous scellés. Immobile sur le seuil, elle laissa son esprit remonter dans le passé, jusqu'à cette époque où le grand bureau de son père était constamment submergé sous un capharnaüm de papiers, de photographies et d'ouvrages de jardinage. Au mur se dressait un grand panneau de liège couvert de clichés de la maison et de numéros de téléphone inscrits sur du papier journal : des plombiers et des couvreurs, des charpentiers et des électriciens. Jack Kimball s'était toujours efforcé de confier travaux et réparations à des amis et à des artisans du cru.

Il disposait d'un bureau en ville, bien sûr, d'un local soigneusement aménagé, même. Mais c'était là qu'il préférait travailler, au sommet de la maison. Sa famille pouvait l'y retrouver à tout moment, et lui-même y jouissait du parfum des fleurs qui lui parvenait du jardin en contrebas.

Il y avait aussi des piles de livres dans cette pièce, se rappela Clare. Les étagères qui couvraient le mur en étaient abondamment garnies. La jeune femme pénétra dans le bureau vide pour se plonger de nouveau dans toutes ces affaires que sa mère avait jadis remisées dans les cartons et dont elle n'avait jamais pu vraiment se débarrasser.

Elle y retrouva des manuels de transactions immobilières, des traités d'architecture, le vieux carnet d'adresses élimé de son père, des romans de Steinbeck et de Fitzgerald. Il y avait là également d'épais volumes de théologie et d'histoire religieuse. Jack Kimball avait manifesté tout autant de fascination que d'aversion pour la religion. Clare se mit à fouiller dans ces ouvrages, curieuse de savoir ce qui avait pu le conduire sur la fin de sa vie à se tourner aussi fiévreusement vers la religion de son enfance.

Son regard tomba sur un livre de poche aux pages cornées. Elle l'épousseta, intriguée par le symbole représenté sur la couverture. Elle l'avait déjà vu quelque part. C'était une tête de bouc délimitée par un pentacle. Deux branches de l'étoile correspondaient aux cornes de la bête, deux autres aux oreilles, la dernière au museau et à la barbichette.

— *La Voie senestre*, lut-elle à haute voix.

Les sourcils froncés, elle commençait à parcourir le livre, lorsqu'une ombre s'abattit sur elle.

— Clare ?

Elle sursauta. L'ouvrage retomba au milieu des autres. Sans réfléchir plus avant, elle tendit la main vers le tas pour se saisir d'un autre livre, et se retourna.

— Je suis désolé, reprit Cam.

Debout sur le seuil, il cherchait laborieusement ses mots. Il n'ignorait pas que sa présence dans cette pièce faisait de la peine à la jeune femme.

— Ta voiture était en bas, la radio allumée. Je me suis dit que tu devais être quelque part à l'intérieur.

— Hmm, c'est-à-dire que j'étais en train de…

Elle s'interrompit un instant pour se relever et s'épousseter les genoux.

— … de fouiller dans de vieilles affaires.

— Ça va ?

— Oui, oui.

Elle baissa les yeux sur les livres éparpillés sur le plancher.

— Tu vois, on peut faire beaucoup de désordre quand on est seul.

— Hé, la Gazelle, dit-il en lui caressant la joue. Tu veux qu'on en parle ?

— Doucement, répondit-elle en refermant les doigts sur son poignet. Je commence tout juste à pouvoir compter sur toi.

— Laisse-toi aller, va. N'hésite pas.

Il l'attira tendrement contre lui et se mit à lui masser le dos.

— Je l'aimais tant, Cam.

Elle poussa un long soupir, le regard perdu sur les grains de poussière qui dansaient dans la lumière du soleil.

— Jamais je n'ai été capable d'aimer autant quelqu'un d'autre. Quand j'étais petite, j'avais l'habitude de monter ici après qu'on m'avait couchée. Il m'autorisait à m'asseoir dans le fauteuil pour le regarder travailler, et puis il me portait au lit. On pouvait parler de tout ensemble, même lorsque je suis devenue plus grande.

Elle resserra son étreinte autour de Cam.

— J'ai trouvé ça horrible quand il s'est mis à boire. Je ne pouvais pas comprendre ce qui le poussait ainsi à faire son malheur. Notre malheur. Certaines nuits, il m'arrivait de l'entendre pleurer, et prier. Il semblait alors si seul, si pitoyable. Et puis le lendemain, mystérieusement, il se ressaisissait. On commençait alors à se dire que tout rentrait dans l'ordre. Mais il n'en était rien.

Elle s'écarta de Cam en soupirant, les yeux secs.

— C'était un bon père, Clare. Pendant des années je vous l'ai envié, à toi et à Blair. La boisson, c'était quelque chose de plus fort que lui.

— Je sais.

Esquissant un faible sourire, elle fit alors ce qu'elle n'avait pas eu le courage de faire toute seule. Elle se dirigea vers la fenêtre et baissa les yeux vers la terrasse.

Le dallage en contrebas était vide, propre, net. En bordure se dressaient les roses précoces que son père chérissait.

— Je suis passée par toutes les réunions thérapeutiques imaginables, toutes les cures. Mais il y avait une chose que personne n'aurait su me dire, une seule et unique question que je me suis sans cesse posée sans jamais lui trouver de réponse : est-ce qu'il est vraiment tombé, Cam ? Est-ce qu'il a vraiment pu se soûler au point de perdre l'équilibre ? Ou bien est-ce que ce soir-là il se tenait ici, à l'endroit même où je suis maintenant, décidé à en finir une bonne fois pour toutes avec le démon, quel qu'il soit, qui lui rongeait le cœur et l'âme ?

— C'était un accident, répondit Cam.

Il lui posa les mains sur les épaules pour la faire pivoter vers lui.

— Oui, c'est ce que je veux croire, dit-elle. C'est ce que j'ai toujours essayé de croire. L'autre éventualité était trop douloureuse. Mon père ne pouvait avoir mis fin à ses jours, il ne pouvait avoir fait ce mal-là à ma mère, à Blair, à moi. Mais, vois-tu, mon père n'aurait pas été non plus capable de tricher, de soudoyer des inspecteurs ni de falsifier des rapports comme il l'a fait pour le centre commercial. Il n'aurait pu mentir, voler ni bafouer la loi avec aussi peu de scrupules. Et pourtant… Je ne sais plus que croire.

— Il t'aimait, et il a fait des erreurs. Voilà tout.

— Mais toi, avec tout ce que tu as vécu, tu comprends la douleur de ne plus avoir son père quand on en a si atrocement besoin ?

— Oui.

— Je sais que cela pourra te sembler étrange, reprit-elle en lui serrant la main, mais si je pouvais avoir une certitude, une *vraie* certitude — même celle de son suicide —, je trouverais cela encore mieux que de courir après des questions sans réponse.

Elle secoua la tête et réussit à ébaucher un semblant de sourire.

— Tu vois, quand je te disais que je comptais sur toi…

Elle noua ses doigts aux siens, puis les porta à ses lèvres.

— Ça va mieux ? s'enquit-il.

— Oui, merci, répondit-elle en redressant la tête pour l'embrasser. Vraiment mieux.

— N'hésite plus jamais à me parler, crois-moi.

— Redescendons.

Elle le précéda dans l'escalier. Mais, au moment où il tendait la main pour refermer la porte, elle arrêta son geste.

— Non, laisse-la ouverte.

Puis, jugeant elle-même son attitude absurde, elle se précipita au bas de l'escalier.

— Une petite bière, Rafferty ?

— Hmm, en fait, j'allais te demander si ça te dirait de dîner en ville, et d'aller au cinéma. Et enfin de revenir chez moi faire l'amour toute la nuit.

— Eh bien, eh bien, répondit-elle en se pourléchant les babines. Voilà qui me semble prometteur. Ah, seulement je dois t'avertir : je reçois des amis la semaine prochaine ; il faut que j'achète des lits, un fauteuil, une lampe — deux, même —, et puis des draps, des provisions...

Il leva une main pour l'interrompre.

— Ne me dis pas que tu veux faire une croix sur le cinéma pour aller te plonger dans la cohue du centre commercial !

— Pas seulement... Il y a aussi la brocante.

Elle lui lança un sourire plein d'espoir.

Et Cam lui en aurait encore accordé bien davantage pour lui voir garder ce sourire.

— Je vais appeler Bud pour lui demander de me prêter sa camionnette.

— Seigneur, tu es un prince !

Elle se pendit à son cou pour l'embrasser à pleine bouche, puis se dégagea bien vite avant qu'il ne resserre son étreinte.

— Je cours me changer.

Elle n'avait pas encore atteint l'escalier que le téléphone se mit à sonner.

— Réponds pour moi, tu veux ? Je n'y suis pour personne. Dis-leur que je rappellerai.

Cam décrocha le combiné.

— Allô ?

Il y eut un instant de silence bourdonnant, bientôt suivi du signal de fin d'appel.

— On a raccroché, lança-t-il à Clare avant de composer le numéro de Bud.

Quand Clare redescendit de sa chambre, Cam se trouvait au garage en train de contempler le travail qu'elle avait accompli durant la journée. Anxieuse, elle fourra ses mains dans les poches de la longue jupe grise qu'elle venait d'enfiler.

— Qu'en penses-tu ?

— Je pense que tu es incroyable, répondit-il en passant une main sur les courbes lisses de la sculpture. Toutes tes œuvres sont tellement différentes les unes des autres.

Son regard allait de la statue entièrement faite de métal au bras tendu modelé dans la glaise.

— Et pourtant, poursuivit-il, elles sont toutes de toi. On ne peut pas s'y tromper.

— Je crois que je devrais m'excuser pour ce matin : je n'aurais pas dû te sauter à la gorge simplement parce que tu avais eu le bon goût d'acheter une de mes œuvres.

— Bah, je savais que ça te passerait, répliqua-t-il en feuilletant le carnet de croquis d'une main distraite. Oh, à propos, je t'ai obtenu ton bourrelet.

— Tu... Mon bourrelet ?

— Tu en avais bien envie, non ?

— Si, si, bien sûr. Je ne pensais pas que tu t'en souviendrais. Comment t'es-tu débrouillé ?

— J'en ai juste touché deux mots au maire. Il était tellement flatté qu'il était prêt à te payer pour que tu l'embarques.

Clare se pencha pour envelopper la glaise dans des torchons humides.

— Vous êtes d'une gentillesse sidérante avec moi, Rafferty.

Cam reposa le carnet.

— Ouais, je le pense aussi, acquiesça-t-il en se tournant vers elle. Tu sais fichtrement bien y faire, la Gazelle. J'espère seulement que tu n'es pas une de ces sacrées coureuses de magasins.

— Je compte bien battre le record du comté en la matière.

Elle leva aussitôt la main pour prévenir ses protestations.

— Et puis, il ne faudra pas oublier le champagne pour le dîner de ce soir, ajouta-t-elle.

— Qu'est-ce qu'on fête ?

— J'en ai appris de bien bonnes aujourd'hui, répondit-elle en se dirigeant vers la voiture de Cam. Je te raconterai cela pendant le repas.

Apercevant Ernie de l'autre côté de la rue, elle lui fit un signe de la main.

— Salut, Ernie.

Le garçon se contenta de la regarder de biais, la main serrée sur son pentacle.

DEUXIÈME PARTIE

« L'Eternel dit au Satan : "D'où viens-tu ?"
» Le Satan répondit au Seigneur et dit : "J'ai visité la terre
et l'ai parcourue en tous sens." »

Le Livre de Job

(Traduction du Rabbinat français, Paris,
Librairie Colbo, 1966.)

13.

— Mais qu'est-ce qui *sent* comme ça ?

— Les doux effluves du printemps, ma belle.

Avec un large sourire, Jean-Paul fronça son nez élégant pour aspirer l'air environnant.

— *Ah*, s'exclama-t-il dans son français natal, *c'est incroyable.*

— Tu l'as dit, marmonna Angie d'un air renfrogné en penchant la tête par la portière. Ça sent le crottin de cheval.

— Et quand donc, seul amour de ma vie, as-tu jamais senti du crottin de cheval ?

— Le 17 janvier 1987, sur une carriole cahotante dans le blizzard de Central Park, la première fois que tu m'as demandée en mariage. Ou la seconde.

Jean-Paul éclata de rire et lui fit un baisemain.

— Alors ça devrait te rappeler de bons souvenirs.

Angie n'en disconvenait pas — mais n'en sortit pas moins un flacon de Chanel de son sac pour en vaporiser l'habitacle.

Puis elle croisa ses longues jambes tout en se demandant pourquoi son mari faisait si grand cas de ce paysage d'herbe, de rochers et de grosses vaches couvertes de mouches. Si c'était cela le charme printanier, alors elle préférait encore la 42e Rue, et de loin !

Non pas qu'elle fût insensible au pittoresque — elle avait admiré le panorama de Cancún sur le balcon d'un hôtel, les rues de Paris depuis la terrasse d'un café ou encore les rouleaux de l'Atlantique à l'abri d'un transat —, mais ce pittoresque-ci, malgré tout son charme rude et paysan, était bien plus agréable à regarder dans les peintures des primitifs.

— Un salo !

Elle jeta un bref coup d'œil au paysage avant de laisser échapper un soupir.

— Je crois qu'on appelle plutôt cela un *silo*, Jean-Paul. Même si cela sonne moins bien.

Elle se renfonça dans son fauteuil tandis que son mari s'entraînait à prononcer correctement le mot.

Jusqu'alors, elle avait trouvé le trajet plutôt plaisant. Jean-Paul avait un air délicieusement sexy quand il était au volant. A cette pensée, elle eut un sourire en coin — signe de contentement typiquement féminin. Jean-Paul, se reprit-elle, était toujours délicieusement sexy. Et il était tout à elle.

En fait, elle adorait sillonner l'autoroute, les fenêtres ouvertes, sur un air endiablé de musique cajun. Elle n'avait pas encore proposé à Jean-Paul de le remplacer au volant, sachant fort bien que son mari avait rarement l'occasion de mettre sa gentille petite casquette de coureur et ses gants de cuir pour aller écumer la campagne.

Juste après la bretelle numéro 9 sur l'autoroute du Jersey, ils avaient écopé d'une amende, que Jean-Paul avait signée de bon cœur — avant de relancer aussitôt la Jag à plus de cent quarante dans le trafic.

Il était heureux comme un goret dans sa souille… Seigneur, se dit-elle en refermant les yeux, voilà qu'elle se mettait en plus à penser avec des métaphores paysannes !

La dernière heure du trajet l'avait rendue nerveuse. Tous ces champs, ces collines, ces arbres. Tout cet espace libre… Elle préférait nettement les canyons d'acier et de béton de Manhattan. Elle en était même à regretter les dangers de la grande ville — quand un lapin traversa soudain la route comme un beau diable, la jetant dans un état proche de la panique.

Et où était le bruit, pour l'amour de Dieu ? Et les gens ? Est-ce que tous les gens avaient émigré vers la quatrième dimension pour se retrouver dans quelque *remake* de *La Ferme des animaux* d'Orwell ?

Pourquoi diable Clare avait-elle choisi de vivre dans cet endroit où l'on n'avait que des vaches pour voisins ?

Elle était en train de tripoter fébrilement la lourde chaîne d'or qu'elle portait autour du cou, lorsque Jean-Paul donna un coup de frein brutal qui les fit déraper sur le bas-côté. Une gerbe de gravier fumant s'éleva dans les airs.

— Regarde ! Une chèvre…

Angie plongea dans son sac à la recherche de son Excedrin.

— Jésus, Jean-Paul, tu n'es pourtant plus un enfant.

Riant aux éclats, il se pencha par la vitre pour contempler le bouc à la toison grise qui était en train de ruminer avec un air grincheux. La bête semblait aussi peu impressionnée qu'Angie.

— Tu adorais pourtant les chèvres quand je t'ai offert cette écharpe en angora pour Noël.

— J'adore aussi ma veste en daim, et ce n'est pas pour cela que je vais adopter un mouton.

Jean-Paul bécota l'oreille de sa femme avant de se recaler sur son siège.

— Quand devons-nous tourner ?

Angie le fusilla du regard.

— Serions-nous perdus ?

— Non, répondit-il en la regardant boire directement à la bouteille de Perrier pour faire descendre ses deux tranquillisants. Je ne sais pas où nous sommes, c'est vrai, mais nous ne pouvons être perdus, puisque nous sommes ici.

Cet assaut de logique absurde fit regretter à Angie de ne pas avoir de Valium à la place de son Excedrin.

— Ne joue donc pas les boute-en-train, Jean-Paul, cela me déprime.

Elle se saisit de la carte pour qu'ils l'étudient à la lumière des indications de Clare. Sa lassitude s'atténua quelque peu lorsque Jean-Paul se mit à lui masser la nuque. Comme toujours, se dit-elle, il savait exactement trouver son point sensible.

C'était un homme aussi persévérant qu'enthousiaste. En toute circonstance. Lorsqu'ils avaient fait connaissance, Angie rongeait son frein à son poste d'assistante chez un concurrent de Jean-Paul. Comme elle avait opposé une attitude froide et réservée à ses plus modestes tentatives de séduction ainsi qu'à ses déclarations les plus enflammées, la conquérir avait été pour lui un défi incontournable. Il ne lui avait pas fallu moins de six semaines pour la convaincre de dîner avec lui, et trois mois encore de frustrations répétées avant de l'attirer dans son lit.

Ensuite, elle n'avait plus été aussi froide. Ni aussi réservée.

Le sexe avait été, chez elle, la résistance la plus facile à vaincre. Jean-Paul n'ignorait guère qu'elle était attirée par lui. Comme toutes les autres femmes, d'ailleurs. Il avait assez de sensibilité pour se savoir d'un physique séduisant, et suffisamment d'assurance pour en jouer. Il possédait une silhouette élancée, qu'il entretenait avec un soin religieux par des régimes et des exercices réguliers. Son accent français, joint à une prononciation d'une maladresse souvent intentionnelle, ajoutait encore à son charme. Il avait laissé pousser ses cheveux noirs et bouclés jusqu'aux épaules, pour mettre en valeur les traits fins de son visage d'intellectuel et ses yeux d'un bleu intense. Enfin, il portait une épaisse moustache, qui accentuait le dessin de sa bouche délicate, et l'empêchait d'avoir l'air trop efféminé.

Non seulement il était agréable à regarder, mais il éprouvait une affection profonde et sincère envers la gent féminine dans son ensemble. Issu d'une famille où dominaient les femmes, il les appréciait depuis sa plus tendre enfance, aussi bien pour leur douceur et leur ténacité que pour leur futilité et leur perspicacité. Il était aussi sincèrement attiré par les beautés surannées aux cheveux teints en bleu-mauve que par les créatures sculpturales aux formes incendiaires — quoique pour des raisons différentes. C'était cette ouverture d'esprit qui lui avait valu sa réussite, au lit comme en affaires.

Angie, cependant, avait été et demeurait son seul et unique amour — même si elle n'était pas sa seule amante. La persuader de la sincérité de son affection, ainsi que des avantages d'un mariage traditionnel, lui avait pris le plus clair de son temps durant deux bonnes années. Cela étant, il ne regrettait en rien sa peine ni ses efforts.

Il lui serra doucement les doigts tandis qu'ils se réengageaient sur la voie à double sens.

— *Je t'aime*, lui dit-il en français, ainsi qu'il en avait souvent l'habitude.

Elle posa un baiser sur le dos de sa main en souriant.

— Je sais.

C'était un homme d'une valeur rare, songea-t-elle, même s'il la faisait souvent tourner en bourrique.

— Préviens-moi quand même, la prochaine fois que tu décideras de faire une embardée pour profiter du spectacle de la vie sauvage.

— Tu vois ce champ ?

Angie jeta un coup d'œil par la vitre.

— Comment pourrais-je le manquer ? s'exclama-t-elle en soupirant. Il n'y a que ça par ici.

— Eh bien, j'aimerais te faire l'amour dans ce champ, vois-tu, en plein soleil. Doucement d'abord, avec ma bouche, pour te goûter tout partout. Et, quand tu te mettras à frémir, à me supplier, alors je te caresserai avec mes mains. Mais juste du bout des doigts. Je commencerai par ta charmante poitrine, puis je descendrai plus bas, tout au fond de toi, là où c'est chaud et moite.

Quatre ans déjà…, se dit-elle. Oui, quatre ans déjà, et il était encore capable de la faire frissonner d'aise. Elle lui lança un regard en coin : il était en train de sourire. Puis, baissant les yeux, elle s'aperçut que les fantasmes qu'il venait de lui décrire n'étaient rien moins que sincères.

Le champ cessa bientôt de lui paraître aussi menaçant.

— Peut-être que Clare pourra nous indiquer un pré qui ne soit pas aussi proche de la route.

Il se renfonça dans son siège en gloussant et se mit à accompagner joyeusement la chanson de Beausoleil.

Trop nerveuse pour travailler, Clare était en train de planter des pétunias le long de l'allée, devant sa maison. Si Angie et Jean-Paul étaient bien partis de New York à 10 heures comme prévu, ils allaient arriver incessamment. Quoique ravie à l'idée de les revoir, et de leur faire visiter les environs, elle n'en était pas moins effrayée à la perspective de leur montrer son travail. Et de découvrir par la même occasion qu'elle avait fait fausse route.

Tout cela ne valait rien, se dit-elle. Elle préférait encore se déprécier elle-même, mais continuer de croire qu'elle restait capable de produire quelque chose de valable avec des bouts de bois et des morceaux de métal. Et puis tout lui était venu avec trop de facilité, aussi bien ses œuvres que son adhésion à sa vie d'artiste : la fuite en avant s'achevait sur un fiasco.

« Que craignez-vous, Clare, l'échec ou la réussite ? » fredonna dans sa tête la voix du Dr Janowski.

« Les deux — comme tout le monde, non ? Et maintenant, du balai, je vous prie. Tout le monde a bien droit à sa petite névrose personnelle. »

Elle chassa de son esprit tout ce qui avait trait à son travail pour se concentrer sur son activité de binage.

Son père lui avait enseigné l'art et la manière de procéder, comment choyer les jeunes plants avec un mélange de tourbe, d'engrais, d'eau et d'amour. A ses côtés, elle avait appris quelle consolation, et quel contentement, on pouvait retirer des soins apportés à une chose vivante. New York lui avait fait oublier cette joie et ce réconfort.

L'esprit vagabond, elle songea de nouveau à Cam, à l'intensité de leurs étreintes. De toutes leurs étreintes. De chacune d'elles. C'était comme répondre aux besoins les plus fondamentaux, les plus primaires. Ils s'étaient unis avec un appétit de bêtes sauvages. Elle n'avait jamais été — comment dire ? — affamée de quelqu'un à ce point-là.

Et, Seigneur, se dit-elle avec un sourire, il lui manquait déjà !

Combien de temps encore cela durerait-il ? Elle se remit à l'ouvrage en haussant les épaules. Elle n'ignorait pas qu'une passion était condamnée à devenir d'autant plus terne qu'elle avait été auparavant violente et intense. Mais elle ne laisserait point de telles craintes lui gâcher son plaisir. L'aventure tiendrait autant que possible, et ce serait toujours bien assez. En tout cas, pour le moment, il lui était déjà difficile de passer une heure sans anticiper le contact des mains de Cam contre son corps...

Avec des gestes tendres, elle tassa et consolida la terre autour des pétunias rouges et blancs. Le soleil frappait dur sur son dos tandis qu'elle recouvrait le sol de paillis. Ces fleurs grandiraient, se dit-elle. Oui, elles grandiraient, s'épanouiraient et fleuriraient jusqu'aux premières gelées. Ensuite elles se faneraient, évidemment, mais entre-temps elles auraient charmé ses yeux.

Au bruit d'un moteur qui crachotait, elle releva la tête, puis s'assit sur ses talons en attendant que Bob Meese achevât de faire grimper l'allée à son camion.

— Salut, Clare.

— Salut, Bob, dit-elle en se redressant.

D'un coup sec, elle ficha sa bêche dans la terre.

— Ce sont de jolies fleurs que tu as là.

— Merci.

Elle essuya ses paumes maculées de boue sur le haut de son jean.

— J't'avais promis de t'apporter la lampe dès que j'aurais une minute.

— Ah, oui, dit-elle après un moment d'hésitation. C'est vrai… Tu tombes à pic. Mes amis devraient arriver d'un instant à l'autre. Ils seront ravis d'avoir une lampe de chevet.

Et quelle lampe, songea-t-elle au moment où Bob la sortait du camion. C'était un lampadaire de près d'un mètre cinquante de haut au pied doré et vrillé, avec un abat-jour cramoisi en forme de cloche, agrémenté de pendeloques en perles. On eût dit une pièce volée à un bordel du siècle précédent. Du moins Clare espérait-elle vivement que c'était le cas.

— Elle est encore mieux que dans mon souvenir, s'écria-t-elle tout en essayant de se rappeler si elle l'avait déjà payée ou non. Pourrais-tu la mettre au garage ? Je la monterai plus tard.

— Y a pas de lézard, répondit Bob avant de l'emporter à l'intérieur.

Il contempla un instant les outils et les statues.

— J'imagine que les gens payent le paquet pour des trucs comme ça, non ?

Elle sourit, songeant qu'il voulait ainsi exprimer son étonnement, et non critiquer son travail.

— En général, oui, répondit-elle.

— Ma bourgeoise, l'art, elle adore ça, reprit-il sur un ton dégagé en louchant sur une sculpture de laiton et de cuivre.

« De la merde contemporaine, oui », pensait-il avec un secret mépris. Cela dit, en brocanteur qu'il était, il savait fort bien qu'il n'y avait pas à discuter les goûts des clients prêts à payer rubis sur l'ongle.

— Elle s'est acheté une sorte de bourricot en plâtre avec une petite charrette pour mettre devant la maison, reprit-il. Tu fais pas des trucs pareils, toi ?

— Non, répliqua-t-elle sur un ton sentencieux. Pas vraiment.

— Passe un de ces jours y jeter un coup d'œil, des fois que tu manquerais d'idées.

— J'y songerai.

Comme il regagnait son camion sans lui avoir donné sa note, Clare se dit qu'elle avait dû la régler. Il ouvrit la portière et se hissa dans la cabine.

— Je suppose que tu sais déjà que Jane Stokey a revendu la ferme.

— Comment ?

— Jane Stokey, répéta-t-il en attrapant sa ceinture de sécurité.

Il se sentit fort content d'être le premier à lui annoncer la nouvelle.

— Elle a vendu sa ferme, répéta-t-il. Ou bien elle va le faire. Paraît qu'elle aurait l'intention de descendre dans le Tennessee. L'a une sœur, là-bas.

— Cam est au courant ?

— Peux pas dire. De toute façon, il l'apprendra d'ici au dîner.

Il songea un instant à aller faire un petit tour au bureau du shérif pour y lâcher la nouvelle, comme ça, au hasard de la discussion.

— Qui est l'acheteur ?

— Un gros ponte de l'immobilier de D.C., à ce qu'on dit. L'a dû tomber sur le nom de Biff en épluchant les nécros. Lui a fait une bonne offre, à ce qu'il paraît. J'espère seulement qu'un de ces merdeux de promoteurs va pas encore nous planter un lotissement dans le coin.

— Tu crois qu'ils oseraient ?

Il fronça les sourcils avec une moue dubitative.

— Eh bien, c'est une zone agricole, c'est sûr, mais sait-on jamais. Il suffit de graisser quelques pattes, et le vent tourne aussi sec.

Il s'arrêta brusquement et se mit à tousser pour dissimuler son embarras, tout en regardant ailleurs : il avait oublié le père de Clare.

— Alors, comme ça, euh, te voilà installée ?

La jeune femme remarqua que son regard s'était, l'espace d'un bref moment, égaré en direction de la fenêtre du grenier.

— Plus ou moins, répondit-elle.

Les yeux de Bob revinrent se poser sur elle.

— Et t'as pas la trouille de vivre là toute seule ?

— Je pourrais difficilement avoir peur dans la maison où j'ai grandi.

« Et où tous les fantômes me sont si proches », ajouta-t-elle pour elle-même.

Bob effaça du doigt une tache de boue sur son rétroviseur. Il y avait eu de la lumière dans le grenier une ou deux fois déjà, se dit-il. Et certaines personnes auraient bien aimé savoir pourquoi.

— J'imagine qu'avec tous les trucs que t'as achetés tu as l'intention de rester dans le coin pendant un moment.

Clare avait presque oublié combien, dans une petite ville, il était important pour tout le monde d'être au courant de tout.

246

— Je n'ai pas vraiment d'intention arrêtée, répondit-elle en haussant les épaules. Etre libre de tout lien, voilà comment la vie est belle.

— Je m'en doute.

En fait, il était lié lui-même depuis trop longtemps pour le comprendre. Tout ce qu'il voulait, c'était profiter des détours de la conversation pour satisfaire, avec tact selon lui, la curiosité qui avait motivé sa visite.

— Ça fait drôle de t'avoir de nouveau par chez nous. Tiens, ça me fait penser à la première fois où je t'ai sortie. C'était à la kermesse, hein ?

Le regard de Clare s'éteignit, et ses joues devinrent livides.

— Oui, répondit-elle. A la kermesse.

— Ah, pour sûr que c'était...

Il s'interrompit soudain comme s'il prenait conscience de son impair.

— Jésus, Clare, s'exclama-t-il en clignant les yeux d'un air compatissant. Je suis terriblement désolé. Je ne sais pas comment j'ai pu oublier...

— Ce n'est pas grave, le coupa-t-elle avec un sourire douloureux. Cela fait longtemps maintenant.

— Ouais, sacrément longtemps. Bon sang, quelle andouille je fais !

Il lui serra gauchement la main.

— Ça doit être dur pour toi d'avoir sans cesse autour de toi des gens pour te rappeler tous ces souvenirs.

Elle n'avait besoin de personne pour cela, pensa-t-elle.

— T'inquiète pas, Bob, répliqua-t-elle en haussant nerveusement les épaules. Si je n'étais pas capable de l'assumer, je ne serais pas ici.

— Euh, oui, bien sûr, mais... Enfin, j'imagine que tu as largement de quoi t'occuper, avec tes statues.

Puis, lui décochant un coup d'œil canaille :

— Et avec le shérif, ajouta-t-il.

— Les rumeurs vont vite, rétorqua-t-elle sèchement.

— Ah ça... Mais dis-moi, entre vous deux, c'est comme qui dirait le coup de foudre, hein ?

— Comme qui dirait, oui.

Avec quelque amusement, Clare remarqua que les regards de Bob s'étaient perdus dans la profondeur du garage, là où se dressait *La Bête en l'homme* — ainsi qu'elle l'avait appelée.

— Peut-être que Bonny Sue aimerait l'atteler à côté de son bourricot, non ? demanda-t-elle.

Bob se tortilla sur son siège en rougissant.

— Je crois pas que ce soit son genre. Peux pas dire que j'y connais grand-chose en art, mais…

— Chacun ses goûts, l'interrompit-elle. Tu sais, Bob, ce n'est pas grave si tu ne l'aimes pas. Moi-même, tiens, je ne suis pas sûre de l'aimer vraiment.

Oh, non, il ne l'aimait pas, Bob. Et il ne l'aimait pas parce qu'il la trouvait trop familière.

— Comment t'en es arrivée à faire une chose pareille ?

Elle jeta un coup d'œil par-dessus son épaule.

— Je ne sais pas trop. C'est venu de soi-même, pour ainsi dire. Dans un de mes rêves.

Elle avait ajouté cela d'une voix douce, presque pour elle-même. Et elle se mit à frotter son bras pour en chasser la chair de poule.

Bob avait posé sur elle un regard acéré, inquisiteur. Cependant, quand elle se retourna, il avait de nouveau son air affable.

— Je crois que je vais en rester au genre bourricot à charrette. Si tu as le moindre problème avec la lampe, fais-le-moi savoir.

— Oui, merci.

Il avait été le premier garçon à l'embrasser, se souvint-elle. Elle ne put s'empêcher de sourire.

— Passe le bonjour à Bonny Sue.

— Je n'y manquerai pas.

Satisfait des renseignements qu'il avait pu obtenir, Bob hocha la tête tout en se saisissant de sa ceinture de sécurité.

— Compte sur moi, répéta-t-il.

Puis, intrigué par un bruit de moteur, il se retourna soudain.

— Doux Jésus dans une charrette à bras ! s'exclama-t-il avec un air de profonde stupéfaction. Regarde-moi cette voiture !

Haussant la tête, Clare aperçut une Jaguar qui s'engageait dans l'allée. Avant même que Jean-Paul ne saute de voiture, elle avait déjà dévalé la pente et se précipitait dans ses bras pour l'embrasser avec une effusion délirante.

— Mmm, murmura-t-il avant de la bécoter de nouveau. Régalisse…

Clare se tourna vers Angie dans un éclat de rire.

— Vous voilà enfin ! dit-elle en étreignant son amie. Je n'en crois pas mes yeux.

— Moi non plus, répliqua Angie.

Repoussant ses cheveux en arrière, elle inspecta la rue d'un long regard circulaire. Elle portait une tenue de campagne — à ses yeux du moins : pantalon de lin vert olive, veste assortie, chemisier de soie rose et sandalettes de chez Bruno Magli.

— Alors, voilà Emmitsboro.

— Hé, oui, repartit Clare en l'embrassant. Comment s'est passé le voyage ?

— On a écopé d'une seule amende.

— C'est que Jean-Paul devient un grand garçon, maintenant.

Elle le regarda extirper de la voiture deux valises et un sac de cuir.

— Allons, je vous offre un verre de vin, dit-elle en lui prenant le sac des mains.

Ayant remonté l'allée, elle s'arrêta à côté du camion de Bob pour faire les présentations.

— Bob Meese, Angie et Jean-Paul LeBeau, des amis, marchands d'art à New York. Bob tient la meilleure brocante de la ville.

— Ah, ah ! s'exclama Jean-Paul qui avait reposé les valises pour tendre la main à Bob. Il faudra que nous allions visiter votre boutique avant de repartir.

— Je suis ouvert de 10 à 6 en semaine et de midi à 5 le dimanche.

Bob remarqua que Jean-Paul portait des chaussures en croco ainsi qu'une gourmette en or. « Une gourmette, se dit-il. Quelle idée. Même pour un étranger. » Il nota également le genre exotique de son épouse : une Noire. Bref : autant de petits détails sur lesquels il pourrait gloser derrière le comptoir jusqu'à l'heure de la fermeture.

— Bon, eh bien, faut que j'y aille.

— Merci de m'avoir apporté la lampe.

— Y a pas de lézard.

Avec un bref salut de la main, il remonta dans son camion et fit marche arrière jusqu'à la route.

— Quelqu'un n'aurait-il pas parlé de vin ? s'enquit Angie.

— Tout à fait, répondit Clare.

Elle la prit par le bras pour l'entraîner de l'autre côté de la maison, vers l'allée menant à l'entrée principale.

— En votre honneur, je suis allée jusqu'à Frederick chercher du pouilly-fuissé.

— Minute, intervint Jean-Paul, qui s'engageait déjà dans la direction opposée. C'est bien là que tu travailles, non ? Dans ce garage ?

— Oui. Mais entrons nous installer. Vous avez vu mes pétunias ? Je viens juste...

Angie était déjà sur les talons de son mari et entraînait Clare dans son sillage. Celle-ci laissa échapper un faible soupir entre ses dents et, sans ajouter un mot, attendit la suite des événements. Elle aurait voulu remettre ce moment à plus tard. Mais à quoi bon ? De toute façon, l'opinion de Jean-Paul, aussi bien que celle d'Angie, signifiait énormément pour elle. Ils l'aimaient tous deux, elle ne l'ignorait pas. Et de ce fait, ils seraient francs avec elle, voire brutaux si nécessaire. Les œuvres qu'elle avait produites ici, chez elle, étaient d'une importance capitale, et, plus que n'importe quelle autre sculpture, celles-ci étaient l'expression vive de son cœur.

Elle se tint en arrière, silencieuse, les regardant déambuler autour des statues avec un air circonspect. Sur le sol de béton du garage, les talons d'Angie résonnaient à n'en plus finir tandis qu'elle étudiait la sculpture de bois sous tous les angles. Ils n'échangèrent aucune parole. A peine un regard. Tout en examinant la statue de métal sur laquelle Bob Meese avait louché d'un air perplexe, Jean-Paul se mordait la lèvre supérieure — tic nerveux que Clare ne lui connaissait que trop.

Cependant, là où Bob n'avait vu qu'un amas informe, Jean-Paul distinguait lui une fosse embrasée dont s'échappaient des langues de feu crépitantes. Avides, même. Menaçantes. Des flammes qui lui donnaient des frissons et le poussaient à se demander ce qu'elles pouvaient dévorer ainsi.

Toujours silencieux, il se retourna vers le bras de glaise que Clare avait mis au four quelques jours à peine auparavant. Juvénile et arrogant, estima-t-il. Prêt à la violence comme aux gestes héroïques. Repris par son tic, il reporta ses yeux sur l'œuvre suivante.

Trépignant d'anxiété, Clare fourra ses mains dans ses poches et les en ressortit aussitôt. Pourquoi donc s'était-elle imposé une telle épreuve ? se demanda-t-elle. Chaque minute, chaque seconde qui passait lui donnait l'impression qu'elle n'avait extirpé d'elle-même émotions, visions et craintes que pour les voir étalées sur la place publique. Et c'était toujours pire, plus gênant chaque fois, se dit-elle en frottant ses paumes moites contre ses cuisses. Si elle avait eu un peu de jugeote, elle se serait depuis longtemps reconvertie dans l'électroménager...

Les LeBeau se penchèrent de concert sur la sculpture de métal jaillie du cauchemar de Clare. Ils n'avaient pas encore prononcé une seule parole. L'espèce de communion silencieuse qui les unissait avait beau être plus puissante que les mots, elle n'en échappait pas moins à la jeune femme. Elle retint son souffle lorsque Jean-Paul se tourna enfin vers elle. Il posa ses mains sur ses épaules d'un air solennel et, penché en avant, lui donna l'accolade.

— Ebouriffant.

Clare en soupira de soulagement.

— Dieu merci !

— J'ai horreur de me tromper, s'écria Angie d'une voix vibrante d'excitation. Et j'ai encore plus *horreur* de le reconnaître. Le fait est que venir travailler ici était bien la meilleure solution pour toi, Clare... Seigneur, quel choc !

Clare les prit tous deux par le bras, écartelée entre une pressante envie de pleurer et le désir de hurler sa joie. Au fond de son cœur, elle ne doutait pas que son travail soit bon. Mais son esprit l'avait jusqu'alors harcelée de doutes pernicieux.

— Allons arroser ça, dit-elle.

Bob se précipita dans son magasin par l'arrière pour éviter les clients. Il referma la porte de service derrière lui, ainsi que celle qui communiquait avec la boutique, puis décrocha le téléphone. Tout en composant le numéro, il déglutit à plusieurs reprises. Affronter en plein jour ce qu'il n'avait jamais connu que la nuit lui desséchait littéralement la gorge.

— Je l'ai vue, dit-il à l'instant même où il entendit la respiration de son interlocuteur.

— Alors ?

— Elle repense à son vieux, pas de doute là-dessus. Enfin, vous voyez le topo.

Il marqua une pause pour remercier toutes les divinités du ciel : le jour où Jack Kimball avait fait le grand saut, il était trop jeune pour compter parmi les officiants.

— Je ne crois pas qu'elle sache dans quoi il était fourré, reprit-il. Enfin, je veux dire qu'elle le prend trop à la légère. Cela dit, j'avais raison à propos de la statue. J'ai pu mieux la voir aujourd'hui.

— Conclusion ?

Bob regretta de n'avoir pas pris le temps de se payer un bon verre bien frappé.

— Cela ressemble à… ce que je vous ai dit, répondit-il en serrant les lèvres.

Chez lui, comme ça, avec la photo de sa femme et de ses gamins sur son bureau en pagaille et l'odeur d'huile de lin qui lui agaçait les narines, il lui était difficile de croire qu'il était l'un d'entre eux. Et qu'il s'en réjouissait.

— Le masque rituel, les chasubles. Une tête de bête sur un corps d'homme…

Bien qu'il fût seul dans la pièce, sa voix s'était réduite à un murmure.

— Cela pourrait être n'importe lequel d'entre nous, poursuivit-il. Exactement comme dans son souvenir. Mais je ne crois pas qu'elle s'en souvienne vraiment. Ni même qu'elle sache que c'est un souvenir.

— Quelque chose au fond d'elle-même le sait, lui fut-il répondu d'une voix atone et glacée. Et cette chose pourrait devenir menaçante. Nous la surveillerons, et nous lui donnerons peut-être un petit avertissement.

Bob n'était guère rassuré par le terme « petit ».

— Ecoutez, je crois qu'elle ne se rappelle rien, franchement. Y a pas de quoi nous inquiéter. Si elle savait quoi que ce soit, elle en aurait déjà parlé au shérif. Et vu où en sont leurs relations, ils sont tous les deux trop occupés à faire la bête à deux dos pour prendre le temps de causer.

— Que cela est élégamment dit, rétorqua son interlocuteur avec une froideur méprisante qui le fit grimacer. Je tiendrai compte de ton opinion.

— Je ne veux pas qu'il lui arrive malheur. C'est mon amie.

— Tu n'as d'autres amis que tes frères.

Ce qui sonnait bien plus comme un avertissement que comme un constat.

— Et s'il se révèle nécessaire de s'occuper d'elle, poursuivit la voix, nous le ferons. Souviens-toi de ton serment.

— Je m'en souviens, répondit Bob tandis que son interlocuteur raccrochait. Je m'en souviens.

Sarah Hewitt déambulait nonchalamment le long de Main Street, jouissant de la douceur de l'air nocturne. La clémence du temps lui était une bonne excuse pour se pavaner en short devant les vieux croulants alignés devant la poste. Son jean de toile fine était si serré qu'elle avait dû se coucher sur son lit pour en remonter la fermeture Eclair. Le tissu lui moulait à ravir l'entrejambe. Sa poitrine ferme et plantureuse se balançait légèrement sous sa brassière, où l'inscription « Dur dur » ondulait en cadence.

Elle s'était aspergée d'une giclée d'Opium et s'était enduit les lèvres d'un rouge intense et agressif. Elle marchait lentement, sans se presser, sachant pertinemment que tous les yeux étaient hypnotisés par le dandinement de son postérieur. Attirer les regards était pour elle une volupté incomparable, et elle se fichait éperdument de savoir si ces regards étaient choqués ou approbateurs.

Elle était le point de mire de tous les désirs depuis la sixième — c'est-à-dire, en fait, depuis que Bucky Knight lui avait retroussé sa chemise derrière un buisson durant le pique-nique de l'école. Comme Bucky était de plusieurs années son aîné, il s'était attiré les foudres de la vieille Gladys Finch. Ce qui l'avait amusée, elle, au possible, étant donné que c'était elle qui la première avait eu l'idée de la petite escapade.

Trois ans plus tard, elle avait permis au papa de Marylou Wilson de jeter plus qu'un léger coup d'œil à son anatomie. Sarah gardait alors la petite Marylou chaque samedi ou presque, pour quinze cents de l'heure. Mais le jour où ce polisson de Sam Wilson l'avait ramenée à la maison, il lui en avait donné vingt de plus pour qu'elle gardât le silence sur les quelques privautés dont il allait l'honorer.

Cependant, elle avait beau aimer l'argent, elle s'était rapidement lassée des mains moites de Sam et de son ventre flasque. Aussi avait-elle débauché un garçon de son âge, un des fils Hawbaker — du diable si elle se rappelait lequel.

Mais peu importait, se dit-elle. Ils étaient désormais tous mariés à des mijaurées à gros cul qui ne s'en laissaient pas conter.

Elle-même commençait à songer au mariage. Genre union libre. L'idée d'être collée au pieu avec un seul homme pour le reste de sa vie la révoltait. Cela dit, la trentaine passée, elle en avait assez de sa chambrette pouilleuse au-dessus du bar de Clyde.

Elle caressait le projet d'avoir une maison à elle, avec un bon compte en banque en option. Si jamais elle faisait le grand plongeon, elle voulait que ce soit avec quelqu'un qui aurait assez d'endurance pour l'emmener au septième ciel, et qu'elle pourrait ensuite retrouver à son côté le lendemain matin. En outre, elle voulait également que cette personne disposât de ces petits riens agréables que sont les actions et les obligations alliées à une belle collection de cartes de crédit.

Un sourire mutin aux lèvres, elle s'arrêta devant le bureau du shérif : là-dedans se trouvait un homme qui remplissait toutes ces conditions.

Cam lui jeta un regard distrait lorsqu'elle pénétra dans le poste. Il la salua d'un léger hochement de tête tout en poursuivant sa conversation téléphonique. Le parfum capiteux de Sarah avait envahi la pièce, engloutissant les odeurs de café et de poussière. Cam se dit qu'il devait être un surhomme pour que son estomac ne se soulève pas de dégoût — et que son regard ne s'égare point le long des cuisses nues et fuselées que la jeune femme venait de poser sur son bureau. Sarah lui sourit en se passant langoureusement la main dans son abondante crinière, les racines de ses cheveux pointant sous son casque de platine tels de sombres serpents ; puis elle alluma une cigarette.

— Il est enregistré au nom de Earl B. Stokey, 2211, route numéro 1, Emmitsboro... C'est cela même. Un colt 45... Je vous remercie, sergent.

Ayant raccroché, il lança un coup d'œil à la pendule. Il était d'ores et déjà en retard pour le dîner chez Clare.

— T'as un problème, Sarah ?

— Faut voir.

Elle se pencha par-dessus le bureau pour jouer avec l'insigne épinglé à sa chemise.

— Parker gardait toujours une bouteille dans le tiroir du dessous, là… Pas toi ?

— Non, répondit-il.

Et il se souciait fort peu d'apprendre comment elle pouvait savoir ce que Parker gardait dans son bureau.

— Tu es service service, en ce moment, hein, Cam ? lui dit-elle en le dévisageant avec un regard acéré et moqueur. Assis, comme ça, avec ton air sérieux, officiel et tout…

Elle se mit à lui frotter la cuisse du bout du pied.

— T'es en train d'enquêter sur le meurtre de Biff, à ce que je vois.

— Je fais mon boulot.

Elle lui souffla une légère bouffée de tabac à la figure ; il attendit la suite sans broncher.

— Les gens se demandent si tu ne serais pas tenté de te laisser un peu aller en ce moment.

Comme elle se penchait de nouveau par-dessus le bureau pour faire tomber sa cendre dans le cendrier de verre, ses seins remuèrent sous sa chemise. Une lueur de colère passa dans le regard de Cam, qui reprit aussitôt son impassibilité.

— L'opinion des gens m'importe peu.

— Ah, voilà qui ressemble plus à ce bon vieux Cam, s'exclama-t-elle en souriant.

Elle le regarda un instant par-dessous ses longs cils luisants de mascara.

— Je sais mieux que personne combien tu détestais Biff.

Elle lui prit la main pour la poser sur sa cuisse, tout près du bord de son short, là où sa peau était ferme, douce et chaude.

— Tu te rappelles ? On s'asseyait dans les bois, la nuit. Tu me disais alors que tu le détestais, que tu voulais le voir mourir. Que tu le tuerais un jour. Avec un flingue. Un couteau. A mains nues.

Elle en mouillait elle-même rien que d'y penser.

— Et puis on faisait l'amour comme c'était pas possible.

Cam sentit son bas-ventre le tirailler. Tout cela n'était que de vieux souvenirs, se dit-il, de vieux désirs, de vieilles envies.

— C'était il y a longtemps.

Il allait retirer sa main, quand elle la remonta encore plus haut, tout contre son intimité.

— Tu n'as jamais cessé de le détester. L'autre soir, chez Clyde, tu voulais le tuer. Ah, ça m'a fait quelque chose.

Elle lui pressa la main contre son entrejambe, la retenant prisonnière dans le creux de ses cuisses.

— Comme dans le bon vieux temps, hein ?

— Non…

La chaleur qu'il sentait sous ses doigts était attirante, mais il eut soudain la vision éclatante d'un vagin denté, hérissé de crocs comme ceux d'un piège à ours, prêt à se refermer sur toute verge imprudente. Il retira sa main, les yeux toujours rivés sur ceux de Sarah.

— Non, répéta-t-il, il n'y a plus de bon vieux temps.

Les yeux de la jeune femme se figèrent. Elle trouva cependant la force de sourire et se laissa glisser sur ses genoux.

— Mais il pourrait revenir… Tu te rappelles ce qu'on se faisait tous les deux ?

Elle tendit une main pour la refermer sur lui et sentit un frisson de triomphe lui parcourir l'échine en s'apercevant que la chair de Cam était raide et palpitante.

Mais il lui agrippa le poignet.

— Te gêne surtout pas, Sarah.

Elle étira les lèvres en un sourire carnassier.

— Tu me veux, espèce de salaud.

Il la prit aux épaules pour la dégager de son chemin.

— Voilà dix ans que j'ai arrêté de penser avec ma queue.

Néanmoins, comme il gardait encore en lui le souvenir de leurs escapades — et qu'il s'imaginait alors l'aimer —, il crut bon de lui faire la leçon.

— Pourquoi diable te fais-tu autant de tort ? s'exclama-t-il en la secouant avec impatience par les épaules. Tu as bien des yeux pour voir et une cervelle pour comprendre, non ? Crois-tu franchement que je ne sois pas au courant de ton petit trafic au-dessus de chez Clyde ? Des vingt dollars que tu empoches par mari volage qui vient suer dans ton lit ? Tu mérites mieux que ça, Sarah.

— Ce n'est pas à toi de me dire ce que je mérite.

Pour la première fois depuis des années, elle ressentait de la honte. Et elle le détestait pour cela.

— Tu ne vaux pas mieux que moi, pas plus aujourd'hui qu'hier. Alors comme ça, simplement parce que tu t'envoies Clare Kimball à l'œil, tu te crois un gars de la haute ?

— Laisse-la en dehors de tout ça.

La remarque était malheureuse. Aussitôt la rage submergea Sarah, réduisant à néant des heures de maquillage consciencieux. Car à cet instant, la jeune femme ressemblait exactement à ce qu'elle était : une putain de campagne sur le déclin.

— Cette garce friquée de Kimball, s'écria Sarah de plus belle, avec sa jolie voiture et sa jolie maison. C'est drôle comme l'argent peut faire oublier que son père était un ivrogne et un voleur. Elle n'est pas plus tôt revenue se pavaner en ville que toutes ces dames se sont aussitôt accrochées à ses basques pour lui offrir des gâteaux et des bols de Jell-O.

— Tandis que leurs époux, eux, venaient te voir.

— Exact, répliqua-t-elle avec un petit sourire fielleux. Et quand Clare Kimball retournera à New York et te laissera sur le carreau, ils continueront toujours à le faire. Nous n'avons pas changé, toi et moi. Jamais, à aucun moment. Vous êtes toujours du mauvais côté de la barrière, Cameron Rafferty, et vous êtes aussi bloqué que moi dans ce trou à rats.

— A ceci près, Sarah, que si je suis revenu, c'est parce que je l'ai voulu, et non parce que je n'avais pas d'autre endroit où aller.

Elle balaya son objection d'un revers de main agacé. Elle voulait lui rendre la monnaie de sa pièce, le faire souffrir. Peu importait désormais la raison.

— Dis, ça doit être commode de porter cet insigne en ce moment, alors que ta propre mère se demande si ce n'est pas toi qui as battu Biff à mort, hein ?

Elle contempla avec délectation la colère qui bouillonnait dans le regard de Cam.

— Il ne faudra pas longtemps avant que les gens se souviennent de ce sale caractère qui est le tien, de la rancune qui te pourrit le sang, ajouta-t-elle en plissant les yeux de joie perverse. Et s'ils ne s'en souviennent pas, il y en a qui sont tout disposés à le leur rappeler. Tu crois peut-être connaître cette ville comme ta poche, Cam, avec tous ses bons et loyaux citoyens. Mais il y a des choses que tu ignores. Des choses que tu ne pourrais même pas imaginer. Tu devrais peut-être te demander pourquoi Parker a filé sans demander son reste. Pourquoi il a viré son gros cul de feignant avant même de toucher sa pension.

— Mais de quoi diable parles-tu ?

Elle en disait trop. Laisser l'orgueil ou la colère la pousser plus avant ne lui apporterait rien de bon, se dit-elle. Aussi se dirigea-t-elle vers la porte.

Cependant, alors qu'elle avait déjà posé la main sur la poignée, elle se tourna une dernière fois vers Cam.

— Ça aurait pu marcher super entre nous deux, dit-elle.

Elle le contempla un long moment, songeant qu'il avait d'ores et déjà gagné son aller simple vers l'enfer. Et que ce serait en partie grâce à elle.

— Tu le regretteras.

Quand la porte fut refermée, Cam se frotta un instant le visage. Il le regrettait déjà, songea-t-il. Oh oui, il regrettait fort de ne pas l'avoir mise dehors sitôt qu'elle était entrée dans son bureau. Et puis d'avoir perdu le contrôle de la conversation. Et puis de se souvenir si nettement des nuits qu'il avait passées avec elle dans les bois, au milieu de l'odeur des pins, de la terre et de leurs corps réunis.

Tout cela ne lui rappelait que trop l'adolescent qu'il était à l'époque. Celui qu'il aurait pu rester s'il n'avait appris à endiguer ses humeurs les plus retorses — et qu'il avait bien failli redevenir après la mort de son coéquipier, quand l'alcool lui avait paru la réponse la plus facile et la mieux appropriée à ses angoisses.

Il porta une main distraite à son insigne. Ce n'était presque rien, un de ces gadgets — comme Clare le lui avait dit une fois — qu'il pourrait s'acheter dans n'importe quel bazar. Cet insigne n'en avait pas moins un sens pour lui, même s'il n'était pas sûr de savoir clairement lequel.

Quant à Clare, se dit-il, elle ne lui avait jamais semblé autant qu'à cet instant à sa place dans cette ville ; il avait l'impression qu'elle en faisait vraiment partie, et ce, pour la première fois depuis la mort de son père. Sarah se trompait. Il connaissait les gens d'ici. Il les comprenait.

Mais que diable avait-elle voulu dire au sujet de Parker ? Pris d'une brusque lassitude, il se frotta la nuque. Passer un coup de fil en Floride ne coûterait rien, songea-t-il. Puis il regarda de nouveau la pendule et se saisit aussitôt de ses clés.

Il téléphonerait dès le lendemain. Par pure curiosité.

Tandis qu'il se rendait chez Clare, il se sentit brusquement trop fatigué pour faire montre d'affabilité avec des étrangers. Il ne s'attarderait pas et trouverait quelque excuse pour laisser la jeune femme avec ses amis.

Les remarques de Sarah le travaillaient, aussi irritantes que le frottement d'un papier de verre sur la peau. Il était bloqué dans ce trou. Que ce fût de sa part un choix délibéré ne changeait rien au fond de l'affaire. Il ne pourrait plus jamais envisager sans répugnance de repartir vivre et travailler dans les ruelles d'une grande ville, pourchassé par le fantôme de son coéquipier, sa main constamment refermée sur la crosse de son arme. Clare, elle, n'en retournerait pas moins à New York. Dans une semaine, un mois, six mois. Et il ne pourrait la suivre. Il se souvint alors de la terrible sensation de vide qui l'avait étreint lorsqu'il s'était retrouvé seul, sans elle, dans le cimetière.

Il se sentit glacé jusqu'à la moelle des os.

S'étant rangé derrière la Jaguar, il traversa le garage pour pénétrer dans la maison — non sans avoir, au passage, récupéré les clés de Clare sous le volant de sa voiture. Un air de musique s'élevait de l'intérieur — du jazz au rythme trépidant, désinvolte, alambiqué. Il aperçut Clare debout devant la tablette de la cuisine, en train d'ouvrir un paquet de chips. Elle avait les pieds nus et les cheveux noués en arrière avec un lacet de chaussure. De longues barrettes d'améthyste se balançaient à ses oreilles, effleurant presque l'emmanchure de son T-shirt déchiré aux aisselles.

Cam comprit alors qu'il était désespérément amoureux d'elle.

Elle se retourna et lui sourit, tout en versant les chips dans un bol bleu fendillé.

— Salut. J'avais peur que tu ne puisses…

Sans lui donner le temps d'achever sa phrase, il se colla à elle pour plaquer sur ses lèvres un baiser brûlant. Les mains de la jeune femme remontèrent à ses épaules tandis que son corps souple accusait les ondes du plaisir. Elle le serra fort contre elle — il devait paraître en mal de tendresse — et le laissa assouvir la faim qui le tourmentait.

Ce fut un pur soulagement. Simple. Tendre. Bouleversant. Cam s'en sentait inondé, irrigué. Lentement, sans même en avoir conscience, il adoucit son baiser, le dégusta enfin. Les mains de Clare glissèrent de ses épaules à sa taille, qu'elles enserrèrent doucement.

— Cam.

Elle s'interrompit, comme étonnée d'entendre sa propre voix dans l'atmosphère lourde et capiteuse de leur étreinte.

— Chut…

Il lui mordilla les lèvres, une fois, deux fois, puis noua sa langue à la sienne. Un arrière-goût de vin se mêlait dans sa bouche à la saveur plus riche et plus profonde qu'il connaissait déjà d'elle.

— Clare, Jean-Paul n'a aucun talent pour le barbecue. Je crois que nous devrions… Oh.

Angie s'arrêta net, la main serrée sur le cadre de la moustiquaire qu'elle venait d'entrouvrir.

— Je vous prie de m'excuser, dit-elle tandis que Cam et Clare s'écartaient légèrement l'un de l'autre.

— Oh, s'exclama Clare en portant une main hésitante à ses cheveux. Cam, voici… euh…

— Angie, répondit son amie après avoir laissé retomber la moustiquaire pour tendre la main à Cam. Angie LeBeau. Ravie de vous connaître.

— Cameron Rafferty.

Il garda un bras autour des épaules de Clare, dans une attitude qu'il savait outrageusement possessive.

— Le shérif, oui.

Tout en lui souriant, Angie le toisa du bout de ses bottes éculées à la pointe de ses cheveux sombres et ébouriffés.

— Clare nous a parlé de vous, reprit-elle en haussant le sourcil à l'adresse de son amie. Mais apparemment, elle a omis quelques détails.

— Il y a une bouteille de vin ouverte, intervint vivement Clare. Ou de la bière, si tu préfères.

— Peu importe.

Cam étudiait Angie à son tour, remarquant qu'elle dégageait une atmosphère aussi désinvolte que le jazz diffusé par la radio — ce qui ne l'empêchait pas de paraître également très méfiante.

— Vous étiez sa camarade à l'université, n'est-ce pas ?

— Tout à fait. Et maintenant je suis son agent. Que pensez-vous de son travail ?

— Mais reprends donc un peu de vin, Angie ! s'exclama Clare en lui fourrant un verre dans les mains.

— A titre amical ou officiel ? repartit Cam.

— Pardon ?

— Je me demandais si cette question était posée par l'amie ou l'agent, dit-il en continuant de dévisager Angie tandis que Clare lui tendait un verre. Car si c'est l'agent, je préfère ne pas m'avancer. J'ai en effet l'intention d'acheter la sculpture en fer forgé qui se trouve actuellement dans le garage.

Puis, jetant un bref coup d'œil à Clare :

— Tu as encore oublié tes clés sur la voiture, ajouta-t-il en les sortant de sa poche.

Angie sirotait son vin, le sourire aux lèvres.

— Nous reparlerons de tout cela, déclara-t-elle enfin. Pour l'instant, auriez-vous quelque lumière sur l'art… d'allumer les barbecues ?

14.

Jane Stokey ne se souciait nullement du sort de la ferme. Elle en avait fini avec cet endroit. Et elle en avait également plus qu'assez d'Emmitsboro. Elle y avait déjà deux maris couchés dans le cimetière, deux hommes abruptement arrachés à son affection, et dont l'un, le premier, avait été très important pour elle : non seulement elle l'avait désespérément aimé, mais il l'avait comblée de bonheur. Il lui arrivait encore, même après toutes ces années, de repenser à lui avec nostalgie. Cela la prenait lorsqu'elle se rendait aux champs qu'il avait jadis labourés jusqu'à épuisement de ses forces, ou bien lorsqu'elle montait jusqu'à la chambre qu'ils avaient partagée.

Elle s'en souvenait comme d'un beau et fringant jeune homme. Il avait été un temps où la beauté avait occupé une grande place dans sa vie, une époque où les fleurs de son jardin et une nouvelle robe seyante étaient pour elle d'un précieux réconfort.

Mais Michael avait disparu, plus de vingt ans auparavant, et elle-même n'était plus qu'une vieille quinquagénaire.

Elle n'avait pas aimé Biff avec le même allant, le même ravissement, mais elle avait eu besoin de lui. Elle avait dépendu de lui. Elle l'avait craint. Sa perte lui était comme une amputation. Elle n'avait désormais plus personne pour lui dire comment agir, quand et de quelle manière. Elle n'avait plus personne à nourrir, à blanchir, plus de corps tiède respirant à son côté la nuit.

Elle avait quitté le domicile parental à l'âge de dix-huit ans pour s'installer chez son mari, la tête pleine de rêves, de désirs vaporeux et d'espoirs fleuris. Mike l'avait recueillie sous son aile, avait payé les factures, pris les décisions qui s'imposaient, réglé tous les problèmes. Elle, en retour, avait tenu la maison, soigné le jardin et élevé leur enfant.

Voilà tout ce qu'elle avait appris dans la vie, tout ce qu'elle connaissait de l'existence.

Six mois à peine après son décès, elle avait tout remis entre les mains de Biff : la ferme, la maison, et sa propre personne. Il avait pris en charge tracas et menus soucis de leur vie quotidienne. Elle n'avait pas eu à se démener elle-même avec les relevés de compte et les problèmes de crédit. Certes, elle n'avait pas joui de la même prospérité ni de la même sérénité qu'avec Mike, mais du moins avait-elle pu retrouver son rôle d'épouse. Et si Biff n'était pas son genre, du moins avait-elle pu vivre à son ombre.

Désormais, et pour le reste de sa vie, elle allait se retrouver complètement seule.

La solitude était une vraie torture dans une maison si grande, si vide. Elle avait failli demander à Cam de venir habiter avec elle, fût-ce pour profiter de nouveau de la présence d'un homme à son côté. Mais cela eût été déloyal envers Biff. Il avait commandé durant si longtemps son existence que sa mort même n'avait pu altérer les obligations qu'elle ressentait à son égard.

Et puis, elle avait déjà perdu son garçon en chemin aussi sûrement qu'elle avait jadis perdu le père de ce dernier. Cela était arrivé longtemps auparavant, à un moment qu'il lui était maintenant impossible de préciser et dont elle avait depuis renoncé à essayer de se souvenir. Un jour il avait cessé d'être son fils pour ne plus représenter à ses yeux qu'un rebelle aux désirs insatiables et vindicatifs, un étranger. Voilà tout.

A cause de lui, elle s'était sentie coupable, misérablement coupable, de se remarier avec Biff si vite après la mort de Mike. Il ne lui avait adressé aucun reproche, non, pas un seul, mais son regard sombre et réprobateur avait suffi à la blesser.

Elle s'arrêta un moment, à mi-chemin du groupe des dépendances, pour se soulager des cartons qu'elle transportait. Un soleil éclatant brillait sur les foins encore tendres que d'autres faucheraient et relieraient en bottes. Un jeune veau gambadait après le pis de sa mère. Jane était plongée dans ses pensées. Elle se sentait déjà dépossédée de la ferme comme des espoirs qu'elle avait naguère caressés pour elle.

Elle l'avait chérie, jadis, autant que son fils. Mais les sentiments qu'elle avait pu éprouver pour sa terre et son garçon lui semblaient désormais perdus dans un passé terriblement lointain, comme s'ils faisaient partie des souvenirs d'une autre femme.

Elle savait que Biff avait été dur à la tâche, tout comme il avait été dur envers son beau-fils et sa femme. Et ils en avaient eu besoin, se dit-elle en reprenant les cartons. Mike les avait trop dorlotés... Elle sentit ses yeux se gonfler de larmes. Cela lui arrivait trop souvent ces derniers jours pour qu'elle prît garde à ravaler ses pleurs. Personne n'était là pour la regarder. Non, plus personne ne s'inquiétait de son sort.

Dans quelques semaines elle pourrait toucher l'argent qui lui reviendrait de la vente de la ferme et rejoindre sa sœur dans le Tennessee. Elle s'achèterait là-bas une petite maison. Et puis après... Après, quoi ? se demanda-t-elle en s'appuyant contre la remise, la gorge nouée par les sanglots. Seigneur Dieu, que ferait-elle après ?

Elle avait eu beau n'épargner ni sa peine si son temps chaque jour de sa vie, jamais elle n'avait eu à gérer une affaire. Placements et intérêts étaient pour elle du chinois. Elle se sentait aussi abasourdie qu'effrayée par les reportages des magazines qui parlaient de découverte de soi, de nouvelle naissance, de gestion mentale des affects.

Pour sa part, elle ne souhaitait ni s'émanciper ni devenir autonome. Et surtout, surtout, elle ne voulait pas rester seule.

Lorsque ses pleurs se furent calmés, elle s'essuya la figure avec son tablier. Elle avait jusqu'alors réussi à surmonter son chagrin en s'abrutissant de corvées, qu'elles soient utiles ou non. Ce matin-là encore, elle s'était occupée de traire les bêtes, de les nourrir, de ramasser les œufs et de les passer à l'eau claire. Puis elle avait nettoyé sa maison, qui n'en avait pourtant guère besoin. Malgré tout cela, il était midi à peine, et le jour promettait encore d'être long, sans compter l'interminable nuit qui s'ensuivrait — une de plus.

Elle décida de commencer par la remise. Quoique la plupart des outils et des machines agricoles soient destinés à être vendus aux enchères, elle voulait d'abord inspecter les dépendances pour passer en revue tout ce qui pourrait lui rapporter un meilleur prix dans une transaction directe. L'idée de manquer d'argent, de ne pas seulement être seule mais pauvre, la terrifiait.

Biff n'avait souscrit aucune assurance vie. « Pourquoi gâcher son argent en primes ? » disait-il. Elle l'avait donc enterré à crédit : après lui, le déluge... En outre, les hypothèques de la ferme arrivaient bientôt à échéance, ainsi que les traites de la botteleuse que Biff avait achetée deux ans plus tôt. Et puis il y avait encore les ardoises chez les commerçants, au marché, le crédit pour le tracteur et la Caddie de Biff. Ethan Myers, à la banque, avait beau lui avoir promis un moratoire le temps qu'elle règle ses affaires, la menace des échéances ne lui en faisait pas moins passer des nuits blanches.

Elle aurait eu trop de honte à emprunter elle-même de l'argent. Naguère, elle avait justifié toutes ces traites en se disant que c'était Biff l'emprunteur, et que ce serait donc à lui de les rembourser — s'il le pouvait. Désormais, elle n'avait plus personne pour lui cacher la réalité de sa dépendance financière.

Le plus tôt elle vendrait la ferme, donc, le mieux ce serait.

De la poche de son tablier, elle sortit la clé de la remise. Biff lui avait toujours interdit d'y pénétrer. Elle ne lui avait jamais posé de questions à ce sujet. Elle ne l'aurait pas osé. A l'instant même où elle inséra la clé dans l'imposant cadenas, elle ressentit une légère panique, comme si le défunt allait bientôt s'abattre sur elle en hurlant. Une fine traînée de sueur lui mouilla la lèvre supérieure tandis que le cadenas s'ouvrait en cliquetant.

Le vieux coq se mit à chanter, la faisant bondir d'effroi.

De l'intérieur de la remise émanait une odeur rance et doucereuse. Comme si quelque chose s'était glissé entre ses planches pour y mourir. Respirant par la bouche, Jane remit le cadenas et la clé dans la poche de son tablier avant de caler la porte avec une pierre.

Elle éprouvait une peur aussi soudaine qu'insensée de se retrouver piégée à l'intérieur. De devoir frapper contre la porte en suppliant et en hurlant tandis que, par les lattes disjointes, lui parviendrait le rire de Biff en train de refermer le cadenas.

Frottant ses bras frigorifiés de ses mains glacées, elle risqua un œil à l'intérieur. L'endroit n'était guère spacieux — une pièce sans fenêtre d'à peine douze mètres carrés —, et pourtant la lumière éclatante du soleil semblait ne pouvoir en atteindre les coins. Elle n'avait pas songé à se munir d'une lampe, certaine d'en découvrir une à l'intérieur. Comment Biff lui-même aurait-il été capable d'y voir autrement ? Il y avait passé des heures, la nuit le plus souvent.

Et à faire quoi ? se demandait-elle. Tant de questions l'assaillaient à présent que Biff n'était plus là pour les lui défendre. Naguère encore, elle craignait même qu'il ne lise dans ses pensées…

Toute frissonnante, elle s'engouffra à l'intérieur de la remise. Dans la pénombre, elle put distinguer un étroit châlit recouvert d'un matelas nu et taché. Sur les étagères métalliques où elle s'était attendue à trouver des outils, étaient entassées des piles de ces magazines que Biff collectionnait en cachette. Elle aurait dû les brûler, se dit-elle tandis qu'une bouffée de chaleur lui rosissait les joues. Si le hasard avait voulu que l'agent immobilier ou le commissaire-priseur ait posé dessus un œil narquois, elle en serait morte de honte.

Elle n'aperçut aucune lampe dans la pièce, seulement des cierges. Des cierges noirs. Les allumer lui fut pénible. Travailler à leur lueur glauque et ténébreuse, plus encore. Elle entreprit de faire tomber les magazines en vrac dans un carton, évitant de porter les yeux sur leurs couvertures émoustillantes. Ses doigts rencontrèrent une étoffe. Intriguée, elle tira le tout à elle et découvrit une longue chasuble à capuchon. Elle puait le sang et la fumée. Elle la fit choir avec dégoût dans le carton.

Elle ne se demanda pas ce que c'était, et ne voulut même pas le savoir. Son cœur, cependant, s'était mis à battre la chamade. « Brûle-la, se dit-elle. Brûle tout. » Les mots roulaient dans sa tête comme une litanie. Elle avait la bouche sèche, le geste gauche. Elle jeta un coup d'œil inquiet par-dessus son épaule en direction de la porte.

Puis elle tomba sur les photographies.

Elle vit une jeune fille, une enfant en fait, étendue sur le lit. Elle était nue, ligotée par les poignets et les chevilles. Ses yeux grands ouverts avaient la fixité du regard des aveugles. Il y avait encore d'autres photographies — la même fille avec les jambes écartées et les genoux repliés, le sexe béant.

Et puis une autre fille encore — un peu plus âgée, très blonde, affalée contre le mur comme un pantin. Et il y avait un cierge, doux Jésus, un cierge jaillissant de manière obscène du pâle triangle de sa toison.

Et il y avait encore d'autres clichés. Par douzaines. Mais Jane en avait assez vu. Elle froissa et déchira les photographies avec un haut-le-cœur, avant de se précipiter aussitôt à terre pour en ramasser les débris. Ses mains se refermèrent

266

sur une boucle d'oreille, une longue rangée de perles, qu'elle jeta avec le reste des affaires dans le carton.

Haletante, elle souffla les cierges avant de les précipiter à leur tour au fond de la boîte, qu'elle traîna hors de la remise avec une hâte fébrile. Clignant des yeux sous la rude lumière du soleil, elle inspecta d'un regard farouche la cour de la ferme et la route qui rejoignait la ville.

Et si quelqu'un arrivait ? Elle devait faire vite, brûler tout. Elle ne prit pas le temps de réfléchir à ce qu'elle faisait. Elle ne se demanda pas davantage ce qu'elle était ainsi en train de détruire. Elle courut à la grange chercher un bidon d'essence, la poitrine douloureusement contractée. Ses bronches sifflaient lorsqu'elle se mit à asperger de pétrole le carton et son contenu. Dans sa précipitation elle avait perdu ses barrettes, et ses cheveux, retombant sur son visage en boucles molles, lui donnaient l'aspect d'une sorcière sur le point de jeter un mauvais sort.

Elle tenta à deux reprises de craquer une allumette pour faire prendre le feu à la mèche d'un des cierges. Par deux fois, la flamme vacilla et s'éteignit.

Elle hoquetait de chagrin lorsque, enfin, la mèche s'embrasa en sifflant. Comme elle l'approchait du carton imbibé d'essence, ses mains tremblaient si fort qu'elle faillit la souffler de nouveau. Puis elle se recula.

Le carton et le papier s'allumèrent comme une torche en produisant une ardente fumée. Les clichés se recroquevillèrent à l'intérieur de la boîte, et les flammes dévorèrent peu à peu le visage de Carly Jameson.

Jane se couvrit alors la face et se mit à pleurer.

— Je vous avais bien dit que c'était une ville tranquille.

Clare, un sourire de satisfaction aux lèvres, descendait Main Street entre Angie et Jean-Paul.

— Je crois que le terme de « ville » est abusif, répliqua Angie.

Elle aperçut un chien sans laisse, qui trottinait allègrement sur le trottoir d'en face ; il leva soudain la patte pour se soulager contre le tronc d'un chêne.

— « Village » serait moins impropre, je crois, reprit-elle.

— Une seule bouchée du steak de Martha's te fera ravaler tes sarcasmes.

— C'est bien ce que je crains, hélas.

— Qu'est-ce que c'est que ça ? demanda Jean-Paul en désignant du doigt une banderole de fanions rouges, blancs et bleus tendue au-dessus de leurs têtes.

— Nous nous préparons pour le défilé du Memorial Day, samedi.

— Un défilé, répéta-t-il avec un air ravi. Avec des orchestres marchant au pas et de jolies… hmm… mijaurettes ?

— Tout cela et bien d'autres choses encore. C'est le plus grand événement de l'année, par ici.

Elle hocha la tête en direction d'une maison dont la propriétaire, à moitié couchée sur son ouvrage, s'échinait à repeindre le portail.

— Tout le monde se met sur son trente et un et sort ses chaises pliantes. On va monter une tribune d'honneur sur la place de l'hôtel de ville pour le maire, les conseillers municipaux et les autres notabilités du lieu. Il y aura des orchestres venus de toutes les écoles du comté, l'élection de la reine de beauté, des chevaux, le tournoi local…

— Et youp la boum ! s'exclama Angie — qui reçut aussitôt un bon coup de coude dans les côtes.

— Les pompiers astiquent leurs camions, ou leurs pompes — comment appellent-ils déjà leurs satanés engins ? Bref, nous aurons des ballons et des buvettes.

Puis, se tournant vers Jean-Paul :

— Et enfin des *majorettes*, ajouta-t-elle.

— Des majorettes, ah oui, répéta-t-il en soupirant. Est-ce qu'elles porteront des bottes blanches à glands ?

— Absolument.

— Jean-Paul, nous sommes censés repartir jeudi.

Il adressa un grand sourire à sa femme.

— Un jour ou deux de plus ne changeront pas la face du monde. De plus, je veux mettre au point le transport des statues de Clare, veiller à ce qu'elles soient correctement emballées avant d'être embarquées pour la galerie.

— Dis plutôt que tu ne veux pas manquer le débarquement… des petites bottes blanches, marmonna Angie.

— Il y a de ça aussi, répondit-il en lui embrassant le bout du nez.

Ils attendirent à un croisement que le feu passât au rouge. Baissant les yeux, Angie remarqua un autocollant sur la vitre d'une camionnette.

« Par le Christ, nos colts et nos couilles, vive l'Amérique éternelle ! »

Seigneur, se dit-elle en refermant les yeux. Que faisaient-ils donc ici, elle et Jean-Paul, elle surtout ?

Tandis qu'ils traversaient la rue, elle écouta d'une oreille distraite les fastes des précédents défilés, que Clare était en train de détailler à Jean-Paul. Pressée de donner son opinion, Angie aurait sans doute admis que la ville ne manquait pas d'un certain charme — pour une bourgade de campagne.

Cela dit, elle n'aurait certainement pas voulu y vivre pour le reste de ses jours, et se demandait même combien de temps encore elle pourrait y séjourner avant que la tranquillité quasi apathique du lieu la fasse tourner en bourrique. Quant à Jean-Paul, manifestement, il était aux anges.

Et comme de bien entendu, songea-t-elle, il ne remarquait pas les regards ébahis des curieux. Il y en avait, pourtant. Angie doutait fort qu'ils soient en train d'admirer son propre ensemble ou sa coupe de cheveux. Du diable s'ils ne s'étonnaient pas plutôt de la couleur de sa peau. Aussi, lorsqu'elle pénétra à la suite de Clare à l'intérieur de Martha's, ne put-elle s'empêcher d'afficher un léger sourire de supériorité.

De la musique sortait du juke-box — ou plutôt ce genre de chansons qui lui avaient toujours semblé échappées du répertoire de cow-boys avinés. Les odeurs qui régnaient dans le café, néanmoins, lui parurent aussi alléchantes que celles de n'importe quel snack yiddish de New York. A la senteur des oignons frits, du pain grillé et de la charcuterie se mêlaient les fragrances de quelque potage aux épices. « Allons, tout n'est peut-être pas perdu », se dit-elle tandis que son amie se glissait sur une banquette après avoir fait signe à la serveuse.

— Un Coke à la cerise, lança Clare. Ils en servent encore par ici.

Elle leur tendit les menus plastifiés.

— Et ne va pas, je te prie, demander les pâtes du jour.

— Je n'y songeais même pas, répliqua Angie en ouvrant la carte.

Elle passa les plats en revue, tapotant les articles de son ongle écarlate.

— Et si on te laissait choisir pour nous ?

— Alors steaks pour tout le monde, décréta Clare.

Alice s'arrêta à leur table, carnet en main, et fit de son mieux pour ne pas dévisager les deux personnes assises en face de la jeune femme. Elles déton-naient autant dans le café qu'un couple d'oiseaux exotiques : le mâle portait de longs cheveux bouclés et une chemise à manches bouffantes, tandis que la femelle arborait une carnation café au lait qui mettait en évidence deux grands yeux clairs.

— C'est pour manger ? demanda-t-elle.

— Tout à fait. Alice, je te présente mes amis, les LeBeau. Angie et Jean-Paul.

— Enchantée.

L'homme lui adressa un sourire qui la mit tout de suite à son aise.

— Alors, comme ça, vous êtes venus de New York pour visiter la ville ?

— Nous ne resterons que quelques jours, répondit Jean-Paul en remarquant que les yeux d'Alice ne cessaient de les dévisager, sa femme et lui-même. Aujourd'hui, Clare nous fait faire le tour de la ville.

— Pas grand-chose à voir, j'imagine.

— J'essaye de les convaincre de rester pour le défilé de samedi.

Clare, qui venait de sortir une cigarette, rapprocha d'elle le cendrier de métal.

— Oh, reprit Alice, c'est un des plus chouettes dans le genre, en province, j'entends, mais vraiment chouette quand même.

— Alice a été majorette, annonça Clare en se tournant vers ses amis.

Alice en rougit de confusion.

— Il y a un siècle de cela, oui. Bon, alors, vous êtes décidés pour le repas ou je dois revenir ?

— Non, non. Nous sommes on ne peut plus décidés.

Ayant passé commande pour toute la table, Clare contempla Alice qui s'activait maintenant à une table voisine.

— Regardez-moi cette aisance dans les gestes ! Ah, je rêve de saisir ce mouvement, l'efficacité qu'il dégage. Je ferai ça en glaise, je pense.

— Je m'étonne que tu n'aies pas encore convaincu le shérif de poser pour toi, dit Jean-Paul en sortant l'une de ses fines cigarettes couleur ébène.

— J'y travaille.

— Je l'aime bien, tu sais.

Clare lui tapota la main en souriant.

— Je sais. Et j'en suis heureuse.

— Il n'est pas comme je me l'imaginais, intervint Angie.

Si les deux hommes assis sur la banquette d'en face continuaient de la reluquer ainsi, se dit-elle en même temps, elle les fusillerait à son tour du regard.

— Je m'attendais plutôt à un péquenot dans le style ventripotent, avec des lunettes de soleil et un air de beauf.

— Comment qu'tu causes, mon gars, s'exclama Clare, imitant le parler traînant du paysan. Ça ressemble fichtrement plus au précédent shérif, ce que tu me dis là. Cam est d'une tout autre trempe, crois-moi. Peut-être même que…

Elle s'interrompit soudain en voyant qu'Angie ne semblait l'écouter qu'à moitié. Elle suivit la direction de son regard et aperçut deux autochtones en train de les dévisager depuis la banquette d'en face. Une franche animosité émanait de leur attitude. Détournant les yeux, Clare posa une main réconfortante sur celle d'Angie.

— Nous ne recevons pas souvent de gens de la grande ville par ici.

Angie se détendit et serra la main de Clare en souriant.

— Je l'ai remarqué, dit-elle. Il y a peu de passage par ici, hein ? « Plus tranquille qu'Emmitsboro, y a pas. »

— Ce qui ne veut pas dire que nous soyons complètement en dehors du coup. Tiens, nous avons eu un meurtre il y a quelques jours.

— Un seul ? s'exclama Jean-Paul.

Sentant la gêne de sa femme, il lui avait posé discrètement une main sur la cuisse.

— Un seul, oui, concéda Clare. Et le premier depuis des lustres. Cela dit, c'était plutôt horrible. La victime était le beau-père de Cam. On l'a battu à mort et jeté sur le bord de la route, juste à la sortie de la ville.

— Je suis désolée, dit Angie qui en oublia aussitôt les regards posés sur elle. Ça doit être un dur moment à passer pour Cam.

Embarrassée, Clare tapota sa cigarette à petits coups répétés sur le bord du cendrier.

— Oui, dit-elle enfin. Mais il faut avouer aussi qu'ils n'étaient pas vraiment proches l'un de l'autre.

— Y a-t-il des suspects ? s'enquit Jean-Paul.

— Je ne sais pas. J'en doute.

Clare contempla un instant les lentes allées et venues des voitures sur la route ainsi que les déambulations, plus nonchalantes encore, des passants.

— Il est difficile de croire que ce pourrait être quelqu'un de la ville.

Puis, secouant la tête, elle corrigea aussitôt son affirmation :

— Tout le monde *se refuse* à croire que ce pourrait être quelqu'un de la ville.

Ce ne fut qu'à 3 heures passées qu'ils regagnèrent la maison. Jean-Paul avait écumé les brocantes, où il avait repêché trois cadres en acajou. A sa grande surprise, Angie avait dégoté une ravissante broche Arts-Déco en argent massif, qu'elle avait payée un prix dérisoire par rapport à ce que le bijou lui aurait coûté si elle l'avait trouvé dans Manhattan.

Au moment où ils arrivaient en vue de la maison, l'énorme masse jaune d'un bus scolaire s'arrêta au coin de la rue pour décharger, avec un hoquet poussif, sa marmaille sur le trottoir : ce fut une ruée générale vers les vélos, les gants de base-ball et les dessins animés de la télé.

— Tiens, voilà Ernie, s'écria Clare en apercevant le jeune homme au bout de l'allée. C'est le garçon dont le bras m'a servi de modèle.

— On dirait qu'il t'attend, remarqua Jean-Paul.

— Il traîne par ici quelquefois. Il est tout seul.

Elle lui adressa un signe de la main en souriant.

— Je ne crois pas qu'il s'entende très bien avec ses parents, ajouta-t-elle. Ils n'ont même pas pris la peine de venir jeter un coup d'œil à la sculpture.

Ernie la regardait s'approcher, ennuyé de la voir en compagnie. Il avait compté sur l'absence du shérif, qu'il savait occupé à la ferme des Dopper par le massacre de deux jeunes veaux — et pour cause : c'était lui-même, Ernie, qui les avait égorgés, espérant que cet acte lui vaudrait une prompte initiation au culte.

— Salut, Ernie. Tu ne travailles pas aujourd'hui ?

— J'ai pris une pause.

— Bien. Dis-moi, je ne t'ai pas beaucoup vu dans le coin ces derniers jours.

— J'étais occupé.

272

— Ah. Hmm, c'est que je voudrais bien te montrer la sculpture, elle est finie. Je te présente mes amis, M. et Mme LeBeau.

Répondant à leur salut par un vague grommellement, il n'en serra pas moins la main que Jean-Paul lui tendait.

— Suis-nous donc au garage, j'aimerais connaître ton avis, lui dit Clare en le précédant sur le chemin. Tu ne l'as pas vue depuis qu'elle est sortie du four. L'argile s'est révélé être le matériau approprié, d'un aspect un peu plus rude et primitif que le bois. Et comme M. LeBeau projette de la rapatrier bientôt à New York, ce sera ta seule et unique chance de la voir.

Elle lui indiqua la statue de la main avant de fourrer ses pouces dans les poches de son jean.

— Alors, qu'en penses-tu ?

L'œuvre procura à Ernie une impression singulière et déchirante. Sans y réfléchir, il serra son avant-bras droit de sa main gauche. Clare lui avait comme arraché une partie de lui-même, et cette partie était quelque chose de bien plus important que son bras, sa main ou ses doigts. Il ne pouvait clairement se l'expliquer, les mots lui manquaient pour cela. S'il l'avait pu, il aurait parlé de *substance*, car il avait l'impression que la jeune femme l'avait dépouillé de sa propre substance pour remodeler celle-ci en un moignon de bras rageur.

— Je crois que ça ira.

Clare s'esclaffa.

— Alors, ça ira pour moi aussi, dit-elle en lui posant une main sur l'épaule. Je te remercie pour ta précieuse collaboration.

— Ce n'était pas grand-chose.

— Pour nous, si, intervint Jean-Paul. Sans toi, Clare n'aurait pas pu créer cette statue. Et si elle ne l'avait pas faite, nous n'aurions pas pu l'exposer dans notre galerie, ni avoir le plaisir de voir les autres marchands s'en arracher les cheveux de jalousie et de frustration.

Il gratifia Ernie d'un grand sourire.

— Comme tu peux le voir, conclut-il, nous te devons tous beaucoup.

Ernie se contenta de hausser les épaules, faisant du même coup valser le médaillon qu'il portait en pendentif. Jean-Paul baissa les yeux sur la breloque. Il ressentit d'abord de l'étonnement, puis de l'amusement. Comme tous les adolescents, pensa-t-il, celui-là jouait avec des notions et des symboles qui le dépassaient largement. Cependant, lorsque son regard se reposa sur Ernie, son sourire s'évanouit aussitôt. Un adolescent, oui, se dit-il, et un gamin, sans doute, mais un gamin qui avait l'air d'être au fait de beaucoup de choses, et de ne les comprendre que trop bien.

— Jean-Paul ? s'écria Angie. Tu vas bien ?

— Oui, répondit-il en la serrant un peu plus contre lui. Je rêvais. Dis-moi, Ernie, tu as là un curieux pendentif.

— C'est mon talisman.

— Ah… Mais tu dois avoir du travail. Nous ne voudrions pas te retenir.

Jean-Paul, qui avait gardé une voix calme et mesurée, maintenait un bras protecteur autour des épaules de sa femme.

— Oui, répondit Ernie avec un sourire ambigu. J'ai du travail.

Il effleura délibérément le pentacle du bout des doigts tout en faisant le signe du bouc, poing fermé, avec son index et son auriculaire dressés.

— A la prochaine.

Jean-Paul le regarda s'éloigner.

— Ne te sers plus de lui, déclara-t-il soudain.

Clare haussa les sourcils, étonnée.

— Pardon ?

— Comme modèle. Ne te sers plus de lui. Il a le mauvais œil.

— Eh bien, à vrai dire…

— Fais-moi ce plaisir, insista-t-il.

Puis, recouvrant son sourire, il embrassa Clare sur la joue.

— Il paraît que ma grand-mère avait le don, tu sais.

— Oui, eh bien, moi je dis que tu es resté trop longtemps au soleil. Et que tu as besoin d'un bon verre.

— Pour ça, toujours prêt !

Il regarda une dernière fois par-dessus son épaule avant de rejoindre Angie et Clare dans la cuisine.

— Et des *cookies*, t'en as aussi ?

— Toujours, répondit-elle en lui désignant le réfrigérateur.

Elle retira du placard un paquet de chips Ahoy.

— Seigneur, s'exclama-t-elle, écoutez-moi toutes ces mouches ! A croire qu'elles tiennent congrès dans les environs.

Intriguée, elle alla jeter un coup d'œil par la moustiquaire. Le steak dont elle s'était régalée au Martha's menaça aussitôt de lui remonter à la gorge.

— Mon Dieu ! Oh, mon Dieu !

— Clare ?

D'un bond, Angie fut à son côté.

— Chérie, mais qu'est-ce qui… ?

Elle vit alors elle-même ce qui avait soulevé son amie de dégoût. Elle fit aussitôt volte-face, la main collée à la bouche.

— Jean-Paul…

Celui-ci les repoussait déjà toutes les deux. Sur le perron, de l'autre côté de la moustiquaire, était étendu le cadavre d'un chat, un jeune chat noir décapité. Le sang avait coagulé en sombres caillots à l'endroit de la blessure. De grosses mouches noires s'affairaient sur la plaie en bourdonnant.

Jean-Paul laissa éclater un juron en français avant de tourner son visage exsangue vers les jeunes femmes.

— Allez… dans l'autre pièce. Je m'en occupe.

— C'est affreux, s'écria Clare tout en se couvrant la poitrine des bras, le dos tourné à la porte. Tout ce sang…

« Ce sang, encore si horriblement frais », songea-t-elle. L'esprit torturé par ses souvenirs, elle se mit à déglutir péniblement.

— Ce doit être un chien égaré qui l'a tué avant de le traîner jusqu'ici.

— Non, répliqua Jean-Paul en revoyant mentalement le pendentif d'Ernie. Je pencherais plutôt pour le gamin.

— Le gamin ? s'exclama Clare, qui avait recouvré assez de sang-froid pour tendre à Jean-Paul un sac-poubelle. Ernie, tu veux dire ? Ne sois donc pas ridicule. C'était un chien.

— Il portait un pentacle. Un symbole du satanisme.

— Du satanisme ?

Haussant les épaules, Clare se retourna de nouveau.

— Allons, tu perds la tête.

— Du satanisme ? répéta à son tour Angie.

Elle était en train de fouiller dans le réfrigérateur à la recherche d'une bouteille, pensant qu'ils auraient tous trois bien besoin d'un peu de vin.

— T'arrêtes pas de lire des bouquins là-dessus, reprit-elle en s'adressant à son mari. Tu m'as même parlé de rituels qui se dérouleraient au beau milieu de Central Park.

— Oh, assez, s'écria Clare en prenant une cigarette. Peut-être bien que le gosse avait une sorte de symbole occulte — et peut-être bien aussi qu'il a pris la mouche en voyant Jean-Paul loucher dessus. Mais, Seigneur, mon père lui-même portait le signe de la paix, et ce n'était pas un communiste pour autant.

Elle tira sur sa cigarette avant d'inspirer aussitôt la fumée.

— Et puis, poursuivit-elle, il y a des tas de gens qui se lancent dans l'occulte. Surtout les gosses. C'est un moyen pour eux de contester l'autorité.

— Ça peut être dangereux, aussi, rétorqua Jean-Paul.

— Je ne veux pas croire pour autant que ce gamin est allé décapiter un chat perdu pour le mettre devant ma porte de service. C'est épouvantable, je te l'accorde, mais tu as vu trop de films.

— Peut-être.

Il ne servait à rien de continuer à tourmenter ainsi les deux jeunes femmes, se dit-il. D'autant qu'il lui restait encore un sale boulot à faire.

— Sois quand même prudente avec lui, *chérie*. Ça me rassurera. Ma grand-mère disait toujours qu'il faut se méfier de ceux qui s'engagent dans la voie senestre.

Il s'interrompit pour prendre une profonde inspiration.

— Maintenant, emportez cette bouteille dans l'autre pièce et restez-y jusqu'à ce que j'en aie fini ici.

« La voie senestre… », songea Clare. N'était-ce pas le titre du livre qu'elle avait trouvé dans le bureau de son père, en haut de l'escalier ?

15.

Que diable se passait-il ? se demanda Cam en s'allongeant sur le transat de sa terrasse, une bouteille fraîche de Pepsi à portée de la main. Dès son retour de la ferme des Dopper, il s'était empressé de se déshabiller pour se précipiter sous la douche, et maintenant, vêtu de son seul jean, il contemplait avec un air songeur le coucher du soleil.

Deux jeunes angus avaient été sauvagement égorgés. Décapités. Castrés. D'après le vétérinaire, qui avait examiné les dépouilles avec lui, plusieurs des organes internes avaient été tranchés. Et emportés.

A vomir. Cam engloutit une bonne rasade de Pepsi pour se débarrasser du goût infect qu'il avait dans la bouche. Quel que soit le responsable, il avait voulu choquer le badaud, et y avait sacrément bien réussi. Même Matt Dopper avait failli tourner de l'œil, le visage livide sous son masque de fureur ; à peine âgés de deux mois, les veaux promettaient de devenir de bons gros bœufs.

Destinés à l'abattoir, certes, se reprit Cam, mais certainement pas au massacre.

Et c'était à lui que s'adressaient les reproches de Matt, au moins en partie. Si les chiens n'avaient pas été enchaînés, personne n'aurait violé sa propriété pour porter atteinte à son bétail et massacrer ses veaux.

Cam se renfonça dans le transat, les yeux perdus dans la lumière du cré-puscule, sa peau nue frissonnant sous la légère fraîcheur vespérale. Il y avait pour lui une tranquillité fascinante, d'un genre délectable, dans le passage de la lumière opaline à la pénombre. Le chant plein d'espoir d'un engoulevent s'éleva dans le silence comme une bénédiction.

Qu'arrivait-il donc à cette ville, une ville qu'il pensait naguère si bien connaître ?

La tombe d'un bébé bouleversée, un homme affreusement assassiné, des veaux mutilés. Tous ces événements étaient survenus en l'espace de quelques semaines dans une ville où le différend majeur opposait habituellement les adeptes du rock à ceux de la country au bal de la Légion le samedi soir.

Quel était le lien entre tous ces faits ? Et y en avait-il seulement un ?

Cam n'était pas naïf au point d'ignorer que les problèmes de la capitale, avec leur cortège de violences urbaines, en venaient parfois à se répandre jusqu'à la petite ville par la nationale. Pour autant, si Emmitsboro n'était pas un paradis, elle avait jusqu'alors échappé à la contamination.

A moins que tout cela ne soit lié à la drogue… Il prit une autre goulée de Pepsi tandis que la première étoile s'allumait dans le ciel. Pour lui, la personne qui s'était attaquée aux veaux couteau en main se trouvait sans doute au bout du rouleau, à moins qu'elle ne soit folle. En tout cas, cette personne devait suffisamment connaître la ferme des Dopper pour savoir que les bergers allemands seraient enchaînés. Ce qui signifiait donc qu'elle était d'Emmitsboro.

Oui, la ville était assez proche de D.C. pour pouvoir être un point de transit de la drogue. Un jour, d'ailleurs, à la suite d'une descente dans une ferme, à une quinzaine de kilomètres au sud, la police d'Etat avait saisi près de cent kilos de cocaïne, des armes automatiques et environ vingt mille dollars en liquide. Ensuite, avec une régularité qui frisait le ridicule, les trafiquants, assez stupides pour foncer avec des paquets de coke planqués sous les enjoliveurs, avaient été arrêtés sur la nationale 70.

Etait-il possible que Biff ait voulu se faire un petit bénéfice, et que, pour avoir foutu à l'eau une transaction, ou pour être devenu trop gourmand, il ait été buté ?

Si ce n'était pas la folie furieuse qui avait poussé son meurtrier à lui régler son compte, ce pouvait être aussi la volonté de lui faire payer une indélicatesse.

Cela étant, aucune de ces éventualités, si sordides soient-elles, ne cadraient avec le sinistre incident du cimetière.

Alors pourquoi son intuition lui soufflait-elle qu'il y avait probablement un lien entre tous ces événements ?

Parce qu'il était fatigué, se dit-il. Parce qu'il s'était réfugié à Emmitsboro pour échapper à l'horreur des grandes villes comme à sa propre culpabilité

— et puis aussi, il devait bien le reconnaître, à la peur qui le hantait depuis qu'il avait tenu dans ses bras son coéquipier agonisant.

Il se recala dans le transat et laissa ses paupières se refermer. Il avait besoin, terriblement besoin d'un verre ; et de ce fait même se refusait à bouger. Il s'imagina un instant en train de prendre une bouteille, de la porter à ses lèvres et de sentir l'âpre liquide s'insinuer au fond de sa gorge pour lui brûler les entrailles, anesthésier sa pensée. Un petit coup d'abord, puis un deuxième. « Oh, et puis merde, toute la bouteille. La vie est trop courte pour ce genre de mesquineries. Allez, noyons-nous dans la boisson. Dissolvons-nous dans l'alcool… »

Mais non… Il y aurait le réveil pitoyable du lendemain, avec son mal de chien, sa mortelle lassitude. Et ce bon vieux Jack qui lui remonterait à la gorge tandis qu'il hoquetterait au-dessus de la baignoire, ses mains poisseuses de sueur agrippées au rebord de faïence.

Une satanée partie de plaisir, oui… Voilà les rêveries auxquelles il s'adonnait depuis qu'il avait rompu avec ce bon vieux Jack Daniels.

Il voulait croire qu'à son réveil, le lendemain, la tentation de la bouteille l'aurait quitté. Disparue pour de bon. Il voulait être sûr que, après être sorti de son lit, il irait patrouiller en ville, distribuerait deux trois P.-V., sermonnerait quelques gamins et remplirait une liasse de formulaires.

Ce dont il ne voulait pas, en revanche, c'était d'une affaire criminelle ou des plaintes de fermiers affolés sur la conscience. Ni, surtout, devoir sans cesse rassurer des parents ivres de terreur et de chagrin tels que les Jameson, qui l'appelaient chaque semaine avec une régularité désespérante.

Hélas, il n'ignorait pas que dès son réveil, le lendemain, il aurait encore à repousser le besoin pressant de s'empoisonner avec Jack avant de se rendre à son travail. N'ayant nul autre endroit où aller, il ne pouvait fuir son devoir. Ni lui-même.

« Tu crois peut-être connaître cette ville ? Eh bien, tu te trompes. »

Les paroles fielleuses de Sarah Hewitt lui revinrent à la mémoire. Que voulait-elle lui dire ? Et que savait-elle au sujet de Parker ?

Il n'avait pas réussi à joindre l'ancien shérif au téléphone. Parker avait déménagé de Fort Lauderdale l'année précédente sans laisser d'adresse. Désormais, songeait Cam, il lui faudrait inscrire une nouvelle corvée dans son planning :

retrouver la trace de Parker. Si seulement il pouvait comprendre ce qui le poussait à agir ainsi.

Il rouvrit les yeux, trouvant un certain réconfort dans les ténèbres parfaites qui l'environnaient. Puis il se saisit de la bouteille, résigné à se contenter du piètre coup de fouet que lui procureraient le sucre et la caféine, alluma une cigarette et dirigea son télescope vers le ciel. Admirer les étoiles n'avait jusqu'alors jamais manqué de le consoler.

Il était en train d'étudier Vénus lorsqu'il entendit les pneus d'une voiture crisser sur le sable de l'allée. Il sut alors, avec une certitude qui le surprit lui-même, qu'il ne pouvait s'agir que de Clare. Et qu'il l'attendait en fait depuis le début.

Clare bondit hors de sa voiture. Elle avait eu envie de sortir de chez elle. Non, reconnut-elle aussitôt, elle avait eu en fait le besoin irrépressible de partir. Elle savait qu'Angie et Jean-Paul ne verraient aucun inconvénient à se retrouver seuls une heure ou deux. Elle était même certaine qu'ils n'attendaient que cette occasion pour pouvoir discuter à leur aise des théories de Jean-Paul — théories dont, pour sa part, elle ne pouvait ni ne voulait entendre parler.

— Hé, la Gazelle ! lui lança Cam du haut de la terrasse. Par ici.

Elle monta l'escalier quatre à quatre pour se précipiter dans ses bras. Avant même qu'il n'ait pu esquisser un geste, elle le gratifiait d'un furieux baiser.

— Eh bien, réussit-il finalement à articuler. Content de te revoir aussi.

Il lui caressa doucement la poitrine, avant de la prendre par la taille. Puis, à la lumière qui filtrait de la chambre à coucher, il la dévisagea.

— Qu'est-ce qu'il y a ?

— Rien.

Elle sentait elle-même le sourire radieux qui lui crispait le visage : elle se l'était presque collé sur la face.

— Je suis seulement un peu nerveuse.

Elle passa une main dans ses cheveux et le serra une nouvelle fois contre elle.

— Ou peut-être excitée, ajouta-t-elle.

Cam aurait pu se sentir flatté, voire amusé par ses propos — si seulement il les avait crus. Il l'embrassa tendrement sur le front.

— Tu peux tout me dire, tu sais.

Elle savait, oui, qu'il l'écouterait, et avec attention encore. Néanmoins elle ne pouvait lui parler de la chose horrible qu'elle avait trouvée devant la porte de la cuisine, ni des soupçons délirants de Jean-Paul, ni du livre qu'elle avait retiré du bureau de son père pour le cacher sous son matelas — comme le font les adolescents avec les magazines pornos.

— Il n'y a rien, vraiment. Je suis à bout de nerfs, c'est tout. Avec toutes ces commandes, ces contrats, et les plans sur la comète qui s'ensuivent…

Ce qui n'était pas faux, mais Clare n'en avait pas moins le sentiment que Cam devinerait tout le reste si elle ne le chassait pas immédiatement de son esprit.

— Alors, que fais-tu ? s'enquit-elle à brûle-pourpoint.

Elle s'écarta de lui pour se diriger d'un pas nonchalant vers le télescope.

— Pas grand-chose, répondit-il en se rapprochant d'elle avec la bouteille de Pepsi. T'en veux ?

— Oui.

Elle but au goulot.

— J'attendais un coup de fil de ta part, reprit-elle, regrettant aussitôt ses paroles. Non, oublie ce que je viens de raconter. Qu'est-ce qu'on peut voir avec ça ?

Cam lui posa une main sur l'épaule avant qu'elle n'ait eu le temps de se pencher pour coller un œil à l'objectif du télescope.

— J'ai appelé, dit-il. Mais ta ligne était occupée.

— Oh, s'exclama-t-elle avec un ravissement qu'elle ne put dissimuler. C'est Angie qui téléphonait à New York. Auriez-vous une cigarette, Rafferty ? J'ai laissé mon sac dans la voiture.

Il lui tendit son paquet.

— J'aime bien tes amis, déclara-t-il en craquant une allumette.

— Ils sont super. C'est sans doute stupide, mais j'étais vraiment inquiète au sujet de votre rencontre. J'avais l'impression de te présenter à mes parents…

Elle s'interrompit soudain.

— Oh, Seigneur, s'écria-t-elle en s'affalant sur le bras du transat. Mais qu'est-ce que je raconte ? Oublie-moi. Fais comme si je n'étais pas là.

Elle poussa un long soupir.

— Mon Dieu, j'ai l'impression de me conduire comme une gamine. Je déteste ça.

— Et moi j'adore, répliqua-t-il en lui prenant le menton. En fait, je crois bien que je suis dingue de toi. Il n'y a pas dix minutes, j'étais assis là à me lamenter sur mon sort. Et maintenant, je ne sais même plus de quoi je me plaignais.

Elle releva la tête vers lui. Les yeux de Cam paraissaient presque noirs à la clarté vacillante des étoiles. Ses lèvres esquissaient un léger sourire de satisfaction. Il émanait de lui une telle aura de séduction que Clare en sentit tout son corps ébranlé.

— Rafferty, où en sommes-nous ?

— Où veux-tu en être, toi ?

— Je ne le sais pas encore. Je pensais que tu me le dirais.

Oui, pour sa part, il le savait fort bien. Cependant, il préférait qu'elle le découvre par elle-même.

— Et si tu prenais le temps d'y réfléchir un peu ? suggéra-t-il en s'asseyant sur le transat à côté du sien. Tiens, j'ai Vénus en ligne de mire. Tu veux y jeter un coup d'œil ?

Se calant dans le transat, Clare redressa la tête vers l'objectif.

— J'aime être avec toi, déclara-t-elle tandis qu'elle examinait l'astre scintillant et écarlate. Je veux dire : comme ça, pas seulement au lit.

— C'est cela, reprenons tout par le début.

— Oui, mais la fin était déjà super.

— Ce n'est pas moi qui prétendrai le contraire, approuva-t-il avec une moue amusée.

— Non, ce que je veux dire, c'est que nos rapports au lit ont beau être, eh bien, étourdissants, ce n'est pas pour cela que je…

« … m'intéresse à toi, rêve de toi, ne pense qu'à toi… »

— … suis venue.

— D'accord, dit-il en lui prenant la main avec laquelle elle était en train de scander ses paroles. Alors, pourquoi es-tu venue ?

— Je voulais seulement être avec toi, répondit-elle sans détacher son œil du télescope. D'accord ?

— Soit.

Il porta la main de la jeune femme à ses lèvres pour déposer un baiser sur les jointures de ses doigts. Touchée par ce geste d'une tendresse toute romantique, Clare sentit les larmes lui monter aux yeux.

— Je ne veux pas gâcher cette chance, Cam. Je suis déjà trop douée pour ça.

— Tout va bien, la Gazelle. Tout va pour le mieux.

Ils regardèrent les étoiles pendant plus d'une heure.

Au moment de repartir, Clare avait presque oublié le livre qu'elle avait dissimulé dans sa chambre.

Lisa MacDonald était furieusement embêtée. Non seulement elle était perdue au fin fond du monde, mais en plus son véhicule venait de rendre l'âme. Résolue à ne pas baisser les bras, elle décida de donner une ultime chance à la voiture. Après tout, il n'y avait guère plus de deux cent cinquante mille kilomètres au compteur. Elle fit tourner la clé de contact tout en prêtant l'oreille à la toux poussive du moteur — une toux fatale, se dit-elle.

Le moteur trépida sous ses pieds sans démarrer pour autant.

Dégoûtée, elle claqua la portière de son antique Volvo pour aller jeter un œil sous le capot. Son point fort, c'était le ballet classique, se dit-elle, pas la mécanique. En ce domaine, elle ne connaissait que trop les limites de ses compétences.

La lune avait beau être presque pleine et le ciel dégagé, la clarté nocturne ne faisait qu'allonger les ombres sur le long ruban de route enténébré. La seule rumeur qui parvenait aux oreilles de la jeune femme était le chœur monotone des rainettes et des grillons. Elle souleva le capot, qui s'ouvrit en grinçant, et se démena un moment avec la tringle. Étouffant un juron, elle se dirigea vers la portière côté passager pour aller fouiller dans la boîte à gants. Son frère, qui était autant un emmerdeur et un maniaque que son meilleur ami, lui avait acheté une lampe torche, ainsi qu'une trousse de première urgence.

— Tout conducteur devrait être capable de changer une roue et entreprendre lui-même les réparations les plus simples, marmonna-t-elle en singeant les propos de Roy. C'est cela, frangin, cause toujours…

Elle n'en ressentit pas moins quelque soulagement à voir un puissant faisceau de lumière jaillir de la lampe torche : Roy avait insisté pour qu'elle la garnisse de robustes Duracell.

Si elle n'avait eu le désir de lui rendre visite — et s'il n'avait lui-même tant insisté pour lui faire prendre le train qu'elle s'était sentie littéralement *obligée* de descendre en voiture depuis Philadelphie, rien que pour l'énerver —, elle ne serait pas à l'heure présente dans cette panade.

Fronçant les sourcils, elle repoussa sa longue chevelure blonde en arrière et braqua sa lampe à l'intérieur du capot. Tout paraissait en ordre. Noirâtre et graisseux à souhait.

Alors pourquoi cette satanée bagnole avait-elle ses vapeurs ?

Et pourquoi diable n'avait-elle pas fait réviser la voiture avant de partir ? Réponse : elle avait besoin d'une nouvelle paire de pointes et son budget était restreint. C'est qu'elle avait ses priorités dans la vie. Et même maintenant, debout dans la nuit à côté de sa voiture agonisante, elle n'en aurait toujours pas démordu. Elle aurait été jusqu'à sacrifier ses repas pour acquérir ses chaussons de danse — ce qu'elle avait d'ailleurs déjà fait, et pas qu'une fois.

Ereintée, contrariée, irritée, elle promena le faisceau de sa lampe sur le décor alentour. Elle aperçut une barrière, puis un champ, et au-delà encore un essaim de lumières qui semblaient distantes d'au moins trois kilomètres. Tout autour d'elle, s'étendaient des bois sombres et touffus que coupait le bitume noir de la route avant de disparaître à un tournant.

Où se trouvaient les stations-services ? se demanda-t-elle. Et les cabines téléphoniques ? Et le prochain McDonald's ? Seigneur, comment pouvait-on vivre dans un trou pareil ! Elle referma le capot à la volée et s'assit dessus.

Peut-être devrait-elle se conformer aux instructions des manuels de boy-scouts et ne pas bouger jusqu'à l'arrivée des secours. Son regard se perdit d'un côté de la route, puis de l'autre. Elle poussa un long et profond soupir : à ce rythme-là, elle pourrait toujours attendre...

Elle pouvait aussi continuer à pied. Mesurant un mètre soixante-deux pour quarante-cinq kilos, elle eût pu paraître frêle et menue si les exercices à la barre n'avaient endurci son corps. Elle avait autant sinon plus d'endurance qu'un trois-quarts centre. Mais pour aller où ? Et pendant combien de temps ?

Résignée, elle rejoignit l'habitacle afin de consulter la carte et les instructions détaillées que Roy lui avait fournies — et dans lesquelles elle avait d'une manière ou d'une autre réussi à s'embrouiller. Laissant la porte ouverte, elle s'assit en travers du siège du conducteur pour essayer de repérer le chemin où elle s'était fourvoyée.

Elle avait déjà dépassé Hagerstown. De cela, au moins, elle était sûre, car c'était à ce niveau qu'elle avait quitté la nationale pour faire le plein et prendre un Coke light. Ainsi qu'une barre Hershey, se souvint-elle avec quelque remords. Après, elle avait gagné la route 64, exactement comme Roy le lui avait indiqué. Et puis elle avait tourné à droite.

— Merde...

Elle se prit la tête à deux mains. C'était à *gauche* qu'elle aurait dû tourner, elle en était pratiquement certaine. Elle se rappelait encore l'intersection, avec le drugstore d'un côté et le champ de maïs de l'autre. Elle s'était arrêtée au feu, la bouche pleine de chocolat, un air de Chopin sur les lèvres. Le feu avait passé au vert. Elle avait tourné. Le front plissé sous le coup de la concentration, elle secoua la tête. Son incapacité à reconnaître la droite de la gauche faisait les gorges chaudes de sa compagnie. Un vrai blocage mental. Quand elle dansait, elle portait toujours un morceau de sparadrap à son poignet droit et...

Eh oui, se dit-elle, c'était bien à droite qu'elle avait tourné.

Mais tout cela, c'était à cause de son père aussi. Alors qu'elle était née gauchère, il l'avait forcée à se servir de sa main droite. Et vingt après, elle ne savait toujours pas où elle en était.

Enfin, c'était exagéré de rendre son cher vieux papa responsable du fait qu'elle soit, à l'heure qu'il était, assise dans un tacot branlant au beau milieu de nulle part. Mais cela aidait un peu, malgré tout.

Ainsi donc, elle avait pris le mauvais tournant. Bah, se dit-elle en passant ses longs doigts fuselés dans ses cheveux, il ne lui restait plus, désormais, qu'à déterminer la direction qu'elle devait prendre pour continuer son chemin. A pied...

Elle n'était d'ailleurs pas du genre à paniquer, mais plutôt à se dépêtrer des situations avec une belle persévérance, qui frisait souvent l'obstination. Remontant le chemin qu'elle avait suivi à partir du feu fatal, elle repéra avec précision sur la carte l'endroit où elle s'était trompée et décida derechef de pousser une pointe jusqu'à la ville la plus proche, à savoir...

Emmitsboro. A moins qu'elle n'ait la cervelle réduite à l'état de yoghourt, elle serait bien capable de suivre la route sur trois kilomètres. Elle parviendrait ainsi jusqu'en ville et, avec un peu de chance, trouverait une maison d'où elle pourrait appeler Roy pour lui confesser sa stupidité doublée de distraction, triplée d'inconscience crasse. Dans les circonstances présentes, un tel aveu lui semblait encore préférable à une nuit passée dans la voiture.

Elle fourra les clés de la Volvo dans la poche de son sweat, se saisit de son sac à main et abandonna son véhicule.

Ce n'était pas exactement ainsi qu'elle avait prévu le déroulement de la soirée. Elle s'était imaginée en train de débarquer chez Roy avec douze bonnes heures d'avance sur l'horaire prévu. Pour lui faire une surprise. Elle avait même emporté une bouteille de champagne.

De fait, ce n'était pas tous les jours qu'elle pouvait annoncer qu'elle venait juste de décrocher le rôle enviable de Dulcinée dans la prochaine production de sa compagnie, *Don Quichotte*. Et si elle savait se faire facilement des amis, et les garder, il n'y avait cependant personne avec qui elle aimait mieux partager les événements importants de sa vie qu'avec son frère.

Elle voyait déjà son visage s'illuminer à cette nouvelle. Puis il éclaterait de rire et la ferait valser dans ses bras. Certes, c'était leur mère qui, avec une conscience scrupuleuse, l'avait jour après jour emmenée au cours de danse ; mais c'était Roy qui avait vraiment compris sa vocation, y avait cru, l'avait encouragée.

Quelque chose frémit dans les buissons. En citadine invétérée qu'elle était, Lisa sursauta en poussant un petit cri et lâcha un juron. Mais où étaient les damnés lampadaires ? se demanda-t-elle. Dieu, quel réconfort d'avoir la lampe torche entre les mains !

Pour se consoler, elle songea que cela aurait pu être pire. Il aurait pu pleuvoir. Ou faire froid. Le ululement d'un hibou la poussa à accélérer le pas. Elle aurait pu aussi être attaquée par une bande de violeurs fous. Et puis elle aurait pu se casser une jambe. Elle frémit. Une jambe cassée, c'était bien pire que des violeurs fous.

Elle était censée commencer les répétitions dans une semaine. Elle s'imaginait déjà en train de déployer son éventail de tulle noir avant de se lancer avec grâce dans une douzaine de fouettés tourbillonnants.

Elle voyait d'ici les feux de la rampe, entendait la musique, pressentait la magie de ce moment. Il n'y avait rien, non, rien de plus important que la danse dans sa vie. Seize années durant, elle avait travaillé avec patience tout en suppliant le ciel de lui accorder la chance de faire ses preuves comme danseuse étoile.

Et maintenant, cette chance, elle l'avait, se dit-elle en se haussant aussitôt sur les pointes pour exécuter trois pirouettes au milieu des ténèbres. Et chaque crampe, chaque goutte de sueur, chaque larme serait bientôt justifiée.

Elle souriait de contentement, lorsqu'elle aperçut une voiture qui franchissait l'accotement pour se diriger à travers bois. Sa première pensée fut : « Sauvée ! » Peut-être y avait-il au volant un bel homme plein de ressources — au diable le féminisme, surtout dans un moment pareil — qui saurait dépanner sa voiture.

Cependant elle s'arrêta bientôt sur le bas-côté, se demandant pourquoi le conducteur dissimulait ainsi sa voiture au milieu des buissons. Elle fit encore quelques pas hésitants en direction du véhicule.

— Ohé. Y a quelqu'un ?

Elle jeta un coup d'œil en avant de la route, vers l'interminable tunnel noir qui se creusait sous la voûte des arbres. Puis elle franchit prudemment le fossé.

— Ohé… J'aurais besoin d'un coup de main.

Elle éclaira le sol à ses pieds pour éviter de se tordre les chevilles en descendant l'accotement.

— Y a quelqu'un ?

Un froissement dans les broussailles lui fit relever la tête.

— Ma voiture…, commença-t-elle à articuler.

Puis elle s'arrêta aussitôt.

Deux silhouettes sombres, drapées de noir, venaient de jaillir du sous-bois, comme surgies des troncs ; deux êtres sans visage ni formes définis. Lisa se sentit étreinte par une peur aussi instinctive que puissante. Elle dirigea d'une main tremblante le faisceau de sa lampe sur les apparitions. Puis elle recula d'un pas et se retourna pour s'enfuir à toutes jambes.

Elle fut attrapée par les cheveux et violemment tirée en arrière. Elle hurla de souffrance et de terreur. Puis un bras lui enserra la taille et la souleva de terre. Des images sinistres envahirent alors son âme de jeune femme. Elle décocha une méchante ruade, mais sa longue jambe de danseuse ne rencontra que le vide. Battant des pieds et des mains, elle sentit enfin sa lampe torche s'abattre contre un crâne. Il y eut un grognement suivi d'un juron, et son agresseur relâcha son étreinte. Cependant, au moment où elle rampait pour se mettre hors de portée de ses poursuivants, elle entendit son pull se déchirer. Quelque chose la frappa au visage.

Le coup la fit chanceler, brouillant sa vision. Elle se mit aussitôt à détaler en aveugle. Elle savait qu'elle était en train de pleurer. Chaque bouffée d'air qu'elle aspirait lui consumait la gorge. Puis elle se força à s'arrêter, prenant brusquement conscience, au milieu de sa panique, que ses agresseurs pourraient la repérer aux bruits de sa fuite.

Elle s'aperçut alors qu'elle s'était perdue dans les bois. Les arbres morts étaient devenus des pièges, les ramures feuillues des entraves. Elle était un lapin, aussi agile que désorienté par la peur, poursuivi par une meute impitoyable. Le reflux du sang dans ses veines était si assourdissant qu'elle n'entendit point l'un de ses agresseurs la rejoindre au pas de course.

Il la plaqua au sol sauvagement, la précipitant genoux en avant contre une pierre. Elle heurta le sol avec une telle violence que tout son corps en vibra de douleur et, malgré sa peur, elle entendit distinctement l'os de sa jambe se briser d'un coup sec. Ses dents lui cisaillèrent la lèvre. Elle eut le goût de son propre sang dans la bouche.

Et lui, pendant ce temps, était en train de murmurer des cantiques. Seigneur Dieu, se dit-elle. Seigneur Dieu. Des cantiques. L'odeur du sang lui monta à la tête.

Tandis qu'il la tirait à lui, elle entendit d'autres bruits. Des craquements dans les branchages. Des appels, de plus en plus proches. Son ravisseur n'avait pas encore rameuté ses complices.

Elle pouvait voir ses yeux. Il pensait l'avoir réduite à l'impuissance. Elle le lisait dans son regard. De même qu'elle savait que sa propre vie était en jeu.

Lorsqu'il tendit la main pour lui agripper ses vêtements, elle enfonça rageusement les ongles dans la peau de l'agresseur ; elle se battit avec les dents, les ongles, avec chaque once d'énergie qui lui restait encore dans le corps.

Mais les mains de l'homme se resserrèrent bientôt sur sa gorge. Il grondait comme une bête, songea-t-elle confusément. Elle se mit à suffoquer, le visage tout congestionné. Ses forces la quittaient. Les talons de ses espadrilles s'enfoncèrent dans la terre.

Elle ne pouvait plus… respirer. Elle sentit ses yeux écarquillés lui sortir de la tête tandis que l'homme lui souriait. Ses mains fines glissèrent peu à peu sur l'étoffe rude de la chasuble, puis retombèrent mollement sur le tapis de feuilles sèches.

Mourante. Elle était mourante…

Ses doigts fébriles se crispèrent sur les feuilles craquantes… et se refermèrent sur une pierre. Alors, le cœur et les poumons prêts à éclater, elle souleva le caillou pour l'abattre sur la nuque de son agresseur. Celui-ci laissa échapper un grognement étouffé tandis que ses doigts relâchaient leur pression. Tout en reprenant douloureusement son souffle, Lisa le frappa de nouveau.

A demi suffoquée, elle batailla pour se dégager du corps inanimé sous la chasuble. Jamais elle n'avait connu une telle souffrance. Tout ce qu'elle désirait désormais, c'était se coucher à terre pour pleurer jusqu'à ce que la douleur l'ait quittée. Cependant elle entendit des voix, des cris, des bruits de course. Un surcroît de peur la galvanisa, la forçant à se relever. Elle se mordit la lèvre lorsque sa jambe manqua se dérober sous elle. Des ondes de douleur se propagèrent jusqu'à son ventre. Elle se précipita en claudiquant à travers bois, le reste de la meute à ses trousses.

Clare se sentait mieux. Incroyablement mieux. Elle fredonnait presque en revenant de chez Cam. Jusqu'alors, elle ignorait à quel point s'asseoir sous un ciel étoilé pour discuter de choses et d'autres pouvait apaiser les systèmes nerveux défaillants. Elle regrettait de n'avoir pu rester auprès de Cam, de n'avoir pu se blottir contre lui dans le lit pour faire l'amour ou, simplement, pour continuer à discuter avec lui jusqu'à l'approche du sommeil.

Angie et Jean-Paul l'auraient compris, songea-t-elle avec un sourire. Néanmoins, sa mère lui avait inculqué les bonnes manières, et n'y avait que trop bien réussi. Et puis, si elle désirait tout de même revenir chez elle, c'était aussi pour aller s'enfermer dans sa chambre et y étudier le livre qu'elle avait récupéré dans le bureau de son père.

Le cacher quelque part, le plus loin possible, ne résoudrait rien — voilà une autre conclusion qu'elle avait pu tirer du moment passé avec Cam. Elle le lirait, plutôt, et y réfléchirait à tête reposée. Elle irait même passer en revue les autres livres remisés sous les combles.

— Que dites-vous de ça, docteur Janowski ? murmura-t-elle. Pas besoin de débourser cent cinquante dollars pour trouver que la meilleure solution est de faire face à ses problèmes et les régler par soi-même.

D'ailleurs, il n'y aurait bientôt plus de problèmes, se dit-elle. Elle redressa la tête. Le vent fit danser ses cheveux autour de son visage. Oui, tout irait pour le mieux désormais. Après le défilé et les quelques allocutions de circonstance, Emmitsboro se renfoncerait dans sa quiétude monotone. Et c'était bien ainsi qu'elle l'aimait.

Elle vit soudain une silhouette jaillir de la profondeur des bois. Un cerf, se dit-elle en donnant un brusque coup de volant, la pédale de frein enfoncée. La voiture partit aussitôt en tête-à-queue. Les phares se mirent à tournoyer vertigineusement. La silhouette réapparut dans leur faisceau : une femme. Saisie de panique, Clare entendit le choc d'un corps rebondissant contre l'aile droite de la voiture.

— Oh, Jésus. Oh, Jésus.

Elle surgit aussitôt de son véhicule, les membres tremblant comme de la gelée. Une odeur de caoutchouc brûlé empuantissait l'air. La femme gisait à côté de la voiture, son pantalon de survêtement maculé de sang, les mains profondément écorchées.

— Oh, mon Dieu, non, je vous en supplie, s'écria Clare d'une voix brisée par l'émotion.

Elle s'accroupit auprès de l'accidentée pour repousser doucement, d'une main tremblante, ses cheveux blonds en arrière.

Lisa cligna des yeux, hagarde. Elle voyait flou. Quelque chose avait rudement écorché son œil alors qu'elle trébuchait dans les sous-bois.

— A l'aide, chuchota-t-elle d'une voix rauque et presque inaudible.

— Je suis là, lui répondit Clare. Je suis désolée. Affreusement désolée. Quand je vous ai vue, il était déjà trop tard.

— Une voiture, s'exclama Lisa en sursautant aussitôt.

Tâtant d'une main le bitume, elle plia le coude pour tenter de se redresser. Chaque mot qu'elle prononçait lui brûlait la gorge comme une goutte d'acide. Il lui fallait pourtant parler. Vite.

— Dieu merci. Aidez-moi, s'il vous plaît. Je ne crois pas que je peux me relever toute seule.

— Et moi je ne crois pas que vous devriez bouger.

Que disait-on déjà à propos des fractures du cou et de la colonne vertébrale ? Seigneur, se dit Clare, pourquoi n'avait-elle jamais pris des leçons de secourisme ?

— Ils arrivent. Pour l'amour de Dieu, allons-nous-en.

Lisa se remettait déjà debout, les mains appuyées sur le pare-chocs.

— Pour l'amour de Dieu, *vite* !

— Très bien, très bien.

Clare songea qu'elle pouvait difficilement laisser la femme couchée au milieu de la route tandis qu'elle irait chercher du secours. Elle installa Lisa aussi doucement que possible à côté d'elle sur le siège avant.

— Voilà, je voudrais seulement…

— Non. Roulez !

Lisa était terrifiée à l'idée de tomber en syncope. La main serrée convulsivement sur la poignée de la portière, elle fouillait le sous-bois du regard. Son œil valide se révulsait de frayeur.

— Le pied au plancher. Il ne faut pas qu'ils nous rattrapent.

— Je vous emmène à l'hôpital.

— Où vous voulez, s'écria Lisa en couvrant de ses mains son visage ensanglanté. Où vous voulez, mais loin d'ici.

Elle s'effondra sur son siège au moment où Clare redémarrait. Puis, le corps secoué de frissons, elle sombra peu à peu dans l'inconscience.

— Ses yeux, gémit-elle. Oh, mon Dieu, ses yeux… Les yeux du diable.

Cam avait la bouche pleine de dentifrice lorsque le téléphone se mit à sonner. Il cracha et, sans prendre la peine de se rincer, sortit de la salle de bains en étouffant un juron. Il décrocha le combiné après le troisième coup.

— Allô ?

— Cam.

Il ne lui en fallut pas plus pour comprendre que quelque chose n'allait pas.

— Clare, qu'est-ce qu'il y a ?

— Je suis à l'hôpital. Je…

— Que s'est-il passé ? demanda-t-il en agrippant son jean jeté en travers du fauteuil. Tu es gravement blessée ?

— Non, pas moi. Je vais bien.

A l'autre bout du fil, la jeune femme tremblait si fort que son café, dans sa main, débordait du gobelet en plastique.

— J'ai renversé quelqu'un — une femme. Elle est sortie du bois en courant. Je croyais que c'était un cerf. J'ai essayé de freiner. Oh, mon Dieu, Cam, je ne sais pas si je l'ai gravement blessée. Ils ne veulent pas me le dire. Il faut pourtant que je…

— Bouge pas, la Gazelle, j'arrive. Ferme les yeux et ne pense plus à rien.

— D'accord, murmura-t-elle en portant une main à ses lèvres. Merci.

Elle crut l'attendre pendant des heures. Assise dans le pavillon des urgences, elle écoutait les gémissements des malades, les claquements des talons sur le carrelage, le bourdonnement de la télévision. Un présentateur était en train de faire son numéro, et apparemment tout le monde était plié en quatre. Clare, les yeux rivés sur les traces de sang qui maculaient son chemisier et son jean, ne cessait de revivre l'instant où elle avait enfoncé la pédale de frein.

Avait-elle eu un moment d'hésitation ? Conduisait-elle trop vite ? Elle devait être dans la lune. Si elle avait fait un peu plus attention, cette femme ne serait pas en ce moment sur le billard.

Mon Dieu, se dit-elle, elle ne savait même pas son nom…

— Clare.

Elle leva son regard brouillé sur Cam qui venait de s'accroupir auprès d'elle.

— Je ne sais même pas comment elle s'appelle.

— Tout va bien.

Prenant les mains de Clare entre les siennes, il les tint serrées contre ses lèvres, remerciant le ciel qu'elle soit saine et sauve. Puis il aperçut du sang sur sa chemise, et eut un sursaut de panique, avant de remarquer que ce n'était pas le sien, qu'elle ne semblait pas blessée.

— Peux-tu me raconter ce qui s'est passé ?

— Elle s'est précipitée sous mes roues. Je l'ai renversée.

Il vit que son visage était exsangue. Même ses lèvres étaient livides. Elle avait aussi les pupilles dilatées. Et lorsqu'il caressa sa joue du dos de la main, il lui trouva la peau moite et glacée.

— Personne ne t'a encore auscultée ?

Elle leva vers lui un regard dénué d'expression.

— Je veux savoir ce qui se passe. Il le faut. A toi, ils te le diront, hein ? Je t'en prie, Cam, cette attente est insupportable.

— Très bien. Ne bouge pas d'ici. Je n'en ai pas pour longtemps.

Elle le regarda se diriger vers une infirmière, à laquelle il tendit sa carte. La femme le conduisit au bout du couloir. Quand il revint, quelques minutes plus tard, il portait une couverture dont il lui entoura les épaules avant de se rasseoir à son côté.

— Elle est en salle d'opération, dit-il en lui prenant une main pour la réchauffer entre les siennes. Ça risque de durer un moment. Elle a le genou salement esquinté. L'œil aussi.

Il guetta sa réaction. Clare se contenta de serrer les lèvres en hochant la tête.

— Elle a également subi quelques dommages internes, ajouta-t-il. Et puis elle a des hématomes tout autour du cou. Clare, peux-tu me dire à quelle vitesse tu l'as percutée ? Jusqu'où l'impact l'a-t-il déportée ?

— J'ai déjà répondu à toutes ces questions.

— Dis-le-moi, s'il te plaît.

— Le choc a été plutôt sourd. J'étais presque arrêtée. Je croyais avoir freiné à temps. J'ai braqué à fond, sur la gauche. Je te jure qu'il m'a semblé freiner à temps. Mais après, quand je suis sortie de la voiture, elle était couchée là, par terre, avec tout ce sang sur elle…

Cam la scrutait du regard.

— Elle était juste à côté de la voiture ?

— Oui, à deux doigts des pneus, répondit-elle en portant une main à sa bouche. Je ne savais pas quoi faire. Elle me suppliait de l'aider.

— Elle t'a parlé ?

Clare hocha de nouveau la tête et se mit à se balancer d'avant en arrière.

— Ça va, lui dit Cam. Repose-toi.

Il lui passa un bras autour des épaules en lui posant un baiser sur la tempe. Son cerveau, cependant, fonctionnait à plein régime.

— Tu veux un peu d'eau ?

— Non merci, dit-elle en secouant la tête. Seulement, je n'arrête pas de la revoir quand elle a été prise dans la lumière des phares.

Quoique Cam ait encore des questions à lui poser, il préféra la laisser reprendre ses esprits.

— Bon, écoute, l'interne de service aux urgences m'a dit que ses vêtements étaient déchirés. Il y avait des bouts de feuilles et de branches accrochés aux fibres de ses habits et dans ses cheveux. Quant aux hématomes autour de son cou, ce sont des marques de strangulation.

— Mais...

— Tu as dit qu'elle était sortie du sous-bois en courant. Serais-tu capable de me montrer l'endroit ?

— Je ne l'oublierai pas de sitôt.

— Très bien.

Il constata en souriant que ses joues avaient recouvré quelque couleur.

— J'aimerais jeter un œil à ta voiture avant de te ramener à la maison.

— Je ne partirai pas d'ici avant de savoir.

— Tu es sur les genoux, la Gazelle.

— Pas avant de savoir, répéta-t-elle.

Elle prit une profonde inspiration avant de se tourner vers lui.

— Elle était en train de fuir quelqu'un, s'exclama-t-elle soudain. Je ne l'ai pas compris sur le coup. J'étais trop effrayée. Je ne voulais pas la bouger, mais elle, elle essayait de grimper dans la voiture. Elle était terrorisée, Cam. Ses blessures devaient la faire atrocement souffrir, et pourtant elle essayait quand même de grimper dans la voiture. Elle a dit qu'il fallait qu'on s'en aille avant qu'ils la retrouvent.

Il posa un baiser sur son front soucieux.

— Je vais te dégoter un lit.

— Non, je ne veux pas...

— C'est ça ou je te ramène à la maison. Tu as besoin de te reposer.

Il s'interrompit un instant et laissa échapper un bref soupir.

— Clare, il faudra faire un examen sanguin. Pour l'alcoolémie.

— L'alcoolémie ?

Son visage redevint livide.

— Seigneur, Cam. Je n'avais rien bu, tu le sais bien. Je venais juste de quitter ta…

— C'est pour mettre dans le rapport, la Gazelle, l'interrompit-il en prenant sa main crispée dans la sienne. Pour assurer tes arrières.

— Très bien, dit-elle, les yeux fixés sur le présentateur, toujours en train de brailler l'une de ses fines contrepèteries. Faites votre devoir, shérif.

— Là n'est pas la question, bordel.

Il aurait bien voulu lui expliquer cela une bonne fois pour toutes, mais Clare avait l'air d'un animal apeuré, prêt à prendre la fuite au premier contact. « Du calme », se dit-il, espérant que, pour une fois, il arriverait à rester patient.

— Clare, si je suis là, c'est pour t'aider. Mais il y a une procédure à respecter, on ne peut pas y couper. Je te faciliterai les choses autant que je le pourrai.

— Je sais, excuse-moi, répondit-elle, les yeux toujours fixés sur l'écran. Je coopérerai. Dis-moi seulement ce qu'il faut que je fasse.

« Je voudrais que tu me fasses de nouveau confiance », pensa-t-il.

— Je veux que tu acceptes de faire les examens et que tu essayes de te reposer. Je m'occupe du reste.

Elle se retourna vers lui sans mot dire.

— Et puis j'ai aussi besoin de ta déposition.

— Oh, dit-elle en se détournant aussitôt. Voilà l'ami qui redevient shérif.

— Je peux être les deux.

Il lui prit le visage entre les mains pour la forcer à le regarder.

— Ne me rejette pas comme ça, la Gazelle. Je commençais tout juste à m'habituer à toi.

Elle serra les lèvres, effrayée à l'idée de rendre la situation encore plus pénible par des sanglots.

— Et après que tu auras pris ma déposition, tu me laisseras toute seule ?

Il la considéra un moment en lui caressant doucement les pommettes avec ses pouces.

— Etant donné que tu viens d'avoir une rude soirée, je passerai sur cette question stupide. Mais c'est bien la dernière.

Un profond sentiment de soulagement envahit Clare. Elle en recouvra presque le sourire.

— Je te promets d'être plus sage si tu continues simplement à me tenir la main comme ça.

— Comme ça ? lui demanda-t-il en posant tendrement les doigts sur les siens.

Elle appuya sa tête contre l'épaule de Cam.

— Oui, voilà qui est mieux, répondit-elle en fermant les yeux. Bien mieux.

16.

Elle devait s'être assoupie.

Quand elle s'extirpa du sommeil, son cœur battait la chamade. Le goût sec et âpre de la peur lui empâtait la bouche tandis qu'elle se débattait encore entre rêve et réalité. Elle crut un instant que le brancard entouré d'un rideau vaporeux, sur lequel elle venait de se redresser, était le fond d'un cercueil. L'image s'imposait à son esprit avec une netteté de cauchemar.

Puis elle se souvint que Cam l'avait conduite par les coulisses de la salle des urgences jusqu'à cette alcôve dont il avait tiré le rideau de séparation. Plongée dans une lueur glauque, elle apercevait des ombres en train de se mouvoir sur les plis du voilage.

Ayant réussi à mettre la main sur un magnétophone, Cam lui avait fait brièvement reconstituer le fil des événements qui s'étaient déroulés depuis qu'elle était repartie de chez lui.

Elle s'était trouvée à la fois attristée et gênée par les questions qu'il lui avait posées. Même s'il ne portait pas son badge, elle avait senti la présence de l'insigne entre eux deux.

Après avoir mis le magnétophone de côté, Cam avait étiqueté la cassette, avant de la ranger dans sa poche. Puis il lui avait apporté une tasse de thé et était resté avec elle jusqu'à ce qu'elle s'endorme.

Elle était soulagée de ne plus l'avoir à son côté, de pouvoir jouir d'un moment de solitude et de calme. Les images du rêve qui l'avait réveillée défilaient encore dans son esprit, comme les séquences d'une boucle sans fin.

A son vieux cauchemar s'en était mêlé un autre où elle se voyait en train de courir à travers les broussailles d'un sous-bois avant de jaillir finalement sur la route. Derrière elle s'enflait la rumeur d'incantations de plus en plus proches, de plus en plus menaçantes. Une odeur de fumée et de sang. Et puis c'était son propre visage, livide et terrifié, qui était piégé dans la lumière éblouissante des phares. Derrière le volant de la voiture qui fonçait vers elle se dressait la silhouette d'un homme à tête de bouc.

Elle s'était réveillée au moment du choc, la tête résonnant encore du bruit écœurant de l'impact.

Elle se passa une main sur le visage. Le bout de ses doigts tressautait encore sous le coup de l'émotion. Elle était réveillée, se dit-elle. Saine et sauve. Tandis que les battements de son cœur s'apaisaient, elle entendit l'indicatif des appels diffusés par haut-parleurs puis, non loin d'elle, une toux sèche et des gémissements.

« Les cauchemars s'évanouissent, songea-t-elle. Pas la réalité. » Il y avait une femme couchée quelque part à l'étage supérieur. Une femme dont elle était responsable.

Au moment même où elle propulsait ses jambes hors du brancard rembourré, le rideau s'ouvrit.

— Ah, te voilà debout.

Cam s'approcha pour lui prendre la main et se mit à la dévisager.

— Combien de temps ai-je dormi ? demanda-t-elle aussitôt. Elle est déjà sortie du bloc ? Je veux…

Elle s'interrompit, brusquement consciente que Cam n'était pas seul.

— Docteur Crampton, s'exclama-t-elle.

Le médecin vint lui tapoter la main, un sourire réconfortant aux lèvres.

— Eh bien, jeune dame, qu'est-ce qui nous arrive ? dit-il en lui prenant le pouls.

C'était la même formule de salutation dont il la gratifiait déjà, quinze ans auparavant, quand il venait lui soigner une otite — ce qui valut au praticien de sa part la même réplique que jadis.

— Je vais très bien, répondit-elle. Et je n'ai pas besoin de piqûre ni de rien.

Il gloussa tout en rajustant ses lunettes cerclées d'acier sur son nez proéminent.

— C'est vraiment désespérant d'être soupçonné en permanence d'avoir une seringue hypodermique dans la poche. Autrement, pas de vertiges ?

— Non… Dis, Cam, il n'était pas indispensable de traîner le Dr Crampton jusqu'ici.

— J'ai pensé que ça te rassurerait. Et puis, l'interne de service est un bien trop fringant jeune homme à mon goût — sauf votre respect, docteur.

— Je n'ai pas besoin de soins, lança la jeune femme.

Mais comment pouvait-il plaisanter dans un moment pareil ? se demanda-t-elle. Comment le *pouvait*-il ?

— Comment va-t-elle ? reprit-elle d'une voix insistante.

— Elle est sortie du bloc.

Cam garda la main de Clare dans la sienne tandis que Crampton lui examinait le fond de l'œil.

— Elle est encore un peu secouée, poursuivit-il, mais elle s'en remettra.

Il ne se sentait pas encore le courage de lui révéler qu'il faudrait bien plus d'une seule opération pour reconstituer le genou de la blessée.

— Dieu merci…

Clare était si soulagée qu'elle ne protesta pas lorsque Crampton ajusta le manchon du tensiomètre autour de son bras.

— Je peux la voir ?

— Pas avant demain, répondit Cam en lui serrant aussitôt la main pour couper court à ses objections. Ce sont les ordres du médecin, la Gazelle, pas les miens.

— Vous vous trimballez une sacrée tension, jeune dame, lui annonça le Dr Crampton. Faudra surveiller ça. Appelez-moi au cabinet et prenons rendez-vous pour la semaine prochaine. C'est un ordre.

— Bien, mon général.

Crampton ne put s'empêcher de sourire.

— Tu es déjà en train de chercher un moyen de te défiler, hein ?

— Tout juste, répondit-elle en lui rendant son sourire.

— Tu as toujours été l'une de mes pires patientes, dit-il en lui tapotant le bout du nez. Je veux que tu te reposes. Je vais te donner quelque chose pour t'aider à dormir.

Puis, surprenant son regard buté, il se renfrogna à son tour.

— Allons, je ferais la même chose avec ma propre fille, ajouta-t-il.

Ce qui arracha à Clare un soupir. Voilà l'homme qui l'avait auscultée pour sa varicelle et qui l'avait soumise à son premier examen vaginal — moment horriblement gênant, s'il en fut. La voix du médecin avait gardé les mêmes inflexions paternelles que jadis, et ses mains leur douceur coutumière. De profondes rides s'étaient creusées autour de ses yeux depuis le temps où Clare avait cessé d'être sa patiente. Ses cheveux s'étaient clairsemés, aussi, et sa taille épaissie. Ce qui n'empêchait pas la jeune femme d'avoir encore un souvenir vif de la manière dont il piochait des ballons dans un mandarin en porcelaine pour les donner aux bonnes petites filles et aux gentils petits garçons.

— J'ai pas droit à ma récompense ?

Le médecin se remit à glousser et rouvrit son sac, dont il sortit un long ballon d'une teinte écarlate assortie à la couleur des pilules.

— Pas de problème de mémoire, à ce que je vois.

Clare se saisit du ballon, symbole de l'espoir et de l'enfance, et le serra dans sa main.

— C'est vraiment gentil de votre part d'avoir fait tout ce chemin, docteur. Je suis désolée que Cam vous ait arraché à votre lit.

— Ce ne sera pas la première fois ni la dernière, répliqua-t-il en lui lançant un clin d'œil. Tu as eu un sale choc, Clare, mais je pense qu'un peu de repos te remettra sur pied. Cela dit, t'as intérêt à ne pas oublier le rendez-vous, sinon je te confisque le ballon !

Il ramassa sa sacoche et se tourna vers Cam.

— Je peux parler au chirurgien, si vous le souhaitez, et puis aller voir la patiente de temps en temps.

— Ce serait sympa.

Il coupa court aux remerciements d'un geste désinvolte de la main. Clare et Cam le regardèrent sortir d'un pas lourd et fatigué.

— Il n'a pas changé, remarqua la jeune femme.

Cam lui prit la main pour la porter à son visage. Il la maintint un instant contre sa joue.

— Tu m'as fait une sacrée peur, la Gazelle.

— Désolée.

— Alors, toujours folle de moi ?

Elle se trémoussa nerveusement sur le brancard.

— Pas vraiment, répondit-elle enfin. Ça fait quand même drôle de se voir mise à la question par son amant.

Il lui lâcha la main pour se reculer d'un pas.

— Je peux demander à Bud de prendre la relève si tu préfères.

Elle était en train de tout bousiller, se dit-elle. Comme de bien entendu.

— Non, non, je tiendrai le choc.

Elle s'efforça de sourire, et y parvint presque.

— Alors, reprit-elle, quelle est la prochaine étape au programme ?

— Je peux t'emmener à la maison pour que tu retrouves un vrai bon lit.

Voilà ce qu'il désirait vraiment faire.

— Ou bien ?

— Si tu te sens d'attaque, tu peux me guider jusqu'au lieu de l'accident et m'aider à débrouiller cette affaire.

C'était là, en revanche, ce qu'il s'estimait tenu de faire.

Clare se sentit envahie par un brusque sentiment de panique.

— Très bien, dit-elle en faisant fi de ses états d'âme. Nous prendrons l'option numéro deux.

— C'est moi qui conduis. Nous récupérerons ta voiture après.

Car il voulait examiner le véhicule soigneusement, en pleine lumière, afin d'y repérer les traces du choc.

Clare descendit du brancard et rattrapa aussitôt Cam par la main.

— Je crois bien que j'ai encore laissé mes clés dessus, dit-elle.

Les plaies avaient été pansées. Les mesures prises. Les douze enfants de Satan encore vivants avaient resserré leurs rangs et avaient mis leurs craintes de côté. Quand arriverait la nuit de pleine lune, ils se réuniraient pour le sabbat. Une nouvelle célébration approchait. Un nouveau rituel. Un nouveau sacrifice.

L'offrande qui leur avait été envoyée leur avait échappé. Il ne leur restait plus qu'à en trouver une autre.

— C'était ici.

Clare ferma les yeux tandis que Cam rangeait sa voiture sur le bas-côté.

— Je venais en sens inverse, mais c'est bien ici que…

« … les freins ont crissé, qu'elle s'est mise à hurler… »

— … que je l'ai renversée.

— Tu veux rester dans la voiture pendant que je vais jeter un coup d'œil ?

— Non.

Elle ouvrit la portière à la volée et s'extirpa du véhicule.

La lune s'était couchée. Les étoiles pâlissaient. C'était le moment le plus sombre et le plus froid de la nuit. Y avait-il une heure, se demanda-t-elle, où l'homme était plus vulnérable qu'à cet instant dévolu aux créatures qui se cachaient le jour pour dormir ? Il y eut un frémissement dans les buissons, le cri d'un prédateur, le glapissement d'une proie. Elle aperçut l'ombre d'un hibou qui glissait dans l'air noir, sa victime ensanglantée pendue entre ses serres. Les grillons, infatigables, continuaient à chanter.

Clare se couvrit frileusement la poitrine de ses bras. Cam braquait déjà sa lampe sur les traces de freinage, double ligne sombre tragiquement incurvée vers la gauche.

Considérant leur longueur, il estima que Clare ne devait pas rouler à plus de soixante. En outre, étant donné la brièveté de la partie rectiligne, elle avait manifestement braqué avec promptitude. Enfin, vu les traces qui s'étendaient à ses pieds, et compte tenu du témoignage de la jeune femme, il était évident pour lui que c'était la blessée qui s'était précipitée sur sa voiture, et non le contraire. Cependant, jusqu'à nouvel ordre, il préférait garder son opinion pour lui-même.

— Elle est sortie du sous-bois, disais-tu ?

— D'ici précisément, répondit-elle en désignant l'endroit.

Son imagination d'artiste lui restituait toute la scène dans ses moindres détails.

— Elle était en train de courir. Elle avait une foulée rapide et chancelante. L'espace d'un instant, j'ai pensé à un cerf, à cause de sa manière de jaillir des bois sans s'arrêter. Ma première pensée a été… Et merde, je me suis dit que j'allais écraser Bambi. Et que Bambi allait bousiller ma voiture. Je me rappelle encore le jour où Blair a renversé un chevreuil. C'était juste le mois après que nous avions eu notre permis de conduire. Ça a ratiboisé la Pinto.

Laissant retomber ses bras, elle fourra les mains dans ses poches. A l'intérieur, ses doigts rencontrèrent quelques piécettes sur lesquelles elle put passer sa nervosité.

— J'ai freiné à mort et tiré sur le volant. Elle avait déboulé si vite sur la route. Et puis je l'ai aperçue dans la lumière des phares.

— Dis-moi ce que tu as vu.

— Une femme, très svelte, avec de grands cheveux blonds. Elle avait du sang sur le visage, sur la poitrine et sur le pantalon. Comme si je l'avais déjà fauchée.

Elle avait l'impression que sa salive se tarissait dans sa bouche au fur et à mesure qu'elle parlait.

— T'as pas une cigarette ?

Il en prit deux, les alluma ensemble et lui tendit la sienne.

— Et puis ?

Clare sentit une irritation soudaine s'engouffrer dans son regard, comme la fumée dans ses poumons.

— Cam, je t'ai déjà dit tout ça.

— Dis-le-moi encore, ici.

Elle s'écarta de quelques pas.

— Je l'ai renversée, déclara-t-elle sur un ton coupant. Ça a fait un bruit horrible.

Ramenant le faisceau de sa lampe sur le sol, Cam suivit la traînée de sang qui s'arrêtait à côté de la trace de freinage que le pneu droit de Clare avait laissée sur le bitume.

— Elle était consciente ?

Elle aspira une nouvelle bouffée de tabac tout en essayant de faire taire son ressentiment.

— Oui, puisqu'elle m'a demandé de l'aider. Elle était effrayée, littéralement effrayée. Elle fuyait visiblement quelque chose, et ce quelque chose lui semblait encore pire que ses blessures.

— Elle avait des clés sur elle.

— Comment ?

— Elle avait des clés dans sa poche, répéta-t-il en lui présentant le petit sac de plastique qui les contenait. L'une d'entre elles est une clé de voiture.

Il inspecta la route du regard.

— Allons voir un peu plus loin.

Il conduisit en silence, plongé dans ses pensées. La blessée n'avait ni sac à main, ni bagage, ni carte d'identité. Etant donné que les jolies blondes ne passaient pas inaperçues dans les petites villes comme Emmitsboro, il était prêt à parier qu'elle n'était pas du coin.

Lorsqu'il avisa la Volvo garée sur l'accotement à environ deux kilomètres du lieu de l'accident, il n'en fut guère surpris.

Clare le regarda s'activer sans mot dire. Il se recouvrit les doigts d'un mouchoir avant d'ouvrir la boîte à gants et de passer en revue son contenu.

— Lisa MacDonald, lut-il sur la carte grise avant de relever la tête vers Clare. Maintenant, nous savons comment elle s'appelle.

— Lisa MacDonald, répéta Clare.

Voilà un nom qu'elle n'était pas près d'oublier.

Cam découvrit aussi une carte routière, accompagnée d'instructions soigneusement calligraphiées sur le trajet à suivre de Philadelphie à Williamsport, une ville à quelque vingt-cinq kilomètres d'Emmitsboro. Tenant toujours son mouchoir à la main, il sortit les clés du sac contenant les pièces à conviction et en inséra une sous le tableau de bord. Le moteur crachota.

— On dirait bien qu'elle est tombée en panne.

— Mais pourquoi s'est-elle aventurée dans les bois ?

« Parce que quelqu'un l'y a attirée », songea Cam avant de ranger la carte grise dans sa poche.

— C'est précisément ce qu'il faut que je sache, répondit-il en refermant la portière de la voiture.

L'aube poignait à l'horizon des collines. Dans cette lumière spectrale, Clare avait l'air pâle et épuisé.

— Je te ramène à la maison.

— Cam, je veux t'aider. Je veux *faire* quelque chose.

— Le mieux que tu aies à faire, pour le moment, c'est de prendre les pilules du Dr Crampton et de dormir un peu. On m'appellera dès qu'elle se réveillera. Je te tiendrai au courant.

Il avait complètement réendossé son rôle de flic. Et elle détestait cela.

— Où vas-tu maintenant ?

— Passer quelques coups de fil. Rédiger mon rapport. Allez, viens.

— Je t'accompagne, dit-elle tandis qu'il la conduisait vers le véhicule. Je peux t'être utile.

— Clare, c'est mon boulot. Tu me vois tenir ton chalumeau à ta place ?

— Mais c'est un cas différent. Je suis impliquée dans cette affaire, moi.

— Non, ce n'est pas un cas différent, hormis que celui-ci est une procédure officielle, répliqua-t-il en la poussant dans la voiture. Et que tu es un témoin.

— Un témoin de quoi ?

Il referma la portière.

— Tu le sauras bientôt.

La nouvelle se propagea comme un feu de brousse. Le Dr Crampton en avait touché deux mots à sa femme quand il avait finalement réussi à retrouver la chaleur de son lit. Celle-ci en avait parlé à Alice durant leur conversation quotidienne du matin ; et Alice avait alpagué Bud avant la fin du service du petit déjeuner. Si bien que lorsque midi sonna, et que Cam se fut arrangé pour que George Howard allât récupérer la Volvo avec son semi-remorque pour la ramener dans l'arrière-cour du garage de Jerry, la nouvelle avait déjà fait le tour de toute la ville dans une douzaine de versions différentes.

Sans perdre une seconde, Min Atherton se précipita aussitôt chez les Kimball avec son fameux pot de Jell-O à l'orange et au *marshmallow*. Puis, éconduite par une Angie imperturbable qui lui soutint que Clare était en train de se reposer et ne devait être dérangée sous aucun prétexte, elle porta sur-le-champ ses galoches dans le salon de beauté pour casser du sucre sur le dos de « cette arrogante négresse ».

Au cours du second service à la cantine du lycée d'Emmitsboro, alors que fumaient les steaks aux beignets de pomme de terre, la rumeur courut qu'un maniaque errait dans le bois des Dopper.

Certes, il y en eut quelques-uns pour affirmer que la femme était plutôt tombée sur le fantôme de Junior Dopper, mais la plupart penchaient tout de même pour le maniaque.

Au marché, par-dessus les étalages de laitues glaciales, on se demanda si le shérif Rafferty n'était pas en train de couvrir Clare, vu qu'ils avaient l'air de si bien s'entendre tous les deux. Après tout, insinuaient les commères, il n'avait pas l'air de se démener beaucoup non plus pour trouver le meurtrier de Biff Stokey — même si, honnêtement, on ne pouvait guère le lui reprocher.

Et puis, c'était-y pas une misère de voir Jane Stokey vendre ainsi sa ferme pour descendre dans le Tennessee ? La propriété des Rafferty — qui, au bout d'un siècle, n'était pas près de changer de nom dans les consciences locales — serait probablement saucissonnée en parcelles en vue d'un futur lotissement.

— Mais ne nous avançons pas... Seigneur, regardez-moi un peu le prix de ces tomates. Que de la culture industrielle, je vous dis. Aucun goût.

— Et quoi de neuf avec les veaux de Matt Dopper ? Ce devait être des drogués descendus de la ville. Les mêmes qu'ont tué le vieux Biff. Le shérif devrait enfin ouvrir les yeux, bon sang...

Et les cancans allaient ainsi leur train au-dessus des comptoirs, le long des lignes téléphoniques qui sillonnaient la ville, et dans les allées du parc où les bambins s'ébattaient sous l'éclatante lumière de mai.

Cam donna lui-même une douzaine de coups de fil et dépêcha tour à tour chacun de ses suppléants pour maîtriser les foyers d'anxiété qui s'étaient déclarés un peu partout dans la ville. La populace était si secouée que certains se mettaient désormais à verrouiller les portes le soir venu, et à scruter l'obscurité, tous feux éteints, avant de se réfugier sous la couette. Cam imaginait déjà les carabines et les fusils de chasse, chargés et graissés de frais, appuyés contre les chambranles, et priait le Seigneur de lui épargner la vision d'Emmitsboro transformée en champ de foire.

Il lui était déjà assez pénible que, durant la saison de la chasse au cerf, les bois fussent bondés d'avocats, de dentistes et autres bureaucrates descendus de la capitale pour se prendre mutuellement pour des chevreuils — et se rater la plupart du temps. Quant aux habitants d'Emmitsboro, ils savaient fort bien, hélas, par quel bout tenir un fusil.

Si la petite ville cédait à la panique, il lui faudrait alors demander au maire d'engager un troisième suppléant, ne serait-ce que pour l'aider à contrôler les agités de la gâchette, ceux qui verraient Charles Manson à leur fenêtre chaque fois qu'une branche d'arbre viendrait gratter contre les carreaux.

Cam se leva de son bureau pour se rendre dans les toilettes du poste. La pièce, aussi exiguë qu'un placard à balais, dégageait un léger parfum — pas trop désagréable, finalement — de Lysol. Du Bud tout craché, ça, se dit-il : son suppléant était la terreur des microbes.

Penché au-dessus du lavabo, il s'aspergea la figure d'eau froide pour dérouiller sa bouche et ses paupières ankylosées. Voilà trente-six heures qu'il n'avait pas dormi, et son esprit était presque aussi engourdi que son corps.

Il avait connu des veillées semblables, jadis, alors que, reclus avec son coéquipier dans l'atmosphère tantôt glacée, tantôt suffocante de leur voiture, ils se relayaient pour de courtes siestes, se saturaient de café noir et se soûlaient de jeux de mots stupides, tout cela pour venir à bout de leur pénible besogne de surveillance.

Cam releva la tête, le visage dégouttant d'eau, et se contempla dans le miroir moucheté de salissures. Il se demanda quand il parviendrait à ne plus se rappeler cette époque. Ou, du moins, quand ses souvenirs commenceraient à perdre suffisamment de leur acuité pour devenir enfin supportables.

Dieu du ciel, comme il avait envie d'un verre…

Repoussant cette idée, il se sécha la figure et revint dans son bureau se servir une nouvelle tasse de café. Il venait juste de s'ébouillanter la langue lorsque Clare pénétra dans le poste. Celle-ci nota aussitôt ses yeux cernés et ses joues ombrées de barbe.

Elle secoua la tête.

— Tu manques de sommeil, dit-elle.

Il reprit un peu de café, mettant au supplice sa bouche déjà à vif.

— Que fais-tu ici ?

— J'ai envoyé Angie dans la cuisine faire du thé, et puis je me suis éclipsée. Elle et Jean-Paul feraient de redoutables geôliers, tu sais. Je me suis dit que si je te téléphonais, tu m'enverrais balader. Face à face, ça te sera plus difficile.

— Lisa est revenue à elle, lui annonça-t-il sans plus tarder. Elle est restée évasive sur ce qui s'est passé, mais elle se souvient de son nom, de sa date de naissance et de son adresse.

— Tu m'as dit que tu m'appellerais.

— Je pensais que tu étais encore en train de dormir.

— Eh bien, tu te trompais.

Clare se dirigea vers son bureau, puis se détourna vers la fenêtre. La colère ne servait à rien, songea-t-elle.

— Bon sang, Cam, procédure ou non, j'ai le droit de savoir.

— Voilà qui est fait, lui répliqua-t-il d'une voix atone.

— Je vais aller la voir, déclara-t-elle en marchant vers la porte.

— Reste où tu es.

— Merde ! s'écria-t-elle dans une brusque volte-face. La voir n'est pas seulement un droit pour moi, c'est aussi une obligation !

— Tu n'es responsable de rien. Ce qui lui est arrivé a eu lieu dans les bois.

— Qu'elle ait été frappée avant ou après que je lui roule dessus importe peu. J'étais *là*.

— Tu ne lui as pas roulé dessus. Ta voiture ne porte aucune trace de choc. Il se peut qu'elle te soit rentrée dedans. C'est tout.

Malgré le soulagement qu'elle en ressentit, Clare avait toujours l'impression d'être sur des charbons ardents.

— Mais bon sang, je te répète que j'étais là.

Puis, le voyant ouvrir la bouche :

— Parlons franc, enchaîna-t-elle aussitôt. Je n'ai pas besoin d'être pouponnée, ni chaperonnée ni protégée d'aucune manière. Si tu l'as cru, eh bien, tant pis pour toi. J'ai mené ma barque trop longtemps pour me laisser dicter ma conduite.

Jugeant la situation explosive, Cam n'esquissa aucun mouvement.

— Tu as eu une sacrée tonne de pépins en peu de temps, la Gazelle, dit-il en reposant précautionneusement sa tasse de café. Je pense qu'il te plaira d'apprendre que j'ai contacté le frère de Lisa. Il est en route vers l'hôpital, et sitôt que Bud reviendra me relever ici, je m'y rendrai à mon tour.

— Parfait.

Bien qu'elle se trouve stupide, hargneuse et fautive, elle ne pouvait s'empêcher d'être désagréable.

— Je t'y retrouverai, lança-t-elle en claquant la porte derrière elle.

Deux marches plus bas, elle se cognait à Jean-Paul.

— Oh, pour l'amour du Christ !

— Je me disais que tu serais là.

— Ecoute, crois bien que j'apprécie ta sollicitude, mais je suis pressée. Je vais à l'hôpital voir Lisa MacDonald.

Jean-Paul, qui la connaissait trop bien pour oser lui répliquer, se contenta de la prendre par le bras.

— Bon, alors on va d'abord passer par la maison pour empêcher Angie de continuer à s'arracher les cheveux… Sa splendide chevelure, tu imagines ? Je t'y conduirai après.

Faire les cent pas dans le couloir de l'hôpital durant une heure ou presque fit monter l'irritation de Clare à son paroxysme. La chambre de Lisa MacDonald était une zone interdite à toute autre personne que les membres de sa famille et le personnel médical. Ordres du shérif. Bon, dans ce cas, décida-t-elle, elle attendrait. Si Cam avait pensé qu'elle s'en retournerait ronger son frein chez elle, il ignorait manifestement à qui il avait affaire.

Et c'était sans doute là le hic. Ils se connaissaient encore trop mal.

— Je suis allé te chercher un peu de thé, dit Jean-Paul en lui tendant un gobelet en plastique. Ça te calmera les nerfs.

— Merci, mais pour ça, il faudrait sacrément plus que du thé.

— Il n'y avait pas de vodka dans le distributeur.

Elle lui répondit par un petit rire et se mit à siroter le breuvage à seule fin de lui faire plaisir.

— Pourquoi ne veulent-ils pas me laisser la voir ? Mais pour qui se prend-il, à la fin ?

— Pour ce qu'il est, *chérie*.

Clare poussa un soupir frémissant.

— Epargne-moi tes assauts de logique, je te prie. Ce n'est pas le moment.

Elle aperçut le shérif à l'instant où il sortait de l'ascenseur. A son côté marchait une femme portant une mallette. Clare se débarrassa aussitôt de sa tasse pour se précipiter vers lui.

— A quoi diable rime tout ceci, Rafferty ? J'ai le droit de la voir.

Cam venait juste de passer vingt minutes à attendre que le médecin de garde lui donne le feu vert pour aller recueillir la déposition de Lisa.

— Lisa MacDonald a aussi des droits, lui rétorqua-t-il laconiquement. Si elle veut te voir après que je lui aurai parlé, je n'y vois aucun inconvénient.

Il ne s'était pas arrêté pour lui répondre. Arrivé devant la chambre de Lisa, il fit un signe à l'infirmière et referma la porte derrière lui.

Un grand blond était assis au chevet de la blessée. Son frère. Il se leva immédiatement à leur arrivée. Puis il se pencha un instant vers sa sœur pour lui murmurer quelque chose, avant de s'avancer enfin vers eux. Cam lui donnait environ vingt-cinq ans. Son visage aux traits fins arborait une mine soucieuse, et l'inquiétude avait creusé des rides autour de ses yeux et de sa bouche. Il tendit à Cam une main aussi froide que ferme.

— Vous êtes le shérif Rafferty.

— Oui. Je viens à l'instant de parler avec le Dr Su, monsieur MacDonald. Il m'a donné son accord pour que je recueille le témoignage de votre sœur. Voici Mme Lomax, la sténotypiste.

— Je vais rester avec vous, dit le jeune homme.

— Je pense en effet que ce sera mieux.

Cam fit un signe de tête à son assistante pour l'inviter à se préparer.

— Ceci risque d'être pénible pour elle, reprit-il à l'adresse du frère de Lisa. Comme pour vous.

— Peu importe, répliqua Roy MacDonald en se tordant les mains d'anxiété. Je veux savoir qui lui a fait ça... Le médecin a assuré qu'elle n'avait pas été violée.

— Non, l'examen n'a révélé aucune trace d'agression sexuelle.

— C'est toujours ça, chuchota-t-il. Mais sa jambe...

Il déglutit péniblement.

— Il y a des dommages artériels, poursuivit-il en faisant un effort pour ne pas hausser la voix. Et puis il y a son genou. C'est une danseuse, vous savez.

Il jeta un coup d'œil à sa sœur par-dessus son épaule. La rage le disputait au désarroi dans son cœur.

— Enfin, c'*était* une danseuse.

— Je peux vous affirmer qu'ils l'ont tout de suite emmenée au bloc et que le personnel chirurgical de cet hôpital est l'un des plus renommés de l'Etat.

— C'est mon dernier espoir.

Il fit une pause, tenaillé par la peur qui le hantait depuis l'appel matinal du shérif, peur de perdre ses moyens et de faire ainsi plus de mal que de bien à Lisa.

— Elle ne sait pas que c'est… qu'elle ne dansera sans doute plus jamais. Quand elle apprendra…

— Je resterai prudent, le coupa Cam.

Roy revint auprès de sa sœur pour lui prendre la main. Lorsque Lisa ouvrit la bouche pour lui parler, il en sortit un croassement apeuré.

— Maman et papa sont arrivés ?

— Non, pas encore. Ils seront là bientôt. Lisa, voici le shérif. Il veut te poser quelques questions.

— Je ne sais rien, dit-elle en lui étreignant convulsivement la main. Ne me laisse pas toute seule.

— Je suis là, ne t'inquiète pas. Tu n'es pas obligée de parler si tu ne le veux pas.

Il rapprocha une chaise de son lit pour s'asseoir à son côté.

— Tu n'es obligée à rien.

— Non. Ça va mieux. Je suis prête.

Elle sentit des larmes lui brûler la gorge, des larmes qui ne voulaient pas sortir.

— Ça va mieux, répéta-t-elle dans un chuchotement rauque.

— Mademoiselle MacDonald…

Debout au pied du lit, Cam attendit que Lisa tourne vers lui son œil valide.

— Je suis le shérif Rafferty, d'Emmitsboro, poursuivit-il. Si vous n'y voyez pas d'inconvénient, j'aimerais vous poser quelques questions. La sténotypiste ici présente prendra toutes vos déclarations en note. Nous irons à votre rythme. Nous nous arrêterons dès que vous le souhaiterez.

Lisa sentait une douleur lancinante mener dans sa jambe une guérilla sans merci avec les sédatifs qu'on lui avait administrés. Et elle craignait que ce ne soit une lutte sans fin. Elle craignait aussi que son corps, vaincu, ne réagisse plus. Roy se trompait : elle savait d'ores et déjà qu'elle ne danserait plus jamais Dulcinée.

— Je vous écoute.

Cam jeta un coup d'œil à Mme Lomax, qui lui répondit par un hochement de tête, les doigts suspendus au-dessus des touches.

— Et si vous me disiez d'abord tout ce que vous vous rappelez des faits.

— Je ne me rappelle plus rien.

Ses doigts se rétractèrent en frémissant dans la main de son frère.

— Vous êtes tombée en panne ?

— Oui. Je venais de Philadelphie pour voir Roy. Je voulais…

Elle s'arrêta, incapable de parler du ballet, de la compagnie, de tous ses rêves enfuis.

— Je me suis perdue, je me suis trompée de chemin, reprit-elle en adressant un pâle sourire à son frère. Tu vois, Roy, je suis incurable.

Craignant de ne pouvoir retenir ses sanglots, Roy lui serra la main sans mot dire.

— J'ai regardé la carte. J'ai vu que je n'étais qu'à quelques kilomètres d'Emmits… d'Emmits…

— Emmitsboro.

— Oui. D'Emmitsboro. J'ai décidé de continuer à pied. J'espérais arriver jusqu'à une maison. Alors j'ai marché…

Elle se revoyait encore en train d'exécuter des pirouettes au beau milieu de la route.

— Que s'est-il passé ensuite, mademoiselle MacDonald ?

Elle secoua la tête. Un sombre rideau lui bloquait l'accès à ses souvenirs. Un rideau fin mais opaque.

— Une voiture, murmura-t-elle en fermant les yeux.

De nouveau, elle secoua la tête.

— Une voiture, répéta-t-elle sans pouvoir se remémorer plus clairement la scène. Il y avait une femme aussi.

Elle entendait encore la voix féminine résonner dans sa tête, une voix apeurée, frémissante — et puis des doigts qui lui palpaient doucement le visage.

— Il fallait qu'elle m'aide.

— Pourquoi ?

— J'avais peur.

— De quoi ?

Lisa secoua une nouvelle fois la tête.

— Je me rappelle seulement que j'avais peur. Elle m'a aidée à monter dans la voiture. Il fallait faire vite. S'éloigner.

— De quoi ?

Ses yeux se remplirent de pleurs âcres qui avivèrent ses blessures.

— Je ne sais plus. Il y avait bien une femme, n'est-ce pas ? Je n'ai pas rêvé ?

— Non. Il y avait bien une femme.

Cam résolut soudain de faire confiance à son intuition.

— Veuillez m'excuser un instant…, dit-il en allant vers la porte. Clare ?

Celle-ci vint aussitôt le rejoindre.

— Vas-tu enfin me laisser la voir ?

— Il faut d'abord que tu saches deux choses : *primo*, elle est mal en point. *Secundo*, tout ce qui est dit dans cette chambre fera l'objet d'un rapport.

— Très bien.

— Tu n'es pas obligée d'entrer, poursuivit-il en continuant à lui barrer le chemin. Tu as le droit de demander l'assistance d'un avocat.

Elle le gratifia d'un long regard inquisiteur.

— Je n'en ai pas besoin.

Elle l'écarta d'un geste impatient pour pénétrer dans la chambre, puis hésita soudain en voyant l'homme assis à côté de Lisa MacDonald. Il la fusillait du regard.

Roy MacDonald savait qui elle était. Il l'avait su au premier coup d'œil. C'était la femme qui avait renversé sa sœur. Se redressant promptement, il se dirigea vers la porte.

— Mais qu'est-ce qui vous prend, bon Dieu ? lança-t-il à Cam. Je ne veux pas que cette personne s'approche de ma sœur.

— Monsieur MacDonald…

— Je veux qu'elle fiche le camp, l'interrompit-il en lui décochant un regard haineux. Elle a déjà envoyé ma sœur dans cet hôpital, ça ne vous suffit pas ?

— Monsieur MacDonald, votre sœur était déjà blessée lorsqu'elle est sortie du bois en courant, et ce, avant même l'accident avec Mlle Kimball. Cela ne vous intéresse pas de savoir pourquoi ?

Modérant son emportement, comme la terreur qui en était la cause, Roy hocha la tête à contrecœur.

— Dites-lui une chose qui la bouleverse, une seule, reprit-il en se tournant vers Clare, et je me charge personnellement de vous mettre dehors.

Devinant sans peine la réaction de Cam dans une telle éventualité, Clare posa une main rassurante sur le bras de MacDonald.

— Je vous comprends, dit-elle, et je vous approuve complètement.

Elle voulait voir Lisa. Elle avait même insisté pour cela. Néanmoins elle ne s'attendait pas que les quelques pas qui la séparaient encore du lit d'hôpital soient aussi pénibles à franchir. Tétanisée par l'émotion, elle s'avança en dévisageant la malade. Lisa était presque aussi pâle que les compresses qui lui recouvraient les bras ainsi qu'une partie du visage. Elle avait un œil enveloppé de gaze et l'une de ses jambes maintenue dans ce qui semblait être une gouttière chirurgicale.

— Lisa.

Serrant les lèvres, Clare s'accrocha au châlit.

— Je suis Clare Kimball.

Lisa leva les yeux vers elle. Sa respiration s'emballa. Elle essaya de se redresser. Son frère la soutint pour lui caler le dos avec des oreillers.

— Ne t'inquiète pas, mon ange, personne ne te fera de mal. Elle va repartir tout de suite.

— Non, s'écria Lisa en cherchant à tâtons la main de Clare. Je me souviens de vous.

— Je suis désolée... Terriblement désolée.

Clare esquissa un geste plein de désarroi, la gorge serrée par les sanglots.

— Je sais bien qu'il n'y a rien que je puisse faire pour arranger les choses, tout remettre en ordre. Mais je veux que vous sachiez que s'il y a quelque chose, n'importe quoi...

— Les avocats en décideront, intervint Roy. Ce n'est pas le moment de décharger votre conscience.

— Non, effectivement, répliqua Clare en se ressaisissant. Lisa...

— Je me souviens de vous, répéta cette dernière. Vous m'avez sauvé la vie.

Sa main se mit à trembler. Elle resserra son étreinte autour de celle de Clare.

— Vous étiez là, sur cette route, alors que ces hommes allaient me tuer. Vous les avez vus ?

Clare ne put que secouer la tête.

— Comment vous êtes-vous retrouvée dans les bois, Lisa ? s'enquit Cam d'une voix douce.

— Je ne sais pas. Je ne m'en souviens plus. J'ai couru. J'ai perdu ma lampe, ma lampe torche.

Sa main sursauta soudain.

— Je l'ai frappé avec, s'exclama-t-elle. Je l'ai frappé et puis j'ai couru. Ils allaient me violer. Oui, ils allaient me violer, alors j'ai couru. Il faisait si sombre dans les bois. Je n'y voyais rien. Alors, derrière moi... Je suis tombée. Il était au-dessus de moi. Oh, mon Dieu, ma jambe. Mon genou. Ça fait mal. Roy...

— Je suis là, mon petit.

— Ça fait mal... J'ai senti du sang. *Mon* sang. Je l'ai bien vu, dans ses yeux, qu'il voulait me tuer. Il récitait des cantiques, il voulait me tuer. Il m'étouffait. Je ne pouvais plus respirer. J'étais en train de mourir. Alors je me suis enfuie. Mais il y avait d'autres hommes qui arrivaient, j'ai couru. Ma jambe me faisait si mal. Je savais que je ne pourrais pas continuer à courir très longtemps, qu'ils allaient me rattraper. Me retrouver. J'ai vu une lumière. Il fallait que j'aille jusqu'à cette lumière. Quelqu'un criait. Votre voiture...

Elle avait prononcé ces derniers mots en se retournant vers Clare.

— C'étaient mes phares, lui dit cette dernière. Je vous ai renversée avec ma voiture.

— Non, c'est moi qui suis rentrée dedans. J'avais peur que vous ne passiez sans me voir. Ils se rapprochaient, vous savez. Alors j'ai foncé pour vous arrêter. Ça m'a assommée. Vous m'avez portée dans votre voiture. Vous m'avez emmenée loin de là.

— Lisa, lui demanda Cam en détachant soigneusement les syllabes, avez-vous vu votre agresseur ?

— Il était noir.

— Un homme de couleur ?

— Non, je... je ne crois pas. Il était habillé en noir. Une longue robe noire à capuchon. Et puis ses yeux. J'ai vu ses yeux.

— Rien d'autre ? La couleur de ses cheveux, ses traits, sa voix ?

— Non, seulement ses yeux. J'ai cru que je regardais au fond de l'enfer.

Elle se mit à pleurer, la main pressée contre son œil bandé.

— Nous en resterons là pour le moment, déclara Cam en s'apercevant qu'il avait déjà dépassé le temps que le médecin lui avait imparti. Je reviendrai demain. Si vous vous rappelez quoi que ce soit d'autre, n'importe quoi, télé-phonez-moi tout de suite.

— S'il vous plaît, s'écria Lisa en retenant Clare par la main. Je veux vous remercier. Je me souviendrai toujours du moment où j'ai relevé les yeux et où je vous ai vue. Cela m'aidera, croyez-moi. Dites, vous reviendrez me voir ?

— Bien sûr.

Clare avait les jambes en coton lorsqu'elle ressortit de la chambre. Elle s'appuya un instant contre le battant de la porte pour rassembler ses esprits.

— Allez, viens, la Gazelle, on va te dégoter une chaise.

— Ça va. Peux-tu me dire comment elle va — je veux dire : physique-ment ?

— Elle s'est juste égratigné la cornée. Les médecins espèrent que cela se cicatrisera dans quelque temps, mais il est encore trop tôt pour l'affirmer. Elle a aussi des blessures au thorax et autour de la gorge. Parler lui sera douloureux pendant plusieurs jours encore.

— Et sa jambe, demanda Clare, remarquant qu'il évitait le sujet, c'est grave ?

— On ne sait pas.

— Est-ce que tu vas encore m'empêcher de la voir ?

— Ce sera au médecin d'en décider.

— Un instant, je vous prie, lança Roy avant de refermer la porte de la chambre derrière lui. Mademoiselle Kimball… Je vous dois des excuses.

— Non, pas du tout. J'ai un frère, moi aussi. En pareilles circonstances, il aurait réagi exactement de la même manière. Je vais laisser mon numéro aux infirmières. Appelez-moi dès qu'elle souhaitera me revoir.

— Merci.

Puis, se tournant vers Cam :

— Shérif, je tiens à être mis au courant de chaque étape de votre enquête, déclara-t-il. Je veux être sûr que cette agression ne restera pas impunie.

Sur ces mots, il regagna la chambre.

— J'ai deux trois bricoles à régler, dit Cam.

Il résista un instant à l'envie féroce de masser ses tempes tenaillées par la migraine.

— Tu vas tenir le choc ? demanda-t-il à la jeune femme.

— Oui, ne t'inquiète pas.

— J'aurai sans doute besoin de te revoir. Pour l'enquête.

Clare hocha la tête.

— Vous savez où me trouver, shérif.

Et elle repartit chez elle, le laissant seul, debout au milieu du couloir de l'hôpital.

17.

Si Sally Simmons était venue à la station Amoco, ce n'était pas pour un plein ni pour faire vérifier son niveau d'huile. En fait, seul Ernie Butts l'intéressait. Et cette attirance, qui la laissait souvent honteuse et confuse, était aussi pour elle une source d'excitation.

Durant toutes les semaines où elle était sortie avec Josh, elle n'avait autorisé ce dernier à la toucher qu'au-dessus de la ceinture. Et, bien qu'elle l'ait laissé lui enlever complètement son chemisier, et qu'elle lui ait même permis de refermer ses lèvres brûlantes et avides sur ses seins, elle avait mis le holà chaque fois que ses mains s'étaient aventurées sous la toile de son jean.

Non qu'elle soit une pimbêche ni une sainte-nitouche — elle n'ignorait d'ailleurs pas que beaucoup de ses camarades de l'équipe des supporters avaient d'ores et déjà sauté le pas —, mais elle était romantique, tout comme les histoires qu'elle lisait, et s'était toujours imaginée en train de succomber à une passion aussi fougueuse qu'incontrôlable dans les bras d'un rebelle à la fois séduisant et asocial.

Or Ernie correspondait parfaitement à ce portrait.

Il possédait même ce charme troublant, voire inquiétant, qui était jusqu'alors pour Sally l'apanage de Heathcliff, son héros tragique préféré. Quant aux tendances perverses qu'elle avait pressenties chez Ernie, elles ne faisaient qu'ajouter encore à son charisme. Ce fut donc le plus simplement du monde qu'elle finit par se dire qu'elle était amoureuse du garçon. Et que c'était réciproque.

Sa mère l'avait entretenue avec la plus grande franchise de la sexualité, de la contraception, ainsi que des risques et des conséquences éventuels du flirt. Le spectre du sida, d'une grossesse indésirable, d'un avortement possible, combiné avec son désir fervent de suivre des études de journalisme à l'université, l'avait plus que dissuadée de perdre la tête dans ses rapports avec Josh.

Mais avec Ernie Butts, c'était tout autre chose.

Lorsqu'il l'avait invitée dans sa chambre, son sens des responsabilités, ses craintes pour l'avenir, tout comme les conseils et avertissements de sa mère, tout cela s'était envolé.

D'abord il avait allumé des cierges noirs et avait mis de la musique qui lui avait enflammé les sens. Il n'avait exprimé aucun désir. Il ne l'avait pas taquinée ni pelotée comme Josh. Il avait au contraire gardé ses manières rudes — ce qui l'avait d'ailleurs effrayée au début. Mais après il lui avait fait des choses... Des choses dont sa mère ne lui avait jamais parlé. Des choses qui l'avaient fait crier, sangloter, hurler. Et dont elle ne pouvait plus se passer désormais.

Rien que d'y penser, elle en avait encore sueurs et palpitations.

Elle était ensuite revenue le voir, nuit après nuit, sous prétexte de se pencher avec lui sur le travail de chimie dont, à dire vrai, elle ne se souciait plus guère. Au besoin aveugle, irrépressible qu'elle avait de lui se mêlait aussi la peur. Son intuition féminine lui soufflait que l'ardeur du garçon à son égard s'atténuait, et que c'était parfois à une autre qu'il songeait lorsqu'il s'ensevelissait en elle.

Aussi voulait-elle sans cesse être rassurée. Tout son être l'exigeait.

Elle se rangea à côté de la pompe et sortit de la voiture, certaine d'être au mieux d'elle-même dans son minishort et son débardeur. Sally était fière de ses jambes, et à juste titre : elle avait les plus longues de l'équipe de supporters, et les mieux faites. Par ailleurs, elle avait puisé dans la réserve secrète de crème teintée de sa mère et avait passé une heure à se mettre des bigoudis pour transformer sa chevelure en une nébuleuse d'accroche-cœurs.

Bref, elle se sentait très femme, et jugeait son apparence d'un raffinement consommé.

Lorsque Ernie s'approcha d'un pas nonchalant, elle s'appuya contre la portière en souriant.

— Salut.

— Salut. Tu veux de l'essence ?

— Ouais.

Elle s'efforça de cacher sa déception : il ne l'avait pas embrassée. Mais après tout, se dit-elle, il ne lui tenait pas non plus la main à l'école...

— Je suis bien contente qu'on soit vendredi.

Elle le regarda insérer l'embout du tuyau dans son réservoir, les yeux rivés sur ses longues mains osseuses, l'esprit perdu dans ses souvenirs.

— Plus qu'une semaine avant le diplôme.

— Ouais.

« Tu parles d'une affaire », pensa Ernie.

Sally essuya ses paumes moites sur la toile de son short.

— Mary Alice Wesley va organiser une grande fête de fin d'année. Elle m'a dit que je pourrais y amener mon copain. Ça te dirait d'y aller ?

Ernie la dévisagea de ce regard singulièrement acéré qu'elle lui connaissait bien.

— Je ne vais jamais aux fêtes, dit-il. Combien de litres ?

— Bah, t'as qu'à faire le plein, répondit-elle avant de s'humecter les lèvres. T'iras au défilé demain ?

— J'ai des plans autrement plus intéressants qu'aller attendre des heures pour regarder une bande de crétins marcher au pas dans la rue.

Elle aussi en serait, songea Sally, blessée qu'il ne s'en souvienne pas. Même son grand-père descendrait de Richmond avec sa caméra vidéo pour filmer sa dernière prestation comme leader de l'équipe de supporters du lycée d'Emmitsboro. Sur le coup, cependant, elle ne se sentit pas le cœur d'en parler à Ernie.

— Il y aura un barbecue chez moi, après. Juste des hamburgers et des choses comme ça. Peut-être que tu pourrais passer.

Cela disait si peu à Ernie qu'il ne daigna même pas ricaner à l'idée de s'asseoir dans l'arrière-cour, chez Sally, pour mastiquer des steaks arrosés de limonade.

— J'ai du travail.

— Oh, ce n'est pas grave. Ça durera toute la journée, alors si tu as une minute…

Sa voix mourut, tandis qu'elle se dépêtrait dans ses propositions, humiliée par l'indifférence du garçon.

— J'ai la voiture pour toute la nuit. Si ça te dit de faire une balade après le travail…

Il releva les yeux vers elle tout en retirant le tuyau du réservoir. Elle aussi avait l'air de rouler à vide, songea-t-il en souriant. La jauge à zéro. Parfait. Elle se serait probablement empressée de se jeter à ses genoux pour le sucer jusqu'à la dernière goutte s'il le lui avait demandé.

— Et si tu repassais vers 9 heures et demie pour me reposer la question ?

— D'accord.

— Ça te fera quinze dollars cinquante.

— Ah… Euh, je vais chercher mon sac.

Au moment où elle se penchait pour saisir son portefeuille, Clare pénétra dans la station. Ernie en oublia aussitôt l'existence de Sally.

— Salut, Ernie.

— Le plein ?

— Oui.

Elle lui sourit tout en évitant soigneusement de baisser les yeux sur son pendentif.

— Ça fait des jours que je ne t'ai vu, dis-moi.

— J'étais occupé.

— Je m'en doute.

Posant un coude sur la portière, elle appuya sa nuque contre l'appuie-tête. Elle venait juste de revoir Lisa MacDonald à l'hôpital. Elle ne se sentait plus coupable désormais. Seulement épuisée.

— Tu dois avoir du pain sur la planche avec l'examen, reprit-elle à l'adresse d'Ernie. Plus qu'une semaine à présent.

— Vos amis sont toujours ici…

— Ils comptent rester pour le défilé de demain. Tu iras le voir, toi aussi ?

Il se contenta de hausser les épaules.

— Je m'en voudrais de le manquer, poursuivit Clare. J'ai entendu dire qu'il y aura des vendeurs de beignets. C'est ma petite faiblesse, les beignets.

— Ernie, voici l'argent, déclara Sally en venant s'interposer entre eux deux.

Elle ramena ses longs cheveux en arrière avant de décocher un regard glacial à Clare.

— Les clients doivent t'attendre, dit-elle. Je reviendrai plus tard.

— C'est ça.

Clare suivit la jeune fille des yeux, tandis que celle-ci remontait dans sa voiture et faisait vrombir son moteur.

— Mais qui était-ce donc ? s'enquit-elle.

— Sally ? Rien du tout.

— Sally Simmons ?

Clare s'esclaffa tout en prenant son porte-monnaie dans son sac à main.

— Seigneur, ses parents l'avaient laissée à ma garde jadis. Je ferais mieux de rentrer à la maison pour sortir le rocking-chair.

Elle régla Ernie, le cœur soulagé d'un grand poids. Qu'y avait-il en effet de plus normal qu'un gamin avec une petite amie jalouse ?

— A la prochaine, Ernie.

— Ouais. A la prochaine.

Ernie la regarda s'éloigner, la main refermée sur le pentacle.

Ils avaient désespérément besoin de renseignements. Que savait au juste cette Lisa MacDonald ? Qui avait-elle vu ? Doutes et interrogations se transmettaient de bouche à oreille comme une traînée de poudre. La peur grandissait, et celui qui contrôlait leurs esprits n'ignorait pas que la peur était une faiblesse susceptible d'entraîner des faux pas.

Mais les renseignements seraient recueillis. Comme toujours.

Certains avancèrent le nom de Clare Kimball pour remplacer l'offrande qui leur avait échappé. Après tout, c'était elle qui avait interféré dans le rituel, les privant de la victime choisie pour le sacrifice. En outre, elle n'avait pas su comprendre l'avertissement déposé devant sa porte et l'avait délibérément ignoré. Et puis c'était elle aussi qui, jadis, alors qu'elle n'était qu'une enfant, avait violé le sanctuaire du cercle et vu plus qu'une mémoire de petite fille ne pouvait en supporter.

Enfin, et surtout, elle avait créé une idole de leur Maître dans le feu et le métal.

Certains, donc, penchaient pour la jeune femme. D'autres se prononçaient contre. Le verdict, cependant, avait d'ores et déjà été décidé.

L'heure de la surveillance et des avertissements était presque écoulée. Celle de l'action approchait.

Certains hommes auraient opté pour des roses. Cam, lui, se disait que les clichés ne marcheraient pas avec Clare. Il lui avait fallu longtemps avant de prendre une décision. Son orgueil y répugnait. Mais enfin, il n'y avait rien de tel que le désarroi pour amener un homme à oublier son amour-propre et à tenter le tout pour le tout. Il lui était de plus en plus difficile de se persuader que les problèmes de la ville étaient le fait d'influences extérieures. Pour autant, chaque fois qu'il traversait Emmitsboro en voiture, y flânait à pied ou taillait une bavette avec un passant, l'idée qu'un de ses habitants puisse commettre un meurtre, et pire encore, lui semblait délirante.

Cela dit, Lisa MacDonald n'était pas une chimère, mais une preuve tangible. Et puis il y avait le rapport du labo. Tout le sang sur les vêtements de la blessée n'était pas uniquement le sien. Lisa était du groupe O. Or une partie du sang était du groupe A.

Sous ses ongles, de plus, avaient été retrouvés des lambeaux de peau — d'un mâle de type caucasien — ainsi que des fibres de coton noir.

Avec Bud et Mick, Cam avait passé au peigne fin toute la partie orientale du bois des Dopper, non loin de l'endroit où Clare avait croisé Lisa, et tous trois avaient repéré des traces de sang, de lutte et de poursuite. Pour éclaircir cette affaire, néanmoins, il savait qu'il lui faudrait plus qu'une analyse de labo, ce qui signifiait qu'il serait contraint de demander au maire une augmentation exceptionnelle de son budget.

Mais pour le moment, tout ce qu'il désirait, c'était jouir de quelques heures où il n'aurait pas à penser preuve et procédure, où il n'aurait pas non plus à se rappeler qu'il lui faudrait encore une fois retourner à l'hôpital pour sonder et solliciter la mémoire de Lisa MacDonald.

Clare était en plein travail. Bien que ce fût à peine le crépuscule, de la lumière filtrait déjà par les fenêtres du garage. Au cours des derniers jours, Cam était déjà passé plusieurs fois dans le coin, uniquement pour contempler de loin la jeune femme penchée sur son établi. Cette fois, cependant, il s'engagea résolument dans l'allée.

Il remarqua qu'Alice était avec elle. Il entendait leurs bavardages s'élever au-dessus d'un vieux tube des Beatles — *A Day in the Life*.

— Vas-y, bouge un peu. C'est mieux quand tu bouges.

— Je croyais qu'on devait rester totalement immobile quand on posait pour une artiste.

Quoique flattée par la proposition de Clare, Alice regrettait que celle-ci ne lui ait pas demandé de poser dans une autre tenue que son uniforme de serveuse.

— Est-ce que ça va être un de ces trucs modernes où personne ne me reconnaîtra ?

— Je te promets que ce sera toi tout craché, répondit Clare en modelant l'argile avec des gestes lents et caressants. Je veux que ce soit très fluide. Je le coulerai dans le bronze, ensuite.

— Comme maman avec mes premières chaussures et celles de Lynette.

Elle jeta un coup d'œil par-dessus son épaule, et se mit à sourire.

— Salut, Cam.

— Alors, on se fait immortaliser, Alice ?

— On dirait bien, répondit-elle en gloussant.

Se méfiant de la réaction de ses mains, Clare les souleva un instant de la masse d'argile.

— Vous désirez, shérif ?

Aussi froide et tranchante qu'un bloc de glace, se dit-il en haussant les sourcils. Il lui prit le bras pour la forcer à se relever.

— Suis-moi.

— Mais où te crois-tu, bon sang ? Je suis en train de travailler.

Elle le repoussa d'une main couverte de terre tandis qu'il lui faisait descendre l'allée. Alice les regardait avec des yeux médusés.

— Ecoutez, Rafferty, je ne saurais tolérer cette… brutalité policière.

— Ne fais donc pas l'idiote, la Gazelle, lui répliqua-t-il en l'entraînant vers l'arrière de la camionnette de Bud. Je t'ai apporté un cadeau.

C'est alors que Clare aperçut le bourrelet, plus imposant encore que dans son souvenir.

— Oh, mon Dieu.

Cam n'eut pas besoin de l'aider à monter dans le véhicule : Clare s'accrochait déjà à la rambarde de la plate-forme. Une fois juchée dessus, elle se mit à palper l'écorce avec dévotion.

— C'est magnifique, murmura-t-elle, jaugeant déjà la qualité du matériau.

— Mais ce n'est qu'un bout de bois ! s'exclama Alice, à la fois surprise et dépitée.

— Non, une énigme, la reprit Clare. Un défi même. Mieux : un cadeau.

Elle éclata de rire devant la mine d'Alice.

— Tiens, tu sais quoi ? Quand je pourrai travailler dessus, dans une année ou deux, je t'y sculpterai un compotier.

— Super, répliqua Alice sur un ton compassé.

Clare s'esclaffa de plus belle.

— Attends seulement qu'Angie l'ait vu !

Elle s'accroupit près du bourrelet et, tout en le caressant de la main, jeta un coup d'œil circonspect à Cam. Celui-ci lui rendit son regard sans mot dire, les mains nonchalamment appuyées sur la rambarde.

— Joli coup en douce, Rafferty.

— A situation désespérée, mesure désespérée, la Gazelle. Je me disais que si je t'apportais ce morceau, tu serais bien obligée de me parler.

Il leva les mains vers elle.

— Tu veux que je t'aide à redescendre ?

— Je peux me débrouiller toute seule.

Ce qui n'empêcha pas Cam de la tenir par la taille au moment où elle sautait de la camionnette. L'ayant reposée à terre, il tourna vers lui le visage de la jeune femme. Et attendit l'explosion.

— Tu as encore de la boue sur les mains.

— De l'argile.

Bon sang, se dit-elle, ce n'était tout de même pas ce simple contact qui pouvait lui couper le souffle à ce point !

— Tu ferais mieux de te reculer si tu ne veux pas que je t'en mette plein la chemise.

— C'est déjà fait.

Il resserra son étreinte, la humant comme un fauve attiré par sa femelle.

— Comment ça va, depuis la dernière fois ?

— Bien.

Elle sentit son cœur s'emballer contre le sien. Tout cela allait trop vite, se dit-elle, bien trop vite.

— Je crois bien que je vais vous laisser, intervint Alice.

Elle se racla la gorge.

— Euh… J'ai annoncé que je partais, maintenant.

— Non ! s'écria Clare en se dégageant de l'étreinte de Cam. Enfin… je voudrais encore travailler une petite heure — si tu n'es pas trop fatiguée.

— Je ne suis pas fatiguée, répliqua Alice avec un air mutin. Mais dans une si petite ville, il vaut mieux ne pas détourner le shérif de son devoir.

— Voilà une brillante pensée, rétorqua Cam en prenant Clare par le bras. Si nous rentrions à l'intérieur pour en discuter ?

Clare se demandait si elle devait en rire ou prendre la mouche, lorsqu'elle entendit le Klaxon d'une voiture qui remontait l'allée.

— Hé ! lança le conducteur en jaillissant du toit ouvrant. Y aurait-y encore une chambre de libre pour la nuit ?

— Blair !

Clare se précipita vers lui, les bras grands ouverts, tandis qu'il descendait de voiture. Apercevant l'état de ses mains, il eut un mouvement de recul.

— Seigneur, plus un geste !

— Mais que fais-tu ici ?

— Je ne voulais pas louper le défilé. Salut, Cam.

Il alla récupérer le léger bagage qui se trouvait sur la banquette arrière et entreprit de remonter l'allée.

— Alors, t'es ici en visite ou bien Clare est une dangereuse criminelle à surveiller ?

Cam laissa échapper un sourire, songeant qu'assigner la jeune femme à résidence surveillée ne serait pas pour lui déplaire.

— Je suis juste venu faire une livraison, dit-il en tendant la main à Blair.

Puis, glissant un doigt sur le revers de sa veste :

— Joli costume, ajouta-t-il.

— J'ai travaillé tard. Et je n'ai pas pris le temps de me changer. Salut, Alice. Ravi de te revoir.

— Salut, Blair, répondit cette dernière en rougissant — ce dont elle se maudit aussitôt. Clare ne m'avait pas dit que tu devais venir.

— Elle ne le savait pas.

Il se tourna de nouveau vers sa sœur.

— Alors, comment ça va, maintenant ? lui demanda-t-il en lui taquinant les cheveux.

Clare jeta un coup d'œil furtif à Cam avant de regarder ailleurs.

— Je crois qu'on peut dire que j'ai vécu des semaines riches en événements. Angie et Jean-Paul sont ici.

— Ici ? s'exclama Blair en haussant les sourcils. A Emmitsboro ?

— Depuis pratiquement une semaine. J'ai même l'impression que ça commence à leur plaire. Ecoute, si je rentrais nous préparer un verre ?

— Je te suis.

Cam lui posa une main sur l'épaule avant qu'il n'ait eu le temps de la rejoindre.

— Et si tu me donnais plutôt un coup de main avec le cadeau d'abord ?

— Un cadeau ? Voyons ça.

Il posa son sac à côté de la camionnette pour jeter un coup d'œil sur la plate-forme.

— Mais ce n'est qu'un bout de bois !

— Eh ouais.

— Un sacré morceau de bout de bois, même, répéta-t-il en lançant à Cam un regard contrit. Hmm, tu sais, ce costume est cinquante pour cent pure soie.

Arborant un grand sourire, Cam abaissa la rambarde et grimpa sur la plate-forme.

— Allez, fais pas ta femmelette, Kimball.

— Et merde, s'écria Blair en grimpant à son tour sur la camionnette pour se saisir du bourrelet. A quoi sert ce truc, dis-moi ? Mais il est bourré d'échardes, ma parole !

— C'est une sorte de calumet de la paix. Clare me fait la gueule.

— Oh ?

— C'est une longue histoire. Attends un peu, je descends le premier… Seigneur, tu le tiens, oui ou non ?

Blair venait presque de lui lâcher leur fardeau sur le pied.

— Une histoire qui t'intéressera peut-être, d'ailleurs, reprit Cam, tandis qu'ils hissaient le bourrelet sur leurs épaules pour le transporter jusqu'au garage.

— Rafferty, les histoires, c'est toute ma vie.

— Bien. Dans ce cas, passe me voir demain au poste, après le défilé.

— D'accord. Cela dit, je n'ai pas le droit d'en savoir plus tout de suite ?

— Si. Je couche avec ta sœur.

Il se pencha en avant pour dévisager Blair qui, de l'autre côté du morceau de bois bringuebalant, le regardait lui-même d'un air ahuri.

— Je pensais qu'il valait mieux qu'on règle cela tout de suite.

— Seigneur, Cam, que veux-tu que je te dise ?

— Eh bien, félicite-moi, ce sera toujours mieux que rien. Mettons-le ici.

Il laissa échapper un grognement lorsqu'ils posèrent le bourrelet à côté du garage, puis il releva les yeux sur Blair qui était en train d'épousseter son costume.

— Pas envie de me casser la gueule ?

— J'y songeais.

— Avant toute chose, je préfère préciser que, si je suis passé dans le coin, c'est pour lui dire… eh bien, que je l'aime.

Blair le considéra un long moment.

— Bon, dit-il en fourrant les mains dans ses poches.

— J'ai toujours pensé que tu avais le don du verbe…

Estomaqué, déboussolé, Blair se passa une main dans les cheveux.

— Mais quand diable tout cela s'est-il passé ?

— Va savoir.

Blair laissa échapper un profond soupir.

— On ferait peut-être mieux de rentrer prendre un verre.

— Vas-y sans moi, répliqua Cam en lui désignant la maison. Elle n'est pas encore prête à me revoir.

Il revenait à la camionnette, lorsque Blair le héla.

— Cam… Clare n'est pas Sarah Hewitt.

— Je le sais mieux que toi, répondit-il en ouvrant brutalement la portière.

Mais c'était bien à Sarah qu'il devait aller rendre visite.

Bien que ce fût un vendredi, la Clyde's Tavern était encore plus tranquille qu'en semaine. Les gens étaient nerveux. Les femmes demandaient à leur mari de rentrer directement à la maison après le travail, veille de week-end ou non. Si une femme ne pouvait même plus marcher sans danger sur la route, lui disaient-elles, comment pouvait-il être sûr qu'elles seraient en sécurité à l'intérieur de leur propre maison ?

Quelques-uns des habitués, cependant, demeuraient fidèles au poste. Less Gladhill, échoué près du bar, couvait une bière qui était censée soulager son estomac du hachis dont il s'était goinfré au Martha's. Une dispute avec son épouse l'avait poussé à abandonner le domicile conjugal pour aller chercher ailleurs pitance et réconfort. Nul ne s'inquiétait pour autant de Mme Gladhill : la Grande Revêche, comme on l'appelait, était bien capable de se défendre toute seule. Dix hommes n'auraient pas suffi à lui faire peur.

Sur son chemin vers le bar, Cam dévisagea les figures familières, notant au passage les présents comme les absents.

— Soirée paisible, dit-il à Clyde.

Le barman se renfrogna aussitôt.

— T'es venu ici pour le commentaire ou pour boire un coup ?

— Donne-moi un Rolling Rock.

Skunk Haggerty, assis dans son coin, à sa place habituelle, sirotait son invariable verre de Johnnie Walker, en attendant que Reva Williamson ait terminé son service au Martha's. Le fils Dopper, revenu de l'université pour le congé du week-end, buvait quant à lui une Budweiser tout en caressant l'espoir d'obtenir les faveurs de Sarah Hewitt.

Le juke-box était muet ; seul le claquement des boules de billard résonnait dans l'arrière-salle.

Cam buvait sa bière. Debout à côté de lui, Less était occupé à roter d'abondance.

— Saloperie d'oignons. Donne-moi une autre bière, Clyde, sacré bon sang.

— Tu vas rentrer à pied ? lui demanda Cam le plus innocemment du monde.

— Je peux tenir la bière.

— Un énième P.-V. pour conduite en état d'ivresse te pend au nez.

— Eh bien alors je rentrerai sur mes saloperies de putains de pieds.

Mécontent de son sort, Less s'empara de sa bière. Dieu savait combien l'autre vieille bique l'assommait déjà. Quoi d'étonnant à ce qu'il recherche la compagnie d'une autre femme dès lors qu'il était marié à cette sacrée bourrique ?

— Putain, c'est honteux qu'un homme ne puisse boire son coup tranquillement sans être en permanence harcelé.

— Rude journée, hein ?

Tout en sirotant sa bière, Cam remarqua du coin de l'œil le bandage qui enveloppait la main droite de Less.

— Tu t'es blessé ?

Less tourna et retourna sa main avec un grognement indistinct. Il s'attendait à cette question. Sa réponse était toute prête.

— Me suis cramé la main sur une putain de tubulure.

Cam songea, non sans répugnance, qu'il lui faudrait vérifier cela le lendemain.

— Je te plains.

Less engloutit sa bière avant de laisser échapper un rot sonore.

— Non, ce qui m'emmerde vraiment, reprit-il en soupirant, c'est qu'on devait faire un poker ensemble ce soir. Mais Roody a sa grosse qui ne voudra pas le perdre de vue après le coucher du soleil, Skunk pense qu'à se mettre les couilles au chaud entre les cuisses de Reva, Sam Poffenburger va rester dormir dans le séjour de son ex jusqu'à ce qu'elle se calme et George Howard est déjà parti surveiller son jardin avec ses chiens. Bon sang, cette affaire a vraiment tout foutu en l'air.

— Peux pas dire le contraire.

— Cette femme-là, à l'hôpital, elle t'a dit quelque chose d'important ?

— Allons, tu sais bien que si je divulgue un témoignage, je me fais virer, répondit Cam en avalant une nouvelle gorgée de bière. Tout ce que je peux te confier, c'est que je me heurte à un mur. Et pas qu'à un seul, en fait.

Il dévisagea Less avec l'air inquisiteur d'un flic — ce dernier en avait d'ailleurs parfaitement conscience.

— Mais vois-tu, poursuivit Cam, à force de se heurter à des murs, on finit parfois par les abattre. A ce propos, tu peux me dire où tu étais jeudi soir, entre 10 heures et demie et 11 heures ?

— Qu'est-ce que c'est que cette putain de question ?

— Une partie de mon boulot, répliqua Cam en soulevant sa chope. Et parfois, il est plus facile de l'effectuer au-dessus d'une bière qu'au poste.

— Et merde.

— C'est la routine, Less. Tu n'es ni le premier ni le dernier que je dois interroger.

— Je n'aime pas beaucoup ça.

Il attrapa la coupe de cacahuètes qui traînait sur le comptoir et commença à en décortiquer quelques-unes de sa main valide. Il fallait qu'il ait l'air emmerdé, se dit-il. Pas effrayé.

— Moi non plus, je n'aime pas ça, tu sais, renchérit Cam. Le plus vite tu répondras à ma question, le plus vite on pourra tous les deux se remettre à déguster notre bière.

— Si tu veux vraiment le savoir, j'étais dans le garage de Charlie Griffith en train de travailler sur sa Cavalier.

Il lança un bref coup d'œil à Skunk par-dessus son épaule.

— Je ne suis pas censé faire du travail au noir, et si jamais ça se sait, je pourrais être saqué.

— Qui prétend que ça se saura ? Cela dit, il faut tout de même que j'aille vérifier l'information auprès de Charlie.

— Ouais, c'est ça, vas-y donc. Maintenant, shérif, si vous n'y voyez pas d'inconvénient, j'aimerais terminer ma bière en paix.

Cam prit sa chope à demi remplie pour aller flâner du côté de l'arrière-salle. Les flics ne gardaient pas longtemps leurs amis, il ne le savait que trop bien. Mais mieux valait encore les perdre de cette manière qu'au cours d'une embuscade.

Sarah disputait une partie avec Davey Reeder, un grand charpentier dégingandé avec des dents de lapin, aussi habile de ses mains que faible d'esprit. Jadis, Davey avait fini par rejoindre la bande de Cam et de Blair durant leurs virées dans les bois. De deux ans leur aîné, il n'avait pas obtenu son bac avant l'âge de vingt ans. Il s'était alors entiché d'une des filles Lawrence avec laquelle il s'était aussitôt marié — pour divorcer deux ans plus tard.

Cam n'ignorait pas que Davey était l'un des clients réguliers de Sarah, mais ne savait pas lequel des deux, en l'occurrence, était le plus à plaindre.

— Salut, Davey.

— Salut.

Il le gratifia de son sourire de castor tout en faisant chuter les trois premières boules à la file dans le trou latéral.

— Une petite partie ? La tournée au perdant.

— C'est ça, pour que tu te retrouves ivre mort et moi fauché comme la dernière fois. Merci bien.

Davey le hua comme une gamine avant de faire disparaître la quatre et la cinq dans deux trous opposés.

— Je pourrais te laisser commencer, proposa-t-il.

— Cela ne changera pas grand-chose.

Sarah lui sourit tout en glissant la main sur la queue de billard en un va-et-vient langoureux.

— T'aurais pas un autre genre de divertissement en tête, par hasard ?

— Et merde, s'exclama Davey qui venait de rater son coup. A toi, Sarah.

— C'est sinistre ici, sans le juke-box, dit Cam en sortant des billets de sa poche. Et si t'allais faire de la monnaie, Davey, histoire de nous mettre un peu de musique ? Et puis, tiens, prends-toi une bière pendant que tu y es.

— Ça roule.

Davey sortit de la salle d'un pas pesant.

— Eh bien…

Sarah se pencha sur la table avec une lenteur délibérée, prit une profonde inspiration, et lâcha enfin son coup.

— Ravie d'apprendre que tu es prêt à dépenser cent balles pour te retrouver seul avec moi.

Elle repoussa ses cheveux en arrière en redressant la tête, et fit courir sa langue sur la lèvre supérieure.

— Alors, comme ça, on veut s'amuser ?

— Allons droit au but, Sarah. J'ai des questions à te poser et je te prie d'y répondre.

— Holà, le ton procédurier ! J'en frémis d'avance.

— Suffit la comédie, rétorqua Cam en lui prenant le bras pour la forcer à se relever. Que diable voulais-tu dire l'autre jour en prétendant que je ne connaissais pas la ville ?

— T'as été absent longtemps, mon ange, répondit-elle en tendant le bras pour jouer avec les boutons de sa chemise. Les temps changent.

— Arrête tes conneries, Sarah. Tout ceci n'a rien à voir avec le fait que j'aie été absent.

Elle se détourna en haussant les épaules. Cam la rattrapa par le poignet.

— Vas-y donc, s'écria-t-elle, le regard étincelant. J'aime quand ça fait mal. Tu ne te rappelles pas ?

— Cela signifiait quoi, cette allusion à Parker ? Qu'est-ce que tu sais des raisons qui l'ont poussé à partir ?

Elle glissa langoureusement une jambe entre les siennes.

— Que suis-je donc censée savoir ?

— Réponds-moi, Sarah. Il se passe ici des choses anormales.

— Ton beau-père a été battu à mort. Ta petite amie a renversé une femme. Quel rapport avec moi ?

— Réponds, bon sang. Je t'ai posé une question : pourquoi Parker est-il parti ?

— Parce qu'il en avait marre de cette ville, je suppose. Que veux-tu savoir de plus ?

— La suite de ce que tu m'as raconté l'autre jour sous le coup de la colère. Parker avait l'habitude de monter chez toi ?

Il la saisit par les cheveux pour l'empêcher de se défiler.

— Est-ce qu'il grimpait l'escalier de service pour une passe à vingt balles ?

— Et alors ? s'exclama-t-elle en le repoussant. Ce ne sont pas tes oignons !

— Est-ce qu'il t'a parlé ? Une fois qu'il t'avait débarrassée du poids de sa graisse, est-ce qu'il te disait des choses ?

— Peut-être.

Elle sortit une cigarette. Tandis qu'elle entreprenait de craquer une allumette, ses mains tremblaient.

— Les hommes disent toutes sortes de choses à des femmes comme moi, reprit-elle avant de recracher en riant une bouffée de fumée. Je suis un peu comme leur médecin ou leur confesseur. Mais, au fond, t'aurais pas, toi, quelque chose à… me dire ?

— Alors, comme ça, après soixante années passées dans cette ville, dont plus de vingt-cinq en tant que shérif, il a pris ses cliques et ses claques et a filé sans demander son reste ? Pourquoi ?

— Parce que sa garce d'épouse voulait déménager à Fort Lauderdale.

— Il n'est pas à Fort Lauderdale. J'ai beau le chercher partout, il n'est nulle part.

— Mais qu'est-ce que ça peut te foutre, Parker ?

Elle prit la bière de Cam et en but une longue gorgée.

— T'as pas assez de soucis sans lui ? T'as toujours un meurtre sur les bras, non ? A moins que tu ne cherches à gagner du temps…

— Que sais-tu ? insista-t-il d'une voix sourde. Qui donc t'a appris des choses sur l'oreiller, que tu n'étais pas censée savoir ?

— Oh, un peu tout le monde, répondit-elle en reposant la chope. Je sais qui a des ennuis avec la banque, qui trompe le fisc, qui se plaint de ce que sa femme n'a envie de lui qu'une fois par semaine…

Elle s'interrompit pour tirer sur sa cigarette.

— Et je sais aussi que tu emmerdes pas mal de gens avec tes questions, alors que la plupart pensent que tu ferais mieux d'aller traquer les maniaques dans les bois. Je ne peux rien te dire de plus, Cam.

— Avoue plutôt que tu ne le *veux* pas.

— J'aurais pu, autrefois, répliqua-t-elle en se saisissant de la queue de billard pour la lui enfoncer dans les côtes d'un air narquois. Mais que n'aurais-je pas fait pour toi, autrefois ? T'aurais eu la vie facile avec moi. Seulement une femme comme moi protège ses intérêts, tandis que toi, je te vois faire long feu ici. Un meurtre, une agression, du bétail massacré — et tout ça depuis que t'es revenu.

Elle lui décocha un regard lourd de sous-entendus.

— Peut-être bien que c'est à *toi* qu'on devrait poser quelques questions.

Il se rapprocha d'elle.

— Bon, alors, écoute-moi bien, maintenant. Si tu es au courant de faits que tu ne devrais pas connaître, tu as plus qu'intérêt à me les révéler.

— Mes intérêts, j'y veille toute seule. Aujourd'hui comme hier.

Elle lui tourna le dos et se pencha de nouveau sur la table — non sans lui lancer un dernier coup d'œil.

— J'ai entendu dire que ta maman prenait, elle aussi, la poudre d'escampette. Je me demande bien pourquoi…

Puis elle frappa la blanche, dispersant les autres boules sur le billard.

A la lumière de sa lampe de chevet, Clare feuilletait les livres de son père. Ce n'était pas la première fois. Elle avait déjà passé des nuits à les lire et à les relire pour essayer de comprendre le rapport qu'ils pouvaient bien avoir avec l'homme qu'elle avait jadis connu et adoré. Pour essayer de comprendre tout court, en fait.

Elle en avait récupéré six dans les cartons entreposés sous les combles. Et tous les six traitaient de ce que Jean-Paul avait appelé la « voie senestre ». Une demi-douzaine de livres, la plupart défraîchis par de nombreuses manipulations, qui faisaient étalage des licences du satanisme et allaient jusqu'à les glorifier.

Ce qui l'effrayait le plus, c'était qu'il ne s'agissait pas de vociférations délirantes provenant de cinglés analphabètes. Au contraire, c'étaient des ouvrages raffinés, voire attrayants par certains côtés, et publiés par des maisons respectables. En tant qu'artiste, Clare considérait la liberté d'expression aussi naturelle que le simple fait de respirer. Aucune âme, selon elle, ne pouvait s'en passer sans dommage. Et pourtant, chaque fois qu'elle ouvrait un de ces volumes, elle se sentait comme souillée. Chaque mot la faisait souffrir. Elle n'en continuait pas moins à les lire, tout comme son père l'avait fait jadis — dans le secret, la honte et le chagrin.

Il poursuivait une quête, se dit-elle. Jack Kimball avait toujours été un homme curieux de tout, assoiffé de connaissances, toujours prêt à remettre en cause les dogmes établis. Peut-être l'intérêt qu'il avait contracté pour les activités des cultes sataniques était-il du même genre que celui qu'il avait conçu pour la politique, l'art ou l'horticulture.

Clare s'assit sur son lit, la cigarette à la main, pour apaiser sa gorge brûlante avec une gorgée d'eau tiédie, espérant qu'elle saurait convaincre son cœur aussi aisément que son esprit.

Son père adorait les sujets nouveaux. Cela le fascinait. Tout ce qui sortait de l'ordinaire était pour lui un défi. Il avait tout d'un vrai rebelle, songea-t-elle en esquissant un sourire, un révolté décidé à casser le moule rigide dans lequel ses parents s'étaient efforcés de l'enfermer. Elevé par de fervents catholiques, il appelait souvent ses parents saint Maman-et-Papa, comme s'ils avaient toujours formé une seule et même divinité.

Il leur avait souvent raconté, à Blair et à elle-même, comment il se levait à l'aube, les jours de carême, afin de se recueillir avec toute la famille, et se mettait à ronfler au beau milieu du prêche jusqu'à ce que sa mère lui enfonçât un coude dans les côtes. Il disposait d'un stock inépuisable d'anecdotes sur son séjour au petit séminaire, certaines hilarantes, d'autres passablement effrayantes. Il leur avait aussi rapporté la cruelle déception de ses parents au moment où il leur avait annoncé son refus d'entrer dans les ordres. Il riait encore lorsqu'il racontait comment sa mère avait allumé cierge sur cierge en suppliant la Sainte Vierge d'accorder à son fils la grâce de reconnaître enfin sa véritable vocation. Sous ses rires, néanmoins, une certaine amertume perçait invariablement.

Des histoires, Clare n'en avait que trop entendu — y compris celles qui n'étaient guère de son âge. Elle avait ainsi appris que les parents de son père en étaient venus à se détester l'un l'autre et que si, année après année, ils avaient vécu sous le même toit et partagé le même lit, ils l'avaient fait sans amour, utilisant souvent leur propre fils comme une sorte de tare pour soupeser leur amère infortune. Car aux yeux de l'Eglise, hélas, le divorce n'avait pas droit de cité, et ces yeux-là étaient les seuls par lesquels les parents de Jack pouvaient eux-mêmes se considérer.

« Mieux vaut vivre dans le malheur que dans le péché », se rappela-t-elle avec écœurement. Seigneur, quelle hypocrisie…

A l'époque de son mariage, Jack Kimball avait complètement renié la foi de son enfance.

Et cela, songea Clare, pour y revenir dix ans plus tard, avec une ferveur au moins égale à celle de ses parents. Et puis, quelques années après, il avait adjoint l'alcool à la foi, la bouteille au rosaire.

Pourquoi ? La réponse se trouvait-elle quelque part dans ces livres éparpillés sur le lit ?

Elle ne pouvait y croire. C'était là une réalité qu'elle n'osait même pas affronter. Le père qu'elle avait connu était un être solide, ambitieux, charmant. Comment un homme qui se tracassait pour un rosier malade aurait-il pu s'acoquiner avec une secte qui prônait le sacrifice animal et se repaissait de sang innocent ?

C'était inconcevable.

Et pourtant, il y avait le rêve, ce rêve qui la hantait depuis l'enfance. Il lui suffisait de fermer les yeux pour revoir son père, nu et le regard vitreux, danser autour de la fosse enflammée avec ses doigts dégouttant de sang.

Ce n'étaient là que des symboles, se dit-elle en commençant à ranger les livres avec répugnance. Le Dr Janowski lui avait répété plus d'une fois qu'elle n'avait jamais accepté la mort de son père. Le rêve était seulement une représentation de l'horreur, du chagrin et de la terreur qu'elle avait ressentis à sa perte.

Elle éteignit la lumière et s'étendit dans le noir. Mais elle ne parvint pas à dormir.

Le rêve avait surgi en elle bien avant la mort de son père. Et cela, elle ne l'ignorait pas.

18.

Dès 10 heures, la petite ville d'Emmitsboro fut bondée. On se pressait sur les trottoirs. Ce n'étaient que gamins fuyant à toutes jambes l'emprise de leurs parents, adolescents se pavanant les uns devant les autres, vendeurs ambulants proposant à la criée limonade, hot dogs et ballons.

Les plus âgés, qui étaient aussi les plus avisés, avaient installé leur chaise de jardin le long du trottoir, la glacière à portée de main. Comme la route était interdite à la circulation de Dog Run jusqu'à Mousetown, les gens déferlaient depuis les aires de stationnement pour venir flâner en ville.

Ceux qui avaient la chance d'habiter Main Street — ou qui connaissaient quelqu'un dans ce cas — s'étaient assis sous les porches fraîchement repeints, à l'ombre des auvents, pour siroter des boissons glacées, grignoter des chips et cancaner d'abondance sur leurs voisins ainsi que sur les défilés des années précédentes.

Dans les arrière-cours, tout était déjà préparé pour le pique-nique — les tables de bois étaient recouvertes de nappes en papier aux couleurs vives qui palpitaient sous la brise légère, le gril récuré, la bière et les morceaux de pastèque mis à rafraîchir.

Le lycée d'Emmitsboro ayant un nouveau et jeune chef d'orchestre, les barbons affûtaient leur langue — petit plaisir bien humain.

Les rumeurs allaient bon train. Le meurtre de Biff Stokey avait été supplanté dans les ragots par l'agression de la jeune femme venue de Pennsylvanie. Les fermiers, quant à eux, considéraient le massacre du bétail de Dopper comme le sujet numéro un de la journée. Bref : la ville, détendue, s'installait pour célébrer ce jour comme il fallait.

La chaîne de télévision d'Hagerstown avait envoyé une équipe. Les hommes bombaient le torse et les femmes faisaient bouffer leur coiffure sous l'œil des caméras qui passaient la foule en revue.

Dans l'assistance, douze personnes se dissimulaient derrière les fanions et les rires pour célébrer leur propre rituel secret, échangeant regards et signes de connivence. Et si le mécontentement pouvait couver dans leurs rangs, il n'en restait pas moins que la ville, ce jour-là, leur appartenait, encore que la majorité écrasante de ses habitants n'en aient point conscience.

Le brassard noir que portait chacun d'entre eux n'était pas un hommage aux morts de la guerre, mais un symbole de leur allégeance au seigneur des Ténèbres. La célébration de leur propre Memorial Day commençait à cet instant même, au milieu des cuivres étincelants de l'orchestre et du tournoiement des bâtons des majorettes ; et serait suivie de leur nuit, dans le cercle occulte tracé au plus profond des bois.

Quelqu'un mourrait alors, et les élus pourraient continuer de choyer en secret le lien secret qui les unissait.

Min se rengorgeait à la tribune d'honneur. Elle adorait être assise là, à toiser amis et ennemis. Elle s'était acheté pour l'occasion une toute nouvelle robe de coton, et s'imaginait que les énormes iris pourpres étalés sur sa poitrine et ses reins lui donnaient un air de jeune ingénue. Elle regrettait un peu d'avoir dû en serrer si fort la ceinture — surtout après les deux assiettes de beignets qu'elle venait d'ingurgiter —, mais sa mère lui avait toujours dit qu'il fallait souffrir pour être belle.

Ses cheveux, lavés et coiffés, étaient si généreusement laqués qu'ils auraient tenu au beau milieu d'un cyclone — et, *a fortiori*, sous la légère brise printanière qui soufflait alors sur la ville. On eût dit un casque rigide couronnant son large visage.

Non loin de là, son mari échangeait des poignées de main cordiales avec les membres du conseil municipal. Min se réjouissait de le voir paré de son complet de couleur chamois, qui lui conférait une élégance austère. Certes, il avait un peu rechigné à porter la cravate rouge qu'elle lui avait choisie, mais elle avait fini par lui faire comprendre que c'était photogénique à souhait. Et comme toujours, il s'était rendu à son avis.

Min se jugeait elle-même une épouse de politicien accompli. Une véritable égérie. Le pouvoir qu'une femme pouvait ainsi détenir en secret la grisait. N'était-ce pas elle qui fournissait à son mari toutes les informations glanées çà et là, dans le salon de beauté, au marché, par-dessus les clôtures des arrière-cours comme durant les ventes de charité ? D'ailleurs, combien de fois James ne lui avait-il pas tapoté la main en lui disant qu'elle était mieux renseignée que la C.I.A. ?

Pour cela, tables d'écoute et caméras cachées ne lui étaient point nécessaires. Elle avait autant de flair pour les cancans qu'une meute assoiffée de sang, et pouvait ruminer des jours entiers une information juteuse avant de se décider à l'avaler.

Après tout, c'était bien le privilège de la femme du maire d'être tenue au courant de tout ce qu'il y avait à savoir.

Elle inspecta la foule tapageuse de ses petits yeux avides.

Il y avait là Sue Ann Reeder, mariée à Bowers, partie depuis six mois et mariée depuis seulement quatre. Cette union-là ne tiendrait pas plus longtemps que la première, songea-t-elle.

Un peu plus loin, Peggy Knight était en train d'acheter de la limonade et des barbes à papa à ses trois moutards : de belles caries en perspective, pensa encore Min.

Mitzi Hawbaker, son benjamin dans les bras, embrassait son mari en plein milieu de la rue — et sur la bouche, encore, nota l'observatrice avec répugnance.

Elle se détourna avec un reniflement de dégoût. Il n'y avait pas seulement le baiser baveux échangé par le couple dont elle voulait s'épargner la vue, mais aussi, et surtout, les enfants. Tous les enfants. Les contempler la renvoyait à la sécheresse de son ventre de femme, toujours aussi vide malgré les deux plats de beignets qu'elle avait dévorés.

Il n'était pas juste que toutes ces mijaurées en chaleur puissent faire des bébés, année après année, telles des chattes fières de leur portée, alors qu'elle-même devait se contenter d'une stérilité morbide.

Elle les haïssait. Oui, elle les haïssait toutes pour cette fertilité insouciante.

— Tu veux une boisson fraîche avant que la fête commence, Min ?

Atherton posa une main sur l'épaule de sa femme. Min la lui tapota en souriant, lui témoignant ainsi toute l'affection dont, selon elle, une épouse pouvait décemment faire montre en public.

— Oui, cela me ferait plaisir, lui répondit-elle.

Il l'adorait, se dit-elle en le regardant se précipiter vers le limonadier. Il était toute la famille qu'elle pouvait souhaiter.

Aidée par un des conseillers municipaux, Gladys Finch grimpa sur la tribune d'honneur dans ses chaussures pour pieds sensibles afin d'y assumer son rôle de présidente de la Société d'histoire.

— Le temps nous est favorable, dit-elle à Min. Tu te rappelles comme il a plu l'année dernière ?

— Oui, mais il fait un peu chaud.

Gladys approuva d'un hochement de tête. Pour sa part, elle se sentait délicieusement à son aise dans son crépon à rayures bleues.

— Notre orchestre a de bonnes chances de remporter le concours cette année.

— Hmm.

Min n'approuvait guère l'idée qu'avait eue le nouveau chef d'orchestre de rayer Sousa du répertoire pour jouer plutôt des tubes à la mode. Apercevant soudain les Crampton, elle les salua d'un geste qu'elle jugea royal.

— Lucy Crampton n'a jamais eu si belle allure.

— C'est son nouveau régime, rétorqua Gladys.

Min s'en trouva fort contrariée : voilà une nouvelle qui lui avait échappé.

— Tiens, Sarah Hewitt, s'écria-t-elle soudain. Non mais, regarde-moi ça !

Elle porta à sa bouche une main gantée de blanc — moins pour manifester son indignation que pour dissimuler ses propos.

— Des talons hauts et une jupe qui lui couvre à peine le haut des cuisses. Je ne sais pas comment sa pauvre mère n'en est pas encore morte de honte.

— Mary a fait de son mieux avec elle, pourtant.

— Elle aurait plutôt dû lui donner le martinet, et pas qu'une fois… Hé, mais n'est-ce pas Blair Kimball ?

— Oui, oui. Quel chic, dis-moi.

— Je suppose qu'il est revenu à cause des ennuis de sa sœur…

Gladys allait lui répondre, lorsque Min la saisit soudain par le bras.

— Oh, non, c'est une honte ! s'exclama-t-elle. Amener ces gens ici, au beau milieu de la ville !

— Quels gens ? demanda Gladys avant d'apercevoir à son tour les LeBeau marchant aux côtés de Clare. Oh, voyons, Min…

— Eh bien, moi, je te dis que c'est contre nature. Vous pouvez toujours gaspiller votre salive, Gladys Finch, mais si l'un de vos oisillons se mettait en tête d'en épouser une, vous seriez amenée à pousser une tout autre chanson, croyez-moi. Tiens, je me rappelle encore le scandale, quand le fils Poffenburger avait rapporté cette femme du Viêt-nam, après la guerre.

— Leur aînée est une élève brillante, rétorqua sèchement Gladys.

— Et qui sait se tenir à sa place, j'en suis sûre.

Min renifla avec dédain avant de tourner la tête vers son mari qui remontait sur la tribune.

— Ah, merci, James. J'étais justement en train de montrer Blair Kimball à Gladys. N'est-ce pas merveilleux de le voir venir au défilé ?

— Oui, tout à fait. Comment allez-vous, Gladys ?

— On ne peut mieux. Vous vous préparez à une grande réunion vendredi, à ce qu'il paraît. Maintenant que l'acquit-à-caution pour l'enfouissement des ordures est passé à vingt-cinq dollars, tout le monde se doute que la Société de ramassage Poffenburger va augmenter ses tarifs. Et que ça va faire grimper d'autant les impôts.

— Le conseil et moi-même sommes précisément en train de chercher une solution à ce problème, repartit Atherton tout en enlevant ses lunettes pour les essuyer. Bon, finissons-en avec l'allocution, que tous ces gens puissent enfin avoir leur défilé.

Il s'approcha du micro, le tapota pour vérifier qu'il était bien branché et se gratta la gorge. Il y eut un strident effet Larsen qui fit s'esclaffer la foule, puis tous se turent dans l'attente du discours.

Atherton parla des sacrifices héroïques, du fléau de la guerre, de la gloire de Dieu et de la patrie. Certains, au milieu des applaudissements et des vivats, pensaient en souriant aux sacrifices rituels, au fléau de la vengeance et à la gloire du Maître… L'air vibrait de puissance contenue. Bientôt, se disaient-ils, le sang coulerait de nouveau.

Ernie, quant à lui, n'écoutait pas Atherton. Il lui suffisait déjà de le subir à l'école. Sourd au discours du maire, il fendait la foule à la recherche de Clare.

On l'observait — comme on l'avait observé durant les jours précédents. Avec une attention constante. Mais on l'avait accepté. Et on lui avait écrit. Son âme n'attendait que d'être cueillie.

— Le départ est donné au niveau de l'école primaire, expliquait Clare à ses amis. Croyez-moi, en ce moment même, c'est un chaos sans nom là-bas. Chacun aura perdu quelque chose, qui ses gants, qui ses bottes. Il y en a même qui rendent leur inquiétude dans les buissons.

— Charmant tableau ! s'exclama Angie.

— Tais-toi donc, espèce de New-Yorkaise blasée ! s'exclama Clare en passant un bras autour des épaules de son amie. Il paraît que l'orchestre du lycée vise la première place cette année.

— Et les majorettes ? demanda le mari d'Angie.

— Par douzaines, Jean-Paul, lui assura Blair. Toute une volée de beautés nubiles à la cuisse agile. Et puis des *pompom girls* aussi.

— Ah, ah !

— Clare a failli être *pompom girl*.

— Blair, tiens-tu donc si peu à la vie ? intervint la jeune femme.

— Oh, vraiment ? s'écria Jean-Paul.

Il la dévisagea, les yeux brillants.

— Mais, *ma chère amie*, lui dit-il, vous ne m'aviez jamais raconté cela !

— Tout simplement parce que, ce jour-là, elle s'est pris les pieds dans ses lacets de chaussures.

— Betty Mesner me les avait dénoués, se rappela Clare avec une moue chagrine. Tu l'avais laissé tomber, souviens-toi. Alors elle s'est vengée sur moi.

— Ouais, répliqua Blair avec un grand sourire. C'était le bon temps. Mais regardez qui voilà ! Salut, Annie.

Crazy Annie rayonnait. Le jour du défilé était celui qu'elle aimait entre tous, mieux encore que la Noël ou que Pâques. Elle s'était d'ores et déjà pourvue d'un cornet de glace au raisin et à la meringue qui lui poissait les mains de jus rouge.

— Je te connais, toi, dit-elle à Blair.

— Ben tiens ! Je suis Blair Kimball.

— Je te connais, répéta-t-elle. Tu venais faire du base-ball dans le champ. Je vous regardais jouer.

Puis, se tournant vers Clare :

— Je te connais, toi aussi, ajouta-t-elle.

— Ravie de vous rencontrer, Annie. Vous savez, les roses sont en train de s'ouvrir.

Elle se rappelait encore toutes les fois où son père avait offert une fleur à Annie.

— Les roses, c'est ce que je préfère.

Crazy Annie contempla Clare un instant, reconnaissant Jack Kimball dans les yeux et le sourire affable de la jeune femme.

— Je suis désolée pour la mort de ton père, lui dit-elle sur un ton compassé, comme si l'accident datait de la veille.

— Merci.

Annie sourit, apparemment heureuse de s'être souvenue des convenances. Puis ses yeux se reportèrent sur Angie.

— Je te connais toi aussi. Tu es la Noire qui habite chez Clare.

— C'est mon amie, Angie. Et voici son mari, Jean-Paul. Ils vivent à New York.

— A New York ? s'exclama Annie.

Elle se mit aussitôt à les étudier avec un surcroît d'intérêt.

— Tu connais Cliff Huxtable ? reprit-elle. Il est noir, lui aussi, et il vit à New York. Je l'ai vu à la télé.

— Non, répondit Angie en esquissant un sourire. Je ne l'ai jamais rencontré.

— Si, à la télé, je te dis. Il porte de jolis sweat-shirts. J'aime les jolies choses.

Pendant qu'elle parlait, son regard glissa sur la panthère en or qu'Angie portait en médaillon.

— Où t'as trouvé ça ?

— Je, euh…

Légèrement décontenancée, Angie porta une main à son collier.

344

— A New York, répondit-elle enfin.

— Ici aussi, je trouve de jolies choses.

Elle lui colla sous le nez son bras couvert de bracelets tintinnabulants. Se portant à la rescousse de ses amis, Clare intercepta la main poisseuse d'Annie sous prétexte d'admirer ses bijoux.

— Ils sont très beaux, dit-elle.

Soudain intriguée, elle fit courir un doigt sur le bracelet gravé au nom de Carly.

— Celui-là, c'est mon préféré, s'exclama Annie d'un air extasié. A-N-N-I-E. Je le porte tous les jours.

— Il est ravissant.

Clare, cependant, fronçait les sourcils, tandis qu'un vague souvenir affleurait à sa mémoire.

— Garde-à-vous ! s'écria soudain Blair. Voici la reine de beauté !

— Je veux voir !

Annie détala à travers la foule pour se rapprocher du défilé. Des vivats s'élevèrent des trottoirs. Clare en oublia aussitôt ce qui l'avait tracassée.

Ils suivirent des yeux la lente procession des décapotables au milieu des hurlements enthousiastes du public. L'assistance oscillait, dressée sur la pointe des pieds, le cou tendu. De jeunes bambins étaient juchés sur les épaules de leurs parents. Il planait dans l'air une odeur de hot dogs grillés, de boissons sucrées et doucereuses, de talc pour bébé. Dans le lointain, Clare entendit résonner le premier roulement de tambour accompagné par la fanfare des cuivres. Elle se mit à sourire, aux anges.

Des jeunes filles en justaucorps chamarrés exécutaient des figures sophistiquées en projetant leurs bâtons scintillants haut dans le ciel ; et lorsque l'une d'entre elles loupait sa réception, la foule applaudissait encore. Derrière elles, séparés les uns des autres par d'autres bataillons de majorettes, les orchestres déboulèrent bientôt sur la grande place, au pas cadencé.

Un soleil aveuglant tapait sur les trompettes, les tubas et les trombones, faisant reluire l'argent des flûtes et des piccolos. Sous les rugissements des fanfares s'entendait le claquement rythmé des talons sur l'asphalte, accompagné par le roulement ensorcelant des tambours.

Jean-Paul manqua défaillir en apercevant un trio de jeunes filles en jupettes rutilantes se lancer dans un numéro endiablé avec leurs fusils de parade.

La jeunesse pleine d'allant défilait ainsi devant ses pairs — parents, grands-parents et professeurs — comme elle le faisait depuis des générations. Ces garçons et ces filles étaient l'âme de la cité. Et les vieux les admiraient d'un air entendu.

Angie glissa un bras autour de la taille de son mari. Elle s'attendait à une cérémonie ennuyeuse. Et voilà qu'elle se sentait émue. A sa grande surprise, son sang battait au rythme des cuivres et des tambours. Et lorsqu'elle vit passer devant elle les Silver Star Junior Majorettes, dont certaines étaient à peine plus hautes que leur bâton, sa gorge se serra d'émotion.

Peu lui importait, à cet instant, d'être une intruse dans la cité. Clare avait raison, se dit-elle. C'était un chouette défilé. Et c'était une chouette ville. Elle se tournait vers la jeune femme pour lui exprimer son enthousiasme, quand elle aperçut Ernie, posté juste derrière celle-ci. Il était en train de jouer avec son pendentif, dardant sur Clare des regards qu'Angie trouvait d'une maturité extrêmement troublante. Dans un fugitif moment d'égarement, elle l'imagina souriant, et découvrant du même coup des crocs luisants, prêts à se planter dans la gorge de son amie.

Instinctivement, elle prit Clare par les épaules pour la faire avancer de quelques pas. La foule rugit quand apparut enfin l'orchestre du lycée d'Emmitsboro, qui défilait au rythme de la musique d'*Indiana Jones*. Ernie releva aussitôt la tête pour regarder Angie, le sourire aux lèvres. Bien que celle-ci ne voit alors que des dents parfaitement saines et blanches, à la place des crocs qu'elle avait imaginés, le pressentiment du mal demeurait en son cœur.

Le shérif et ses deux adjoints furent requis pour régler la circulation après la fin du défilé. Posté au sud de la ville, Bud Hewitt usait avec enthousiasme de son sifflet, et dispersait les voitures en exécutant de grands moulinets des bras. Lorsque la circulation redevint assez fluide pour se régler par elle-même, Cam quitta le carrefour. Il venait juste de poser le pied sur le trottoir lorsqu'il s'entendit applaudir.

— Voilà du bon travail, officier, lui lança Blair avec un grand sourire. Tu sais, j'ai encore du mal à croire que celui qui avait jadis attaché l'essieu arrière de la voiture de Parker à un poteau télégraphique porte maintenant cette étoile en fer-blanc.

— Ah oui ? Et le grand patron de ton journal sait-il qu'un jour tu t'es posté avec un Polaroid devant les vestiaires des filles après y avoir jeté un sconse ?

— Tu parles ! Je l'ai même mis sur mon C.V. Bon, que dirais-tu de prendre une tasse de café au Martha's ?

— Voyons, il faut savoir vivre dangereusement. Allons plutôt goûter le poison que je distille au bureau.

Rendant son sourire à Blair, il se mit en route vers le poste.

— Hé… Clare t'a parlé de moi ?

— Oui. Enfin non : c'est plutôt moi qui lui ai parlé de toi.

— Et tu lui as dit quoi ?

— Seigneur, on se croirait encore au lycée !

— Hélas, repartit Cam en ouvrant la porte de son bureau.

Sitôt entré, il se dirigea vers la cafetière électrique, dont il ralluma la plaque chauffante. Un fond de liquide épais stagnait déjà dans le pot.

Blair le considéra avec anxiété.

— Dis-moi, avant toute chose, t'aurais pas du sérum antitétanique ?

— Fillette, va, lui lança Cam sur un ton amusé en saisissant deux tasses.

— J'ai appris ce qui était arrivé à Biff, reprit Blair.

Il attendit un instant que Cam ait allumé une cigarette.

— Une sale affaire, ajouta-t-il.

— Ouais, mais il avait une sale vie.

Blair eut un froncement de sourcils, auquel Cam répondit en haussant les épaules.

— Ce n'est pas par amour pour lui que je veux trouver son assassin. Cela fait partie de mon boulot, c'est tout… Ah, et puis ma mère a vendu la ferme.

Qu'il s'en sente profondément blessé, il n'aurait eu le cœur de l'avouer à personne. D'ailleurs, Blair devait bien s'en rendre compte par lui-même.

— Elle partira dans le Sud sitôt le marché conclu. Je suis allé la voir tantôt. Elle est restée dans l'entrée. Elle ne voulait même pas me laisser pénétrer dans cette satanée maison.

— Je suis désolé, Cam.

— Tu sais, j'ai parfois pensé que, si j'étais revenu ici, c'était pour veiller sur elle. C'était un mensonge, bien sûr, mais pas entièrement. Eh bien, je crois maintenant que j'ai perdu mon temps.

— Si t'en as marre de croupir ici, la police de la capitale doit se languir de toi, elle.

— Je ne peux pas revenir en arrière, dit Cam en baissant les yeux sur la cafetière. Il faut désinfecter cette saloperie sur-le-champ.

Il brandit un paquet de lait en poudre.

— Un peu de blanche, l'ami ?

— Vas-y, envoie la sauce.

Les yeux de Blair s'égarèrent sur le panneau d'affichage où, au milieu des photos de gredins en cavale et des annonces de réunions communales, était épinglé un poster détaillant la procédure Heimlich.

— Que peux-tu me dire de l'accident de Clare ?

— Cette Lisa MacDonald a une sacrée veine que la Gazelle soit passée dans le coin à ce moment-là.

Il tendit une tasse de café à Blair avant de s'asseoir. Puis, avec la concision typique des flics et des journalistes, il dégagea les grandes lignes de ce qu'il avait appris.

Quand il eut fini, Blair avait ingurgité la moitié de son café sans même s'en rendre compte.

— Seigneur, cette femme a été victime d'une agression, et Clare se trouvait justement là ! Si elle ne l'avait pas prise dans sa voiture aussi vite, elles auraient pu être toutes les deux...

— C'est ce que j'ai pensé aussi.

Et cette pensée, se dit-il, lui était déjà venue trop souvent à l'esprit, et avec beaucoup trop de clarté à son goût.

— Je suis heureux qu'elle n'y ait pas songé elle-même. La ville est en train de se verrouiller à double tour, le fusil à portée de main. Tout ce que je crains, désormais, c'est qu'un connard quelconque se mette à canarder son voisin, venu se soulager sur sa haie.

— Et la blessée n'a pas vu le visage de son agresseur ?

— Elle ne s'en souvient plus.

— Tu crois que c'est un gars du coin ?

— Bien obligé.

Il but une gorgée de café, fit la grimace, puis raconta à Blair tous les événements survenus depuis la violation de la sépulture au cimetière.

Cette fois-là, Blair alla lui-même se resservir du café.

— Voilà des faits bien insolites pour une petite ville comme Emmitsboro.

— Mais qui ne sont pas franchement nouveaux, reprit Cam en sirotant son café, les yeux rivés sur Blair. Quand j'étais encore dans la police de D.C., on est tombés un jour sur des chiens, trois énormes dobermans noirs. Ils avaient été massacrés exactement de la même manière que le bétail de Dopper. A un détail près : sur les lieux, on a également trouvé des cierges noirs et des pentacles dessinés sur les troncs des arbres. Tout cela compris dans un cercle de neuf pas.

— Satanisme ? s'enquit Blair, au bord de l'hilarité.

Cam, cependant, n'avait pas l'air de plaisanter. Blair se rassit lentement sur sa chaise.

— Allons, Cam, pas ici. Ça ne tient pas debout.

— C'est toi qui le dis. Tu savais que la terre des cimetières était utilisée dans les rituels sataniques ? Moi, oui. Je me suis renseigné. Et il paraît que c'est encore mieux lorsque cette terre provient de la tombe d'un enfant. Il n'y avait aucune autre trace de déprédation dans les environs. Pourquoi diable quelqu'un se serait-il trimballé cette terre autrement ?

— Bah, ce devaient être des gamins, contraints par un pari stupide.

Son intuition de journaliste trouvait néanmoins l'explication un peu trop facile.

— Peut-être, concéda Cam. Cela dit, je vois mal des gamins mettre Biff dans l'état où je l'ai trouvé. Et à mon avis, ce ne sont pas non plus des gamins qui auraient pu massacrer du bétail de cette façon. Les cœurs avaient été arrachés, Blair. Quel que soit l'individu qui les a pris, il les a bel et bien emportés avec lui.

— Doux Jésus, s'écria Blair en reposant sa tasse. Est-ce que tu as fait part de tes conclusions à quelqu'un d'autre ?

— Ce ne sont, à vrai dire, que des hypothèses, répondit Cam en se penchant vers lui. Mais n'oublions pas que, selon le témoignage de Lisa MacDonald, l'homme qui l'a agressée récitait des cantiques. Elle avait dit des *chansons* d'abord, mais quand je lui ai reposé la question, elle s'est rétractée et m'a affirmé que c'étaient bien des cantiques. On aurait dit du latin, d'après elle. Mais, au fait, tu dois bien avoir des collègues à ton journal qui s'y connaissent dans ce genre de pratiques, non ? Ça m'éviterait d'écumer la bibliothèque.

— Je vais voir ce que je peux trouver là-dessus.

Blair se leva et se mit à faire les cent pas pour chasser le malaise qui l'étreignait. Si tout cela n'avait pas eu lieu à Emmitsboro, il se serait immédiatement rangé aux thèses de Cam. Son travail de journaliste lui avait fait prendre conscience de la popularité de ces rituels occultes, mais, d'après ce qu'il en savait, l'épidémie n'avait jusqu'à présent touché que les grandes villes et les universités.

— Tu penses que des gamins ont joué les apprentis sorciers ?

— Je ne peux l'affirmer. Je sais bien que tout cela fait habituellement partie du folklore des drogués, mais à part une poignée de gosses se roulant des joints, on ne voit pas beaucoup de drogue dans cette partie du comté. Rien de comparable, en tout cas, avec ce qui se passait de notre temps au lycée.

— Peut-être que c'est un individu isolé, du genre à s'éclater en lisant du Crowley et en écoutant Black Sabbath.

— Il a fallu bien plus qu'une personne pour mettre Biff dans cet état, répliqua Cam en écrasant sa cigarette. Je ne crois pas un seul instant qu'une bande de gamins, même adeptes de *black metal* et de livres occultes, aient pu se monter la tête à ce point-là. Dans les bouquins dont tu parles, d'ailleurs, on les appelle des *amateurs*, et c'est précisément ce qu'ils sont. Or ce qui est arrivé ces derniers temps n'a rien d'un travail d'amateur.

— Et moi qui revenais ici pour un bon week-end de détente.

— Désolé. Ecoute, j'aimerais que tu ne dises rien de tout cela à Clare.

— Pourquoi donc ?

— Elle est mon seul et unique témoin dans l'affaire MacDonald, et je ne veux pas influencer ses souvenirs. Et puis, à considérer les choses d'un point de vue plus personnel, je trouve qu'elle est déjà assez bouleversée comme ça.

Blair tapota sur le rebord de sa tasse, l'air songeur.

— Elle a passé vingt minutes ce matin à examiner ton bourrelet sous toutes les coutures.

Le visage de Cam s'épanouit.

— Ah oui ? s'exclama-t-il avec un grand sourire.

— Et pendant tout ce temps, elle n'a pas arrêté de se moquer de tout ce que j'ai dépensé en fleurs et en bijoux chaque fois que je me suis disputé avec une femme.

— C'est que tu n'as jamais eu mon charme, Kimball. Et si tu lui touchais deux mots à mon sujet ?

— Tu n'as jamais eu besoin de personne pour ça, que je sache.

— Oui, mais ça n'a jamais été aussi important qu'aujourd'hui.

Ne trouvant pas de pique adéquate, Blair se leva et joua un moment avec les piécettes qu'il avait dans sa poche.

— Tu es vraiment épris d'elle, hein ?

— A mort, répondit Cam avant de porter aussitôt une main à son cœur. Et, Seigneur, je sens que le coup risque effectivement de m'être fatal !

— Tu sais, son ex était un vrai crétin. Il voulait qu'elle donne des dîners chic et se mette à la décoration intérieure.

— N'en dis pas plus : je le déteste déjà.

Une question lui brûlait cependant les lèvres, une question qu'il n'avait pas osé poser à Clare elle-même.

— Et… pourquoi s'est-elle mariée avec lui ?

— Parce qu'elle s'est mis en tête qu'elle en était amoureuse et qu'il lui fallait fonder une famille. Lui, la famille, il s'en fichait. Ce qui ne l'a pas empêché, avant que tout ne soit fini entre eux, de la culpabiliser à fond. Elle a encaissé sans broncher. Mais tu comprends qu'elle soit encore un peu à cran question mariage.

— Je m'en suis aperçu, déclara Cam avec un léger sourire. Et tu n'as pas l'intention de me demander si mes intentions sont honorables ?

— Va au diable, Rafferty.

Puis, levant la main :

— Et ne me dis pas surtout que tu préférerais aller rejoindre ma sœur, s'empressa-t-il d'ajouter.

— Tout ce que je désire pour le moment, c'est m'asseoir quelque part avec elle pour lui parler entre quat'z-yeux.

Blair le considéra un instant.

— A quelle heure finis-tu ?

— Dans une petite ville comme celle-ci, on n'en a jamais fini. Entre les gamins qui dévalent Main Street en skate-board et les joueurs de dames qui se disputent au parc...

— Non ? Le vieux Fogarty et le vieux McGrath ?

— Chaque semaine que Dieu fait.

— Bon, allons à la maison ; tu pourras ensuite arriver pile pour la belle. Tiens, si tu me raccompagnes en voiture, t'auras même droit à un morceau de poulet rôti.

— Trop aimable, lui répliqua Cam avec une grimace comique.

Non, se dit Clare, ça ne la dérangeait pas qu'il soit là. Elle releva la tête en entendant le tintement du fer contre le piquet. Cam venait juste de rater son coup.

Et elle n'était plus en colère contre lui. Enfin, pas vraiment. Tout ce qu'elle voulait, c'était prendre un peu de distance, faire le point. Elle avait trop vite lâché la bride à ses sentiments avec Cam. A preuve, leur irritation mutuelle depuis l'accident.

Rob prétendait toujours qu'elle utilisait des arguments aussi déloyaux qu'illogiques dans une dispute, sans parler des vieilles rancœurs et de ses bouderies maussades. Sauf que, bien sûr, ses arguments lui semblaient, à elle, parfaitement logiques, et que...

Voilà qu'elle recommençait, s'admonesta-t-elle en enfonçant rageusement sa pique dans le poulet grésillant. Rob, c'était de l'histoire ancienne ; il fallait qu'elle arrête de traîner ce boulet à son pied, ou elle se retrouverait sous peu sur le divan de Janowski.

Et si une telle perspective ne suffisait pas à lui faire entendre raison, alors rien ne le pourrait.

Non, Cam, c'était tout autre chose, décida-t-elle. Certes, elle n'avait pas apprécié qu'il lui posât ses questions de flic, avant de la dorloter, l'instant d'après, comme un amant inquiet pour sa promise. Mais elle n'avait qu'à le lui dire.

Le cas échéant.

Elle aurait seulement voulu prendre un peu de champ pour réfléchir à sa situation. Mais voilà qu'il avait resurgi sans crier gare. D'abord avec ce bourrelet, dont il savait fichtrement bien qu'il la ferait craquer. Et puis aujourd'hui encore. Elle le voyait en train de jouer avec Blair, exhibant sa splendide anatomie dans un jean moulant et une chemise dont il avait retroussé les manches sur ses bras musculeux et bronzés.

Elle piqua la volaille pour la retourner sur le gril, se retenant de lever les yeux chaque fois qu'elle entendait les cris et les rires virils accompagnant le tintement des fers à cheval contre le piquet.

— Hé, mais dis-moi, s'écria Angie en lui tendant un verre de vin qu'elle venait de remplir, tu m'avais caché ces talents de chef.

— Il est difficile de faire des grillades dans un appartement.

— Beaucoup plus que de souder des métaux dans son living ? Vas-tu le laisser te filer entre les doigts ? ajouta-t-elle en indiquant Cam d'un geste de la main.

— Décidément, Angie, tu n'as pas l'esprit de suite, ce soir.

— Suis-je la seule ?

— Je veux réfléchir un peu, c'est tout, répondit-elle en souriant. Tiens, figure-toi que ce pauvre Bud fait les yeux doux à Alice, qui ne voit que Blair.

— Ton pronostic ?

— Bud va *piano* mais *sano*. Blair, lui, ne sera jamais rien d'autre qu'un hôte de passage à Emmitsboro.

— Et toi ?

Clare ne répondit pas, se contentant d'asperger de sauce la peau craquante du poulet. Une légère brise lui apportait le parfum du vieux lilas noueux, dont les pétales esseulés se dispersaient dans les airs comme flocons de neige en hiver. Le soleil jouait avec l'ombre des branches sur les pierres du patio. La radio diffusait les vieilles rengaines sirupeuses de ses tendres années d'insouciance, époque bénie où tout l'avenir se résumait au lendemain.

— As-tu vu la sculpture sur laquelle j'ai travaillé l'autre soir ?

— La pièce en cuivre ? On dirait une victime sacrificielle étendue sur un autel.

— Je travaille avec une aisance quasi effrayante. Sans compter cette espèce de pulsion qui me pousse à me débarrasser de tous ces démons intérieurs. Moi qui ai toujours cru que j'étais faite pour vivre à New York.

Elle s'interrompit un instant pour regarder son amie.

— Eh bien, maintenant, reprit-elle, je n'en suis plus si sûre.

— C'est ton travail qui te faire dire cela ? Ou cet apollon qui se trouve là, juste en face de nous ?

— Je n'en sais trop rien, pour l'instant.

— Putain ! s'exclama Blair en bondissant jusqu'à la glacière pour y pêcher une bière. Jean-Paul doit se tromper de jeu, c'est pas possible. Quand est-ce qu'on se met à table ? J'en ai assez de me faire humilier par une paire de bouseux en uniforme.

— Il faut d'abord éplucher ce maïs.

Les hommes protestèrent un peu, puis se mirent à la tâche. Et quand, quelques instants plus tard, tout le monde se fut installé sur la terrasse, autour de la vieille table de jardin, pour déguster poulet et maïs grillés, accompagnés d'une salade de pommes de terre façon Alice et de vin français glacé, l'atmosphère était à la détente. Loin d'évoquer l'enquête criminelle en cours, chacun se remit bientôt à une nouvelle partie de fer à cheval.

Le long du muret de pierre s'épanouissaient des roses précoces auxquelles faisaient face les balsamines plantées par Clare. L'air embaumait le lilas et les senteurs de sauce épicée. Bud s'était placé à côté d'Alice, et la faisait tellement rire qu'elle avait à peine le temps de jeter un coup d'œil à Blair. L'après-midi se fondait dans l'aura dorée et odoriférante de ces soirées sans fin qui sont l'apanage du printemps.

Décidé à agir, Cam manœuvra pour laisser son tour à Alice dans le tournoi de fer à cheval et se glissa à la suite de Clare dans la cuisine.

— Ton poulet était excellent, la Gazelle.

— Merci, répondit-elle sans sortir la tête du réfrigérateur, qu'elle était en train de dégager pour ranger les restes du repas.

Il la prit par le bras pour la forcer à se tourner vers lui.

— Ne va pas croire que je n'apprécie pas de contempler ton joli corps, mais je préfère te regarder dans les yeux quand je te parle.

— La salade de pommes de terre se gâte vite.

— Tu es terriblement séduisante en ménagère. Ne bouge surtout pas.

Il plaqua ses mains contre la porte du réfrigérateur avant qu'elle ne lui échappe, et la retint prisonnière entre ses bras.

— Ecoute, Cam, j'ai des invités.

— Ils s'amusent très bien tout seuls.

Comme pour confirmer les dires de Cam, Jean-Paul poussa un hurlement de triomphe qui fut suivi par une huée de protestations hilares. Les cris des joueurs s'entendaient distinctement jusque dans la cuisine.

— Tu vois ?

— C'est de la détention abusive, Rafferty.

— Je te l'accorde. Bon, maintenant, je suis prêt à m'excuser si seulement tu me dis ce que j'ai fait.

— Rien, répliqua-t-elle en se passant une main dans les cheveux. Rien du tout.

— Ce n'est pas le moment de te défiler, la Gazelle.

— Je ne veux pas me disputer avec toi.

— Ah bon. Dans ce cas...

Il pencha la tête vers Clare, mais elle le repoussa, se dérobant à son baiser.

— Ce n'est pas une solution.

— Elle me semblait pourtant sacrément bonne.

Cam fit de son mieux pour calmer son désir — de même que sa suscepti-bilité.

— Alors, reprit-il, où est le problème ?

— Tu agis comme un flic, répondit-elle en enfonçant les pouces dans les poches de son jean. Tu es là à me poser sans cesse des questions, à me faire passer des analyses de sang, à rédiger tes rapports. Et puis voilà soudain monsieur le shérif retournant sa veste pour se transformer en amant éperdu, qui me serre la main et va me chercher du thé.

— Eh bien, je crois effectivement que nous avons là un sacré problème, car je suis les deux à la fois, admit-il en lui pinçant le menton. Et mon plus cher désir, c'est de rester ainsi.

En même temps qu'elle était électrisée par le geste de Cam, Clare se sentait irritée par ses propos.

— Il y a encore autre chose, dit-elle. Tes désirs, justement... J'ai comme l'impression que toute notre relation, jusqu'à présent, a évolué en fonction de tes seuls désirs. Peux-tu t'écarter un peu, maintenant ?

Il la libéra. Après tout, songea-t-il, elle commençait enfin à se défouler, et n'allait sans doute pas s'arrêter en si bon chemin.

— Je plaide coupable. J'ai voulu coucher avec toi, et j'ai couché avec toi. J'ai voulu que tu me désires, et tu m'as désiré.

C'était un fait. Clare eût été bien en peine de le contester.

— Bien, déclara-t-elle, tu vas être raisonnable désormais, n'est-ce pas ?

Le sourire aux lèvres, il lui effleura la frange du bout des doigts.

— Fallait bien que je tente ma chance. Si tu m'interdis encore de poser les mains sur toi, je crois que je vais devenir fou.

Elle se mit à farfouiller dans les tiroirs à la recherche d'une hypothétique cigarette.

— Je n'aime pas les coups de foudre. Ça me rend nerveuse.

— Sans rire ? Et moi qui croyais que tu m'en voulais.

Elle releva les yeux sur lui. Il lui semblait deviner à son regard ce qu'il était sur le point de lui dire. Elle sentit ses mains se glacer tandis qu'une bouffée de panique lui montait à la gorge.

— Non, tais-toi, réussit-elle à articuler. Tais-toi. Je ne suis pas encore prête.

Il se balança sur ses talons, s'exhortant à la patience.

— Si l'expression de mes sentiments pour toi te donne envie de fuir, eh bien, j'attendrai un autre moment.

Paralysée de frayeur, elle le regarda s'approcher d'elle. Il lui prit la main et l'attira contre lui. Avec un soupir, elle se laissa aller entre ses bras, sa joue contre la sienne, les yeux fermés.

— Voilà qui me semble bien mieux, murmura-t-il.

— Oui. Oh oui.

— Ecoute. Tu te souviens de celle-là ?

Du dehors leur parvenaient les échos d'un slow lancinant.

— Under the Boardwalk. Les Drifters.

— L'été n'est plus très loin.

Il l'entraîna au rythme langoureux de la musique. Tous deux se rappelèrent alors la première fois qu'ils avaient fait l'amour, dans cette même pièce.

— Tu m'as manqué, la Gazelle.

— Toi aussi.

Heureuse de se laisser conduire, elle lui enlaça le cou. Cam lui mordilla le lobe de l'oreille. Cela la fit frémir. Tout pourrait être si simple, songea-t-elle ; il lui suffisait de s'abandonner.

— J'ai entendu dire que tu as joué au billard avec Sarah, l'autre soir. Je lui aurais arraché les yeux à coups de burin, à celle-là.

Haussant les sourcils, Cam se recula pour la dévisager. Elle arborait un petit sourire suffisant.

— Tu es une femme dangereuse, déclara-t-il, et tes envies sont révoltantes.

— Exact. Et j'avais aussi envie de te planter mon burin quelque part. T'aurais vraiment pas aimé, crois-moi.

Il la renversa en arrière.

— Sais-tu ce qu'il en coûte de menacer un représentant de l'ordre public ?

— Non, pas la moindre idée.

— Viens donc un peu à la maison. Je vais te l'apprendre…

19.

L'éclatante lumière de la lune se déversait sur le lit, baignant leurs deux corps en sueur d'une clarté froide et argentée. Au lieu de basculer dans la passion sitôt arrivés chez Cam, ils avaient dansé encore un peu, prenant plaisir à glisser silencieusement sous les rayons de l'astre nocturne. C'était avec ravissement que Cam avait vu la jeune femme se dresser sur la pointe des pieds pour garder son visage au niveau du sien, qu'il avait senti son corps se presser contre le sien, qu'il avait goûté son sourire — et puis ce rire qui l'avait secouée lorsqu'il l'avait renversée en arrière avec toute la sensualité d'un danseur accompli.

Toujours enlacés, au rythme de la musique, ils avaient évolué de la terrasse à la chambre à coucher.

Ils s'étaient déshabillés lentement, s'embrassant dans une douce frénésie, leurs corps s'effleurant avec douceur. Tendre jeu de patience : la nuit se déployait autour d'eux, devant eux, avec ses soupirs et ses chuchotements fondus dans la musique.

Leur union fut un prolongement naturel de la danse.

Un chaloupement doux et sinueux.

Un pas en avant, un autre en arrière.

Une cadence enivrante.

Des allées et venues rythmées.

Corps soudés puis séparés, languissants.

Une pause.

Des mains s'étreignant.

Et, enfin, la dernière mesure, le point d'orgue frémissant.

Maintenant que la danse était finie, Clare prêtait l'oreille aux vibrations de l'air et aux échos de son propre sang.

— J'aurais dû te menacer depuis des jours, tu sais, dit-elle en souriant.

— Et moi donc !

— J'avais peur.

— Moi aussi.

Le matelas gémit, les draps glissèrent avec un tendre murmure quand Clare se redressa pour regarder Cam dans les yeux. Elle lui sourit.

— Mais je me sens bien mieux, maintenant.

— Ah oui ?

Il la prit par les cheveux pour l'embrasser.

— Moi aussi.

— J'aime ton visage.

Plissant les yeux, elle suivit d'un doigt l'arête de sa mâchoire, remonta vers ses pommettes, redescendit le long du nez jusqu'à sa bouche.

— J'aimerais vraiment sculpter ton visage.

Il éclata de rire et lui mordilla le bout du doigt.

— Je suis sérieuse. C'est un très beau visage que le tien. Solidement charpenté. Qu'en dis-tu ?

Un peu embarrassé, il haussa les épaules.

— Je ne sais pas.

— Et puis tes mains aussi, ajouta-t-elle en s'adressant plus à elle-même qu'à Cam.

Elle lui retourna les paumes pour étudier la peau bourrelée de cals, la longueur des doigts.

— Rien de délicat là-dedans, murmura-t-elle sur un ton recueilli. Tout en efficacité.

— Tu es bien placée pour le savoir.

Elle laissa échapper un gloussement et remua la tête.

— C'est l'artiste qui parle, là, tu n'as rien compris ! Et puis il y a tout le reste, ajouta-t-elle. Tu as un corps splendide. Viril et racé. La taille souple, les épaules solides, des pectoraux merveilleusement dessinés, des abdominaux vigoureux, des cuisses et des mollets à l'avenant.

Cam sentit son embarras se transformer en une franche gêne.

— Allez, Clare…

— J'avais déjà envisagé de te demander de poser nu pour moi, je veux dire :
avant même que nous soyons si… proches.

— Nu ?

Il se mit à rire, la prenant aux épaules pour mieux la dévisager. Mais son
hilarité s'éteignit bientôt : Clare avait l'air on ne peut plus sérieux.

— Pas question que je pose déshabillé.

— Nu, le corrigea-t-elle. On se déshabille pour faire l'amour ou prendre sa
douche, mais on se met nu devant l'artiste.

— Je ne poserai ni déshabillé ni nu.

— Et pourquoi pas ?

De plus en plus excitée à cette idée, elle se rassit d'un bond sur lui. Oh oui,
se dit-elle, il avait de sacrément bons abdos !

— Je t'ai déjà vu déshabillé, tu sais. Et sous tous les angles. Le nu est, en
revanche, quelque chose de tout à fait anonyme.

— Le nu est encore trop déshabillé à mon goût.

— Tu serais superbe en cuivre, Cam.

— Même pour toi c'est non.

Elle se contenta de sourire.

— Bon, d'accord, je ferai seulement des croquis de mémoire. Pour l'instant,
je voudrais juste mesurer…

Elle fit glisser une main entre eux.

— Pas touche ! s'écria-t-il.

Elle s'esclaffa.

— Qui aurait cru que Cameron Rafferty, ce mauvais garçon devenu shérif,
serait aussi timide ?

— Je ne suis pas timide, je suis… réservé.

— Mon œil, oui.

Avec un reniflement de dédain, Clare roula sur le côté et se mit à empiler
des oreillers sous sa tête. D'où lui venait donc toute cette énergie ? se demanda-
t-elle. Il n'y avait pas dix minutes de cela, elle n'était même pas certaine de
pouvoir encore lever le petit doigt. Et maintenant, elle avait la sensation… de
danser, oui.

— On pourrait te mettre un pagne, et puis même épingler ton étoile dessus,
si ça te rassure. J'appellerais ça *Le Bras armé de la loi*.

— Attention, je vais sévir.

Clare poussa un long soupir de satisfaction avant de tourner la tête vers lui.

— Je préfère te le dire tout de suite, je suis vraiment têtue question boulot. Une fois, j'ai harcelé une vieille chipie durant deux semaines pour qu'elle me laisse dessiner ses mains. Qu'est-ce qui te fait sourire comme ça ?

— Tu es ravissante.

— Tu essaies de dévier la conversation.

— Peut-être. Mais tu es ravissante quand même, avec toutes ces taches de rousseur sur le nez. Elles sont de la même couleur que tes yeux, le sais-tu ?

Il s'interrompit un instant avant de soupirer à son tour.

— Bon, dit-il enfin. Sculpte-moi puisque tu le veux, mais d'abord… chose promise, chose due.

Et il lui lança un oreiller sur la figure.

Clare le rattrapa aussitôt pour le glisser avec les autres sous sa tête.

— Tu sais, si nous étions à New York, on s'habillerait pour sortir, on irait dans un club…

Elle referma les yeux en souriant.

— Il y aurait de la disco, ça serait bondé de monde. On paierait des prix prohibitifs pour se faire servir par des soubrettes revêches.

Cam lui prit la main pour jouer avec ses doigts.

— Ça te manque ?

— Hmm ?

Elle haussa une épaule résignée.

— Je n'y ai pas beaucoup pensé jusqu'à présent. Même si c'est dur de ne pas avoir une boulangerie en face de chez soi, il reste toujours les excellents beignets qu'on trouve au marché.

Cam avait cessé de jouer avec ses doigts, qu'il contemplait maintenant d'un air songeur. C'étaient des doigts longs, fins et stylés. Comme elle.

— Où vis-tu, là-bas ?

— J'ai un loft à SoHo.

Un loft à SoHo. Voilà qui lui ressemblait également. C'était à la fois original et piquant.

— T'es déjà allé à New York ?

— Quelques fois.

Les yeux de Cam se reportèrent sur son visage. Clare était totalement détendue, les paupières closes, les lèvres entrouvertes, la peau rosie par les dernières lueurs du plaisir. Elle n'avait pas pris la peine de remonter les draps, ainsi que l'auraient fait d'autres femmes, mais reposait par-dessus les couvertures, habillée de sa seule grâce. Il fit glisser une main sur sa poitrine, le long de son buste, plus pour se rassurer lui-même que pour réveiller leur ardeur.

— Tu as aimé ? reprit-elle.

— Quoi donc ?

Clare se remit à sourire.

— New York.

— Pas mal. Je veux dire : pour une première virée dans un parc d'attractions hors de prix et bourré de monde.

Le sourire de Clare s'élargit.

— C'est bien loin du carnaval annuel d'Emmitsboro.

— Ouais. Bien loin. C'est drôle, tout de même, qu'on soit revenus tous les deux ici, pour se retrouver ensemble.

Il tendit le bras pour lui caresser la joue.

— Je ne veux pas que tu retournes à New York, Clare.

Elle rouvrit les yeux. Cam y lut aussitôt de l'inquiétude.

— Ne me dis pas que je vais trop vite. Ma vie est déjà en train de basculer, tu sais.

— Ce n'est pas ce que j'allais dire. Je ne sais que dire, en fait.

— Je ne veux pas te perdre. Et si tu retournes à New York, je ne pourrai pas t'y suivre. Je ne peux pas revenir dans la patrouille.

— Mais c'est bien ce que tu fais ici ?

— Oui, mais…

Il s'assit pour prendre une cigarette. Elle ne se contenterait pas de demi-vérités, pensa-t-il. Ni d'ultimatum. Pourquoi le ferait-elle, d'ailleurs ? Il allait devoir tout lui dire.

— Emmitsboro est une jolie petite ville tranquille. Enfin, elle l'était — et c'est exactement ce que je recherche.

Il craqua une allumette. Ce geste aussi était tranquille, innocent même, à peine une friction. Il regarda l'allumette se consumer, puis l'éteignit d'un mouvement sec du poignet.

— Elle me convient parfaitement, ajouta-t-il. Si je suis revenu ici, c'est parce que je n'étais plus capable de faire mon boulot dans une grande ville. Je n'étais plus assez sûr de moi pour me remettre à foncer dans le tas avec qui que ce soit.

— Foncer dans le tas ?

— Avec un coéquipier, reprit-il. Je n'étais plus assez sûr de moi pour couvrir un coéquipier.

Elle posa une main sur la sienne.

— Pourquoi ?

— J'avais un coéquipier, avant. On a travaillé ensemble pendant trois ans. C'était un bon flic. Et un bon ami.

— C'était ?

Elle pressa sa main virile contre ses lèvres.

— Oh, je suis désolée, dit-elle. Qu'est-il arrivé ?

— J'ai merdé et il est mort.

— Trop simple.

Soudain frigorifiée, elle ramassa sa chemise. Elle savait ce que c'était que de se cramponner à des blessures inavouables, de les veiller jalousement, de les couver comme un miséreux défendant un trésor secret et ténébreux.

— Tu veux me raconter ?

— Je crois qu'il le faut.

Il garda un instant le silence. La chanson lointaine d'un engoulevent se mêla à la musique de Johnnie Ray.

— Nous étions en pleine filature, commença-t-il, lorsqu'un appel nous est parvenu du central. Appel aux unités. Trouble de l'ordre public.

Il entendait encore le crachotement de la radio, ponctué par les jurons de ce bon vieux Jake.

« On dirait bien que c'est pour notre pomme, l'ami. »

— Un homme armé était en train de canarder les voitures et les fenêtres des appartements dans le South East. C'était à deux pas. On y est allés. Quand on est arrivés, le mec tenait une femme par le cou, un 45 pointé sur sa tempe. Elle hurlait.

Il s'interrompit pour aspirer une bouffée de tabac. Sous ses yeux, comme autrefois, la lumière de la lune se fondait dans la brûlante clarté de l'été. C'était au mois d'août, dans les vapeurs de chaleur et les remugles des poubelles.

Il revoyait la scène dans ses moindres détails, avec une précision qui lui faisait mal. La couleur du corsage de la femme, le regard sauvage du truand, les débris de verre sur le trottoir.

— Il était complètement défoncé au P.C.P., en plein délire. Il a emmené la femme dans un immeuble. C'était un bâtiment abandonné. Les ouvertures avaient été fermées avec des planches par les équipes de démolition. Nous avons lancé un appel pour demander du renfort, et puis on est entrés. Jake n'en est pas ressorti.

— Oh, Cam…

— Le type traînait la fille dans l'escalier, elle avait perdu une chaussure, poursuivit-il d'une voix atone. C'est drôle, la mémoire, tout de même. Elle avait perdu une chaussure, et ses talons résonnaient sur les marches tandis qu'il l'entraînait vers l'étage au-dessus. Elle m'a regardé…

Oui, elle l'avait regardé droit dans les yeux, et son regard était d'une noirceur désespérée, luisant de terreur et d'espoir, lourd d'une prière muette.

— Elle ne criait plus. Elle pleurait seulement. Et elle le suppliait. Mais lui hurlait.

« Je suis la voie, la vérité et la lumière ! Je suis le salut ! Si ton œil t'offense, alors arrache-le, bordel ! »

— Nous sommes montés jusqu'au premier palier.

Il entendait encore les hurlements de l'homme et les sanglots de la femme répercutés par les murs délabrés et lépreux. Il sentait encore l'odeur de la poussière et les émanations âcres et fétides de la peur.

— C'était avant d'arriver au premier étage. Une marche a cassé. Je suis passé à travers, bon sang, jusqu'au genou.

Accident imprévu, éclair de douleur et de frustration. Terreur.

— Jake était trois marches plus haut. Trois marches. J'essayais de me sortir de cette saloperie de trou.

« La putain de Babylone ! Qui lui jettera la première pierre ? Qui en aura les couilles ? A moi la gloire ! »

— Et ce cinglé de merde a tiré sur la femme. J'étais en train de grimper à quatre pattes comme un con, et il l'a tuée. Elle a rebondi sur le mur comme un pantin. Elle n'était même pas encore retombée qu'il avait déjà envoyé trois pruneaux sur Jake. Alors je l'ai tué.

Il y eut un cri au moment où les balles pénétraient en claquant dans les chairs ; une fleur sanglante s'épanouit au milieu du T-shirt froissé.

— Je l'ai tué, répéta Cam. Mais deux secondes trop tard. J'étais toujours à genoux, et Jake était en train de s'écrouler jusqu'au bas de l'escalier. Si je n'avais pas eu trois marches de retard, il serait encore en vie.

— Tu ne peux pas en être sûr.

— Si. Il était mon coéquipier, et il est mort en haut de cet escalier parce que je n'étais pas là pour le couvrir.

— Il est mort parce qu'un psychopathe l'a tué, lui et une femme innocente.

Elle l'entoura de ses bras, se pressant contre son corps tétanisé.

— Si cet escalier n'avait pas été pourri, lui dit-elle, ou si c'était ton coéquipier qui était passé au travers, ou encore si cet homme avait commis son coup de folie dans une autre partie de la ville, peut-être qu'alors rien de tout cela ne serait arrivé. Mais dans la situation où tu te trouvais, tu as fait le maximum.

— J'ai repassé ces moments dans ma tête des centaines, des milliers de fois.

Il lui posa un baiser sur le cou, trouvant un réconfort dans le goût de sa peau, dans son odeur.

— Et chaque fois j'arrive trop tard… Après ça, je me suis plongé dans la boisson.

Il repoussa Clare un instant : il voulait qu'elle le regarde tandis qu'il lui avouerait cet épisode honteux de sa vie.

— Et j'y ai plongé profondément, reprit-il. J'y serais toujours si cela avait pu m'aider en quoi que ce soit. J'ai rendu mon insigne et mon pistolet, et je suis revenu ici parce que j'imaginais que je n'aurais rien de plus à y faire que dresser des contredanses et séparer des ivrognes.

— Et tu y fais un bon boulot, lui affirma-t-elle.

Elle se rassit pour lui prendre la main.

— Tu es le shérif qu'il faut à cette ville. Voilà la vérité, quels que soient les événements qui t'ont poussé à revenir.

Avec un geste compatissant, elle pressa les doigts de Cam contre ses lèvres.

— Je sais ce que c'est de perdre quelqu'un de cher, lui dit-elle doucement, de se demander sans cesse s'il n'y avait pas quelque chose à faire, n'importe quoi, qui aurait pu empêcher ce malheur. J'aimerais pouvoir te dire qu'on finit par trouver la paix, mais j'ai du mal à le croire. Ce dont je suis sûre, cependant, c'est qu'il faut se pardonner à soi-même. Qu'il faut continuer à vivre.

— C'est sans doute ce que j'avais commencé à faire. Ouais, sans doute… Et puis, durant ces dernières semaines, avec tout ce qui est arrivé, je me suis interrogé sur ma présence ici : suis-je bien la personne qui devrait s'occuper de tout ça ? Ou plutôt, suis-je *capable* de m'en occuper ?

Elle lui adressa un faible sourire, espérant que cela lui redonnerait un peu de courage.

— Je peux te dire que tu avais vraiment l'air d'un flic endurci quand tu m'as interrogée.

— Je n'avais pas l'intention d'être dur avec toi.

— Ce n'est pas ce que je voulais dire. Je crois que « consciencieux » serait le mot juste.

Elle glissa une main dans les cheveux de Cam. Oui, se dit-elle, elle adorait ce visage. Et encore plus maintenant qu'elle y discernait de la fragilité.

— Je me rappelle encore, Rafferty, il y a dix ou douze ans de cela, lorsque tu déambulais à travers Emmitsboro, avec ton air d'en vouloir à la terre entière. Personne alors n'osait te provoquer. Je me rappelle aussi les balades à moto que tu faisais avec Annie… Comment tu lui parlais, ta gentillesse avec elle. Vous formiez un drôle de couple à l'époque. Et vous vous plaisez toujours. Cette ville a besoin de toi, Cam. Quel que soit le problème qu'Emmitsboro affronte, tu es plus qualifié que quiconque pour le résoudre.

Il lui caressa lentement les bras.

— Tu es bonne avec moi.

— Ouais, dit-elle en se penchant vers lui pour l'embrasser. Je le pense aussi.

Elle l'embrassa de nouveau.

— Et je pense que je t'aime.

— Plus un geste !

Il lui saisit le bras pour l'écarter de lui.

— Répète un peu ce que tu viens de dire ?

— Je pense…

— Non, arrête de penser.

Elle le regarda. Elle savait ce qu'il désirait.

— D'accord, dit-elle en poussant un profond soupir. Je t'aime.

— Bien.

Ses lèvres esquissèrent un sourire tandis qu'il l'embrassait à son tour.

— Vraiment très bien, la Gazelle. Je t'aime, moi aussi.

Elle lui prit le visage entre les mains et se recula pour le regarder dans les yeux.

— Je sais. Je veux croire que cette fois-ci j'aurai plus de chance, Cam.

— Toutes les chances sont déjà de notre côté.

Il lui posa la tête contre son épaule, le cœur serein. Elle s'y ajustait le plus naturellement du monde — tout comme les morceaux de sa vie s'ajustaient les uns aux autres depuis que Clare en faisait partie.

— Tu sais, reprit-il, pour un peu je croirais au destin. Après dix ans, nous revoilà à notre point de départ. Tu es venue ici pour trouver des réponses, et moi pour fuir des questions.

Elle referma les yeux, le sourire aux lèvres.

— Alors tout est bien qui finit bien.

— Eh oui…

— Cela dit, tu te trompes sur un point : le fugueur a enfin trouvé ce qu'il cherchait.

Les yeux de Clare s'écarquillèrent soudain.

— Oh, mon Dieu !

— Qu'y a-t-il ? lui demanda-t-il en la sentant s'agiter entre ses bras.

— La fugueuse. La personne que tu recherchais quand je suis arrivée en ville. Cette fille de…

— Harrisburg ?

— Oui, de Harrisburg. Comment s'appelait-elle, déjà ?

— Jameson. Carly Jameson. Pourquoi ?

— Jésus.

Elle ferma les yeux. Ce ne pouvait être une simple coïncidence…

— Tu peux me l'épeler ?

— C-A-R-L-Y. Clare, qu'y a-t-il ?

— Annie. J'ai vu Annie au défilé, ce matin, et elle m'a montré ses bijoux. Elle avait un bracelet avec un nom gravé dessus : « Carly ». Jusqu'ici, je n'arrivais pas à comprendre pourquoi cela m'intriguait à ce point-là.

Cam sentit une appréhension nauséeuse lui soulever l'estomac. Ayant jeté un œil à la pendule, il vit qu'il était 1 heure passée.

— J'irai voir Annie dès l'aube.

— Laisse-moi t'accompagner, je ne te gênerai pas, dit-elle précipitamment. Je crois que je peux t'aider. Elle m'a confié que ce bracelet était son préféré parce que c'était son nom à elle qui était gravé dessus. Elle a mal lu l'inscription. Donne-moi seulement une heure pour lui en fabriquer un autre. Je lui proposerai un échange.

— Très bien. Seigneur, j'espère seulement qu'elle l'a trouvé sur le bas-côté de la R 15 et que la gosse l'a perdu en faisant du stop.

— C'est très certainement ce qui est arrivé, répliqua Clare, que l'inquiétude gagnait cependant peu à peu. Les gosses sont insouciants. Elle ne s'est probablement rendu compte de son absence que lorsqu'elle s'est trouvée à mi-chemin de la Floride.

— Ouais.

Quelque chose en Cam lui faisait, hélas, penser le contraire.

— Tu n'as pas besoin de réaliser un chef-d'œuvre, dit Cam, pressé de la voir finir.

— Tout ce que je produis doit être un chef-d'œuvre, répliqua Clare.

Avec un soin infini, elle souda les deux extrémités l'une à l'autre. Elle était plutôt satisfaite de la forme du bijou. Le fin bracelet d'argent s'arrondissait en un ovale presque parfait. Elle graverait dessus le nom d'Annie en grosses lettres capitales — si du moins Cam cessait de la harceler.

Il faisait les cent pas dans le garage, se saisissant d'un outil, puis d'un autre, avant de le reposer aussitôt.

— Il faut qu'on arrive à sa caravane avant qu'elle ne parte pour sa tournée.

— D'accord, d'accord.

Il allait éclater si elle prenait le temps de limer le point de soudure. Clare considéra un instant la chose, et décida qu'il n'avait qu'à éclater : elle avait un travail à exécuter, et il devait être parfait.

— Arrête de tripoter mon compas.

— Mais qu'est-ce que c'est que tout ce raffut ?

Blair venait de surgir sur le seuil, arborant un short de jogging et une gueule de bois de première classe.

— Clare fabrique un bracelet.

— Un bracelet ?

Il leva une main pour protéger ses yeux de la lumière, prenant garde à ne pas se renfrogner — cela ne faisait qu'accroître son mal de tête.

— Il est 7 heures du matin et nous sommes dimanche, au cas où vous l'auriez oublié.

— 10 heures passées, rétorqua Clare après avoir jeté un coup d'œil à sa montre.

— Oui, bon, 10 heures, s'exclama Blair avec un grand moulinet des bras qu'il regretta aussitôt.

— C'est un travail pour la police, lui annonça Clare tout en cherchant ses outils de gravure.

— Fabriquer un bracelet ?

— Tout juste, Auguste. Et si tu allais plutôt nous préparer du café puisque tu es debout ?

— Pas le temps, intervint Cam.

— On l'emportera avec nous.

— Bordel, je t'offrirai un camion-citerne de café après !

— C'est maintenant que tu en as besoin, répliqua-t-elle en se décidant pour une onglette. Tu es à bout.

— Je suis plus qu'à bout, et je risque même de perdre patience.

— Tu vois...

— Ecoutez, commença à articuler Blair en empoignant sa tête à deux mains pour la maintenir sur ses épaules. Et si vous alliez régler ça dehors, hein ? Je pourrais au moins aller me recoucher…

Ni l'un ni l'autre ne daignèrent relever sa proposition.

— T'en as pour longtemps, encore ?

— Quelques minutes, répondit Clare en faisant prestement courir la fine pointe de l'onglette dans l'épaisseur du bracelet. Si j'avais eu plus de temps, j'aurais pu…

— Clare, c'est parfait comme ça, brillant à souhait et tout. Elle adorera.

— Je suis une artiste, dit-elle.

Et elle se mit à enjoliver son travail de gracieuses volutes.

— Je mets toute mon âme dans mon travail.

— Oh, Seigneur.

Se mordant la lèvre pour s'empêcher de rire, Clare échangea l'onglette pour un brunissoir.

— Et voilà. Un peu primitif, certes, mais épatant quand même.

— Bon, alors, enlève-moi ton *âme* de cet étau et filons.

Sans se laisser troubler, Clare s'empara d'une lime.

— Cinq minutes encore. Juste le temps d'ébarber le joint.

— Tu feras ça dans la voiture, répliqua Cam en desserrant lui-même l'étau.

— Je ne suis pas près d'oublier ce manque de considération à l'égard du processus de la création artistique, lança-t-elle à Cam tandis que celui-ci la traînait hors du garage. Prenons plutôt ma voiture. Cela aura plus l'air d'une visite.

— Très bien. C'est moi qui conduis.

— Je t'en prie : les clés sont dessus.

Elle lui reprit le bracelet des mains et se cala dans le siège pour polir le joint.

— Que feras-tu après avoir récupéré le bracelet ?

Cam fit marche arrière jusqu'à la route.

— Fasse le ciel qu'elle se souvienne seulement de l'endroit où elle l'a trouvé, lui répondit-il. Après ça, j'appellerai les Jameson. Pour qu'ils identifient le bracelet.

— Ce doit être horrible pour eux. Ne pas savoir où elle est ni comment elle va…

« A supposer qu'elle soit encore vivante », songea Cam.

La caravane d'Annie était située à la sortie de la ville, sur une petite parcelle de terrain envahie par les herbes folles, connue sous le nom de la Butte-Terreuse. Nul ne savait pourquoi elle s'appelait ainsi, d'autant que le sol y était si mince et la pierraille si abondante que de terre, à cet endroit, il n'y en avait plus guère depuis le passage du cyclone Agnès en 62.

Mais Butte-Terreuse elle s'appelait, et les nomades qui se la partageaient en tiraient quelque fierté.

A cette heure de la journée, un dimanche, les seuls occupants du lieu visibles depuis la route étaient un couple de chiens efflanqués occupés à pisser de concert sur les pneus d'une camionnette. D'une des caravanes s'échappait la voix mielleuse et distinguée d'un télévangéliste vantant les mérites du Seigneur.

La caravane d'Annie était reconnaissable entre toutes. L'un de ses flancs était enduit d'un carmin éblouissant dont la vieille coquette avait récupéré un pot dans les rebuts du quincaillier. Tout le reste de son refuge était recouvert d'un gris métallisé décoloré par les intempéries, à l'exception des marches, que Davey Reeder avait récemment réparées et qu'Annie avait tartinées d'un jaune citron agressif. Le résultat de tous ces efforts était une sorte de métaphore abstraite de l'indigestion. Et Annie l'adorait ainsi.

— Je me rappelle encore ma dernière visite dans le coin, dit Clare. C'était juste avant Thanksgiving, j'avais alors… oh, quatorze quinze ans, et on était venues jusqu'ici, ma mère et moi, avec des tartes au potiron.

Elle reposa la lime sur l'accoudoir.

— Tu sais ce que j'aime dans cette ville, Cam ? C'est que les gens prennent soin des personnes comme Annie, et qu'ils ne s'y forcent même pas. Ils le font, c'est tout.

Clare glissa le bracelet dans sa poche. De l'endroit où ils étaient, ils entendaient Annie chanter l'air de la *Divine Miséricorde* dans sa caravane. Sa voix entêtante s'élevait dans l'air calme du matin, autrement plus sincère et plus pure que les inflexions soigneusement calculées du télévangéliste.

— Attendons un peu, reprit-elle en retenant le bras de Cam qui allait frapper à la porte. Laissons-la finir sa chanson.

— J'étais perdue et je T'ai trouvé. J'étais aveugle, et je T'ai vu…

Tout en frappant sur le battant métallique, Cam remarqua que la moustiquaire était trouée par endroits. Il se promit de la faire réparer avant l'été. Des bruits de savates et des grommellements se firent entendre à l'intérieur. Puis Annie leur ouvrit la porte en clignant des yeux, et arbora aussitôt un sourire radieux.

— Bonjour, bonjour.

Elle avait enfilé deux chemisiers l'un sur l'autre, les boutons du premier passés dans les trous du second. Ses chaussures de tennis étaient méticuleusement lacées et ses bras comme sa poitrine disparaissaient sous un flot de bijoux cliquetants.

— Entrez, mais entrez donc. Venez vous asseoir.

— Merci, Annie, dit Cam en franchissant le seuil.

La caravane était bourrée de cartons et de sacs. La tablette blanche en Formica qui séparait la cuisine du séjour croulait sous les trouvailles d'Annie — micas et silex étincelants, gadgets en plastique repêchés dans les boîtes de crackers Jacks, bouteilles vides de parfums et de désinfectants.

Les murs, quant à eux, disparaissaient sous les photos qu'Annie avait découpées avec soin dans les magazines. Springsteen s'y déhanchait près d'une Barbara Bush au gracieux minois, tandis que Christie Brinkley arborait un sourire de triomphe à côté d'un pâle portrait des Supremes exhibant des mises en plis impeccables et des rouges à lèvres nacrés.

Tous étaient les amis de la vieille femme, ses compagnons, de Lady Di à tel mannequin anonyme choisi pour sa chevelure proprette et chatoyante.

— Mais asseyez-vous, insista Annie. Posez-vous là où vous voulez. J'ai un peu de Cherry Smash et des Oreo en réserve.

— Super.

Clare opta pour une banquette au motif floral délavé tandis que Cam se réfugiait sous un carillon éolien à l'effigie de Mickey Mouse.

— Nous ne voudrions surtout pas vous déranger.

— J'aime avoir de la compagnie.

Annie disposa les *cookies* en cercle sur une assiette ébréchée, puis versa une rasade de sirop de cerise dans trois gobelets en plastique.

— Mme Negley m'a apporté des livres. J'aime beaucoup regarder les images.

Avec toute l'aisance que lui conférait une longue habitude, elle contourna les cartons pour leur servir leurs verres.

— J'en ai encore, si vous en voulez.

— Ça ira, lui répondit Cam. Et si tu t'asseyais un instant avec nous ?

— Il faut d'abord que j'aille chercher les *cookies*. Maman disait toujours qu'il ne fallait jamais laisser ses invités mourir de faim.

Ayant posé l'assiette sur un carton, elle s'installa à côté d'eux.

— Vous avez aimé le défilé, hier ?

— Oui, répondit Clare en souriant. Beaucoup.

— Y avait de la bonne musique. Bonne et forte, comme il faut. Dommage qu'il n'y ait pas de défilé tous les jours. Après, je suis allée chez le révérend Barkley. Il y avait des hamburgers et des glaces.

— Vous vous êtes vues au défilé, toi et Clare, tu te rappelles ?

— Tout à fait. J'ai rencontré ses amis. Elle a une amie noire et un ami blanc. C'est ça ?

— Oui, et vous nous avez montré vos bracelets. Cam voudrait les voir, lui aussi.

Annie tendit obligeamment le bras.

— J'aime les jolies choses.

— Et ceux-là sont vraiment jolis, convint Cam.

Il laissa de côté les joncs en plastique, en plaqué et en métal verni pour se concentrer sur le bracelet d'argent.

— Où tu l'as eu, celui-là ?

— Je l'ai trouvé.

— Quand l'as-tu trouvé ?

— Oh, un jour.

Tout sourires, elle joua du poignet pour faire cliqueter ses bijoux.

— Pas hier, en tout cas. Avant.

Cam s'efforça de garder patience.

— Tu l'avais déjà le jour où je t'ai ramenée ici en voiture ? Tu te rappelles ? Il y avait du Billy Joel à la radio.

Les yeux d'Annie se voilèrent un instant puis se mirent à briller de plus belle.

— Ça, c'est du rock and roll ! J'adore cette chanson. Je connais toutes les paroles.

— Et tu avais déjà le bracelet, ce jour-là ?

— Oui, oui.

Elle caressa amoureusement les lettres du bout des doigts.

— Mais je l'ai trouvé bien avant encore. Avant que les roses soient en fleur… mais après que les feuilles sont sorties.

— Bon. Et peux-tu me dire où tu l'as trouvé ?

— Par terre.

— Ici, en ville ?

Elle fronça les sourcils.

— Non, répondit-elle.

En fait, elle se rappelait bien où, mais il n'était pas question qu'elle leur parle de l'endroit secret. Personne n'était censé le connaître. Gênée, elle retira son bras pour prendre un *cookie* sur l'assiette.

— Par terre, c'est tout. Faut rien laisser perdre. Les gens perdent beaucoup. Je ramasse beaucoup de choses. Je vous en sers un autre ?

— Non, merci, répondit Clare en se penchant vers elle pour lui prendre la main. Annie, il faut que vous vous rappeliez où vous avez trouvé ce bracelet. Ça pourrait être important. Je pensais que puisque vous l'aimiez tant, vous vous en souviendriez. Vous avez dû être très contente de tomber dessus, non ?

Annie se trémoussa dans son fauteuil et se mit à bégayer, comme un enfant appelé au tableau noir pour réciter sa leçon. Elle avait un léger anneau rouge de Cherry Smash autour des lèvres.

— Je l'ai vu quelque part, c'est tout. Dans un endroit ou un autre. Le malheur des uns fait le bonheur des autres. Je trouve des tas de choses. Ça ne fait rien de les ramasser parce que les gens les jettent et les laissent comme ça par terre.

— C'est bon, Annie. Ce n'est pas grave.

Il était évident pour Clare qu'ils n'allaient réussir qu'à affoler la pauvre femme.

— J'aime bien vos photos.

L'agitation fébrile des mains d'Annie se calma aussitôt.

— C'est moi qui les ai mises là. Comme ça, j'ai tout le temps de la compagnie. Mais seulement des gens qui sourient — non, très cher, pas de tristes sires. J'ai fait un album spécial avec des images, pour les regarder la nuit.

— Tenez, moi aussi j'ai fait quelque chose aujourd'hui. Vous voulez voir ce que c'est ?

— Oui.

Malgré son désir de continuer à parler de ses images, Annie joignit les mains dans un geste d'attente polie.

— Tu fais des statues.

— Ça m'arrive.

— M'dame Atherton dit que tu fais des statues de gens déshabillés.

Elle rougit tout en laissant échapper un petit gloussement.

— Quelle blagueuse, cette m'dame Atherton, hein ?

— Je suis plié en quatre, murmura Cam. Clare fabrique des bracelets aussi, tu sais.

— Ah bon ? s'exclama-t-elle avec des yeux ronds comme des billes de loto. Vraiment ?

Clare fouilla dans sa poche.

— Aujourd'hui j'ai fabriqué celui-là.

— Oh, lâcha Annie avec un soupir d'admiration.

Elle effleura le métal avec des doigts respectueux.

— C'est joli. C'est le plus joli des jolis.

— Merci. Vous voyez ces lettres ?

Annie se pencha sur le bracelet et se remit à glousser.

— A-N-N-I-E. Annie.

— Exact. Maintenant, regardez bien.

Elle prit le bras d'Annie et mit les deux bracelets en regard.

— Celui-là est différent. Il dit quelque chose de différent.

Fronçant les sourcils, la vieille femme étudia les inscriptions.

— Je ne vois pas, avoua-t-elle.

— Celui-là ne dit pas « Annie », le mien si. Ce bracelet-là n'est pas à toi.

— Je ne l'ai pas volé ! Ma maman répétait toujours que c'était pas beau de voler.

— Nous savons que tu ne l'as pas volé, intervint Cam. Mais je crois que, moi, je pourrais savoir à qui il appartient.

— Vous voulez que je le rende, s'écria Annie, dont les lèvres s'étaient mises à trembler. C'est à moi ! C'est moi qui l'ai trouvé.

— Tu peux garder celui que j'ai fait aujourd'hui.

Annie s'apaisa aussi promptement qu'un bébé qui vient de recevoir sa tétine.

— Tu me l'offres ? s'enquit-elle.

— Oui, mais si tu nous donnais l'autre en échange, ça nous aiderait bien.

Annie soupesa un moment la proposition en dodelinant de la tête. Puis, après force marmonnements :

— Bon, déclara-t-elle. Le tien est plus joli.

— Il est à toi, maintenant, dit Clare en lui glissant le bracelet autour du poignet. Tu vois ?

Annie leva le bras, les yeux rivés sur le bijou qui étincelait au soleil.

— Personne ne m'avait jamais fabriqué un bracelet, avant. Non, jamais.

Elle poussa un faible soupir et fit couler la pièce à conviction de son poignet.

— Voilà, tu peux le prendre.

— Annie…

Cam mit la main sur son bras pour attirer son attention.

— Si jamais tu te rappelles où tu l'as trouvé, viens me le dire tout de suite. C'est vraiment important.

— Je trouve des tas de choses. Tout le temps.

Puis sa vieille face candide se plissa dans un sourire.

— Encore un petit *cookie* ?

— Qu'est-ce que tu vas faire, maintenant ? demanda Clare à Cam au moment où ils s'éloignaient de la Butte-Terreuse.

— Appeler les Jameson.

Elle lui toucha le bras. Ce geste fit tomber la lime sur le plancher de la voiture.

— Il est vraiment dommage qu'elle n'ait pas pu se rappeler où elle l'avait trouvé.

— Va savoir ce qu'elle se rappelle exactement… Ton aide m'a été précieuse, Clare. Merci.

— J'aurais aimé retrouver la jeune fille au lieu du bracelet.

— Et moi donc.

Clare se tourna vers le paysage qui défilait derrière la vitre.

— Tu ne crois pas que tu vas la retrouver, hein ?

— Rien ne prouve…

— Je ne te parle pas de preuve, l'interrompit-elle en reposant son regard sur lui. Je te parle d'intuition. Je sais ce que je dis : je l'ai bien vu sur ton visage lorsque tu as mis le bracelet dans ta poche.

— Non, effectivement, je ne crois pas que je la retrouverai. Ni moi ni un autre.

Ils firent le reste du chemin en silence. Quand ils furent revenus devant chez Clare, celle-ci fit le tour de la voiture pour prendre Cam par la taille, et posa la tête sur son épaule.

— Et si tu rentrais à la maison pour un peu de café et des œufs au plat ?

— L'idée que tu me prépares à manger n'est pas pour me déplaire…

— Je crois que ça me ferait bien plaisir à moi aussi.

— … mais j'ai encore du travail, la Gazelle.

Il l'embrassa sur le front et se dégagea de son étreinte.

— Je vais devoir me contenter des plats à emporter de Martha's.

— Viens me voir après. Je resterai dans le coin.

— J'y compte bien.

Clare attendit qu'il lui ait fait signe de la main avant de rentrer dans la maison.

Des éclats de voix lui parvinrent depuis la cuisine.

— Je n'aime pas ça, répétait Angie. Quand ça arrive si souvent, c'est forcément intentionnel.

— Quoi donc ? demanda Clare en faisant irruption dans la pièce.

Son regard alla de l'une à l'autre des trois personnes assises autour de la table.

— Qu'est-ce qui se passe ?

— Où est Cam ? s'enquit Angie à brûle-pourpoint.

— Il est reparti à son bureau. Pourquoi ?

— Angie a des hantises, s'écria Blair.

Engloutissant café sur café, il essayait de recouvrer toute sa présence d'esprit. Sa gueule de bois était maintenant réduite à une pitoyable migraine.

— Le téléphone a sonné cette nuit.

— Il a sonné trois fois d'affilée, le corrigea Angie. Et dès qu'il entendait ma voix, le mystérieux interlocuteur raccrochait aussitôt.

— Des gamins, déclara Clare sur un ton résolu en se saisissant de la cafetière.

— *Un* gamin, oui, rétorqua Angie.

Elle se mit à taper du pied avec irritation.

— Et plus précisément celui d'en face.

— Ernie ?

Clare s'appuya en soupirant contre le comptoir de la cuisine pour siroter son café.

— Qu'est-ce qui peut te faire croire ça ?

— La deuxième fois, je me suis levée : il y avait de la lumière au dernier étage de sa maison.

— Pour l'amour de Dieu, Angie…

— Et hier encore, au défilé, il n'arrêtait pas de te regarder.

— Et alors ? Ça mérite un lynchage public ?

— Ne prends pas cela à la légère, l'avertit Jean-Paul. Ce gamin est louche.

— Il est ce qu'il est — un gamin, c'est tout.

— Il est adepte du satanisme, insista Jean-Paul.

Blair s'en étrangla avec son café.

— Comment ?

— Ernie a un pentacle, lui expliqua Clare. Jean-Paul voit des démons partout.

— Ce que j'ai vu, c'est un gamin louche, et sans doute dangereux, répliqua fermement le mari d'Angie.

— Minute, intervint Blair en levant la main. Qu'est-ce que c'est que cette histoire de pentacle ?

— Un pentacle inversé, répondit Jean-Paul en fixant d'un air méditatif le fond de sa tasse. Le gamin le porte autour du cou. Il en paraît fier. Et puis il épie Clare.

Blair reposa sa tasse et se leva de table.

— Clare, je pense que tu devrais en parler à Cam.

— Ne sois donc pas ridicule. Ce ne sont que des broutilles. Et Dieu sait que Cam a déjà assez à faire sans se mettre en plus à chasser les fantômes. Je retourne travailler.

La moustiquaire se referma derrière elle avec fracas.

— Que sais-tu au juste du satanisme ? demanda Blair à Jean-Paul.

— Ce que j'en ai lu dans les journaux. Assez, en tout cas, pour me persuader de me méfier du gamin.

— Raconte-lui le coup du chat, intervint Angie après avoir jeté un bref coup d'œil en direction du garage.

— Quel chat ?

Elle se pencha en avant pour reprendre la parole avant même que Jean-Paul ait pu articuler un mot.

— Quelqu'un a laissé un chat, un chat sans tête, sur le perron de la porte de service. Clare soutient qu'il a été traîné jusque-là par un chien errant, mais pour ma part j'en doute : hors sa tête, la bête était intacte.

Elle coula un regard embarrassé vers son mari.

— Jean-Paul l'a vérifié lorsque… lorsqu'il s'en est débarrassé.

— Il était décapité, confirma ce dernier. La tête n'avait pas été arrachée — comme cela peut arriver dans une bagarre avec un chien — mais coupée.

Blair hocha la tête avec un air sinistre.

— Gardez un œil sur elle. Il faut que j'aille passer quelques coups de fil.

20.

— Pourquoi diable ne m'en a-t-elle pas parlé ? demanda Cam à Blair au moment où celui-ci s'asseyait en face de son bureau.

— Je ne sais pas. Et je le regrette.

Sous le coup de la tension, les lèvres de Blair s'étaient réduites à une fine ligne blanchâtre.

— Il faudrait aussi garder ce gamin à l'œil. Et pas qu'un peu.

— Je m'en occupe.

— Alors peut-être souhaiteras-tu également t'occuper de ceci, dit Blair en tapotant du doigt le dossier qu'il avait apporté avec lui. Je suis allé au journal à Hagerstown, histoire de farfouiller un peu dans les nécros et la rubrique des chiens écrasés. Et puis j'ai appelé des collègues au *Post*, pour qu'ils me faxent quelques articles sur le satanisme. Je crois que ça va t'intéresser.

Cam feuilleta un instant le dossier avant de laisser échapper un sifflement.

— Nous sommes loin de D.C., ici.

— Comme beaucoup d'autres endroits. Ce qui n'empêche pas ce genre de conneries de se répandre.

Du bétail mutilé, des animaux domestiques étripés... Tout en parcourant les fax imprimés sur papier glacé, Cam se sentit pris d'un haut-le-cœur.

— Il nous arrivait de tomber sur des choses de ce genre durant nos patrouilles. Des cercles rituels dans certains des bois autour de la ville, des symboles gravés sur le tronc des arbres. Mais ici...

Il releva les yeux vers Blair.

— Seigneur, c'est bien ici que nous avons grandi tous les deux, non ? Comment tout ça aurait-il pu nous échapper ?

— La plupart du temps, les sectes de ce genre restent prudentes, très prudentes, répondit Blair avant de se relever pour aller se servir un café. Tu veux encore une tasse de ce déchet radioactif ?

— Ouais.

En fait, Cam en avait l'intuition depuis le début, dès l'instant où il s'était penché sur la petite tombe, au cimetière.

— Mais il y a Biff, tout de même, reprit-il. Une négligence, pour le moins. Quoique…

Ses yeux se reposèrent sur Blair.

— Non. Pas de la négligence. De l'arrogance.

— Je vais te dire, moi, ce que j'en pense, répliqua Blair en remplissant sa tasse de café. Ces gens-là ne pensent pas comme les autres. Leur vision des choses est complètement différente.

Il se rassit fébrilement sur sa chaise, qui se mit à gémir.

Cam se pencha par-dessus le cendrier.

— Vas-y, raconte-moi tout. Je veux l'entendre de la bouche du journaliste.

— D'accord, répondit Blair en se renfonçant dans sa chaise, les mains jointes sous le menton. Je pense que « arrogants » est effectivement le terme juste pour qualifier ces gens-là. Ce serait une erreur de les croire stupides. Ce ne sont pas tous des camés, des maniaques ni des adolescents en révolte. Dans ces articles, on parle de médecins, d'avocats et de professeurs d'universités impliqués dans ces rituels, et souvent à des postes élevés.

Cam n'avait pas manqué de le remarquer lui-même en feuilletant le dossier, mais ce qu'il voulait savoir, c'était la logique du processus.

— Comment en arrivent-ils à s'engager là-dedans ?

— Ces sectes sont bien organisées, structurées en réseau, avec des procédures de recrutement éprouvées. L'attrait qu'elles exercent repose en partie sur le goût du secret, et l'orgueil d'appartenir à un groupe émancipé des règles de la vie sociale.

Tout en déclarant cela, Blair craignait que Cam ne comprenne que trop bien ce type de fascination.

— Leur but est la jouissance, une jouissance sans entraves, une jouissance morbide. Avec des animaux, parfois, et même, Seigneur Dieu, des enfants. Et puis le pouvoir — beaucoup de ces rituels se ramènent en fait à ça.

Il étala les feuilles sur le bureau.

— Certains, qui ne croient guère à l'invocation des démons, ne s'engagent dans ces pratiques que pour les avantages… en nature. Le sexe. La drogue. Le plaisir de tuer.

Il parcourut rapidement les fax sous l'œil attentif de Cam.

— D'ailleurs, comme tu peux le voir toi-même, les victimes ne sont pas toujours des moutons ou des chiens. Ces gens-là vont parfois plus loin. Et les fugueurs constituent pour eux une cible privilégiée.

Cam repensa à Carly Jameson avec un sentiment nauséeux de résignation. Et puis à Biff.

— Est-ce qu'il leur arrive de se tuer entre eux ?

— Pourquoi pas ? Ce ne sont pas vraiment des clubs de loisirs, Cam, et certaines de ces personnes croient dur comme fer que Satan leur accordera tout ce qu'elles désirent si elles s'engagent à le servir. J'ai recueilli des tas de détails là-dessus, depuis les pratiques des prétendus « amateurs » jusqu'à celles des initiés. Néanmoins, qu'il s'agisse de LaVey ou des bandes de gamins qui allument des cierges et se passent du *black metal*, le thème dominant est et demeure le pouvoir. Tout tourne finalement autour de ça.

— J'ai lu pas mal de choses là-dessus, moi aussi. J'ai notamment appris qu'il existait différentes sortes de cultes. Les plus sélects sont prodigues en festivités et en cérémonies, mais rejettent tout type de sacrifice rituel.

— Certes, approuva Blair.

Il se surprit à étouffer un rire nerveux. Cela frisait le ridicule, songea-t-il. Eux, de bons vieux copains, étaient là, en train de discuter de pratiques sataniques et de meurtres rituels au-dessus d'une tasse de café exécrable…

— Mais il y a les autres, reprit-il. Cela reste encore à vérifier mais, d'après ce que je sais déjà, ce sont les plus dangereux. Leurs membres prennent ce que bon leur semble des livres et de la tradition pour l'accommoder à leur propre sauce. Ils sont revenus à cette époque primitive où le sang était le seul moyen d'apaiser et de… d'embobiner les dieux. Ils s'organisent selon leur bon plaisir.

Oh, il est vrai qu'ils ne cherchent pas à attirer l'attention et qu'ils restent scrupuleusement discrets, mais ils savent bien se reconnaître entre eux.

— Et nous, comment pouvons-nous les reconnaître ?

— Hélas, répondit Blair, qui ne se sentait plus du tout le goût d'en rire, je crains qu'on n'ait pas à les chercher bien loin.

Il se passa nerveusement une main dans les cheveux.

— Cela dit, je ne suis qu'un chroniqueur politique, Cam. Et je ne sais si, en l'occurrence, cela représente un avantage ou un inconvénient.

— J'aurais tendance à croire que ce type de sectes ont exactement les mêmes problèmes que les partis politiques.

— Peut-être, convint Blair avant de pousser un long soupir.

Est-ce que des campagnes étaient organisées pour l'accession au poste de grand prêtre ? se demanda-t-il. Des tournées électorales avec baiser aux bébés et distributions de poignées de main ? Seigneur...

— Cela dit, je manque encore d'informations. J'ai pris contact avec des personnes de D.C. qui me tuyauteront là-dessus bientôt. Tu savais qu'il y avait des flics spécialisés dans ce genre de trucs, toi ?

— Pas d'histoire scandaleuse à la une, je te prie.

— T'en as déjà une sur les bras, lui répliqua Blair. Mais si tu penses que je ne m'intéresse à ça qu'en vue d'un putain de scoop...

— Désolé, le coupa Cam en levant la main.

Une affreuse migraine lui broyait le crâne. Il se mit à se masser les tempes.

— Bordel de Dieu, c'est pourtant ma ville !

— C'est la mienne aussi, riposta Blair, qui parvint à esquisser un semblant de sourire. Et jusqu'à présent, je n'avais pas encore compris combien j'y demeurais attaché. Il faut que je parle à Lisa MacDonald, Cam. Je ferai tout ce qu'il m'est possible de faire ici. Mais si je veux vraiment creuser le sujet, il faudra que je retourne à D.C. dans pas longtemps.

— Très bien.

Il devait faire confiance à quelqu'un, se dit Cam. Car il avait bien peur que dans Emmitsboro — cette ville qu'il croyait si bien connaître — tout le monde ne soit désormais devenu un suspect en puissance.

— Je préviendrai Lisa pour arranger le coup. Mais vas-y doucement avec elle. Elle est encore sous le choc.

— Sans Clare, elle serait morte, rétorqua Blair avant de vider sa tasse avec une lenteur extrême. J'ai peur pour ma sœur, Cam. J'en crève de trouille, même. Si ce foutu Ernie appartient effectivement à une secte et qu'il est obsédé par elle...

— Il n'est pas près de l'approcher, déclara Cam.

Sa voix, calme et mesurée, contrastait furieusement avec la colère qui brûlait dans ses yeux.

— Tu peux compter sur moi.

— Je l'espère vivement, dit Blair en reposant sa tasse pour se pencher vers lui. Clare est la personne que j'aime le plus au monde. Je la laisserai à ta garde après mon départ et, par Dieu, t'as fichtrement intérêt à ne pas la lâcher d'une semelle.

Ernie tenait le message d'une main tremblante. Il l'avait trouvé accroché au pare-soleil de sa camionnette, après son service à la station. Les choses se décidaient enfin.

Le risque qu'il avait pris durant son escapade à la ferme des Dopper, l'horrible malaise, la répugnance profonde qu'il avait éprouvée envers lui-même après avoir massacré les veaux, tout cela, enfin, avait valu le coup. Il allait être initié.

« Le 31 mai, à 22 heures, au sud du bois des Dopper.

Venez seul. »

« Ce soir, oui, ce soir », se répétait-il sans cesse.

Ce soir-là, il verrait ce qu'il y aurait à voir, saurait ce qu'il y avait à savoir et serait accepté dans les règles. Il plia le papier et le glissa dans la poche revolver de son jean. Lorsqu'il démarra la camionnette, ses mains tremblaient toujours. La jambe vibrant sous le coup de l'émotion, il enfonça la pédale d'embrayage.

Durant le chemin du retour, sa nervosité le céda peu à peu à une froide et lucide exaltation. Fini le voyeurisme, songeait-il, finies les jouissances à la petite semaine derrière l'œilleton du télescope : il allait être initié.

Sally, qui l'avait aperçu alors qu'il remontait la rue, se précipita hors de sa voiture avant même qu'il ait rangé sa camionnette le long du trottoir. Son sourire de bienvenue s'éteignit au premier regard que le garçon posa sur elle. Les yeux d'Ernie étaient sombres et glacés.

— Salut. Je me baladais dans le coin. Alors je suis passée te voir.

— J'ai des choses à faire.

— Oh, de toute façon, il faut que je file. Je dois retrouver la famille chez ma grand-mère, pour le dîner du dimanche.

— Eh bien, vas-y, lui dit-il en se dirigeant vers sa porte.

— Ernie...

Blessée par sa froideur, Sally lui avait emboîté le pas.

— Je voulais juste te reposer la question au sujet de la fête, insista-t-elle en lui prenant le bras. Josh me tanne pour que j'y aille avec lui, mais moi je...

— Eh bien, vas-y avec lui, l'interrompit-il en dégageant son bras. Et arrête de me coller.

Sally en eut les larmes aux yeux.

— Pourquoi es-tu comme ça ?

Ernie vit la première larme couler le long de sa joue. Mais il refoula immédiatement le sentiment de remords qui menaçait de l'étreindre.

— Comme quoi ?

— Méchant avec moi. Je croyais que tu m'aimais bien. Et plus que ça, encore. Tu me disais...

— Je n'ai rien dit du tout.

Ce qui était vrai.

— Et puis, ajouta-t-il, t'as eu ce que tu voulais, non ?

— Jamais je ne t'aurais laissé... me toucher comme ça si j'avais su que tu ne ferais plus attention à moi après.

— Faire attention à toi ? Et pourquoi diable le devrais-je ? T'es rien qu'une salope de plus.

Il vit son visage pâlir. Puis elle s'effondra sur la pelouse et se mit à sangloter. Une partie de lui-même s'en trouva gênée. Sinon désolée. Mais l'autre, en revanche, observait cette scène avec une soigneuse indifférence — et c'était cette partie-là qui, pour l'heure, requérait tout son être.

— Allez, va-t'en.

— Mais je t'aime !

Ernie se sentit de nouveau troublé. Et de nouveau il fit taire ses sentiments. Il tendait la main vers Sally pour la relever, lorsque la voiture de Cam apparut au coin de la rue. Il s'arrêta aussitôt dans son geste et se tint immobile, bras ballants.

— Vous avez un problème ?

— Pas moi, non.

Ayant jeté un bref coup d'œil au garçon, Cam se pencha vers la jeune fille.

— Hé, ma douce, il t'a fait du mal ?

— Il a dit qu'il se fichait de moi. Qu'il s'en fichait complètement.

— Ça ne vaut pas la peine d'en pleurer, rétorqua Cam en lui offrant une main obligeante. Allez, debout maintenant. Tu veux que je te raccompagne chez toi ?

— Je ne veux pas rentrer à la maison. Je veux mourir.

Relevant la tête, Cam vit avec soulagement Clare traverser la rue pour venir à la rescousse. Il tapota l'épaule de la jeune fille.

— Tu es bien trop jeune et trop jolie pour vouloir mourir, non ?

— Qu'est-ce qu'il y a ? s'enquit Clare en les dévisageant tour à tour. Puis elle s'arrêta sur Cam.

— J'ai aperçu ta voiture du garage, lui dit-elle.

— Sally vient d'avoir un sale choc. Tiens, emmène-la chez toi pour…

Et il compléta sa phrase avec un geste évasif.

— Bon, d'accord, répondit Clare. Allez, viens, Sally.

Elle passa un bras autour de la taille de Sally pour l'aider à se relever.

— Allons à la maison. Oublie-moi tous ces bons à rien.

Elle jeta un dernier coup d'œil à Cam avant de conduire la jeune fille en larmes jusque chez elle.

— Joli coup, champion, lança Cam à Ernie.

A leur grande surprise à tous deux, le garçon rougit de confusion.

— Ecoutez, je n'ai rien fait. C'est un vrai crampon, cette nana. C'est pas moi qui lui ai demandé de venir. Il n'est pas interdit par la loi de dire à une fille de dégager.

— Certes. Tes parents sont à la maison ?

— Pourquoi ?

— Parce que je veux te poser quelques questions et que tu aimerais peut-être les avoir à tes côtés.

— Je n'ai pas besoin d'eux.

— Comme tu veux, dit Cam sur un ton détaché. Tu veux qu'on cause ici ou à l'intérieur ?

Ernie redressa vivement la tête dans un geste de fierté arrogante qui fit voler ses cheveux noirs en arrière.

— Ici, répondit-il.

— Tu as là un bien joli bijou, reprit Cam en tendant la main vers le pentacle.

Ernie referma aussitôt la main sur le pendentif.

— Ouais, et alors ?

— C'est un symbole satanique.

— Sans rire ? répliqua Ernie avec une moue sarcastique.

— Tu donnes dans les diableries maintenant, Ernie ?

Ce dernier continua de caresser le pentacle sans cesser de sourire.

— La liberté de culte est inscrite dans la Constitution.

— Mouais, bien sûr. A moins que certains cultes n'enfreignent la loi.

— La loi n'interdit pas le port du pentacle.

Non loin de là, un voisin mit en route sa tondeuse. Le moteur crachota et s'éteignit par deux fois avant de s'emballer avec un ronronnement régulier.

— Où étais-tu dans la nuit de lundi à mardi dernier, entre 1 heure et 4 heures du matin ?

Ernie sentit son cœur manquer un battement.

— Dans mon lit, répondit-il avec un regard qui ne trahissait aucune émotion. Comme tout le monde dans cette satanée ville.

— Et tu ne t'es jamais entraîné aux sacrifices rituels sur des animaux ?

— Non, pas que je sache.

— Peux-tu me dire où tu étais dans la soirée de mardi, vers 10 heures et demie 11 heures ?

— Ouais.

Tout sourires, Ernie désigna du menton la fenêtre sous les combles.

— J'étais là-haut, en train de m'envoyer en l'air avec Sally Simmons. Et ce jusqu'à 11 heures — si du moins ma mémoire ne me trompe pas. Elle est repartie quelques minutes après, juste avant que mes parents ne rentrent de la pizzéria, vers 11 heures et demie. Que dites-vous de ça, shérif ?

— Je dis que tu n'es rien qu'un sale petit merdeux.

— Ce que la loi n'interdit pas non plus.

— En effet.

Cam se rapprocha de lui, les yeux rivés aux siens. Une fine pellicule de sueur couvrait le front du garçon. Cam s'en trouva fort aise.

— Des cancrelats de ton genre, j'en écrase treize à la douzaine, et je n'ai pas perdu la main, crois-moi. Fais un seul geste de trop, petit salopard, et je me collerai à toi comme une sangsue pour te sucer jusqu'à la moelle des os.

— Serait-ce une menace ?

— Non, un fait. Je saurai si ton alibi tient le coup dans même pas cinq minutes. Si tu t'es foutu de moi, nous irons régler ça au poste. Et puisqu'on parle alibi, tu ferais mieux de t'en dégoter un pour lundi aussi.

Il se saisit du pentacle.

— Un dernier mot encore : laisse Clare tranquille. Si jamais tu t'approches d'elle, il n'y aura aucun dieu du ciel ni de l'enfer pour te protéger de moi.

Poings serrés, Ernie regarda Cam s'éloigner. Il y avait bien mieux que Clare, se dit-il. Après ce soir, il obtiendrait tout ce qu'il désirait.

— Je croyais qu'il m'aimait, s'écria Sally en hoquetant dans le verre de soda que Clare venait de lui verser. Mais il s'en fichait complètement. Il s'est toujours fichu de moi. Tout ce qu'il voulait… Oh, il m'a dit des choses tellement horribles.

— On dit parfois des choses horribles dans le feu de la dispute, et on les regrette plus tard.

— Non, ce n'était pas ça…

Sally s'interrompit pour prendre un nouveau mouchoir en papier.

— On n'était pas en train de se disputer. Il n'était même pas hors de lui. Il était froid, c'est tout. Il m'a regardée comme si… comme si j'étais de la vermine. Il m'a traitée de… de salope.

— Oh, mon petit.

Clare serra la main de Sally tout en réfléchissant à ce qu'elle devrait dire à Ernie dès qu'elle le verrait.

— Je comprends que ça te fasse mal.

— Oui, mais il avait raison quand même, parce que c'est comme ça que j'ai été avec lui, répliqua Sally avant de se voiler la face avec son mouchoir trempé. C'était la première fois. La toute première fois.

— Je suis désolée.

Se sentant elle-même au bord des larmes, Clare prit la jeune fille dans ses bras.

— J'aimerais pouvoir te répondre que ce n'est pas important, mais je vois bien que ça l'est pour toi. Et ça le sera pendant un moment encore. En revanche, dis-toi bien que d'avoir eu des rapports avec Ernie ne fait pas pour autant de toi une salope, mais un être humain. C'est tout.

— Je l'aimais.

« La voilà déjà qui en parle au passé », se dit Clare. Grâces soient rendues à la versatilité des cœurs adolescents !

— Je vois bien que tu le pensais. Mais quand tu tomberas réellement amoureuse de quelqu'un, tu verras combien c'est différent.

Sally remua la tête, faisant valser ses cheveux autour de son visage.

— Je ne veux plus jamais me préoccuper d'un garçon. Je ne veux plus jamais que quelqu'un me fasse du mal comme ça.

— Je comprends.

« Comme toutes les femmes », pensa Clare en même temps.

— Le seul problème, c'est que tu n'as pas fini d'avoir des soucis...

Elle prit Sally par les épaules pour la dévisager. Les joues de la jeune fille étaient marbrées de larmes. Elle avait les yeux rouges et gonflés. Des yeux si ingénus, songea Clare. Elle prit un mouchoir propre pour lui tamponner doucement le visage.

— Il y a quand même une chose que je ferais mieux de te dire immédiatement. Quelque chose que toute femme devrait savoir au sujet des hommes.

Sally renifla.

— Quoi donc ? demanda-t-elle.

— Ce sont tous des cons.

Sally laissa échapper un gloussement larmoyant et s'essuya les yeux.

— Crois-moi, insista Clare. Et quand ils vieillissent, ils deviennent de vieux cons. Le truc, c'est d'éviter le mec qui te fera tomber amoureuse de lui malgré tout. Autrement, tu pourrais te retrouver mariée pendant cinquante, voire soixante ans, avant de te rendre compte que tu t'es fait avoir.

Au moment où Sally éclatait de rire, Angie franchit la porte de la cuisine.

— Oh, je vous prie de m'excuser, s'écria-t-elle en remarquant les pleurs de la jeune fille.

Clare la retint avant qu'elle n'ait eu le temps de rebrousser chemin.

— Non, reste, ce n'est pas grave. Angie, je te présente Sally. Nous étions justement en train de dire que le monde serait bien mieux sans les hommes.

— Cela va sans dire, acquiesça Angie. Si ce n'est pour faire l'amour et tuer les cafards, ils n'ont aucune utilité.

Sally s'esclaffa de plus belle.

— Et pour faire les créneaux, renchérit Clare, ravie de voir la jeune fille recouvrer sa bonne humeur.

— Et pour réparer les voitures, ajouta cette dernière avant de s'essuyer les joues. Mon papa est vraiment fortiche pour réparer les voitures.

— C'est vrai, admit Clare. Mais une femme peut toujours se payer les services d'un technicien.

Sally soupira et se mit à faire courir un doigt le long de son verre.

— Je me sens vraiment stupide d'avoir réagi de cette manière.

— Tu n'as pas à te le reprocher.

Sally déglutit péniblement, les yeux baissés sur la table.

— Je ne peux pas raconter à ma mère ce que j'ai fait avec Ernie.

— Tu crois que cela la mettrait en colère ?

Sally remua la tête.

— Je ne sais pas. Elle discute beaucoup avec moi. On a déjà parlé de tout ça, vous savez. Bien sûr, elle n'espérait pas que je reste vierge jusqu'à la fin de mes jours, mais… Je ne peux pas lui dire ce que j'ai fait avec Ernie.

— Tu es la mieux placée pour le savoir.

Clare entendit soudain la voiture de Cam remonter l'allée.

— Voilà le shérif Rafferty.

— Oh, s'exclama Sally en se couvrant le visage. J'ai honte de m'être montrée à lui dans cet état-là. J'ai l'air affreuse.

— Et si tu venais avec moi dans la salle de bains, histoire de te rafraîchir un peu le visage ? lui proposa Angie. Un peu de rouge à lèvres, de Rimmel, et le tour sera joué.

— Merci.

Puis, pressant inopinément Clare dans ses bras :

— Merci à toutes les deux, s'écria-t-elle. Merci beaucoup.

Elle se précipita hors de la pièce au moment où Cam y pénétrait.

— Où est Sally ?

— En train de se refaire une beauté pour que tu ne puisses pas remarquer ses yeux rouges et son nez qui coule. Tu as parlé à Ernie ?

— Oui, je lui ai parlé.

— Je ne sais pas ce qui lui a pris de dire des choses comme ça à Sally, mais je te jure que je lui en toucherai deux mots.

— Ne t'approche pas de lui, répliqua Cam en lui prenant le menton. Je suis sérieux, Clare.

— Attends un peu…

— Non. Ceci n'est pas une demande mais un ordre. Tant que je ne suis pas sûr de son innocence, ne t'approche pas de lui.

— Son innocence ? Mais de quoi parles-tu ?

— Pourquoi ne m'as-tu rien dit au sujet du chat ?

— Du chat ? répéta Clare en se reculant un peu. Quel rapport ?

— Cela pourrait avoir un certain rapport avec pas mal de choses. Ne m'envoie pas balader, la Gazelle.

— Ce n'est pas ce que je fais.

« Quoique si », rectifia-t-elle en son for intérieur.

— En tout cas, ce n'est pas mon intention… Cela dit, j'ai du travail à faire, d'accord ?

— Non, pas d'accord.

Il lui saisit de nouveau le menton et la dévisagea un instant. Enfin, étouffant un juron, il laissa retomber sa main.

— Bon, déclara-t-il. Passons. Il faut que je parle à Sally.

Il savait fort bien que plus il insisterait, plus Clare aurait tendance à lui résister. Il le devinait déjà à son visage renfrogné, à la fine ligne qui se creusait entre ses sourcils, à la tension qui lui raidissait les mâchoires.

— Ecoute, la Gazelle...

S'asseyant à son côté, il lui prit les deux mains dans les siennes.

— C'est important. Je ne te demanderais pas tout cela, autrement.

— Tu viens de me préciser que ce n'était pas une demande mais un ordre.

— Bon, convint-il avec un pâle sourire. Alors, je ne t'ordonnerais pas cela si ce n'était pas important.

— Et je serais peut-être moins disposée à t'envoyer au diable si tu t'expliquais un peu.

Il lui pinça le bout du nez.

— Je le ferai, crois-moi. Dès que je le pourrai.

Il leva les yeux sur Sally qui venait de rentrer dans la cuisine.

— Je crois que vous vouliez me parler, déclara celle-ci en se tordant les mains.

Cam se leva pour lui offrir une chaise.

— Comment te sens-tu ?

Sally regarda le bout de ses chaussures, puis la table.

— Gênée, répondit-elle.

— Il n'y a pas de quoi.

Il lui adressa un sourire si doux que Sally se mordit la lèvre pour ne pas se remettre à pleurer.

— Un jour, j'ai eu une dispute avec Susie Negley au beau milieu du Martha's.

— Susie Negley ? répéta Sally d'une voix atone.

— Sue Knight, si tu préfères.

— Madame Knight ?

Sally reposa ses yeux sur Cam tout en essayant d'imaginer sa pimbêche de professeur d'anglais avec le shérif.

— Vous étiez avec... Mme Knight ?

— Elle avait seize ans, alors. Elle m'a giflé à m'en faire dégringoler de mon tabouret. *Ça*, c'était gênant.

Sally pouffa, oubliant aussitôt ses larmes.

— Mme Knight vous a frappé ? Vraiment ?

— Oui, mais ne va pas le crier sur les toits. Tout le monde a oublié l'incident.

— Pas du tout, intervint Clare en se levant. Mais il préfère croire le contraire. Et si je vous laissais seuls, tous les deux ?

— Pourriez-vous… ? commença Sally.

Elle se mordit de nouveau la lèvre et se tourna vers Cam.

— Peut-elle rester ? Je lui ai déjà tout raconté et… Ça ne vous dérange pas ?

— Non, bien sûr que non, répondit Cam en interrogeant Clare du regard.

Celle-ci approuva d'un signe de tête.

— J'ai quelques questions à te poser, Sally. Dis-moi, ça fait longtemps que tu connais Ernie ?

— Depuis le collège.

— Il s'entend bien avec ses camarades ?

Sally, qui ne s'attendait guère à une telle question, fronça les sourcils.

— Eh bien, il ne se bagarre jamais avec personne ni rien de ce genre. Cette fois-là, en fait…

Elle s'interrompit un instant, les yeux levés sur Clare.

— Cette fois-là, c'était ma faute. Je vous jure. Je venais le voir, et si je lui ai fait une scène, c'est parce que je voulais qu'il éprouve pour moi ce que j'éprouvais pour lui — ou plutôt ce que je croyais éprouver pour lui. Je ne veux pas lui causer d'ennuis, shérif. Il ne le mérite pas.

— Bien dit, chuchota Clare en portant un toast à Sally avec son verre de Pepsi light.

— Il n'a pas d'ennuis…

« … pour l'instant », ajouta-t-il mentalement.

— Avec qui traîne-t-il d'habitude ?

— Personne… Non, personne.

— Il ne s'assied jamais avec un groupe particulier à la cantine ?

— Non. C'est, pour ainsi dire, un solitaire.

— Il va à l'école en voiture, n'est-ce pas ?

— Oui.

— Et jamais personne ne se trouve dans la camionnette avec lui ?

— Je ne l'ai jamais vu emmener quelqu'un en balade.

Ce qui était curieux, songea-t-elle. Ses autres camarades passaient leur temps à s'empiler dans la voiture de l'un ou de l'autre. Or, personne n'avait jamais fait de virée avec Ernie.

Cam, pour sa part, s'en trouvait dépité. Si Ernie était effectivement impliqué dans les événements survenus récemment dans la ville, il avait forcément des complices.

— Tu es beaucoup sortie avec lui ces dernières semaines.

Sally sentit le rouge lui monter aux joues.

— M. Atherton a désigné les équipes pour le contrôle de chimie. Ernie et moi, on travaillait ensemble.

— De quoi te parlait-il ?

Elle haussa les épaules.

— Il n'est pas très bavard.

Elle s'aperçut alors qu'Ernie ne lui avait jamais parlé comme Josh avait pu le faire avec elle — de l'école, de ses parents, des autres garçons, de sport, de cinéma. Il l'avait toujours laissée mener la conversation, et l'avait entraînée presque sans mot dire jusque dans sa chambre.

— Vous ne discutiez jamais de ce qui se passait dans le coin, comme le meurtre de Biff Stokey par exemple ?

— Je suppose que si. Un peu. Je me souviens qu'Ernie a lancé un jour que Biff n'était qu'un con.

Elle vira soudain à l'écarlate.

— Je suis désolée.

— Ça va. Il ne t'a rien dit d'autre ?

Terriblement embarrassée, elle fit non de la tête.

— Est-ce qu'il ne t'a jamais posé de questions sur ce qui s'était passé au cimetière avec Josh ?

— Pas vraiment, non. Mais Josh avait déjà tout raconté à qui voulait l'entendre. Il finissait même par devenir franchement ennuyeux. Josh n'en loupe pas une, vous savez.

Et elle espérait vivement qu'il voulait encore d'elle pour aller à la fête…

— Sally, est-ce que tu étais avec Ernie dans la soirée de lundi dernier ?

— Lundi dernier ?

Elle releva des yeux reconnaissants sur Clare qui était en train de lui resservir du Pepsi.

— Non, répondit-elle enfin. Le lundi, je fais du baby-sitting chez les Jenkins.

— Ernie n'est pas passé te chercher, ce soir-là ? Vous n'êtes pas allés chez lui après ?

— Non. Les Jenkins habitent juste à côté de chez nous. Si j'y amenais un petit copain, maman serait folle de rage.

— Et mardi ?

— Mardi ?

Elle détourna les yeux pour saisir son verre.

— Etais-tu avec Ernie mardi soir ? répéta Cam.

Hochant la tête, elle reposa son Pepsi sans en avoir bu une seule goutte.

— J'étais censée me trouver chez Louise, pour étudier avec elle, mais en fait je suis allée chez Ernie. Ses parents travaillent tard le soir.

— Je sais. Peux-tu me dire à quelle heure tu es arrivée chez lui et quand tu en es repartie ?

— Je suis sortie de chez Louise vers 10 heures. J'ai rejoint Ernie quelques minutes après. Il était plus de 11 heures quand je l'ai quitté.

— Tu en es sûre ?

— Oui, car je devais rentrer à la maison à 11 heures, et que papa m'a fait la leçon parce que j'avais finalement près d'une demi-heure de retard.

Bon, se dit Cam. Ce petit salopard ne pouvait pas se trouver à deux endroits à la fois. Mais il n'avait pas l'intention d'en rester là.

— Tu as remarqué le pendentif que porte Ernie ?

— Bien sûr. Avant, il le gardait sous sa chemise, mais…

Comprenant — mais un peu tard — où Cam voulait en venir, elle baissa de nouveau les yeux vers la table.

— Est-ce qu'il y a d'autres garçons qui portent le même ?

— Non. Je ne crois pas. Personne ne s'intéresse vraiment à ce genre de choses.

— Quel genre de choses ?

— Oh, vous savez bien. Le satanisme et tout ça.

Cam sentit Clare se raidir à côté de lui. Il concentra toute son attention sur Sally.

— Mais Ernie, lui, s'y intéresse ?

— Je crois, oui. Il a ce pentacle, et puis aussi des cierges noirs dans sa chambre. Il aime les allumer avant d'écouter du *black metal*.

— Tu ne lui as jamais posé de questions à ce sujet ?

— Si. Une fois, je lui ai demandé pourquoi il s'intéressait à tout ça. Il m'a seulement souri en disant que c'était un jeu. Mais… Je ne pensais pas que c'était un jeu pour lui. Alors je lui ai dit que j'avais appris par la télévision que ces sectes tuaient des gens, et même des enfants, mais lui m'a répondu que c'était grotesque, que c'était seulement une manière pour la société de rejeter ce qu'elle ne comprenait pas.

— Il ne t'a rien raconté d'autre à ce sujet ?

— Non, je ne m'en souviens pas.

— Si jamais la mémoire te revient, peux-tu venir m'en faire part tout de suite ?

— D'accord.

— Tu veux que je te ramène à la maison ?

— Non, ça va.

Elle serra les lèvres, hésitante.

— Vous allez tout raconter à mes parents ?

— Si jamais je suis amené à leur en parler, je t'en avertirai d'abord.

— Merci.

Elle lui adressa un faible sourire avant de se tourner vers Clare.

— Vous et Angie avez été vraiment formidables avec moi.

— Il faut bien qu'on se serre les coudes.

Sally hocha la tête.

— Ah, euh, Ernie a un télescope dans sa chambre, ajouta-t-elle précipitamment au moment de se lever. J'ai regardé à travers, une fois qu'il m'avait laissée seule une minute. Ça donnait en plein dans votre chambre.

Elle se remit à rougir.

— Je croyais que vous le saviez.

Clare s'efforça de ne rien laisser paraître de sa surprise.

— Merci, dit-elle.

— Bon, eh bien, à la prochaine.

— Reviens quand tu veux, Sally.

Clare poussa un long soupir quand la jeune fille fut partie.

— Je crois que je ferais mieux de tirer les rideaux, désormais.

— Le petit enfoiré…

Clare agrippa Cam par le bras avant qu'il ne bondît de sa chaise.

— Eh, qu'est-ce que tu vas faire ? Le boxer ? Je te signale que non seulement tu as deux fois son âge, et une fois et demie son poids, mais qu'en plus tu portes un insigne qui t'interdit de perdre ton sang-froid.

— Je l'enlèverai.

— Non. Et si ça peut te calmer, sache qu'avec cette nouvelle fracassante que vient de nous balancer Sally, tu as obtenu exactement ce que tu voulais : je ne m'approcherai plus d'Ernie.

Elle se pencha vers lui et lui prit le visage entre les mains pour lui donner un baiser.

— Cela dit, j'apprécie ton intention.

— Oui, eh bien, commence par verrouiller tes portes.

— Tu ne penses tout de même pas qu'il va… ?

Elle s'interrompit, remarquant la fureur qui brillait dans ses yeux.

— Bon, d'accord. Maintenant, peux-tu me dire ce qui t'a amené à poser de telles questions à Sally ?

— D'abord de la terre qui manquait dans une tombe, ensuite ce qui a tout l'air d'être un meurtre rituel, et enfin l'agression de Lisa MacDonald. Sans compter le chat noir décapité trouvé sur ton perron.

— Crois-tu franchement qu'un pauvre gamin malheureux puisse devenir une sorte de zélateur déchaîné du satanisme ?

— Non. Mais il faut bien que je parte de quelque chose.

Inquiète, Clare se leva pour aller se poster près de la fenêtre. Les lilas étaient en train de fleurir, se dit-elle. Bon sang… Et puis il y avait un nid d'étourneaux sous l'avant-toit, et la pelouse avait besoin d'être tondue. Quoi de plus familier ? Il en avait toujours été ainsi. Elle ne pouvait accepter qu'une menace sournoise se cache sous cette calme apparence.

Soudain elle repensa aux livres empilés sur sa table de nuit. Elle eut un instant la vision affreuse de son père étendu sur la terrasse, les membres brisés, couvert de sang, mort.

Elle se frotta les yeux, comme pour en effacer cette brève hallucination.

— C'est absurde. C'est comme si tu me disais que le Club des dames d'Emmitsboro est en fait une bande de sorcières se réunissant à chaque pleine lune.

Cam lui posa les mains sur les épaules et la força à se tourner vers lui.

— Tout ce que je veux te dire, c'est qu'il y a quelque chose de pourri dans cette ville. Je trouverai quoi, et je nous en débarrasserai tous. Mais pour le moment, Ernie est ma seule piste.

Elle repensa de nouveau aux livres — aux livres de son père. Seigneur Dieu : *son* père. Elle ne pouvait se résoudre à en parler. Néanmoins, il y avait autre chose, un fait qui n'était peut-être pas important, mais qu'elle pourrait du moins relater sans avoir l'impression d'être coupable de trahison.

— Je n'y ai pas prêté attention sur le coup…, commença-t-elle lentement.

Elle s'interrompit un instant pour raffermir sa voix.

— Le jour où tu as trouvé Biff, reprit-elle, et que nous sommes allés chez ta mère…

Elle sentit les doigts de Cam se raidir sur ses épaules.

— Oui ?

— Je suis restée avec elle après que le médecin lui a administré un sédatif. J'ai fait un petit tour dans la maison. Il y avait des livres dans, heu, la *tanière* de Biff. J'ai cherché quelque chose à lire. En réalité, je n'y ai trouvé que des bouquins pornos et des livres d'aventures… et puis…

— Quoi ?

— … un exemplaire de la *Bible satanique*.

21.

Jane Stokey passait toutes ses journées à nettoyer et à faire des paquets. Après avoir récolté les œufs et pris soin du bétail, elle se réfugia dans une des pièces de la vaste maison. La majeure partie du mobilier en serait vendue aux enchères. Bob Meese avait d'ores et déjà pris une option sur cette salle à manger en acajou qui lui venait de sa grand-mère. Les deux vaisseliers, le petit et le grand, l'armoire à porcelaine, la table à rallonges idéale pour une famille nombreuse, les chaises éraflées qu'elle chérissait entre toutes, tout cela avait eu jadis de l'importance pour elle. Les meubles, autrefois vernis, avaient pris avec les années une teinte terne. Cette salle à manger n'en était pas moins demeurée l'un de ses sujets d'orgueil et de joie. Et une pomme de discorde entre Biff et elle.

Il avait voulu la vendre. C'était une des rares fois dans sa vie où elle avait eu le front de lui refuser quelque chose.

Et voilà maintenant que le souhait de son défunt mari se réalisait.

Elle n'aurait pas assez de place chez sa sœur pour y caser ces vieux meubles encombrants. D'ailleurs, cette dernière n'en voulait pas. Quant à Cam, il était déjà équipé. Enfin, Jane n'avait pas de fille à qui transmettre à son tour cet héritage. Ce dernier disparaîtrait donc avec elle.

Mais elle n'y pensait pas. Elle ne souhaitait pas y penser.

D'abord, cela reviendrait trop cher de faire transporter tout ça dans le Tennessee ; ensuite, et surtout, elle ne se sentait pas le cœur de s'accrocher à ces vieilleries maintenant qu'elle était seule.

Elle passa en revue les tiroirs, triant parmi le linge de table les pièces qu'elle comptait emporter avec elle : la nappe damassée de sa mère, avec sa tache de sauce à la canneberge, vestige indélébile, malgré tous les lavages, d'un ancien Thanksgiving ; le jeté de dentelle, cadeau de mariage de Loretta, la tante de

Mike, qu'elle avait jadis amidonné et repassé avec amour, et qui, après des années d'abandon, n'était plus désormais qu'une loque flasque ; et, enfin, les serviettes aux coins ornés d'un R fleuri qu'elle avait brodé elle-même.

Elle replia tous ses trésors dans un carton de déménagement avec des allures de conspiratrice.

Du linge de table elle passa à la cristallerie. Elle enveloppa les bougeoirs, les bonbonnières, ainsi que la seule et unique flûte à champagne qui avait survécu à trente années de vie domestique.

Quand le premier carton fut rempli, elle en prit un deuxième, perdue dans ses pensées, songeant à tout ce qui pouvait s'accumuler dans une maison en l'espace d'une génération. Elle enveloppait précautionneusement dans du papier journal tous ces morceaux de sa vie voués aux mains rapaces des futurs acheteurs, lorsqu'elle tomba sur le plateau que sa mère avait acheté, jadis, à un vendeur ambulant. Le bonhomme, qui avait des cheveux roux comme du poil de carotte et un sourire plus qu'éblouissant, avait affirmé à sa mère qu'il lui durerait toute sa vie. Cette dernière, pour sa part, avait surtout été conquise par les charmantes fleurs roses qui en décoraient le bord.

Une larme tomba sur l'encre d'imprimerie quand Jane emballa le plateau.

Elle ne pouvait tout emporter avec elle. Non, ce n'était pas possible. A quoi lui servirait d'ailleurs tout cela ? Et puis, chaque fois qu'elle laverait et époussetterait ces objets, comment oublier qu'elle ne le ferait plus pour personne ?

Elle pourrait toujours se racheter de la vaisselle, comme celle qu'elle avait vue dans le catalogue J. C. Penney. Il était inutile de remplir armoires et placards de choses dont elle n'avait pas besoin. Tout cela appartenait, comme elle-même, à un passé révolu. Et puis c'étaient de vrais nids à poussière, comme disait Biff — à juste titre, d'ailleurs : elle passait naguère des heures à les nettoyer.

Elle enveloppa un petit chat de porcelaine, et le glissa avec des gestes coupables dans le carton de déménagement.

Elle sursauta brusquement. On venait de frapper à la porte. Elle brossa son tablier d'un revers de main et lissa ses cheveux avant d'aller ouvrir. Elle espérait vivement que ce n'était pas Min Atherton qui revenait encore une fois traîner dans la maison, en amie et voisine compatissante.

Jane faillit en rire. Min était une enquiquineuse-née depuis qu'elle savait parler. Si elle n'avait été mariée à James, tout le monde l'aurait fuie comme la peste.

Aussitôt, Jane éprouva regret et jalousie : Min pouvait toujours être une raseuse, aussi irritante qu'un grain de poussière incrusté dans l'œil, mais elle, du moins, avait un mari.

Ayant ouvert la porte, elle tomba sur son fils.

— Maman...

Jamais, se disait Cam, il n'avait eu une tâche aussi pénible à accomplir.

— Il faut que je te parle.

— Je suis occupée, Cameron.

Elle craignait qu'il ne soit venu lui parler de la ferme. Elle s'attendait à l'entendre lui reprocher de la vendre, et s'y était préparée. Jusqu'alors, il n'en avait rien fait, ne laissant même échapper aucune allusion à ce sujet.

— Je dois quitter la maison dans trois semaines, et il me reste encore tout à emballer.

— Pressée de t'en débarrasser ?

Il leva aussitôt la main, se maudissant intérieurement pour cette réplique.

— Ça ne me regarde pas, d'accord. Cela dit, il faut que je te parle. C'est à propos de Biff.

— Biff ?

Jane leva la main vers les boutons de sa robe, qu'elle se mit à tripoter nerveusement.

— T'as trouvé quelque chose ? Tu sais qui l'a tué ?

— Il faut que je te parle, répéta-t-il. Je peux entrer ?

Jane se recula. Cam remarqua qu'elle avait déjà vidé le séjour. Il n'y restait plus que le canapé, la télé, une table et une lampe. Des carrés sombres se distinguaient sur le papier décoloré, là où pendaient autrefois les tableaux. Une ombre rectangulaire se découpait sur le sol à la place du tapis.

Il eut envie de crier, de la secouer aux épaules pour lui faire entendre raison, lui expliquer que c'était toute une partie de sa propre vie *à lui* dont elle se débarrassait ainsi. Cependant, il n'était pas venu pour jouer les fils. Et elle-même ne le souhaitait pas.

— Et si tu t'asseyais ? lui dit-il en désignant le canapé. Il faut que je te pose quelques questions.

— Je t'ai déjà appris tout ce que je sais.

— Vraiment ?

Debout à côté d'elle, il la dévisageait.

— Et si tu me parlais des goûts de Biff ?

— De ses goûts ?

Son visage se ferma.

— Je ne comprends pas.

— A quoi s'amusait-il, à part boire ?

Jane serra les lèvres.

— Ne compte pas sur moi pour dire du mal de lui, ici, dans sa propre maison.

— Ça n'a jamais été sa maison. Mais passons. A quoi s'occupait-il d'habitude ?

— Il travaillait à la ferme.

« Tu parles. »

— Et durant ses loisirs ?

— Il aimait regarder la télé.

Affolée, Jane cherchait désespérément à rassembler tout ce qu'elle savait sur cet homme avec lequel elle avait pourtant vécu plus de vingt ans.

— Il aimait chasser, aussi. Il n'a jamais laissé passer une saison sans attraper un cerf.

Voire deux, se dit Cam. Et après les avoir illégalement dépecés dans les bois, il allait en vendre sans autorisation la viande au marché.

— Et ça lui arrivait de lire ?

Elle leva sur lui des yeux hagards.

— Parfois, oui.

— Que lisait-il ?

Elle repensa aux magazines qu'elle avait trouvés dans la remise, à tous ces magazines qu'elle avait brûlés.

— Ce que lisent les autres hommes, j'imagine.

— Et des livres religieux, il en lisait aussi ?

— Des livres religieux ? Il n'en avait pas un seul. Il avait reçu une éducation méthodiste, je crois, mais il disait toujours que l'église, c'était une heure de perdue chaque semaine.

— Combien de fois par semaine sortait-il ?

— Je ne sais pas, répondit-elle sur un ton irrité. Et je ne vois vraiment pas quel rapport cela peut avoir avec son assassinat.

— Y avait-il certaines nuits qu'il passait régulièrement dehors ?

— Je ne suis pas mon homme à la trace. Ce n'est pas mon rôle.

— C'est le rôle de qui, alors ? Avec qui sortait-il ?

— Des gens.

Son cœur battait trop fort, songea-t-elle. Mais de quoi donc avait-elle peur ?

— La plupart du temps, c'était avec Less Gladhill, Oscar Roody ou bien Skunk Haggerty — la bande habituelle, quoi. Ils jouaient au poker, ou bien se contentaient d'une virée chez Clyde.

« Et parfois il allait voir les putes de Frederick », ajouta-t-elle pour elle-même.

— Un homme a le droit de se détendre.

— Avec des drogues, par exemple ?

Son visage vira au blanc, puis au rose, puis de nouveau au blanc.

— Jamais je n'aurais laissé entrer ces cochonneries chez moi !

— Et dans sa chambre à lui ?

Pour le coup, Jane en devint rubiconde.

— Comment oses-tu ? Je ne te le permets pas. Alors comme ça, maintenant qu'il est mort et qu'il ne peut plus se défendre, tu essayes d'insinuer qu'il était une sorte de drogué ? Au lieu de venir ici pour le salir, tu ferais mieux de chercher qui l'a tué.

— C'est ce que je fais. Pour l'instant, il faut que j'inspecte ses affaires. Je peux le faire en douceur… ou avec un mandat. A toi de choisir.

Jane se redressa avec une abominable lenteur.

— Tu ferais ça ?

— Oui.

— Tu n'es pas mon garçon, non, ce n'est pas possible, murmura-t-elle d'une voix frémissante.

— Puisque tu le dis… Maintenant, j'aimerais que tu viennes avec moi. Si je trouve quoi que ce soit, je veux que tu voies où et comment je l'aurai trouvé.

— Fais ce que tu as à faire. Et ne reviens plus jamais ici.

— De toute façon, il n'y a plus rien sur lequel aucun de nous deux puisse revenir, désormais.

Elle grimpa l'escalier d'une démarche raide. Cam lui emboîta le pas.

Jamais auparavant il n'avait pénétré dans la tanière de Biff, et il en était heureux. Elle était exactement comme Clare la lui avait décrite : un chaos poussiéreux puant la bière rancie.

— Tu n'entrais pas souvent ici à ce que je vois.

— C'était la chambre de Biff. Un homme a le droit d'avoir un peu d'intimité.

La crasse qu'elle y découvrait, cependant, la gênait, tout autant que les magazines empilés sur le sol.

Cam entama ses recherches par un des coins de la pièce, procédant avec une rigueur silencieuse. Dans un tiroir où s'entassaient des cartouches de fusil et des allumettes, il mit la main sur un paquet de Drum rempli d'environ trente grammes de haschisch.

Il leva les yeux vers sa mère.

— Ce n'est que du tabac, assura cette dernière.

— Non, répliqua-t-il en brandissant le paquet. C'est de la drogue.

Jane sentit une douleur sourde et fugace lui étreindre le creux de l'estomac.

— C'est du tabac, répéta-t-elle, du Drum. C'est marqué sur le paquet.

— Libre à toi de le croire. Le labo en décidera.

— Ça ne prouvera rien, reprit-elle en se mettant à froisser le haut de son tablier. C'est quelqu'un qui le lui aura donné — une farce. Si ça se trouve, il ne savait même pas ce que c'était. Comment l'aurait-il pu ?

Cam mit le paquet de côté et poursuivit ses investigations. Dans un trou ménagé à l'intérieur du socle de l'écureuil empaillé, il trouva deux sachets de cocaïne.

— Hein ! s'écria Jane en portant la main à sa bouche. Qu'est-ce que c'est ?

Cam ouvrit l'un des sachets, appliqua un doigt mouillé sur la poudre qu'il contenait et le porta à sa bouche.

— De la cocaïne.

— Oh, non. Mon Dieu, non. C'est une erreur.

— Assieds-toi, maman. Allons, assieds-toi.

Il la conduisit jusqu'au fauteuil. Il se sentait tiraillé entre le besoin de la prendre dans ses bras pour lui dire de tout oublier, de ne plus jamais y penser, et l'envie de la secouer par les épaules en hurlant : « Tu vois ce qu'il était, hein ? Tu le vois, maintenant ? » Mais il ne fit rien de tout cela, renonçant à redevenir son fils de l'une ou l'autre manière.

— Réfléchis bien, maintenant. Qui avait l'habitude de venir ici ? Qui montait ici avec Biff ?

— Personne.

Ses yeux se posèrent sur les sachets que Cam tenait toujours à la main. Elle détourna aussitôt le regard avec horreur. Elle n'y connaissait rien en drogues. Les seules qu'elle avait jamais vues étaient celles que le Dr Crampton utilisait contre la grippe intestinale et l'arthrite.

— Il ne laissait personne entrer ici, affirma-t-elle. S'il avait un poker, il fermait la porte au verrou avant de partir. Il disait qu'il ne voulait pas que les autres mettent le nez dans ses affaires. C'était son coin à lui.

— Bon.

Risquant sa chance, il lui serra la main. Jane ne répondit point à sa pression.

— Il faut que je continue à fouiller.

— A quoi bon ? murmura-t-elle.

Son mari l'avait trompée. Si ç'avait été avec une femme, encore, elle aurait pu le comprendre — surtout si cette femme avait été une prostituée. Mais non : c'était avec ces sachets de poudre qu'il l'avait trompée. Et *ça*, elle ne le comprendrait jamais.

Cam mit la main sur d'autres doses. Des petites doses, pour usage personnel. Si jamais il avait vendu de la drogue, se dit-il, ce n'était pas ici qu'il la planquait.

— Biff ne rentrait-il pas parfois avec de grosses sommes d'argent en liquide ?

— Jamais nous n'avons eu d'argent, répondit-elle d'un air abattu. Tu le sais très bien.

— Où a-t-il trouvé l'acompte pour la Caddie ?

— Je ne sais pas. Je ne le lui ai jamais demandé.

Il passa en revue les livres de poche alignés sur les étagères. Certains parlaient de satanisme, de cérémonies occultes et de sacrifices rituels. Deux d'entre eux, qui étaient franchement pornos, contenaient de grossiers montages photographiques montrant des femmes nues torturées par des hommes masqués. Les autres étaient des travaux d'érudition sur les pratiques diaboliques.

Mettant les pires de côté, il emporta le reste jusqu'au fauteuil.

— Et ça ? demanda-t-il à Jane.

Elle déchiffra les titres, l'œil vitreux de terreur. Son éducation catholique regimba. Elle sentit sa gorge se contracter.

— Qu'est-ce que c'est que ça ? Qu'est-ce que ça fait ici ? Comment est-ce entré chez moi ?

— Ces livres sont à Biff. Ils ne te disent vraiment rien ?

— Non.

Elle croisa les bras sur sa poitrine, effrayée à la seule idée de les toucher. Cela, songea-t-elle, c'était encore pire que la drogue.

— Je ne les ai jamais vus. Et je ne veux pas les voir. Enlève-les-moi de là.

— Et ça ? s'enquit Cam en désignant le pentacle imprimé sur la couverture d'un des ouvrages. Est-ce que Biff en portait un ?

— Qu'est-ce que c'est ?

— Est-ce qu'il en avait un ?

— Je ne sais pas.

Soudain elle se rappela les affaires qu'elle avait trouvées dans la remise.

— Ça veut dire quoi, tout ça ?

— Que Biff était mouillé dans un sale coup. Et qu'on pourrait très bien l'avoir tué pour cette raison.

Elle tendit les bras pour l'écarter de son chemin mais ne put trouver la force de se relever.

— C'était un homme honnête, déclara-t-elle d'une voix bornée. Il avait beau ne pas être pratiquant, jamais il n'aurait commis un tel blasphème. Tout ce que tu cherches, c'est à faire de lui une espèce de monstre.

— Mais sacré bon sang, ouvre donc un peu les yeux ! s'exclama Cam, qui se retint de justesse de lui envoyer les livres à la figure. Passer du bon temps, pour lui, c'était ça ! Et ça encore !

Il se saisit d'un des livres restés sur les étagères et le lui ouvrit sous les yeux, exhibant une scène on ne peut plus suggestive.

— Et je ne crois pas qu'il se contentait seulement de les lire. Tu comprends ? Je ne crois pas qu'il se contentait de reluquer ces images dégueulasses en sniffant de la coke. Ce que je crois, c'est que quand il sortait, c'était pour mettre ces trucs en pratique.

— Assez ! Assez ! Je n'écouterai pas un mot de plus.

Il la saisit alors aux épaules et se mit à la secouer avec une rage amère.

— Mais pourquoi le protèges-tu ? Il ne t'a jamais rendue heureuse, pas un seul jour. C'était un malade, un horrible sadique. Il a foutu cette ferme en l'air, et toi avec. Sans parler des atrocités qu'il m'a fait subir.

— Il a pris soin de moi.

— Non, il a fait de toi une vieille femme. Il te terrorisait, il te battait. Et si je n'avais qu'une raison pour le haïr, ce serait pour tout le mal qu'il t'a fait.

Elle s'arrêta un instant de se débattre pour le dévisager, protester, mais aucun son ne franchit ses lèvres.

— Tu riais, avant, poursuivit Cam.

Dans le ton furieux et désespéré de sa voix passaient maintenant comme les accents d'une supplique.

— Bon sang, tu t'occupais de tes fleurs et de toi-même. Mais depuis vingt ans, tu n'as eu que travail et soucis. Et tandis que tu montais te coucher, trop fatiguée pour penser à autre chose, lui allait allumer des cierges noirs et sacrifier des boucs. Voire pire encore. Oui, Dieu nous protège, voire pire encore.

— Que faire ?

Jane se mit à se balancer d'avant en arrière en gémissant.

— Que faire ? répéta-t-elle.

Car elle y croyait, elle, à Satan. Elle y croyait profondément, avec toute la force de sa superstition. Il était à ses yeux le serpent qui se coulait dans l'Eden, l'ange noir qui se raillait du Christ et le soumettait à la tentation, le seigneur des antres infernaux. Son cœur était glacé de terreur à l'idée qu'il avait été invoqué dans sa propre demeure.

Cam lui prit les mains de nouveau. Cette fois, elle s'accrocha aux siennes.

— Dis-moi tout ce que tu sais.

— Mais je ne sais rien.

Des larmes fusèrent de ses paupières.

— Je ne sais vraiment rien, Cam. Est-ce que... est-ce qu'il a vendu son âme ?

— S'il en avait une...

— Mais comment ai-je pu vivre vingt ans avec lui sans me rendre compte de rien ?

— Eh bien, maintenant que tu es au courant de tout, tu pourrais peut-être te rappeler encore certains détails auxquels tu n'avais pas fait attention jusqu'ici. Des détails auxquels tu ne *voulais* pas faire attention.

Les lèvres étroitement serrées, elle baissa les yeux sur le livre qui était resté ouvert sur le plancher. Elle vit alors la femme nue, le sang qui maculait sa poitrine, le cierge qui se dressait entre ses jambes.

Jane avait été bien éduquée. On lui avait appris à être fidèle et dévouée, à se repentir de ses fautes. Mais ce qu'on lui avait appris aussi, bien avant cela encore, et qui affleurait à son âme en cet instant, c'était à trembler devant la colère de Dieu. A craindre Son châtiment.

— La remise, articula-t-elle faiblement. Dans la remise.

— Qu'est-ce qu'il y a dans la remise ?

— J'ai trouvé des choses. Je les ai brûlées.

— Oh, Seigneur...

— Il le fallait.

Sa voix se brisa.

— Il fallait les brûler, reprit-elle d'une voix tremblante. Si quelqu'un avait vu...

— Vu quoi ?

— Des magazines, des magazines comme ceux-là.

Elle esquissa un geste en direction du plancher, puis détourna les yeux.

— C'est tout ce que tu as brûlé ?

Elle secoua la tête.

— Quoi d'autre ?

La honte, la terrible honte qui la tourmentait manqua la faire vomir.

— Des cierges. Comme ceux des images. Des cierges noirs. Et puis une robe avec un capuchon. Ça sentait...

Un flot de bile lui remonta à la gorge.

— Ça sentait le sang. Et puis il y avait aussi des photos. Des instantanés.

Les mains de Cam se resserrèrent sur les siennes.

— Des photos de quoi ?

— De femmes. Deux jeunes filles. Une brune et une blonde. Elles étaient… elles étaient nues, ligotées sur le lit de camp dans la remise. Je les ai déchirées, et je les ai brûlées.

Cam crut qu'un poing de granit se refermait sur son estomac.

— Tu as brûlé les photos ?

— Il le fallait, répéta-t-elle sur un ton à la limite de l'hystérie. Il le fallait ! Que pouvais-je faire d'autre ? C'était affreux. Les gens ne doivent pas savoir qu'il amenait des femmes ici, qu'il les payait pour prendre ces photos dégoûtantes.

— Si tu revoyais ces femmes, si je te montrais des photos d'elles, tu saurais les reconnaître ?

— Je ne les oublierai jamais. Oh non, jamais je n'oublierai comment elles étaient.

— Bien. Je vais appeler Bud. Après ça, on ira dehors pour que tu me montres la remise.

— Mais les gens vont savoir…

— Oui, dit-il en relâchant ses mains. Les gens vont savoir.

Jane se voila la face et se mit à sangloter.

— Y a du nouveau, shérif ?

— Je ne sais pas encore.

Cam regarda derrière lui en direction de la véranda où sa mère, debout, se tordait les mains.

— Tu as tout apporté ?

— Comme vous me l'avez demandé.

— Alors prenons nos gants et mettons-nous au travail.

Ils enfilèrent de fins gants chirurgicaux et pénétrèrent dans la remise.

Elle avait même brûlé ce putain de matelas, se dit Cam en avisant le lit de camp réduit à un cadre d'acier. Entre les murs de planches ne subsistaient plus que quelques rares outils, beaucoup de poussière et deux ou trois bouteilles de bière brisées. Cam s'accroupit pour inspecter le dessous d'un établi.

— Nous savons ce que nous cherchons ? demanda Bud.

— Je te le ferai savoir quand nous l'aurons trouvé.

— Satanée façon de passer son dimanche, marmonna Bud.

Il se mit à siffloter entre ses dents.

— J'ai rendez-vous avec Alice, ce soir.

— Ah ouais ?

— Je l'emmène dans un restaurant mexicain. Et ensuite au cinéma.

— Le grand jeu, hein ?

— Eh bien…

Bud rougit légèrement tout en faisant courir délicatement ses doigts sous les étagères métalliques.

— Elle en vaut le coup, tu sais. Peut-être que tu devrais toi aussi emmener Clare au mexicain, un de ces jours. Il y a une très chouette ambiance, là-bas : des plantes, des fleurs en papier — enfin, tu vois le genre. Les femmes aiment bien ces trucs-là.

— Merci du tuyau.

— Tu crois que la *margarita* est une boisson de femme ?

— Pas selon les frères Troigros.

— Qui ça ?

— Oublie. Essaye plutôt la Dos Equis. Et tiens-t'en à une seule.

— Dos Equis, répéta Bud pour imprimer ce nom dans sa mémoire. Je me demande ce que… Merde !

— Quoi ?

— Y a quelque chose de pointu là-dessous, ça a presque traversé mon gant. Sans doute une de ces boucles d'oreilles avec une épingle à l'arrière.

Bud exhiba l'objet avec un léger sentiment de malaise. Personne n'ignorait les frasques de Biff, certes, mais cela faisait tout de même quelque chose de trouver un bijou de femme dans sa remise à outils.

— Je, euh… je crois qu'on devrait mettre ça dans un sachet.

— Ouais, et ça aussi, ajouta Cam en retirant un sac de cocaïne scotché sous le plateau de l'établi.

— Bon sang de bonsoir, est-ce bien ce que je pense ?

Bud avait les yeux qui lui sortaient des orbites. Si Cam lui avait montré un crapaud à cinq têtes, il n'aurait pas paru plus étonné.

— Jésus, Cam, que vas-tu dire à ta mère ?

— Contente-toi de l'étiqueter, pour l'instant.

— Oui, tout de suite.

Il prit le sac dans ses bras comme s'il s'agissait d'un bébé en pleine crise de sanglots.

Cam se mit à quatre pattes pour examiner chaque pouce du plancher avec sa lampe torche. Au milieu des débris de bouteilles de bière, il trouva un mince éclat de verre fumé. Le tenant au bout d'un doigt, il le porta à son œil. Des lunettes de vue. Carly Jameson était myope. Poursuivant ses recherches, il trouva encore deux morceaux du même verre.

Leur fouille finie, ils ressortirent au soleil.

— Est-ce que tu as apporté la photo de la fille des Jameson ?

— Oui, comme tu me l'as demandé. Elle est dans la voiture.

— Bon, j'y vais. Tu prendras la poudre à empreintes.

— Tout de suite.

Bud était redevenu radieux. Le relevé d'empreintes était une tâche qu'il pratiquait avec un soin religieux, et les occasions de s'y livrer étaient plutôt rares.

— Je m'y mets sur-le-champ, dit-il.

Cam prit la photographie dans la voiture et revint à la maison, où sa mère guettait toujours son retour. Elle avait l'air vieille, songea-t-il, plus vieille encore que lorsqu'elle lui avait ouvert la porte deux heures auparavant.

Il lui présenta le cliché.

— Est-ce que cette fille est celle dont tu as trouvé la photo dans la remise ?

Jane s'humecta les lèvres et se força à regarder le cliché. C'était un joli visage, un jeune et joli visage.

Elle ne put en supporter longtemps la vue.

— Oui, dit-elle.

— Essaye de te souvenir de ce qui a pu se passer aux alentours de Pâques. Tu n'aurais pas remarqué cette fille dans le coin ?

— Je ne l'ai jamais vue, répondit Jane.

Son regard se perdit du côté des champs, au-delà de Cam.

— Est-elle morte ?

— Je le crains.

— Tu crois que c'est Biff qui l'a tuée, hein ?

— Il est en partie responsable de tout ce qui a pu arriver à cette adolescente. Elle a séjourné dans la remise. Ligotée et séquestrée.

Jane se sentait sur le point de hurler. Au lieu de cela, elle sentit de nouvelles larmes couler de ses yeux brûlants.

— Je ne sais rien. Je te le jure sur ma vie.

— Qui se trouvait dans le coin à ce moment-là ? Personne n'est venu passer quelques moments avec Biff ?

— Cam, c'était il y a des semaines et des semaines. Je ne sais plus. Comment pourrais-je m'en souvenir ? J'étais couchée avec la grippe, la veille de Pâques. Rappelle-toi : tu m'as apporté des fleurs.

— Je m'en souviens.

— Biff menait sa petite vie. Il a dû y avoir une partie de poker vers cette époque. Ou bien après Pâques.

Elle passa une main dans ses cheveux ternis.

— Je ne me suis jamais mêlée de ce genre de choses. Il ne le voulait pas. Et puis quelle importance, désormais ? Il est en enfer. Il a vendu son âme, il s'est lui-même damné.

— Ça va, lui dit Cam.

La harceler serait inutile, il s'en rendait bien compte.

— Si tu te souviens de quoi que ce soit, appelle-moi. Je tiens à ce que tu ne parles de cela à personne.

— A qui veux-tu que j'en parle ? répliqua-t-elle d'une voix éteinte. De toute façon, on finira par tout découvrir. Comme toujours.

Cam laissa échapper un soupir.

— Veux-tu venir habiter chez moi jusqu'à… enfin, pendant quelque temps ?

Jane ressentit d'abord de l'étonnement, puis de la honte.

— Non, je me débrouillerai. Mais c'est gentil de ta part.

— Tu es ma mère, bon sang. Ce n'est pas de la gentillesse. C'est de l'affection.

Elle pouvait à peine le distinguer derrière le rideau de larmes qui lui brouillait les yeux. Elle n'en crut pas moins retrouver en lui son enfant. Grand, droit, fier. L'image de la colère, se dit-elle. Comme s'il n'avait cessé de lui en vouloir depuis le jour de la mort de son père.

— Je resterai quand même ici. C'est encore ma maison, tu sais.

Elle s'apprêtait à rentrer chez elle, lorsqu'elle s'arrêta soudain. Il lui fallut tout le courage qu'elle pouvait encore rassembler pour se retourner vers son fils.

— Quand tu avais cinq ans, tu as pris mon vernis à ongles et tu as écrit : « Je t'aime, maman » sur les carreaux de la salle de bains, en grosses lettres rouges. Je crois que rien ne m'a jamais fait plus plaisir, ni avant ni après.

Elle leva sur lui des yeux désemparés, désespérés.

— Je regrette de ne pas te l'avoir dit plus tôt.

Puis elle rentra dans la grande maison vide et referma doucement la porte derrière elle.

Clare attendait Cam chez lui. Dès qu'elle le vit apparaître à la porte d'entrée, elle alla le prendre dans ses bras.

— Ne dis rien, murmura-t-elle.

Elle le serra plus fort contre elle tandis qu'il appuyait sa joue contre ses cheveux.

— Je nous ai pris une pizza. Si tu préfères être seul, je retourne à la maison. Tu n'auras qu'à la réchauffer, si le cœur t'en dit.

Cam approcha ses lèvres des siennes.

— Reste.

— Très bien. Angie et Jean-Paul sont repartis il y a une heure. Ils devaient rentrer à New York, pour la galerie. Ils m'ont chargée de te dire au revoir.

— Et Blair ?

— Il a décidé de rester dans le coin pendant quelques jours encore.

Elle s'écarta un peu pour le dévisager.

— Rafferty, vous avez une mine terrifiante. Et si tu montais faire trempette dans ta baignoire magique ? Je vais réchauffer la pizza et te préparer une bière.

— La Gazelle…

Il lui prit la main et la porta à ses lèvres.

— Tu vas bientôt devoir te marier avec moi.

— Je vais quoi ?

— L'idée de te retrouver à la maison en train de me réchauffer une pizza me ravit, poursuivit-il, faisant fi de l'étonnement qu'il lisait dans les yeux de la jeune femme.

Revenue de sa surprise, Clare se mit elle-même à sourire.

— Mon Dieu, donnez-leur le petit doigt et ils veulent le bras entier...

— Pour l'instant, je me contenterai de ta compagnie dans la baignoire.

Le sourire de Clare devint radieux.

— Je pourrai ainsi te frotter le dos, n'est-ce pas ?

— Et moi je frotterai le tien.

— Marché conclu !

Elle lui sauta au cou et lui entoura la taille de ses jambes.

— Si on réchauffait la pizza plus tard ?

— C'est une brillante idée.

Ils gagnèrent l'étage supérieur au moment où le jour commençait à décliner.

Pendant ce temps, d'aucuns attendaient le coucher du soleil avec impatience.

22.

A 9 heures et demie, c'était le coup de feu à la pizzéria Rocco. Joleen avait définitivement renoncé à l'idée de fermer plus tôt en voyant la famille Hobbs débarquer au grand complet avec ses cinq enfants. Le benjamin avait hurlé dès l'entrée, son biberon à la bouche, tandis que ses frères et sœurs se précipitaient sur les jeux vidéo, pièce au poing. Joleen avait pris commande de trois grandes pizzas, bien garnies, avant de revenir au comptoir saupoudrer la mozzarella en tranches de petits dés de champignons, le tout au rythme syncopé de *Super Donkey Kong*.

Les quatre box étaient désormais remplis. Des serviettes en papier roulées en boule jonchaient le dessus des tables. Le garçon de courses qui travaillait pour le restaurant à temps partiel venait juste de repartir vers la caserne des pompiers avec quatre pizzas supplémentaires au fromage et au poivron. Joleen remarqua du coin de l'œil que le plus jeune de la horde des Hobbs avait échappé à ses parents pour aller promener ses doigts poisseux sur la vitre du distributeur, les yeux rivés sur les sodas et les barres chocolatées.

Au temps pour la fermeture à 10 heures, se dit-elle.

Encore quelques semaines, jusqu'aux prochaines grandes vacances, et ils resteraient ouverts jusqu'à minuit. Les mômes aimaient bien venir traîner dans le restaurant pour dévorer des pizzas, serrés dans les box de bois, et bourrer de pièces le Dragon Master.

Sauf son môme à elle, songea Joleen en enfournant la pizza qu'elle venait de préparer. Ernie, lui, préférait rester seul à la maison pour écouter sa musique.

Elle sourit à son mari qui était en train de transporter deux boîtes en carton jusqu'à la caisse.

— Ça marche bien ce soir, lui murmura-t-il avec un clin d'œil.

Comme la plupart des autres soirs, se dit-elle en préparant un sandwich. Will et elle avaient fait de ce restaurant l'affaire florissante dont ils rêvaient depuis l'adolescence. Ils avaient travaillé dur pour s'installer dans cette jolie petite ville où leurs enfants seraient à l'abri, heureux — *leur* enfant, du moins. Deux fausses couches, après la naissance d'Ernie, avaient réduit à néant leur espoir de fonder une grande famille.

Mais à part ça, ils avaient fini par obtenir tout ce qu'ils désiraient.

Joleen s'inquiétait bien parfois au sujet de son fils, mais Will avait probablement raison : Ernie ne faisait que traverser une crise. Peu de garçons de dix-sept ans étaient censés apprécier la compagnie de leurs parents. A son âge, se souvint Joleen, elle n'avait elle-même qu'une seule envie : partir, et vite. La chance avait voulu qu'elle tombe sur Will, en qui elle avait reconnu une même rage de s'en sortir.

Elle n'ignorait pas, cependant, que leur cas était une exception. Les unions précoces se révélaient pour la plupart des erreurs. Néanmoins, à trente-six ans, et avec dix-huit années de mariage derrière elle, elle s'enorgueillissait du chemin accompli et se sentait à l'abri du besoin comme des coups durs.

Qu'Ernie semble n'avoir de visées sur aucune fille en particulier la chagrinait bien un peu. Will et elle étaient déjà prêts pour le grand saut dès la sortie de l'enfance. Ernie, non. D'un côté, il était encore un enfant. De l'autre…

Joleen repoussa son abondante crinière brune en arrière. D'un autre côté, se dit-elle, elle ne le comprenait pas du tout. Il semblait plus mûr que son propre père, plus rebelle encore. Il lui faudrait d'abord trouver son équilibre avant de songer aux filles — ou à quoi que ce soit d'autre.

Cela dit, elle aimait bien Sally Simmons. Frais minois, bonnes manières, vêtements propres. Sally pourrait avoir une saine influence sur Ernie, l'amener à se tourner un peu plus vers les autres : exactement ce dont son fils avait besoin.

C'était un bon garçon, au fond. Oui, un bon garçon. Elle enveloppa le sandwich et le tendit au suppléant Morgan avec une canette de bière.

— En service, ce soir ? s'enquit-elle en lui tapant sa note.

— Pas du tout, lui répondit-il avec un grand sourire. J'avais juste une petite faim. Vous êtes la reine des sandwichs, m'dame Butts.

— Double ration d'oignons.

— Voilà le truc.

Vraiment, songeait Mick, Joleen était adorable avec ses joues rougies par la chaleur du four et son grand tablier blanc qui recouvrait son chemisier et son jean. Elle n'avait pas l'air d'avoir déjà un grand garçon. Elle avait dû se faire culbuter dès la sortie du berceau, oui — et faire avec ensuite.

— Comment va votre fils ? lui demanda-t-il en empochant sa monnaie.

— Très bien.

— Prêt pour l'examen ?

Elle hocha la tête.

— Tout va si vite, dit-elle.

— Ménagez-vous un peu.

— Autant pour vous, Mick.

Déjà le bac, songea-t-elle en prenant une profonde inspiration, pour remplir ses poumons des fragrances d'épices, de sauces et de fromages forts. Son petit garçon à elle... Combien de fois n'avait-elle pas souhaité se retrouver cinq, voire dix ans en arrière pour comprendre enfin à quel moment elle avait fait fausse route avec lui ?

Non, se reprit-elle aussitôt, elle se trompait. Ernie avait simplement sa vie à lui, ce qui était on ne peut plus normal. Elle contempla, avec une pointe d'envie, la petite Teresa Hobbs qui babillait sur les genoux de son père. Certes, Ernie n'avait pas grand-chose d'un boute-en-train jovial et affectueux, mais il savait se tenir. Ses résultats à l'école, à défaut d'être spectaculaires, étaient honnêtes. Jamais il ne rentrait à la maison ivre ou défoncé — ainsi qu'elle-même n'avait pas manqué de le faire avant son mariage. Il était tout simplement, comment dire... profond. Tout le temps en train de penser.

Seulement, elle aurait bien aimé savoir à quoi.

Pour l'heure, Ernie attendait. Il n'ignorait pas qu'il était encore tôt, mais il se sentait trop fébrile pour rester assis à la maison sans rien faire. L'adrénaline se propageait dans son corps par bouffées si lourdes et si véloces qu'il avait l'impression d'être sur le point d'exploser. Le sentiment qui le saisissait n'avait cependant rien à voir avec la peur. C'était une appréhension profonde et glacée qui palpitait au plus intime de lui-même.

La lune était pleine. Sa lumière argentée blanchissait les arbres et faisait étinceler les prés. Il distinguait à peine la ferme des Dopper dans le lointain. Du bétail mugissait tout près.

Cela lui rappela la première fois qu'il était venu traîner dans le coin. Il avait alors grimpé la clôture, corde et couteaux serrés dans un sac de blanchisserie. La lune brillait moins fort ce soir-là, et la brise était plus fraîche.

Il n'avait eu aucune difficulté pour attraper les veaux par les oreilles et leur lier les pattes. Tout s'était déroulé comme dans les films qu'il regardait en troisième, alors qu'il était confiné dans la salle de sciences naturelles. Chaque minute passée dans cette salle avait été pour lui un supplice, mais les séquences de marquage, de mise bas et de dépeçage étaient restées gravées dans sa mémoire.

Cependant il n'aurait pas cru, non, vraiment pas cru qu'il y aurait tant de sang. Ni de tels cris. Ni de tels regards dans les yeux des bêtes.

Pris de nausée, il avait abandonné les carcasses pour aller soulager ses tripes révoltées dans les bois. Mais il avait effectué l'opération, et il était même revenu parachever son ouvrage. Il avait prouvé sa valeur.

Tuer n'était pas aussi aisé qu'il l'avait lu dans les livres. Garder un petit sachet de sang dans le tiroir de son bureau, ce n'était rien, vraiment rien, comparé au spectacle de ce même sang quand il giclait d'une veine, à sa chaleur sur les doigts.

La prochaine fois, ce serait plus facile.

Oui, se répéta-t-il en se passant le dos de la main sur la bouche, beaucoup plus facile.

Un froissement de feuilles lui fit tourner la tête. Une peur irraisonnée jaillit dans ses yeux, cette même peur qu'il avait naguère contemplée dans les yeux révulsés des veaux. Il referma ses doigts sur la clé de contact, prêt à redémarrer. Durant un moment — mais un moment seulement —, son esprit lui hurla de mettre le contact et de repartir en tête-à-queue avec la camionnette pour fuir cet endroit au plus vite.

Cependant, des silhouettes surgirent bientôt des bois. Tels des fantômes ou des êtres de rêve. Ou encore des démons.

Ils étaient quatre, revêtus de chasubles et masqués. Ernie déglutit avec peine lorsqu'il vit l'un deux s'approcher.

— Je viens, dit-il en ouvrant la portière.

— Tu as été envoyé, lui fut-il répondu. Tu ne peux plus revenir en arrière.

— Je veux apprendre, répliqua-t-il en secouant la tête. Je veux être initié.

— Bois ceci.

On lui tendit une coupe. Il sortit en chancelant de la camionnette pour la prendre puis, l'ayant portée à ses lèvres, la vida en maintenant ses yeux rivés sur ceux du masque qui lui faisait face : les yeux de Baphomet.

L'une des silhouettes se glissa dans la camionnette, qu'elle conduisit le long d'un chemin forestier pour l'éloigner de la route, la dérober aux regards des passants. Les trois autres, Ernie au milieu, s'en retournèrent dans les bois.

Les hommes, autour du garçon, se tenaient silencieux. Celui-ci ne pensait qu'à la magnificence, au pouvoir qu'ils dégageaient en marchant dans la lumière sourde du sous-bois. Le tapis de feuilles mortes bruissait sous l'ourlet de leur chasuble — telle une musique, se dit-il en souriant. L'hallucinogène se répandait peu à peu dans son organisme. Il avait l'impression de flotter. Tous les quatre flottaient autour des arbres, entre les branches. L'air se fendait sur leur passage comme de l'eau, et l'eau semblait de l'air.

La lune diffusait une lumière écarlate aux reflets multicolores et chatoyants, où se devinaient des formes énigmatiques. Ernie sentait les feuilles craquer sous ses talons au rythme même du sang dans ses artères.

Au terme du voyage, son destin l'attendait.

Baphomet pivota alors vers lui. Son visage était immense, plus grand, plus brillant que la lune. Ernie sourit, songeant que ses propres traits avaient eux-mêmes changé. Il était devenu un loup, un jeune loup affamé et splendide, clairvoyant.

Combien de temps dura leur marche, il n'aurait su le dire. Il ne s'en souciait pas. Il aurait accompagné ses guides jusqu'au tréfonds du puits de l'Enfer, et les flammes se seraient courbées devant lui. Il était un des leurs. Il sentait le pouvoir et la gloire dilater tout son être.

Lorsqu'ils parvinrent au cercle, les autres l'attendaient. Baphomet se retourna une nouvelle fois vers lui.

— Crois-tu en la puissance du seigneur des Ténèbres ?

— Oui.

Désemparé soudain, Ernie ouvrit les yeux, des yeux rendus vitreux par la drogue. Tout sentiment de puissance et de clairvoyance l'avait quitté. Son visage était décomposé, vulnérable.

— Je l'ai honoré de prières et de sacrifices. Je l'ai attendu.

— Ce soir, il viendra à toi. Enlève tes vêtements.

Soumis, Ernie retira ses Nike et son Levis. Puis il se dévêtit de son T-shirt à l'effigie de Black Sabbath. Quand il n'eut plus sur lui que son pentacle, on le revêtit d'une chasuble.

— Tu ne porteras pas de masque. Plus tard, quand tu feras partie des élus, tu choisiras le tien.

La voix parvenait aux oreilles d'Ernie en ondes lentes et amples, comme une marche funèbre ou un disque passé au ralenti.

— J'ai étudié, dit-il. Je comprends.

— Tu as encore à apprendre.

Baphomet pénétra dans le cercle. Les autres officiants se serrèrent autour de lui. Ernie gagna sa place. Il aperçut alors la femme. Elle était debout. Elle était belle. Une robe écarlate retombait sur ses formes. Ses cheveux détachés luisaient doucement. Ernie se sentit durcir sous la chasuble : il la reconnaissait.

Sarah Hewitt avait déjà participé à des rituels auparavant. Pour deux cents dollars, tout ce qu'elle avait à faire, c'était de s'étendre nue sur la dosse de bois jusqu'à ce que ces cinglés en aient fini avec leurs simagrées : et que je te lance des invocations, et que je t'invoque le diable. Le diable, mon Dieu ! Un prétexte pour la sauter, oui. Enfin, pour deux cents dollars, libre à eux de porter des masques et de se trémousser la zigounette en chœur, elle s'en fichait. Evidemment, sacrifier des boucs était plutôt moche, mais enfin, les hommes étaient comme ça. En tout cas, ce soir-là, la cérémonie avait quelque chose de spécial. Elle avait reconnu Ernie, bien sûr, et songeait que cela pourrait pimenter un peu la scène.

Le môme était défoncé, elle le voyait bien. Probable qu'il flancherait avant le clou du spectacle. Mais elle saurait bien le réveiller à temps : c'était une pro.

Et puis elle se sentait soulagée d'avoir été invitée à la sauterie. Parler à Cam avait été une erreur, et elle savait parfaitement que les erreurs se payaient cher.

La cloche tinta, les cierges furent allumés, le feu mis à la fosse. Sarah fit glisser sa chasuble à ses pieds. Elle garda la pose un instant, consciente des regards braqués sur elle. Puis, éclairée par la lune, elle se dirigea d'elle-même vers la dosse pour s'y étendre.

Le grand prêtre leva les bras.

— Au nom de Satan, seigneur et Maître, j'ordonne aux forces des Ténèbres de m'investir de leur pouvoir. Que s'ouvrent en grand les portes de l'Enfer, que tous mes désirs soient exaucés. Nous communions par la joie dans la vie de la chair. Ce sont ces plaisirs que nous cherchons, ces plaisirs que nous exigeons. Ecoutez les noms !

Ernie frémit lorsqu'il entendit invoquer les divinités infernales. Il les connaissait, il les avait étudiées dans les livres. Il les avait priées aussi. Et pour la première fois, il n'était plus seul à le faire. Son sang se mit à bouillir tandis qu'il répétait les invocations avec les autres officiants.

La coupe passa de main en main. Ernie humecta sa gorge sèche avec le vin teinté de sang. Les flammes, voraces, semblèrent se dresser comme des bêtes hors de la fosse. Sa propre chair s'embrasa.

Il contempla le grand prêtre. Le souvenir de la sculpture de Clare supplanta dans son esprit la créature qu'il avait sous les yeux. Elle savait, se dit-il, et elle languissait après lui. Oui, elle savait.

L'épée fut brandie pour invoquer les quatre princes de l'Enfer.

Ernie sentit le pouvoir le pénétrer comme une lame de glace. Froid et chaud oscillaient en lui au rythme d'une danse sensuelle. Il s'y laissa entraîner, fondant sa voix dans celle des officiants.

— Nous te présentons un nouveau frère, Maître. Daigne accepter son cœur, son âme et sa semence. La jeunesse est sacrée. La jeunesse est la force. Son sang se mêlera au nôtre dans la lumière de ta gloire.

— *Ave*, Satan.

Il leva la main pour faire signe à Ernie de le rejoindre à l'intérieur du cercle.

— Viens-tu ici de ton propre gré ?

— Oui.

— Te soumets-tu au seigneur des Ténèbres comme à ton Maître ?

— Oui.

— Jures-tu de garder l'emplacement de ce lieu dans le sanctuaire de ton cœur ? De te vouer entièrement à la Loi ?

— Je le jure.

Ernie sentit à peine la piqûre qu'on lui fit sur l'index de la main gauche. Comme dans un rêve, il posa son doigt sur le parchemin levé devant lui. Et signa son nom en lettres de sang.

— Désormais tu as prêté serment. Désormais ton nom a rejoint celui des élus. Si tu révèles ce que tu as vu cette nuit, ta langue noircira et tombera de ta bouche. Ton cœur séchera et pèsera en ta poitrine comme une pierre jusqu'à ce que tu en perdes le souffle. Ce soir, tu acceptes sa colère comme ses plaisirs.

— Je les accepte.

Le grand prêtre imposa ses mains sur les épaules d'Ernie et renversa la tête.

— Nous chevauchons le vent sauvage jusqu'au lieu où scintillent tous nos désirs. Les joies de la vie nous tendent les bras. Une vie de luxure nous attend. Nous sommes les mâles.

— Ainsi soit-il.

— Je suis une verge brûlante à tête d'acier. Les femelles se traînent à mes pieds.

— Nous sommes les mâles.

— Je suis empli de joie charnelle. Mon sang est feu. Mon sexe est flamme.

— Nous sommes les mâles.

— Tous les démons me possèdent.

Il baissa les yeux et riva son regard à celui d'Ernie.

— Je suis un panthéon de chair.

— Salut, Satan.

Une silhouette s'avança pour présenter au grand prêtre un petit os. Celui-ci s'en saisit et se dirigea vers l'autel, abandonnant Ernie au vertige. L'os fut calé dans l'entrejambe de la femme. Le grand prêtre prit alors la coupe posée entre ses seins et la pencha pour faire goutter du vin sur la chair de l'autel.

— La terre est ma mère, putain moite et féconde.

Il fit courir ses mains sur Sarah, la pétrissant, l'égratignant.

— Entends-nous, très haut Satan. Nous demandons ta bénédiction sur les plaisirs de la chair.

— Soutiens-nous, Maître.

— Tout désir nous sommes.

— Soutiens-nous, Maître.

— Tout désir nous satisfaisons.

— *Ave*, Satan.

On amena le bouc. Le couteau fut tiré. Enivré par la drogue et les incantations, Ernie tomba à genoux et supplia le Seigneur, ce Seigneur qu'il venait à l'instant d'abjurer, de lui donner le courage de ne pas faiblir.

On le remit promptement sur ses pieds et sa chasuble lui fut arrachée. Le grand prêtre tendit alors vers lui une main dégouttant de sang dont il lui enduisit la poitrine.

— Te voici oint du sang sacrificiel. Invoque le nom.

Ernie chavirait sous la puissance hypnotique des yeux enflammés du masque.

— Sabatan.

— Sabatan !

Le grand prêtre se retourna vers l'autel en répétant le nom, signal de toutes les réjouissances. Il retira l'os des cuisses de la femme, puis s'écarta pour laisser les autres officiants s'approcher d'elle.

— Voici la chair sans péché, dit-il.

Les chasubles tombèrent sur le sol, les incantations gagnèrent en vigueur. Ernie ne pouvait rien entendre d'autre tandis qu'on le poussait vers l'autel. Il secoua la tête pour essayer de recouvrer ses esprits. Sarah avait déjà refermé ses mains sur son pénis turgescent et le caressait avec une rudesse qui lui arrachait des frissons. Il entendit son rire bas et moqueur s'élever sous les incantations.

— Allez, viens, mon petit. Montre un peu à ces vieux croûtons ce dont tu es capable.

Alors la rage le saisit, une rage nauséeuse, avide. Il s'enfonça dans l'autel, la besognant jusqu'à ce que la moquerie le cède sur son visage aux frémissements du plaisir.

Il se savait observé, mais il n'en avait cure. Le souffle chaud de Sarah enflammait ses pommettes. Ses muscles tressautaient. Les incantations le submergeaient. Des larmes lui montèrent aux yeux.

Il était initié.

Quand ce fut fini, il regarda les autres s'activer à leur tour et se sentit de nouveau durcir. Ils se succédèrent tous sur l'autel, animés par la même envie de la pénétrer, de se goinfrer de sa chair. Naguère puissants, ils semblaient maintenant pathétiques à se vider ainsi l'un après l'autre dans la même outre, exhibant leurs chairs molles et disgracieuses à la clarté de la lune.

Ernie s'aperçut que certains d'entre eux n'étaient que de vieux sacs de graisse essoufflés, que la jouissance mettait presque au bord de la défaillance. La drogue cessant de faire son effet, et sa propre excitation étant retombée, son regard devint encore plus cynique. Il vit des officiants, poussés par l'impatience, répandre sans attendre leur semence sur le sol. Ils vagissaient, ivres de sexe et de sang.

Ernie se détourna de ce tableau dérisoire pour reporter ses yeux sur le grand prêtre. Celui-ci le regardait à travers la tête de Mendès. Il avait un corps blafard et élancé. Sur sa poitrine reposait le lourd médaillon d'argent. Il ne dansait pas autour du feu ; il ne hurlait pas à la lune ; il ne se vautrait pas sur la femme. Non : il restait immobile, debout, les yeux grands ouverts.

Voilà où était le pouvoir, comprit alors Ernie. C'était dans cet homme qu'il se trouvait concentré. Lui seul savait, lui seul comprenait. Quand ce dernier s'avança vers lui, Ernie se mit à trembler devant la puissance qu'il venait enfin d'entrapercevoir.

— Te voici des nôtres, désormais.

— Oui. Le rituel, cependant… est différent de ce que j'en ai lu dans les livres.

— Nous prenons ce que bon nous semble. Nous y ajoutons ce qui nous agrée. Désapprouverais-tu ?

Le regard d'Ernie revint se poser un instant sur l'autel où s'amoncelaient les officiants. C'était cela qu'il voulait : la liberté, la gloire.

— Non, répondit-il enfin. Mais la luxure n'est qu'une voie parmi d'autres.

Un sourire s'esquissa sous le masque.

— Tu connaîtras les autres. Maintenant, cette nuit est terminée pour toi.

— Mais je veux…

— Tu vas retourner chez toi pour attendre la prochaine convocation, l'interrompit le grand prêtre. Si ce que tu as vu, ou fait, est appris hors d'ici, tu mourras. Et ta famille avec.

Sur ces mots, il se retourna et vint se placer à la tête de l'autel.

Ernie récupéra ses vêtements et fut sommé de se rhabiller. Deux silhouettes en chasuble l'escortèrent jusqu'à sa camionnette. Au bout d'un kilomètre, cependant, il se rangea brusquement sur le bas-côté, coupa le moteur et sortit de sa voiture.

Il n'avait pas encore obtenu tout ce qu'il désirait, se dit-il. Le rituel n'était pas terminé. S'il devait désormais compter parmi le groupe, il avait le droit de tout voir. Il était initié.

Il se sentait la tête migraineuse, la bouche sèche et pâteuse. Effets secondaires de la drogue, supposa-t-il. La prochaine fois, il ferait seulement semblant d'en boire. Il n'avait pas besoin de s'obscurcir les sens mais de rester lucide. Les drogues, c'était pour les faibles d'esprit et les lâches.

Il craignit une ou deux fois de ne pas retrouver son chemin, mais n'en continua pas moins de marcher. Il était sûr d'avoir reconnu certains des officiants, et avait bien l'intention de dresser une liste secrète. Puisqu'ils avaient vu son visage, il pouvait voir les leurs. Il ne serait pas traité comme un gamin cette fois-ci. Non, pas ici. Il était un initié de plein droit, et un jour, oui, un jour il se tiendrait à son tour au milieu du cercle sous le masque du bouc. Ce serait lui, alors, qui détiendrait le pouvoir.

Il reconnut bientôt l'odeur de la fumée qui s'échappait de la fosse, empuantie par la carcasse du bouc. Il traversa prestement le torrent sur les berges duquel, jadis, Junior Dopper avait rencontré son propre démon. Des incantations résonnaient dans la profondeur des bois. Ernie ralentit le pas, puis continua de progresser à croupetons. Il parvint enfin à un buisson — ignorant qu'à cet endroit même, bien des années auparavant, une petite fille s'était cachée comme lui — et vit alors que le rituel était loin d'être achevé.

Les officiants n'avaient toujours pas remis leur chasuble. Ils se tenaient nus autour de l'autel, qui sommeillait, flasque et repue, la chair luisante de lune.

— Notre luxure est rassasiée. Nos corps sont purifiés et nos esprits clarifiés. Nos pensées obscures ont été canalisées dans les mouvements de notre chair. Nous ne faisons plus qu'un avec le Maître.

— Salut, Satan.

Le prêtre était debout au milieu du cercle, bras tendus, jambes écartées. Il renversa la tête pour entonner un cantique. Du latin ? se demanda Ernie en s'humectant les lèvres. En tout cas, cela semblait plus vibrant et plus puissant que l'anglais.

— Arrive, Belzébuth, emplis-moi de ta colère. Malheur sur la terre, car sa faute fut immense.

Il fit volte-face vers l'autel. Sarah se haussa sur les coudes, l'air languide.

— Tu n'as pas pris ta ration, lui dit-elle en rejetant en arrière ses cheveux emmêlés. Tu ferais mieux de t'y mettre tout de suite. Tes deux heures sont bientôt finies.

Il lui assena une rude gifle sur le visage. La tête de la jeune femme heurta la dosse.

— Plus un mot !

Sarah porta une main à ses lèvres ensanglantées, les yeux brillant de haine. Elle savait que si elle désobéissait, on la frapperait de nouveau. Elle se tint donc tranquille, attendant la suite des événements. Mais elle aurait sa revanche, se dit-elle. Oh oui, Seigneur, elle se vengerait de ce type. Et pour la gifle, ça lui coûterait sacrément plus cher que deux cents dollars.

— Voyez la putain ! Comme Eve, la tentatrice, elle a trahi. Entre ses cuisses écartées gît notre plaisir. Mais avant la luxure, il y a la Loi. Je suis le dépositaire de la Loi. Nul n'échappe à la Loi.

— Nul n'échappe à la Loi.

— Cruels sont les châtiments qu'inflige la Loi. Nul n'échappe à la Loi.

— Nul n'échappe à la Loi.

— Toute faiblesse est maudite. Celle qui a révélé le secret est damnée. Telle est la Loi.

— Salut, Satan.

Les officiants se précipitèrent sur Sarah, qui se retrouva bientôt cernée de toutes parts. Ses bras et ses jambes furent plaquées sur le bois de la dosse.

— Je n'ai rien dit ! cria-t-elle. Rien du tout ! Jamais je…

Un deuxième coup la réduisit au silence.

— Les divinités du puits réclament vengeance. Elles ont faim. Elles ont soif. Leurs voix puissantes ébranlent la tranquillité des cieux.

Il se retourna pour jeter une substance dans les flammes, qui jaillirent de la fosse en grondant.

Alors le cantique fut entonné, chœur chuchoté sous les hurlements du grand prêtre.

— Je suis l'instrument de la destruction. Je suis le messager de la fatalité. Que l'agonie de la traîtresse soit mon nectar. Que son sang étanche ma soif.

— Pitié !

Terrifiée, Sarah se débattait sur la dosse, ses yeux allant de l'un à l'autre. Ce n'était pas possible, se dit-elle. Elle les connaissait tous. Elle les avait servis au bar ; elle les avait contentés dans sa chambre.

— Je ferai tout ce que vous voulez. Tout. Pour l'amour de Dieu…

— Il n'y a d'autre dieu que Satan.

Quand ses bras et ses jambes furent liés, les officiants se reculèrent. Toujours caché dans les buissons, Ernie fut gagné par une sueur froide.

— Voyez la vengeance du Maître.

Le grand prêtre s'empara du couteau sacrificiel encore trempé de sang. Puis il s'avança vers l'autel.

Sarah se mit à crier…

Elle cria longtemps. Ernie avait beau se boucher les oreilles pour ne plus l'entendre, ses hurlements ne cessaient de s'insinuer en lui comme un parfum entêtant. Il avait beau fermer les yeux, il continuait à voir ce qu'on faisait à Sarah.

Et ce n'était pas un sacrifice. Ni une offrande : c'était une pure et simple mutilation.

La main sur la bouche, Ernie s'enfuit éperdument à travers bois, pourchassé par les hurlements d'agonie de la jeune femme.

Non loin de là, cependant, se tenait un deuxième observateur ; une créature qui, elle, demeurait accroupie dans les buissons, tapie dans l'ombre comme une bête. Le cœur battant, ses yeux hagards étincelant comme ceux des damnés, elle contemplait le supplice avec une ferveur patiente.

Les cris s'étaient tus, leur écho frémissant encore dans le silence retrouvé, qu'elle se balançait toujours, d'avant en arrière, d'arrière en avant, dans une parodie obscène de la copulation. Et, tandis que des larmes brûlantes fusaient de ses paupières, tout son corps fut secoué par de violents spasmes — car il était bon, si bon d'assister à l'œuvre du Maître.

Puis elle huma avidement l'air de la nuit, tel un loup flairant le sang. Bientôt, la clairière serait de nouveau vide, mais le sang, lui, demeurerait. Pour l'instant, les bois embaumaient encore le déchaînement des passions, la mort, la fumée et le sperme. Pour l'instant encore, les ombres dissimulaient sa silhouette tapie dans les broussailles.

Quant aux divinités qui, naguère, avaient pu veiller sur cette petite clairière, elles en avaient été chassées par la mort et la damnation.

— Clare, mon ange, calme-toi.

Cam la prit dans ses bras et lui caressa les cheveux. Elle tremblait violemment. Alarmé, il se débattit un instant avec les draps pour l'en envelopper.

— Ça va, dit-elle.

Elle prit de longues bouffées d'air, sa respiration se calmant peu à peu.

— Ça va, répéta-t-elle. Ce n'était qu'un rêve.

— Et moi qui croyais que tu ne rêvais qu'à moi…

Il lui prit le visage pour l'examiner à la lueur de la lune : il était d'une pâleur mortelle.

— Maintenant, je pencherais plutôt pour un cauchemar.

— Ouais, admit Clare en se passant une main tremblante dans les cheveux.

— Tu veux m'en parler ?

Comment le pourrait-elle ? Comment pourrait-elle raconter cela à qui que ce soit ?

— Non. Non, ça va, vraiment.

— Tu as une tête à avoir besoin d'un bon brandy.

Il lui posa un baiser sur le front.

— Mais je n'en ai pas, hélas.

— J'aime mieux un câlin, dit-elle en se réfugiant dans ses bras. Quelle heure est-il ?

— 2 heures environ.

— Je suis désolée de t'avoir réveillé.

— T'inquiète pas. Je sais ce que c'est.

Il se renfonça dans les oreillers et se mit à la bercer dans le creux de ses bras.

— Tu veux un peu d'eau ?

— Non.

— Un lait chaud ?

— Encore moins !

Elle se blottit contre son épaule en soupirant. Le cauchemar n'était plus désormais qu'un souvenir dans son esprit : Cam, lui, était bien présent.

— Quelle belle nuit, murmura-t-elle.

Cam suivit le regard de Clare qui contemplait le paysage baigné de lune par la fenêtre.

— Une nuit idéale pour le camping, dit-il. Peut-être qu'à la prochaine pleine lune on pourrait, toi et moi, aller planter la tente.

— La tente ?

— Oui. On irait s'installer en bas, près de la rivière, pour la nuit. Et puis on ferait l'amour sous les étoiles.

— Et si on se contentait d'étendre le matelas sur la terrasse ?

— Où est passé ton sens de l'aventure ?

— Il est fermement attaché aux commodités comme les sanitaires couverts, répliqua-t-elle en se coulant contre lui. Et à un bon sommier.

Elle lui mordilla la lèvre inférieure.

— Et puis aux draps de percale.

— Jamais fait l'amour dans un sac de couchage ?

— Hmm, non.

— Alors… Démonstration !

Il la fit rouler sur le côté et serra dans les draps leurs deux corps réunis.

— De cette façon, vois-tu, quelques mouvements suffisent pour… Et merde !

Clare se sentit aussi chagrinée que lui en entendant résonner la sonnerie du téléphone. Puis, Cam ayant esquissé un mouvement, elle eut un sursaut de surprise.

— Oh, désolé, dit-il.

— Non, non, je t'en prie, refais-moi ça quand tu veux…

— Rafferty, lança-t-il dans le téléphone. Je… *Comment* ?

— Ils sont en train de la tuer, répéta Ernie dans un murmure désespéré.

— Mais qui ?

Cam alluma la lumière tout en essayant de se dégager des draps.

— Elle n'arrête pas de hurler, tout le temps.

— Du calme. De qui parlez-vous ?

La communication fut interrompue. Cam raccrocha en poussant un juron.

— Qui était-ce ?

— Du diable si je le sais, répondit-il en se redressant. Sans doute un farceur.

« Qui semblait pourtant vraiment terrorisé… »

— Il prétendait que quelqu'un était en train d'être assassiné, mais il a été incapable de me dire qui et où.

— Qu'est-ce que tu vas faire ?

Cam tendait déjà la main vers son pantalon.

— Pas grand-chose. Patrouiller en ville.

— Je viens avec toi.

Cam commença à protester, puis se ravisa aussitôt. Et si l'appel n'avait été qu'une manœuvre pour l'éloigner de la maison ? De Clare ? « Allons, se dit-il, ne soyons pas paranoïaque. »

Dans le doute, cependant, mieux valait prendre ses précautions…

— D'accord, répondit-il. Mais on va très certainement perdre notre temps.

Et, de fait, ce fut une heure entière qu'ils perdirent avant de revenir à la maison : la ville était aussi tranquille qu'un caveau.

— Désolé de t'avoir traînée dehors.

— Ce n'est pas grave. De toute façon, c'est une belle nuit pour se balader.

Elle se tourna vers lui.

— Tu n'étais pas trop inquiet, tout de même ?

— J'ai l'impression que quelque chose m'échappe.

Sensation qu'il ne se rappelait que trop bien : elle datait de ses jours d'ivresse au Jack Daniel's. Et elle lui déplaisait fort.

— Il se manigance quelque chose ici. Il faut que je…

Il n'acheva pas sa phrase. Il venait d'apercevoir un véhicule rangé sur le bas-côté de la route, sous le couvert des arbres.

— Reste dans la voiture, chuchota-t-il. Portières fermées, vitres relevées.

— Mais je…

— Glisse-toi derrière le volant. S'il y a du grabuge, file en vitesse chercher Bud ou Mick.

— Qu'est-ce que tu vas faire ?

Il se pencha sur le côté pour ouvrir la boîte à gants, et en sortit son arme.

— Oh, mon Dieu !

— Ne bouge pas de là.

Il s'éloigna à pas rapides et silencieux. Clare comprit alors ce que voulait dire l'expression « avoir le cœur au bord des lèvres » : tandis qu'elle regardait Cam s'approcher de la masse sombre de la voiture, elle pouvait à peine respirer.

Cam jeta un coup d'œil à la plaque minéralogique pour en mémoriser le numéro. Il entrapercevait des formes qui s'agitaient dans l'habitacle. Juste au moment où il regardait par la vitre, il y eut un cri aigu de femme. Il ouvrit aussitôt la portière à la volée, son 38 au poing.

Et se retrouva face à une paire de fesses.

Mais qu'est-ce qu'il faisait ? se demandait Clare. Pourquoi restait-il comme ça, immobile ? Décidant de contrevenir à ses ordres, elle posa la main sur la poignée de la portière, prête à voler à la rescousse. Cependant, Cam s'était détourné du véhicule, et paraissait maintenant faire la causette à un tronc d'arbre. Clare manqua défaillir de soulagement lorsqu'elle le vit enfin revenir.

— Mais qu'est-ce qui s'est passé ? Qu'est-ce qui t'a pris ?

Cam rentra dans la voiture et posa sa tête sur le volant.

— J'ai été à deux doigts de donner du colt au beau milieu des ébats d'Arnie Knight et Bonny Sue Meese.

— Tu… Oh, mon Dieu.

Les mains toujours pressées contre sa bouche, Clare se mit à rire.

— Oh, mon Dieu ! Oh, Seigneur…

— Sans commentaire.

Avec autant de dignité que possible, Cam démarra et s'engagea sur le chemin du retour.

— Mais, dis, ils se faisaient juste des papouilles ou… ce que je pense ?

— Ce que tu penses, marmonna-t-il. On pourrait appeler ça un *coltus interruptus*.

— *Coltus*… Ah, elle est bonne !

Elle renversa la tête en arrière, puis se redressa aussitôt.

— Bonny Sue Meese, dis-tu ? Mais c'est la femme de Bob !

— Sans rire ?

— Eh bien, ça me laisse baba. Sa femme dans la voiture d'un autre, à 2 heures du matin… Bob ne mérite pas ça.

— L'adultère n'est pas interdit par la loi. C'est leurs oignons, la Gazelle.

— J'aurais préféré ne pas le savoir.

— Le voir est bien pire, crois-moi. Jamais plus je ne pourrai regarder Arnie en face sans repenser…

Il s'esclaffa. L'expression de Clare lui fit cependant recouvrer son sérieux.

— Désolé.

— Moi je trouve ça triste. J'ai parlé à Bonny pas plus tard qu'hier. Elle m'a montré des photos de ses enfants. On a causé chiffons. Ça me fait de la peine de savoir que toute cette comédie du bonheur domestique n'était qu'une façade pour masquer ses escapades et ses galipettes avec Arnie. Et moi qui croyais la connaître…

— Les gens ne sont pas toujours ce qu'ils paraissent ; c'est d'ailleurs le problème qui se pose à moi en ce moment. Cela dit, la frousse que je viens de flanquer à Bonny Sue aura peut-être la vertu de la ramener dans la voie du devoir conjugal.

— Qui a trompé une fois trompera toujours, rétorqua Clare — qui écarquilla aussitôt les yeux. Seigneur, on dirait un sermon. Quelques semaines dans cette ville, et me voilà déjà en train de m'imaginer que tout devrait être comme dans les tableaux de Norman Rockwell. Ce que je ne suis pas loin de penser, du reste.

— Moi aussi, dit Cam en lui passant un bras autour des épaules. Et peut-être même que, avec un peu de chance, nous ne sommes pas loin non plus de le réaliser.

23.

Clare se rendait à l'hôpital au moins trois fois par semaine. D'habitude, elle y trouvait le frère de Lisa, l'un de ses parents, ou encore un ami. Mais la dernière personne qu'elle se serait attendue à voir vautrée dans le fauteuil près du lit de la malade, c'était bien Min Atherton.

— Clare...

Lisa souriait. Son œil avait été débarrassé de ses compresses, et, quoiqu'il soit encore rouge et gonflé, il ne présentait aucun dommage irréparable. Sa jambe, en revanche, était toujours maintenue dans une gouttière, une deuxième intervention chirurgicale étant prévue pour la fin de la première quinzaine de juin.

— Salut, Lisa. Madame Atherton...

— Ravie de te voir, Clare, lui répondit Min.

Son regard, cependant, disait assez combien elle désapprouvait le jean que Clare avait choisi de mettre pour venir à l'hôpital.

— Mme Atherton est venue m'apporter des fleurs au nom du Club des dames, déclara Lisa.

Elle indiqua du doigt un pot de laiton où trônait un bouquet de floraisons printanières.

— Ne sont-elles pas ravissantes ?

— Tout à fait.

— Le Club des dames d'Emmitsboro tenait à montrer à Lisa que la ville compatissait à son malheur, repartit Min en se rengorgeant.

Car l'idée des fleurs avait beau ne pas être la sienne, Min n'en avait pas moins bataillé ferme pour avoir le privilège de les apporter elle-même à la rescapée.

— Mais quoi, tout cela nous a rendues littéralement malades. Clare vous dira que nous sommes une petite ville attachée aux valeurs traditionnelles. Une cité bien comme il faut. Et qui compte le rester.

— Tout le monde a été très gentil avec moi.

Lisa laissa échapper une grimace en voulant se redresser. Clare se précipita aussitôt pour lui caler des oreillers dans le dos.

— Le Dr Crampton est passé voir comment j'allais et me faire un brin de causette. L'une des infirmières qui s'occupe de moi est d'Emmitsboro. Elle vient tous les jours, même durant ses congés.

— Ce doit être Trudy Wilson, dit Min avec un hochement de tête entendu.

— Oui, Trudy. Sans oublier Clare, bien sûr, précisa Lisa en prenant la main de la jeune femme.

— Quelqu'un m'a envoyé une corbeille de fruits du marché, et le shérif n'a cessé de venir me voir. J'ai encore du mal à croire que tout cela me soit arrivé.

— Un pur scandale, décréta Min sur un ton sans appel. Oui, je peux vous dire que tout un chacun en ville est proprement scandalisé et bouleversé par le malheur qui vous a frappée. Eh quoi, c'est comme si tout cela était arrivé à l'une de nos propres filles, voyez-vous. Aucun doute que c'était un dément venu d'un autre comté.

Elle reluqua un instant la boîte de chocolats ouverte sur la table de chevet.

— Probablement que c'était la même personne que celle qui a tué Biff Stokey, ajouta-t-elle en se choisissant un chocolat.

— Tué ? s'exclama Lisa.

Clare aurait volontiers écrasé la figure de Min au beau milieu de la boîte.

— C'était il y a des semaines, déclara-t-elle précipitamment. Ne t'en fais pas.

— Non, il n'y a vraiment pas de quoi, concéda Min avant de piocher de nouveau dans la boîte. Vous n'avez rien à craindre, ici. Absolument rien. A ce propos, vous ai-je dit que mon mari et moi-même avions fait une donation substantielle à ce même hôpital il y a deux ou trois ans ?

Elle s'interrompit pour engouffrer une pâte à la noix de coco.

— Oui, tout à fait substantielle, reprit-elle. On a posé une plaque avec nos noms sur la façade. Cet hôpital est l'un des tout premiers de l'Etat. Il ne faut pas vous inquiéter. Cela dit, il y en a bien pour prétendre que Biff Stokey n'a eu que ce qu'il méritait, même si c'est une opinion que je ne partage pas. Quand on est chrétienne… Le battre à mort…

Elle avait prononcé ces derniers mots avec une gourmandise qu'on aurait pu très bien ne pas attribuer qu'aux seuls chocolats.

— C'était une chose sordide, horrible, poursuivit-elle en léchant le jus de cerise qui lui maculait les doigts. Pensez donc, le premier meurtre survenu à Emmitsboro depuis vingt ans. Mon époux est très préoccupé par toute cette histoire. Oui, très préoccupé. On dit « le maire », voyez-vous, mais c'est un homme.

— Croyez-vous… croyez-vous que ce soit la même personne qui m'a agressée ?

— Au shérif de le découvrir, intervint Clare en lançant un regard peu amène à Min.

Celle-ci se contenta de sourire.

— Exact, dit-elle. Le retour de Cameron nous a plus que ravis, savez-vous. Quand il était jeune, bien sûr, il était plutôt turbulent. Toujours à faire les quatre cents coups avec sa moto et à chercher des noises.

Elle s'esclaffa avant d'avaler derechef une nouvelle gâterie.

— Des noises, il en trouvait, d'ailleurs. Oh, je sais bien que certains l'imaginaient mieux basculant de l'autre côté de la barrière. Peux pas prétendre pour ma part que je n'y aie pas pensé aussi, mais enfin, je me disais qu'un ex-fauteur de troubles était le plus à même de repérer ses anciens complices, n'est-ce pas ?

— Cam a déjà plus de dix années de service dans la police, dit Clare à Lisa. Il est loin de…

— Tout à fait, l'interrompit Min. Travaillait à D.C., avant ça. L'a eu des ennuis là-bas, à ce que je crois. Mais je vous le répète : nous sommes ravis de le revoir. Si, si. Emmitsboro n'est d'ailleurs pas Washington. Je regarde les informations sur Channel Four tous les soirs. Ça fait frémir, vous savez. Mais quoi, alors que là-bas ils se retrouvent avec un meurtre sur les bras chaque jour que Dieu fait, ici nous n'en avons eu qu'un seul en vingt ans. Cela dit, nous avons notre lot de malheurs.

Il y eut un craquement de chocolat au beurre dans sa bouche, qui ne s'était pas arrêtée de mastiquer tout au long du discours.

— Je ne pense pas que Lisa désire vraiment…

— Je suis sûre que cette petite ne pourra que compatir à nos épreuves, la coupa Min avant de se retourner aussitôt vers l'alitée. Clare vous le confirmera d'ailleurs elle-même. Tenez, cette terrible chute qu'a faite son père autrefois, n'est-ce pas malheureux ? Et l'année dernière encore, quand le petit dernier des Meyer a bu de ce nettoyant industriel ? Et ces cinq mômes qui se sont tués dans un accident de voiture il y a cinq ans ? L'ont bien cherché, cela dit. Et puis encore ce vieux Jim Poffenburger, qui s'est cassé le cou dans l'escalier de sa cave. Tout ça pour aller chercher une caisse de pastèques… Non, je vous le dis : les malheurs, on en a eu notre lot — mais de crime, jamais.

— C'est si gentil à vous d'avoir effectué tout ce chemin pour venir jusqu'ici, s'empressa de déclarer Clare. Mais je sais combien votre emploi du temps est chargé…

— Oh, je ne fais que mon devoir, répliqua Min en tapotant la main de Lisa de ses doigts poisseux. Allons, resserrons nos rangs, les filles. Une pour toutes et toutes pour une. Vous savez, le Club des dames ne s'occupe pas que de ventes de charité et de tombolas.

— Veuillez surtout leur dire combien j'ai apprécié les fleurs.

— Comptez sur moi. A présent, je vais rentrer pour faire tremper la soupe. Un bon repas chaud après une journée de travail, voilà ce qu'il faut pour contenter son homme.

— Transmettez mes amitiés à monsieur le maire, déclara Clare.

— Entendu, répondit Min en se saisissant de son sac blanc en similicuir. Au fait, j'avais l'intention de passer te voir, Clare.

— Ah bon ? s'exclama cette dernière en grimaçant un sourire.

— Oui, maintenant que tes… amis sont repartis pour New York. Je n'aime pas m'immiscer dans les affaires des autres, tu sais.

— Très délicat de votre part.

— Mais, franchement, je dois avouer que je ne suis pas mécontente qu'ils ne soient pas restés plus longtemps. Tu sais ce que racontent les gens.

— Non, quoi ?

— Mais, ma chérie, c'est que cette femme est *noire*.

Clare la gratifia d'un regard ahuri.

— Non, vraiment ?

La pointe glissa sur Min comme une balle sur un blindage de tôle.

— Enfin, tu connais ma tolérance. Laissez-les vivre, c'est ce que je dis toujours. Tiens, j'ai même eu l'année dernière une jeune Noire de Shepherdown qui venait me faire le ménage toutes les semaines. Une paresseuse, cela dit — comme de bien entendu. A pas fait long feu chez moi... Mais enfin, c'est une autre histoire.

— Votre bonté vous perdra, madame Atherton, répliqua Clare sur un ton sarcastique.

Le visage de Min s'épanouit sous l'éloge.

— Eh bien, c'est que nous sommes tous des enfants du Seigneur, après tout.

— Alléluia, murmura Clare.

Lisa se retint à grand-peine de pouffer.

— Bon, reprit Min. Comme je te le disais à l'instant, je comptais passer te voir. Le Club des dames aimerait t'entendre à son prochain déjeuner mensuel.

— M'entendre ?

— Oui, pour une causerie sur l'art, la culture... Enfin, tu sais quoi. Nous pensions même à la possibilité de faire venir un journaliste d'Hagerstown.

— Eh bien, hmm...

— Allons, si tu es assez bonne pour le *New York Times*, tu le seras aussi pour le *Morning Herald*, assura Min en lui tapotant la joue. La publicité est importante, tu sais, crois-en l'épouse d'un politicien. Je m'occuperai de tout. Tu n'auras à t'inquiéter de rien. Contente-toi de porter une jolie robe. Et puis tu pourrais également aller chez Betty te faire arranger les cheveux.

— Mes cheveux ? s'exclama Clare en passant une main dans ses mèches rebelles.

— Ecoute, je sais bien comment sont les artistes — bohèmes et tout —, mais ici, on est à Emmitsboro. Tu te mets sur ton trente et un et tu viens faire ta petite causette culturelle, voilà tout. Apporte aussi une ou deux de tes œuvres, histoire de montrer comment ça se passe. Le journal acceptera peut-être de les prendre en photo. Passe donc à la maison samedi. Disons, vers midi.

— Samedi prochain ?

— Allons, Clare, aurais-tu oublié que le déjeuner du Club des dames a lieu le premier samedi de chaque mois ? Il en a toujours été ainsi, et ce n'est pas près de changer. Je te rappelle d'ailleurs que ta maman l'a présidé trois années de suite. Bon. Et ne sois pas en retard, surtout.

— Oui… Enfin, non.

— Tout ira bien. Allez, guérissez donc vite, Lisa. Je reviendrai vous voir bientôt.

— Merci.

Lisa attendit que Min ait quitté la pièce avant de laisser libre cours à son hilarité.

— Dis-moi, je ferais peut-être bien d'appeler une infirmière, s'écria-t-elle.

Clare battit un instant des paupières.

— Comment ? Tu ne te sens pas bien ?

— Si, mais toi, tu as l'air d'être passée sous un trente tonnes.

— Un trente tonnes en robe à fleurs, oui, répliqua Clare avant de s'affaler dans le fauteuil avec un long soupir. J'ai horreur des déjeuners pour dames.

Lisa s'esclaffa.

— Pense que tu vas avoir ta photo dans le journal.

— Tant pis.

— C'est quand même une sacrée… bonne femme.

— Première dame d'Emmitsboro et emmerdeuse attitrée de la ville. J'espère au moins qu'elle ne t'a pas dérangée.

— Non, pas tant que ça. Elle voulait juste bavarder un peu. Cette histoire de meurtre…

Lisa s'interrompit pour regarder sa jambe.

— On peut estimer que j'ai eu de la chance, je crois.

— Le Dr Su est le meilleur.

Puis, comme Lisa haussait les sourcils :

— J'ai vérifié, poursuivit Clare. S'il y a bien un médecin capable de te remettre sur tes pointes, c'est lui.

— Roy me l'a déjà assuré, mes parents aussi, murmura Lisa en lissant le drap du plat de la main. Mais c'est encore trop loin pour moi, Clare.

— Alors oublie.

— Je suis lâche, tu sais, dit-elle en esquissant un faible sourire. Je ne veux même pas songer au lendemain. Quant à la veille, je fais tout mon possible pour ne plus y penser. Avant que Mme Atherton n'entre ici, j'avais encore ce cantique qui me trottait dans la tête. J'ai pourtant essayé de ne plus l'entendre, crois-moi. Même si je sais que cela pourrait être important.

— Un cantique ? s'enquit Clare en lui prenant la main. Quel cantique ?

— *Odo cicale ca. Zodo… zodo* je ne sais plus quoi. Du charabia. Mais je n'arrive pas à me l'enlever du crâne. J'ai bien peur d'avoir quelque chose de cassé dans la cervelle et que les médecins n'ont pas encore découvert.

— Je crois plutôt que tes souvenirs te reviennent. Une partie, du moins. En as-tu parlé à Cam ?

— Non, pas encore.

— Ça te dérangerait que je lui en parle ?

— Non, répondit Lisa en haussant les épaules. Si ça peut l'aider.

— La fille MacDonald commence à recouvrer la mémoire, dit le maire en enfonçant délicatement sa fourchette dans sa tarte aux pommes. Il faut prendre des mesures.

— Des mesures ? répéta Bob Meese.

Il passa un doigt dans le col de sa chemise. Trop juste, songea-t-il. Tout était trop juste. Même son bermuda l'entravait.

— Il faisait sombre. Elle n'a pas pu voir grand-chose. Et puis le shérif la protège. Et de très près encore.

Atherton fit une pause pour adresser un sourire affable à Alice qui s'approchait de lui pour remplir sa tasse de café.

— La tarte est excellente, comme d'habitude.

— Je transmettrai le compliment. Quant à vous, dites à Mme Atherton que les fleurs que le Club des dames a plantées dans le parc sont ravissantes. C'est vraiment du plus charmant effet.

— Elle sera ravie de le savoir.

Atherton découpa une nouvelle bouchée de sa tarte, attendant qu'Alice soit passée à la table suivante. Les yeux dans le vague, il accompagnait du pied un tube de Willie Nelson diffusé par le juke-box.

— Ce qu'elle a vu exactement, nous l'ignorons encore, poursuivit-il. Quant au shérif, il ne saurait vraiment être un obstacle.

Bob prit une gorgée de café qu'il eut toutes les peines du monde à avaler.

— Je pense que… C'est-à-dire, certains d'entre nous pensent que la situation commence à nous échapper…

Il s'arrêta en bafouillant, saisi par le regard d'Atherton. Une flamme glacée.

— Certains d'entre nous ? s'enquit Atherton d'une voix doucereuse.

— C'est que, avant… Enfin, c'était…

« … amusant », faillit lâcher Bob, avant de se rendre compte combien le terme était peu adéquat.

— Je veux dire, c'était comme les animaux, vous voyez. Il n'y avait pas de problèmes. Jamais.

— Tu es trop jeune, sans doute, pour te rappeler Jack Kimball.

— Euh, non. Enfin, c'était juste avant mes débuts. Mais depuis un ou deux ans, ce n'est plus pareil.

Il parcourut rapidement la salle du regard.

— Il y a eu les sacrifices et… et Biff. Certains d'entre nous sont inquiets.

— Ton destin est dans les mains du Maître, lui rappela Atherton du même ton indulgent qu'il prenait pour inciter les élèves récalcitrants à faire leurs devoirs. Remettrais-tu en cause sa personne ? Ou moi ?

— Non, non. C'est seulement que… que certains d'entre nous se demandent s'il ne vaudrait pas mieux lever le pied, laisser les choses se calmer. Blair Kimball n'arrête pas de poser des questions.

— Déformation professionnelle, répliqua Atherton avec un geste désinvolte de la main. Il ne restera pas longtemps dans le coin.

— Mais Rafferty, si, rétorqua Bob. Et quand on saura ce qui est arrivé à Sarah…

— Cette putain a eu ce qu'elle méritait, déclara Atherton en se penchant en avant, l'air satisfait. Mais quelle est cette faiblesse que je crois déceler en toi ? Voilà qui me trouble beaucoup…

— Je ne veux pas de problèmes, c'est tout. J'ai femme et enfants, vous comprenez.

— Ah oui, ta femme…

Atherton se redressa pour tamponner ses lèvres avec sa serviette en papier.

— Peut-être seras-tu intéressé d'apprendre que ta Bonny Sue a un amant.

Bob devint livide, puis rouge comme une betterave.

— C'est un mensonge ! Un ignoble mensonge…

— Prends garde, dit Atherton sans se départir de son expression amène.

Bob en perdit de nouveau toutes ses couleurs.

— Toutes les femmes sont des putains, reprit le maire calmement. On ne les changera pas. Maintenant, permets-moi également de te rappeler que la voie que tu as choisie est à sens unique. Tu as reçu le sceau. Et jusqu'à présent, ceux qui ont essayé de se dérober à leur serment en ont payé le prix.

— Je ne veux pas de problèmes, marmonna Bob.

— Eh bien, n'en créons point. Le gamin gardera un œil sur Clare, et le bon. D'autres surveillent Lisa MacDonald… ainsi que toi.

Atherton se remit à sourire.

— Bon. J'ai deux missions à te confier. La première, c'est de dire aux éventuels mécontents qu'il n'y a qu'un seul grand prêtre. Et la seconde, d'aller prendre certaine statue dans le garage des Kimball pour l'apporter au sanctuaire.

— Vous voulez que je vole ce machin de métal juste sous les yeux de Clare ?

— Allons, fais preuve d'ingéniosité pour une fois, répliqua-t-il en tapotant la main de Bob. Je sais que je peux compter sur ta loyauté.

« Et sur ta peur… »

Cam était en train de passer un nouveau coup de fil en Floride. Avec beaucoup de temps et de persévérance, il avait réussi à suivre la trace de l'ancien shérif de Fort Lauderdale à Naples, puis de Naples à Arcadie, d'Arcadie à Miami, et enfin de Miami jusqu'à une petite ville située près du lac Okeechobee. Parker avait accompli ce périple en six mois à peine. Selon Cam, c'était un peu rapide pour une balade : Parker fuyait quelque chose.

Restait à savoir quoi.

— Shérif Arnette.

— Shérif Arnette, ici le shérif Rafferty, d'Emmitsboro, Maryland.

— Maryland, dites-vous ? Quel temps fait-il chez vous ?

Cam jeta un coup d'œil par la fenêtre.

— On dirait bien qu'il va pleuvoir.

— Eh bien ici, nous avons trente à l'ombre, lança fièrement Arnette. Bon, que puis-je faire pour vous, shérif ?

— J'essaye de retrouver la trace de mon prédécesseur. Le shérif Parker. Garrett Parker. Sa femme Béatrice et lui sont arrivés dans votre district il y a environ un an.

— Je m'en souviens, oui. Ils avaient pris une location près du lac. Et puis ils ont aussi acheté une bible. Pour le voyage, qu'ils disaient.

Cam frotta sa nuque ankylosée.

— Ils sont partis ?

— Définitivement. Enterrés tous les deux depuis dix mois à Cypress Knolls.

— Morts ? Tous les deux ?

— Leur maison a été incendiée de fond en comble. N'avaient pas de détecteur de fumée. Et ils étaient tous les deux au pieu.

— Qu'est-ce qui a causé l'incendie ?

— Des mégots dans la chambre, répondit Arnette. La maison était entièrement de bois. A flambé comme de l'amadou. Vous disiez que c'était votre prédécesseur ?

— Oui.

— Curieux. Il affirmait partout qu'il était un assureur d'Atlanta à la retraite. Vous savez pourquoi ?

— Je commence à le deviner. J'aimerais avoir une copie des rapports de police, shérif.

— Ça peut se faire… à condition que vous me disiez ce que vous êtes en train de mijoter.

— Il se peut que la mort des Parker ait un rapport avec un meurtre survenu récemment dans le coin.

— Ah bon ?

Arnette marqua une pause pour réfléchir.

— Me demande si je vais pas rouvrir le dossier, dit-il enfin.

— A part ça, ils ont reçu de la visite ?

— Pas une seule fois. Restaient entre eux. A mon avis, sa femme voulait s'arrêter une bonne fois pour toutes, alors que lui avait le feu au train. L'a eu finalement pour de bon, on dirait.

— Oui, on dirait…

Un quart d'heure plus tard, Cam trouva Bud en train de dresser une contredanse à une Buick garée en zone rouge devant la bibliothèque.

— Me demande pourquoi m'dame Atherton s'obstine à se garer ici, s'écria Bud. Je suis sûr qu'elle va venir m'arracher tripes et boyaux.

— Bah, le maire réglera la note. Bud, il faut que je parle à Sarah. J'aimerais que tu m'accompagnes.

— A vos ordres, répondit-il en rangeant son carnet à souches. Elle a des pépins ?

— Je ne sais pas. Allons, en route.

Bud passa une main sur ses épis rebelles.

— Shérif, je n'ai pas envie de… Enfin, je veux dire que Sarah a déjà assez de problèmes comme ça. Maman et elle n'arrêtent pas de se chamailler depuis quelque temps.

— Je suis désolé, Bud, mais j'ai juste besoin de lui poser deux ou trois questions.

— Si elle a fait des conneries…

Il repensait aux hommes qui montaient dans sa chambre.

— Elle m'écoutera peut-être, moi, reprit-il. Je pourrais essayer de la ramener dans le droit chemin.

— Nous allons seulement lui parler, je te dis.

Ils longèrent le parc. La benjamine de Mitzi Hawbaker allait et venait sur une balançoire, sous la surveillance de sa mère, tandis que, non loin de là, M. Finch promenait ses chiens.

— Le Club des dames a planté des fleurs vraiment ravissantes, cette année.

Bud baissa les yeux sur les pétunias. Il savait que Cam était en train d'essayer de donner un tour moins pénible à leur démarche. En vain.

— Sarah est juste un peu déboussolée, reprit-il. Elle n'a jamais obtenu ce qu'elle désirait dans la vie. Il y avait toujours des mecs pour lui courir après, des types qui ne valaient pas grand-chose.

Il regarda Cam, puis détourna les yeux et s'éclaircit la gorge.

— C'était il y a des lustres, Bud. En ce temps-là, je ne valais pas grand-chose non plus.

Arrivés devant chez Clyde, ils se dirigèrent vers la porte de service.

— Sa voiture n'est pas là.

— J'avais remarqué, merci, marmonna Cam. Essayons d'abord de savoir à quelle heure elle commence son service.

Il frappa à la porte.

— Sacré bon sang, c'est fermé ! Revenez après 5 heures.

— C'est Rafferty.

— Même si c'était le Seigneur tout-puissant qui demandait une Budweiser, ça serait toujours fermé.

— Je ne viens pas pour boire, Clyde. Je cherche Sarah.

— Comme la moitié des hommes de cette ville, répliqua Clyde en ouvrant sa porte d'un air renfrogné.

De son minuscule bureau s'échappait un air romantique, le générique d'un interminable feuilleton télé.

— Un homme ne peut donc pas se reposer cinq minutes ?

— A quelle heure Sarah sera-t-elle là ?

— Cette satanée…

Il n'acheva pas sa phrase — par égard pour Bud.

— Elle est censée être là à 4 heures et demie, poursuivit-il. Tout comme elle était également censée être là à 4 heures et demie, hier. Et avant-hier. Mais ça fait une semaine qu'elle n'a pas daigné se montrer.

— Elle n'est pas venue travailler ?

— Non, elle n'est pas venue travailler. Vous êtes sourd ou quoi ? Elle n'a pas montré ses fesses depuis samedi soir.

Puis, pointant un doigt en direction de Bud :

— Si tu la vois, ajouta-t-il, tu peux lui dire qu'elle est virée. J'ai engagé la fille Jenkins à sa place.

— Est-ce qu'elle est restée chez elle ? demanda Cam.

— Comment le saurais-je ? Je suis peut-être le seul à ne jamais monter ces putains de marches !

Remarquant l'expression de Bud, il détourna les yeux, confus. Mais quoi, se dit-il, ils n'avaient qu'à ne pas venir le déranger à l'heure de son feuilleton préféré…

— Tu verrais un inconvénient à ce qu'on monte jeter un œil ?

— Pas le moindre. Vous êtes la loi, les gars — et c'est ta sœur, Bud.

— T'as un passe, Clyde ?

— Jésus !

Il fit volte-face vers sa cahute et se mit à farfouiller dans un tiroir.

— Dites-lui aussi que si elle ne se ramène pas avec le loyer d'ici à la fin de la semaine, je la fous dehors. C'est pas un relais de pèlerins, ici.

Il fourra la clé dans la main de Cam et referma la porte à la volée.

— Voilà ce que j'apprécie chez lui, dit Cam. Son sourire affable, son caractère enjoué…

— Ça ne ressemble pas à Sarah de manquer le boulot, déclara Bud tandis qu'ils grimpaient l'escalier. Elle voulait faire suffisamment d'économies pour déménager dans une grande ville.

— Oui, mais elle vient aussi de se disputer avec ta mère, lui rappela-t-il. Peut-être a-t-elle décidé de prendre quelques jours de repos pour se calmer les nerfs.

Parvenu sur le palier, Cam frappa à la porte, puis, n'obtenant pas de réponse, inséra la clé dans la serrure.

Le studio était pratiquement vide. Le tapis était toujours en place, sorte d'ovale frangé élimé sur les bords. Le lit escamotable était défait, les draps de faux satin rouge froissés. Il ne restait plus dans la pièce qu'une lampe, une commode à laquelle il manquait un tiroir, et une coiffeuse branlante et poussiéreuse sur laquelle on distinguait encore les traces laissées par des bouteilles et des flacons. Cam alla inspecter la penderie.

Elle était vide.

— On dirait bien qu'elle a tout emporté.

— Elle ne serait pas partie comme ça. Je sais bien qu'elle était à cran avec maman, mais elle m'aurait tout de même averti.

Cam ouvrit un tiroir.

445

— Ses affaires ne sont plus là.

— Oui, mais…

Bud se gratta la tête.

— Elle ne serait pas partie comme ça, Cam, répéta-t-il. Pas sans me faire savoir où elle allait.

— Bon, nous vérifierons plus tard ce qui manque. Et si tu t'occupais un peu de la salle de bains ?

Cam sortit les autres tiroirs pour les inspecter en détail. Il essayait de ne pas repenser à Sarah comme à l'une de ses anciennes amies, de ne pas se rappeler la vie qu'elle avait menée durant toutes ces années. Ni le regard qu'elle lui avait lancé la dernière fois qu'ils s'étaient vus. Sans doute en avait-elle eu marre et avait-elle voulu prendre le large, se dit-il. Quand elle serait à court d'argent, elle reviendrait.

Cependant, tandis qu'il passait en revue les tiroirs vides de la coiffeuse, il ne cessait de repenser au coup de téléphone qu'il avait reçu le samedi soir.

« Ils sont en train de la tuer… »

Sa main rencontra alors, scotchée sous le dernier tiroir de la coiffeuse, une liasse de billets enveloppée dans un sac en plastique — une grosse somme. Son malaise s'en accrut d'autant.

— Elle a laissé une demi-bouteille de démaquillant et quelques…

Bud se figea sur le seuil de la salle de bains.

— Qu'est-ce que c'est que ça ?

— C'était scotché sous le tiroir. Bud, il y a là quatre cent trente-sept dollars.

— Quatre cents ? s'exclama Bud en fixant la liasse avec de grands yeux désemparés. C'étaient ses économies. Pour partir… Cam, jamais elle n'aurait laissé là cet argent.

Il suivit Cam du regard, pendant que ce dernier se baissait pour jeter un coup d'œil sous le lit.

— Oh, Seigneur… Qu'allons-nous faire ?

— Appeler la police d'Etat pour qu'elle lance un avis de recherche. Et puis nous irons voir ta mère.

Il fit glisser le sac dans sa poche.

— Bud, est-ce que Sarah avait échafaudé des plans avec Parker avant qu'il quitte la ville ?

— Parker ?

Bud en parut estomaqué. Il se mit à rougir.

— Peut-être, je ne sais pas. Jésus, Cam, tu ne penses tout de même pas qu'elle est descendue rejoindre Parker en Floride ? Ils étaient parfois ensemble, c'est sûr, mais pas par amour. C'était juste... pour faire des économies...

Sa voix se brisa dans un murmure.

— Elle ne t'a jamais rien dit à son sujet ? S'il appartenait à un club, par exemple ?

— Un club ? Comme le Rotary... ou d'un autre genre ?

— D'un autre genre.

— Il avait l'habitude de traîner à la Légion. Enfin, tu sais tout ça. Non, crois-moi, elle ne serait pas partie pour le rejoindre. Elle pouvait à peine le supporter. Elle n'aurait pas tout abandonné comme ça — son studio, son argent, sa famille — uniquement pour aller le retrouver.

— Oui, je sais, dit Cam en lui posant une main sur l'épaule. Bud, qui d'autre couchait avec elle ?

— Cam !

— Je suis désolé, mais il faut bien qu'on commence par quelque chose. Est-ce qu'il y avait quelqu'un qui lui donnait du fil à retordre, qui s'accrochait à ses basques ?

— Davey Reeder n'arrêtait pas de la demander en mariage. Mais elle lui riait au nez. Et puis Oscar Roody se vantait sans cesse de ses exploits avec elle, mais à ma connaissance il n'est jamais monté ici. Sarah disait qu'il avait peur de sa femme. Comme beaucoup d'autres, j'imagine. Elle affirmait que la plupart des collets montés d'Emmitsboro et des Etats environnants étaient venus baisser leur froc chez elle. C'est ce qu'elle prétendait du moins, mais ça ne signifiait pas grand-chose, tu sais.

— C'est bon, Bud. Et si on allait passer ces coups de fil ?

— Cam, tu crois qu'il lui est arrivé quelque chose ? Quelque chose de moche ?

Parfois, se dit Cam, il valait mieux mentir...

— Je crois plutôt qu'elle en a eu sa claque et qu'elle est partie sur un coup de tête. Tu la connais : agir d'abord, réfléchir ensuite.

— Ouais, répliqua Bud en s'accrochant à cette explication avec toute la force du désespoir. Elle reviendra quand elle se sera calmée. Et puis elle arrivera bien à embobiner Clyde pour récupérer son travail.

Cependant, quand ils quittèrent le minuscule studio, ni l'un ni l'autre ne se faisaient plus guère d'illusions.

Assise dans sa cuisine, Joleen Butts s'évertuait à dresser la liste de ses futurs invités. C'était le premier après-midi de congé qu'elle s'octroyait depuis des lustres. Mais comme depuis quelque temps le restaurant fonctionnait au ralenti les après-midi de semaine, elle était sûre que Will saurait se passer d'elle.

Et puis ce n'était pas tous les jours que son fils avait le bac. Certes, elle s'inquiétait un peu de ce qu'Ernie ne manifeste aucune envie d'entrer à l'université, mais après tout, elle-même n'y avait jamais mis les pieds, et cela ne l'avait pas empêchée de se faire une place au soleil. Will, en revanche, qui voyait déjà son fils décrocher un M.B.A., en avait été amèrement déçu. Et puis il n'avait jamais bien accepté les réticences d'Ernie à venir travailler avec eux à la pizzéria après l'école.

Mais aussi, se dit-elle, Will et elle ne pouvaient que tomber de haut. S'ils avaient travaillé si dur pour que le restaurant soit une affaire florissante, c'était également pour transmettre cette dernière à Ernie, et lui assurer ainsi un travail prospère. Mais voilà qu'il préférait travailler à la station-service…

Enfin, il allait sur ses dix-huit ans, et elle-même à cet âge n'aurait certainement pas manqué de décevoir ses parents jusqu'à plus soif. Elle aurait seulement aimé… Elle laissa brusquement retomber son stylo. Oui, songea-t-elle, elle aurait seulement aimé que son fils sourie un peu plus.

Elle l'entendit ouvrir la porte d'entrée. Son cœur devint aussitôt plus léger. Cela faisait si longtemps qu'ils ne s'étaient assis ensemble dans la cuisine pour bavarder, comme au bon vieux temps, lorsqu'il rentrait de l'école pour se jeter sur les *cookies* et se pencher avec elle sur une division compliquée.

— Ernie ?

Le pas du garçon hésita un instant dans l'escalier. Il passait beaucoup trop de temps dans sa chambre, se dit-elle. Beaucoup trop de temps tout seul.

— Ernie, je suis là, dans la cuisine. Viens un peu par ici.

Il apparut sur le seuil, les mains enfoncées dans les poches de son jean. Joleen lui trouva une petite mine pâlotte. Sans doute une séquelle de son malaise de lundi dernier — la fièvre d'avant les examens, pensa-t-elle en souriant.

— Qu'est-ce que tu fais ici ? lui lança-t-il.

Cela sonnait comme un reproche. Joleen accusa le choc avec une moue conciliante.

— J'ai pris quelques heures de congé. Mais, dis-moi, je n'arrive jamais à me mettre ton emploi du temps en tête : tu ne travailles pas aujourd'hui ?

— Pas avant 5 heures.

— Ah, tant mieux. Nous aurons ainsi un peu de temps pour nous deux.

Elle se leva pour ôter sa coiffe blanche au gros cuistot de céramique qui lui servait de pot à *cookies*.

— J'ai rapporté des pétales au chocolat.

— Je n'ai pas faim.

— Cela fait des jours que tu n'as pas d'appétit. Tu te sens bien, au moins ?

Elle voulut poser une main sur son front, mais Ernie se recula vivement.

— Je ne veux pas de *cookies*, d'accord ?

— Oui, oui.

Joleen avait l'impression de regarder un étranger aux yeux trop sombres, à la peau trop blafarde. Il n'arrêtait pas de sortir les mains de ses poches pour les y remettre aussitôt.

— Ça s'est bien passé à l'école, aujourd'hui ?

— Bah, tout ce qu'on y fait, c'est compter les minutes.

— Ah, hmm…

Elle sentit son sourire défaillir.

— Je comprends, dit-elle en s'efforçant de garder bonne figure. La dernière semaine avant les examens, c'est un peu comme les derniers jours avant la quille. J'ai repassé ta toge.

— Super. Maintenant, j'ai des choses à faire.

— Attends, il faut qu'on parle…

Elle farfouilla dans ses listes.

— … de la fête.

— Quelle fête ?

— Tu sais bien, on en a déjà discuté. Le dimanche après la remise des diplômes. Mamie et papy vont venir nous voir, et puis tante Marcie. Nana et Frank de Cleveland aussi. Je ne sais pas où je vais pouvoir coucher tout ce monde, mais…

— Pourquoi viennent-ils ?

— Pour toi, voyons ! Je sais bien que tu n'as eu droit qu'à deux invités pour la cérémonie — l'école est si petite —, mais ça ne veut pas dire que nous ne pouvons pas donner notre petite fête à nous.

— Je t'ai déjà dit que je n'en voulais pas.

— Non, tu as dit que ça ne te dérangeait pas.

Joleen reposa la liste tout en essayant de maîtriser sa colère.

— Eh bien, si, ça me dérange, répliqua-t-il. Je ne veux pas de fête. Je ne veux pas voir ces gens. Je ne veux voir personne.

— Je crains que tu n'aies pas le choix.

Elle entendit sa propre voix résonner dans la pièce, et se rendit compte qu'elle était aussi atone, froide et inflexible que celle de sa propre mère jadis. La boucle était bouclée, se dit-elle avec lassitude.

— Tout est déjà prévu, Ernie. La mère et le beau-père de ton père seront là samedi soir, ainsi que quelques-uns de tes cousins. Les autres convives arriveront le lendemain matin.

Elle leva la main pour prévenir ses récriminations, comme le ferait un agent de la circulation pour immobiliser des voitures — encore un tic de sa mère, songea-t-elle.

— Bon, maintenant, tu peux très bien ne pas souhaiter les voir, mais eux vont venir pour toi. Ils sont fiers de toi et ils désirent prendre part à cette étape de ta vie.

— Je vais bientôt quitter l'école, voilà tout. Quelle putain d'affaire !

— Ne me parle comme ça, je te prie, dit-elle en s'avançant vers lui.

Ernie avait beau la dépasser de plusieurs centimètres, elle pouvait encore se prévaloir de son autorité maternelle.

— Que tu aies dix-sept ou cent sept ans importe peu. Ne me parle pas comme ça, c'est tout.

— Je ne veux pas avoir une bande de parents débiles sur le dos.

Il s'était mis à parler d'une voix stridente, si incontrôlable qu'elle le remplit lui-même de panique.

— Je ne veux pas de fête. C'est bien moi qui suis diplômé, non ? C'est bien à moi de décider, non ?

Joleen se sentit prise de compassion. Elle se rappelait avoir subi elle-même le joug de la volonté parentale. Mais elle s'était longtemps trompée sur le sens de cette autorité…

— Je suis désolée, Ernie, insista-t-elle, mais je ne le crois pas. Et puis, ce ne sont que quelques jours de ta vie.

— Oui, mais c'est ma vie, s'écria-t-il avant d'envoyer bouler une chaise. *Ma* vie. Et tu ne m'as pas laissé le choix non plus en venant t'installer ici. Tout ça pour mon *bien*.

— C'est en effet ce qui nous préoccupait, ton père et moi. Et puis c'était aussi pour notre bien à tous.

— Ah ouais ? Super ! Tu m'as arraché à mes amis pour me coincer dans ce bled paumé où les autres mômes ne pensent qu'à canarder des cerfs et à élever des cochons, et où les hommes se mettent à tuer des femmes ?

— Mais de quoi parles-tu ?

Elle posa une main sur son bras. Il s'écarta d'un geste brusque.

— Ernie, je sais bien que cette femme a été agressée et que c'est horrible. Mais elle n'est pas morte. Des choses pareilles n'arrivent pas par ici.

— Tu n'y connais rien.

Ernie était devenu livide. Des larmes amères lui étaient montées aux yeux.

— Non, tu ne sais rien de cette ville. Et tu ne sais rien de moi.

— Ce que je sais, c'est que je t'aime, et que tu m'inquiètes. Peut-être que j'ai passé trop de temps au restaurant. Voilà longtemps qu'on aurait dû parler un peu tous les deux. Allez, assieds-toi. Viens, raconte-moi tout.

— C'est trop tard.

Il se couvrit la face et fut bientôt secoué par des sanglots que Joleen ne lui avait pas connus depuis l'enfance.

— Oh, mon petit, mon chou… Viens donc. Dis-moi ce que je peux faire.

Elle n'eut pas plus tôt mis son bras autour de ses épaules qu'Ernie s'écarta de nouveau. Toute amertume avait disparu de son regard. Joleen n'y lisait plus que de la révolte.

— Trop tard, cria-t-il. Mon choix est fait maintenant. Je ne peux plus revenir en arrière. Laisse-moi tranquille. Oui, laisse-moi tranquille, c'est encore ce que tu réussis le mieux.

Et il sortit en vacillant de la maison, fuyant les appels de sa mère.

24.

Clare mettait la dernière touche à sa sculpture d'Alice. Ce serait sa première œuvre pour la nouvelle aile du Betadyne. Une œuvre placée sous le signe de la grâce, de l'efficacité, du courage et de la persévérance. Peu de qualités pouvaient selon elle mieux caractériser la femme que celles-là.

Elle releva soudain la tête en entendant des pneus crisser sur le bitume. Perplexe, elle vit la mère d'Ernie crier après son fils qui venait de dévaler la rue en voiture. Quelques jours plus tôt, elle aurait sans doute pris sur elle de rattraper le garçon pour essayer de le consoler, de calmer les choses. Mais c'était avant que Sally ne lui ait parlé du télescope.

« Ne t'occupe pas de ça », se dit-elle en retournant à son travail. Si elle n'avait pas été la première à se mêler de ce qui ne la regardait pas, elle n'aurait probablement pas ressenti ce malaise singulier qui s'emparait d'elle chaque fois qu'elle tirait les rideaux de sa chambre.

Et puis elle avait ses propres soucis. Des contrats et des commandes, une relation qui avait pris une ampleur incontrôlable, et cette satanée allocution au déjeuner du club. Elle chassa de la main les cheveux qui lui tombaient sur le visage et consulta sa montre. Il fallait aussi qu'elle aille informer Cam du cantique dont s'était souvenue Lisa.

Mais où diable était-il encore passé, celui-là ?

Quand, à son retour de l'hôpital, elle avait fait un crochet par le poste, elle ne l'y avait pas trouvé. Elle l'avait alors appelé chez lui, sans plus de succès. Sans doute était-il parti faire respecter la loi et l'ordre public, se dit-elle en esquissant un faible sourire. De toute façon, elle le verrait dans quelques heures, quand tous deux en auraient terminé avec leurs tâches respectives.

Elle éteignit son chalumeau et se recula un peu. « Pas mal », se dit-elle en plissant les yeux. L'excitation la gagna tandis qu'elle enlevait ses gants. « Non, vraiment, pas mal du tout… »

Certes, Alice avait peu de chances de s'y retrouver : la statue présentait des formes féminines aussi allongées qu'exagérées et des traits anonymes. Mais c'était bien là une Femme, et c'était précisément ainsi que Clare pensait la baptiser. Les quatre bras risquaient de choquer son amie ; pour Clare, en revanche, ils symbolisaient l'aptitude de la femme à effectuer plusieurs tâches à la fois — et tout cela avec la même aisance naturelle.

— C'est censé représenter quoi ? lui demanda Blair derrière son dos. La déesse Kali après une cure d'amaigrissement ?

Elle eut un sursaut de surprise.

— Non, répliqua-t-elle. Kali a six bras, je crois.

Reposant ses gants, elle retira sa coiffe.

— C'est Alice.

— Ben tiens, s'exclama Blair avec un haussement de sourcils. Ça se voit tout de suite.

— Rustre !

— Excentrique.

Cependant son sourire s'évanouit très vite. Il s'avança dans le garage, une pile de livres sous le bras.

— Clare, c'est quoi tout ça ?

La jeune femme en rougit jusqu'aux oreilles.

— Tu as fouillé dans ma chambre ! Mais, dis-moi, ça doit pourtant bien faire près de vingt ans qu'on a appris à respecter l'intimité de chacun, non ?

— Le téléphone a sonné quand j'étais à l'étage. Le téléphone de ta chambre était le plus proche.

— Je ne me souviens pas de l'avoir mis dans le tiroir de ma table de nuit.

— J'avais besoin d'un bloc-notes. Je fais des recherches pour Cam. Je n'avais rien sur moi pour écrire. Mais là n'est pas la question, n'est-ce pas ?

Elle lui prit les volumes des mains pour les jeter sur un établi.

— Mes lectures ne regardent que moi.

— Tu parles d'une réponse, dit-il en lui posant la main sur l'épaule.

— C'est la mienne.

— Clare, ce n'est pas comme si j'avais découvert dans ton journal intime que tu avais le béguin pour le capitaine de l'équipe de foot.

— Non, mais c'est presque aussi moche.

Elle essaya de se dégager. Blair, cependant, la maintenait fermement.

— Laisse-moi donc, j'ai du travail.

Il la secoua un peu, pour lui exprimer son affection autant que son impatience.

— Ecoute, jusqu'à présent je croyais que c'étaient tes rapports avec Cam qui te rendaient si nerveuse, si bouleversée.

— Nerveuse seulement, le corrigea-t-elle. Pas bouleversée.

— Bon, d'accord. Dès que je suis arrivé ici, j'ai su que quelque chose te tracassait. Pourquoi crois-tu que je sois resté ?

— Parce que tu raffoles de mes hamburgers cramés.

— Je déteste tes hamburgers cramés.

— T'en as pourtant mangé deux, l'autre soir.

— Ce qui prouve combien je t'aime. Où as-tu eu ces livres, Clare ?

Elle sentit la colère quitter son regard, qui devint sombre et humide.

— Ils appartenaient à papa, répondit-elle.

— A papa ?

La pression des doigts de son frère se relâcha sur son épaule. Quel que soit l'objet de ses soupçons ou de ses craintes, il ne s'attendait guère à cela.

— Que veux-tu dire par là ?

— Je les ai trouvés dans les cartons que maman avait remisés au grenier. Elle a gardé la plupart de ses livres et quelques autres affaires. Sa chemise de jardinage, sa vieille boussole cassée, les cailloux qu'il avait ramassés au Grand Canyon. Je croyais qu'elle avait tout jeté.

— Moi aussi.

Blair avait soudain l'impression de redevenir l'enfant inquiet, fragile et maussade qu'il était jadis.

— Asseyons-nous un instant, veux-tu ?

Ils prirent place sur les marches qui menaient dans la cuisine.

— J'ai toujours pensé que, après sa mort, elle avait voulu... laisser tout derrière elle, tu comprends ? reprit Clare en serrant ses mains entre ses genoux. C'est ce que je m'étais dit en la voyant reprendre si vite du poil de la bête.

Elle avait tant de problèmes à régler, aussi. La faillite de l'entreprise, l'horrible scandale du centre commercial… Et puis le fait que, malgré les rapports de police concluant à un accident, les gens continuaient à parler de suicide. Elle a tout assumé avec une telle bravoure… Oui, c'est ce que je me disais. Mais dans le fond de mon cœur, je la haïssais à cause de ça.

Blair lui passa un bras autour des épaules.

— Elle devait penser à nous, tu sais.

— Je sais, je sais bien. Mais c'est comme si elle n'avait jamais fait de faux pas, tu vois ? Jamais failli, jamais craqué. A croire qu'elle s'en fichait. Et puis j'ai trouvé tous ces trucs, là-haut, soigneusement emballés par elle. Toutes ces petites bricoles qui avaient tant compté pour lui. Et qu'elle avait gardées. Alors j'ai compris, oui, je crois que j'ai compris tout ce qu'elle avait pu ressentir à ce moment-là. Oh, Blair, si seulement elle m'avait laissée l'aider à ranger tout ça…

— Tu n'étais pas en état d'aider qui que ce soit. Tu étais la plus ébranlée de nous trois, Clare. C'est toi qui l'as trouvé. Moi, je n'ai rien vu…

Il ferma les yeux un instant et pencha la tête contre la sienne.

— Maman non plus, d'ailleurs. Il nous avait tous quittés, mais c'était toi, et toi seule qu'il fallait protéger. Maman a passé toute la nuit suivante avec toi.

Clare releva le visage vers lui avant de fixer de nouveau ses pieds.

— Je l'ignorais.

— Le Dr Crampton t'avait donné un sédatif, mais tu continuais à hurler dans ton sommeil. Sans cesse.

Elle tendit une main vers Blair. Celui-ci l'étreignit fortement.

— Elle est restée à ton chevet jusqu'au matin, tu sais. Tout s'est passé si vite, après : les funérailles, cette histoire de bakchichs…

— J'aimerais tant pouvoir comprendre. Tout comprendre.

Ils demeurèrent un instant silencieux, serrés l'un contre l'autre.

— Et ces livres ? demanda enfin Blair.

— Je les ai trouvés en haut. Papa lisait beaucoup, tu te rappelles ? Tout et n'importe quoi.

Elle parlait trop vite, songea-t-elle. Elle se leva dans l'espoir que cela la calmerait un peu.

— La religion était une sorte d'obsession pour lui. Son enfance…

456

— Je sais.

Les obsessions d'un rebelle contre celles de son milieu — pouvoir contre pouvoir — et le bon Dieu perdu dans tout ce chaos.

— En fait, reprit Clare, il était fana de ces trucs-là. De Martin Luther à Bouddha — et j'en passe. Je pense qu'il essayait seulement de trouver ce qui était juste. Si seulement il y avait quelque chose de juste... Mais tout cela ne veut rien dire.

Ses mains tremblaient. Blair se leva à son tour pour les prendre dans les siennes.

— Tu en as parlé à Cam ?

— Pourquoi le devrais-je ? s'exclama-t-elle d'une voix où perçait la panique. Cela ne le regarde en rien.

— Mais de quoi as-tu peur ?

— De rien. Je n'ai peur de rien. J'ignore même pourquoi nous parlons de tout cela. Je vais aller remettre les livres au grenier, voilà tout.

— Cam est en train de travailler sur l'hypothèse que la mort de Biff et l'agression de Lisa seraient toutes deux liées à une affaire de culte satanique.

— Grotesque. Et puis, même s'il y avait du vrai dans cette histoire, ce que je ne crois pas, je vois mal le rapport avec papa. Voilà plus de dix ans qu'il est mort.

— Un peu de bon sens, Clare, je t'en prie. C'est une petite communauté, ici. Tout le monde est étroitement lié. S'il se déroule des pratiques sataniques dans cette ville, et que tu trouves par ailleurs toute une bibliothèque sur le sujet dans la maison d'un de ses habitants, quelle conclusion peut-on en tirer à ton avis ?

— Je ne sais pas, dit-elle en repoussant ses mains. Ça n'a pas de sens.

— Si, et tu le sais aussi bien que moi, lui répliqua-t-il d'une voix douce. Papa est mort, Clare. Il n'a plus besoin que tu le protèges.

— Jamais il ne se serait mêlé à ce genre de choses. Seigneur, Blair, moi aussi j'ai lu ces livres, et ce n'est pas pour cela que je vais sur-le-champ sacrifier une jeune vierge.

— C'est pourtant bien à cause d'un de ces livres, et d'un seul, que tu as envoyé Cam fouiller la chambre de Biff.

Elle leva les yeux vers lui.

— Tu m'as l'air bien au courant, dis-moi.

— Je te répète que j'aide Cam dans ses recherches. Mais l'important est ceci : tu as cru que ce seul livre constituait une raison suffisante pour qu'il y regarde de plus près, et tu n'avais pas tort. Sais-tu ce qu'il a trouvé d'autre là-bas ?

— Non, répondit-elle en s'humectant les lèvres, je ne le lui ai pas demandé, et je ne veux pas le savoir.

— Il y a trouvé des indices prouvant que Carly Jameson y avait été séquestrée.

— Oh, mon Dieu.

— Et de la drogue aussi. Sa mère lui a révélé par ailleurs qu'elle avait brûlé une robe noire, des cierges noirs ainsi que plusieurs magazines pornographiques à tendance satanique. Nul doute que Biff était impliqué dans une sorte de secte. Et il faut plus d'une seule personne pour composer une secte.

— Papa est mort, répéta-t-elle. Et de son vivant, il pouvait à peine supporter Biff Stokey. Comment oses-tu croire que notre père ait pu participer en quoi que ce soit à des rapts de jeunes filles ?

— Je n'aurais pas cru, non plus, qu'il puisse commettre des actes illégaux, ce qui était pourtant le cas. La réalité est ce qu'elle est, Clare, et nous devons l'affronter.

— Je n'ai pas besoin de tes leçons, rétorqua-t-elle en lui tournant le dos.

— Si tu ne vas pas toi-même parler à Cam de ces bouquins, c'est moi qui le ferai.

Clare ferma convulsivement les paupières.

— Il était *ton* père, aussi.

— Et je l'aimais autant que toi.

Il la prit par les épaules pour la forcer à se retourner.

— Bon sang, Clare, crois-tu que tout cela soit facile à avaler ? Rien que l'idée qu'il puisse y avoir le moindre indice prouvant qu'il a été impliqué dans une affaire de ce genre me rend malade. Mais c'est bien ce à quoi nous devons faire face désormais. Le passé est le passé, nous ne pouvons rien y changer. Mais peut-être, oui, peut-être que si nous débrouillons toute cette histoire, nous serons capables de modifier tout de même le présent.

— Très bien.

Elle se couvrit le visage. Lorsqu'elle laissa retomber ses mains, ses yeux étaient secs.

— Très bien, répéta-t-elle d'une voix atone. Mais c'est moi qui irai voir Cam.

— Crois-moi, elle est juste partie prendre l'air, affirma Morgan avec un hochement de tête entendu, la tasse de café aux lèvres. Tu la connais : le moindre cancrelat au cul, et la voilà qui perd la tête.

— Hmm, peut-être, convint Cam sans cesser de taper son rapport. Cela dit, c'est curieux qu'elle ait abandonné son argent derrière elle. D'après sa mère, toutes deux se disputaient depuis quelque temps au sujet de sa petite activité parallèle, ses petits « extra », comme elle les appelle. Sarah a fini par lui dire qu'elle allait bientôt mettre fin à ce genre d'à-côtés. Qu'elle avait une affaire en vue qui allait lui rapporter le gros lot.

— Va savoir si c'est vrai, lança Morgan d'un air dubitatif.

Il n'aimait pas du tout la façon avec laquelle Cam s'acharnait sur cette affaire : jamais il n'aurait cru que quelqu'un puisse s'inquiéter autant du départ de Sarah.

— Va savoir aussi si elle ne s'est pas entichée d'un type au point de partir avec lui. Non, crois-moi, il y a de fortes chances pour qu'on la voie se radiner dans quelques jours.

Il reposa sa tasse en soupirant.

— Les femmes sont une énigme pour moi, Cam, je t'assure. La mienne a filé chez sa mère une semaine durant simplement parce que j'avais critiqué son pot-au-feu. Pas moyen de savoir ce qui leur passe par la tête.

— Ça, je te l'accorde, approuva Cam en sortant la feuille de la machine. Mais je me sens tout de même mieux depuis qu'on a lancé cet avis de recherche. Bud est salement secoué, tu sais. J'aurai sans doute besoin que tu le remplaces un peu dans les prochains jours.

— Bien sûr. C'est le bon gars, Bud. Jamais pu comprendre que sa sœur ne se soit pas calmée, depuis le temps. Tu veux que je prenne son tour de patrouille ?

— Ce serait sympa. Il reste auprès de sa mère pour l'instant. Mais tu as encore le temps. Finis donc ton café.

— C'est pas de refus.

Il se renfonça dans sa chaise, qui laissa échapper un sourd gémissement.

— Ça a dû te faire drôle, quand même, de trouver toute cette merde à la ferme. Biff Stokey, un drogué, c'est incroyable. Il appréciait la canette, pour sûr, mais de là à sniffer de la poudre…

— Comme quoi on connaît mal les gens. Mais, dis-moi, il t'est arrivé de jouer au poker avec lui, non ?

— Oh, de-ci de-là, répondit Mick en souriant à ce souvenir. On se retrouvait pour prendre un verre, manger des sandwichs au salami et jouer des parties à vingt-cinq cents la mise. Pas franchement légal, si c'est ce que tu veux me faire avouer, mais personne ne va non plus rouspéter contre le loto des cathos, ni contre les paris planqués à la caserne des pompiers les jours de match à Las Vegas.

— Pas de drogues ?

A cette question, pourtant posée sur un ton détaché, Mick eut un haussement de sourcils.

— Allons, Cam. Tu ne penses tout de même pas qu'un seul de ces gars aurait osé sortir une saloperie pareille en ma présence ? Et puis, du diable si je vois Roody s'allumer un joint ! Pas toi ?

Cam ne put s'empêcher de sourire.

— Non, répondit-il, il est vrai qu'on voit mal la drogue ou le meurtre s'installer dans le coin — mais les faits sont là.

— Pour moi, tout ça est lié, vois-tu. Biff a dû vouloir faire cavalier seul, et un dealer de D.C. l'aura rappelé à son bon souvenir.

Cam laissa échapper un grognement circonspect.

— J'ai découvert autre chose, aujourd'hui, déclara-t-il. Parker et sa femme sont morts.

— Le shérif Parker ? s'exclama Mick en se redressant brusquement sur sa chaise. Seigneur Dieu, Cam. Comment est-ce arrivé ?

— Feu domestique. Ils habitaient près d'un lac, en Floride.

— Lauderdale.

— Non, dit Cam en joignant les mains. Ils avaient déménagé de Fort Lauderdale. En fait, ils ont pas mal bougé durant l'année dernière. Des crochets à travers tout l'Etat.

— Voulaient fuir la routine.

— Ou autre chose. J'attends les rapports de la police et des pompiers.

Mick eut un instant l'illusion de revoir Parker assis à la place de Cam, son ventre débordant de sa ceinture. Il dut se ressaisir.

— Et ça te servira à quoi tout ça ? demanda-t-il.

— Je le saurai quand j'aurai ces fameux rapports sous les yeux.

Cam releva la tête : Clare venait d'entrer dans le poste. Il s'empressa aussitôt d'éparpiller des papiers sur le rapport qu'il venait de taper.

— Salut, s'écria-t-il d'un air enjoué.

— Salut, dit-elle avec un sourire crispé. Bonjour, monsieur Morgan.

— Salut. Alors, te voilà sur une grosse affaire avec un musée chic, à ce qu'il paraît ?

— Oui, on dirait bien.

Elle laissa tomber un sac de livres sur le bureau de Cam.

— Je vous dérange ?

— Pas du tout, répondit Mick en reposant sa tasse de café.

Un seul coup d'œil à Cam lui avait suffi pour comprendre que l'affaire Parker était un sujet confidentiel.

— On était juste en train de tailler une bavette.

— J'aimerais te parler, dit Clare à Cam. Si tu as une minute.

— Oh ! Plusieurs, même.

Déchiffrant de l'embarras sur le visage de la jeune femme, il fit un discret signe de tête à son suppléant.

— Bon, ben, j'y vais, déclara Mick en se levant de sa chaise. Je reviendrai pointer à 7 heures.

— Merci.

— Content de t'avoir vue, Clare.

Il lui donna une petite tape sur l'épaule en passant à côté d'elle.

— Moi aussi.

Dès que la porte se fut refermée, elle entra aussitôt dans le vif du sujet.

— Je ne crois pas que ça signifie grand-chose — et je ne crois même pas que ça te regarde —, mais…

— Holà ! l'interrompit Cam en lui prenant les mains. Et si tu me mettais au courant, d'abord ?

— Excuse-moi, dit-elle d'une voix plus mesurée. Je viens d'avoir une discussion avec Blair, dont la conclusion ne me plaît guère.

— Tu veux que j'aille lui frotter les oreilles de ta part ?

— Non, répondit-elle, avec un vrai sourire cette fois. Ça, je peux m'en charger toute seule. Ecoute, Cam, je ne veux pas que tu croies que je te cachais délibérément une information. Pour moi c'était, et cela reste, une simple affaire de famille.

— Si tu me disais tout ?

Pour toute réponse, elle sortit les livres du sac et les étala sur le bureau. Cam les regarda lentement, l'un après l'autre. Il en connaissait déjà quelques-uns pour les avoir aperçus chez Biff ou à la bibliothèque. Tandis qu'il les examinait, Clare alluma une cigarette.

Les ouvrages étaient vieux et présentaient les signes d'un usage répété. Certaines pages étaient tachées de gouttes de café et de coulures d'alcool. D'autres étaient cornées, et des passages soulignés.

— Où as-tu trouvé ça ?

Elle expira la fumée de sa cigarette.

— Ils appartenaient à mon père, répondit-elle.

Cam repoussa les livres de côté, les yeux rivés sur ceux de Clare.

— Tu ferais peut-être mieux de t'asseoir pour m'expliquer de quoi il s'agit.

— Je préfère rester debout.

Elle tira avidement sur sa cigarette et exhala un nouveau nuage de tabac.

— J'ai découvert ces livres dans des cartons entreposés au grenier. Dans le bureau de mon père. Je ne sais pas si tu t'en étais aperçu, mais il était fasciné par la religion. Toutes les religions. Il avait des livres sur l'islamisme, l'hindouisme, des tas d'ouvrages sur le catholicisme — enfin, sur tous les *ismes* possibles et imaginables. Blair a l'air de croire que j'aurais dû t'en parler depuis longtemps.

— En effet.

— Eh bien moi, je ne crois pas, répliqua-t-elle en écrasant sa cigarette à moitié consumée. Mais comme Blair insistait, j'ai accepté. Voilà. Maintenant c'est fait.

— Assieds-toi un peu, la Gazelle.

— Je ne suis pas d'humeur à supporter un interrogatoire. Je t'ai apporté ces livres, tu peux en disposer comme bon te semble.

Cam la dévisagea un moment en silence. Ses yeux étaient trop brillants, se dit-il, et sa bouche commençait à trembler. Il se leva de sa chaise et contourna son bureau pour la prendre dans ses bras. Tous les muscles de la jeune femme étaient crispés.

— Je sais que ce n'est pas facile pour toi.

— Non, tu ne le sais pas. Tu ne peux pas le savoir.

— Si j'avais le choix, je te dirais de reprendre ces livres et de retourner chez toi, comme si rien ne s'était passé.

Il se recula un peu.

— Mais je n'ai pas le choix.

— C'était un homme bon. J'ai déjà dû endurer les sales ragots que les gens répandaient sur son compte, et je ne pense pas pouvoir supporter cela une deuxième fois.

— Je ferai tout mon possible pour t'épargner une telle épreuve. C'est tout ce que je peux te promettre.

— Et moi, tout ce que je veux, c'est que tu essayes d'avoir confiance en lui. Que tu admettes que posséder ces livres, les lire, les étudier, ou même croire à certaines choses qui y sont écrites, ne faisait pas de lui un salaud pour autant.

— Alors donne-moi les moyens de le prouver. Assieds-toi... S'il te plaît.

Elle s'assit, le buste raide, les mains posées sur les cuisses.

— Clare, te parlait-il parfois de ces livres ou de ce qu'il y avait dedans ?

— Non, jamais. Il parlait plutôt de religion. C'était devenu son sujet favori, surtout après... après qu'il s'est mis à boire. Il était redevenu pratiquant. Il avait reçu une éducation catholique, mais à cause de cela, justement, il avait une aversion profonde pour les religions instituées.

— Quand est-il redevenu pratiquant ?

— Quand j'avais sept ou huit ans. Cela avait pris une très grande importance pour lui. Blair et moi avons fini par nous retrouver au catéchisme. On a même fait notre communion. Le grand jeu, quoi.

— C'était il y a environ vingt ans, c'est ça ?

— Oui, répondit-elle avec un pâle sourire. Le temps passe…

Cam prenait des notes tout en cherchant à savoir comment il pourrait raccorder ces informations à l'enquête en cours.

— Et tu ne t'es jamais demandé pourquoi ?

— Oh si. Mais à cette époque, j'étais encore trop jeune pour me poser des questions de fond. Et puis j'aimais la messe, la musique, le costume du curé. Tout le rituel…

Elle s'interrompit brusquement, choquée elle-même par ce dernier terme.

— Plus tard, poursuivit-elle, je me suis dit qu'avec l'âge il avait tout simplement pris un peu de recul vis-à-vis de sa jeunesse et de tout ce contre quoi il s'était alors rebellé. Sans doute regrettait-il la quiétude de la religion de son enfance. Il avait environ mon âge à cette époque…

Elle fit encore une pause.

— Oui, reprit-elle dans un murmure, voilà qu'à trente ans il se demandait ce qu'allait devenir sa vie. Il s'inquiétait pour Blair et moi, aussi. Le fait que nous n'ayons reçu aucune éducation religieuse le chagrinait. Il avait l'impression qu'il était allé trop loin dans l'opposition qui le dressait contre le souvenir de ses parents.

— C'est ce qu'il vous a dit ?

— Oui, vraiment. Je l'entends encore le répéter pratiquement mot pour mot à ma mère. Il était ce que maman appelait un inquiet. Toujours à se demander s'il avait fait ce qu'il fallait, et si ce qu'il avait fait était la meilleure chose à faire. Il ne voulait pas nous obliger à suivre la religion de force. Ce n'était pas un fanatique, Cam, seulement un homme qui tentait d'agir au mieux.

— Quand a-t-il commencé à boire, Clare ?

— Je ne m'en souviens pas exactement, répondit-elle en se tordant les mains. Ce n'est pas arrivé brusquement. Ça a été plutôt progressif. Aucun d'entre nous ne s'en est aperçu tout de suite. Je le revois encore prenant un whisky-soda, un soir, après le dîner. Après il est passé à deux, sans doute. Et puis il a laissé tomber le soda.

Emu par la douleur que trahissait la voix de la jeune femme, Cam se pencha par-dessus le bureau pour calmer l'agitation de ses mains.

— Clare, j'ai moi-même connu cette pente. Je serais bien le dernier à lui jeter la pierre.

— J'ai l'impression de manquer à sa mémoire, tu comprends ? J'ai l'impression de le trahir en révélant ses faiblesses et ses erreurs.

— C'était un être humain. Tout être humain a ses faiblesses. Ne crois-tu pas qu'il aurait désiré que tu les reconnaisses… et que tu l'aimes *quand même* ?

— Tu parles comme mon psy.

Elle se leva pour marcher jusqu'à la fenêtre.

— J'avais treize ans la première fois où je l'ai vu réellement ivre. Je revenais de l'école. Blair était parti à une répétition de l'orchestre ; ma mère était à une réunion — la Société d'encouragement d'Emmitsboro ou quelque chose comme ça. Papa était effondré sur la table de la cuisine, en train de sangloter sur une bouteille de whisky. Ça m'a fait peur de le voir dans cet état, pleurant tout l'alcool de son corps, les yeux rouges. Il n'arrêtait pas de me dire combien il regrettait. Les mots s'embrouillaient dans sa bouche. Il a essayé de se relever, et puis il est tombé. Il est resté comme ça, étendu sur le sol de la cuisine, à sangloter, à bredouiller des excuses.

Elle effaça rageusement une larme qui lui coulait sur la joue.

— « Je regrette, mon petit, répétait-il. Je regrette tellement. Je ne sais plus quoi faire. Je ne peux plus rien faire. Je ne peux rien y changer. Je ne peux plus revenir en arrière. Non, c'est trop tard. »

— Trop tard pour quoi ?

— Pour s'arrêter de boire, j'imagine. Il ne pouvait pas s'en empêcher. Il croyait qu'il était trop tard. Il m'a dit qu'il n'avait jamais voulu que je le voie dans cet état. Ça le rendait malade. Il ne voulait pas que je voie ça, ni que je sache même.

— N'est-ce pas vers cette époque que se concluait l'affaire du centre commercial ?

— Oui. Et plus le projet arrivait à son terme, plus il buvait. Mon père était un criminel de piètre envergure. Ses ambitions avaient peut-être dépassé toute mesure, mais sa conscience, elle, le lui faisait payer cher.

— Bon, réfléchis bien maintenant. Est-ce qu'il lui arrivait de sortir régulièrement la nuit ? Est-ce qu'il s'en allait parfois avec quelqu'un ? Avec un groupe ?

Clare se retourna en soupirant.

— Il appartenait à toutes sortes de groupes, Cam. Les Jaycees, l'Optimist Club, les Knights of Columbus. Il sortait très souvent pour se rendre à des réunions, à des dîners, pour faire visiter des maisons après les heures de bureau. Je lui demandais toujours de m'emmener avec lui, mais il me portait au lit en me disant que plus tard, quand je serais grande, il ferait de moi son associée. Un soir, pourtant, je me suis cachée dans sa voiture…

Elle s'arrêta net, un éclair de panique dans les yeux, les joues livides.

— Tu t'es cachée dans sa voiture… ?

— Non, non, ce n'est pas ça. Ce n'était qu'un rêve. Tu peux garder les livres si tu crois qu'ils te seront utiles. Il faut que je rentre.

Cam lui empoigna le bras avant qu'elle n'ait eu le temps de bondir vers la porte.

— Qu'as-tu rêvé, Clare ?

— Pour l'amour de Dieu, Cam, mes rêves, eux, ne regardent vraiment que moi.

Cam s'aperçut qu'elle avait la même expression, exactement la même expression, que lorsqu'il l'avait arrachée en pleine nuit à son cauchemar.

— Où est-il allé, ce soir-là ?

— Je ne sais pas. Ce n'était qu'un rêve.

— Alors où as-tu rêvé qu'il allait ?

Ses membres devenaient flasques, comme si elle se ratatinait soudain sur elle-même. Cam la reconduisit jusqu'à sa chaise.

— Je ne sais pas, répondit-elle. Ce n'était qu'un rêve. Je n'avais que cinq ou six ans.

— Mais ce rêve, tu t'en souviens encore. Il te hante toujours.

Les yeux de Clare se fixèrent sur les livres étalés sur le bureau.

— Quelquefois, admit-elle.

— Dis-moi ce que tu te rappelles.

— Rien de tout cela n'est arrivé. Quand je me suis réveillée, j'étais dans mon lit.

— Et avant que tu te réveilles ?

— J'ai rêvé que je me cachais dans le coffre de la voiture. Je savais que papa devait sortir, je voulais lui faire une surprise, lui montrer que j'étais déjà assez grande pour être son associée. Nous ne sommes pas allés dans une maison. Nous étions dehors. Je le suivais. On aurait vraiment dit une aventure. Il y avait un endroit avec d'autres hommes. Je croyais que c'était une réunion, comme celles du Moose ou des Elks… Ils avaient tous de longues robes avec des capuchons.

« Oh, mon Dieu, la Gazelle, qu'as-tu donc vu ? »

— Continue.

— Ils portaient des masques. J'ai trouvé ça drôle, parce qu'on n'était pas encore à Halloween. C'était le printemps. Alors je me suis cachée dans les buissons et j'ai regardé.

— Il y avait d'autres hommes, dis-tu ? Qui ça ?

— Je ne sais pas. Je n'y ai pas fait attention. Je regardais mon père. Ils se sont réunis en cercle et la cloche a sonné. Il y avait des femmes, aussi. Deux femmes en robe rouge. L'une d'elles s'est déshabillée et s'est allongée sur quelque chose. J'étais fascinée et gênée en même temps. Puis il y a eu des cantiques. Ils ont allumé le feu. Un grand feu. J'avais sommeil, je n'arrivais pas à tout suivre. L'homme avec un grand masque tenait une épée. Elle brillait sous la lune. Il a dit des choses que les autres ont répétées.

— Quelles choses ?

— Je n'arrivais pas à les comprendre.

Mais elle les avait lues dans les livres, et les souvenirs, depuis, lui étaient revenus.

— C'étaient des noms que je ne connaissais pas.

— Des noms ?

— Oh, mon Dieu, Cam, les noms qui sont écrits dans ces bouquins. Les noms pour invoquer les démons.

— D'accord, d'accord. Calme-toi.

Elle s'essuya la joue avec la paume de la main.

— J'avais froid. J'étais épuisée. Je voulais que papa me ramène à la maison. Mais j'avais peur aussi, et je ne savais pas pourquoi. L'homme avec le masque a touché la femme, il l'a caressée. Puis ils ont apporté un bouc, un petit bouc blanc. Alors il a sorti un couteau. Je voulais m'enfuir, mais je ne le pouvais pas.

Je voulais partir de là, mais mes jambes refusaient de bouger. Les hommes ont enlevé leur robe et, avec leur masque sur la tête, ils se sont mis à danser autour des flammes de la fosse. Alors j'ai vu mon père. Et quand je l'ai vu, il avait du sang sur les mains. Je me suis réveillée en hurlant… J'étais dans mon lit.

Cam la souleva de la chaise pour la prendre dans ses bras. Ses gestes étaient doux — mais ses yeux, qui fixaient un point par-dessus l'épaule de la jeune femme, étaient emplis d'une fureur glacée.

— Ce n'était pas réel, répéta-t-elle. Rien de tout ça n'est arrivé. Je me suis réveillée dans mon lit, comme toujours lorsque j'ai ce cauchemar. Ma mère et mon père étaient près de moi.

— Leur as-tu parlé de ce rêve ?

— Non, je ne pouvais pas. Je me disais que j'étais hystérique. Je me souviens de mon père en train de me bercer, de me caresser les cheveux, et puis de me bercer encore. Il n'arrêtait pas de me répéter que ce n'était qu'un rêve, un horrible rêve, et que jamais il ne permettrait qu'on me fasse du mal.

Cam la tint à bout de bras et scruta longuement son visage.

— Ce n'était pas un rêve, Clare.

— Si, forcément.

Ses mains tremblaient.

— C'était forcément un rêve. J'étais dans mon lit. Mon père était à côté de moi. Je sais bien que tu penses aux livres. J'y ai moi-même songé. Papa a dû les acheter après ça. Il s'inquiétait pour moi, il voulait savoir pourquoi j'avais eu ce rêve, pourquoi il ne cessait de revenir. Il voulait comprendre ce que j'avais. Il s'inquiétait pour moi. Pendant des semaines, il n'a pas arrêté de venir dans ma chambre avant mon coucher pour me raconter des fables et me chanter des chansons. Ou simplement pour rester avec moi.

— Je sais bien qu'il s'inquiétait pour toi, qu'il t'aimait. Mais je crois aussi qu'il s'était fourvoyé dans quelque chose qui le dépassait. Exactement comme pour l'alcool, Clare.

Elle secoua la tête avec une frénésie furieuse.

— Non ! Je ne peux pas le croire.

— Clare, ça a dû le rendre malade de savoir que tu l'avais vu avec les autres. Et quand, des années plus tard, alors que tu avais encore et toujours des cauchemars, il a dû admettre que ce n'était pas près de s'arrêter, alors il a essayé de tout laisser tomber, et il s'est retourné vers la religion de son enfance.

— Tu ne le connaissais pas aussi bien que moi.

— Non, certes.

— Jamais il n'aurait fait de mal à personne. Il n'en était pas capable.

— Sans doute n'a-t-il fait de mal qu'à lui-même... Clare, je ne veux pas non plus te faire de mal, mais je vais devoir creuser cette histoire. Il y a peut-être des renseignements importants à glaner sur la vente des terrains, l'affaire du centre commercial. Et puis sur la mort de ton père.

— Mais pourquoi ? Et à quoi bon, désormais ?

— Pourquoi ? Parce que ce que tu as vu cette nuit-là existe toujours. As-tu parlé de ton rêve à quelqu'un d'autre ?

— Non.

— Alors ne le fais pas.

Elle hocha la tête.

— Je peux disposer ?

— Non.

Il la serra de nouveau dans ses bras, ignorant son raidissement.

— Je serai toujours là pour toi, la Gazelle. T'auras beau prendre le large, te retrancher derrière un mur, me fuir, effacer tes traces, je serai quand même toujours là pour toi.

— Je ne peux pas penser à nous deux en ce moment.

— Si, tu le peux.

Il lui prit le menton pour la forcer à le regarder dans les yeux.

— Parce que c'est la seule chose qui compte, la seule chose qui reste. Je t'aime.

Il resserra son étreinte, craignant qu'elle ne s'échappe.

— Sacré bon sang, il va bien falloir que tu l'acceptes une bonne fois pour toutes ! Je t'aime, et jamais je n'aurais cru éprouver cela pour qui que ce soit. Mais voilà, c'est un fait et je n'y peux rien.

— Je sais. Si seulement tout cela était arrivé dans d'autres circonstances...

— C'est arrivé. Point final. Et je veux savoir ce que tu comptes faire à ce sujet.

Elle tendit une main sur sa joue.

— Eh bien, t'aimer à mon tour, je crois. C'est tout ce que je puis faire pour l'instant.

— Parfait.

Il l'embrassa.

— Je voudrais pouvoir arranger les choses pour toi.

— Je suis assez grande pour me débrouiller toute seule. Je préfère avoir un ami plutôt qu'un chevalier servant.

— Et… une brebis galeuse ?

— Joli. Je ne croyais pas cela de toi.

Puis, le voyant prêt à répliquer :

— Je le croyais d'abord de moi-même, ajouta-t-elle aussitôt. Il faut que je rentre maintenant, pour repenser à tout ça. Tu veux garder les livres ?

— Oui. Clare…

Il écarta les cheveux qui s'étaient collés à ses joues.

— Il faudra qu'on en reparle, tu sais, qu'on revoie en détail tout ce dont tu te souviens.

— C'est bien ce que je craignais…

— Mais… hmm, si tu te mettais à table dès ce soir, hein ? Que dirais-tu d'un bon dîner au restaurant mexicain ? Avec des plantes et des fleurs en papier partout ?

— Alléchant. On pourra prendre ta moto ?

— Voilà une femme selon mon cœur !

— Je serai prête à 7 heures.

Elle se dirigea vers la porte.

— Rafferty, dit-elle en se retournant, vous m'avez rendu les choses beaucoup plus faciles qu'elles auraient pu l'être. Croyez bien que j'y suis sensible.

Resté seul, Cam revint à son bureau pour étudier ses notes : pour sa part, il craignait fort que les choses n'empirent en fait très bientôt.

25.

Min Atherton était le genre de femme à exhiber, en guise de surtout, des bougies encore enveloppées dans leur Cellophane. Tout ce qu'elle possédait ou presque était moins destiné à une utilisation domestique qu'à l'épate. Quand elle s'achetait des chandelles roses ou pourpres — ses couleurs préférées —, ce n'était jamais pour les allumer, mais pour les placer dans des bougeoirs de cuivre massif ou de cristal, douillettement protégées par leur emballage encore intact.

Acheter était sa passion. Ou plutôt la possibilité même d'acheter — et en particulier des choses que les voisins ne pouvaient pas se payer. Il lui arrivait souvent de laisser les étiquettes dans l'espoir qu'un invité se mettrait à loucher sur le socle d'un vase ou d'une statuette. Ce qu'elle ne se privait d'ailleurs pas de faire chez les autres.

La représentation était pour Min une vraie responsabilité. En tant que femme du maire, après tout, elle avait un statut à assumer. Elle savait que James et elle étaient le couple le plus aisé de la ville ; et puis son mari la vénérait. Ne lui avait-il pas offert une paire de boucles d'oreilles en diamants pour le Noël dernier ? Et quelles boucles, Seigneur Dieu ! Un demi-carat chacune, de pierres taillées en baguette. Min les exhibait à l'église du Seigneur chaque dimanche.

Elle s'assurait que ses oreilles étaient bien dégagées, tandis qu'elle chantait solennellement les cantiques avec moult gesticulations de la tête, veillant à ce que les pierres accrochent des reflets, ainsi que les regards envieux de l'assemblée.

Son logis avait tout d'un magasin de meubles. Se méfiant comme de la peste des antiquités, quels que fussent leur prix ou leur valeur, Min leur préférait du mobilier flambant neuf dont elle savait être la première à jouir. Seules les nouvelles marques l'intéressaient, de sorte qu'elle pouvait parler de son La-Z-

Boy, de son Ethan Allen ou encore de son Sealy Posture-pedic comme s'ils étaient des membres de sa famille.

Il y avait bien quelques esprits malintentionnés pour affirmer qu'il était dommage qu'elle n'ait pas moins d'argent... et plus de goût. Min savait cependant reconnaître les feux verts de l'envie quand ils s'allumaient dans un regard, et s'en enorgueillissait alors comme d'une distinction honorifique.

Sa vaste et tortueuse demeure de brique sur Laurel Lane faisait tout son bonheur. Elle en avait elle-même décoré chaque centimètre carré, depuis le séjour, avec son canapé au motif floral rose et mauve et ses rideaux assortis, jusqu'aux toilettes de céramique rose bonbon dont les murs étaient tapissés d'un papier peint bleu jacinthe. Ses goûts la portaient également vers les grandes statues de danseuses en toilette de bal, accompagnées de cavaliers en plastron. Quant à ses plantes, toutes en plastique, elle les avait disposées dans de mirifiques récipients en forme de moutons laineux et de lapins à pompons.

La créativité de Min ne se limitait cependant pas à son seul intérieur. Car si nombre d'habitants d'Emmitsboro ne devaient jamais avoir le privilège d'être invités au sein du manoir des Atherton, Min n'en pensait pas moins qu'ils méritaient d'avoir quelque aperçu du faste qui régnait en ces lieux.

Aussi s'était-elle fait installer une table avec un grand parasol à rayures sur le patio, des chaises de jardin assorties et un transat. Les animaux domestiques n'étant que soucis et tracas, elle leur avait préféré leurs congénères en plastique et en plâtre — tant et si bien que le jardin grouillait de canards, d'écureuils et de moutons.

Sur le perron de la maison, enfin, en regard d'un globe lunaire sur socle, se dressait son principal objet de joie et de fierté : un lad de fonte en livrée écarlate dont les traits négroïdes s'ornaient d'un sourire d'une niaiserie inaltérable. Un jour que Davey Reeder était venu faire quelques travaux de menuiserie chez eux, il avait suspendu sa gamelle à la main tendue de la statue — facétie dont l'humour avait complètement échappé à la maîtresse de maison.

Dedans comme dehors, la demeure de Min était aussi propre qu'un sou neuf. Ce jour-là, le Club des dames devant s'y réunir pour son déjeuner mensuel, Min était même allée chez le fleuriste acheter un surtout de lis et de feuillages. Et de sa propre poche, encore. Mais, naturellement, elle veillerait à ce que son vétilleux comptable trouve moyen de lui déduire cette somme de ses impôts. Chaque sou sauvé était un sou de plus à dépenser.

— James. James, j'aimerais que tu viennes me dire ton avis. Tu sais comme ton opinion m'importe.

Atherton sortit de la cuisine pour pénétrer dans la salle à manger, le sourire aux lèvres et la tasse de café à la main. Il s'arrêta un instant pour contempler sa femme. Elle avait mis sa nouvelle robe rose et revêtu un boléro à fleurs. Au-dessus de ses oreilles ornées de diamants se dressait la masse bouffante de ses cheveux lavés de frais. Betty lui avait également fait les mains et les pieds : de l'extrémité de ses sandales à talon, pointure quarante-deux, dépassaient des ongles peints en rose. Atherton l'embrassa sur le bout du nez.

— Tu es splendide, Min. Comme toujours.

Elle lui donna une petite tape sur la poitrine en gloussant.

— Mais non, idiot. La table.

Atherton examina la table de la salle à manger d'un air consciencieux. Toutes les rallonges avaient été installées pour accueillir les dix-huit invitées prévues. Sur la nappe damassée s'alignaient, au nombre adéquat, des assiettes Corelle ornées de roses en bouton. Min y avait également disposé de petits rince-doigts emplis d'eau citronnée — exactement comme sur les photographies des magazines. Au milieu de la table, enfin, trônait le bouquet de lis, flanqué des bougies dans leur Cellophane d'origine.

— Tu t'es surpassée.

— Oh, tu sais, je n'aime que ce qui est beau.

L'œil toujours aux aguets, elle alla effacer un faux pli qui déparait ses rideaux de brocart rose nacré.

— Eh quoi, le mois dernier, Edna nous a reçues avec des assiettes en plastique ! J'en étais consternée pour elle.

— Je suis sûr qu'Edna a fait de son mieux.

— Oui, bien sûr. Bien sûr.

Elle aurait pu en dire plus sur le compte d'Edna, oh oui, vraiment plus. Cependant, elle n'ignorait pas combien James pourrait s'en irriter.

— En fait, j'ai voulu marquer ce jour d'une pierre blanche, vois-tu. Quelques-unes de ces dames sont littéralement affolées, James. Pense donc, certaines parlent même de prendre des cours d'autodéfense — ce qui, comme je l'ai dit à Gladys Finch quand elle a évoqué ce sujet, est très peu digne d'une dame. Non, mais j'appréhende la prochaine idée qui va leur passer par la tête…

— Ecoute, Min, lui répliqua-t-il avec un clin d'œil, chacun son rôle. Tu as confiance en moi, n'est-ce pas ?

Les paupières papillonnantes, les yeux humides, elle s'écria :

— Oh, James, comment peux-tu en douter ?

— Bon, alors laisse-moi m'occuper de ces problèmes.

— Mais je ne m'en mêle jamais. Cela dit, ce Cameron Rafferty…

— Cameron ne fait que son travail.

Min en renifla de dégoût.

— Quand il n'est pas à courir après Clare Kimball, tu veux dire. Oh, je sais bien ce que tu vas me rétorquer…

Elle leva sa main grassouillette en un geste qui fit recouvrer son sourire à Atherton.

— Un homme a le droit à des moments de détente. Mais enfin, il y a des priorités.

Elle lui rendit son sourire.

— Tu me le répètes sans cesse toi-même, James, n'est-ce pas ? Un homme a des priorités.

— Tu ne me connais que trop bien.

— Comment pourrait-il en être autrement après tant d'années ? dit-elle en se mettant à jouer avec sa cravate. Ecoute, je sais bien que tu vas vouloir te défiler avant l'arrivée des filles, mais ça me ferait plaisir que tu restes un peu avec nous, juste cinq minutes. Il y aura un journaliste et une équipe de la télévision. C'est une occasion à ne pas manquer. Surtout si tu brigues le poste de gouverneur.

— Min, tu sais bien que rien n'a encore été décidé.

Il lui taquina le menton.

— Et puis, ajouta-t-il, tout cela est encore entre toi et moi.

— Je sais, mais je meurs d'envie d'annoncer la nouvelle. Imagine, toutes les invitées te fêtant comme leur nouveau candidat…

Elle caressa amoureusement les revers de sa veste.

— D'ailleurs, reprit-elle, après toutes ces années de dévouement pour la ville, ce ne serait que justice.

— Ah, mon électrice préférée… Bon, je resterai un moment. Mais arrête un peu de rêver à la résidence du gouverneur, veux-tu ?

Le visage de Min se décomposa.

— Le jour des élections est encore loin, lui rappela-t-il. Alors, prenons plutôt les choses comme elles viennent. Tiens, et si je te tenais la porte, tout à l'heure, pour que tu fasses une entrée digne de ce nom ?

Clare était en retard. Mais cela valait encore mieux que de ne pas se montrer du tout — ce qui serait précisément arrivé si Gladys Finch ne lui avait pas téléphoné pour lui proposer de l'accompagner en voiture. Il n'y avait cependant rien d'étonnant à ce qu'elle ait oublié le déjeuner chez Min : l'une de ses sculptures manquait dans le garage.

Des gamins, avait-elle aussitôt pensé, espérant de toutes ses forces que ce ne soit là qu'une farce de collégiens. Au fond d'elle-même, néanmoins, elle craignait fort qu'il ne s'agisse de quelque chose de beaucoup plus redoutable.

Il ne lui restait plus qu'à déposer une plainte pour vol au poste de police, ce qu'elle ferait à la minute même où elle pourrait s'échapper de ce satané déjeuner.

Mais pourquoi cette statue-là ? se demanda-t-elle. Pourquoi cette image sortie tout droit de son cauchemar ?

Elle chassa l'angoisse qui la taraudait pour se concentrer sur le principal souci de sa journée. Quand Gladys Finch avait téléphoné, hélas, il était déjà près de midi, et Clare, se rappelant soudain pourquoi la vieille dame lui proposait ainsi sa voiture, s'était aussitôt ruée hors du garage pour aller dans sa chambre se dégoter un ensemble.

Elle doutait fort qu'une chemisette bleue et une veste paramilitaire soit une tenue décente pour un déjeuner de dames. Mais elle n'avait rien de mieux à enfiler. Pour le moment, d'ailleurs, elle était déjà fort occupée à conduire avec ses coudes tout en bataillant avec le fermoir de ses boucles d'oreilles.

Un sourd grondement lui échappa lorsqu'elle aperçut le camion de la chaîne de télévision d'Hagerstown. Elle se gara derrière et appuya son front contre le volant.

Elle détestait les allocutions en public. Et puis les interviews. Et puis les photographes. Elle n'avait pas encore fait un pas hors de la voiture qu'elle en avait déjà les paumes moites d'appréhension.

Juste avant de quitter New York, elle s'était trouvée contrainte à donner une conférence au club de Tina Yongers. La critique d'art l'y avait pour ainsi dire forcée — exactement comme Min. Et elle s'était laissé embobiner. Comme toujours.

Rien dans le ventre, se dit-elle, une vraie chiffe molle. Une potiche. Une nunuche. Elle abaissa le rétroviseur pour s'examiner. Splendide… Son mascara avait coulé. Faute de mieux, elle cracha sur son doigt et s'essuya la joue.

— Tu es une grande personne, maintenant, se sermonna-t-elle. Une adulte. Une pro. Ce n'est qu'un mauvais moment à passer. Tu ne vas tout de même pas flancher, non ?

Mais cela la tenaillait au plus profond d'elle-même, elle le savait. La peur, la panique. Maintenant comme jadis, tout au long des semaines qui avaient suivi la mort de son père. Avec ces questions dont on la harcelait, ces regards curieux braqués sur elle. Et ces photographes à l'enterrement.

Mais c'était terminé, bon sang. Aujourd'hui était un autre jour. « Allez, s'exhorta-t-elle, oublie donc cet estomac noué et ces jambes en coton et sors de la voiture. » Et puis, tout cela n'était-il pas censé lui faire oublier le vol ? Sans parler des récriminations de Cam, qui ne manquerait pas de lui demander pourquoi diable elle n'avait pas pensé à fermer la porte de son garage…

Arrivée devant la maison, la première chose qu'elle vit fut le globe lunaire. Puis le lad en fonte. Un gloussement nerveux lui échappa tandis qu'elle grimpait les marches du perron.

Devant les lions, cependant, elle s'arrêta net, ébahie. De part et d'autre de l'escalier, étaient accroupis une paire de fauves en plâtre avec des colliers de strass.

— Mille excuses, les gars, murmura-t-elle en frappant à la porte, hilare.

Tandis que Clare remplissait son devoir au Club des dames, Joleen Butts était assise sur une chaise pliante au côté de son mari dans le préau du lycée. La cérémonie de remise des diplômes traînait en longueur, et plus d'un gigotait sur sa chaise. Joleen, pour sa part, ne bougeait pas d'un pouce. Les membres raides, elle sentait des larmes lui mouiller les yeux.

Elle ne savait pas précisément pourquoi elle pleurait ainsi. Sans doute parce que son fils était en train de pénétrer à pas de géant dans le monde des adultes. Ou bien parce que, avec sa toque et sa toge, il avait exactement la même allure que son père lorsqu'ils avaient reçu tous deux leur diplôme. Ou bien encore parce que, au fond de son cœur, elle savait qu'elle avait d'ores et déjà perdu son fils.

Elle n'avait pas parlé de la dispute à Will. Comment l'aurait-elle pu ? Il était assis là, à côté d'elle, les yeux aussi brillants que les siens, le visage rayonnant de fierté. Elle ne lui avait pas dit non plus que, dès qu'Ernie était sorti de la maison en claquant la porte, elle s'était précipitée dans sa chambre pour y rechercher avec une hâte fébrile des traces de drogue. Elle aurait presque aimé en trouver : cela lui aurait au moins donné un motif tangible pour reprocher au garçon ses sautes d'humeur.

Et puis, si elle n'avait pas trouvé de drogue dans sa chambre, ce qu'elle y avait découvert était encore pire.

Les livres, les tracts, les fagots de cierges noirs. Le calepin aux pages noircies de graffitis ésotériques, de noms étranges, avec le chiffre 666 écrit en gros des centaines de fois. Le journal où se trouvait retranscrit avec force détails le déroulement des rituels perpétrés par son fils — et tout cela dans sa chambre, alors qu'elle-même dormait. Elle avait dû arrêter sa lecture, incapable d'en supporter davantage.

Depuis, elle avait à peine fermé les yeux, se demandant avec angoisse si elle saurait jamais trouver le courage, la mansuétude nécessaires pour en parler à Ernie. Et, tandis qu'étaient appelés par leurs noms les récipiendaires, tandis que les jeunes gens, garçons et filles, se succédaient d'un pas auguste sur l'estrade, elle ne cessait de dévisager son fils.

— Ernest William Butts.

Will tenait la caméra vidéo sur son épaule tout en serrant la main de sa femme. Joleen répondit à sa pression, longuement, et se mit à pleurer.

Ernie revint en titubant vers sa chaise. Des filles sanglotaient autour de lui. Lui-même sentait les larmes lui monter aux yeux, sans trop savoir pourquoi. Dans sa main était roulé son sauf-conduit vers la liberté. Cela faisait douze ans qu'il trimait pour obtenir ce simple bout de papier qui lui permettrait enfin d'aller où bon lui semblerait, d'agir comme il l'entendrait.

Pourtant, curieusement, Los Angeles ne lui paraissait plus aussi important qu'avant. Il n'était plus certain de vouloir s'y rendre pour y rencontrer des gens comme lui. N'était-ce pas parce que ses frères spirituels, il les avait trouvés ici ? Oui, se dit-il, c'était ça.

« Te voici oint du sang sacrificiel. »

Mais ce n'était qu'un bouc. Rien qu'une bête. Pas une personne. Et il entendait encore la femme crier... crier... crier.

Au moment où s'ébranlait la procession des récipiendaires, il avait dû se retenir de s'enfuir à toutes jambes du préau en se bouchant les oreilles.

Il ne pouvait supporter de se voir ainsi rappeler sa propre faiblesse. Sous sa toge, son corps suait de lourdes et âcres perles de frayeur. Alentour, les autres diplômés relevaient le menton, l'œil humide. Ernie se rassit avec raideur, le regard fixé droit devant lui. Tout faux pas lui était interdit. Les autres le tueraient s'ils lui surprenaient la moindre défaillance. S'ils savaient tout ce qu'il avait vu. S'ils le soupçonnaient d'avoir appelé le shérif dans un moment de panique.

C'était une erreur qu'il ne referait pas, se dit-il en prenant de longues inspirations mesurées pour recouvrer son calme. Le shérif était impuissant de toute façon. Personne n'était à même de les arrêter. Ils étaient trop puissants. Ernie sentit des bouffées de sombre contentement se mêler à sa terreur. Oui, il était des leurs maintenant. Et leur pouvoir était autant le sien.

Il avait signé son nom de son propre sang. Il avait prêté serment. Il était initié.

Voilà tout ce qu'il devait se rappeler désormais. Il était initié.

Il était trop tard pour Sarah Hewitt. Mais son heure à lui venait enfin de sonner.

*
* *

478

— Rien de nouveau, Bud. Je suis désolé.

— Ça fait plus d'une semaine que personne ne l'a vue, se lamenta Bud en s'adossant à la voiture de patrouille.

Son regard ne cessait d'aller et venir d'un bout à l'autre de la rue, comme s'il s'attendait que sa sœur surgisse à tout instant de quelque porte cochère, ravie du bon tour qu'elle lui avait joué.

— Maman pense qu'elle a peut-être voulu filer à New York, mais je…

Sa voix mourut.

— Enfin, nous devrions faire quelque chose, reprit-il sur un ton pitoyable. Nous avons dû oublier un détail, un…

— Non, l'interrompit Cam, nous avons entrepris tout ce qui était possible. Nous avons lancé un avis de recherche avec la description de sa voiture. Nous avons rempli un rapport pour signaler sa disparition. Et à nous trois, nous avons interrogé chaque habitant de cette ville sans exception.

— On a pu la kidnapper.

— Bud…, reprit Cam en s'asseyant à côté de lui sur le capot. Je sais combien tu dois te sentir frustré. Mais regardons les choses en face : nous n'avons trouvé chez elle aucun signe d'effraction, aucune trace de lutte. Ses vêtements et ses affaires personnelles n'étaient plus là. Sarah a trente ans, et elle est libre de partir où bon lui chante. Si je défendais la thèse du kidnapping auprès des fédéraux, ils ne marcheraient pas.

Bud affichait une moue d'enfant borné.

— C'est pas possible. Elle m'aurait au moins contacté.

— Je le crois aussi. C'est du moins ce que me dit mon intuition. Mais les faits sont là, et c'est tout ce que nous avons pour l'instant. On va poursuivre les recherches. En attendant, si tu allais au Martha's demander à Alice de te préparer une tasse de café digne de ce nom ?

Bud secoua la tête.

— Non, je préfère me remettre au boulot. J'ai vu ce rapport que vous êtes en train de taper, vous savez. Toute cette affaire de secte sur laquelle vous travaillez avec Blair Kimball.

— Ce n'est qu'une hypothèse. Nous n'avons encore rien de solide.

Et il ne voulait certes pas que Bud — ni personne — se mêle de ce qui n'était pour l'heure qu'un pur faisceau de conjectures.

— Peut-être, poursuivit Bud, mais s'il y a quelque chose de pas normal dans les environs, je pourrais m'en occuper. Tiens, ces trucs qu'on a trouvés dans la remise de Biff, et puis la façon dont on l'a tué, on disait bien que tout ça était lié, non ? Et si c'était aussi le cas du départ de Sarah, hein ?

— Arrête de gamberger, lui dit Cam en lui posant une main sur l'épaule.

Les yeux de Bud, écrasés de désespoir, rencontrèrent ceux de son supérieur.

— Mais vous, vous pensez que tout ça est lié, non ?

Cam était au pied du mur.

— Je le pense, oui, répondit-il enfin. Mais supposer et prouver sont deux choses différentes.

Bud hocha la tête. Son visage n'avait désormais plus rien de juvénile.

— Que va-t-on faire, à présent ?

— Tout reprendre de zéro.

— En partant du meurtre de Biff ?

— Non, de l'histoire du cimetière.

Ce n'était pas toujours une partie de poker qui poussait des hommes à se retrouver ensemble, ni un match de foot, ni la sempiternelle bière du samedi soir. Ils ne se rencontraient pas toujours pour discuter de leur boulot, du travail à la ferme ou de leurs déboires conjugaux.

Parfois, ce qui les réunissait, c'était la peur.

La pièce, sombre et puant l'humidité, avait déjà connu le chuchotement des conciliabules. Le long des murs trottinaient des araignées, tissant leurs pièges filandreux en toute tranquillité.

Ils n'étaient que trois. Trois initiés parmi les plus anciens. Jadis ils étaient quatre, mais l'un d'eux avait péri dans les flammes, au milieu de palmiers bordant un lac aux eaux paisibles. Ils y avaient veillé.

— Je ne peux pas continuer.

Sous les murmures étouffés semblait résonner la musique des nerfs tendus à se rompre.

— Nous continuerons.

La voix était d'une fermeté sans appel. La voix du pouvoir. La voix du grand prêtre.

— Nous avons fait plus qu'il n'était nécessaire, intervint une troisième voix d'un ton mesuré — la voix de l'apaisement.

Sous ses intonations, néanmoins, se devinait le désir de puissance, la soif inextinguible de parvenir un jour à la dignité de grand prêtre.

— Il nous suffit de garder la tête froide, ajouta-t-il. Cela dit, certains changements se révèlent désormais indispensables.

— Tout s'écroule autour de nous, reprit le premier.

Ses doigts fébriles se saisirent d'une cigarette et d'une allumette, sous le regard réprobateur des deux autres.

— Rafferty va tout foutre en l'air. Il est sacrément plus futé que les autres.

De fait, songea le grand prêtre, il y avait là une légère erreur d'appréciation qui ne laissait pas d'être irritante. Mais ce problème saurait être réglé en son heure.

— Il ne trouvera rien.

— Pourtant, il est déjà au courant au sujet de Parker. Et puis il a réussi à faire rouvrir le dossier à cet imbécile de shérif.

— Il est regrettable que Garrett ait autrefois choisi de se livrer à une putain avec si peu de retenue. Et tout aussi regrettable que ladite putain ait éveillé les soupçons de notre estimé shérif.

James Atherton eut une gesticulation outrée pour se garer de la fumée.

La loi n'était plus à même de l'inquiéter. Il était au-dessus de la loi. Non, son seul souci était désormais cette personne pondérée et raisonnable qui parlait de changement juste à côté de lui.

— Mais comme ces deux-là ont payé, il n'y a rien pour guider le shérif jusqu'à nous. Rien d'autre que notre propre stupidité.

— Je ne suis pas stupide.

La cigarette brasilla, révélant le regard terrorisé de Mick Morgan.

— Et puis, merde, je sais de quoi je parle ! J'ai été flic suffisamment longtemps pour savoir quand un collègue tient une piste. Nous nous sommes trompés quand nous pensions qu'il n'y regarderait pas de trop près au sujet de Biff. Il a tout le monde à l'œil, dans cette ville.

— Problème bénin. Toutes les personnes importantes sont bien couvertes.

— Oui, mais maintenant qu'il a trouvé tous ces trucs à la ferme, c'est une autre paire de manches.

Mick donna du poing dans la table branlante.

— Sacré bon sang, Biff a pris des photos. L'enfant de salaud devait être dingue pour prendre des photos de ces filles.

Le grand prêtre se contenta de hocher la tête. En ce qui le concernait, il se sentait bien trop puissant pour s'abandonner à la panique.

— Les photos ont été détruites.

— Mais Jane Stokey les a vues, elle, et a déjà identifié l'une des filles. Rafferty n'est pas près de laisser tomber, je vous le dis. Maudit soit Biff !

— Biff n'avait rien dans la tête, et c'est pourquoi il est mort. Notre erreur a été de ne pas nous en apercevoir plus tôt.

— C'est l'alcool qui l'a perdu, dit le troisième homme avec tristesse.

Ce qui restait de conscience en lui pleurait la mort d'un frère.

— Il avait le vin mauvais. Voilà tout.

— Les excuses sont pour les faibles, répliqua Atherton d'une voix sèche qui réduisit les deux autres au silence. Et puis, les bribes d'indices que le shérif a trouvées à la ferme relient la fille à Biff, certes, mais uniquement à Biff. A la fin, ce sera un homme mort qu'on accusera du rapt de la gamine et de son assassinat. J'ai déjà pris des mesures pour m'en assurer. Douteriez-vous de moi ?

— Non, répondit Mick qui avait appris à garder de tels doutes pour lui.

Ses yeux allèrent de l'un à l'autre, sachant qu'il était, lui comme tous les autres, pris dans le piège d'une lutte sans merci pour le contrôle du pouvoir.

— C'est dur, vous savez. Je dois travailler avec Bud tous les jours. Je l'aime bien, Bud. Ce qui est arrivé à sa sœur l'a rendu complètement malade.

— Nous sommes tous désolés pour sa famille, rétorqua le troisième homme. Mais ce qui a été fait devait l'être, même si cela aurait pu être accompli avec moins de… fioritures.

Il posa un regard sévère sur Atherton.

— De toute façon, reprit-il, ce sera la dernière fois. Il le faut. Nous devons revenir à ce que nous étions auparavant. Quand nous avons commencé, il y a deux décennies de cela, c'était pour nous un moyen de rechercher le savoir, d'explorer des voies différentes, de renforcer nos propres possibilités d'être. Nous sommes en train de nous égarer.

— Ce que nous étions est aussi ce que nous sommes, scanda Atherton en nouant ses longs doigts.

Intérieurement, il souriait. Il était assez fin politicien pour reconnaître un discours de campagne. A la différence de son adversaire, cependant, il savait fort bien que le sexe et le sang étaient le ciment de leur groupe. Et qu'ils le seraient toujours.

— Le Maître exige du sang.

— Pas du sang humain.

— Je sais ce que je dis.

Mick se passa le dos de la main sur la bouche.

— Il y a seulement qu'avant Biff nous n'avions jamais tué l'un des nôtres.

Atherton joignit les mains.

— Tu oublies Jack Kimball.

— C'était un accident, rétorqua Mick en allumant une nouvelle cigarette au mégot de la précédente. Parker et moi, nous étions allés lui causer, histoire de lui faire comprendre qu'il avait intérêt à la fermer sur l'affaire du centre commercial. Nous ne lui voulions pas de mal, juste l'effrayer. C'était un accident.

— Il n'y a pas d'accident qui tienne. Le Maître punit les faibles.

Mick se contenta de hocher la tête : lui-même y croyait, profondément.

— Jack aurait dû se ressaisir, nous le savons tous. Je croyais que sa mort nous avait débarrassés de notre maillon faible. Mais il pourrait représenter de nouveau un problème.

— Que veux-tu dire ?

— Si j'ai demandé cette réunion, c'est parce que Cam est justement en train de fouiller dans cette affaire de vente de terrain.

Il y eut un brusque et terrible silence. Pendant un instant, on n'entendit plus que la respiration difficile de Mick et le grignotement incessant d'un mulot.

— Pourquoi fait-il cela ?

— A cause de Clare, je suppose. L'autre jour elle est entrée dans le poste aussi tendue qu'une corde de violon, et juste après, j'ai découvert que Cam avait téléphoné au tribunal du comté pour demander un accès aux archives.

Il y eut un nouveau silence, ponctué par le tambourinement léger de doigts sur le bois de la table.

— Il ne reste plus rien pour guider ses recherches.

— Je sais, nous avons vraiment bien masqué nos traces, mais je me disais que vous voudriez quand même le savoir. S'il fait le lien avec nous…

— Il ne le fera pas. En tant que suppléant, tu devrais être capable de dévier son attention dans une autre direction. Peut-être n'avons-nous besoin que d'une nouvelle preuve pour cela.

— Comment ça ?

— Je m'en charge.

— En réalité, je me disais…, commença Mick en choisissant ses mots avec soin. Eh bien, avec Cam qui fouine un peu partout et la tension qui règne en ville en ce moment, nous pourrions peut-être remettre le prochain rituel à plus tard. Disons au 1er août, à la nuit du Pain bénin. D'ici là…

— Remettre ? s'exclama Atherton d'une voix aussi tranchante qu'un scalpel. Remettre le rituel pour deux trois têtes creuses et une poignée de débiles ? Nous ne remettons rien. Nous ne cédons rien. Nous n'avons peur de rien.

Il se releva avec une grâce animale, reprenant aussitôt son ascendant sur les deux autres officiants.

— Nous aurons notre messe noire comme prévu. Et nous demanderons alors que sa colère retombe sur nos persécuteurs.

Ce ne fut qu'à 4 heures passées que Clare put enfin regagner son domicile. Sitôt arrivée, elle alla droit au réfrigérateur, décapsula une bouteille de bière et en engloutit la moitié pour évacuer le goût du parfait glacé à la canneberge et au rhum, qui lui poissait encore la bouche.

Elle se débarrassa de ses chaussures tout en passant de la cuisine au séjour.

— Blair ? Blair, tu es là ?

Elle attendit en vain une réponse.

— Non, tu n'es pas là, murmura-t-elle dans le goulot de sa bière.

Elle ôta sa veste d'un coup d'épaule et l'envoya valser en direction d'un fauteuil. Puis elle grimpa l'escalier, brandissant d'une main sa bouteille tout en déboutonnant de l'autre son chemisier.

Soudain, la bière resta coincée dans sa gorge : elle venait d'entendre du bruit à l'étage supérieur. Un craquement. Le son d'un objet lourd traîné sur le plancher. Elle gravit les dernières marches à pas feutrés sur ses chaussettes.

La porte du grenier était ouverte. Elle eut un pincement au cœur à l'idée que Blair soit en train de fouiller dans les cartons de souvenirs, comme elle, naguère.

Cependant, quand elle parvint sur le seuil de la pièce mansardée, ce ne fut pas son frère qu'elle aperçut, mais Cam.

— Que fais-tu ici ?

Cam releva la tête du carton qu'il était en train de vider.

— Je ne t'ai pas entendue entrer.

— Je le vois bien.

Elle pénétra dans la pièce. Son père, tous les morceaux de sa vie étaient éparpillés sur le plancher.

— Je t'ai demandé ce que tu faisais ici.

— Je cherche tout ce qui pourrait m'être utile, répondit Cam en s'asseyant sur les talons.

Un seul coup d'œil au visage de Clare le persuada d'agir en douceur.

— Ton père avait bien dû garder autre chose. Un calepin. Des papiers.

— Ah oui ?

Elle reposa la bouteille de bière à moitié vide pour ramasser la chemise de jardinage qui traînait sur le sol.

— Vous avez un mandat de perquisition, shérif ?

Cam s'exhorta mentalement à la patience. A défaut, il trouva en lui un peu de compréhension pour la jeune femme.

— Non, répondit-il. Mais Blair m'a donné le feu vert. Clare, est-ce que nous allons encore une fois nous disputer là-dessus ?

Elle remua la tête et détourna les yeux. Puis, lentement, avec des précautions infinies, elle replia la chemise et la remit par terre.

— Non. Non, vas-y, fouille donc une bonne fois pour toutes et qu'on n'en parle plus.

— Je peux emporter les cartons chez moi, si tu trouves cela moins pénible.

— Je préfère que tu t'en occupes ici, dit-elle en se retournant. Excuse-moi, j'ai un caractère de chien.

Elle s'abstint néanmoins de regarder les cartons.

— Finalement, ce n'est pas plus mal ainsi, poursuivit-elle. Et puis aussi que ce soit toi qui t'en charges. Tu veux que je t'aide ?

Ah, se dit Cam, c'était vraiment épatant de pouvoir l'admirer autant qu'il l'aimait.

— En réalité, je n'ai encore rien trouvé, répondit-il en se redressant.

Il se rapprocha d'elle.

— Qu'as-tu fait à tes cheveux ? lui demanda-t-il.

Clare y porta instinctivement la main.

— Je les ai fait rafraîchir un peu.

— J'adore.

— Merci. Où est Blair ?

— Il était encore avec moi tout à l'heure. Nous sommes tombés sur Trudy Wilson. Elle portait sa tenue d'infirmière.

—Ah ?

— Hmm, en fait, Blair avait la langue qui pendait jusqu'au sol : tu connais son goût pour les semelles de crêpe. Je l'ai laissé entre les mains obligeantes de Trudy.

Le regard de Cam glissa dans l'échancrure béante du chemisier de Clare.

— Tu as quelque chose, là-dessous ?

Elle baissa les yeux à son tour.

— Probablement pas. Je me suis habillée à la diable.

— Jésus, la Gazelle, j'en deviens dingue à force de me demander sans cesse si tu portes ou non des dessous.

Elle sourit tout en jouant avec les deux derniers boutons de son corsage.

— Et si tu venais le vérifier par toi-même ?

Il la souleva dans ses bras et la porta jusqu'au bas de l'escalier.

Blair se montra juste à temps pour l'atterrissage.

—Zut !

Cam lui lança un regard amusé.

— Toujours ce fameux don du verbe, à ce que je vois.

— Désolé. Je, hmm… passais juste vous avertir que j'avais un rancard.

— Grand bien te fasse, déclara Clare en chassant les mèches de cheveux qui lui étaient retombées sur le visage. Tu veux que j'attende ton retour pour te border au lit ?

— Non, euh… je vais aller prendre une douche.

Il se hâta de traverser le couloir.

— Au fait, dit-il en se retournant, tu passes dans quinze minutes.

— Où ça ?

— A la télé. Alice vient de m'en informer. Et puis, si vous pouviez attendre que j'en aie fini ici avant de continuer à jouer *Autant en emporte le vent*, ça me ferait bien plaisir.

Il referma la porte de la salle de bains.

— La télé ? s'enquit Cam.

— Oh, ce n'est rien, répondit Clare en se remettant à lui bécoter la nuque. Tu sais bien, ce truc au Club des dames.

— Ah oui. J'avais oublié. Comment ça s'est passé ?

— Pas trop mal. Mes haut-le-cœur ont cessé quand j'ai aperçu les lions couchés en plâtre blanc.

— Les quoi ?

— Les lions couchés en plâtre blanc. Alors, où va-t-on ?

— En bas, devant la télé.

— Tu ne parles tout de même pas sérieusement, Cam ? C'est une pure idiotie, tu sais.

— Mais si, je parle sérieusement. Et puis c'est quoi, cette histoire de lions ?

— Tu sais bien : ces statues d'une laideur superbe devant chez les Atherton.

— Il y a beaucoup de statues de ce genre devant chez les Atherton.

— Tu peux le dire ! Non, je parle des lions replets qui gardent le perron. Je n'ai pas arrêté de les imaginer en train de quitter leur piédestal pour dévorer tous les canards en plastique et les moutons de bois, et puis faire grimper ce pauvre lad à un arbre. Il était dur après ça de prendre tout ce tralala au sérieux. Cam, je déteste me voir à la télévision.

— Bon, dit-il en la reposant à terre. En ce cas, tu pourras toujours aller me chercher quelque chose à boire pendant que moi je regarderai l'émission. Mais, dis, tu portais ce chemisier, là-bas ?

— Ouais.

— Comme ça ?

Elle fronça le nez tout en commençant à reboutonner son corsage.

— Bien sûr que non. Je l'avais complètement ouvert pour les caméras de la télé.

— Brillante idée. Et qu'est-ce qui t'avait rendue malade avant le coup des lions ?

— Je déteste parler en public.

— Alors pourquoi l'as-tu fait ?

— Parce que je suis une potiche sans rien dans le ventre.

— T'as tout ce qu'il faut dans le ventre, fais-moi confiance. Bon, tu me le prépares, ce Coke ? Je suis pressé.

— Mais comment donc. A votre service.

Elle se glissa dans la cuisine tandis que Cam pianotait sur la télécommande. Lorsqu'elle revint dans le séjour, elle le trouva affalé sur le canapé, les pieds posés sur la table basse.

— Désolée, mais je n'ai pas de pop-corn.

— Ça ira.

Il l'attira contre elle.

— Cam, je ne veux vraiment pas regarder.

— Alors ferme les yeux. Je suis sûr que tu les as rendus babas, la Gazelle.

— Il y a bien eu quelques applaudissements polis, dit-elle en allongeant ses jambes à côté des siennes. M. Atherton m'a fait revenir jusqu'ici pour que je leur rapporte un exemplaire d'une statue en cours d'exécution. D'ailleurs… Oh merde, ça me revient : je l'ai laissée là-bas.

— Qu'était-ce ?

— Une pièce de bois. Des bras et des épaules. Je veux dire : *tes* bras et *tes* épaules.

— Oh, mon Dieu.

L'expression de Cam trahissait un si authentique désarroi que la jeune femme en sourit.

— Et je crois que certaines de ces dames t'ont reconnu. A en juger du moins par leurs ricanements entendus. Cela dit, elles voulaient surtout savoir s'il m'arrivait aussi de sculpter des fleurs ou des enfants. Je crois que cette statue les a mises un peu mal à l'aise. Tu penses, des bras et des épaules sans tête, ça a tout l'air d'une décapitation. Moi qui cherchais à rendre la force et l'élégance mâles…

— Arrête, j'en suis déjà malade.

— Et tu ne l'as pas encore vue…

Elle hésita un instant, sachant combien ce qu'elle allait lui révéler était susceptible de l'inquiéter.

— Cam, déclara-t-elle enfin, on m'a volé une sculpture. Mon travail sur le cauchemar.

Cam n'esquissa aucun geste. Clare le sentait cependant sur le qui-vive.

— Quand ?

— Entre hier soir et le milieu de la matinée, selon toute vraisemblance. Je pense que ce sont des gamins qui…

— Tu parles.

— Bon, je n'en sais rien en fait, c'est vrai. Tout ce que je sais, c'est qu'elle n'est plus là.

— Y a-t-il eu effraction ?

— Non, répondit-elle en redressant le menton. Tu peux m'agonir d'insultes si tu le veux… mais j'avais oublié de fermer le garage.

— Sacré bon sang, Clare, si je ne peux même pas compter sur toi pour ça, je vais être obligé de te mettre en prison.

— Je le fermerai à partir de maintenant. Promis.

Il était plus facile pour elle de se chamailler avec lui que de se tourmenter au sujet de la statue — ou de se demander qui de son entourage avait pu la voler.

— J'installerai un système d'alarme si cela te fait plaisir.

— Viens plutôt vivre avec moi, répliqua-t-il en appliquant tendrement une main sur la joue de la jeune femme. Voilà ce qui me ferait vraiment plaisir.

Clare sentit son estomac se contracter. Elle détourna les yeux.

— Je n'ai pas besoin d'une nounou.

— Ce n'est pas ce que je voulais dire, la Gazelle.

— Je sais.

Elle poussa un frémissant soupir.

— Sois un flic pour une fois, Rafferty : retrouve-moi cette statue.

Au bout d'un instant, enfin, elle se força à relever la tête vers lui.

— Et, s'il te plaît, ne me bouscule pas. Et ne va pas non plus te mettre martel en tête.

— Je m'inquiète, c'est normal.

— Ça va aller.

Elle se blottit de nouveau contre lui. Oui, se dit-elle, tout irait pour le mieux désormais.

— Allons, voyons un peu comment je me suis ridiculisée... Oh, mon Dieu, ça y est. Cam, je t'en prie...

Il lui plaqua une main sur la bouche.

« Une vedette de l'art international dans notre région, annonça la présentatrice. Clare Kimball, la célèbre sculptrice... »

— Quoi ? s'exclama Clare d'une voix étouffée. Sculptrice !

— Silence !

« ... reçue aujourd'hui chez le maire d'Emmitsboro. Mlle Kimball, en digne enfant du pays, a su s'imposer dans les milieux artistiques de New York. »

« Toute œuvre est une expression des émotions de son créateur... »

Tandis que son visage remplissait l'écran, Clare prit la main de Cam pour s'en cacher les yeux.

« La sculpture, souvent, poursuivait-elle devant les caméras, est encore plus personnelle, car l'artiste est en contact direct avec son travail par l'intermédiaire de ses doigts qui manipulent la matière. »

— Bien dit.

— J'ai plutôt l'air d'une cruche, oui. Bêcheuse un jour, bêcheuse toujours.

— Non, vraiment, tout cela sonne très bien. Je suis impressionné. C'est moi, ça ?

Clare distingua la statue de bois à travers les doigts de Cam.

— Ouais.

— Pas mal, pas mal du tout.

Il était ravi.

— Comment, « pas mal » ? s'exclama Clare. Superbe, tu veux dire !

Elle lui écarta les doigts pour avoir une meilleure vue de son œuvre.

« Une sculpture, reprit son image sur l'écran, c'est la plupart du temps un équivalent plastique des émotions de l'artiste, de ses souvenirs, de ses espoirs, de ses désillusions aussi, et de ses rêves. C'est une manière d'outrepasser la réalité, de l'amplifier ou de la copier, que ce soit avec un modèle vivant ou en travaillant à partir de sa seule imagination. »

— Cam, est-ce qu'on ne pourrait pas au moins couper le son ?

— Chut !

« Que l'atmosphère de l'œuvre soit violente, romantique ou dépouillée, cela dépend avant tout des états d'âme de l'artiste ainsi que des matériaux utilisés. Mon travail est une partie de moi-même, tantôt la meilleure, tantôt la plus obscure. Mais elle reflète toujours ce que je vois, ce que je sens ou ce que je crois. »

Puis ce fut le retour aux studios.

— Alors, heureux ? s'écria Clare. Non mais, vraiment, quelle pédanterie...

— Pas du tout, tu avais l'air tout à fait sincère. Mais, dis, c'est vrai que tu sculptes d'après tes rêves, la Gazelle ?

— Oui, ça m'arrive. Ecoute, j'ai déjà donné une interview aujourd'hui...

Elle l'enlaça, faisant courir ses doigts sur sa nuque.

— Et puis, on ne devait pas passer à autre chose ?

— Si. Juste une question encore : le fameux « cauchemar » qu'on t'a volé, ça ne concernerait pas le rêve dont tu m'as parlé par hasard ?

— Peut-être. Je ne sais pas.

— Mais ce que tu as vu cette nuit-là, avec ton père, tu pourrais aussi le dessiner, n'est-ce pas ?

— Mon Dieu, Cam.

— Tu le pourrais...

Elle ferma les yeux.

— Oui, je le pourrais.

26.

Chip Dopper aurait mieux aimé travailler sous un tracteur qu'en conduire un. Jamais il ne s'était occupé de faire les foins, même sur ses propres terres. Et voilà qu'il se retrouvait, à 6 plombes et quelques du mat', à faucher le pré de Mme Stokey. Mais la mère leur avait rappelé la sainte loi — celle au sujet des voisins et du samaritain. Et quand la mère citait le Livre, tout le monde se mettait au garde-à-vous.

Le pire, pour Chip, c'était la monotonie de la tâche : couper et mettre en bottes, acre après acre, avec ce demeuré de July Crampton juché sur l'immense charrette derrière lui.

Rejeton de quelque frénétique union consanguine, July était le cousin au troisième ou quatrième degré d'Alice. Il avait près de trente ans et, de l'avis de Chip, était aussi assommant que l'enfer. Cela dit, cet innocent aux traits avachis et définitivement tannés avait un corps de jeune coq vigoureux et, pour l'heure, se trouvait aussi heureux qu'une grenouille repue de mouches à ramasser les bottes en chantant des airs débiles des années 50. Chip, pour sa part, se disait qu'il aurait supporté cette corvée avec plus d'aménité si, au lieu de ces tubes d'une époque révolue, July s'était branché sur Roy Clark — mais non, cet imbécile extatique hurlait le bonheur de ramasser les ordures et les papiers gras !

Jésus.

— Mais par le Christ tout-puissant, July, qu'est-ce que c'est que cette putain de chanson ?

— *Yakety Yak*, fredonna July avec un air réjoui.

— T'as toujours été qu'une tête de nœud, marmonna Chip.

Ça aurait pu être sympa, se dit-il, de sillonner le pré avec la botteleuse ronronnant sous ses fesses — sauf que la machine, hélas, avait besoin d'un coup de main. Sous le soleil radieux, l'herbe fauchée laissait échapper des fumerolles doucereuses. July avait beau être un boulet de trente tonnes à se traîner aux pattes, c'était tout de même lui qui se tapait le sale boulot de ramasser et d'empiler les bottes. Sans compter la poussière de foin.

Chip s'en trouva aussitôt rasséréné.

Ouais, songea-t-il en revenant à sa première idée, ça aurait pu être sympa s'il avait pensé à emporter une radio pour couvrir les vagissements de gonzesse de ce crétin de July.

Enfin, ça lui faisait toujours un petit complément — quoique bien petit, oui, se reprit-il avec un léger ressentiment : jamais la mère n'aurait fait payer plus de la moitié du tarif usuel à Mme Stokey. Cela dit, il y trouvait tout de même son compte. La gosse avait d'ailleurs besoin de ces satanées chaussures orthopédiques... Seigneur, tous les gosses avaient besoin d'une foultitude de choses ! Il ne put néanmoins s'empêcher de sourire en repensant à sa petite fille. Elle avait bien les yeux et les cheveux bouclés de sa mère, celle-là.

Ah, être père, c'était tout de même quelque chose. Au bout d'onze mois et demi, Chip se sentait déjà l'âme d'un vétéran. Il avait connu les nuits sans sommeil, les affres de la rougeole, la fièvre des premières dents, l'épreuve des langes poisseux et la corvée des vaccinations. Désormais, sa petite fille marchait. Quels n'étaient pas sa fierté et son bonheur de la voir gambader vers lui, tous bras dehors ! Même si elle avait un peu les pieds en dedans...

Son sourire béat le céda cependant bientôt à une grimace de perplexité, puis de franc dégoût.

— Mais qu'est-ce qui sent comme ça ?

— Je pensais que t'avais marché dedans, lança July en gloussant.

— Seigneur Dieu...

Chip se mit à respirer à travers ses dents serrées pour échapper à l'odeur.

— J'en ai les yeux qui pleurent.

— Quelqu'un est mort, déclara July en nouant un mouchoir autour de son visage. Ouillouillouille ! *Vraiment* mort.

— Bordel de merde. Ça doit être un chien errant qui s'est traîné jusque dans l'herbe pour crever.

Il arrêta la botteleuse. La dernière chose qu'il voulait reluquer, c'était bien un chien bouffé par les vers ; mais il ne pouvait non plus courir le risque d'esquinter la machine.

— Allez viens, July. Essayons de retrouver cette saloperie pour l'enlever de là.

— Peut-être que c'est un cheval. Ça sent aussi mauvais qu'un cheval. On pourrait appeler le corbillard.

— Laisse tomber le corbillard. Aide-moi plutôt.

Ils ouvrirent le capot de la botteleuse. Prenant exemple sur July, Chip se recouvrit le nez et la bouche de son mouchoir. La puanteur était encore pire au niveau du sol. Ça lui rappelait le jour où, avec des copains, ils étaient tombés au beau milieu de la voie ferrée sur les restes d'un chien qui avait eu la malchance de se faire happer par le train de marchandises ralliant Brunswick. Il poussa un juron, le souffle court sous l'étoffe du bandana : voilà bien une expérience qu'il n'avait pas envie de renouveler.

— Ça doit être juste par ici, dit-il en se mettant à fouiller les herbes devant la machine.

Retrouver le cadavre était aussi désagréable qu'aisé. L'odeur lui sautait à la gorge comme un gros poing vert et gluant. Il n'en manqua pas moins marcher dessus.

— Jésus-Christ tout-puissant !

Il plaqua une main sur le mouchoir qui lui couvrait déjà la bouche et regarda July.

Ce dernier avait les yeux qui lui sortaient de la tête.

— Merde, oh merde, oh merde. C'est pas un chien, ça !

Il se détourna en toussant et hoquetant ; puis se mit à courir comme un dératé sur les talons de Chip, qui était déjà en train de bondir de botte en botte.

Une demi-heure plus tard, Cam était sur les lieux. Sa respiration s'échappait en sifflant de ses dents serrées. Après dix ans passés dans la police, il croyait avoir été confronté à toutes les horreurs possibles et imaginables. Pourtant, jamais il n'était tombé sur quelque chose d'aussi moche.

La victime était nue. Une femme. La mort lui avait au moins laissé cette identité-là, même si elle lui avait volé à peu près tout le reste. Cam estima qu'elle devait être de taille petite à moyenne. Son âge, en revanche, était impossible à déterminer. Elle avait désormais rejoint l'éternité.

Cam croyait cependant savoir qui c'était : ayant dissimulé le corps sous la couverture qu'il était allé chercher dans le coffre de sa voiture, il songea que Carly Jameson n'irait plus jamais s'ébattre à Fort Lauderdale.

Son visage était livide, mais ses gestes sûrs, et s'il pensa un instant qu'un coup de Jack Daniel's serait franchement le bienvenu, il n'en eut qu'une envie fugitive. Il traversa le champ qu'il avait labouré dans sa jeunesse pour rejoindre Chip et July.

— C'était un corps, hein ? lui lança ce dernier en se dandinant d'un pied sur l'autre. Exactement comme je vous le disais. J'avais jamais vu de cadavre avant, sauf celui de mon oncle Clem, quand il était couché dans son habit du dimanche chez Griffith. Chip et moi, on faisait le champ de votre maman, exactement comme je vous le disais, et puis on a senti le…

— Ferme ta putain de gueule, July, s'écria Chip en essuyant son front moite. Que voulez-vous que nous fassions, shérif ?

— Que vous alliez au poste pour qu'on puisse recueillir votre déposition, répondit Cam.

Il prit une cigarette, espérant que le goût du tabac chasserait le remugle macabre qui lui empuantissait la bouche.

— Est-ce que l'un d'entre vous l'a touchée ?

— Non, m'sieur, non du tout, s'exclama July en sautillant de plus belle. Merde, vous avez vu ce bordel ? Vous avez vu toutes ces mouches ?

— Ferme-la donc, ta putain de gueule, lui lança à son tour Cam d'un ton las. Je vais appeler le bureau pour m'assurer que Mick est là pour prendre vos dépositions. Nous pourrions avoir besoin d'en recauser plus tard.

Il jeta un coup d'œil en direction de la maison.

— Ma mère est au courant ?

— Désolé, shérif, répondit Chip en haussant les épaules d'un air embarrassé. Je crois que July et moi, on n'avait plus trop notre tête quand on a déboulé chez elle.

— Bon, ça va. Le mieux serait que vous filiez immédiatement au poste.

— On y va tout de suite.

Cam grimpa les marches du perron en hochant la tête.

Jane l'attendait dans un état proche de l'abattement le plus complet.

— Je leur ai pourtant dit que ce n'était qu'un chien ou un jeune cerf, réussit-elle à articuler.

Elle tordait et retordait son tablier, le regard hanté d'ombres sinistres.

— Il n'y a pas un de ces gamins pour avoir une seule goutte de bon sens.

— T'as pas un peu de café ?

— Dans la cuisine.

Il passa devant elle. Elle le suivit d'une démarche hésitante.

— Ce n'était qu'un chien, n'est-ce pas ?

— Non.

Il se versa une tasse de café noir et bouillant qu'il ingurgita aussitôt, puis il décrocha le téléphone. Il se figea un instant, la main rafraîchie par le contact du combiné, la tête prise de vertige au souvenir de ce qu'il avait laissé derrière lui dans le champ.

— Non, répéta-t-il, ce n'était pas un chien. Et si tu m'attendais dans l'autre pièce ?

Jane ouvrit la bouche pour parler, mais aucun son ne franchit ses lèvres. Avec une moue crispée, elle secoua la tête et s'assit dans le salon tandis que son fils appelait le coroner.

Clare engloutissait un goûter Twinkie tout en contemplant ses esquisses pour le Betadyne Museum. Elle voulait désormais se mettre à la sculpture de l'entrée. Voilà des jours que celle-ci la travaillait. Elle la voyait déjà se dresser devant ses yeux, achevée — une silhouette de femme stylisée en cuivre rutilant, les bras levés, des planètes en orbite au bout des doigts.

Quand le téléphone sonna, elle revint dans la cuisine et répondit, la bouche encore pleine de gâteau et de crème.

— Allô ?

— Clare ? C'est toi ?

— Ouais. Salut, Angie. Excuse-moi, tu me surprends en plein goûter.

— Quoi de neuf à part ça ?

— A toi de me le dire.

— J'ai vendu ton Emerveillement numéro trois hier.

— Sans blague ? Eh bien, ça s'arrose.

Elle ouvrit le réfrigérateur pour en sortir une bouteille de Pepsi.

— Comment va Jean-Paul ?

— Très bien, répondit Angie.

Ce qui était un pieux mensonge : ni elle ni Jean-Paul ne se sentaient bien depuis que Blair leur avait raconté ce qui se passait à Emmitsboro.

— Quoi de neuf ?

— La récolte de maïs promet d'être bonne.

— Eh bien, nous voilà rassurés. Clare, quand comptes-tu rentrer chez toi ?

— En fait, Angie, je commence à croire que je suis déjà chez moi.

L'heure était venue de lâcher la nouvelle, se dit-elle.

— J'envisage de revendre mon loft.

— Le revendre ? Tu veux rire !

— Je me trouve bien comme ça. Et tu ne peux pas dire que mon travail en a souffert jusqu'à présent.

— Non. Non, bien sûr.

Cependant ce n'était pas le travail de Clare qui inquiétait Angie, mais Clare elle-même.

— Ecoute, je ne veux pas que tu prennes de décision prématurée. Peut-être que tu devrais revenir pour quelques semaines, histoire de réfléchir à tout ça.

— Je réfléchis aussi bien ici. Angie, ne te tracasse pas pour moi. Je vais bien. Vraiment.

Angie se mordit la lèvre, résolue à poser une question dont elle connaissait pourtant d'avance la réponse.

— Est-ce que Cam est sur une piste pour l'agression de la jeune femme ?

— Il est en train de vérifier une hypothèse, répondit Clare, qui s'empressa aussitôt de tourner le dos à la terrasse. Tu ne vas tout de même pas prétendre que je serais plus en sécurité à New York qu'ici ?

— Si, justement.

— J'ai un flic pour amant, je te signale. Alors, du calme.

Puis, prévoyant ce que son amie allait lui répliquer :

— Ecoute, ajouta-t-elle, c'est la première fois depuis des années que j'arrive à croire que ça peut marcher — je veux dire : une véritable relation, un engagement solide. Tu trouveras peut-être cela ringard, mais je ne veux pas laisser passer l'occasion.

— Bon, alors va habiter avec lui.

— Comment ?

— J'ai dit : va habiter avec lui.

« Comme ça, au moins, tu ne seras plus seule dans cette maison... »

— Prends armes et bagages et installe-toi chez lui, répéta Angie.

— Euh... Aurais-je loupé le début du film ?

— Pourquoi continuer de vivre loin l'un de l'autre ? Vous faites déjà lit commun. Et puis, bon sang, je pourrais peut-être enfin recouvrer le sommeil !

Clare sourit.

— Tu sais quoi ? Je crois que je vais y réfléchir sérieusement.

— Fais-le et réfléchis après, rétorqua son amie avant de pousser un long soupir de soulagement. Bon, je sors d'une réunion avec les responsables du Betadyne.

— Alors ?

— Ils ont donné leur accord pour les esquisses. A toi de jouer.

— Super. Angie, si tu étais là, j'embrasserais Jean-Paul !

— Je m'en chargerai moi-même. Au boulot, ma grande.

Clare ne perdit guère son temps : l'après-midi n'était pas encore achevé qu'elle avait déjà considérablement avancé dans l'infrastructure de la statue. Cela ne se fit cependant pas tout seul. Le garage s'étant révélé trop petit pour contenir les six mètres et quelques de la sculpture, elle avait dû installer son chantier au beau milieu de l'allée — sous un ciel qui, par bonheur, restait clément. Juchée sur un escabeau, elle soudait et rivetait à tour de bras. De temps à autre une foule de curieux s'assemblait autour d'elle pour contempler et commenter son travail, puis se dispersait aussitôt. Des gamins avaient garé leur vélo sur le trottoir pour se vautrer dans l'herbe à ses côtés et lui poser des questions.

Ni ces interruptions ni la présence d'un public ne la dérangeaient. A un moment, cependant, elle réprima un frisson en s'apercevant qu'Ernie la regardait depuis le jardin de la maison d'en face.

Elle donna cinq dollars à un des jeunes amateurs d'art afin qu'il aille acheter des boissons fraîches au marché, et, tandis qu'il réenfourchait dare-dare sa bicyclette, elle s'arrêta un instant pour montrer à son auditoire la procédure idoine pour allumer un chalumeau.

— On vous a vue à la télé, s'exclama une des jeunes filles avec un air d'admiration béate. Vous aviez une sacrée allure. On aurait dit une vedette de cinéma.

— Merci du compliment, répondit Clare en dénouant les lacets de son tablier.

Voilà qui faisait tout le charme des petites villes, se dit-elle. On y devenait si facilement une vedette...

— Est-ce que la maison de m'dame Atherton est vraiment toute rose à l'intérieur ?

— Pratiquement, oui.

— Pourquoi vous portez ce drôle de chapeau ?

— Pour pas me faire cramer les tifs.

— Et ça ? lança un des garçons en désignant ses pieds. C'est des chaussures d'homme, non ?

— Ça, c'est *mes* chaussures, corrigea Clare. Mesure de sécurité. Cela dit, je les trouve très chic.

— Mon papa il dit que les femmes essayent tout le temps de faire comme les hommes en ce moment et qu'elles sont toujours à prendre le boulot des hommes au lieu de rester à la maison où c'est leur place.

— Il a dit ça, vraiment ?

Clare avait envie de lui demander si son papa n'avait pas aussi ses paluches de singe qui traînaient par terre quand il marchait — mais s'en abstint à temps.

— Voilà une opinion fort intéressante à l'approche du troisième millénaire, déclara-t-elle en se débarrassant de son tablier d'un coup d'épaule.

Puis elle ôta sa coiffe et s'assit sur l'escabeau.

— Mais il fait trop beau aujourd'hui pour discuter de sociologie des sexes. D'ailleurs, vous vous dépatouillerez dans la réalité bien assez tôt. Personne n'a une barre chocolatée sur soi ?

Le garçon se leva d'un bond.

— Je peux aller vous en chercher, si vous me donnez un peu d'argent.

— On se contentera des Twinkie. Il y en a une boîte dans la cuisine, sur la table. Tu n'as qu'à traverser le garage.

— Ouais, m'dame.

Il fila comme une flèche.

— Grands dieux, Clare, qu'est-ce donc ?

Apercevant le Dr Crampton, Clare lui adressa un salut de la main. Il portait sa trousse noire, et sortait très certainement de chez un voisin, qui avait dû l'appeler.

— Dans notre jargon, on appelle ça un squelette, repartit Clare en gloussant.

Elle descendit de l'escabeau pour aller embrasser le médecin sur la joue.

— C'est qui, le malade ?

— La petite des Waverly. Varicelle.

Toujours ébaubi, le praticien contempla l'enchevêtrement de métal.

— Et moi qui croyais que tu travaillais le bois et l'argile.

— Ça m'arrive, aussi.

Il se retourna vers elle, le visage redevenu grave.

— Tu n'as toujours pas pris rendez-vous.

— Je vais bien. Vraiment bien. Il y a seulement que je n'étais pas au mieux de ma forme l'autre soir.

— Tu étais choquée, oui. Lisa m'a dit que tu lui rendais souvent visite.

— Comme vous, je crois. Toujours sur la brèche, docteur, hein ?

— Je suis trop vieux pour changer.

Il laissa échapper un léger soupir, répugnant à reconnaître que l'âge l'obligeait tout de même à ralentir quelque peu ses activités.

— Tu fais honneur aux fleurs de Jack, à ce que je vois.

— Je me sens plus proche de lui quand je jardine.

Elle suivit le regard du médecin en direction de la pelouse. Annuelles et vivaces jaillissaient en floraisons éclatantes du vert gazon.

— Vous aviez raison l'autre jour, quand vous me disiez de lui pardonner. Cela m'est plus facile depuis que je suis ici.

Elle eut une moue songeuse.

— Qu'y a-t-il, Clare ?

Elle jeta un coup d'œil aux adolescents allongés sur la pelouse. Les garçons étaient occupés à lutter et à se rouler sur l'herbe, tout en dévorant des Twinkie.

— J'aimerais vraiment vous en parler. J'ai découvert deux ou trois choses… Mais pas ici.

Non, se dit-elle, pas avec les delphiniums de son père qui se balançaient mollement devant ses yeux.

— Quand j'aurai un peu débrouillé tout ça, je pourrai venir vous voir ?

— Ma maison t'est ouverte.

— Merci.

Rien que de le savoir la soulageait.

— Ecoutez, je me doute qu'il vous reste encore une aiguille à planter dans les fesses de quelqu'un. Je vous appellerai.

— Quand je vois ce que tu fais, répondit Crampton en reprenant sa trousse, je me dis que Jack aurait été fier de toi.

— Je l'espère aussi, déclara-t-elle en regagnant son escabeau. Hé, dites à Alice que pour la prochaine pizza-partie, c'est quand elle veut !

Ayant salué le médecin, elle se remit au travail.

Elle s'apprêtait à allumer une cigarette, lorsque le garçon à bicyclette — Tim ? Tom ? Non, *Todd* —, lorsque Todd, donc, remonta l'allée à toute vitesse, un pack de sodas ficelé sur le porte-bagages.

— Record battu ! lui lança-t-elle en redescendant de son escabeau.

— Vous ne devinerez jamais ce que j'ai entendu au marché, s'exclama Todd.

Il parlait d'une voix essoufflée, encore sous le coup de l'excitation et de l'effort.

— July Crampton est arrivé, juste à ce moment-là. J'y étais. Il a tout raconté.

— Raconté quoi ?

— Au sujet du corps. Lui et Chip Dopper ont trouvé un cadavre dans le champ de Stokey. Ils coupaient les foins, vous voyez ? Ils les mettaient en bottes pour Mme Stokey parce qu'elle est veuve et tout. July Crampton a dit qu'ils lui avaient quasiment roulé dessus.

Le reste de la bande entoura le garçon pour le harceler de questions. Todd ne s'en sentait pas peu fier. Clare, quant à elle, se laissa choir sur la pelouse.

Elle y était encore lorsque, une demi-heure plus tard, la voiture de Blair remonta l'allée. Son frère vint s'asseoir à son côté.

— Tu le sais déjà, hein ?

— Flash spécial, répondit-elle en arrachant un brin d'herbe. On a identifié le corps ?

— Non. Une inconnue, semble-t-il. Euh… Décédée depuis un certain temps, en fait.

Clare sentit le brin s'écraser entre ses doigts.

— *Une* inconnue ?

— Ouais. Cam a l'air de penser qu'il s'agirait d'une fugueuse venue traîner par ici aux alentours du mois d'avril.

Clare ferma les yeux.

— Carly Jameson.

— Il n'a cité aucun nom. Le coroner est en train de procéder à l'autopsie. Cam a déjà envoyé Mick Morgan chercher les empreintes dentaires à Harrisburg.

Clare regarda l'ombre d'un oiseau qui planait au-dessus de sa tête.

— Ça ne s'arrêtera donc jamais ? Il y a encore un instant, je travaillais au soleil avec une bande de gamins autour de moi. Le garçon au bas de la rue était en train de laver sa voiture en écoutant la radio. J'ai donné quelques dollars à un gosse pour qu'il aille nous chercher des sodas, et puis le voilà qui revient pour m'apprendre qu'il y a un cadavre dans le pré des Stokey.

Elle contempla un instant le vol stationnaire d'une abeille au-dessus d'une balsamine.

— C'est comme si je regardais deux images à la fois, l'une impressionnée sur l'autre. Une erreur de développement.

— Je sais que c'est moche, Clare. Tout laisse à penser que Biff a enlevé la fille et qu'il a jeté son corps dans le pré après l'avoir tuée. Pour s'en occuper plus tard, peut-être, ou simplement parce qu'il était complètement cinglé.

— De toute manière, il est mort aussi.

— Oui. Mais on dirait bien que ce meurtre-là va lui être mis sur le dos. En un sens, c'est une chance.

L'oiseau se percha sur un cerisier du Japon et se mit à chanter.

— Comment ça ?

— Cela veut dire qu'il aurait agi seul. Si ç'avait été un groupe ou une secte, comme Cam le pense, ils n'auraient pas abandonné le corps sur une propriété. Ce n'est pas ainsi qu'ils procèdent. Les sectes de ce genre dissimulent les traces de leurs forfaits.

Cela paraissait sensé, se dit Clare. Hélas, cela n'expliquait pas tout.

— Et le meurtre de Biff ? Qui l'a tué, lui ?

— Il était manifestement impliqué dans une histoire de drogue. Peut-être n'a-t-il pas payé son fournisseur, ou alors il a fait foirer une transaction. Le pardon n'est guère de mise dans ce milieu-là.

Blair s'allongea sur les coudes avec un long soupir.

— Mais je ne suis pas un as de la chronique judiciaire, tu sais. Je vais devoir laisser tomber ces histoires de meurtres pour reprendre mes affaires de pots-de-vin et de corruption.

— Quand repars-tu ?

— Bientôt. Mon rédacteur en chef préfère que ce soit moi qui couvre ce qui se passe à Emmitsboro parce que je suis du coin. Mais maintenant que le corps est identifié et que je peux boucler mon papier, je n'ai plus rien à faire ici.

En fait, il avait encore quelques personnes à interroger : tant que l'existence d'une secte comme celle qu'avait pu fréquenter son père était possible dans la région, il creuserait sans relâche cette hypothèse. Mais pour mener à bien l'enquête, il était obligé de repartir dans la capitale en laissant Clare toute seule, et donc de remettre son sort entre les mains de Cam.

— Ça va aller, maintenant ? s'enquit-il.

— Tout à fait.

Les yeux de Blair se reportèrent sur la forme de métal que Clare venait d'élaborer.

— Tu veux reproduire la statue de la Liberté ?

— Non. Un univers de possibles.

Elle examina la structure à son tour, y trouvant un certain réconfort.

— Je veux montrer que ce dont on rêve n'est pas forcément inaccessible, loin de la réalité.

— T'as encore du chemin à faire, on dirait.

Le menton appuyé sur les genoux, Clare contempla les soucis qui flamboyaient dans le jardin, de l'autre côté de la rue. Seul un aboiement de chien, profond, monotone, troublait la douceur du jour.

— Ce n'était pas si loin, de New York à Emmitsboro, après tout.

— Et en sens inverse ?

Elle haussa les épaules.

— Tu peux arrêter de rechercher de nouveaux locataires pendant quelque temps.

Blair demeura silencieux un moment.

— Cam est dingue de toi, lâcha-t-il enfin.

— Ah ouais ?

Elle regarda par-dessus son épaule.

— Jamais je ne vous aurais imaginés ensemble, tous les deux, reprit Blair. Mais… enfin, je veux te dire que je trouve ça super.

Elle s'allongea à son tour sur les coudes, les yeux levés vers les nuages cotonneux qui glissaient dans le ciel.

— Moi aussi, répondit-elle.

Cam faisait les cent pas dans le couloir verdâtre qui menait à la salle d'autopsie. Il avait voulu y entrer — ou plutôt, il s'y était senti obligé —, ce dont le Dr Loomis l'avait poliment mais fermement dissuadé : sa place était dans le couloir. A attendre.

Et c'était bien cela le pire, surtout qu'il savait, depuis le tréfonds de son cœur et de ses tripes, qu'il devrait téléphoner aux Jameson avant la fin du jour.

Taraudé par l'envie de fumer, il décida de s'en griller une malgré le panneau d'interdiction placardé au mur. D'ailleurs, il voyait mal comment les résidents du lieu pourraient s'en offusquer.

Les morgues étaient pour lui des havres de tranquillité, de paix même, comme tous les endroits empreints d'une atmosphère de travail méthodique. Car un travail demeurait un travail, pensait-il, dans la vie comme dans la mort.

Pour quelque raison obscure, les morgues lui étaient bien moins désagréables que les cimetières.

Ici, d'une certaine façon, les personnes demeuraient malgré tout des personnes.

Il y avait les odeurs, bien sûr, les parfums de détergents boisés et de puissants antiseptiques sous lesquels ne laissait pas de flotter quelque remugle insane. Néanmoins, il s'agissait bien là d'un boulot comme un autre.

Quelqu'un était mort, et il devait savoir pourquoi.

La porte à battants s'ouvrit sur la silhouette de Loomis. Il était en train de sécher ses mains rêches, rosies par le contact des gants. Vêtu d'une blouse de chirurgien sur laquelle était épinglé un badge d'identification, il avait un masque chirurgical pendu à son cou, retenu par des lanières. Il ne lui manquait plus qu'un stéthoscope, songea Cam — à supposer qu'écouter les battements de cœur fasse partie de son travail.

— Shérif…

Loomis replia soigneusement la serviette en papier avant de la jeter dans une poubelle. Puis il posa un regard de reproche circonspect sur la cigarette de Cam, qui l'écrasa aussitôt au fond de son gobelet.

— Vos conclusions ?

— Femelle de type caucasien âgée de quinze à dix-huit ans. J'estime que sa mort remonte à environ un mois, deux au plus.

Six semaines s'étaient écoulées depuis le 1er mai, se dit Cam. Six semaines depuis la lune rousse.

— Cause du décès ?

— La mort a été provoquée au moyen d'une rupture des jugulaires.

— Provoquée ? répéta Cam en lançant son gobelet dans la poubelle. Vous en êtes sûr ?

Loomis inclina la tête en silence.

— La victime a été violée avant sa mort, poursuivit-il. Et d'après tous les indices que j'ai pu recueillir, elle l'a été de façon violente et répétée. Ses poignets et ses chevilles portent encore la trace de ligatures. Des examens de groupes sanguins sont en cours. Pour l'instant, je ne peux vous dire si elle a été droguée ou non.

— J'aimerais le savoir au plus vite.

— Nous faisons de notre mieux. Vous avez dépêché quelqu'un pour les empreintes dentaires ?

— Je dois les recevoir bientôt. J'ai un avis de recherche qui correspond à votre signalement, mais je préfère être sûr de mon fait avant d'avertir les parents.

— Etant donné les circonstances, c'est une sage décision. Puis-je vous offrir une deuxième tasse de café ?

— Oui. Merci.

Loomis le précéda dans le couloir. Il rassembla sa monnaie avec des gestes méticuleux avant d'introduire des pièces dans le distributeur.

— Avec ou sans lait ?

— Sans. Je le prends noir en ce moment.

Loomis tendit un gobelet à Cam et glissa d'autres pièces dans l'appareil.

— Shérif, nous sommes devant un cas aussi douloureux qu'épineux, et je crois savoir par ailleurs que vous y êtes personnellement impliqué.

— J'ai joué dans ces champs quand j'étais enfant. J'ai fait les foins avec mon père à l'endroit même où la fille a été découverte. Et c'est là que mon père est mort lui-même, écrasé sous les roues de son propre tracteur par un bel après-midi d'été... Ouais, je suis « impliqué », comme vous dites.

— Je suis désolé.

— Ça va, répondit Cam en se massant l'arête du nez, un peu irrité contre lui-même. J'ai trouvé des indices prouvant que le mari de ma mère avait séquestré cette fille dans sa remise. Et qu'il n'en était peut-être pas à son coup d'essai. Désormais, tout porte à croire qu'il l'a aussi violée et tuée avant de jeter son cadavre dans le champ.

Le regard amène de Loomis demeurait impénétrable.

— A vous de le prouver, shérif, dit-il. Pour ma part, je dois vous informer que le corps n'était pas dans le champ durant toutes ces semaines.

Cam se figea soudain, sa tasse de café à quelques centimètres de sa bouche.

— Comment ça, « pas dans le champ » ?

— C'est bien là qu'on l'a retrouvé, certes, mais il n'y a été déposé que tout récemment.

— Minute. Vous venez de m'affirmer qu'elle est morte depuis au moins un mois, non ?

— Morte… et *enterrée*, shérif. Le corps est resté en terre durant plusieurs semaines. Mon opinion est qu'il a été exhumé pour être transporté dans ce champ il y a deux ou trois jours, au plus. Si ce n'est moins.

La nouvelle était pour le moins choquante.

— Vous voulez dire que quelqu'un a enterré cette fille après l'avoir tuée… pour la déterrer ensuite ?

— Aucun doute là-dessus.

— Attendez…

Cam se retourna vers la paroi verdâtre. Voilà qui, en un sens, était pire, se dit-il. Non seulement on l'avait kidnappée, violée et assassinée, mais en plus on l'avait encore violentée après sa mort.

— Cet enfant de salaud…

— Il se peut très bien que votre beau-père l'ait tuée, shérif, mais comme son propre décès remonte à plusieurs semaines, ce n'est certainement pas lui qui l'a mise dans ce champ.

Les paupières de Cam se plissèrent de perplexité. Le café n'avait plus guère de goût dans sa bouche. Il pivota vers le médecin, l'estomac contracté.

— Quel que soit le responsable, déclara-t-il, il voulait qu'on retrouve la fille, et qu'on la retrouve précisément à cet endroit.

— Je vous l'accorde bien volontiers. Mais la manœuvre était plutôt maladroite. Votre fossoyeur en herbe a eu grand tort de sous-estimer la perspicacité de la médecine légale.

Loomis s'interrompit pour siroter son café.

— Il est plus que probable que la preuve a été jugée recevable sans autre forme d'examen.

— Votre profession est injustement décriée, docteur Loomis.

— Ce n'est hélas que trop vrai, lui répondit ce dernier avec un pâle sourire.

Lorsque Cam sortit de l'hôpital, le soleil était sur son déclin. Près de quatorze heures s'étaient écoulées depuis qu'il avait reçu l'appel de Chip Dopper. Il était épuisé. Ereinté. Lorsqu'il aperçut Clare assise sur le capot de sa voiture, il s'arrêta un moment pour attendre qu'elle en descendît.

— Salut, Rafferty.

S'étant avancée vers lui, elle le prit par la taille et le serra dans ses bras.

— Je me disais que ça te ferait du bien de voir un visage de connaissance.

— Ouais. Surtout le tien. Ça fait longtemps que tu es ici ?

— Je suis venue voir Lisa. Blair m'a accompagnée.

Elle se recula pour le dévisager.

— Il voulait interroger le coroner.

Des douzaines de questions se pressaient à ses lèvres. Des questions qu'elle ne pouvait cependant pas lui poser — pour l'instant.

— Tu as l'air crevé. Et si je te reconduisais à la maison ?

— Pourquoi pas ?

Il sortit ses clés de voiture de sa poche et se mit soudain à les serrer avec une telle violence que le métal lui écorcha la paume. Dans son regard, la fatigue l'avait cédé à la fureur l'espace d'un instant.

— Tu sais ce que je voudrais ? Je voudrais taper une bonne fois pour toutes dans cette merde, m'en débarrasser pour de bon.

Il se retourna vers Clare avec un rire crispé.

— Marchons un peu, la Gazelle.

— D'accord. En route.

— Non, pas ici. Fichons le camp d'ici au plus vite.

— Viens, dit-elle en lui prenant les clés. Je sais où on va aller.

Ils roulèrent en silence. Cam, la tête renversée en arrière, avait fermé les yeux. Tout en recherchant dans sa mémoire la direction à prendre, Clare espérait qu'il s'était endormi. Une fois parvenus à destination, ils restèrent un moment assis dans la voiture.

— Voilà longtemps que je ne suis venue ici.

Elle se retourna pour contempler le visage de Cam dans la douce lumière du crépuscule.

— J'ai toujours aimé me promener dans le parc. Nous prenions un paquet de Saltines et nous donnions à manger aux canards. T'aurais pas un croûton sur toi ? De vieux pépins ?

— Des pépins ? A tire-larigot.

Prise d'une brusque inspiration, Clare se mit à fouiller dans son sac.

— Alors, gâteau pour tout le monde, dit-elle en lui tendant un Twinkie.

Il y avait un étang au centre du parc. Clare revoyait encore les troncs qu'on y chavirait à l'époque de Noël, dans la lueur ensorcelante des glaçons. Elle s'y était rendue plus d'une fois avec ses parents, sa classe, ses petits amis. Un jour, elle s'y était assise toute seule sur un banc, ivre du bonheur d'avoir vu l'une de ses sculptures exposées dans le musée qui se dressait non loin de là.

Et voilà que Cam et elle y marchaient à leur tour, main dans la main, sous le couvert des arbres dont les ramures touffues les abritaient de la rumeur du trafic.

— On dirait qu'il va pleuvoir, murmura-t-elle.

— Ouais, ce sera pour cette nuit.

— Je crois que ça nous fera du bien.

— On a eu un printemps sacrément sec.

Elle le regarda. Ils échangèrent un sourire complice, un sourire d'amants.

— Et si on passait à la politique ?

Il secoua la tête avant de glisser un bras autour de ses fines épaules.

— J'étais content de te voir quand je suis sorti, tout à l'heure, dit-il en la serrant contre lui.

— Moi aussi.

— C'est drôle, je n'ai pas eu envie de me précipiter dans le premier bar venu. Tout ce que je voulais, c'était prendre la voiture pour filer au plus vite… chercher la cogne.

Clare sentit le poing de Cam se serrer sur son épaule, puis se détendre aussitôt.

— Ça marche, d'habitude.

— Et maintenant ?

— Maintenant, c'est toi. Asseyons-nous.

Il choisit un banc d'où il pouvait contempler l'eau, Clare blottie contre lui. Des canards bruyants et affamés vinrent barboter contre la berge. La jeune femme déballa son Twinkie et se mit à leur en lancer des miettes. La lumière alentour virait doucement au pourpre.

— C'était Carly Jameson ?

— Oui. Les empreintes dentaires sont arrivées tard dans l'après-midi. Quant à ses parents…, il n'y avait plus grand-chose à faire pour eux.

Clare observa un instant les canards rassemblés autour des miettes du gâteau.

— Ils sont là-bas ?

— Oui. Depuis une heure environ. Excuse-moi, il faut que je bouge.

Ils se levèrent ensemble pour reprendre leur promenade. Clare demeurait coite.

— Je saurai qui a tué cette fille, Clare.

— Mais Biff...

— Ce n'était qu'une pièce du puzzle. Juste une pièce.

Il s'arrêta pour la regarder. La colère dansait dans ses yeux, et Clare y distinguait aussi une souffrance qui lui vrillait le cœur.

— Quelqu'un l'a jetée dans ce pré. Mon pré. Comme un simple détritus. Je saurai qui c'est. Plus personne ne fera jamais ça à une pauvre fille dans ma ville.

Clare essuya ses doigts poisseux sur son jean, les yeux perdus sur la surface de l'étang.

— Tu penses toujours qu'il y aurait une sorte de secte derrière tout ça, n'est-ce pas ?

Cam la prit aux épaules.

— Je veux que tu fasses les dessins dont on a parlé. Je sais très bien ce que je te demande là, Clare, mais j'ai besoin que tu te souviennes de tout, de chaque détail de ce rêve, et que tu le mettes sur un papier.

Son étreinte se fit plus pressante.

— Clare, elle a été assassinée ailleurs. Exactement comme Biff. Elle a été assassinée dans un endroit qu'on ignore encore, avant d'être déposée là où on l'a trouvée. Et peut-être que toi, tu pourrais m'aider à repérer cet endroit.

— Bon. D'accord... Si ça peut t'aider.

— Merci, dit-il en l'embrassant. Rentrons maintenant.

27.

Clare refusait de se rappeler quoi que ce soit. Ce qui était une pure lâcheté, elle ne l'ignorait pas. Mais évoquer de nouveau ces souvenirs était exclu. Pendant plus de vingt ans elle avait essayé de les refouler — par la force de sa seule volonté d'abord, puis avec l'aide épisodique de tranquillisants, et enfin par des heures de thérapie. Jamais, en tout cas, elle ne s'était risquée à recréer ces images sciemment. Et voilà qu'on lui demandait de tout mettre noir sur blanc...

Elle avait longuement tergiversé, cherchant une excuse à sa faiblesse aux yeux de Cam aussi bien qu'aux siens. La nuit, affalée sur son lit, elle luttait âprement contre le sommeil, craignant que son subconscient ne revienne au galop accomplir ce à quoi elle se refusait obstinément.

Cam ne l'y forçait pas, cependant. Pas explicitement, du moins. Depuis qu'il s'était plongé à corps perdu dans l'enquête, elle n'avait d'ailleurs que peu d'occasions de le voir.

La pluie avait fini par tomber, ainsi que Cam l'avait prévu. De longues et lourdes averses deux jours durant. Sans compter les nuits. Ce qui n'empêchait pas tout un chacun, au marché, au bureau de poste comme au Martha's, de contester les prévisions météorologiques pour évoquer le spectre de nouvelles restrictions d'eau d'ici à la fin de l'été. Et quand on avait cessé de causer de la pluie et du beau temps, ainsi que des chances des Orioles dans le championnat, on se rabattait sur le meurtre...

Clare avait laissé en plan la sculpture prévue pour le Betadyne. Après des semaines d'intense activité, elle s'était mise à tourner dans le garage comme une âme en peine, incapable de trouver un palliatif à son angoisse. Elle errait à l'aveuglette de projet en projet, passant des heures à revoir ses anciens croquis, en griffonnant d'autres. Et pendant ce temps, la promesse faite à Cam ne cessait de la tourmenter.

Mais la maison semblait si vide désormais, songeait-elle. Maintenant que Blair était reparti pour D.C., et que la pluie ne cessait de tomber, de tomber, et de tomber encore, elle se sentait terriblement seule, terriblement isolée.

Pourquoi cela ne l'avait-il jamais tracassée auparavant ?

Réponse : parce que, avant, elle ne s'était jamais coltinée avec des fantômes. Parce que, avant, elle ne passait pas de longues minutes à vérifier ses serrures ni à interpréter chaque craquement ou gémissement poussé par une latte disjointe.

Enfin, à un moment donné, alors qu'elle contemplait pour la énième fois la structure de sa statue par la fenêtre, elle étouffa un juron et se saisit de son carnet abandonné sur le canapé.

Oui, se dit-elle, elle le ferait, et pas plus tard que tout de suite. Elle s'extirperait ça de la tête.

Elle s'assit, le crayon à la main et le carnet sur les genoux, et ferma résolument les yeux sur la réalité extérieure pour se replonger dans ses souvenirs…

Elle revit son père penché sur ses rosiers, en train d'enfoncer des piquets, des piquets de jardin, dans la terre meuble.

Puis elle le vit étendu sur la terrasse, transpercé par ces mêmes piquets.

Secouant la tête, elle serra les dents, résolue à faire une nouvelle tentative.

Elle était sur la balancelle à présent, par une douce nuit d'été. Elle oscillait, la tête posée sur le bras de son père, dans le parfum des pois de senteur, les fragrances du gazon et les effluves de Old Spice.

— Que veux-tu pour ton anniversaire, mon petit canard en sucre ? Une jeune fille mérite quelque chose de spécial pour ses treize ans.

— Je veux qu'on me perce les oreilles.

— Te faire trouer la peau ? Mais pourquoi ?

— Toutes les autres filles ont les oreilles percées. Oh, papa, s'il te plaît.

Plus profond, elle devait aller plus profond encore…

C'est l'automne. L'époque de la plantation des bulbes de tulipes. Une fumée âcre s'échappe des brasiers de feuilles mortes. Une citrouille trône sous la véranda, prête à être évidée.

— Clare Kimball ! crie la voix de sa mère. Que fais-tu donc dehors sans pull ? Pour l'amour du ciel, tu as huit ans, maintenant. Tu devrais avoir un peu plus de bon sens.

Son père lui lance un clin d'œil en promenant son doigt sur le bout de son nez transi.

— Allez, va te chercher un pull. Et ne ramène pas du paillis dans la maison, sinon ta mère nous enfermera tous deux dans la niche du chien.

Non. Plus profond encore… Elle pouvait presque entendre le Dr Janowski lui dire de se détendre, de respirer calmement, de laisser sa conscience s'ouvrir à son subconscient…

— Mais je veux y aller. Tu ne m'emmènes jamais avec toi. Je serai à la hauteur, papa. Promis.

— Tu es toujours à la hauteur, mon petit canard en sucre.

Il s'accroupit pour la soulever de terre et lui plaquer un bisou dans le cou. Parfois, aussi, il la faisait virevolter dans les airs. Elle adorait ça, ce vertige étourdissant. Peur et excitation mêlées. « Ne me lâche pas. Ne me lâche pas. »

— Ce n'est rien que des affaires ennuyeuses, des affaires de grandes personnes.

— Mais je veux y aller. J'aime bien visiter les maisons.

Tout cela dit avec une petite moue triste, la lèvre inférieure frémissante — ça marchait des fois.

— Je vais faire visiter une grande maison dimanche après-midi, tu pourras venir avec moi. Et puis Blair aussi s'il veut.

— Mais pourquoi pas ce soir ?

— Parce que ce n'est pas une heure pour les petites filles. La nuit va bientôt tomber. Et puis, regarde, tu es déjà en pyjama.

Direction le lit dans les bras de papa : la chambre, les poupées, les crayons de couleur.

— Allez, sois sage. Donne-moi un bisou et dors. Quand tu seras plus grande, tu pourras devenir mon associée. Kimball et Kimball.

— Promis ?

— Juré. Fais de beaux rêves, Clare.

La porte se referme. La chambre est toute baignée de lune. Mais la voilà qui se relève, l'oreille aux aguets. Papa parle à maman. Doucement, très doucement.

Une poupée sous les couvertures au cas où, et puis l'escalier, jusqu'en bas, à pas feutrés. Vite, dehors ! Au garage !

Quelle bonne surprise… Il verrait alors qu'elle est assez grande. Qu'elle est à la hauteur. Pour l'instant, se cacher sous la banquette arrière, les mains plaquées sur la bouche pour étouffer les gloussements.

La voiture démarre enfin et sort de l'allée.

La route est longue, longue. Tout devient noir au-dehors. Blottie sur le plancher, elle voit les étoiles s'allumer une à une dans le ciel. Papa conduit vite, comme toujours quand il a peur d'être en retard.

La voiture ralentit, cale, s'arrête. Papa sort, va ouvrir le coffre.

Retenir son souffle, oui, le retenir tandis que la poignée de la portière bascule. Prendre garde aux grincements. Mais il est déjà loin. La maison doit être par là-bas, dans les bois. Se dépêcher maintenant, sans bruit, dans ses pantoufles petit-lapin.

Il fait sombre sous les arbres. Papa ne se retourne pas.

Là-bas, cependant, il n'y a pas de maison. Juste une clairière. Un cercle sans arbres où se dressent des hommes en robe noire. Papa enlève ses vêtements — c'est rigolo ! — et met une robe comme les autres. Ils portent tous des masques. Peut-être que c'est une fête. Pourtant ce n'est pas Halloween. Et puis les masques sont effrayants : des taureaux, des boucs, des chiens méchants. Mais maman a dit que les masques c'était pas pour de vrai, alors elle n'a pas peur.

Ils se tiennent en cercle, comme pour un jeu. Ça l'amuse d'imaginer ces messieurs danser en cercle et s'affaler sur le sol. Mais ils n'en font rien. Ils restent immobiles. Le silence est total.

Une cloche sonne…

Clare sursauta. Le cœur battant la chamade, elle promena son regard sur le séjour. Carnet et crayon gisaient sur le sol, là où elle les avait laissés choir. Peut-être était-elle un petit peu trop douée pour les retours en arrière, se dit-elle en se frottant les yeux. Au deuxième coup de sonnerie, elle bondit pourtant de son canapé, comprenant aussitôt que quelqu'un l'attendait à la porte.

Avec un long soupir, elle alla ouvrir. Elle aperçut une femme en train de redescendre les marches du perron.

— Oui ?

— Oh. Je…

La femme — brune — se tint un instant immobile sous la pluie, hésitante.

— Je pensais que vous étiez absente.

— Je suis désolée. Mais entrez donc, vous allez vous faire tremper.

— Je venais juste... Je vous réveille ?

— Non.

Clare examina un peu plus attentivement le visage à moitié caché par le chapeau ruisselant. La trentaine, estima-t-elle, une beauté douce, de grands yeux sombres, les traits avenants.

— Vous êtes de Chez Rocco, n'est-ce pas ?

— Oui, je suis Joleen Butts.

Toutes les deux étaient pâles — quoique pour des raisons différentes. Et toutes les deux s'efforçaient cependant de sourire.

— Voudriez-vous entrer ?

— Je ne veux pas vous déranger. Je venais juste... Oui, j'aimerais bien entrer.

Une fois réfugiée à l'intérieur, Joleen regarda autour d'elle. Clare avait déjà commencé à aménager le couloir. Elle y avait disposé des tables avec des vases de fleurs et avait épinglé aux murs des posters qu'elle avait récupérés dans des marchés et des brocantes.

— Laissez-moi vous débarrasser de votre manteau.

— Je suis confuse de venir vous interrompre dans vos activités au beau milieu de la journée. Vous deviez être en train de travailler.

— Non. En fait, la pluie me déprime.

Elle prit le manteau et le chapeau de Joleen pour les accrocher à une patère.

— Voudriez-vous un peu de café ? Du thé ?

— Non, non, ne vous dérangez pas pour moi, répondit Joleen en se mettant à tripoter son long collier de perles fantaisie. Je, euh... J'ai remarqué que vous travailliez dehors.

— Oui, ça doit paraître plutôt bizarre en ce moment, n'est-ce pas ?

Clare l'entraîna dans le séjour. Elle eut le sentiment fugace d'être en train de guider les pas d'une jeune enfant.

— Le bruit vous perturbe peut-être ? s'enquit-elle doucement.

— Oh, non. Non, c'est intéressant de voir... ce que vous faites. Mais, vous savez, je crains de n'y connaître pas grand-chose.

— Ce n'est pas grave. Moi-même, je n'y connais rien en pizzas. Et les vôtres sont géniales.

— Merci.

Joleen balaya des yeux la pièce, regrettant de tout son cœur d'être là.

— C'est une vieille recette de famille. Mon nom de jeune fille est Grimaldi.

— Ah, voilà donc d'où Ernie tient ses yeux italiens... Mais asseyez-vous, je vous en prie.

Joleen s'installa avec lenteur sur le canapé.

— Alors, comme ça, vous connaissez Ernie...

— Oui. Nous avons eu l'occasion de lier amitié quand il a posé pour moi.

— Poser, dites-vous ? Poser pour vous ?

— Il ne vous l'a pas dit ?

Les longs regards silencieux de Joleen la mettaient mal à l'aise. Clare alluma une cigarette avant de poursuivre l'entretien.

— Je me suis servie de son bras pour une statue en argile.

— De son bras ?

Clare exhala une bouffée de tabac.

— Oui, je le trouve plein de jeunesse, de virilité. Ça a fait une très belle sculpture.

— Je... je vois.

— Je suis désolée qu'il ne vous en ait pas parlé. En fait, je me suis demandé pourquoi vous ne veniez pas y jeter un coup d'œil. J'ai des photos, cependant. Je prends toujours des photos de mon travail pour mon portfolio. Evidemment, ce n'est pas la même chose que de voir la statue en vrai.

— Mademoiselle Kimball, est-ce que vous entretenez une relation avec mon fils ?

Clare en perdit le souffle. Elle recracha la fumée en toussant.

— Comment ? s'exclama-t-elle en se tapant sur la poitrine, les yeux écarquillés. Que dites-vous ?

— Je comprends que vous puissiez penser que je n'ai pas à m'en mêler. Mais Ernie n'a que dix-sept ans. Il en aura dix-huit en novembre, et je crois que d'ici à sa majorité je suis en droit de savoir…

— Attendez, attendez, attendez, l'interrompit Clare en levant la main. Madame Butts — Joleen —, j'ai sculpté le bras d'Ernie, je lui ai parlé, et je lui ai offert deux ou trois verres de limonade. Point. Rien de plus. Je ne sais pas qui a pu vous faire croire que je…

— Ernie lui-même, l'interrompit Joleen.

Sous le coup de la stupeur, Clare s'affala dans le canapé.

— Mais c'est dingue ! Ernie vous a affirmé que lui et moi… que nous… Oh, mon Dieu !

— Non, il ne m'en a pas parlé, reprit Joleen en frottant l'une contre l'autre ses paumes glacées. Il l'a écrit. J'étais en train de nettoyer sa chambre…

Joleen détourna le regard, les lèvres serrées. Dieu, se dit-elle, qu'elle mentait mal !

— Et j'ai trouvé des choses qu'il a écrites. Qu'il a écrites sur vous.

— Je ne sais que dire. Vraiment, non. Sinon que jamais je n'ai…

Elle se passa une main dans les cheveux, se demandant comment exprimer la chose.

— Ecoutez, je sais bien que vous ne me connaissez pas, et qu'en tant que mère d'Ernie vous seriez encline à le croire, lui, plutôt que moi. Mais je vous jure qu'il n'y a jamais rien eu de charnel, ni de platonique ni de sexuel entre votre fils et moi.

— Je vous crois.

Joleen baissa les yeux sur ses mains prises d'une agitation spasmodique. Elle ne pouvait les contrôler — pas plus, avait-elle finalement compris, qu'elle ne pouvait contrôler son propre fils.

— Je pense que je le savais depuis le début. Je m'étais dit qu'en venant ici je pouvais protéger mon petit, mais je…

Elle releva sur Clare des yeux humides, emplis de désarroi.

— Mademoiselle Kimball…

— Clare, dit la jeune femme dans un souffle. Appelez-moi Clare.

— Veuillez accepter mes excuses.

— Non…

Prise de vertige, Clare se frotta les tempes.

— Non. N'en faites rien, je vous en prie. Je comprends ce que vous avez dû éprouver en pensant que je… En fait, je suis étonnée que vous n'ayez pas enfoncé la porte pour venir m'arracher les yeux.

— Je suis nulle dans ce genre de discussion, murmura Joleen en essuyant ses joues trempées de larmes. Et je crois bien que je suis nulle en tant que mère aussi.

— Non, ne dites pas ça.

Ne sachant que faire, Clare lui tapota amicalement l'épaule.

— Ernie est seulement un peu déboussolé.

— Pourrais-je vous prendre une cigarette ? J'ai arrêté de fumer, mais…

— Bien sûr.

Clare extirpa une cigarette de son paquet et l'alluma elle-même.

Dès la première bouffée, Joleen fut prise de frissons.

— Il y a cinq ans que j'ai arrêté.

Elle tira une nouvelle fois sur sa cigarette, avidement.

— Clare, je n'étais pas en train de nettoyer la chambre d'Ernie. Je la fouillais.

Elle ferma les yeux. Le tabac lui faisait un peu tourner la tête, mais il l'aidait aussi à détendre les nœuds qui lui serraient l'estomac.

— Je m'étais pourtant juré de ne jamais violer l'intimité de mon fils. Ma mère, elle, n'arrêtait pas de farfouiller dans mes tiroirs, de regarder sous mon matelas. Elle pensait qu'il était de son devoir de veiller sur mon existence. Je me suis promis que si j'avais un enfant, je lui ferais entièrement confiance, que je le laisserais mener sa vie. Et voilà que je suis montée par deux fois dans sa chambre la semaine dernière pour passer ses affaires en revue comme une voleuse. Je cherchais de la drogue.

— Oh…

— Je n'en ai pas trouvé.

Joleen tirait sur sa cigarette par longues bouffées rageuses.

— J'ai trouvé d'autres choses.

Des choses dont elle ne pouvait parler, songea-t-elle. Non, jamais.

— Ce qu'il avait écrit sur vous… Je me suis dit que je devais vous mettre au courant. C'était on ne peut plus explicite.

Clare sentit une appréhension glacée naître dans le creux de son estomac, et se mettre à irradier dans tout son corps.

— Il est normal, déclara-t-elle lentement, qu'un garçon entretienne des fantasmes, sinon même une sorte de fixation sur une femme plus âgée que lui.

— Peut-être. Mais vous seriez moins indulgente si vous aviez lu ce qu'il a écrit.

— Joleen, avez-vous pensé à faire appel à un conseiller familial ?

— Oui. Je compte en parler à Will, mon mari, ce soir même. Dès que nous aurons trouvé un psychologue, nous nous y mettrons tous. Et quel que soit le problème avec Ernie, ou avec notre famille, nous le réglerons. C'est tout ce que j'ai au monde, vous savez.

— Et le pentacle que porte Ernie, vous savez ce qu'il signifie ?

Le regard de Joleen se troubla un instant. Puis il se raffermit aussitôt.

— Oui, dit-elle. Ça aussi, nous allons nous en occuper. Je ne suis pas près de le regarder s'éloigner de moi sans broncher, Clare. Il aura beau faire, je ne le laisserai pas se perdre.

Cam revint du travail après la tombée de la nuit. Il était harassé. Certes, il avait été flic suffisamment longtemps pour savoir que paperasse, répétition et monotonie constituaient souvent la plus grande partie de son boulot, mais il avait tout de même du mal à rester patient dès lors qu'il se sentait à deux doigts de résoudre l'affaire.

Il remercia le ciel en apercevant la voiture de Clare garée devant chez lui et la lumière allumée à la fenêtre.

La jeune femme sommeillait sur le canapé, un livre de poche sur les genoux, au milieu des éclats de la stéréo qui braillait à tue-tête. Cam posa un baiser sur ses cheveux, songeant combien il serait doux de se blottir contre elle pour tout oublier l'espace d'une heure.

Lorsqu'il ramena la stéréo à un niveau sonore plus décent, Clare se rassit d'un bond, les paupières papillonnantes, comme un hibou surpris par un rayon de soleil.

— Je crois que j'ai fait trop de silence, dit Cam.

— Quelle heure est-il ?

— Un petit peu plus de 9 heures.

— Mmm…

Elle se frotta les yeux.

— Tu as mangé ?

— Voilà une question parfaitement conjugale.

Il s'assit à côté d'elle puis, changeant d'avis, s'allongea sur le canapé et posa sa tête sur les genoux de la jeune femme.

— J'ai dû prendre un sandwich, il me semble, répondit-il.

Il laissa ses yeux se fermer tout en poussant un long et profond soupir.

— Mon Dieu, que tu sens bon. Comment s'est passée ta journée ?

— Non, la tienne d'abord.

— Ce fut long. On a reçu la suite des examens pratiqués sur Carly Jameson. Elle avait pris — ou, plus vraisemblablement, on lui avait *donné* — des barbituriques. Loomis a rendu le corps aux parents.

Sachant que les petites attentions délicates étaient souvent les plus appréciées, Clare se mit à lui caresser le front.

— Si seulement je pouvais t'aider…

— Je suis allé revoir Annie. Elle était partie Dieu sait où.

Il mêla ses doigts à ceux de Clare.

— On dirait qu'il est aussi difficile de mettre la main sur quelqu'un qui a vu cette fille traîner dans le coin que de trouver des témoins qui auraient aperçu Biff la nuit où il a été tué.

— Peut-être que tu devrais laisser tomber pour ce soir. Tu repartiras d'un meilleur pied demain matin.

— Il faut battre le fer tant qu'il est chaud, répliqua-t-il en ouvrant les yeux. Clare, tu te rappelles que je devais faire des recherches sur la vente de terrain dans laquelle ton père était impliqué ? Eh bien, j'ai découvert quelque chose de curieux. La plupart des papiers manquent.

— Que veux-tu dire ?

Il se rassit sur le canapé et se passa une main sur le visage.

— Ce que je veux dire, c'est qu'ils ont disparu. J'ai retrouvé un contrat de vente conclu entre la Trapezoid Corporation et la E. L. Fine, Unlimited.

— Je ne comprends pas.

— La Trapezoid est la société qui a acquis le terrain en première main par l'intermédiaire de ton père. Un mois plus tard, le terrain était revendu à des promoteurs, et la Trapezoid dissoute peu après. Je n'ai pu retrouver le nom d'aucun de ses responsables.

— Ils doivent pourtant bien exister quelque part. Qui possédait le terrain à l'origine ?

— Ça aussi, impossible de le savoir. Plus de traces. Le contrat porte la signature d'un agent de Frederick décédé depuis cinq ans.

— Et l'autre compagnie, celle qui possède aujourd'hui ce terrain ?

— Inattaquable. Elle a la haute main sur toute la côte Est — spécialisée dans les marchés et les centres commerciaux. La transaction a été menée par téléphone et par courrier. Presque aussitôt après l'inauguration, il est apparu que ton père avait soudoyé des inspecteurs ainsi que deux membres de la commission de contrôle. Et qu'il avait trompé son client en prétendant que le terrain avait été revendu à sept cents dollars l'acre, alors qu'en fait le taux s'élevait à cinq cents dollars de plus. Etant donné que la Trapezoid Corporation était en train de plier armes et bagages, c'est la Foncière Kimball qui s'est retrouvée en première ligne. Et comme ton père n'était plus là pour protester...

— Mais où veux-tu en venir à la fin ?

— A ceci : qu'il est tout de même curieux que tous les papiers concernant la Trapezoid aient comme disparu de la circulation. Si bien qu'il est désormais impossible de savoir avec qui ton père collaborait sur cette affaire. Les dossiers de la Foncière Kimball ont été saisis durant l'enquête, mais personne, absolument personne de la Trapezoid n'a jamais été mis en cause. Est-ce que cela ne te semble pas pour le moins étrange ?

— Tout ce qui m'a semblé étrange, à l'époque, c'était que mon père soit impliqué dans quelque chose d'illégal.

— J'ai du mal à croire qu'il ait agi tout seul. Clare, les sectes se constituent pour plusieurs raisons évidentes. Et la principale est le pouvoir. Or le pouvoir exige de l'argent. Avec un bénéfice de cinq cents dollars par acre, quelqu'un s'est considérablement enrichi dans cette affaire. Est-ce que vous aviez des problèmes financiers lorsque ton père s'est mis à boire ?

— Non, l'affaire marchait très bien. Nous envisagions même de prendre tous des vacances en Europe. Et puis, Blair et moi disposions de bourses confortables pour nos études. Non...

Elle secoua la tête.

— Quand il y a des problèmes d'argent dans une famille, reprit-elle, les enfants s'en rendent compte. La nôtre n'en avait pas.

— Et pourtant ton père a risqué son travail, sa réputation, ainsi que la sécurité des siens, sur cette seule transaction. Jamais il n'avait contrevenu à la loi auparavant. Alors pourquoi l'a-t-il fait à ce moment-là ?

Clare se redressa.

— Crois bien que je me suis déjà interrogée à ce sujet durant toutes ces années... Tout cela n'a aucun sens et n'en a jamais eu.

— Peut-être a-t-il commis cette fraude pour une autre raison que l'argent. Peut-être subissait-il des pressions. Peut-être aussi ne lui avait-on pas laissé le choix.

— Ecoute, je te remercie pour tes efforts. Et tes paroles. Mais agirais-tu de même s'il ne s'agissait pas de mon père ?

C'était une question que Cam s'était déjà posée — et à laquelle il avait d'ores et déjà répondu en lui-même.

— Oui, affirma-t-il. Parce que cela ne change rien à l'affaire.

Il suivit un instant des yeux les déambulations de Clare dans la pièce.

— Je vais te dire ce que je pense, déclara-t-il enfin. Je pense que ton père s'était impliqué dans une histoire louche, peut-être par défi envers l'éducation qu'il avait reçue, ou bien encore par simple curiosité. En tout cas, il y était mouillé jusqu'au cou. Et puis, à la suite de quelque événement, il a voulu laisser tomber, et il en avait déjà assez lourd sur la conscience pour chercher refuge dans la religion de son enfance. Mais quand on a été amené à connaître des noms, des visages, des secrets, on ne peut pas tout abandonner aussi facilement. Alors on continue d'obéir aux ordres, et on se met à boire.

— Tu en reviens encore à cette histoire de secte.

— C'est le nœud de l'affaire, Clare. Jadis, il y a vingt ans de cela, tu as vu des choses que tu étais censée ignorer. Quelques années après, ton père s'est lancé dans une combine vaseuse, ce qui, d'après tous ceux qui le connaissaient, ne lui ressemblait absolument pas. Et quand il est mort, on lui a fait porter le chapeau. Parker était shérif alors, ce qui facilitait bien des choses.

— Parker ? Tu penses que Parker a été mêlé à l'affaire ?

— Je pense qu'il y était plongé jusqu'au cou. Peut-être sa conscience s'est-elle mise à le travailler, ou peut-être ne savait-il plus ce qu'il disait dans un certain état d'excitation. Toujours est-il qu'il a révélé à Sarah des informations qu'il aurait été plus avisé de garder pour lui. Alors il perd les pédales, prend ses cliques et ses claques et abandonne tout : job peinard, maison, sécurité. Et quelques mois après, il meurt.

— Tu ne m'avais pas dit qu'il était mort !

— Eh bien je te l'apprends. Bon, qu'avons-nous ensuite ? Une môme prise en stop à quelques kilomètres de la ville et qu'on retrouve morte, elle aussi. Puis quelqu'un tue Biff et jette le corps de la gamine dans son champ pour donner à penser qu'il a fait ça tout seul. De toute façon, n'est-ce pas, il n'est plus là pour dire le contraire. Ajoute à tout cela l'agression de Lisa MacDonald, et puis la disparition de Sarah — et ce, note bien, juste après qu'elle m'a lâché deux ou trois fines allusions au sujet de Parker.

— Et puis il y a les livres, murmura Clare.

— Ouais. Les livres. Je ne peux m'imaginer Biff et ton père partageant le même goût pour ce genre de lecture sans une bonne raison.

— Non, convint-elle d'une voix blanche. Moi non plus.

— Et si tous deux étaient impliqués dans cette affaire, alors d'autres le sont aussi. Carly Jameson a été assassinée, Clare. Je ne crois pas qu'elle était la première. Et j'ai terriblement peur qu'elle ne soit pas la dernière.

Sans mot dire, Clare alla prendre son sac et en sortit un carnet de croquis.

— Voilà ce que j'ai fait cet après-midi, déclara-t-elle en lui tendant le carnet.

Cam l'ouvrit. Sur la première page était représenté un cercle de silhouettes en chasuble. Le dessin suggérait presque la vénération. Cam se demanda si Clare en avait eu conscience. Il tourna les pages en silence, s'arrêtant sur chacun des croquis. L'un représentait une femme étendue sur une dosse de bois, une coupe posée entre ses seins nus. A côté d'elle se dressait une silhouette solitaire en chasuble, surmontée d'un masque qui, d'après ses propres recherches, devait être la tête du bouc de Mendès.

— Celui-là était ton père ?

— Non. Il portait un autre masque. Un masque de loup.

Cam examina le dessin suivant. Il figurait un homme debout près de la même femme, les bras levés, faisant face à d'autres hommes. Non loin de là des flammes jaillissaient du sol. Sur la page suivante était dessiné un petit bouc, le couteau sous la gorge.

Clare détourna les yeux.

Cam leva un instant la tête vers elle, puis continua à feuilleter le carnet. Clare avait représenté les mêmes hommes, nus et masqués, en train de danser autour du feu, tandis que l'un d'entre eux était couché sur la femme. Le regard de Cam s'attarda sur l'homme au masque de loup. Du sang dégouttait de ses doigts.

Et dire qu'elle n'était alors qu'une toute jeune enfant, songea-t-il. Il se retint à grand-peine de réduire le carnet en morceaux.

— Sais-tu où se trouve cet endroit ?

— Non.

Elle était à la fenêtre, le regard perdu dans la nuit sombre et humide.

— D'après ton croquis, on dirait une clairière.

— Il y avait des arbres. Beaucoup même, je crois. Et puis, à un moment, ça s'ouvrait en plein ciel. Je trouvais l'endroit immense. Mais c'était sans doute parce que j'étais moi-même petite, à l'époque.

— Après cette dernière scène que tu as dessinée, que s'est-il passé ?

— Je ne sais pas. Je me suis réveillée dans mon lit.

— Bon.

Il passa de nouveau les pages en revue, cherchant des détails que la main de Clare y aurait inconsciemment tracés. L'un des hommes qu'elle avait représentés était de courte taille, râblé, le cou épais. Cela aurait pu être Parker. Ou peut-être était-ce lui qui désirait que ce fût Parker.

— Clare, quand tu as fait ces dessins, est-ce que tu t'es fondée sur de vagues impressions ou bien sur des souvenirs nets et précis ?

— Les deux. Certaines images sont encore particulièrement vivaces en moi. La nuit était belle, le ciel rempli d'étoiles. Je sentais la fumée autour de moi. Les femmes avaient la peau très blanche. Certains hommes avaient un hâle de cultivateurs.

Cam lui lança un regard acéré.

— Un quoi ?

— Un hâle de cultivateurs. Tu sais bien : la peau bronzée juste sur le visage, le cou et les avant-bras.

Puis, s'étant retournée :

— Je ne m'en suis souvenue qu'aujourd'hui, poursuivit-elle. Il y en avait dont le corps était tout pâle, mais ce n'était encore que le début du printemps. Celui avec le masque de bouc — l'homme chargé du culte — avait une silhouette très mince, une peau d'une blancheur de lait. Comme tous ceux qui ne s'exposent jamais au soleil.

— Et leurs voix ?

— Je ne me rappelle distinctement que celle du meneur. Une voix très puissante, autoritaire, charismatique. Les autres parlaient toujours tous ensemble.

— Tu as dessiné treize figures, je ne me trompe pas ?

— Vraiment ?

Elle s'approcha de lui pour regarder par-dessus son épaule.

— Je ne sais pas. Je n'y ai pas fait véritablement attention. C'est juste venu comme ça.

— Si tes souvenirs sont exacts, et notre théorie correcte, au moins trois de ces hommes sont morts. Le shérif Parker, Biff et ton père. Ce qui veut dire que, compte tenu du quorum, ils en ont recruté trois autres… Mais où donc se trouve cet endroit ?

Cette dernière question, Cam l'avait presque murmurée pour lui-même.

— Quelque part dans les bois, répondit Clare. C'est des bois que Lisa est sortie en courant.

— Nous avons ratissé chaque centimètre carré du bois des Dopper. Il y avait Bud, Mick, moi, et puis des hommes que nous avions recrutés en ville. Nous nous sommes divisés en trois groupes et avons ratissé chaque buisson deux jours durant. Sans résultat.

— Il vous faudrait être dix fois plus pour fouiller tous les bois de cette partie du comté.

— J'y ai songé, crois-moi.

Clare se pencha de nouveau par-dessus Cam pour examiner les dessins.

— J'ai bien peur de t'avoir aidé moins que tu ne l'espérais.

— Non, tu m'es d'un précieux secours.

Il reposa le carnet sur le canapé pour lui prendre la main.

— Je sais que ça a été pénible pour toi.

— Non, ça m'a libérée. Maintenant que c'est fait, je n'aurai plus à y repenser ; je peux me remettre au travail.

— Quand tout sera fini, je laisserai mon boulot au vestiaire et je ne te forcerai plus jamais à t'en mêler.

Il approcha la main de la jeune femme de ses lèvres.

— Promis juré.

— Tu ne m'as pas forcée. En fait, je commence à croire que j'y étais impliquée depuis longtemps. Je veux connaître les responsabilités de chacun, et les assumer à mon tour. Sans doute est-ce l'une des raisons qui m'ont poussée à revenir.

— Quelles que soient ces raisons, je suis content que tu sois ici.

— Moi aussi.

Désireuse de dissiper le malaise qui les étreignait, Clare posa ses mains sur les épaules de Cam et se mit à les masser pour en chasser la tension. Elle sourit en l'entendant pousser un « ah » de satisfaction.

— De toute façon, je serais très déçue que tu laisses ton travail au vestiaire, comme tu dis. Comment serais-je au courant de tous les ragots autrement ?

— Ah ? Eh bien, pas plus tard que cet après-midi, la fille de Less Gladhill, qui descendait de Dog Run, a embouti la Buick de Min Atherton en débouchant dans Main Street.

— Tu vois !

— Le temps qu'elles règlent leur histoire, il s'est formé un bouchon d'un bout à l'autre de la ville. Min a fini par se planter au beau milieu de l'intersection pour diriger elle-même le trafic, sa coiffe en plastique sur la tête et ses caoutchoucs blancs aux pieds.

— Je m'en veux d'avoir loupé ça.

— Quand on sera mariés, tu seras en prise direct sur le pouls de la ville.

— Oui, mais d'abord tu dois me construire un garage.

— Un quoi ?

— Un garage, répéta-t-elle en se penchant par-dessus le canapé pour lui mordiller le lobe de l'oreille. Il me faut un endroit pour travailler, et j'ai pensé que tu verrais d'un mauvais œil que je m'installe dans ton séjour.

Il lança son bras en arrière et la fit basculer sur le canapé.

— Ce qui veut dire oui ? s'enquit-il.

— Examinons d'abord les plans du garage.

— Oh, oh. C'est bien un oui, alors.

— Un « oui, mais… », réussit-elle à articuler avant qu'il ne la fasse taire avec un baiser.

Déjà il s'était mis à la caresser. Clare l'écarta en hoquetant de rire.

— Je dirais même que c'était un « très probablement », ajouta-t-elle, hilare.

— Attention ! Je vais bientôt avoir envie de te faire un petit.

Elle redressa brusquement la tête.

— Maintenant ?

Il la serra de nouveau contre lui.

— Non. Pour l'instant, nous allons juste nous entraîner.

Elle se remit à rire et ils roulèrent tous les deux sur le sol.

TROISIÈME PARTIE

« Que celui qui a de l'intelligence calcule le chiffre de la bête. Car c'est un chiffre d'homme... »

Apocalypse 13, 18

(Traduction de la Société biblique française, Paris, 1978)

« Ravi de vous connaître, vous me reconnaissez ? »

Mick Jagger, *Sympathy for the Devil*

28.

Comme putain, Mona Sherman était du genre experte. Entrée dans le métier dès l'âge de quatorze ans, elle aimait à se croire d'utilité publique. Une vraie pro. Fière de son travail, elle avait pour principe que le client a toujours raison.

Comme tout artisan compétent, Mona pouvait faire tout ce qu'on lui demandait. Et, moyennant vingt-cinq dollars de l'heure, le faisait. Avec ou sans fioritures, à la dure comme à la *cool*, dessus comme dessous — tant qu'on allongeait la monnaie, Mona était à votre service. Garanti sur facture.

En un sens, elle se considérait comme une féministe. Après tout, elle était une femme d'affaires qui ménageait son emploi du temps comme bon lui semblait et ne se laissait dicter par personne ses choix de carrière. Elle n'était pas loin de penser, même, que son expérience de la rue aurait pu lui valoir un M.B.A.

De fait, Mona avait pignon sur rue, et s'enorgueillissait d'un flux constant de clients réguliers. C'était une femme avenante, qui savait rester amicale après comme avant la conclusion d'un marché. Avec ses dix-huit piges de pratique sous le porte-jarretelles, ce n'était pas à elle qu'on allait apprendre l'importance du service après-vente.

On pouvait même dire qu'elle appréciait les hommes, quels que soient leur corpulence, leur caractère ou leur rapidité au plumard. A l'exception des flics. Ceux-là, elle les détestait par principe — le principe qui voulait que nul ne viole son droit inaliénable au travail. Car enfin, si elle avait choisi de devenir une manuelle, ça ne regardait qu'elle. Mais les flics, eux, avaient la sale manie de se rabattre sur vous à la moindre anicroche. On lui avait un jour fait cracher tripes et boyaux dans une opération de ratissage. Une sacrée galère, oui. Et tout ça à cause des flics, elle n'hésitait pas à le dire.

Aussi, quand on lui offrit cent fois le tarif syndical pour aller raconter des bobards à l'un d'eux, Mona fut plus qu'heureuse de se montrer serviable.

Elle avait empoché recta la moitié de la somme. On la lui avait envoyée à son numéro de poste restante. En femme d'affaires avisée, elle avait investi l'argent dans un emprunt à moyen terme qui lui rapporterait un solide bénéfice. Avec cette somme, et son complément, elle prévoyait de passer l'hiver à Miami. Pour un congé sabbatique, en quelque sorte.

Elle ignorait le nom de son commanditaire, mais savait en revanche fort bien la provenance de cet argent. Au cours de ses relations professionnelles avec Biff Stokey, il lui était déjà arrivé de se faire culbuter en heures sup' par une bande de cinglés masqués. Les hommes se livraient à toutes sortes de jeux bizarres, elle ne le savait que trop. Et cela lui était bien égal.

Comme convenu, elle avait appelé le shérif Rafferty pour lui signaler qu'elle possédait des informations susceptibles de l'intéresser. Elle avait arrangé un rendez-vous au relais routier de la 70 : elle ne voulait pas d'un flic dans sa chambre. Et puis il lui fallait penser à sa réputation.

Lorsqu'elle arriva au relais dans sa Chevette cabossée, le shérif était déjà là.

Plutôt beau gosse pour un poulet, songea-t-elle avant de repasser une nouvelle fois dans sa tête ce qu'elle devait lui dire. Elle savait toute sa tirade par cœur. Cela la fit sourire. Peut-être devrait-elle aller tenter sa chance à Hollywood au lieu de Miami.

— Rafferty ?

Cam leva les yeux sur elle. En tenue de loisir — short et chemisier moulant —, la prostituée affichait une silhouette élancée et tout en jambes. Elle avait les cheveux coupés en brosse et le bout des mèches oxygéné. N'eussent été les rides qui étoilaient le pourtour de ses yeux et de sa bouche, elle n'aurait pas paru son âge.

— Ouais, répondit Cam. C'est bien mon nom.

— Le mien, c'est Mona.

Tout sourires, elle fouilla dans son sac retenu entre ses seins par un cordon et en sortit une cigarette Virginia Slim.

— Vous avez du feu ?

Cam lui tendit une allumette. Une famille passa près d'eux en se chamaillant. Il attendit que les parents et leurs deux enfants se soient éloignés en direction de la buvette.

— Qu'avez-vous à m'apprendre, Mona ?

— Biff était vraiment votre vieux ?

— Non, mon beau-père.

Mona cligna des yeux sous la fumée de sa cigarette.

— Ouais. Je me disais aussi qu'il n'y avait pas beaucoup de ressemblance entre vous deux. Je connaissais vraiment bien Biff. Lui et moi entretenions ce qu'on pourrait appeler une étroite relation d'affaires.

— C'est pour m'apprendre ça que vous m'avez appelé ?

Ah, il voulait jouer le flic en service ? Bon, pensa Mona, parfait. Elle fit tomber la cendre de sa cigarette à petits coups délicats.

— Il venait souvent faire la fête en ville avec moi. Je regrette vraiment qu'il soit mort.

— Si j'avais su que vous étiez si proches, je vous aurais invitée aux funérailles. Allons au fait. Vous ne m'avez pas demandé ce rendez-vous uniquement pour me dire que Biff était un de vos bons clients, je suppose.

— Je voulais vous exprimer mes condoléances, c'est tout.

Devant lui, Mona se sentait aussi nerveuse qu'une actrice un soir de première.

— Je me prendrais bien une boisson fraîche, reprit-elle. Il y a des distributeurs par là-bas.

Elle s'assit sur le muret de pierre qui surplombait l'imposant panorama des montagnes et de la vallée. Puis elle redressa la tête en gratifiant Cam d'un regard sulfureux.

— Et si vous m'offriez un verre, Rafferty ? lui dit-elle. Quelque chose de léger. Il faut que je surveille ma ligne.

— Epargnez-moi ce petit jeu, je vous prie.

— Il me sera plus facile de causer si j'ai la bouche moins sèche.

Cam bouillait d'impatience. L'alternative était simple : soit il la jouait vacharde et lui mettait sa plaque sous le nez en la menaçant de la traîner jusqu'au poste pour interrogatoire ; soit il allait lui chercher sa satanée boisson, et lui laissait ainsi croire qu'elle le menait par le bout du nez.

Mona le vit finalement s'éloigner. Il avait bien le coup d'œil du flic, songea-t-elle en tapotant nerveusement le filtre de sa cigarette contre ses incisives. Du genre à repérer la tapineuse sous les habits d'une bonne sœur récitant l'*Ave Maria*. Elle avait intérêt à être prudente, très prudente, si elle tenait à empocher le reste des deux mille cinq cents dollars.

Lorsque Cam fut revenu du distributeur, elle prit une longue gorgée du Coke light avant de se décider à poursuivre l'entretien.

— J'ai hésité à vous appeler, déclara-t-elle enfin. Je n'aime pas les flics.

Commencer par ce qui était la vérité pure lui redonna confiance.

— Dans mon boulot, on doit d'abord veiller à ses propres intérêts.

— Mais vous m'avez appelé quand même.

— Ouais. J'arrêtais pas d'y penser. Ah ça, vous pouvez le demander aux clients, j'étais pas franchement à ce que je faisais.

Elle aspira goulûment sur sa cigarette et ressortit la fumée par les narines.

— J'ai lu dans le journal ce qui était arrivé à Biff. Ça m'a fait un sale coup d'apprendre qu'il avait été battu à mort. Il était toujours très généreux avec moi.

— Tiens donc. Et alors ?

Elle secoua de nouveau la cendre de sa cigarette. Les parents et leurs deux enfants revinrent à cet instant s'entasser dans leur break avant de filer plein nord.

— Eh bien, il y a que, malgré tous mes efforts, je n'arrivais pas à m'ôter ça de la tête. Je cessais pas de repenser aux horribles souffrances de ce pauvre Biff. C'est pas juste, que je me répétais. Vous devez savoir qu'il était dans un mauvais coup.

— Quel genre ?

— Trafic de drogue.

Elle inhala lentement la fumée sans le quitter des yeux.

— Je vais vous dire une chose. Moi, je touche pas à cette saloperie. Sauf un joint par-ci par-là, mais c'est tout, jamais de drogues dures. J'en ai trop vu, des filles qui se foutaient en l'air avec ça. J'ai le respect de mon corps, vous savez.

— Ouais, une vraie relique. Bon, où voulez-vous en venir, Mona ?

— Biff arrêtait pas de se vanter de ses petits à-côtés, surtout quand il était, euh… enfin, *après*, quoi. Il affirmait qu'il était en affaires avec quelqu'un de D.C., un Haïtien. Lui, c'était le passeur.

— Et ce Haïtien, il s'appelle comment ?

— Biff l'appelait René, René tout court. Il disait que c'était une grosse huile, qu'il avait une grande maison, de chouettes voitures et un tas de nénettes.

Voilà. Elle était sur des rails maintenant.

— Et Biff il en voulait aussi, poursuivit-elle après avoir reposé sa canette sur le muret. Ouais, il en avait méchamment envie. Il disait que s'il pouvait faire un gros coup, il n'aurait plus besoin de René. La dernière fois que je l'ai vu, il m'a annoncé qu'il voulait se mettre à son compte, qu'il avait son propre stock, et qu'avec ça il allait couper l'herbe sous les pieds de René.

Elle fit une pause, l'air rêveur.

— Il me parlait du voyage qu'on ferait à Hawaii après, reprit-elle, décidée soudain à ajouter quelques enjolivements de son cru. Il avait toujours voulu y aller, qu'il affirmait. Et puis, quelques jours plus tard, j'ai appris qu'il était mort. Biff, j'entends.

— Mouais, marmonna Cam en dévisageant Mona. Pourquoi avoir attendu si longtemps pour me raconter tout ça ?

— Comme je vous le disais, les flics, c'est pas ma tasse de thé. Mais Biff, c'était le bon gars.

Mona essaya de verser quelques larmes pour parachever l'ouvrage — ses yeux, hélas, s'y refusèrent obstinément.

— Les journalistes prétendent qu'il a violé et tué une gamine. Mais moi, j'y crois pas. Pourquoi Biff aurait-il eu l'idée de violer une gamine alors qu'il pouvait se payer une vraie femme ? Alors, que j'ai pensé, c'est ce René qui les a zigouillés tous les deux, et comme Biff était vraiment le bon client et tout, j'ai décidé qu'il fallait que j'en cause à quelqu'un.

Et voilà, songea-t-elle, du travail bien fait… La classe.

— Biff ne vous a jamais parlé de religion ?

— De religion ?

Elle dut se retenir de sourire : on lui avait dit de s'attendre à une telle question — et on lui avait aussi appris comment y répondre.

— C'est drôle que vous me demandiez ça. Il se trouve que ce René était impliqué dans un truc vraiment bizarre. Un culte satanique, la santa… santer…

— Santeria ?

— Ouais, c'est ça. La santeria. Un truc haïtien, je crois. Biff trouvait ça génial. Vraiment épatant. Sexy et tout. Il apportait parfois des cierges noirs avec lui, et moi je devais faire semblant d'être une jeune vierge. On donnait un peu dans le sado-maso, vous savez.

Elle avait ajouté cela avec une moue canaille.

— Remarquez, suffit de payer pour…

— Bon. Est-ce qu'il ne vous a jamais confié qu'il avait fait cela sur une vierge… authentique ?

— Oh, vous savez, shérif, le goût des vierges, c'est un mythe. Quand un homme allonge la monnaie, c'est pour avoir du solide. Biff, lui, il adorait les trucs originaux, dans le genre sportif, vous saisissez ? Une vierge, ça se pieute en long les yeux fermés, et puis c'est tout. Si j'étais vous, je me tuyauterais sur ce René.

— C'est ce que je vais faire. Je pourrais avoir encore besoin de vous, Mona.

Elle posa une main sur sa hanche langoureusement.

— A votre service, shérif.

Cam n'aimait pas ça. Non, il n'aimait pas ça du tout. La police de D.C. avait fait des recherches sur le Haïtien à sa demande. René Casshagnol, alias René Casteil, alias Robert Castle avait un dossier épais comme le Bottin. Cependant, mis à part une ancienne condamnation pour recel, aucune autre charge n'avait jamais pu être retenue contre lui. Il avait beau avoir été arrêté et interrogé pour une douzaine de motifs d'inculpation différents, de la revente de drogue au trafic d'armes, le compère avait la souplesse de l'anguille. Pour l'heure, il était en vacances à Disneyland, et il faudrait bien plus que le témoignage d'une tapineuse pour obtenir son extradition.

Mais pourquoi diable un gros ponte de la drogue irait-il kidnapper et violer une fugueuse ? Pour satisfaire ses perversions mystiques ? Ce n'était pas impossible, songea Cam. En tout cas, l'hypothèse était trop vraisemblable pour être ignorée. Pour autant, il était peu probable qu'un malfrat de cette trempe commette l'erreur grossière d'exhumer le corps dans le simple but de faire porter les soupçons sur quelqu'un d'autre. Non, ça ne collait pas. Un homme comme René était trop au fait des habitudes de la police pour courir un tel risque.

Tout cela sentait plutôt le coup monté. En fait, se dit Cam, la première chose qu'il lui fallait découvrir, c'était bien plutôt le lien entre Mona et le meurtre de Carly Jameson.

Il prit un dossier pour y jeter un nouveau coup d'œil. C'était déjà le milieu du mois de juin, et les semaines filaient sacrément trop vite à son goût. Il referma le dossier au moment où Bob Meese faisait irruption dans son bureau.

— Salut, Cam.

— Bob. Que puis-je pour toi ?

— Eh bien, j'ai trouvé quelque chose de curieux, dit-il en grattant de l'index le sommet de son crâne dégarni. Comme tu le sais, j'ai racheté pas mal de choses à ta maman — des meubles, des lampes, de la verroterie... A ce propos, c'est bien dans le Tennessee qu'elle va ?

— Elle est partie hier par le train. Y a un pépin avec ce que tu lui as racheté ?

— Non, pas vraiment. J'étais tout simplement en train de nettoyer les tiroirs du buffet pour un client — tu sais, le meuble en chêne. Une belle pièce, vraiment. Doit dater des années 1860, à mon avis.

— C'était un meuble de famille.

— Aurait besoin d'être un peu retapé, cela dit.

Bob se dandina d'un air embarrassé. Il n'ignorait pas combien les gens pouvaient être sensibles dès qu'il s'agissait de biens de famille — ce qui d'ailleurs n'était pas la seule raison pour la jouer en douceur.

— Enfin, comme je te le disais, j'étais en train de dépoussiérer un brin les tiroirs, quand je suis tombé là-dessus...

Il sortit un mince carnet de sa poche.

— C'était scotché sous le tiroir du dessous. Comme je savais pas trop quoi en faire, je te l'ai apporté.

Cam se saisit de l'objet. Un livret bancaire. Le compte avait été ouvert dans un établissement de Virginie. Il regarda par deux fois les noms des souscripteurs inscrits sur la première page.

Jack Kimball et E. B. Stokey. Le dépôt d'ouverture, qui s'élevait à la coquette somme de cinquante mille dollars, avait été effectué l'année précédant celle de la mort de Kimball. Autrement dit, songea Cam en tiquant, l'année même de la vente du terrain aux entrepreneurs du centre commercial. Retraits et dépôts s'échelonnaient ensuite jusqu'à la mort de Kimball, pour ne s'achever qu'un mois avant celle de Biff.

Bob s'éclaircit la gorge.

— Je ne savais pas que Jack et Biff étaient, euh, en affaires tous les deux.

— On le dirait bien, pourtant.

Le compte avait grossi jusqu'à atteindre cent mille dollars, avant de se réduire à cinq à la suite du dernier retrait.

— Je te remercie de m'avoir apporté ça, Bob.

— J'ai pensé que c'était ce qu'il y avait de mieux à faire.

Il se dirigeait déjà vers la porte, impatient d'aller faire son rapport.

— Je crois bien que si Biff était encore vivant, ajouta-t-il, il serait maintenant dans un sacré merdier.

— Tu peux le dire, oui.

Cam dévisagea le brocanteur d'un œil morose.

— Je suppose qu'il ne servirait à rien de te demander de garder tout ça pour toi ?

Bob eut l'heur d'en rougir.

— Eh bien, en fait, Cam, tu sais que je peux être muet comme une tombe, mais Bonny Sue était dans le coin juste au moment où je suis tombé sur ce machin. Va savoir à qui elle est allée le répéter, à l'heure qu'il est.

— Ben tiens, murmura Cam. Bon, merci encore, Bob.

Il se renfonça dans sa chaise et se mit à tapoter sa paume avec le carnet, se demandant comment il allait se débrouiller pour annoncer la nouvelle à Clare.

Lorsque Clare rentra chez elle au crépuscule, elle éprouvait à la fois de la colère, de la frustration et de l'abattement. Elle avait passé pratiquement une heure avec le chirurgien de Lisa. La seconde opération s'était bien passée, et la jambe de la malade avait été enrobée d'un plâtre qui portait déjà les signatures de sa famille, de ses amis, ainsi que celles de la plupart des membres du personnel au deuxième étage de l'hôpital.

Lisa serait à même de rentrer à Philadelphie d'ici à une semaine, avait affirmé le médecin. Mais elle devrait désormais renoncer à sa carrière de danseuse professionnelle.

Arguments et suppliques avaient été impuissants à changer le diagnostic du Dr Su. Avec beaucoup de soins et une rééducation appropriée, Lisa serait capable de marcher sans contrainte, peut-être même de danser — mais dans certaines limites seulement. Jamais plus son genou ne saurait supporter la discipline requise par le ballet classique.

Clare demeura assise dans sa voiture, près du trottoir, juste devant chez elle, les yeux perdus dans la contemplation de la statue qui prenait forme dans l'allée : une femme, bras tendus, qui touchait les étoiles.

Et merde…

Elle regarda ses mains, les ouvrit lentement, les referma, fit tourner son poignet. Comment réagirait-elle si elle était condamnée à ne plus jamais sculpter ? Que deviendrait-elle si elle n'était plus capable de tenir un maillet, un chalumeau, un burin ?

Une coque vide. Un cadavre. Un néant.

Lisa gisait dans son lit, les yeux emplis de souffrance, mais la voix ferme.

« Je crois que je le savais depuis le début, avait-elle dit. En un sens, cela vaut mieux que de se poser sans cesse des questions. D'espérer. »

Oh non, pensa Clare en refermant derrière elle la portière à toute volée. Rien n'était plus difficile que de perdre espoir. Elle s'arrêta au pied de la sculpture et se mit à l'examiner dans la lumière qui déclinait. Ce n'était pour l'instant qu'une silhouette à peine ébauchée. De son corps long et élancé, ses bras jaillissaient, dressés en un geste de reconnaissance vers le ciel, les doigts des mains écartés. Une figure du désir victorieux. Clare eut alors l'impression de la voir achevée, et les traits de son visage étaient ceux de Lisa.

Oui, se dit-elle, voilà au moins ce qu'elle pouvait faire : donner à la statue le visage de Lisa, sa grâce, son courage. Et ce pourrait être déjà beaucoup. Tête baissée, elle pénétra dans la maison.

Le téléphone était en train de sonner. Elle l'ignora. Elle ne voulait parler à personne. Pas maintenant. Sans se soucier d'allumer les lumières, elle traversa la cuisine et se dirigea vers le séjour, taraudée par le besoin de tout oublier dans le sommeil.

— Je vous attendais.

Ernie se dressa devant elle, ombre parmi les ombres.

Clare eut un sursaut de frayeur. Puis elle se ressaisit et toisa le garçon comme un enfant pris en faute.

— La politesse exige d'ordinaire qu'on attende à l'extérieur d'être invité à entrer.

Elle tendit la main vers la lampe.

— Non, n'allumez pas, s'écria-t-il en venant promptement mettre sa main sur celle de la jeune femme.

Il avait la paume couverte d'une sueur glacée.

— La lumière n'est pas utile.

Clare sentit sa frayeur la reprendre. Les fenêtres étaient ouvertes, se souvint-elle : quelques bons hurlements suffiraient à rameuter les voisins s'il le fallait. Et puis Ernie n'était qu'un gosse. Elle lui retira sa main.

Un gosse sexuellement frustré et déboussolé, certes, mais un gosse quand même. Pas un meurtrier, elle ne pouvait ni n'osait le supposer.

— Très bien, Ernie.

Elle se déplaça à pas comptés pour mettre le canapé entre eux deux.

— Que signifie tout cela ?

— Vous étiez censée être à moi. Je l'ai lu dans vos yeux.

— Mes yeux n'exprimaient que de l'amitié. Rien d'autre.

— Vous étiez censée être à moi, répéta-t-il.

Oui, c'était son espoir le plus fervent. Son dernier espoir.

— Mais vous vous êtes offerte à Rafferty. Vous l'avez laissé vous posséder.

Le début de compassion qu'elle avait pu ressentir dans son cœur se glaça soudain.

— Mes rapports avec Rafferty ne regardent que moi.

— Non. Vous m'étiez promise.

— Ernie…

Elle devait faire preuve de patience, se dit-elle. De patience et de bon sens.

— J'ai dix ans de plus que toi, et nous ne nous connaissons que depuis quelques semaines. Par ailleurs, nous savons tous deux que je n'ai rien fait pour que tu croies que je te proposais autre chose que mon amitié.

Il secoua lentement la tête, ses yeux sombres dardés sur Clare.

— Vous m'avez été envoyée. Je pensais que vous m'aviez été envoyée.

Sa voix se fit plaintive, trahissant des accents juvéniles qui attendrirent la jeune femme.

— Envoyée ? Ernie, tu sais bien que ce n'est pas vrai. Tu as échafaudé un scénario qui n'existe que dans ton imagination.

— J'ai vu la statue. La statue que vous avez faite. Le grand prêtre. Baphomet.

Ebranlée, Clare eut un mouvement de recul.

— Mais de quoi parles-tu ? C'est toi qui l'as volée ?

— Non, les autres. Ils savent que vous savez. Vous avez tout vu. Comme moi.

— Vu quoi ?

— Je suis un initié. Je ne peux plus rien faire, maintenant. Je suis un initié. Vous comprenez ? Vous ne comprenez vraiment pas ?

— Non, répondit-elle en s'appuyant d'une main sur le dossier du canapé. Je ne comprends pas. Mais j'aimerais comprendre, Ernie. Je voudrais pouvoir t'aider.

— C'était censé m'apporter le bonheur. C'était censé m'apporter tout ce que je désirais.

Des larmes lui montèrent aux yeux. Pourtant, Clare ne se sentait toujours pas la force de s'approcher de lui, de le consoler.

— Ernie, laisse-moi appeler tes parents.

— Et pourquoi, bordel ? s'écria-t-il d'une voix où dominait maintenant la rage. Qu'est-ce qu'ils y comprendraient ? Qu'est-ce que ça pourrait leur faire ? Ils croient qu'ils peuvent tout arranger en m'envoyant chez le psy. Tout arranger pour *eux*, oui. Je les déteste, je les déteste tous les deux.

— Tu ne penses pas ce que tu dis.

Il pressa ses mains contre ses oreilles comme s'il ne voulait plus entendre ses paroles, ne plus entendre sa conscience.

— Ils ne comprennent rien. Personne ne me comprend, sauf…

— Sauf ?

Elle fit un pas vers lui. Il avait le blanc des yeux qui luisait dans la pénombre. Elle voyait de la sueur perler à sa lèvre supérieure, entre les poils d'une barbe naissante qu'il ne devait certainement raser qu'une fois par semaine.

— Assieds-toi, Ernie. Assieds-toi donc, dis-moi tout. J'essaierai, moi, de te comprendre.

— Il est trop tard pour revenir en arrière. Je sais ce que j'ai à faire. Je sais désormais où est ma place. Ma place d'initié.

Il se tourna brusquement et s'enfuit de la maison.

— Ernie !

Elle courut après lui, et s'arrêta bientôt au milieu du jardin : le garçon venait de s'engouffrer dans sa camionnette.

— Ernie, attends !

Lorsqu'il passa en trombe devant elle, elle jeta des regards affolés en bas de la rue. Il n'y avait aucune lumière dans la maison des Butts. Poussant un juron, elle se rua sur sa propre voiture. Si elle avait été impuissante à aider Lisa, songea-t-elle, peut-être pourrait-elle faire quelque chose pour Ernie.

Elle le perdit de vue après qu'il eut braqué dans Main Street. Frappant le volant de ses deux paumes ouvertes, elle fit le tour de la ville à sa recherche. Après avoir inspecté chaque trottoir dans l'espoir d'y voir garée sa camionnette, elle se dit enfin que la meilleure chose à faire était de se rendre à la pizzéria pour rapporter l'incident à ses parents.

Ce fut à ce moment précis, alors qu'elle était sur le point de renoncer, qu'elle aperçut le véhicule d'Ernie stationné dans l'arrière-cour de Griffith. Clare se rangea près de la camionnette. « Eh bien ! se dit-elle. Mais qu'est-il venu faire là ? Cambrioler les pompes funèbres ? »

Bon, décida-t-elle. Peu importaient les conséquences. Elle allait y entrer à son tour, et faire sortir Ernie de là aussi rapidement et silencieusement que possible. Puis elle le ramènerait à ses parents.

La porte de service n'était pas fermée. Clare l'ouvrit, répugnant instinctivement à pénétrer ainsi dans un lieu où la mort faisait office de gagne-pain. Elle pria seulement le ciel qu'aucun cadavre ne soit étendu à l'intérieur.

— Ernie ? chuchota-t-elle.

Sa voix se perdit, craintive et étouffée, le long d'un escalier de fer qui s'enfonçait dans les profondeurs du bâtiment. L'entrée des livraisons, se dit-elle.

— Sacré bon sang, Ernie, pourquoi ici ?

Elle songea soudain à la puissance symbolique du lieu, à la séduction morbide des cercueils et des cierges, que soulignaient nombre d'études sur le suicide des adolescents. Et au suicide, Ernie n'était déjà que trop prédisposé. Déchirée par l'angoisse, elle demeura immobile en haut de l'escalier. Elle n'était pas médecin. Elle n'était pas préparée à cela. Si elle ne parvenait pas à lui faire entendre raison...

Il valait mieux aller chercher Cam, décida-t-elle enfin. C'était de la délation, mais tant pis. A moins qu'elle ne s'en remette au Dr Crampton, ce qui pourrait se révéler plus judicieux encore. Comme elle s'apprêtait à rebrousser chemin, un bruit venant de l'étage inférieur la fit hésiter. Pourquoi un gosse irait-il écouter un flic, surtout s'il lui vouait une haine farouche ? Par ailleurs, il n'accorderait certainement aucune attention à un généraliste de campagne. S'il s'agissait seulement d'un mouvement de révolte juvénile, Ernie souffrirait d'autant plus de devoir se soumettre à un flic. Clare avait encore en tête ses larmes, son désarroi.

Elle irait quand même jeter un coup d'œil en bas, décida-t-elle en soupirant. Il lui fallait d'abord retrouver l'adolescent. Préparée ou non, elle pourrait toujours lui parler et, avec un peu de chance et de persévérance, l'amener à se calmer. Lentement, en laissant à ses yeux le temps de s'accoutumer à l'obscurité, elle descendit les marches.

Des voix lui parvinrent. Avec qui diable Ernie pouvait-il parler ? se demanda-t-elle. Et si Charlie se trouvait en ce moment en plein travail ? Le garçon avait dû le croiser à l'heure qu'il était. Il fallait qu'elle intervienne, qu'elle essaie d'expliquer les choses à Ernie, d'être douce avec lui, d'apaiser ses tourments, et de le ramener enfin auprès de ses parents avant que n'éclate un scandale.

Non, conclut-elle au bout d'un moment, ce n'étaient pas des voix. De la musique, plutôt. Du Bach joué à l'orgue. Charlie trouvait sans doute cette musique solennelle et funèbre accordée à la nature de sa tâche...

Elle s'engagea dans un étroit couloir. Le long des murs se succédaient des candélabres dont la lumière ne parvenait pas à vaincre la pénombre du lieu.

La rumeur lui parvint de nouveau, tel un murmure courant sous la musique. Clare tendit une main hésitante pour écarter un long rideau noir.

Un gong résonna.

Une femme était étendue sur une table à tréteaux. Clare songea d'abord qu'elle était morte, tant sa peau lui semblait pâle à la lueur des chandeliers. Puis elle remua la tête, et s'aperçut alors, transie par un effroi encore plus primitif, que la femme était au contraire bien vivante.

Elle tenait ses bras croisés sur sa poitrine nue, un cierge serré dans chaque main. Entre ses cuisses écartées reposait une coupe d'argent surmontée d'une patène, où avait été disposée une mince tranche de pain noir.

Des hommes l'entouraient, une douzaine d'hommes en longue robe à capuchon. Trois d'entre eux s'approchèrent de l'autel, devant lequel ils firent une profonde révérence.

Une voix s'éleva pour entonner un cantique en latin. Clare la reconnut. Et se mit à trembler.

Non, ça n'allait pas, se dit-elle une fois remise de sa première frayeur. Où étaient les arbres, le feu ? L'odeur de la fumée et des aiguilles de pins ? Les yeux rivés sur le rituel, elle serrait si fort le rideau noir que ses phalanges blanchissaient. La voix qui avait si longtemps hanté ses rêves emplissait l'austère petite pièce.

— Devant le roi de l'Enfer et tous les démons du puits, devant ceci, mes frères, je proclame le règne sans partage de Satan. Devant cette assemblée, je renouvelle mon allégeance et mon vœu de l'honorer. En retour, je lui demande son assistance pour la satisfaction de tous mes désirs. Et je vous adjure, mes frères, de faire de même.

Les hommes qui l'entouraient reprirent le vœu en chœur.

Non, c'était la réalité, comprit Clare, saisie d'horreur devant la scène, tandis que l'officiant et ses thuriféraires poursuivaient leur cantique en latin. Tout cela était vrai. Le rêve, son père — Seigneur Dieu, son propre père... Et tout le reste.

— Domine Satanas, rex Inferus, imperator omnipotens.

L'officiant souleva la patène, la porta à sa poitrine où pendait un lourd pentacle d'argent et récita les paroles blasphématoires dans cette langue morte depuis longtemps. Puis il replaça la patène et procéda de même avec la coupe, avant de la reposer aussi entre les cuisses blanches et fuselées de la femme.

— Puissant seigneur des Ténèbres, veuille accueillir favorablement le sacrifice que nous t'avons préparé.

L'odeur de l'encens, pénétrante et capiteuse, rappelait à Clare les interminables messes solennelles de son enfance. Ceci aussi était une messe, pensa-t-elle.

Une messe noire.

— Dominus Inferus vobiscum.

— Et cum tuo.

Une chape de glace l'ensevelit. Elle frémit. Elle aurait voulu bouger, reculer, s'enfuir, mais sa main continuait à serrer convulsivement le rideau. La musique bourdonnait à ses oreilles comme dans un rêve. Les lourdes volutes de l'encens tourbillonnaient dans sa tête. Puis l'officiant leva les bras, paumes tournées vers la terre, pour reprendre son invocation d'une voix riche, ample et hypnotique. Alors elle sut, oui, elle sut aussitôt, malgré toutes les réticences de son esprit, quelle était cette voix, de quelle bouche elle sortait.

— Salve ! Salve ! Salve !

Le gong résonna par trois fois.

Ce fut le signal : Clare décampa.

Le moment n'était plus à la prudence, au silence, aux précautions. La panique qui la possédait exigeait d'elle une fuite immédiate. Il lui fallait s'échapper sans tarder. Survivre, aujourd'hui comme jadis, lorsqu'elle avait détalé à travers bois pour se réfugier dans la voiture de son père, cette voiture où elle était demeurée cachée, tremblant encore sous le choc, jusqu'à ce que ce dernier l'y découvre.

Les lumières du couloir l'environnaient comme une brume, cocon de silence et de secret accentuant la pénombre alentour.

Bientôt jaillit l'arête vive des marches. L'espace d'un instant, Clare crut voir son père au pied de l'escalier, le regard lourd de chagrin, les mains poisseuses de sang.

« Je te l'avais bien dit, mon petit canard en sucre. Ce n'est pas un endroit pour les petites filles. »

Ses bras se tendirent vers elle.

« Ce n'est qu'un rêve, rien qu'un mauvais rêve. Tu l'oublieras bientôt. »

Elle courut vers lui. L'image disparut. Elle traversa le mirage en sanglotant et se mit à grimper les marches de fer. Elle reconnut alors en elle le goût de l'hystérie. Sa saveur crayeuse lui plâtrait la gorge. Hoquetant, elle se rua sur la porte de service.

Fermée. Elle était prise au piège. Elle tenta de forcer le passage. La sueur qui perlait sur sa peau se mit à couler à flots. Ses propres gémissements plaintifs lui montèrent à la tête. Ils allaient venir. Ils allaient la trouver. Et elle mourrait à son tour, comme Carly Jameson. Ils brandiraient le couteau pour l'égorger comme le pauvre petit bouc terrorisé.

Un hurlement franchit ses lèvres. Trouvant enfin le loquet, elle se précipita en chancelant au milieu des ombres de la nuit. Une peur aveugle lui fit traverser comme une flèche le parking enténébré. La respiration lourde, elle se cramponna à un arbre, écrasant ses joues humides contre l'écorce.

« Pense ! Pense, bon sang ! » s'exhorta-t-elle. Du secours. Oui, elle devait trouver du secours. Cam, vite. Courir au poste de police. Ses jambes, hélas, se dérobaient sous elle. Mais serait-il seulement à son bureau ? Non, chez lui. Oui, là-bas elle serait en sécurité. Et à eux deux, d'une manière ou d'une autre, ils sauraient bien arranger les choses.

Elle leva les yeux et aperçut sa voiture dont la peinture rouge luisait faiblement à côté de la camionnette d'Ernie. Elle ne pouvait pas la laisser ici. Non, jamais elle n'oserait. Elle allait revenir sur ses pas, lorsqu'une répulsion subite submergea tout son être. Elle dut se forcer à continuer d'avancer, dents serrées. Elle monterait dans sa voiture, se dit-elle, et elle partirait loin d'ici, jusqu'à la maison de Cam, et alors elle lui raconterait tout ce qu'elle avait vu.

Les phares d'une voiture l'éblouirent brusquement. Elle se prit à trembler comme un lapin.

— Clare ?

Le Dr Crampton la hélait, la tête tendue par la portière.

— Clare, mais que fais-tu donc ici ? Tu vas bien ?

— Docteur ?

Les membres flageolant de soulagement, elle courut jusqu'à la voiture. Désormais elle n'était plus seule.

— Merci, mon Dieu. Oh, mon Dieu, merci.

— Qu'y a-t-il donc ?

Il rajusta ses lunettes pour mieux l'examiner. La jeune femme avait les pupilles dilatées.

— Tu es blessée ? Tu es malade ?

— Non. Vite, partons.

Elle jeta un coup d'œil désespéré vers la porte de service.

— Ils risquent de remonter d'un instant à l'autre.

— *Ils* ? Qui *ils* ?

Derrière le miroitement des lunettes du médecin se devinait une réelle inquiétude.

— Là. Chez Griffith. Dans le sous-sol. Je les ai vus. Les robes, les masques. Je croyais que c'était un rêve, mais ce n'était pas un rêve.

Elle leva une main pour essayer de se calmer elle-même.

— Je perds la tête. Il faut que j'aille voir Cam. Vous pouvez me suivre ?

— Je ne pense pas que tu sois en état de prendre la route. Et si je te ramenais plutôt à la maison ?

— Non, ça va, lui répondit-elle tandis qu'il sortait de sa voiture. Mais nous ne pouvons pas rester ici, docteur. Ils ont déjà tué la fille des Jameson, et puis Biff aussi, sûrement. C'est dangereux.

Sa respiration se bloqua tout à coup, tandis qu'une aiguille s'enfonçait dans son bras.

— Oui, effectivement, c'est dangereux, repartit le médecin d'une voix contrite en lui injectant le sédatif dans les veines. Je suis désolé, Clare. J'ai fait tout ce que j'ai pu pour te protéger.

— Non !

Elle se débattit pour échapper à l'étreinte de Crampton. Mais sa vision, déjà, se brouillait.

— Oh, mon Dieu, non.

29.

Ce devait être un rêve. Ses sensations étaient annihilées, des voix flottaient dans sa tête et alentour. Elle n'avait qu'à ouvrir les yeux pour se réveiller ; elle se retrouverait alors blottie sur son sofa, l'esprit engourdi par une sieste trop tardive.

Mais lorsque, enfin, elle fut capable de soulever ses paupières alourdies, elle aperçut autour d'elle les murs d'une petite pièce, drapés de noir. Le masque de Baphomet grimaçait au-dessus de sa tête. Un sursaut de panique la traversa, contrecarrant les effets de la drogue. Elle essaya de remuer ses membres ankylosés. Le cri qui lui déchirait l'âme mourut sur ses lèvres en un faible gémissement. Elle ne pouvait se faire entendre. Elle ne pouvait qu'écouter.

— Il ne faut pas la garder ici, marmonnait Charlie Griffith en faisant les cent pas à côté de la table où elle se trouvait étendue.

Il avait rejeté son capuchon en arrière, révélant ses cheveux châtain clair sous lesquels s'agitaient des yeux inquiets.

— Bon sang, tant qu'elle reste ici, aucun de nous n'est en sécurité.

— Les problèmes de sécurité n'ont jamais été les tiens, mais les miens, lui répliqua le maire en faisant courir ses longs doigts osseux sur son pendentif d'argent.

Il arborait un léger sourire sardonique, que Charlie était cependant trop préoccupé pour remarquer.

— Si le médecin n'avait pas été si en retard, et s'il ne l'avait pas interceptée sur le parking…

— Mais il l'a fait, lui rappela Atherton. On veille sur nous. En douterais-tu ?

— Non, je… Enfin, c'est seulement que…

— Ton père fut l'un des fondateurs de notre confrérie, l'interrompit Atherton.

Il lui avait posé une main sur l'épaule — plus pour le ramener à l'ordre que pour le réconforter.

— Tu fus le premier initié de la nouvelle génération. Je compte autant sur ton bon sens, Charles, que sur ta discrétion et ta loyauté.

— Oui, oui, bien sûr. Mais accomplir le rituel ici et la séquestrer, elle, ce n'est pas la même chose. Je dois penser à ma famille.

— Nous pensons tous à notre famille, comme à celle de chacun de nos frères. On l'emmènera ailleurs.

— Quand ?

— Cette nuit. J'y veillerai personnellement.

— James…, reprit Charlie d'une voix hésitante, pour que ses paroles trahissent plus ses doutes que sa peur. Ma loyauté t'est acquise depuis plus de dix ans, depuis que mon père m'a parrainé auprès de vous. Mais Clare… J'ai grandi avec elle.

Atherton le saisit aux épaules comme pour le bénir.

— « Détruis avant d'être détruit », n'est-ce pas la Loi ?

— Oui, mais… s'il y avait une autre voie pour s'en sortir ?

— Il n'y a qu'une seule voie. La voie du Maître. Je crois pour ma part que cette femme nous a été envoyée. Nous savons qu'il n'y a pas de hasard, Charles. Et sa venue ici, ce soir, n'en est pas un. Son sang nous a été offert pour laver et purifier la souillure que son père nous a infligée il y a des années de cela. Elle sera sacrifiée pour apaiser le courroux qu'il a ressenti après la trahison d'un des nôtres.

Dans la lumière sourde, les yeux d'Atherton brillaient d'une lueur extatique et vorace.

— Ton fils ne saurait tarder à nous rejoindre, n'est-ce pas ?

Charlie s'humecta les lèvres.

— Oui, répondit-il.

— Quel réconfort pour toi ! Pense donc : la nouvelle génération connaîtra prospérité et réussite par l'entremise de sa puissance. Allez, va-t'en et laisse-moi m'occuper de tout ça. Je veux que tu parles aux autres, que tu t'assures de leur tranquillité comme de leur silence. Quand arrivera la nuit du solstice, nous nous réunirons pour un nouveau sacrifice. Et nous deviendrons encore plus forts.

— Très bien.

Il n'y avait pas d'autre voie, songea Charlie : la Loi interdisait tout sentiment de culpabilité ainsi que le moindre sursaut de conscience.

— Avez-vous besoin d'aide ? s'enquit-il.

Atherton sourit, ravi de constater qu'il avait de nouveau subjugué le faible. La domination était sa drogue de prédilection.

— Mick me suffira amplement.

Atherton attendit que Charlie se soit glissé derrière le rideau pour se tourner vers Clare. Il savait qu'elle était consciente et qu'elle les avait écoutés — ce qui le mettait aux anges.

— Tu aurais dû laisser le garçon tranquille, lui dit-il. Il est d'ores et déjà à moi.

Il se pencha pour lui prendre la tête et l'examina d'un côté, puis de l'autre.

— Ton regard est encore un tantinet vitreux, remarqua-t-il, mais tu comprends suffisamment bien.

— Oui, je comprends, répondit Clare d'une voix qui lui sembla sortir d'un long tunnel. C'était vous le responsable, durant toutes ces années. Vous avez tué cette pauvre fille.

— Elle et d'autres encore. Le Maître réclame les sacrifices qui lui sont dus.

— Vous n'y croyez pas vous-même. Vous ne pouvez y croire.

Il pinça les lèvres, comme il le faisait souvent durant ses cours.

— Tu finiras aussi par saisir que ce n'est pas ce que je crois qui est important, mais ce qu'ils croient, *eux*. Ils verseront ton sang sans une seconde d'hésitation dès lors que je leur demanderai de le faire.

— Mais pourquoi ?

— Parce que ça me plaît.

Il ôta sa robe, s'esclaffant devant l'air terrorisé de Clare.

— Oh, non, je n'ai pas l'intention de te violer. Je n'en ai d'ailleurs ni le temps ni le goût. Mais mon rôle de maire exige un costume plus approprié.

Il tendit la main vers ses vêtements de ville et réenfila son boxer sur ses jambes grêles.

— C'est fini maintenant, lui lança Clare.

Elle tordit frénétiquement ses poignets, ne réussissant qu'à s'écorcher les chairs sur les cordes.

— Vous avez fait trop d'erreurs.

— Des erreurs ont été faites, j'en conviens. Mais elles ont été corrigées.

Il défroissa à la va-vite sa chemise blanche Arrow.

— La première fut ton père, poursuivit-il. Il m'a déçu, Clare. Cruellement déçu.

— Mon père n'a tué personne. Jamais il n'aurait fait partie de votre bande.

— Oh, que si, répliqua Atherton en reboutonnant méticuleusement sa chemise de haut en bas. Il fut même l'un de nos membres les plus éminents. C'était un homme si brillant, si ambitieux, animé d'une si grande soif de connaissance. Quand il fut initié, sa ferveur était telle que je le considérais comme mon frère.

Il s'assit sur un tabouret à trois pieds pour remonter ses chaussettes.

— Sa défection m'a profondément affecté. Retourner à une religion si vaine, à ce Dieu à la mie de pain, quelle pitié…

Il secoua la tête en soupirant.

— Et qu'est-ce qu'il y a gagné, hein ? Je te le demande : qu'est-ce qu'il y a gagné ? La bouteille et un jugement faussé. Tout ça parce qu'il ne se sentait pas capable de nous suivre, de conquérir un pouvoir plus grand encore.

Clare ne put que remuer la tête d'un air désespéré.

— Combien… combien en avez-vous tué ?

— Les chiffres n'ont guère de sens, tu ne crois pas ? Le premier sacrifice fut une épreuve que tous passèrent avec succès, sauf ton père. Et puis la femme n'était qu'une putain, après tout, et la tuer un geste purement symbolique. Peut-être que si j'en avais parlé avec Jack d'abord, si je lui en avais détaillé les raisons, il n'aurait pas réagi si impulsivement, si négativement. Tu vois, je m'en veux encore.

Il attrapa son pantalon noir au pli effilé.

— En un sens, tu pourrais dire que Jack m'a quitté pour une femme — quoique nos relations n'aient été que purement spirituelles. Il m'a quitté pour revenir à son rosaire et à son Dieu frigide et asexué. Mais je le lui ai pardonné.

Il se redressa pour refermer la braguette de son pantalon et se saisit de sa ceinture.

— Il ne pouvait se permettre de nous trahir. Le sort de sa famille était en jeu. Nous avons signé un pacte, un pacte de sang. Et Jack s'y est conformé. Du moins tant qu'il l'a pu.

— Vous l'avez menacé.

— Il comprenait les règles bien avant de recevoir le sceau. C'est l'affaire du terrain qui l'a perdu. Je ne comprends d'ailleurs toujours pas pourquoi. Il m'a dit qu'il ne voulait plus y être mêlé. Il ne s'agissait pourtant que d'une simple histoire d'argent, remarque bien. Cette transaction devait à coup sûr nous enrichir, et accroître notre pouvoir. Mais Jack s'enfonçait de plus en plus dans son ivrognerie, jusqu'à en perdre tout sens commun.

Clare sentit une faible lueur poindre à travers son désespoir.

— Il était prêt à parler et à tout révéler à votre sujet, n'est-ce pas ?

— Je le crois bien, hélas. Du moins espérait-il trouver en lui le courage d'assumer ce prétendu devoir.

Atherton fit glisser autour de son col de chemise sa cravate à rayures grises et bordeaux.

— Parker et Mick sont allés le voir pour essayer de le dissuader d'accomplir cet acte d'une témérité insensée, qui risquait de compromettre tous ceux qui étaient impliqués avec lui. D'après ce qu'on m'a rapporté, il s'est enfermé dans un refus des plus bornés. Il est même devenu tout à fait hargneux, vindicatif. Une lutte s'est ensuivie... Tu connais la fin.

— Ils l'ont assassiné, murmura-t-elle. Mon Dieu, ils l'ont assassiné.

— Maintenant, tu avoueras qu'il serait difficile d'accuser Parker et Mick d'avoir disposé sur la terrasse ces piquets que ton père y avait lui-même enfoncés. Il aurait très bien pu survivre à sa chute, tu sais. Mais je me plais à voir là une forme de justice.

Il ajusta le nœud de sa cravate avant d'en lisser l'étoffe de la paume.

— Il me manque toujours, reprit-il avec un soupir en saisissant sa veste. Tu vois, avec ton retour en ville, et ta venue en ces lieux, je considère que la boucle est bouclée. J'ai commis des erreurs avec Jack. Il aurait dû être châtié comme n'importe quel autre traître, mais j'ai laissé mon affection pour lui prendre le dessus. Il ne me reste plus qu'à faire amende honorable avec toi.

— Vous avez tué mon père.

— Non, mon enfant, je n'étais même pas présent quand c'est arrivé.

— Vous l'avez tué, répéta-t-elle en luttant avec ses liens.

Elle voulait mordre, griffer, déchirer. Calmement, Atherton ramassa un carré de tissu et le plia avec componction pour en faire un bâillon.

— Je crains qu'il ne faille te réduire au silence durant ton transfert.

— Allez au diable.

— Le diable n'existe pas, lui répondit-il en souriant avant de lui plaquer l'étoffe sur la bouche. Le diable n'est que notre propre créature...

Avec tout le sang-froid requis, Mick la transporta en haut des marches, puis, de là, jusqu'à sa voiture. Clare se débattait et regimbait, mais en vain. Lorsqu'il la déposa sur le siège avant, côté passager, elle le frappa de ses deux mains bandées. Mick accusa le coup en silence et la ligota dans l'habitacle.

— Tu as fait preuve d'une grande négligence en laissant tes clés sur le tableau de bord, lui dit Atherton en s'installant derrière le volant. Nous ne sommes qu'une petite bourgade de campagne, il est vrai, mais certaine jeunesse pourrait trouver malaisé de résister à la tentation de te voler ton véhicule. C'est une marque japonaise, n'est-ce pas ?

Il boucla sa ceinture de sécurité tout en continuant à lui parler d'un ton dégagé.

— Pour ma part, je soutiens opiniâtrement l'industrie automobile américaine. En public, du moins.

Il tourna la clé de contact.

— Cela dit, je suis loin d'être indifférent à la sensation de puissance que procurent ces petites bombes. Quoique nous n'ayons que quelques kilomètres à parcourir, Clare, il ne faut pas te gêner pour moi : mets-toi à l'aise.

Ils sortirent du parking et prirent à gauche dans Main Street en direction de la campagne. Se sentant d'humeur badine, Atherton joua un moment avec les boutons de la radio avant d'opter pour un programme de musique classique.

— Une excellente machine, dit-il. Superbe tenue de route. Je te l'envie. Naturellement, il serait indécent pour moi de conduire en ville un véhicule aussi onéreux. Certaines ambitions politiques exigent un train de vie moins tapageur.

Il s'imaginait déjà installé dans la résidence du gouverneur.

— Mon argent est directement déposé sur des comptes en Suisse — quand il n'est pas investi dans la terre, cela va sans dire. C'est Jack qui m'a appris la valeur de la terre, le sais-tu ? Et puis il est si agréable d'être propriétaire. Bien sûr, je satisfais à tous les désirs de Min. Elle a des goûts si simples, en fait. Aucun homme ne pourrait se vanter d'une épouse plus attentionnée. Sexuellement, si je puis me permettre cette confidence, elle est un peu coincée. Mais quoi, une putain est un bien faible prix pour une union aussi heureuse que solide, n'est-ce pas ton avis ?... Ah mais, suis-je bête, tu ne peux parler...

Il tendit la main pour dénouer son bâillon.

— Tu peux crier, maintenant, si ça te chante. Nul ne t'entendra.

Telle n'était pas son intention. Avec ses mains liées et plaquées contre son corps par la ceinture de sécurité, Clare n'aurait même pas eu la possibilité de se saisir du volant. Ce qui n'était pas plus mal, se dit-elle. Elle pouvait fort bien ne pas survivre à un accident de voiture. Et elle était farouchement déterminée à ne pas mourir tout de suite. Son meilleur espoir était de continuer à faire parler le maire tout en essayant de mémoriser le trajet.

— Votre femme... Elle est au courant ?

— Min ?

Il eut un sourire affectueux et indulgent.

— Non, laissons Min en dehors de tout ça pour le moment, veux-tu ? L'une de nos règles les plus fondamentales est de ne jamais impliquer nos femmes et nos filles dans nos affaires. On pourra toujours dire que nous formons un club d'hommes très fermé. On peut même nous juger sexistes, voire anticonstitutionnels. Pour notre part, nous nous considérons simplement comme élitistes.

— Et le Dr Crampton ? Je n'arrive pas à croire qu'il soit mêlé à tout cela.

— Détrompe-toi : c'est un de nos membres fondateurs. Mais tu ignores certainement qu'il a eu des problèmes de drogue alors qu'il était encore étudiant en médecine ?

Il lui jeta un bref coup d'œil.

— Les gens ne sont pas toujours ce qu'ils paraissent, tu as dû t'en apercevoir. Maintenant, ce bon Dr Crampton me donne pas mal de fil à retordre depuis quelque temps. Mais je saurai bien résoudre ce problème en temps voulu.

Oui, songea-t-il, il serait extrêmement ravi de régler son compte à Crampton comme il avait naguère réglé celui de Biff. Cela fait, il ne resterait plus personne pour oser le remettre en question.

— Il n'est guère difficile de trouver des hommes cherchant une nouvelle voie dans laquelle orienter leur existence, reprit-il. Surtout quand cette voie a pour étapes le sexe, l'argent, la drogue et la griserie du pouvoir.

La route en pente qu'ils venaient de prendre serpentait à travers des terres incultes. Des bois fermaient l'horizon de chaque côté. Atherton enfonça la pédale de l'accélérateur. L'aiguille du compteur grimpa aussitôt à quatre-vingts.

— Quelle voiture merveilleuse — et quelle honte de devoir la détruire…
— La détruire ?
— George s'occupe de tout ça pour nous, au garage de Jerry. Nous la convertirons d'abord en pièces détachées. Cela devrait compenser les défauts de la vieille Chevy de Sarah Hewitt.
— Sarah ? Vous…
— Nous n'avions guère le choix, hélas. Elle en savait beaucoup trop.
— Et Biff ?
— Exécuté.

Il sourit, trouvant une source de pouvoir inédite à discuter ainsi, en toute impunité, des actes qu'il avait commis.

— Pour le dire en quelques mots, Biff n'était plus à même de maîtriser son penchant pour l'alcool ni pour la drogue. Il a violé la Loi en agressant un des nôtres et en se battant au vu de tous avec le shérif. Quel dommage, pourtant. Il fut l'un des premiers à appréhender la beauté et la puissance d'un authentique sacrifice. Il jouissait d'un égoïsme d'une constance remarquable. Il voulait Jane Rafferty ; comme Mike Rafferty était sur son chemin, il l'a tué.
— Biff a tué le père de Cam ?
— Un geste d'une hardiesse admirable. Je suppose qu'il a assommé Mike, et qu'il s'est servi de chaînes et d'un treuil pour le faire écraser par le tracteur… Risqué. Mais qui ne risque rien n'a rien, n'est-ce pas ? Après, il lui a suffi de se poser en consolateur de la veuve et de l'orphelin.

Clare eut un haut-le-corps et, dans son mouvement, les semelles de ses chaussures heurtèrent soudain la lime qu'elle avait oubliée dans sa voiture lors de sa visite à la caravane d'Annie. Le cœur battant la chamade, elle cala l'outil entre ses deux pieds joints.

— Votre culte satanique n'est qu'un prétexte pour tuer.

— Un prétexte ? Pas du tout.

Il engagea la voiture dans un chemin de terre et fut bientôt obligé de ralentir pour négocier virages et nids-de-poule.

— C'est plutôt une voie, reprit-il. La voie de la possession et de la jouissance. Chaque membre de notre groupe obtient ce qu'il veut, ce qu'il désire, et plus encore. Notre pouvoir s'accroît de jour en jour. Dans les bourgs comme dans les grandes villes. Il y a trente ans de cela, vois-tu, je n'étais encore qu'un pauvre appelé malheureux de l'armée américaine ; et, tandis que je tuais le temps dans une caserne de Californie, la libération ne signifiant alors pour moi que le retour à une existence aussi terne que triste, j'eus la chance d'être introduit dans une secte, un groupe fascinant — quoique peu organisé. J'ai commencé alors à entrapercevoir comment, moyennant prudence et persévérance, un culte comme le leur pouvait être transformé en une affaire rentable, apte à contenter les besoins de chacun. Après tout, l'Eglise catholique n'a pas fonctionné autrement : considère maintenant sa prospérité et sa puissance… Enfin, je leur ai emprunté, ainsi qu'à d'autres groupes, ce qui me convenait, et je me suis mis à recruter des frères sitôt revenu chez moi. Es-tu surprise qu'il soit si aisé de dévoyer tant de bons et loyaux citoyens ?

— Non, dégoûtée.

Atherton gloussa d'aise.

— Ah, mais c'est que tout le monde ne mérite pas cette dignité, vois-tu. Tiens, par exemple, je fondais de grands espoirs sur Cameron, mais lui aussi m'a cruellement déçu. Je crains qu'il ne faille nous abstenir bientôt de ses services.

Clare le regarda, horrifiée. Atherton s'esclaffa.

— Oh, ne t'inquiète pas, je doute fort que nous devions recourir à la violence. Une pression d'ordre strictement administratif suffira probablement à nous ôter cette épine du pied. Je me suis d'ailleurs déjà arrangé pour semer des indices qui l'amèneront à se détourner un tant soit peu du meurtrier de Biff. Je n'ai rien d'autre à craindre de la part de Cameron. Et aussi longtemps que je puis en être assuré, il ne lui arrivera rien d'irréparable. Ah, nous voici arrivés.

La voiture s'était enfoncée sur environ un kilomètre à l'intérieur des collines. Ils étaient maintenant arrêtés devant un haut portail. Atherton se mit à fredonner du Chopin, tandis que Mick descendait de la banquette arrière pour aller ouvrir les vantaux.

— Tiens, j'y repense à l'instant, reprit Atherton en s'engageant sous le portail, tu ne risques plus de sculpter ce bourrelet désormais. C'est fort dommage. J'aurais bien aimé savoir ce que tu comptais en faire.

Avec moult précautions, Clare avait réussi à tirer la lime jusqu'au niveau de ses chevilles.

— Vous allez me tuer ?

— Pas pour l'instant, non. En tant que fille de Jack, tu mérites certains égards. J'ai même résolu de renoncer au rite sexuel. En hommage à sa mémoire.

Il gara la voiture en face d'une petite cahute de planches.

— Nous rendrons ton séjour aussi agréable que possible. Jusqu'au solstice.

— Je me sens mal.

Elle s'effondra en avant, la lime fermement serrée entre ses mollets. Lorsque Mick ouvrit la portière, elle laissa sa tête pendre à l'extérieur de l'habitacle.

— S'il vous plaît, je me sens mal.

— Tiens-lui la tête entre les genoux, déclara Atherton en sortant de la voiture.

— Doucement, Clare, murmura Mick en débouclant la ceinture de sécurité. Je suis désolé pour tout ce qui t'arrive, mais nous n'avons pas le choix.

Il lui poussa la tête vers le sol.

A ce moment, Clare se saisit de la lime et la planta dans les côtes du suppléant. Du sang fusa de sa poitrine. Il recula en chancelant, si bien que le deuxième coup de Clare ne fit que lui égratigner la cuisse.

— Tu as tué mon père, espèce de salaud !

Mick tomba à genoux en hoquetant. Clare voulut aussitôt s'extirper de la voiture. Une souffrance aiguë lui vrilla alors la base du crâne. Et elle roula inanimée aux pieds d'Atherton.

Où diable était-elle donc passée ? se demandait Cam en parcourant la demeure de Clare pour la deuxième fois de la journée.

Surtout, ne pas paniquer, se dit-il. Elle avait dû partir en voiture rendre visite à un ami. Ou alors elle était allée sur un coup de tête faire une de ces virées échevelées à la brocante.

Mais pourquoi ne l'avait-elle pas appelé ?

Le mot qu'il avait laissé à son intention sur la table de la cuisine après avoir fait un saut chez elle la nuit précédente — et l'y avoir attendue deux heures durant — était toujours à sa place. Son lit était défait, comme d'habitude, si bien qu'il était impossible de savoir si elle y avait récemment dormi. Son sac à main se trouvait à la maison, mais cela aussi était fréquent, vu qu'elle se contentait généralement de fourrer de l'argent dans ses poches avant de s'engouffrer dans sa voiture.

Peut-être, se dit-il enfin, avait-il trop insisté auprès d'elle pour obtenir les dessins de son cauchemar. Elle avait sans doute besoin d'un peu de solitude.

Mais bon sang, la dernière fois qu'ils s'étaient retrouvés, tout avait été pour le mieux entre eux. Il s'assit à la table de la cuisine et, tout en essayant de refouler un sombre pressentiment, se rappela la dernière soirée qu'ils avaient passée ensemble.

Ils étaient allongés sur le tapis du séjour, bras et jambes entrelacés. La radio diffusait un air de Bonnie Ray. Une brise à l'avant-goût d'été s'était glissée par les fenêtres entrouvertes avec le chant d'un engoulevent.

— Qu'est-ce qui t'a fait changer d'avis ? lui avait-il demandé.

— A quel sujet ?

— Au sujet du mariage.

— Je n'ai pas changé d'avis.

Elle avait roulé sur lui, le menton sur ses bras, et les bras croisés sur sa poitrine.

— Je m'y suis habituée.

Cam se souvint alors du sourire qu'elle avait eu en lui disant cela, de l'éclat profond de ses yeux, qui avaient pris une couleur vieil or comme on en voit sur les tableaux anciens.

— Mon premier mariage fut un échec vraiment sordide. Cela m'a fait perdre toute confiance en la vie. Enfin non…

Elle avait fait une pause, comme pour mieux chercher ses mots.

— C'est en moi que j'ai perdu confiance. Je croyais bien faire, mais je me trompais.

— Ce genre de problème n'est jamais la faute d'une seule personne.

— Non, c'est vrai, nous avons tous deux fait des erreurs. Et la plus grosse que j'ai commise, ça a été le manque d'attention. Lorsque les choses ont commencé à aller mal, je me suis contentée de tout laisser partir à vau-l'eau. J'avais mis de côté ma sensibilité. C'est devenu une habitude depuis la mort de mon père, tu sais. Le principe est fort simple : moins tu fais attention à autrui, moins tu souffres... Mais avec toi, ça ne marche pas.

— Tu voudrais donc te marier avec moi uniquement parce que je suis un contre-exemple ?

— Exactement, lui avait-elle répondu en l'embrassant dans le cou. Je t'adore, Cam.

Il avait senti ses lèvres se plisser tendrement contre sa peau.

— Tu ferais mieux de te mettre tout de suite à la construction de mon garage...

Et depuis, il ne l'avait plus revue.

Il se leva d'un mouvement fébrile pour se rendre au garage. Il y trouva tous les outils rangés en ordre de bataille. L'établi disparaissait sous une masse de croquis. Des copeaux étaient éparpillés sur le sol.

Si elle rentrait maintenant, elle rirait sûrement de son inquiétude. Et elle n'aurait pas tort. S'il n'avait été si tendu, son absence ne l'aurait pas tourmenté à ce point. Mais son entretien avec Mona Sherman ne cessait de le hanter. Il était fichtrement certain que cette dernière se payait sa tête.

Oui, voilà tout le problème : Mona Sherman lui avait menti. Ou du moins, elle avait entrelardé son témoignage de tant de mensonges qu'il lui était malaisé d'y déceler la vérité. En tout cas, il lui fallait d'abord prouver qu'elle lui avait menti. Et puis savoir pourquoi.

Mais enfin, songea-t-il, cela n'avait rien à voir avec Clare. Elle était en dehors de cette affaire, et le resterait. Il y veillerait.

*
* *

Ernie regarda Cam revenir à sa voiture et s'éloigner. Alors, comme l'enfant qu'il aurait souhaité ne jamais cesser d'être, il se réfugia dans son lit et enfouit sa tête sous les couvertures.

Quand Clare reprit conscience, tout était sombre autour d'elle. Elle n'aurait su dire s'il faisait nuit, étant donné que toutes les fenêtres de la cahute avaient été soigneusement occultées. Une furieuse migraine lui taraudait le crâne, aussi térébrante qu'une rage de dents. Lorsqu'elle essaya de remuer, elle s'aperçut que ses mains étaient ligotées aux montants d'un sommier d'acier.

Sa gorge devint aussitôt sèche. Saisie d'une panique aveugle, elle lutta contre ses liens, poussant et tordant bras et poignets jusqu'à ce que la douleur, plus forte que sa frayeur, la fasse retomber, en pleurs, sur l'oreiller moisi.

Elle ne sut combien de temps il lui fallut pour recouvrer son sang-froid. Mais qu'importait ? Elle était seule. Au moins, Atherton n'aurait pas la satisfaction de la voir perdre le contrôle d'elle-même.

Atherton. Le maire dévoué d'Emmitsboro. L'ami de son père. Le professeur consciencieux. Le mari fidèle. C'était bien sa voix qu'elle avait entendue, des années auparavant, invoquer les puissances infernales. Et c'était bien sa main qu'elle avait vue brandir le couteau sacrificiel.

Tant et tant d'années, se dit-elle. Et durant tout ce temps, il avait tranquillement honoré la ville de ses services — et, tout aussi tranquillement, l'avait corrompue.

Le Dr Crampton… Le meilleur ami de son père, son propre subrogé tuteur. Elle pensa soudain à Alice avec un sursaut de désespoir. Comment prendrait-elle cela ? Comment pourrait-elle jamais l'accepter ? Personne, se dit Clare, non, personne ne pouvait mieux comprendre qu'elle-même ce qu'on ressentait à perdre son père.

Chuck Griffith, Mick Morgan, Biff Stokey… Qui d'autre encore ?

Ernie ? Clare revit la mère du garçon. Elle ferma les yeux, torturée par le chagrin.

Mais tout espoir n'était pas encore perdu, se dit-elle. Ernie avait peur, et la peur était un réflexe sain. Peut-être, oui, peut-être saurait-elle trouver le moyen de le convaincre de l'aider.

Elle se demanda si elle avait tué Mick. Elle pria le ciel d'y avoir réussi. Le venin amer de la haine qui s'infiltrait en son cœur l'aida à recouvrer ses esprits. Oh oui, se dit-elle, puisse le Seigneur faire qu'elle l'ait tué : Atherton aurait bien de la peine à expliquer la mort du suppléant.

Ses larmes avaient cessé, et avec elles, songea Clare avec soulagement, la panique qui l'avait envahie l'instant d'avant. Elle tourna la tête pour étudier attentivement la pièce.

L'espace, d'à peine trois mètres cinquante sur trois, était empli d'un air moite et vicié. De temps à autre parvenaient à ses oreilles des bruits de trottinement dont elle préférait ignorer la cause.

Elle remarqua une table entourée de quatre chaises. Des mégots de cigarettes jonchaient le plancher autour du lit. Elle comprit qu'elle allait mieux lorsqu'elle se surprit à désirer ardemment tirer quelques bouffées d'un de ces mégots.

L'envie était répugnante, certes, pensa-t-elle, mais tout à fait normale.

Comment diable allait-elle sortir d'ici ?

Elle se tordit d'un côté, puis de l'autre. La souffrance lui arrachait des gémissements. Ses kidnappeurs ne lui avaient même pas laissé assez de mou dans les cordes pour s'asseoir. Ses poignets, à vif, étaient déjà en sang. Et puis elle avait envie de faire pipi.

Sur le coup, elle faillit succomber à un accès d'hilarité hystérique. Puis elle se força à l'immobilité, et se concentra sur sa respiration jusqu'à ce qu'elle réussisse à reprendre son calme.

Le bruit d'un moteur de voiture lui fit de nouveau perdre le contrôle d'elle-même. Elle était en train de crier au secours lorsque la porte de la cahute s'ouvrit sur le Dr Crampton.

— Arrête, Clare. Tu te fais du mal.

Il cala la porte avec une pierre pour permettre au soleil et à l'air frais de se déverser dans la pièce. Clare cligna des yeux sous le vent et la clarté. Le médecin avait sa trousse dans une main et dans l'autre un sac de chez McDonald's.

— Je t'ai apporté de quoi manger.

— Comment pouvez-vous faire ça ? Docteur Crampton, vous me connaissez depuis que je suis toute petite. J'ai grandi avec Alice. Savez-vous au moins ce qu'elle va éprouver quand elle apprendra les crimes que vous avez commis, ce que vous êtes ?

— Mes affaires de famille ne regardent que moi.

Il posa trousse et sac sur la table, et tira cette dernière près du lit. Il détestait devoir faire ça. De tels agissements étaient méprisables. Une fois qu'il aurait ravi le pouvoir à Atherton, le culte serait restauré dans la pureté de ses origines. Il n'y aurait alors plus d'erreurs. Plus de gâchis.

— Tu t'es blessée.

Il fit claquer sa langue en examinant ses poignets.

— Si tu continues, ça va s'infecter.

Elle ne put qu'en rire.

— Alors, comme ça, vous rendez une petite visite à vos victimes, hein ? Histoire de les maintenir en forme pour le sacrifice, sans doute ? Vous êtes vraiment trop bon.

— Je suis un médecin, répliqua-t-il sèchement.

— Non, un meurtrier.

Il reposa les sacs sur le sol et s'assit à côté d'elle.

— Mes croyances religieuses n'interfèrent en rien avec mes activités professionnelles.

— Ceci n'a rien à voir avec la religion. Vous êtes un malade, un sadique. Vous violez et tuez, et vous le faites par plaisir.

— Je n'attends de ta part aucune compréhension.

Avec sa compétence coutumière, il ouvrit sa trousse pour en sortir une seringue.

— Si j'étais un meurtrier, reprit-il, je te tuerais tout de suite — avec une overdose, par exemple.

Son regard ne cessait d'être débonnaire, tendre même.

— Mais tu sais bien que j'en serais incapable.

— Je ne sais rien de vous.

— Je suis ce que j'ai toujours été, dit-il en imprégnant d'antiseptique une houppe de coton. Comme les autres, je me suis ouvert au vaste champ des possibles. J'ai renié l'Eglise soi-disant chrétienne, toute pétrie d'hypocrisie et de mensonge.

Il rajusta ses lunettes et leva la seringue devant ses yeux pour chasser l'air du piston. Deux ou trois gouttes de narcotique retombèrent sur le sol.

— Non, s'écria Clare, les yeux fixés sur l'aiguille. Je vous en prie, ne faites pas ça.

— J'ai connu de grandes choses, Clare. Et, crois-moi, je sais maintenant que le salut d'un homme ne peut reposer sur le mépris de soi-même, mais sur le plaisir et la jouissance de sa propre force vitale.

Il lui souriait, les yeux brillant d'une ferveur que la jeune femme ne voulait pas comprendre.

— Tu te sentiras mieux, après. Fais-moi confiance. Quand tu seras plus calme, je panserai tes plaies et je t'aiderai à manger. Je ne veux pas que tu souffres, ni moralement ni physiquement. Tout sera bientôt fini.

Elle se tordit de plus belle et se mit à hurler. Crampton lui immobilisa le bras et enfonça doucement l'aiguille sous sa peau.

Le temps passa. Cotonneux. Cauchemardesque. Rendue docile par la drogue, Clare demeura assise, les bras ballants, tandis que Crampton nettoyait et bandait ses poignets et ses chevilles. Elle en vint même à le remercier avec un sourire égaré et poli lorsqu'il lui fit manger son hamburger.

Elle avait l'impression d'être revenue à cette époque de son enfance où, revêtue de son pyjama orné de petits chatons, elle gisait sur son lit, terrassée par la grippe. A un moment, aussi brumeux que les autres, le médecin l'emmena dehors faire ses besoins. Puis il la borda dans son lit et lui conseilla de dormir. Obéissante, Clare ferma les yeux. Elle crut alors sentir que le médecin ne lui remettait pas ses liens.

Elle rêva de son père. Il était en train de pleurer. Assis à la table de la cuisine, il pleurait. Rien de ce qu'elle pouvait dire ou faire n'avait l'air de le consoler.

Puis elle rêva de Cam. Ils roulaient ensemble sur le sol de la cuisine, tendus de désir, suffoqués par le plaisir. Elle glissa sur lui, son corps nu oint de sueur.

Elle se retrouva alors ligotée sur une dosse de bois. Le désir avait fait place en elle à une terreur glacée.

C'était Ernie qui la chevauchait à présent.

Elle s'éveilla en frissonnant, transie de sueur. La drogue lui remontait à la gorge. Elle enfouit son visage dans l'oreiller.

Elle n'avait même plus la force de prier.

— Elle est absente de chez elle depuis hier matin, déclarait Cam à la police d'Etat.

Il se passa une main sur le visage.

— Ses portes n'étaient pas verrouillées, on ne lui avait rien volé. Ses affaires, ses bijoux, ses outils, ses papiers, tout était là.

Il s'interrompit pour inhaler une nouvelle bouffée de fumée, la gorge déjà à vif.

— J'ai appelé son frère, ses amis. Personne ne l'a vue.

Puis, refoulant un haut-le-corps, il se mit à donner le signalement détaillé de Clare.

— Femme de race blanche. Vingt-huit ans. Un mètre quatre-vingts, cinquante-cinq kilos. Cheveux roux, coupés au carré, frangés sur le front. Yeux dorés... Non, pas « marron », *dorés*. Pas de cicatrices. Elle devait conduire une Nissan 300 rouge, nouveau modèle, immatriculée à New York BBA 4451. Baker Baker Adam 4-4-5-1.

Il fit répéter à son interlocuteur l'intégralité du numéro. Quand il eut raccroché, il aperçut Bud qui se tenait sur le pas de la porte.

— La moitié de la ville est venue aux nouvelles.

Conscient de sa maladresse, le suppléant reporta ses yeux sur la cafetière.

— Vous en voulez un peu ?

Cam avait l'impression que son sang était d'ores et déjà saturé de caféine.

— Non, merci.

— Vous avez appelé les journaux ?

— Ouais. Ils vont publier sa photo.

Il se passa une nouvelle fois la main sur le visage.

— Et merde.

— Vous devriez dormir un peu, lui lança Bud en fourrant les mains dans ses poches. Vous êtes sur la brèche depuis plus de vingt-quatre heures. Croyez-moi, je sais ce que vous ressentez.

Cam releva les yeux sur lui.

— C'est bon, Bud. Je vais aller faire un tour en voiture. Tu me remplaces un instant ?

— Bien sûr. Mick a sacrément mal choisi son moment pour tomber malade. Il nous aurait été bien utile.

Cam se contenta de hocher la tête.

— Je resterai en contact radio avec toi, et…

Il s'interrompit pour se précipiter sur le téléphone qui venait de sonner. Une brève conversation s'ensuivit.

— Ça y est, dit-il en raccrochant, nous avons le mandat pour examiner les relevés de compte de Mona Sherman.

— Vous voulez que je m'en charge ?

— Non. Ça m'occupera. Je n'en ai que pour une demi-heure au plus.

Une heure plus tard, il frappait à coups redoublés sur la porte de l'appartement de Mona.

— J'arrive, j'arrive… Seigneur ! Une minute, bon sang !

Mona ouvrit la porte, les yeux bouffis de sommeil. Elle était encore en train de nouer autour de sa taille la ceinture d'une vaporeuse nuisette à fleurs quand Cam la repoussa et referma brusquement la porte derrière lui.

— Il faut qu'on cause, tous les deux.

— Je vous ai déjà dit tout ce que je savais, rétorqua-t-elle en glissant une main dans ses cheveux emmêlés. Vous n'avez aucun droit d'entrer ici comme ça.

— Va te faire foutre avec mes droits, répondit-il en la propulsant dans un fauteuil.

— Hé ! Attends un peu que j'appelle mon avocat, mon pote, et tu vas voir si tu le garderas longtemps, ton insigne en fer-blanc !

— C'est ça, vas-y, appelle-le, tu risques d'avoir besoin de lui : complicité de meurtre, ça te dit quelque chose ?

Elle lui adressa un regard soupçonneux tout en réajustant sa nuisette sur ses épaules.

— Je ne sais pas de quoi vous parlez.

— T'as jamais fait le grand plongeon, Mona ?

Il se pencha sur elle, les paumes appuyées sur les bras du fauteuil.

— Je ne te parle pas d'une nuit ou deux au poste, non. Je veux dire : le vrai grand plongeon, du style dix à vingt piges à Jessup.

— Je n'ai rien fait du tout.

— Non, à part deux confortables dépôts sur ton compte. Brillante idée que de les avoir convertis en emprunts. T'es une vraie pro de la finance, sais-tu.

— Et alors ? cria-t-elle en s'humectant les lèvres. Les affaires ont bien marché, voilà tout.

— Le premier dépôt a été effectué la veille de notre entretien, et le second le lendemain. Sacrée coïncidence, n'est-ce pas ?

— Ouais.

Elle tendit la main vers son paquet de cigarettes.

— Et alors ?

— Où as-tu eu cet argent ?

— Comme je vous le disais…

La suite se perdit dans un gargouillement : Cam venait de la saisir au collet.

— Je suis un homme pressé, Mona, lui dit-il en la serrant à la gorge. Alors ne perdons pas notre temps. Je vais te l'apprendre, moi, d'où te vient cet argent : quelqu'un t'a payée pour me balancer ton témoignage bidon, toutes les conneries sur ce Haïtien qui aurait descendu Biff sous prétexte qu'il aurait fait foirer un deal.

— Biff était un passeur, je vous l'ai déjà dit.

— Il trimballait de la came, bon, d'accord. Mais c'est bien tout ce qu'il pouvait faire avec sa cervelle de piaf. Le reste, c'est des bobards. Allez, qui t'a payée ?

— C'est moi, c'est moi seule qui ai voulu vous appeler. Je voulais que l'enquête avance.

— Ah, tu voulais que l'enquête avance ?

Il se redressa et envoya bouler la table. La lampe qui se trouvait dessus retomba sur le sol avec fracas. Mona se rua hors du fauteuil. Cam l'y repoussa brutalement.

— Ah, tu voulais que l'enquête avance ? répéta-t-il. Mais au fait, on a dû t'en avertir, non ? Je veux dire : de mon problème ? J'ai été flic à D.C. un sacré bout de temps, tu sais. Et puis j'ai dû renoncer à tout ça pour me retrouver coincé dans un trou perdu. Et tu sais pourquoi ?

Elle remua la tête. Il n'avait plus rien d'un flic maintenant, pensa-t-elle. On aurait plutôt dit une bête sauvage.

— Eh bien, justement à cause de ce problème. Ça m'est arrivé pendant un interrogatoire. Tiens, tu vois ? Quand quelqu'un me ment, ça me fout en colère...

Il se saisit d'une bouteille presque vide de Jim Beam et la catapulta contre le mur. Le verre explosa, libérant la senteur âcre de l'alcool.

— Et je commence à casser des choses. Et si le menteur continue à mentir, je perds complètement la tête. Une fois, j'ai même balancé un suspect par la fenêtre.

Il jeta un coup d'œil à la baie vitrée qui se trouvait derrière le canapé-lit.

— On est bien au deuxième étage, ici ?

— Vous bluffez, s'écria-t-elle en se précipitant sur le téléphone. Je vais appeler mon avocat. Vous êtes dingue, c'est tout. Je ne crois pas un seul mot de ces conneries.

— Tu te trompes, Mona, répliqua-t-il en l'agrippant au poignet. Que je sois dingue, je te l'accorde. Mais je te jure que tu vas me croire. Allons, voyons jusqu'où tu peux voler.

Il la traîna jusqu'à la fenêtre, ignorant ses gesticulations et ses hurlements. Mona parvint cependant à se retenir au rebord et retomba sur les genoux.

— Je ne sais pas qui c'était, cria-t-elle. Je ne le sais pas.

— Hum... Peut mieux faire.

Il la crocheta à la taille.

— Non, je vous le jure, je ne sais pas ! Il m'a appelée, c'est tout. Il m'a dicté ce que je devais dire et m'a envoyé l'argent par la poste, en liquide.

Cam s'accroupit à côté d'elle.

— Un nom. Je veux un nom.

— Biff. Je ne connais que le sien. C'était un de mes clients, je vous l'ai déjà dit.

Elle se recula jusqu'au mur.

— Il y a deux ans, il m'a parlé de tout ça — enfin, qu'il faisait partie d'un club, ou quelque chose de ce genre. Il m'a promis que les autres me paieraient cent dollars la nuit. Alors j'y suis allée.

— Où ça ?

— Je ne sais pas.

Le regard vide, elle se laissa glisser au sol et s'appuya du coude sur le plancher.

— Je vous jure que je n'en sais rien. J'avais les yeux bandés. Comme pour les séances spéciales, vous voyez ? Biff est venu me chercher, et on est sortis de la ville, on a roulé dans la campagne. Il s'est arrêté un moment pour me bander les yeux, et puis on est repartis. Après, on a dû marcher. C'était dans les bois. Y avait des arbres en tout cas. Il ne m'a retiré le bandeau que lorsqu'on est arrivés. Lui et les autres, ils faisaient un genre de rituel. Un truc satanique. Mais en majorité, c'était qu'une bande de mecs qui voulaient se donner un frisson sexuel.

— Décris-les-moi.

— Ils portaient des masques. Tout le temps. A part Biff, je n'ai jamais su qui étaient les autres. C'était un truc bizarre, ouais, mais ça payait bien. J'y suis retournée tous les deux mois, après.

— O.K., Mona.

Il l'obligea à se relever.

— On va s'asseoir, maintenant. Et tu vas me dire tout ce que tu sais là-dessus.

30.

N'ayant rien de mieux à faire, Alice rangeait la cuisine tandis que Blair faisait les cent pas derrière elle. La semaine avait été longue pour tout le monde, se dit-elle. Personne ne croyait que Clare ait pu ainsi filer sans prévenir. Elle n'était pas Sarah Hewitt et tout cela frisait le non-sens.

La grande sculpture sur laquelle elle travaillait naguère se dressait toujours dehors, dans l'allée, tel un avertissement. Les passants s'arrêtaient devant, jour après jour, pour se communiquer les dernières nouvelles. Min Atherton avait même pris des photographies de la statue avec son Polaroid pour les montrer chez Betty.

Le maire avait convoqué ses administrés à une réunion exceptionnelle où il avait offert une récompense à quiconque donnerait des renseignements pour retrouver la jeune femme. Ç'avait été un discours émouvant, se souvenait Alice. Atherton n'avait cessé de recommander à chacun de veiller à la sécurité des siens et d'être à l'écoute de son voisin. Il savait aussi bien parler qu'un missionnaire, se dit-elle. Dans l'hôtel de ville, ce jour-là, peu de ses auditeurs avaient su retenir leurs larmes.

En fait, seul Cam avait les yeux secs. Quoique égarés aussi, maintenant qu'elle y repensait. Il était visible qu'il n'avait guère dormi ni mangé durant les six jours écoulés depuis la disparition de Clare. Il s'était levé à la fin de la réunion pour répondre aux questions des habitants et des journalistes qui se pressaient en foule dans la petite salle du conseil. Et ce n'étaient pas que des reporters locaux, se rappela-t-elle, mais des gros calibres de D.C., New York et Philadelphie.

Elle passa le torchon sous le robinet et l'essora avant de nettoyer les plans de travail de la cuisine. L'atmosphère était chaude et pesante. Pour un mois de juin, il faisait déjà une température caniculaire. Personne, cependant, n'avait encore songé à mettre en marche l'air conditionné. La mère de Clare était venue s'installer dans la maison avec son nouveau mari, ainsi que les LeBeau — mais personne, non, personne ne se plaignait de la chaleur.

Elle jeta un coup d'œil à Blair. Son vieux béguin pour lui l'avait d'ores et déjà cédé à une forme d'affection fraternelle.

— Je pourrais te préparer quelque chose à manger, lui proposa-t-elle. Un sandwich, ou bien un potage, si tu préfères.

— Merci. Plus tard, peut-être. Je ne pensais pas qu'Angie et Jean-Paul en auraient pour si longtemps.

— Ils ne vont plus tarder, maintenant, dit-elle en étendant le torchon sur le rebord de l'évier.

Dieu, pensa-t-elle, qu'il était frustrant de ne pas être capable d'offrir plus que des toasts au jambon ou du poulet Campbell à quelqu'un dans la peine.

— Te laisser mourir de faim n'arrangera rien, tu sais. D'ailleurs, les autres auront faim, eux aussi, quand ils rentreront.

Blair manqua perdre patience. Puis il s'aperçut qu'Alice avait un air aussi épuisé et fébrile qu'eux tous.

— Ça va, lui dit-il enfin. Ça va très bien. T'inquiète pas pour moi.

Le bruit d'une moto se fit entendre dans l'allée. Ils se ruèrent tous deux dans le garage. Blair se trouvait au côté de Cam avant même que celui-ci ait eu le temps de mettre pied à terre.

— Alors ?

— Toujours rien.

Cam frotta ses yeux irrités et descendit de son engin. Il se sentait les jambes en coton. Il avait roulé pendant presque toute la journée dans des routes écartées et des chemins forestiers, quadrillant un terrain qu'il avait déjà parcouru en tous sens.

— Je vais préparer des sandwichs, déclara Alice. Entre grignoter quelque chose avant de repartir, Cam. Tu ne tiendras jamais, autrement. Tu as besoin de carburant comme ta moto, tu sais.

Cam se rassit sur la selle de sa machine tandis qu'Alice se précipitait à l'intérieur de la maison.

— Comment va ta mère ? demanda-t-il à Blair.

— Elle est malade d'inquiétude. Elle et Jerry sont partis faire un tour.

Blair leva un regard désemparé sur la statue qui les surplombait.

— Tout le monde est fou. Seigneur, Cam, ça va faire bientôt une semaine.

Ce dernier le savait fort bien. A l'heure près.

— Nous procédons à une fouille systématique, maison par maison, nous interrogeons tout le monde. Maintenant que Mick est de nouveau sur pied, ça va aller plus vite.

— Tu ne crois tout de même pas que quelqu'un la séquestre en ville ?

— Je suis prêt à croire n'importe quoi.

Son regard se perdit un instant du côté de la maison des Butts. Celle-là, se dit-il, il la fouillerait en personne.

— Si ça se trouve, elle est déjà…

— Non, rétorqua Cam en se retournant brusquement.

Ses yeux, cernés et harassés, étaient d'une âpreté terrible.

— Non, répéta-t-il. Nous commençons par ici, mais ensuite nous nous déploierons dans toute la vallée. Et nous passerons au peigne fin chaque centimètre carré de ces collines.

Puis, baissant les yeux vers le sol :

— Je n'ai pas su veiller sur elle, dit-il.

Blair ne lui répondit pas. Cam en conclut que son ami pensait la même chose.

Le frère de Clare demeurait figé sur place, s'exhortant au calme tandis que Cam prenait une cigarette. Les recherches suivaient leur cours, calmement. Trop calmement. Blair savait fort bien ce qui pouvait arriver à sa sœur. Et il était peut-être déjà trop tard. Mais il ne pouvait se permettre de flancher. Pas maintenant.

— J'aimerais participer à la prochaine battue. Je sais que tu disposes d'hommes aguerris, Cam, mais j'ai l'avantage de bien connaître les bois.

— Nous acceptons l'aide de chacun. Nous l'exigeons, même. Le malheur, c'est que je ne sais plus à qui faire confiance.

Il releva la tête en direction du soleil. Il était midi pile.

— Tu sais quel jour on est ? demanda-t-il soudain à Blair. C'est aujourd'hui le solstice d'été. On en parlait à la radio.

— Je sais.

— C'est ce soir qu'ils se réunissent, murmura-t-il. Mais où ?

— Tu crois franchement qu'ils prendraient un tel risque ? Avec les battues et tous ces journalistes dans le coin ?

— Oh, oui. Pour affirmer leur volonté. Et puis aussi parce que ça leur plaît.

Il réenfourcha sa moto.

— J'ai quelqu'un à voir.

— Je vais avec toi.

— Il vaut mieux que j'y aille tout seul, dit-il en faisant démarrer l'engin. Ce n'est juste qu'une idée, comme ça. Je te tiendrai au courant.

— C'est scandaleux. Proprement scandaleux.

— Je suis désolé, m'dame Atherton, répondit Bud en triturant le bord de son chapeau. C'est la procédure, je n'y peux rien.

— C'est insultant, voilà ce que c'est. A-t-on idée ! Venir chez moi pour mettre ma maison à sac, comme si je n'étais qu'une vulgaire criminelle !

Elle était campée sur le seuil dans sa robe à fleurs, la poitrine frémissant de rage.

— Non mais, vraiment, vous pensez peut-être que je tiens Clare Kimball ligotée dans le sous-sol ?

— Non, m'dame. Non, non. Du tout. Et je vous prie d'accepter mes excuses pour le dérangement. C'est seulement que nous sommes en train de fouiller toutes les maisons de la ville. Sans exception.

Il poussa un léger soupir de soulagement en apercevant le maire dans l'entrée.

— Qu'est-ce qui se passe ?

— Je suis outragée. James, tu ne croiras jamais ce que ce gamin prétend m'imposer.

— Nous menons une fouille maison par maison, monsieur Atherton, répondit Bud en se mettant aussitôt à rougir. J'ai les mandats requis.

— Des mandats ! s'écria Min en gonflant la poitrine de plus belle. Tu entends ça, James ? Des mandats. A-t-on idée !

— Du calme, Min, rétorqua l'interpellé en posant une main conciliante sur son épaule. Ceci a un rapport avec la disparition de Clare Kimball, n'est-ce pas, suppléant Hewitt ?

— Oui, monsieur le maire.

Bud ressentait toujours quelque fierté à s'entendre appeler « suppléant Hewitt » par Atherton.

— Ne voyez là rien de personnel. Ça ne me prendra d'ailleurs que quelques minutes. Juste le temps de jeter un coup d'œil et de vous poser deux ou trois questions.

— Si vous mettez un pied dans ma demeure, je vous en chasserai à coups de balai dans le train, Bud Hewitt.

— Min…, murmura Atherton en lui pressant doucement l'épaule. Cet homme est en service. Si nous ne coopérons pas avec la loi, qui le fera ? Entrez donc, suppléant, la maison vous est ouverte de la cave au grenier. Personne n'est plus désireux de voir le dénouement de cette affaire que ma femme et moi-même.

Il fit signe à Bud d'entrer. Celui-ci s'exécuta — non sans prendre la précaution de se garer de Min.

— Je vous remercie, monsieur Atherton.

— Nous ne faisons que notre devoir de citoyens, répondit l'élu d'une voix grave et solennelle. Pourriez-vous me dire où en est votre enquête ?

— Nous n'avons pour l'instant aucune piste. Le shérif en est malade d'inquiétude, monsieur Atherton, vous pouvez me croire. Il n'a pas dû dormir plus d'une heure d'affilée depuis le début.

— Cela doit être une terrifiante responsabilité pour lui.

— Je ne sais pas ce qu'il fera si on ne la retrouve pas. Ils avaient des projets de mariage tous les deux, vous savez. Tenez, il avait même causé avec un architecte pour faire construire chez lui un atelier pour Clare.

— Vraiment ? s'exclama Min, reprise par son démon du bavardage. Si ça se trouve, c'est ce qui lui a fait prendre la poudre d'escampette, à la fille Kimball.

— Min…

— Mais enfin, James, elle a déjà raté un premier mariage. Ce ne serait pas la première fois qu'une femme perdrait la tête sous la pression des événements.

— Mouais…, articula Atherton en affichant une moue circonspecte. Ça se peut.

Il fit un geste de la main comme pour chasser cette hypothèse — tout en espérant vivement qu'elle saurait faire son chemin.

— Mais nous vous retenons, suppléant Hewitt. Commencez par où vous vous voulez. Nous n'avons rien à cacher.

Annie n'était pas dans sa caravane, ni dans aucun de ses repaires habituels des environs. Cam avait cependant pu obtenir d'un voisin qu'il guette son retour.

Il était en train de tourner en rond, se dit-il en revenant vers la ville. On le menait par le bout du nez. Mais il lui restait encore des atouts dans sa manche. Le livret bancaire aux noms de Kimball et de Biff, par exemple. Un coup monté, sans nul doute. Le problème maintenant était de savoir si Bob Meese l'avait vraiment trouvé, ou s'il s'était simplement contenté d'obéir aux ordres.

Cam savait aussi que les rituels se déroulaient à des dates régulières. Au moins une fois par mois, ainsi que Mona avait fini par le lui avouer — restait à savoir où.

Enfin il savait que treize hommes étaient impliqués dans l'affaire — ce renseignement, tiré des dessins de Clare, avait été corroboré par le témoignage de la prostituée. Restait à savoir qui.

Si bien qu'au bout du compte, songea-t-il en se garant devant chez Ernie, quand on additionnait le tout, cela faisait toujours zéro.

Le pire, cependant, était qu'il ne pouvait courir le risque de se confier à qui ce soit, pas même à Bud ou à Mick. Il devait garder pour lui ce qu'il savait à présent de manière certaine. Emmitsboro avait beau être une petite ville, treize hommes pouvaient facilement trouver à s'y cacher.

Il frappa à la porte des Butts, espérant que ce serait Ernie qui viendrait lui ouvrir. Il se sentait capable de faire cracher le morceau au garçon.

— Madame Butts…

— Shérif ? s'enquit Joleen en jetant des regards inquiets par-dessus l'épaule de Cam. Quelque chose ne va pas ?

— Nous procédons à une fouille systématique de toutes les maisons de la ville.

— Ah oui, on m'en a prévenue, repartit-elle en tripotant nerveusement son collier. Mais entrez donc. Veuillez excuser le désordre. Je n'ai pas eu le temps de ranger.

— Ne vous inquiétez pas pour ça. Votre mari nous a été d'un grand secours pendant la battue.

— Will est toujours le premier à se porter volontaire et le dernier à renoncer. Je pense que vous voudrez commencer par l'étage.

Elle s'apprêtait à le précéder dans l'escalier, lorsqu'elle se retourna vers lui.

— Shérif, je sais que vous avez beaucoup de soucis en ce moment, et je ne voudrais pas paraître m'affoler pour un rien, mais Ernie… Il n'est pas rentré l'autre nuit. Le psychologue m'a assuré que c'était une conduite tout à fait prévisible, étant donné les sentiments qu'Ernie nourrit à l'égard de sa propre personne, de son père et de moi-même. Mais j'ai peur. J'ai peur qu'il ne lui arrive quelque chose. Quelque chose comme à Clare.

Elle demeurait immobile, la main figée sur la rampe.

— Shérif, que dois-je faire ?

Cam sortait de la ville lorsqu'il croisa la voiture de Bud. Il le salua de la main et immobilisa sa moto, tandis que son suppléant faisait marche arrière, la tête tendue par la portière.

— Où est Mick ?

— En train de diriger la battue sur l'autre rive du torrent Gossard, répondit Bud en épongeant avec un mouchoir son front luisant de sueur. Je viens de le contacter par radio il y a vingt minutes à peine.

— Tu as fini la fouille en ville ?

— Ouais. Toujours rien. Je suis désolé, Cam.

Ce dernier reporta les yeux sur le champ de maïs qui longeait la route. Le paysage était noyé dans une brume de chaleur. Le ciel au-dessus avait une couleur de pierre sèche.

— Tu connais un gamin du nom d'Ernie Butts ?

— Ouais.

— C'est quoi sa caisse ?

— Une camionnette Toyota rouge. Pourquoi ?

Cam le jaugea du regard. Il devait faire confiance à quelqu'un, se dit-il.

— Je veux que tu patrouilles dans le coin à sa recherche.

— Il a fait quelque chose ?

— Je ne sais pas. Si tu l'aperçois, ne l'arrête pas. Essaye de savoir ce qu'il a en tête, mais ne l'arrête pas. Appelle-moi aussitôt — et moi seulement, Bud.

— Comme vous voudrez, shérif.

— Je dois encore aller voir quelqu'un.

Il consulta le ciel de nouveau. C'était le jour le plus long de l'année, pensa-t-il, mais il ne serait pas éternel.

Cependant que Cam se garait devant la caravane d'Annie, Clare essayait de se dépêtrer du brouillard tenace où la drogue avait englouti son cerveau. Elle se récitait des poésies, de vieux tubes des Beatles, des comptines. Il faisait si chaud dans cette cabane, si étouffant. On aurait dit un cercueil — quoique dans les cercueils, songea-t-elle, on soit généralement déjà froid. Or ses draps à elle étaient trempés.

Elle n'était pas certaine de pouvoir supporter encore longtemps de rester étendue dans le noir. Combien de temps y avait-elle déjà passé ? Un jour, une semaine, un mois ?

Pourquoi personne ne l'avait-il encore retrouvée ?

Ils devaient être en train de la chercher. Tous : ses amis, sa famille… Cam.

Ils ne la laisseraient pas tomber. Depuis qu'on l'avait amenée ici, elle n'avait vu que le Dr Crampton. Elle ignorait combien de fois il s'était assis à son côté pour lui injecter sa dose de narcotique.

Elle avait peur, non seulement de perdre la vie, mais aussi la tête. Elle savait désormais qu'elle n'aurait pas la force de résister à ses ravisseurs, quelles que soient leurs intentions à son égard. Non, ce qu'elle craignait par-dessus tout, c'était de devenir folle avant même qu'ils l'aient touchée.

Elle était seule. Il faisait noir.

Dans ses meilleurs moments de lucidité, elle échafaudait des plans d'évasion, s'imaginait dénoncer ses ravisseurs et laver ainsi la réputation de son père. Puis, les heures passant dans ce silence horrible et ténébreux, ses plans se réduisaient peu à peu à des prières incohérentes où elle suppliait le ciel de lui envoyer quelqu'un, n'importe qui, pour la sortir de là.

A la fin, ce fut Atherton qui se présenta. Lorsque, ayant levé les yeux, elle l'aperçut, elle sut aussitôt que la prochaine nuit qu'elle passerait dans le noir serait la dernière. Et cette nuit-là serait bien la plus courte de l'année. Pour tout le monde.

— Le moment est venu, lui dit-il d'une voix douce. Nous devons nous apprêter.

C'était sa dernière chance, se dit Cam en attendant devant la caravane vide. Une chance qui dépendait entièrement de ce que savait Crazy Annie. Et si elle savait quelque chose, elle s'en souviendrait.

Quitte ou double. Les dés étaient jetés. Si jamais Annie n'arrivait pas, la partie était perdue.

Tout se jouait désormais entre lui et une sexagénaire de huit ans d'âge mental.

Les renforts qu'on lui avait alloués ne l'avançaient guère. Il avait été incapable de prouver la thèse de l'entente délictueuse, et encore moins celle des meurtres rituels. Tout ce qu'il avait pu mettre en évidence, c'était que Carly Jameson avait été séquestrée dans une remise, assassinée, enterrée, puis exhumée avant d'être déposée dans une tombe à ciel ouvert au beau milieu d'un pré. Le fait que le responsable de tout cela, maintenant décédé, ait nécessairement eu un complice n'accréditait en rien l'hypothèse du sacrifice humain — du moins aux yeux de la police d'Etat et des fédéraux. Ces derniers n'en avaient pas moins participé aux recherches en fournissant hommes et hélicoptères. En vain. Rien n'avait abouti.

Et puis le temps passait. Cam en avait conscience. Au fur et à mesure que le soleil déclinait dans le ciel, il avait l'impression de se refroidir lui-même, au point qu'il en vint à se demander si, une fois la nuit tombée, son sang et ses os ne seraient pas devenus aussi cassants que des glaçons.

Il ne pouvait pas la perdre. Et il craignait que cette pensée insupportable entre toutes ne l'ait amené, dans sa course aveugle pour la retrouver, à commettre quelque erreur minime susceptible de coûter la vie à Clare.

Toujours ces satanées trois marches de retard, se dit-il.

Et puis la chute fatale…

Il n'avait pas oublié comment prier, même s'il ne l'avait plus beaucoup fait depuis l'époque où il subissait les cours du catéchisme, les messes dominicales et les chapelets de *Pater* et d'*Ave* qu'il devait réciter après chaque confession mensuelle pour purifier son âme tendre du péché.

Il pria, donc, en toute simplicité, mais avec désespoir, cependant que la première touche de rouge teintait l'horizon.

— Après le coucher du soleil, O bienheureux matin, entendit-il joyeusement chanter. Avec notre Sauveur, le ciel est dans nos mains. O glorieux crépuscule, le labeur de la terre a pris fin. Après le coucher du soleil, quand la journée s'achève enfin…

Annie gravissait péniblement la colline, traînant son sac derrière elle. Elle s'arrêta soudain, ébahie, en voyant Cam la rejoindre à grandes enjambées.

— Annie, je t'attendais.

— J'ai pas arrêté de marcher. Bon Dieu tout-puissant, la journée a été rude ! Jamais vu plus chaude journée.

Sa robe à carreaux était maculée de sueur du col jusqu'à l'ourlet.

— J'ai trouvé deux pièces de cinq cents, une de vingt-cinq et une petite bouteille verte. Tu veux voir ?

— Non, pas maintenant. Il faut que je te montre quelque chose. On peut s'asseoir ?

— Rentrons plutôt. Tu as pas envie d'un *cookie* ?

Il lui sourit, s'efforçant de rester calme.

— Je n'ai pas vraiment faim. Et si on s'asseyait juste sur les marches pour que je te montre ce que j'ai apporté ?

— Comme tu veux. J'ai tellement marché que j'ai les pieds en compote.

L'expression la fit glousser. Puis, soudain, sa face s'éclaira.

— Tu es venu en moto, s'écria-t-elle. Tu me fais faire un tour ?

— Tu sais quoi ? Si tu peux m'aider, je t'emmènerai en balade très bientôt, et toute la journée si tu le souhaites.

— Vraiment ? s'exclama-t-elle en caressant le guidon. Promis ?

— Juré. Allez, Annie, viens t'asseoir.

Il prit les dessins dans la sacoche de la moto.

— J'ai des images à te montrer.

Elle cala son imposant postérieur sur les marches jaunes.

— J'aime bien les images.

— Je veux que tu les regardes bien, que tu les regardes très soigneusement, dit-il en s'asseyant à son côté. Tu veux bien ?

— Bien sûr.

— Et après que tu les auras bien observées, je veux que tu me dises si tu reconnais l'endroit. O.K. ?

— O.K. d'ac', répondit-elle avec un large sourire.

Elle examina les dessins. Son visage se décomposa aussitôt.

— Je n'aime pas ces images, dit-elle.

— C'est important, Annie.

— Je ne veux pas les regarder. J'en ai des plus belles à l'intérieur. Tu veux les voir ?

Cam essaya de faire taire les battements précipités de son cœur, de résister à l'envie de saisir Annie par son pauvre cou ridé pour lui extirper la vérité du corps. Elle *savait*, il le lisait dans ses yeux apeurés.

— Annie, il faut que tu me dises la vérité. Tu as déjà vu cet endroit ?

Elle secoua la tête, les lèvres pincées.

— Oh si, tu l'as déjà vu. T'as même été là-bas. Tu sais très bien où c'est.

— C'est un sale endroit. Je n'y vais jamais.

Cam s'abstenait de la toucher, craignant de ne pouvoir, malgré tous ses efforts, résister à l'envie de la brutaliser.

— Pourquoi dis-tu que c'est un sale endroit ?

— Parce que. Voilà. Je ne veux pas en parler. Il faut que je rentre maintenant.

— Annie. Annie, regarde-moi. Allons. Regarde-moi.

Il s'efforçait de garder le sourire tout en la suppliant.

— Je suis ton ami, n'est-ce pas ?

— Oui, tu es mon ami. Tu m'emmènes en balade et tu m'achètes des glaces. Il fait chaud, aujourd'hui.

Elle lui adressa un sourire plein d'espoir.

— Ça fait du bien les glaces, quand il fait chaud.

— Annie, les vrais amis s'entraident. Les vrais amis se font confiance. Il faut que je sache où se trouve cet endroit. J'ai besoin que tu me le dises.

L'indécision mettait la vieille femme à la torture. Les choses étaient si simples pour elle, d'habitude. Elle savait toujours quand il fallait se coucher et quand il fallait se lever, si elle devait marcher vers l'ouest ou vers l'est, si c'était l'heure de manger ou non, mais ça… Ça lui chamboulait la tête, ça lui donnait la nausée.

— Tu ne le répéteras pas ? chuchota-t-elle enfin.

— Non. Promis.

— C'est plein de monstres là-bas.

Sa voix s'écoulait comme un souffle de ses lèvres parcheminées : on eût dit une vieille enfant ridée confessant des secrets.

— Ils y vont la nuit pour faire des choses. Des sales choses.

— Qui ça ?

— Les monstres en habits noirs. Ils ont des têtes d'animaux. Ils font des choses à des femmes toutes nues. Et puis ils tuent des chiens et des boucs.

— C'est là que tu as trouvé le bracelet, n'est-ce pas ? Celui que tu as donné à Clare ?

Elle hocha la tête.

— Moi je pensais qu'il fallait pas le dire. Personne ne croit aux monstres. On n'en voit qu'à la télé, c'est tout. Si tu parles de monstres, les gens croient que tu es fou et ils t'enferment.

— Je sais que tu n'es pas folle, Annie. Et personne n'ira jamais t'enfermer.

Se risquant enfin à la toucher, il lui caressa les cheveux.

— Il faut que tu me dises où se trouve cet endroit.

— Dans les bois.

— Où ça ?

— Par là, répondit-elle en faisant un geste vague. Au-delà des rochers, et puis encore après, dans les bois.

Des kilomètres de rochers et de bois, se dit Cam. Il prit une profonde inspiration pour garder un ton égal.

— Annie, j'ai besoin que tu me montres cet endroit. Tu peux m'y emmener ?

— Oh, non, s'écria-t-elle en se redressant, frémissant de terreur. Non merci, très cher, j'y vais pas. Il va bientôt faire nuit. Et quand il fait nuit, les monstres arrivent.

Il la prit par son poignet tintinnabulant pour arrêter ses gesticulations.

— Tu te souviens de Clare Kimball ?

— Elle est partie. Personne ne sait où.

— Je pense que quelqu'un l'a enlevée, Annie. Elle ne voulait pas partir. C'est peut-être là-bas qu'on va l'emmener cette nuit. On va lui faire du mal, tu sais.

— Elle est jolie, murmura Annie.

Ses lèvres s'étaient mises à trembler.

— Elle est venue me voir, une fois.

— Oui, et elle a fait ça pour toi, dit-il en lui indiquant le bracelet d'argent. Aide-moi, Annie. Aide Clare, et je te jure que je chasserai tous les monstres loin d'ici.

Voilà des heures qu'Ernie conduisait. Il roulait loin de la ville, parcourant autoroutes et chemins vicinaux. Il devinait que ses parents se feraient du mauvais sang. Pour la première fois depuis des années, il pensait à eux avec un remords sincère ; ils lui manquaient.

Mais il savait aussi ce que cette soirée devait signifier pour lui. Ce serait une épreuve, la dernière. Les officiants s'étaient enfin résolus à précipiter son initiation, à le lier à eux par le sang, le feu et la mort. Il avait un instant songé à s'enfuir — mais pour aller où ? Une seule voie s'offrait à lui désormais. Et cette voie était celle qui menait à la clairière, dans les bois.

Il serait responsable de la mort de Clare, ce soir, il ne le savait que trop. Cela l'avait assez tourmenté. Cependant, l'enseignement qu'il avait choisi de suivre excluait regrets et scrupules. Et puis la fin de son initiation le laverait de ses derniers remords…

Il rebroussa chemin pour affronter son destin : il avait hâte d'en finir, de se purifier de toutes ses angoisses.

*
* *

Quand Bud croisa la Toyota, il la regarda d'abord passer d'un air absent, avant de se souvenir brusquement des recommandations de Cam. Étouffant un juron, il fit demi-tour et se saisit de sa radio.

— Unité 3 à unité 1. Répondez.

N'obtenant que des parasites, il répéta son appel.

— Allez, Cam, décrochez, c'est Bud.

Quel merdier, se dit-il. Voilà que le shérif était impossible à joindre et que lui-même se retrouvait à devoir suivre un gamin en camionnette qui filait Dieu sait où pour se livrer à Dieu sait quoi. Enfin, ennuyé ou pas, il lui fallait suivre la procédure, et veiller à maintenir une distance prudente entre lui et son suspect.

La nuit tombait. Loin devant la voiture de patrouille, les feux arrière de la camionnette luisaient faiblement.

Quand Ernie quitta la route, Bud s'arrêta sur le bas-côté. Où diable se rendait le gosse ? se demanda-t-il. L'ancien chemin forestier qui s'ouvrait devant lui menait droit dans les bois. La Toyota d'Ernie n'avait pourtant rien d'un 4x4. Mais bon, puisque le shérif lui avait enjoint d'essayer de découvrir ce que le gamin avait en tête, il ne lui restait plus qu'à le suivre.

Il décida de continuer la filature à pied. Après tout, il n'y avait pas d'autre chemin pour sortir des bois. Ernie serait bien obligé de repasser par là. S'étant emparé de sa lampe torche, il hésita un instant. Puis il résolut de passer son ceinturon à la taille. Tant pis si le shérif lui reprochait de jouer au cow-boy. Vu ce qui se passait en ce moment, il n'allait certainement pas se risquer dans les bois sans son arme.

Parvenu à l'entrée du chemin forestier, il aperçut la camionnette garée à quelque distance de la route. Ernie se tenait à côté de son véhicule, comme s'il attendait quelqu'un. Songeant soudain que c'était sa toute première vraie filature, Bud recula en silence et s'accroupit dans le fossé.

Il entendit en même temps qu'Ernie les pas qui se rapprochaient de la camionnette. Le garçon s'avança vers les deux hommes qui venaient de sortir des fourrés. Bud faillit se trahir en lâchant une exclamation de surprise : les deux hommes étaient le Dr Crampton et Mick.

Ils ne s'étaient pas souciés de mettre leur masque, remarqua Ernie avec satisfaction. On lui tendit la coupe de vin mêlé de drogue.

— Je n'en ai pas besoin, déclara-t-il. J'ai prêté serment.

Après avoir hésité un instant, Crampton hocha la tête et prit une gorgée du breuvage.

— Pour ma part, je préfère disposer d'une sensibilité accrue.

Puis il passa la coupe à Mick.

— Tiens, lui dit-il, ça t'aidera à tenir le coup. Ta blessure à la poitrine se cicatrise plutôt bien, mais elle est profonde.

— Bah ! Votre satanée piqûre antitétanique était presque pire, répliqua Mick en buvant à son tour. Allons, les autres nous attendent. Il va bientôt être l'heure.

Bud demeura accroupi dans le fossé jusqu'à ce que les trois silhouettes aient disparu dans les bois. Il n'en croyait pas ses yeux. Sa volonté s'y refusait. Il jeta un regard en direction de la route. Il n'avait plus le temps de faire une nouvelle tentative pour joindre Cam par radio. Il lui fallait prendre une décision tout de suite.

Il rampa hors du fossé et reprit sa filature.

On lui avait enlevé ses vêtements. Mais l'heure n'était plus à la pudeur.

On ne l'avait pas droguée cette fois-ci. Atherton l'avait avertie qu'il voulait qu'elle soit pleinement consciente de tout ce qui lui arriverait. Elle pourrait d'ailleurs crier, gémir et supplier tout son soûl : cela ne ferait qu'encourager les autres.

Clare se débattit tout de même lorsqu'on la traîna jusqu'à l'autel. Quoique ses bras et ses jambes soient ankylosés par des jours entiers d'inaction, elle lutta avec férocité, ressentant une terreur presque aussi grande à reconnaître autour d'elle des visages familiers qu'à comprendre ce qu'on allait lui faire.

Less Gladhill et Bob Meese lui lièrent les mains, Skunk Haggerty et George Howard les jambes. Elle reconnut un fermier du coin, le directeur d'une banque, ainsi que deux membres du conseil municipal. Tous attendaient en silence autour d'elle.

A un moment, ayant réussi à dégager son poignet, elle agrippa la main de Bob.

— Tu ne peux pas faire ça, lui dit-elle. Il va me tuer. Bob, tu ne peux pas laisser faire ça ! On se connaît depuis toujours tous les deux.

Bob s'écarta sans mot dire. Il ne servait à rien de lui parler. Ni de penser à elle comme à une femme ou à une personne qu'il connaissait. Elle n'était qu'une offrande. Rien de plus.

Chacun revêtit son masque, et le cauchemar de Clare commença.

Elle ne cria pas : personne ne l'écouterait, personne ne la consolerait. Elle ne pleura pas non plus. Elle avait déjà tant versé de larmes qu'il ne lui en restait plus. Quand la lame du couteau plongerait en elle, se dit-elle, son corps exsangue ne serait déjà plus que poussière.

Les cierges furent disposés autour de l'autel. Puis on les alluma. Le feu prit aussi dans la fosse remplie de branches mortes. Des friselis de chaleur chatoyaient dans l'atmosphère. Clare contempla les officiants un à un avec un détachement singulier. Quel qu'ait été l'espoir auquel elle s'était accrochée durant tous ces jours et ces nuits passés dans le noir, il venait de s'éteindre.

C'était du moins ce qu'elle croyait, quand enfin elle aperçut Ernie.

Des larmes jaillirent alors de ses yeux, de ces larmes qu'elle croyait avoir épuisées. Elle se débattit de nouveau. Les cordes frottèrent vainement contre les bandages de ses poignets et de ses chevilles.

— Ernie, pour l'amour de Dieu. Je t'en supplie…

Il la regarda. Il pensait qu'il ressentirait du désir en la voyant ainsi, qu'un feu vorace se déchaînerait au tréfonds de son ventre. Elle était nue, comme il l'avait rêvée naguère. Il tenait enfin à sa merci ce corps svelte et blanc qu'il entrapercevait le soir par la fenêtre de sa chambre.

Du désir, cependant, il n'en ressentait pas. Au lieu de cela, s'insinuait en lui un sentiment auquel il était incapable de faire face. Il se détourna de l'autel pour aller se choisir un masque. Un masque d'aigle. Ce soir, il prendrait son essor.

Annie, hélas, n'avait pas le corps aussi juvénile que l'esprit. Cam avait beau la presser, la supplier, la soutenir, elle ne pouvait aller bien vite. Et comme la peur alourdissait encore ses jambes, autant dire qu'elle traînait la patte.

La lumière, pendant ce temps, déclinait rapidement.

— C'est encore loin, Annie ?

— Juste par là, devant.

Elle s'arrêta un instant.

— Dis, j'ai pas eu mon souper.

— Bientôt, Annie, tu mangeras bientôt.

Elle se remit en route en soupirant et bifurqua dans un sentier tapissé de plantes rampantes, se guidant dans la nuit avec l'instinct du cerf aux abois.

— Faut faire attention aux buissons, par ici, c'est plein d'épines. Ça s'accroche à vous et ça vous retient par les pieds comme...

Elle s'interrompit pour scruter les ombres qui s'allongeaient devant eux.

— ... comme des monstres, chuchota-t-elle.

— Je ne les laisserai pas te faire du mal, lui assura Cam.

Il lui passa un bras autour de la taille, autant pour la soutenir que pour l'amener à presser le pas.

Rassurée, elle poursuivit sa pénible progression.

— C'est vrai que tu vas te marier avec Clare ?

— Oui.

« Si Dieu le veut... »

— Elle est jolie. Quand elle sourit, elle a de belles dents blanches. Comme son papa. Elle ressemble à son papa, tu sais, et son papa il me donne des roses... Mais maintenant il est mort.

Ses poumons étaient douloureux. Elle continuait d'avancer, mais ses bronches accusaient la fatigue avec un sifflement pénible.

— Les monstres ne l'ont pas attrapé.

— Eh non.

— Il est tombé par la fenêtre après que ces hommes sont venus lui crier dessus.

Cam baissa les yeux sur elle, sans ralentir le pas.

— Quels hommes ?

— Attends. C'était pas une autre fois plutôt ? Je m'en souviens plus. Il avait laissé la lumière allumée dans le grenier.

— Qui étaient ces hommes, Annie ?

— Oh, le shérif et son suppléant, le jeune, là. Ils sont montés au grenier. Et puis ils sont repartis. Et alors il était mort.

Cam essuya la sueur qui perlait à son front.

— Quel jeune suppléant ? Bud ?

— Non, c't'autre, là. Peut-être qu'ils étaient montés chez M. Kimball pour acheter une maison. Il vendait des maisons, M. Kimball, tu sais.

— Oui, je sais.

Cam sentit son corps se couvrir tout entier d'une sueur glacée.

— Dépêchons-nous, Annie.

Bud se tenait caché derrière les arbres, les yeux écarquillés. Ce qu'il voyait était bien réel, mais son esprit persistait à le nier. Le père d'Alice ? Comment était-ce possible ? Et puis Mick ? Son coéquipier, son ami Mick ?

Cependant, plus aucun doute n'était permis. Les officiants s'étaient maintenant rassemblés en cercle ; leurs dos lui bouchaient la vue. S'il bougeait, il risquait de se trahir. Le mieux à faire était d'attendre et d'observer ; oui, voilà ce que le shérif aurait très certainement exigé de lui.

Il se passa une main sur la bouche. Les officiants avaient commencé leurs incantations.

C'était comme dans un rêve. Paupières closes, Clare oscillait entre passé et présent. La fumée, les voix, les hommes, tout était comme jadis.

Cachée dans les buissons, elle s'observait elle-même ; mais cette fois-ci, elle arriverait à s'enfuir.

Elle rouvrit les yeux. Dans le ciel d'un noir uniforme, seule régnait la clarté fantomatique de la lune ascendante : le jour le plus long était achevé.

Soudain elle se raidit, apercevant la lame luisante d'une épée. Son heure, cependant, n'avait pas encore sonné. Atherton était en train d'invoquer les quatre princes de l'Enfer. Si seulement ceux-ci pouvaient exister et venir le dévorer pour son outrecuidance, se dit-elle.

Elle détourna la tête, incapable d'en voir plus, refusant d'écouter ces inepties. Elle repensa à Cam, à la vie qu'ils ne pourraient plus partager, aux enfants qu'ils n'auraient pas. Il l'aimait, et voilà que la chance de mettre cet amour à l'épreuve, de le faire durer, lui échappait.

Mais Cam les retrouverait. Et il les arrêterait. Elle en était sûre, il le fallait, autrement elle serait depuis longtemps devenue folle. Mais il était trop tard. Trop tard pour essayer de renouer le dialogue avec sa mère, pour se faire pardonner la froideur, la distance qu'elle avait mises dans leur relation. Trop tard pour dire aux gens qui comptaient pour elle que son père avait peut-être fait des erreurs, qu'il s'était peut-être égaré, mais que jamais il n'avait été un voleur ni un meurtrier.

Il y avait tant de choses qu'elle voulait faire. Tant de choses qu'il lui restait à voir, à vivre. Et elle devrait mourir uniquement pour satisfaire la vanité d'un homme et la cruauté des imbéciles qui le suivaient ? Ah non !

Un sursaut de rage la galvanisa. On l'avait dépouillée de ses vêtements, de sa dignité, de ses espérances. On s'apprêtait à lui ôter la vie. Elle ferma les poings et se mit à crier, le corps cambré vers le ciel.

Bud porta la main à son pistolet et ses doigts se resserrèrent sur la crosse en tremblant.

Cam dressa soudain l'oreille tandis que la peur propulsait un flot d'adrénaline dans ses veines.

— Reste ici, dit-il en écartant le bras cliquetant d'Annie. Reste ici. Ne bouge pas.

Puis, l'arme au poing, il se rua dans le sous-bois.

Atherton leva son couteau vers le ciel. Les cris de la victime le remplissaient d'aise. Il avait désiré ces hurlements, il en avait eu soif. C'était son plaisir, sa jouissance. Déjà, il s'était réjoui de la voir étendue sur la dosse, inerte, comme une poupée brisée. Mais maintenant qu'elle gigotait sur l'autel, la peau luisante de sueur, les yeux emplis de terreur et de rage, il ressentait une volupté qui confinait à l'extase.

La puissance était en lui.

— Je suis anéantissement, hurla-t-il. Je suis vindicte. J'appelle le Maître à me remplir de sa colère afin que je frappe sa victime avec délices et ravissement. Puissions-nous nous repaître longtemps de son agonie !

Les paroles du grand prêtre parvenaient aux oreilles d'Ernie comme un bourdonnement confus. Il pouvait à peine les supporter, leur sens lui était devenu incompréhensible. Les autres se balançaient autour de lui, fascinés. Impatients. Ce n'était pas l'impatience qui le tenaillait, lui. C'était le dégoût.

Voilà donc ce qui était supposé le remplir de joie, se dit-il. Parachever son initiation…

Tout ce qu'il voyait, lui, c'étaient les soubresauts terrifiés de la jeune femme. Et elle criait, criait, comme naguère Sarah Hewitt. Il en était malade de pitié. Pouvait-on être un initié lorsqu'on éprouvait de telles émotions ? Comment deviendrait-il jamais l'un d'eux si ce qu'ils étaient sur le point de faire le révoltait ? L'effrayait ?

Elle ne devait pas mourir.

Tout cela était sa faute. Sa faute à lui.

Les yeux de Clare rencontrèrent les siens. Alors, dans ce regard suppliant, il reconnut son dernier espoir de salut, et avec un cri de souffrance, un cri de victoire, il se précipita sous le couteau d'Atherton.

Clare sentit le corps du garçon retomber sur le sien. Une odeur de sang lui monta aux narines. Mais elle ne souffrait pas. Elle était sauve. Elle vit alors Atherton chanceler en arrière, cependant qu'Ernie s'écroulait sur le sol en gémissant.

Avec un furieux grondement, Atherton releva le couteau. Deux coups de feu claquèrent. Une balle traversa le bras du grand prêtre, l'autre lui perfora la poitrine.

— Plus un geste ! s'écria Cam en brandissant son arme, un doigt tremblant sur la détente. Plus un geste, ou j'envoie chacun d'entre vous en enfer !

— Shérif… C'est moi, Bud.

Bud sortit des fourrés, les membres flageolants.

— J'ai suivi le gamin. Et j'ai vu… Seigneur, Cam, j'ai tué un homme.

— T'inquiète pas, va. C'est plus facile la deuxième fois.

Il tira en l'air en voyant l'un des officiants esquisser un mouvement pour s'enfuir.

— Fais encore un pas, toi, et je démontre sur-le-champ à mon suppléant la validité de ce que je viens d'avancer. Allez, face contre terre, tous ! Les mains derrière la tête ! Bud, le premier qui bouge, tu le descends.

Ce dernier, pour sa part, ne croyait pas que ce serait plus facile la deuxième fois — non, pas un seul instant. Mais les ordres étaient les ordres.

— Oui, monsieur… shérif.

En trois enjambées, Cam fut auprès de Clare, à lui palper le visage, les cheveux.

— Oh, mon Dieu, la Gazelle, j'ai bien cru que j'allais te perdre.

— Je sais. Ton visage…

Un réflexe la fit se soulever vers lui. Les cordes l'arrêtèrent aussitôt dans son élan.

— Tu saignes, dit-elle.

— Les ronces…

Il sortit son canif pour lui couper ses liens. Il ne pouvait se permettre de flancher. Pas maintenant. Il aurait pourtant tellement voulu la prendre dans ses bras, enfouir son visage dans ses cheveux, la serrer contre lui.

— Tout va aller mieux, maintenant, lui dit-il en ôtant sa chemise. Enfile ça.

Il lui caressa la joue d'une main tremblante.

— Je te fais sortir d'ici dès que je peux.

— Ça va. Ça va, Cam. Ernie… Il m'a sauvé la vie.

Elle sentait encore sur sa peau humide le sang du garçon.

— Il est mort ?

Cam se pencha pour prendre le pouls du blessé, puis il lui enleva sa robe déchirée.

— Non, il vit encore. Le coup a porté à l'épaule.

— Cam, s'il n'avait pas bondi sur moi…

— Il va s'en sortir. Allons, Bud, aide-moi donc à ficeler ces fumiers.

— Il y a Mick avec eux, murmura Bud, honteux de devoir refouler ses sanglots.

— Ouais, je sais, repartit Cam en lui lançant la corde dont les autres s'étaient servis pour ligoter leur victime. Allez, on les attache, tu ramènes Clare à la voiture et tu appelles la police d'Etat pour leur dire de rappliquer.

— Je veux rester avec toi, s'écria Clare en le prenant par le bras. Je ne veux pas te quitter. Je t'en prie.

— D'accord. Mais assieds-toi, au moins.

— Non, pas ici.

Elle détourna les yeux de l'autel.

— Il y a encore de la corde là-dessus.

« Là où ils m'ont ligotée », pensa-t-elle.

— Je vais les ficeler aussi, ajouta-t-elle tout haut, en levant sur Cam un regard brillant de colère. Et les ficeler proprement, fais-moi confiance.

Tête nue, les poings liés, ils avaient un air pitoyable. De pauvres types, voilà tout, pensa Clare en s'agenouillant près d'Ernie. Elle prit la main du garçon et la serra en attendant que Bud revienne avec du renfort et une ambulance.

— J'ai du mal à croire que ce soit Annie qui t'ait amené ici, dit-elle à Cam.

— Elle a été formidable. Et tu as vu comme elle était fière de partir avec Bud dans la voiture, avec sirène et tout… ?

Il s'interrompit pour jeter un coup d'œil au blessé.

— Comment va-t-il ?

— Je crois que j'ai arrêté l'hémorragie, répondit Clare. Il a besoin de soins, mais ça va aller. Il s'en sortira.

— Je l'espère.

Il tendit la main pour effleurer les cheveux de la jeune femme. Juste les effleurer.

— Clare, il faut que j'aille voir comment se porte l'autre.

Elle hocha la tête.

— C'est Atherton, dit-elle d'une voix blanche. C'est par lui que tout a commencé.

— Eh bien, maintenant c'est terminé.

Il fit le tour de l'autel. Atherton gisait sur le sol, face contre terre. Cam le retourna sans ménagement. La blessure à la poitrine était mortelle, aucun doute là-dessus. Une respiration sifflante se faisait encore entendre derrière le masque. Clare s'était rapprochée. Il se redressa aussitôt pour lui cacher le corps.

— Ça va, Cam, arrête de te prendre pour ma nounou, lui dit-elle.

— Et toi ne surestime pas tes forces, répliqua-t-il en lui mettant sous le nez son poignet bandé. Ils t'ont déjà fait assez de mal comme ça.

— Mouais…

Elle repensait à tout ce qu'elle avait appris, à la manière dont son père était mort.

— Ils nous ont fait du mal à tous, reprit-elle. Mais c'est fini maintenant.

Un graillement obscène s'éleva derrière le masque du bouc de Mendès.

— Vous croyez que tout est fini, hein ? Mais vous n'avez rien arrêté du tout. Vos enfants prendront la relève. Et puis les enfants de vos enfants. Vous n'avez pas encore attrapé le chef. Oh, non. Et vous ne l'attraperez *jamais*.

Alors, de ses doigts recroquevillés comme des griffes, Atherton essaya d'agripper Clare, et retomba bientôt en arrière avec un rire pitoyable. Le masque glissa lamentablement de son visage éteint.

— Quel minable, murmura Clare. Ce n'était ni un fou ni un malade. Rien qu'un pauvre et simple fantoche, fasciné par le mal.

— En tout cas, dit Cam, il ne pourra plus nous atteindre.

Il la tira en arrière pour la prendre dans ses bras. Au même moment, une sirène résonna dans le lointain.

— Bud a fait vite, s'écria Clare.

Cam l'écarta un peu de lui pour la dévisager.

— J'ai tant de choses à te dire, tu sais. Tant et tant de choses. Si je commence maintenant, je ne suis pas sûr de pouvoir m'arrêter. Il vaut peut-être mieux attendre qu'on en ait fini avec tout ça.

Clare lui prit la main. Derrière eux, le feu s'éteignait à son tour en poussant des crachotements asthmatiques.

— Ne t'inquiète pas, répondit-elle. Nous avons toute la vie devant nous, désormais.

Deux semaines plus tard, en grand costume de deuil, Min Atherton s'installait dans un train en partance pour l'Ouest. Personne n'était venu lui dire au revoir.

Très bien, se dit-elle. Il valait mieux les laisser penser qu'elle quittait la ville sous le coup de la honte et de l'horreur qu'elle éprouvait à l'égard des agissements de son mari. Pour sa part, jamais elle ne serait honteuse ni horrifiée d'avoir vécu avec lui.

Elle refoula ses larmes tout en hissant son grand corps et son énorme bagage dans le compartiment. Son cher, si cher James... Un jour, d'une manière ou d'une autre, elle saurait le venger.

Se calant sur la banquette, elle laissa tomber son sac à côté d'elle et croisa les mains sur son imposante poitrine avant de jeter un dernier coup d'œil aux paysages du Maryland.

Elle n'était pas près de revenir. Un jour, peut-être, elle y enverrait quelqu'un. Mais y retourner elle-même, il n'en était pas question.

Ayant recouvré son aplomb, elle poussa un soupir. Quitter le nid douillet de sa maison avait été une grande douleur. Certes, la plupart de ses affaires l'accompagneraient dans son voyage, mais rien ne serait plus jamais comme avant. Pas sans James.

Il avait été un serviteur modèle. Si ardent, si malléable, si désireux de se croire le seul maître. Avec un petit sourire en coin, elle déploya son éventail pour rafraîchir ses chairs congestionnées. Ses yeux étincelaient d'orgueil. Elle n'avait vu aucun inconvénient à jouer les égéries. Il était si plaisant d'exercer son pouvoir sur tous sans que personne s'en doute un seul instant. Même James n'avait jamais su vraiment voir clair en son jeu.

Ce n'était rien qu'un amateur lorsqu'elle l'avait recueilli et qu'elle se l'était attaché. Un ambitieux plein de fougue, certes, mais qui n'avait aucune idée de la manière d'utiliser cette fougue et cette ambition.

Elle l'avait jaugé au premier coup d'œil. Elle était une femme, après tout, et les hommes n'étaient que des pantins, tout juste bons à être menés par le bout du sexe, la soif du sang et le désir du pouvoir.

Il était vraiment dommage qu'il soit devenu si imbu de lui-même sur la fin. Cela l'avait conduit à bien des négligences. Elle lâcha un nouveau soupir et s'éventa de plus belle. Elle ne devait s'en prendre qu'à elle-même, sans doute. Elle n'avait pas su le freiner à temps. Mais il avait été si plaisant de le voir perdre la tête et se mettre à courir des risques insensés. Cela avait été presque aussi excitant que cette nuit où elle l'avait initié, bien des années plus tôt. Elle, la succube, et James, son serviteur.

Enfin, elle avait dû quand même s'occuper de tout, n'est-ce pas ? Depuis le choix des futurs élus — ces sombres prémices qu'elle glanait à deux mains — jusqu'à la décision de pratiquer des sacrifices humains. Et elle en avait vu, oh oui, elle en avait vu du sang venir mouiller sa retraite dans les buissons !

De ce sang qui accroissait son pouvoir, en cachette, de ce sang dont elle voulait toujours plus.

Et si le Maître n'avait jamais exaucé son vœu le plus cher — être mère, enfin —, il lui avait accordé maintes compensations. Et il avait pleinement satisfait sa gourmandise, ce péché délicieux entre tous.

Il y eut un sifflet aigrelet.

Le signal du départ, se dit-elle. Oui, mais il y aurait d'autres villes, d'autres hommes. Et encore plus de victimes. Oh oui. Encore plus de putains au ventre trop fécond, toujours plus.

Et qui se méfierait d'elle ? Qui se méfierait de cette pauvre veuve Atherton quand toutes ces femelles se mettraient à disparaître à leur tour ?

Enfin, cette fois-ci, elle se choisirait peut-être un jeune garçon. Un beau gosse solitaire et vindicatif comme Ernie Butts.

Quelle belle déception, celui-là… Mais finis les James et consorts, vive la jeunesse ! Oh oui, songea-t-elle avec volupté, un beau jeune garçon qu'elle pourrait materner et guider. Le futur grand prêtre du seigneur des Ténèbres. *Son* grand prêtre.

Le train s'ébranla.

Min glissa langoureusement une main sous son corsage et, serrant son pentacle :

— Maître, murmura-t-elle, me voici.

.../...

DANS LA MÊME COLLECTION
Par ordre alphabétique d'auteur

6 TITRES À PARAÎTRE EN JANVIER 2007

MIRA

Composé et édité par les
éditions Harlequin
Achevé d'imprimer en octobre 2006

par

LIBERDÚPLEX

Dépôt légal : novembre 2006
N° d'éditeur : 12471

Imprimé en Espagne